枕上书·当代文人情怀

心甘情愿

XIN GAN QING YUAN

杜占军 著

华龄出版社
HUALING PRESS

图书在版编目（CIP）数据

心甘情愿 / 杜占军著 . -- 北京 : 华龄出版社,
2022.1
（枕上书 · 当代文人情怀）
ISBN 978-7-5169-2180-7

Ⅰ . ①心… Ⅱ . ①杜… Ⅲ . ①诗集 — 中国 — 当代
Ⅳ . ① I227

中国版本图书馆 CIP 数据核字 (2022) 第 028424 号

策划编辑	冯　雪	责任印制	李未圻
责任编辑	高志红	装帧设计	张　佳

书　名	心甘情愿	作　者	杜占军
出　版 发　行	华龄出版社 HUALING PRESS		
社　址	北京市东城区安定门外大街甲 57 号	邮　编	100011
发　行	（010）58122255	传　真	（010）84049572
承　印	三河市龙大印装有限公司		
版　次	2023 年 1 月第 1 版	印　次	2023 年 1 月第 1 次印刷
规　格	880mm × 1230mm	开　本	1/32
印　张	7.75	字　数	148 千字
书　号	ISBN 978-7-5169-2180-7		
定　价	498.00 元（全十册）		

作者简介

XIN GAN QING YUAN

杜占军，笔名老杜，内蒙古乌兰察布市商都县人，高中语文教师，内蒙古作家协会会员，《诗刊》子曰诗社社员，现居鄂尔多斯。

内容简介

XIN GAN QING YUAN

诗集《心甘情愿》共收抒情诗183首，创作时间起讫于1984年到2020年，跨度长达三十六载。这些诗，无论是写爱情、亲情、友情，还是写自然、社会、人生、人性，都能出于至诚且一往情深，最终在整体上融会成一种对诗歌艺术心甘情愿的大爱。从抒情风貌来看，诗集中的早期作品直白而热切，中后期作品渐趋沉郁冷静。但若仔细品读，你会惊讶地发现，其实每一首诗中都仍然有一个炽热鲜明的“我”在独自燃烧。

序

XIN GAN QING YUAN

岁月不居，时节如流，阔别十二载再见恩师杜占军，深感时光易逝。不知不觉间，杜老师已过知天命之年，但依旧精神饱满、风华犹存。恩师不吝垂青，令我等后学为这部即将出版的诗集作序写跋，自是有将美好的诗意薪火相传令弦歌不辍之意。对此，我心中唯恐不能胜任，只能以己刍荛之见抛砖引玉，望读者诸君海涵。

桃李无言自芬芳，教坛有梦映初心。杜老师从教数十载，春风化雨，笔耕不辍，在抒发胸臆之余，俯仰间却也意在言外引人深思。诚如王国维先生所言："诗以境界为上，有无人之境，有有人之境。"杜老师的诗发乎自身真情，也深蕴抚慰人心之意。如"胸中丘壑，汹涌成苍茫；习惯独行，宁静而欣悦"读来颇有慎独精神，虽是长夜独行久，却也向内而生，致虚守静。再如"抬头迷混沌，展卷现浮屠"，虽然感到眼前时地远隔、前路渺茫，但回归本心仍旧韬光韫玉、安定徐为。

杜老师以一支善于表达心曲的妙笔，在展现深层精神追求的基础上，敏锐地刻画自然与社会，让人动容、动心、动情，又让人守得初心见月明。“诗和远方，从来就不在他乡。”在如今浮躁和快节奏的生活中，太多如你我一般的人囿于身边的纷繁复杂，而遗忘了内心的宁静。眼前芸芸众生，脚下万水千山，愿这样一本饱含深情的诗集陪伴我们静气养神，泰然处世，呵护我们的心灵时时回到最初的故乡。

武靖为

辛丑年仲春

自序

XIN GAN QING YUAN

在选编这部诗集的那段日子里，我常常想起2003年在去乌海的火车上写的《抚摸我的诗句》：

抚摸我的诗句
仿佛一位老农
抚摸场院里的麦粒

干瘪的麦粒浸透了我的汗水
饱满的麦粒吮足了我的爱情

这样的“想起”反复了几次之后，我突然省悟：这首看似平淡的小诗竟然是一个预言，在十八年前就已经示现了我现在这段编诗生活的情景。历时七月之久，增删五次之多；一首接一首纠结于去留取舍，一字又一字耗神于推敲斟酌：编到中途，我感觉自己真的已经变成了一位老农，整天泡在电脑屏幕大小的场院里，一粒一粒抚摸自己几十年劳作所得的果实，用心感受它们的饱满或干瘪，然后为之悲欣交集！同时，它又使我更加坚信这样一个理念：真正发自内心的声音，已自具诗的内核，往往只需一个质朴甚至简朴的形式来包装运载，就会穿越时空，引发读者情景交融式的立体共鸣。

收入这部集子的183首抒情诗，是从我手头存录的八百余首诗中挑选出来的。之所以选这些诗，是因为它们有饱满鲜活的诗句，整首诗可以散发出或浓烈或淡远的爱情气息。在具体的某一首诗里，这爱情的对象或为梦想或为现实或为人事或为景物，一旦汇聚成集，诗与诗互相渗透彼此融合，整体呈现出来的则是我对诗歌艺术的爱情。正是由于对诗歌的信任和热爱，几十年来，无论经历了什么样的境遇变化，也无论心底的心血之海出现了何种程度的波动，我都会在第一时间选择用诗歌来捕捉和记录这一切。我一直坚持这样一种观点：真正的诗歌，就应当兴发于心血的潮动，成长于心血的贯注，定形于心血的结晶，成熟于对这结晶的把玩浸润和刮垢磨光。这种心甘情愿的心血气息，就是诗歌的爱情气息。

最有力量的诗歌，应当属于行为艺术而非语言艺术。以语词表白心声，即使经过了“立其诚”的修辞努力，最多也只能得到些许“心声”的模糊回音。只有出于至诚的行动，才能创造出事实这一佳作，无声表达作者最真实的心声。本身已经蕴含了真情与至理的事实，不仅胜于雄壮的论辩，也胜过一切言志与抒情。

2020年的五月末，新冠疫情的阴云还未消散，陈琳、高越超、金莹、金豆豆、刘彩、孟鑫、乔彦萱、王丁、王玉珍、武靖为、武敏、邢聪明、张帆、赵琰枫、赵洋、周玉倩等十六位旧日学生，在离开我的语文课堂十二年之后，决定共同出资为我出一部诗集，以此来回馈当年我对他们的传道授业解惑。几次沟通商讨后，大家公推武靖为君牵头组织此事。经过八个多月的忙忙碌碌，今天这个集子终于可以和大家见面了。在此期间，诸位同学不仅慷慨解囊提供资助，还积极参与了诗稿的筛选工作，提出了很多有价值的修改意见，为提升诗集的品质贡献了各自的心血。特别是武靖为同学，为诗集出版的全过程劳心劳力，用自己的热情、执着和勤勉影响了我，给了我坚持做下去的信心和勇气。这部诗集最终能够付梓面世，实在是得大力于这些同学的倾心付出。他们都是诗人，都是善于用行动创作事实表达心声的有力量的诗人！

杜占军

2021年3月29日

推荐语

XIN GAN QING YUAN

高中时期的学习经历，让我以后的生活和工作都受益匪浅。很有幸，我的语文老师杜占军是一个爱学习、懂生活且幽默睿智的人，他让我了解到了中国语言文化中蕴藏的魅力。

诗集《心甘情愿》记录了杜老师有时奔放而豪迈有时却细腻而柔情的心路历程。愿我们在品读《心甘情愿》之余，也能有杜老师一般恬静的心境，理性思考，感性生活，品味人生平淡却隽永的诗意。更希望《心甘情愿》能被更多的人了解并喜欢，能帮助更多读到它的人在这节奏匆匆的生活中找到寄托，沉淀心情，感悟美好。

高越超

2021 年 3 月 20 日

目录

XIN GAN QING YUAN

XIN GAN QING YUAN

第一辑

心甘情愿

致飞鸟

飞去吧，鸟儿
再不要流连于
那片冷漠而虚伪的荫庇之下
为什么要啜饮冗枝筛下的
一星苍白日光
连歌喉也因感激而发颤了呢

去！衔一粒种子去吧
到大漠
种一片属于自己的绿荫
纵然干渴而死
拥抱你的
也是裸露的真诚爱的热烈

相信你的翅
鸟儿

留别

一

走出你的眼睛

却又

闯入你的心

二

一直往前走

不要回头

留一架大山的背影让你倚着

望圆圆的月亮

听蓝天白云里信鸽的哨音

三

站台上

人群里

你举起纤细的手臂

多像港湾里寂寞耸立的桅杆呀

等我把远航的帆儿扯起

独木桥

不！我不愿
西出阳关
走那条经典的大道

我情愿
踩这根孤独的琴弦
伴你
远去的歌声

告诉我吧

告诉我吧
你眸里闪烁的微笑为谁开着

告诉我吧
你靥里洋溢的甜蜜为谁酿着

告诉我吧
是谁常常闯入你遥远的憧憬

如果实在难以启齿
你就穿上月光的纱裙
走进我的梦里来吧

然后，远远地站着
告诉我我想知道的一切

寻人启事

小站。沉默的红砖小平房
在车窗外缓缓远去

小站。铮亮、纤瘦的铁轨
延伸向远方的陌生

小站。只要生活正常运行
孤独就不会出轨背叛

小站。有一根电线杆，张
贴着我的《寻人启事》

爱情故事

弟弟在阳台上弹吉他的时候
月亮升起来了

琴弦上泛起一片凉润的夜
亮晶晶的小河们波动交织

我看见那应和的歌声被夜雾纠缠束缚
河网中的女孩子垂下长而密的睫毛

邂逅

由于共同的仰慕
我们在朝拜光明的路上邂逅

我说你是我心中的太阳
你说我是你心中的太阳

于是 我们携起手
往对方的心里走

向往

相貌奇丑的诗人
满怀向往歌唱爱情

他的脸上没有骚动不安的痛苦
比秋日的晴空还要纯洁恬静

系主任

系主任欣赏彩虹，也
经常对桃花般的晚霞凝眸
在会议室里
她用诗一样的语言
鼓励我们阉割幻想

许多年前
洁白的鸽子飘过校园透明的绿荫
一颗悸动的心，崇拜着一个疯子的头像

好吧，就让目光和思想
都集中在脚下潜长的石头上
一串磨损的脚印
滑出乖巧到优美的弧线

许多年前
膝头磕破的短发女孩
透过泪光，看到了自己美好的向往

初恋

夏天
与你彩色的连衣裙
一起飘入我
渴望的眼

尽管
我有岩石般的胸脯
却往往躲避
你无意的一瞥

心得

那不肯隐没的大海
就是失去吗

海边唯一的礁石上
并没有你沮丧蜷伏的灵魂

在云霞中飞翔
血迹未干的翅上驮着火
永远缄默的喙里衔着火

把痛苦的结石嵌在心里
疯狂劳作，你啊
难道只为提炼一粒心得

你是谁

你是谁
为什么要用目光搭起一座舞台
我忽然会弹琴了
我忽然会唱歌了
我忽然会演戏了
我忽然会写诗了

你是谁
为什么要用目光搭起一座舞台
然后却远远地站着
欣赏丑角投入到悲剧的庄严

谁是你

田野丰满
心境空虚

云朵像一只风筝
线，攥在谁的手里

抬头望云
止不住那剧烈的心悸
目光与目光在云间交会
闪电！霹雳

这世界
果真有个你

你在哪里
谁是你

命运

深秋，飞鸟
与枯叶一起静静飞落

晴空里一声呼唤
鸟儿重又鼓动起羽翼

可是，叶子，我的
叶子
却再也不能起飞

你走入我的风景

你走过田野
田野镶嵌在我的窗子里
你走入我的风景

大路白光闪耀
栗紫色的狗尾草长满田埂
古老的水车又开始唱歌
井水活泼泼流淌出清凉的和声

远山如浪
静穆地拍击天涯

你走入我的风景
蓝天没有倒映出你的姿影
大地也听不见你的足音
你猝然逼近
我欲呼无声

心甘情愿

在你蔚蓝色的目光里游泳
我从不携带救生圈
纵然溺水身亡
那有什么办法
我也心甘情愿

在你蔚蓝色的目光里扬帆
我找不到宁静的港湾
纵然触礁沉没
那有什么办法
我也心甘情愿

在你蔚蓝色的目光里漂泊
我渴望巨浪多于微澜
纵然被弃荒岛
那有什么办法
我也心甘情愿

听我说

听我说
按部就班
那不叫生活

好心肠的坏家伙们
总喜欢安排别人的命运
阴沟里传出无耻的声音
听我说！我是导演

石墙

要抵达那个世界
必须穿过一堵石墙

石墙很薄，却
囚禁了所有无辜的时间
千年，万年，永远
永远的路没有尽头

没有尽头，漆黑一片
那也要穿过去
他们，在石墙里摸索、跋涉直至倒毙
最后，埋葬在那里

他们说
只有黑夜才有灯光才有
梦世界在石墙上的投影呵
这，就是遗言

我真幸福

我真幸福
我拥有那么多的时间
死亡就像春天里无法接近的远山
而未来
还在山的那一边

我真幸福
我拥有那么多的时间
我为过去莳花锄草
不让它有一块荒芜空闲
我为现在扶犁耕田
驱逐着每一寸贫瘠和浅薄
辍耕歇息，用泥湿的手点着一支香烟
想象明天，明天
那种子的彩虹将如何飞离自己的掌心

我真幸福
我拥有那么多时间
它们将结出最丰硕的果实
向我贡献

把你的名字刻在石头上

把你的名字刻在石头上，埋到土里
再盖上一件阴暗的苔衣
我会不时地前来探看
赤着脚散步，想你嘴唇上冷漠的气息

与这座城市做长久的别离
把你和我埋葬在一起
用你的名字做简洁的碑文
用我的过去做昂贵的殉祭

把你的名字刻在石头上，埋到土里
你已经死了
长眠的我，只爱过一个你

珍珠

相传
你是一滴眼泪的精魂
寄居在华丽的蚌宫内
清白又孤独

我知道
这又是一个高贵者的悲剧
为了免遭玷污
美好，必须学会退守

思念

痛苦的花
你要是不肯结果
就快点凋落吧

露珠陨落了

露珠陨落了
在早晨
我束手无策

世界上，从此灭绝了
另一种色彩的天空、山峦
还有花朵和溪水

我把她想象成生命热情的眼泪
心里涌出一泓清凉的慰藉

小诗

总以为那滴清泪是为我垂落
凝望你伤感的眼神我热泪盈眶

又一次悄悄地向你走近
想象自己是一位隐形的守护神
猛见你一回头睫毛上早又泪光晶莹
才知道多情的极致就是无情

看脚下，几块顽石面目深沉
望远方，古道悠远青山隐隐

初春的树

初春的树
每一根枝条都绽满了
翠绿的鸟舌

初春的风啊
请掀起远天神秘的帷幕
让我一睹生命们纯真的歌舞

全都为了你

你是我的海岸
我满怀希望扬帆而去
我紧抱残橹漂泊而归
全都为了你

你是我的家园
我掬捧泥土对天祈祷
我眼含热泪舞之蹈之
全都为了你

你是我的暖巢
我衔着早春的新泥飞来
我衔着暮秋的枯草飞来
全都为了你

你是我的灯光
我在无边的寒夜往来奔波
我任须发的荒草落满霜雪
全都为了你

阳光一样的女孩

阳光一样的女孩
明朗地向我走来
我奉忧郁之神的使命
做好了狙击的准备

我用冷漠锻造铠甲
我把固执当作盾牌
我以尖刻为锋利的戈矛
我相信风言风语这种暗器她万难躲开

阳光一样的女孩
灿烂地向我走来
她无声无息她无形无骸
她无所不包她无处不在

我目迷七色找不到可致她于死命的要害
我心驰神往陷落于她纯洁博大的襟怀
我的干戈变节成玉的造型帛的图案
我的盔甲融化为一掬感激的热泪

还有那杀人不见血的风言风语
一出口竟然是发自内心的赞美

阳光一样的女孩
圆满地向我走来
我的身上长出肥绿的羽叶
就像一株虔诚的向日葵

那就是我

想你，在空山静夜
流水流走了春色
霜雪覆盖了冬天
只有那溪畔黑石
水冲不走雪盖不住
那就是我

想你，在老屋窗前
小院里零落了粉嘟嘟的杏花
泥墙上苍白了红艳艳的春联
只有那檐下空巢
花开倾耳草枯牵情
那就是我

读意象诗

艳阳在天，一只
玻璃酒瓶破碎在马路边
碴子们纷纷光彩熠熠
使我的眼睛应接不暇

同时，另一些感官开始不满
一个接一个躁动着问我
酒在哪里？酒在哪里
那来自泥土和雨露的酒
那来自粮食和汗水的酒
那沾满了青草和泉水气息的酒
那提人气热人血壮人胆的酒
哪里去了？哪里去了？哪里去了

我无言以对
每一个毛孔都在喊渴

仰望大海

仰望大海
仰望我祖先的故园
仰望我血气精神的源泉

天空这面空虚的镜子
除了大海
谁能把它映满

星汉灿烂，那是生命们在歌舞庆典
鳞光闪烁，笑语喧天
白云悠悠，那是生命之舟奋进昂然
浪花如雪，帆影点点

仰望大海
仰望我祖先的故园
仰望我血气精神的源泉

我痛感真正的生命正将我遗弃
我的城市与乡村
不过是些古老的沉船

梅花鹿

鹿场的主人啊
请不要释放那些开满梅花的精灵
不要让她们在草地上舞蹈欢奔

欢舞的青春落英缤纷
那是生命最悲伤的风景

给月亮

剪两片朝霞给你
你就有了羞涩的笑容

摘两颗星辰给你
你就有了温柔的眼神

缀两袖霜花给你
你就会翩翩降临

可我又该从哪里找一颗心给你呢
让你学会爱与爱的呼应

双手吟

造物赐我以双手
一只用来劳作
一只用来抚摸

多腾出一点时间
让他们相思见面
让粗粝怜惜细腻
让疲惫梦想安适
让伤痛找到抚慰
让孤独享受聆听

两掌合十
这是世界上最动人的体贴
虽非菩提树下
我早立地成佛

情网

不由自主地堕入
一下子难以走出
独处的白昼比夜晚更加黑暗
厮守的黑夜就是世界的全部

真的不知道
我是否成了一块烧红的铁
因炽热而变得软巴黏糊
来一把锤子再来一盆冰水
把我锻造使我冷酷

因为
我很想走入你的世界
成为支柱

问一问感觉

问一问感觉
爱是否找到了归宿
他是否依然尘满须眉
正在十字街头茫然四顾

问一问感觉
爱是否找到了归宿
他是否依然盲目燃烧
直把临风玉树化为一截焦枯

问一问感觉
爱是否真有归宿
天地旷远他最孤独
一生的命运不过是徒劳追逐

那一次相遇

那一次相遇
我们有了共同的话题
这是否能成为我们再见的理由
有一段日子等待两个人同去回忆

那一次相遇
我们有了共同的秘密
这是否会成为我们疏远的理由
有一段时光珍贵得让人不敢再去触及

那一次相遇
我懂得了什么叫作别离
常常梦想那重聚的未来
多少沉醉，多少恐惧

你遮住了一切

你遮住了我的眼睛
除了你的眼神
我什么都看不见

你遮住了我的耳朵
除了你的心跳
我什么都听不见

你遮住了我的鼻子
除了你清风一样的气息
我什么都闻不见

你遮住了一切
只留下我的心
让思念的箭扎满

偶感

我回到了我的源头
眼看着日夜不息的我
流向虚无

停电

停一次电吧
让自以为是的生活断一次流

黑暗中的彼岸
该会有另一种光明

我们过去
我们过去

偶作

指甲缝里藏一粒爱的种子
我找不见半寸适合的土地

那就带它到坟墓里去
什么都会死亡腐烂
只有爱情永远生长

有一蓬篝火

夜幕降临，有一蓬篝火
欢跃在你我中间
亲爱的，那就是爱吧

在生活的暗夜里
你就静静地睡吧
我会把自己都投到篝火中
为你燃烧
为你供暖
看火光怎样吻红你冷静的脸

晓来梦断，有一堆灰烬
沉默在你的面前
亲爱的，那就是我呀

抚摸我的诗句

抚摸我的诗句
仿佛一位老农
抚摸场院里的麦粒

干瘪的麦粒浸透了我的汗水
饱满的麦粒吮足了我的爱情

给照片里的母亲

照片里
您抱着我未满周岁的女儿
一个，像跃跃欲飞的雏鸟
一个，是幸福紧张的老巢

今天，您的孙女儿已经长大
可我仍然喜欢任她赖在怀中
她的身上
还残留着您的体温您的气息

妈妈啊
现在，我只能借此
回到我们的老家
找到您

母亲

过去，我经常看到母亲
炕上，灶边
庭前，地头
但我很少梦见母亲

现在，我再也看不到母亲了
炕上，灶边
庭前，地头
但母亲屡屡走入我的梦境

死亡，唤醒了我
死亡，藏起了母亲

过去，母亲活在我的遗忘里
而今，母亲活在我的思念中

睡着了的人

铺一床干脆的树叶芳香的树叶
睡着了的人
是最幸福的人

盖一方轻暖的阳光纯净的阳光
睡着了的人
是最幸福的人

晴秋的中午
干爽的树林
睡着了
让他们呼喊你的名字
徒劳找寻

美丽的冲动

合上打开的书
关上虚掩的门

买上一张站台票
到一座陌生的城市
看望一个熟悉的人

这，就是我
浪漫美丽的冲动

找一个重叠的梦境去约会

你不要离我太近
因为我只是你的一个梦
梦里花落知多少
醒来时却是寒冬

你不要离我太远
因为你是我全部的梦
世界冰封几万重
只要不醒就永是阳春

找一个重叠的梦境去约会
它离我们既远又近
乘一列叫作失眠的地铁前往
走不完夜复一夜的心情

子弹

市井中，阡陌上
身边走过好多好多人

好多面孔擦鬓而过
好多花瓣掠肩飘飞

花瓣中猝然的尖利
扯皮带血而去
留给我空洞的撕痛

那是一颗子弹
那是你

路上

风尘里散灭了多少眼泪
没有人看见

车辙中摔裂了多少心情
只有自己知道

你在路上
人们也在路上

黑海深处一尾鱼

邂逅夜晚
停电后的楼梯
我捉到了黑海深处一尾鱼

五鳍收拢
清凉柔腻
它，游进我的心里

鲜活鲜活的气息
鲜活鲜活的记忆
黑海深处一尾鱼

边缘

我试探过生活的边缘
边缘的那边
还是生活

我悄悄回到生活中间
人们正忙于劳作和休憩
不知道曾有过生死离别

沉睡

今天，我要沉睡

沉入到黑暗里的纯粹
无须烈酒，也能酣醉

那僵重的征衣，抛给烈日去曝晒
期许怨怼尊崇毁谤爱恨情仇阳奉阴违
夹缝里虮虱虫蚁仓皇奔突，团团累累

那又与我何干
今天，我只想沉睡

末日之末

你的笑容纯净明亮
无辜的网啊最让人绝望

即使被网住了也不去挣扎
幸福她就在末日之末

如果

如果，哪一天能从看到你开始
这一天就有了非凡的意义

如果，这一天还能以看到你结束
我的梦境就不会苍白空虚

多少次，明月装饰了我失眠的窗子
直到朝阳又照亮日常里的神奇

从来没有奢求与你形影不离
只盼望一抬头就能看到你

今夜，我终于找到了你

妈妈，你走后
我到处找你

在劳作与滥饮的世界里沉浮挣扎
百度寻觅
妈妈，穿不透的空洞让我无法自欺

今夜，醉酒的我送一位醉酒的朋友回家
泪眼望天，妈妈
我突然看见了裙裾灿烂的你

依然手挽着盛满猪草的柳筐
依然肩背着果实饱满的豆束
步履蹒跚，笑容粲然
任凭命运在脚下起伏摆弄折腾
妈妈，你是夜空里最耀眼的明星啊

妈妈，今夜
我终于找到了你

街景

西天边泛起些玫瑰色的沙尘
城里头吹面不寒的风
依旧清新

柳树绿了杨树也绿了
学校门前，一条林荫小道
成长为一段心事斑斓的青春

只能是从天边吧
飞来了一对小野兽般的情侣
他们一会儿追逐一会儿接吻旁若无人

我看见他们身后落花一样缤纷着温暖的黄昏眼神
美丽的生命美丽的年轻美丽的爱情
多么干净

我和你

我的愿望
生长在你的梦想里
你的眼神
枯荣着我的悲和喜

你的矜持
傲立在我的尊严里
我的自我
沦落为你个性的奴隶

我和你
有鞘对刀的默契
你和我
是刀与鞘的距离

XIN GAN QING YUAN

第二辑

沸腾了半生的恐惧

孤独

内心的丰富
向自己倾诉

语言的蝙蝠被光明之梦惊醒
欢叫着逃离常识温暖的黑洞

今夜，明月照积雪，也
照彻了鸟和兽冻死多年的热情
这些酣眠于万年荒冰中的化石
看见了共同的异类大军

蝠群歌唱、旋舞、飞升
瞬间变成了炫目的冰晶
冰晶飞升、旋舞、歌唱
闪耀于深夜黑亮的穹顶

星空浩瀚
那些亘古的锋芒
灿烂的孤独

春节

无尽生长的日常上
一个节因团聚而舒缓隆起

读大学的女儿放寒假回家
先于她抵达的
是今冬最美好的天气

我看见她的额角凸起了
几粒浅浅的痘蕾
春天，你的意象如此鲜明

下不为例

毕竟还有几许魅力残存
那就用平静的眼神和挺直的腰板藏起

也自省出不少可笑甚至可鄙
那就笑着对镜指点告诫

你这家伙
下不为例

一天的收获

终于读完了一本书
大多数字行如彼此雷同的街道
从眼前一掠而过

终于回复了一则短信
至今未约的旧梦偶像
残烬中急需一粒暧昧的火星

终于等来了傍晚的健身
你还有一次未来的约会
你还有一墙未读的藏书

春眠

花瓣坠落
众鸟噤声
默读春天的头条新闻

晨风在新换的纱窗外行吟
春天啊
你这梦想的锦衾

月是故乡明

家园遥远成故乡
高悬在夜空

远景明亮斑驳
在怀想中丰茂逼近
村舍。老树。打麦场。井水波纹幽亮
消逝的人与事闪烁来临

有些人，登上的只是颗月球
就说：月亮里只有荒漠

背对世界

给你一个背影
上面写着
我还回来

找一个你视野外的角落
我只想用我的眼睛
看看我这个真实的自己

哪怕
只有瞬息

重逢

我离开我们的过去前来找你
带着那段你的过去

你现在宅院很大房子很多
却安放不下那个过去的你

我说也许是我敲错门了吧
说完就带着你的过去退了出去

从此我们两个各自漂流异乡
再也找不到原路回去

有一个地方

所有的风云、江河和道路
都终将流向一个地方
有一个地方，注定要
终结所有的漂泊与行走

有一个地方，新装的门上
紧锁着一把锈死的旧锁
房子很老了，窗口还
亮着比朝霞更年轻的灯光

有一个地方，一首歌
忽然飞进了失聪的耳朵
眼睛在失明之后
却说自己什么都看懂了

对面的风景，深远的日常
每一棵树的根须与枝头
都结着我热情而疼痛的心跳

果实

快出来吧
都洗干净了
都是新的

清澈的眼眸们在窗外闪烁呼唤
相信我也会走进清晨
被洗成露珠

虽然，还会有灰尘、尾气和噪音
还会有信息的碎屑满天飞叫然后纷纷落下
把露珠层层掩埋、包裹、渗透
直到它们在真实中慢慢定型甜熟

果实累累
满枝繁星

艾草

我还记得你们的最初
惊喜的鼻子
好奇的手

以我清苦的芳香为索引
你们装订了一个节日的千年册页

在血脉的河流上远行
嗅觉，远比导航重要

记忆

再清寂的池水
也会波光闪现

记忆一直活着
在深处顾盼呼吸

德彪西的月光

滴落
汇聚
流淌

流动的月光
流了一百多年

时光深处，早该有一个
月光的湖泊了吧
每个夜晚，都光明圆满

无须刻意地前往寻访
偶尔想起
就能为心灵之灯充电

【注】作于2013年9月7日。闲暇时，最爱听法兰西人德彪西的钢琴曲《月光》。每次听后，都觉得宁静、充实、圆满，所谓的“客心洗流水”，亦不过如此吧！

独白

请容忍我
归隐内心

那里还有一些孤独
正在失去等候的耐心

我们彼此疏远
却又灵犀相通

幸福与幸福偶遇
开始时
会觉得尴尬陌生

光阴

闭上眼睛
谛听今天的降生

越来越混沌的是生活
越来越清澈的是光阴

有多少年轻的音容
刚刚脱身于黑暗的囚笼
就又被绑上光明的战车

真想解开太阳这枚纽扣
看一看时间的心胸

岁末

一些背影渐行渐远
一些面容越来越近

岁末的阳台上
谁在检阅无穷而不返的行列

永恒的书房里
谁在反复欣赏一张老唱片的正面反面

陶醉

越来越难陶醉了
再多再烈的酒
也只能让我在兴奋与沮丧之间颠簸
陶醉比天堂还要遥远

越来越容易陶醉了
只一声清越的鸟啼
就会让我沉迷忘返
传说中的天堂，就在身边

终有一别

习惯了
一个人走出家门

上班，出差，或者
找个借口暂时逃离

说一声“走了”就走了
拥吻、挥手已经遥远成记忆中的仪式

终于有一次，走的时候
连一声“走了”都没有说出来

如此仓皇，来不及备足返程的盘缠
每一件遗物上，都显影出真相的留言

终有一别
终有一别

我

每一个人都是灰尘
污染过我

每一个人都是清水
洗净了我

我是灰尘污染过每一个人的清水
我是清水洗净了每一个人的灰尘

我是每个人的杂糅
每个人又都不是我

我只是一个我
一部刚问世就绝版的孤本妙作

眼神

人群荒芜
有了你
就是青翠欲滴的早晨

街市繁华
没有你
不过喧嚣纷扰的红尘

比泉水还清澈
自不甘失落于江海湖井
比星星更明净
却不肯逃逸到九天虚空

幽潭一样的夜色是你吗
炉火一样的晨光是你吗
宁静地燃烧燃烧着宁静

在冬夜深厚的地心里隐居
朝霞与晚照
桃花与冰晶
都来自你
都是你的年华消息

旅行箱

大衣柜的柜顶
停着一个旅行箱

上一次的旅行已很遥远
旅行箱里空无一物
只剩下心事疯长

同样遥远的
还有那个梦里小镇
一枚花瓣一样的趾印
曾与旅行箱一见钟情

渐渐蒙尘，旅行箱
就像一辆加满了油的汽车
泊在每一个整装待发的早晨

出走

在月光中醒来，想象
窗外的世界会比梦境更美

门户与门户隔街相望
当中的青石板路
一条光的河流一直流向月亮

此夜，如果溯流光而去
也许可以邂逅一人
正准备因月亮离家出走

公车上

城市是连续放映的电影
我们是心不在焉的观众

我们是即兴表演的演员
城市是从不缺席的观众

我们只按自己的角色喜怒哀乐
城市收藏着我们的脚印和心情

尖叫

有一个孩子在尖叫
楼下，马路边
在我看不到的天空一样的地方

另一个孩子
以尖叫来应和，接着
是好几个孩子尖利的笑声

猛然，我想起
现在已到了周末，傍晚
学校刚刚放学

诗，并不能改变什么

诗，并不能改变什么
白昼与黑夜
生存与死亡
荒芜与繁华
困厄与腾达
都不会因为诗而改变

诗，并不能改变什么
爱情仍旧迷乱脆弱
知己依然千金难求
艺术始终癫狂热烈
哲人还在孤独散步
诗，只是永恒的回响

诗，并不能改变什么
她只是改变了我
然后就改变了整个世界

分裂

我离开了我
我和我
是两个

堕落深渊抑或坚守绝境
两个极端
致命牵连

只有天使降临
那两个我才会和谐为一双翅膀
飞抵天国

诗

一次邂逅
闪电静默

猝不及防
全无抵抗

你，一下子
被彻底照亮

访旧

总以为
往事还存放在原处
甚至，正在继续生长

还以为
你仍在往事中静守
等待走失的我回来

一条大鱼

我梦见有条大鱼
一下子跳进了我的怀里

热情的眼睛
年轻的身体
心在“扑扑”地跳动
鳃与鳍鼓动出初恋的气息

多少年了，无数个黄昏
我天天到河边散步读诗
追逐着那团热情的阴影
一条小鱼在嬉戏中长大
积蓄着足够表白的勇气

这是祥瑞的征兆
还是神的谕示
如果没有神话般的梦想
怎么会创造出爱的传奇

哈姆雷特

茶桌上铺着白底蓝方格子台布
格子里
满满的阳光午后

阳光中，一杯绿茶刚刚冲毕
茶叶无声，翻腾沉浮

满腹心事的哈姆雷特
已经上场，即将独白

中秋月

多少次
云霞绽放又凋零
才结出这一枚圣果

干净、圆满、唯一
回馈了谁的劳作
照亮了谁的归途

车过包头

车过包头，再往东
就是呼和浩特
大青山怀抱着一座灯火青城

车轮沙沙
暮色渐浓

月亮的圆脸一点点俯下
贴近前窗
后视镜里洋溢出晚霞的红酒

原来，我们
竟来自霞光花苑
正前往月亮之城

烟花

地上的花
开到天上

天上的花
落在心中

繁华寂灭
天地倾听

空虚深处
春意渐浓

往前走

往前走
是一条林荫小路
清凉里，长椅睡觉
你可以坐下打盹
也可以径直走过
留几个脚印给鸟鸣微风

往前走
是一个公交站点
站牌前，等车人正低头狂刷微信
你可以等那辆车来
也可以目送所有的人离去
然后再走

再往前走
是一个十字路口
喧哗与骚动围困着城市的内心
你可以选择一个方向突围
但最好还是停下脚步就此编篱结庐

推开四壁上的窗扇

你会看见

时光流转不逝

生活锦绣永驻

四季们正被变着花样穿戴

反复走秀

我梦见

我梦见
母亲比去世那年
还要老

戴上老花镜找东西
她仍需摸索大半天

她说想回老家的老屋
天气一天比一天热
雨季就要来临
她放心不下

我知道
乡下的老土屋早成了废墟
我知道
母亲的老屋在废墟之下

我抱起母亲下楼
母亲比月光还轻

我的脸颊与额头
享受她安详的鼻息

我知道
这是离别之离别
泪如雨下

永无宁日

总以为
宁静在他处

你背叛
你逃离
你追寻
你投奔

你
永无宁日

有一个人

——想念母亲

有一个人
住在天上
一个至亲至爱的人

我们先在大地上相遇
然后，在小屋里割离
然后，相亲相爱
然后，又是别离

感受了最痛切的思念
更加相亲相爱以至相知
我用带血的手指和眼泪留她在泥土之下
又用祝福送她抵达天国

从此，有一个人
住在了天上
一个至亲至爱的人

从此

我有了最美好的归宿

从此

我开始相信并向往重聚时刻

同学会

旧日时光中
浸泡着我们共同的
老老师
老同学
老教室
老故事

彻夜无眠之时
你一定听到了深情的呼唤——
回来吧
回来吧
都回来看看我们吧

从天南海北四面八方赶回来
回来后才发现
老老师远比想象的年轻
老同学尚未青涩褪尽
老教室时尚成了漂亮的新楼房
老时光里依然桃花灼灼

春潮涨满两岸阔

原来
怀旧不过是简短的过门儿
当下才最值得歌唱
未来也美如锦绣
下次相聚更令人向往

从此懂得
时光永远年轻
生活美丽如常
即便是死亡这枚正果
也需要我们努力成长一辈子
才有资格最终结上

雪糕

管它是谁设计了我
也不想知道
那个谁想赋予我何种意义

一个坏脾气的孩子
或者一只长满老年斑的手
盛夏，只要遇上了
我就可以无声地坠落为

堕落。烈日之下
炽地之上，不规则的一摊
开始向无极之美舒展
直到抵达原初

在故去与新生之间
有一段苟且的幸福

好多话，强咽回肚里

好多话，强咽回肚里
沉积为块垒

或切割砌筑成城府
或闲置散漫成废墟

余下一些冥顽古怪
用之无益弃之可惜
刀斧难斫风雨不蚀
如珠于蚌如鲠在喉

索性，用生命打磨
尽肝胆倾吐
为窥天语
为泣血诗

窗

天地在室外
凿一孔窗以交往

天地在心中
画一幅窗来自赏

当墙壁不再是阻隔
所有的窗都成为风景

窗前可容膝
静观众妙
悲欣交集

崛起

那一天
家门被砸开
衣裳被剥尽

肉体已经伤痕累累
仍在包裹屈辱的高贵

热血倒流回骨髓
冲搅成为岩浆
日日夜夜
在黑暗中沸腾燃烧
在冷遇里凝重沉积
从容隐忍
壮大坚挺
突破崛起

古老少年
启程追梦
谁能阻碍

雾霾

插焦灼的香烛
膜拜神佛

建贪婪的烟囱
膜拜财富

欲焰熏天
惹享主们于上界惊呼

雾霾
雾霾

下雪了

下雪了
你可以吃肥羊火锅
喝比火锅还热烈的老白干

然后，逆风上街，踏雪回家
来不及脱鞋就上炕
蒙被子大睡
嗬！炕头真热

在干渴中醒来
喝一瓢凉水，然后失眠
想过去的人
想今天的雪
想明天的事

窗外雪落无声
身边鼻息春风
刹那之间，你读懂了
冬天的内心

心心相印

我在等待
一段时光

空白如素笺
明窗之下
净几之上
它也在等我

我亦该如此
虚心到空白

如此，才有
明月照积雪
玉壶藏冰魂

如此，才会
与它心心相印

诗人

生命在时光上倒影
声色鲜活
情节流动
如未经剪辑的胶片

所谓生活
一场简陋的皮影戏
或一场天价大制作
只是倒影

时光上倒影的生命
临水鸿惊
对镜启蒙
偶像浮现即表演天成

生命表演为生活

舞台扩张为社会
戏装异化为皮肤
脸谱生动为表情

擅长画皮的是厉鬼
敢于卸妆的是诗人

今天的意义

对于大部分人而言
今天的意义
是今天结束了

对于一些人而言，可以加上
今天要为明天
做一些必要的铺垫

对于少数人而言，还可以加上
今天生长出对明天的悬念
如草尖晨露，紧张而美丽

对于我而言，还可以最后加上
今天写了一首诗
思考今天，送给明天

涛声不息

人事匆匆
粗暴闯入
草草逃离

灰尘，飞起
落下，飞起
足音杂沓
灵镜蒙翳

唯清流一脉
靠心跳鼓荡
流淌于大地

虽纤弱如垢面上的泪痕
亦尽力映照荒芜
虽轻微如小丑内心独白
亦尽力涛声不息

涛声不息

世界一点点宁静

涛声不息

尘埃落定为沃土

清明串儿

最上边
是一片天蓝
最下面
是一片雪白

高天厚土间
草绿桃红杏子黄
青山新雨后
款款紫燕飞

轻轻缝缀在我胸前
清明串儿啊
你不是民俗的徽饰
更不是神秘的图腾

你是母亲
深情的指纹
朴素的哲学
灿烂不谢的七彩绮梦

前途

再往前走是落日
走过落日是黑夜

黑夜是摸不准方向的路
路上有饥饿空寂的陷阱

是谁说的
一定要坚持走下去
走下去了
就一定会有前途

在一颗最亮的星辰下
我站定，坐下
入静，领会神的谕示

天亮了，然后
太阳光芒四射
然后，我发现
自己前途四射

奔跑

身后，悬
一条皮鞭
眼前，挂
一束干草

向往与恐惧对流
掀起持久的风暴
在风暴的怀抱中
你无休止地奔跑

途中也遇时光静好
天蓝云正白
茶香绿袅袅
落花无声逐水远
鸟啼有意喜自娇

然而，那个声音
总会适时响起
诸事未了

请君快跑
风景前边更好

好吧
好吧
奔跑
奔跑

森吉德玛

一九八三年，十八岁的我读到了乔正宏先生的叙事长诗《森吉德玛》，泪水多次打湿书页。二〇一六年六月八日晚，五十一岁的我有幸在鄂尔多斯大剧院观看到了民族舞剧《森吉德玛》，仿佛他乡偶遇失散三十多年的爱人，涕泪横流不能自已，遂有此诗。是为序。

那滴泪
三十多年了
还是泪

没有
冻结为冰晶
没有
蒸发成盐渍

只为等到今夜
泪滴汪洋成湖水
湖水中央站着你啊
莲花一样的森吉德玛

在乐舞中生死爱恋
使湖水凝为泪滴
泪滴中只有你

在这碧绿的琥珀里
森吉德玛，你永远年少
而我，已两鬓斑白

南山

幸有一桌临窗
窗外幸有南山

眼睛累了
望一望南山
心情病了
想一想南山

小小南山
翠微一叶
是清凉的眼贴
胜疗疾的茶药
翠微一叶
小小南山

总有一天啊
我会进化成一枚碧虫，于这
翠叶上静眠

等待风干
拒绝化蝶

夜行

黑的是远方
灰的是道路
又白又亮的是水坑

更白更亮的水坑
是明星和满月
高悬在我们头顶

或者，我们追求进去
或者，它们倾泻下来
或者，彼此守望无声

结果都一样
无非是些
波澜、风雨、痴梦

我与明天结伴而行

脱光衣服
拧灭床灯
让面具涣散、风化
尘土落回原处

让我回到我，只一个我
处在我本来的位置
虚左，等候明天
一同登上时光马车

我与明天结伴而行
从太阳出发
路过白天的劳作
路过黄昏的幻想
再回到太阳阴影深处

星空之下，我想握手言别
才发现，天地间只有自己

脱光衣服
拧灭台灯
让面具涣散、风化
尘土落回原处

让我再次回到我
并如斯反复不止
像老诗的重章迭唱
越来越紧凑
越来越纯粹
越来越健壮
直至抵达天真如初之境

人生是一场
与明天相伴的旅行
一加一何必大于二
最好小于一

圆满之缺
生气源源

清贫

坚持买彩票多年
梦想和贫穷永别

富有，不一定
都与肮脏是血亲
清高，不一定
非得同贫穷联姻

辛酸苦涩的汗水已攒够
还需要一块运气的抹布
倾尽心力，擦洗去贫的
污垢，再现那清的丽纹

何时，终于，能穿上一双
干净体面的鞋子
在诗文当中边吟哦边散步

空山新雨后
醉人木清芬

锦瑟

天生丽质
细腻华彩

似乎，非五十繁弦
不能演奏生命大曲

招来多少手指啊
好奇地拨弄
快意地揉压
恼羞成怒地弃掷
践踏，然后狂笑

自己的修长十指
自己的锦绣灵器
自己的梦蝶神曲
茫茫宦海相散失

被操弄的锦瑟艳曲
堂而皇之

华丽无章
除了丝竹间的苟合
还有什么

叫喊疼痛
羞惭不洁
寒意彻骨
绮梦寸断

都是弦外心音
都是难言无题

请熄灭所有的街灯

请熄灭所有的街灯
让月亮从容降临

请熄灭所有的窗孔
让月亮慢慢走近

你说你早已洗净十指
想替她拂去仆仆风尘

你说你早已远避喧嚣
想听她描述沿途风景

长风几万里
茫茫云海行
不畏红尘污征衣
依时皎皎映碧空

年年今夕
游子回家

果实聚会

都靠这盏照路明灯

请熄灭所有的街灯

请熄灭所有的窗孔

请熄灭所有烟花明灭的心情

梦里一门虚掩

诚邀月亮入境

旅行家

可去的地方
越来越多

很多地方
都已经去过

胸中丘壑
汹涌成苍茫
习惯独行
宁静而欣悦

是种子，总会找到泥土
是倦体，自有安息恭候

沸腾了半生的恐惧

那沸腾了半生的恐惧
终于
冷却凝聚沉着于海底

一块对抗风暴的碇石
抑或
一根蓄势的定海神针

从此，可以
宁静地慎独
宁静地奔波
宁静地休憩

梦境，豁然开朗
生活，云淡风轻

晒太阳

双目微阖
心瓣虚掩

等待时光如雨落下
充满
溢出
流淌，汇聚成江湖

湖面只画莲的倒影
临风静若处子
照水漪澜成文
由衷喜悦香远益清

逝水汤汤
尽归我心

深处

夜，在
昼的深处

灯，在
夜的深处

我，在
灯的深处

梦，在
我的深处

你，在
梦的深处

诗，在
你的深处

世界，在
诗的深处

奇迹

脱掉鞋袜
赤裸有枝趾和伤口的汗脚
尽情舞蹈

大地落雪
素宣的鼓面，留下
脚的畸印

你的奇迹

让人悸动的鼓声咚咚响起
让人瞠目的奇葩绽放绚丽

性灵踢踏
生命狂草
旧日伤口
兴奋殷红
且圈且点

镜子

许多年前，我
有过一面镜子
藏在水晶的心中
随时能看到自己

多年以前，我失
手打碎了这镜子
镜片们流散人群
成为大众的眼神

奔波穿梭，我
想使破镜重圆
在他人的森林里
在眼神的星空下

寻寻觅觅，我
迷失然后回归
走出他人的森林
提炼眼神的星空

一个月夜，我
终于看到了我
森林之上的圆满
星空之中的唯一

镜子当中，我
俯瞰口碑之林
瑕疵间含蓄画意
笑容里隐藏伤痕

伤逝

没有蹄声嘚嘚
更无尘烟生灭

再无一晤之缘
只剩再三思念

我浸泡在与你的往事之中
逝水渐渐温热
花瓣浮泛猩红
我悲伤亢奋慵懒而后自失

残酷的恶搞
自囚的魔咒

你被化作时光
任我寻觅守候又呼唤
直至咳出朝霞与落红
再也无法现身

再也无法笑喊
嗨！我在这里

在一座陌生的城市中醒来

在一座陌生的城市中醒来
床是孤岛
其余的，都是黑亮的海水

梦里，你星眸闪烁眼角生风
头发飞扬如夜幕
锁骨皎洁如新月
亮晶晶的牙齿整洁而又湿润

你，从何而来又由何而遁去呢
未闻鸡鸣
窗户紧闭
正对床头的电视，瞳仁般深情

而且黑亮如海水
像既无法虚构又永远
发生不了的故事

沉默

鄙视种种表白
也不屑于借酒抒情
我只有，沉默的眼神

沉默着，目送你背影远去
“咚咚”声响起
你的足音共鸣了我的心跳
那难言的阵痛

你要去哪里
你能走多远
我已经准备好梦想的疆域
千山怀抱万水
任你踏歌而行

从此，每一秒钟
我只是你一小朵脚印形状的土地
两行永久的沉默
响应着你的任性漂泊与悲喜行吟

XIN GAN QING YUAN

第三辑

那条大鱼知道

暗疾

冒着时光前行
渐渐地
我们千疮百孔

多数箭矢来历不明
多数伤痛无法呻吟

伤口结痂然后脱落
我们静若斑竹箫笛
我们动似金钱锦豹

大风呼呼刮个不停
我们的缄默被呜呜吹响
往事想借伤口呼吸
暗疾发作窗纸瑟瑟颤鸣

箫笛繁弄，锦豹奔突
美丽与隐痛息息相关
生命的音画几人能懂

未来，永远荒芜辽阔
我们，永远逆风而行

你也有一朵盛开的房子

生命的花朵中，每一缕
蕊丝，都是死亡的钥匙

正如，此时此刻，你的房间里
点亮台灯的电线
刺进页隙的不锈钢书签
星空斑斓的夜晚
依旧会苍白乏味的明天
每个事物，都能开启死亡之锁

死亡的荆棘，从生，暗长，合围
成封杀之墙。所有的暮色从这里升起
所有的凋零在这里密谋。可是

最美的生命，却视之如南山下的竹篱
并聊赖它，自在、安详、烂漫
四季盛开，修炼成天地间的奇葩

如此

你也有一朵盛开的房子，房子中的你
是一炷因燃烧喜怒哀乐而芬芳的花蕊
是一枚既享受生趣也忠于死神的钥匙

陌生

睡着之后
会去哪里

一觉醒来
能否回归

每天，都在告别
我们彼此
狭隘肤浅的熟悉

共同走向陌生
于陌生中
再次一见钟情

最好，空气新鲜到芬芳陌生
最好，我们陌生到彼此吸引

删除

我的目光，无数次擦拭你
我的想象，无数次摩挲你

于是，你成为平面的满月
映照我也明暗着我的光阴

可是，渐渐地
你这月亮中竟然没有了你
斫桂吴刚捣药玉兔都是我
叮咚交响表白

无休止侵扰
直至逼你逃离
我所深爱的
不过是我自己

我对我，不屑一顾
我决定，将你删除

黑夜

更大的人群，聚集起来
更大的声响，漂浮起来
纯净的天色，昏暗起来

天色黑透
一个个体温的红点
一簇簇喧哗的红点
一次次叮咬的红点
数不尽的红点闪烁
黑夜来临

为什么要坚持守候浩浩荡荡的水声
因为我坚信：在嚣尘
的黑夜之上必还有静穆清澈的星空

明天

他们知道我已经睡熟
他们又开始翻动剧本，更换布景
他们要悄悄编导明天

他们不知道我梦境里秘藏风景
风景里蜿蜒着彩虹一样的小径
小径在碧海青天之间袅娜飘逸
我的明天就在那飘逸袅娜之中

他们没有发现我今夜失眠
刚刚觉悟了应当创作什么样的明天
我不屑于抄袭经典，我要
以梦想为底本，创生情节重画布景

明天，还会于明天到来
观众依旧，舞台依旧，只是
从明天开始，我的明天
要由我来自编，自导，自生

生命中，哪一条隧道

生命中，哪一条
隧道，可通向你的爱情

爱情中，哪一个
眼神，流露出你的内心

内心中，哪一幕
音容，印象在你的天空

天空中，哪一种
情节，生动了你的梦境

这些令人绝望的追问毒酒
多少年了一直酝酿于我的心中
之所以至今没有和盘托出
缘于毒酒里仍涵养着痛的浮萍

浮萍！一个个大大小小的青铜古镜
酒碗里的星空，映照拼贴出那个我
四面楚歌，还紧攥脱水的诗歌爱情

在夜航的飞机上

在夜航的飞机上
我看见：时光用一整匹的大
黑布覆住了大地
黑布之下，万物在起伏挣扎

在飞机的下降中
我看见：城市在黑布里子上
刺出了灯火锦绣
黑布之上，时光的足音怅然

即使，那一天真的来临

即使，那一天真的来临
也不能消灭这烟火油腻的街巷

街巷的尽头，黑夜的入口
最后一盏路灯下
我，手捧着一截我的脊骨

啃了多少遍
吮了多少遍
把玩多少遍
木头般干净
玉一样温润

它是那街巷的垃圾
它是这黑夜的把手
它是我唯一的干粮
它是我护心的法杵

它，是我的一截脊骨

即使，那一天真的来临
我也能安身于尊严
我也能立命于宁静
我还有一身这样的骨头

最重要的事件

喝茶。读书。想心事
心事浩茫连广宇
写诗，一句得意
就能粪土金钱万户侯

书，还没有读到一万卷
生命早已被一万条歧路捆绑
成毛线球。肥胖，邋遢
等待一只叫戈多的猫来解放

努力做到说走就走
行万里路，只为破茧而出
背囊刻意从轻从简
胸中却妄想装尽天下丘壑

一个波涛满腹的人
终于也要去生活的汪洋中漂流了
当高潮与高潮共鸣
就会协奏出物我合一的交响神曲
酿成一起最重要的事件

回家

大客车冒雨疾驰
由呼市到东胜的一段天地
暮色浓重而潮湿

左侧的车窗玻璃上
雨珠先滑行成蝌蚪
接着又游走为精子

它们，与我的方向相反
目标却又同一：急匆匆地回家
睡觉，长成明天的样子

我们

我们吸纳勇气
我们喷吐恐惧

我们展开自信双翼
奔驰，滑跃
飞翔，出剑
胜利，凯旋
于自己的航母大地

我们，要依靠自己
抵达我们理想之地

葡萄园的恩泽

宇宙的葡萄园里
星球，累累悬垂

时光，从一个星球走到
另一个星球，路途圆润地起伏
勾勒出一个又一个美丽的母体
要孕育永无穷尽的可能

为此，我们就应该天天在午夜沐浴
清洁，唤醒，以我们的一切去感受

早晨，如新鲜的甘露
正午，这浓烈的醇酒
黄昏，最清澈的眼眸

如是，我们应该天天鼓舞庆祝
这些来自葡萄园的恩泽
正在映照我们共同的宿命幸福

人生种种喧哗，不过是果实上的天真游戏
再新意迭出的自我奔突
都逃脱不了生长、成熟
丰收、富足，升华寂灭，再回到时光深处

那条大鱼知道

我从远方赶来，站在
城市的入口
人海的码头
内心的潮水涌动呼啸

因为把世界当作了风景
所有的漂流都变得奇幻美好
无数的眼神如星光倒影

鼓励我下海
去邂逅去重逢去诀别去恋爱去和解去斗争
去中流击水

加入本质生活的摇滚乐队
写诗谱曲叩击弹拨敲打扭动嘶吼制造潮汐
凡我所遭遇者皆摇曳起伏

为漩涡与高潮歌唱，尖叫，流泪
于是，海水荡涤红尘，世界重新天人合一

混沌如初，元气淋漓！那条大鱼

知道：诗和远方，从来就不在他乡
真正的诗人、歌者和乐手
生命最深处一直沸腾着地心的岩浆
幽暗，柔软，炽烈，疯狂

诗歌厨房

昨夜，在厨房
分解一只肥羊

我把整片的肋骨
按两根一组拆切

每组，再从中斩截为两段
使其成为常见的那种款式

清炖，红烧，酱焖，炭炙
体形趋同，味道中规中矩
的小羊排，仿佛
五言或七言绝句

一截一句
四截一首
古典稳健
出于厨房

我这才知道
原本在生命中行走吟唱的诗歌
是如何变成
诗刊与诗集里陈列的诗行的了

例如这首
诗歌厨房

写诗的人

写诗的人，那时还很年轻
头颅像麦穗儿
锋芒茂盛锐利
脑子里长满了秋天和果实
的梦想。正午时分
出逃到旷野

拿着放大镜
收集火苗，想点燃
全世界的激情

写诗的人，而今已过知命
头颅像火柴头
光洁而又赤诚

脑子里悲悯着冬天和夜晚
的冷寂。子夜时分

留守于内心

戴着老花镜

挑拣细节，想铺路

迎接灵魂回家

泡茶

等开水渐渐平静
电热壶
不再战栗、喊叫

玻璃杯一如晨露
封存着
去年早春的绿芽

那使水沸腾的热望
能催熟
多少露珠的果实啊

供白昼扎根的夜空
结满了
往事般灿烂的星辰

风景

窗外的四季阴晴
只望了几年
就格式化为空洞的画幅

而你神秘的眼眸
几十年了
每望一次
依然是猝然遭遇的风景

煎饼

虽然，终究要被吃掉
虽然，马上即被卷起

但是，毕竟还
可以摊展自己

要展就展到极致之境
尽兴舒张
如大地
如长天
不辞稀薄
如孕育天地的大空虚

如此
你，自是王者
如此
你，才是自己

真相

深秋。多少黄叶
飘落于大地的掌心
与一棵大树惜别

清晨。一棵大树
正扎向天空的深处
挣脱下无数金锁

你的

你的痛苦
只是你的痛苦
别人难以感应
你也不必愤怒

你的幸福
只是你的幸福
别人难以陶醉
你也不必强求

你的孤独
只是你的孤独
别人难以进来
你也不必走出

你的所有
只是你的所有
别人无须在意
你又何必辜负

世界上最丰硕的幸福
往往生长于孤独宁静的园圃
那些芜杂青郁的痛苦
最好像野草一样收割，然后

焚烧、翻压、发酵，使之
成为芬芳、热烈、强劲的沃土

临终

此时此刻，一日临终
我想像明天的早餐
乱山堆叠，柳暗花明
餐盘里的峥嵘秀色
美好如屏风，遮挡前途的
汗水果实与泥泞欢饮

去岁除夕，一年临终
我欣赏灿烂的烟花
明明灭灭，乐此不疲
天空上的生命哲学
华艳如辞藻，挡不住晨光
霜雪，渗透青丝夜幕

某时某刻，一生临终
我看到自己的真容
爱恨怨慕，日月星辰
都是我的真诚倒影
缤纷如落花，抟聚九万里
扶摇羊角，载我远行

孤独，是一面多变的镜子

孤独，是
一面多变的镜子

或如满月
照见我们的残缺

或如残月
照见我们的圆满

当月亮生于心海
我们的天地就大了

当镜子挂在灵府
我们的生命就亮了

明天，我将松开我的手

明天，我将松开我的手
不再拉着我助跑，起飞

从松开我的手开始，明天
我将容忍麻雀在檐下八卦
也会原谅生活堕落回尘杂

生命的走廊喧嚣锦绣
走廊的尽头安详空明

与自己结伴，可以抵御绵长的诱惑
敢纯粹独行，才能听懂命运的歌声

也许某一天
我和我，会邂逅于陌上
并一见如故

静夜思

我想写一首小诗
挂在静夜的睫毛下
让风吹出最想念的节奏

此时，每毫光阴都是你

而在你的静夜的睫毛下
星空奏响的风铃群
真就与我无关吗

逛书店

书架之间
巷子又窄又深

作者们，躲在
扉页后谛听

近了，远了
节奏微妙的足音

远了，近了
星云一样的指纹

乡愁

此时
我已醉倒在
故乡的陌生当中

而你回乡的列车
正轧过我的
乡愁

结石

最高峻的山脉
下，一定有大地
最沉痛的伤口

所有的石头
都是病，都是
血痂的碎屑

陨石拖拽光明堕落熄灭
巨石不停滚向西绪弗斯

先驱的鞋子里潜伏恶意的砂粒
倒退的车轮下挣扎悲壮的眼石[①]

你，曾否被零射程的子弹射中
肺腑中，嵌着长成骨肉的结石

① 眼石，垫在车轮后用来阻止车子倒溜的石块。

我和果实

早晨
刚想起去南山下播种
冬天里就长出了春天

劳作与梦想交互
秋天，盛大到来

越来越多的果实
在大地上集会
先是感谢种子
然后，开始等待

而在此等待之前
我已忙于虚空怀抱
擦洗肩膀和脊背
与果实们结伴回家
是多么神圣的仪式

我们一起回到村庄

刚刚安顿住下
冬天，就真的来了

雪不停地下着
这些天堂的面粉
在炫耀谁的富足呢

我和我的果实
互相依偎取暖
酣睡融合生长

一觉醒来
我长成了农夫
果实长成了种子
冬天，长成了春天

日子

日出于东南
跃上那一片楼宇，那
群峰的极顶

我看见
我的鼻尖和颧骨都
明亮了

还有膝盖还有搭在
膝盖上
的手因拳曲而隆起
的骨节，也峰峦般
明亮了

我还看见我的笑容
在西墙上投下剪影
金色的
欣悦，衍漾成背景

我看见
日终于上升为镜子

多少人
将从镜子中
照见：自己原来是光
芒，是阴影
是这光阴斑驳的日子

暮色，柳暗花明

天空，一角灰蓝
楼群窗户亮起点点青绿
霓虹灯红艳零星

鄂尔多斯的冬天
黄昏在我的窗外，保鲜着
荷塘初夏的江南

几叶橘黄的路灯
光飘落。初夏荷塘偷偷录
制鄂尔多斯秋声

虽然被人类分析
时空依然混沌：一觉醒来
你，依然会看到

江南初夏的莲花
正绽放于鄂尔多斯仲冬
暮色，柳暗花明

买书

又买回来好几本书
这样，书房里，就又该有几本书
不再孤单、恐惧了

也许，有一天，我的书们
真的会在最深的夜里，手拉着手
跳舞，唱歌。星球漆黑如
始祖的眼眸，纯净、深邃而热烈

我的书房，就在那
眼眸最深处，燃一蓬神秘的篝火

鬼步舞

十几个烧焦了的树桩
一个被生活击倒的人
捂着脸蹲泣
抹把泪站起

脸依旧狭长沮丧
好像脏污的门帘
又重叠上若干阴郁的诗行
门外，朔风渐起天色昏黄

听啊！大风掠过金属的树梢
听啊！五十根电线鬼笑狼嚎
听啊！树桩们脚步咚咚响起
听啊！有多少命运前来敲门

来吧！所有的乐手都自命不凡
来吧！我的家一片废墟唯门尚存
来吧！敲击风暴的同时也激发闪电
来吧！唤醒我照亮我炫丽我鬼魅舞步

跌扑

跃起

旋转

滑行

燃烧

抖动

灰烬纷纷

皮屑纷纷

落花纷纷

大雪纷纷

星光纷纷

此时，这一个新我

多么干净

多么蓬松

在生活的暗夜中

在生活的暗夜中，我
看见，窗外光景明亮
听见，世界笑语喧哗

在明亮的笑语中，我
走向生活暗夜里最黑
暗之处。最幽深的黑
暗里，宁静之光闪烁
像信号灯在昭示：前
方是出路，也是入口

走下去！我将看见明
亮光景的光源，我将
看见喧哗笑语的内心

我将发现：黑暗是天
堂垂下的台阶；地狱
之门，不在黑夜深处

天眼

你是一颗明星
就得任人指指点点

你是一块碎石
就得任人踢来踢去

你什么也不是
那就任人视若无物吧

那就任自己
被晾挂在碎石与明星的中间
被无尽的盲目和无尽的虚无
磨损成天眼

大而无当
冷静空阔
疏而不漏

路

认识你之前
我的前方是路
路的尽头是前方

认识你之后
我的前方是路
路的尽头是你

终于，和你结伴而行
我们的前方是路
路的尽头是我们卑微的幸福

我们的小土屋
我们的旧铁床
我们的宝贝女儿
我们的头发斑白却
还喜欢叫我们乳名的老父老母

如今，我们正和幸福结伴行走
我们的前方是路
路的尽头，是还在生长的幸福

恋歌（八首）

1

还要走多远
我们才开口表白
或者张开双臂相拥

在我的心中，鼓
已经响过一通又一通
向前冲锋或者就地被擒——
合理的结局，总是难以水到渠成

我们在一起。一起陪着逝水散步
一起欣赏：爱情松懈为事情

2

赶夜路回家。太阳初
升，草地上露珠
闪烁。摁响门铃，你

手拿着牙刷跑来
贝齿上的泡沫比晨曦
都新鲜。轻轻划
去颊上的泪水，粗糙
的手指上有星光
的气息，烟草的气息

3

如果，我是骑马
归来，此时一定会有
萧萧嘶鸣应和我
们爱的燃烧肉的灰飞
烟灭。窗外桃花
灼灼芳草天涯，淹没
了归途与马蹄声

铁石叩击出星火气息
曾明灭爱的索引

4

打开门窗，邀请双燕

进来筑巢。风雨
在远方构思情节对白
我和你已携手踏
上旅途。过去，我们
互为风景；而今
我们只是伴侣！我们
先探访彼此的梦
境，然后做共同的梦

5

演出开始。天幕
漆黑，电闪雷鸣，风
雨候场。我和你
狂奔在回家路上。我
们的家门窗洞开
我们的房梁上燕巢孤
危。我们窜入风
雨的剧本，由群众演
员狂奔成为主角

6

我们有个家！一朵浮

巢，远离造化的
舞台。尘埃一样轻忽
比星球还要自在

没有剧本没有情节没
有对白只有气息

尘埃的气息雨水的气
息，雨箭击中尘埃
堕落成为泥土的气息

7

两个人酣睡在同
一个梦里的气息，甜
腻腻的腐烂的气息

雨的箭头腐烂为种子
长成了骨肉：天
空一样的眼神，花瓣
一样的脚趾，尘
埃一样卑微而飞舞的
心：造化的狙击

8

他从创口中分娩。造
化的招抚使，天
使的姿容，呼吸着风
暴的气息。小小
的拳紧攥着，小小的
脚蹬踢着，小小
的眉紧锁着，单调的
啼哭重复野蛮的
诏令：马上臣服归顺

放下

所有的人事，都喜欢自重自大
把它们从心里放下，打回到
原形：毛发、肌肉、爪牙以及
谎言！及格人生，不过是生
长、发达、撕咬然后自圆其说
欺世者庄严高贵，最擅堂皇

词语

我放下笔，抬起头
观察世界的变化

干净的词语们刚刚起飞
一群蝙蝠首次离巢

在纯粹的夜色里飞翔
她们，闪耀出了星辰

在偶像的面具上乞食
她们，沦落成为雀斑

谢幕

你心事重重走过
没留下半点足迹

你心潮汹涌驻足
听不见一丝回响

剧场里空无一人
生活表演到高潮

台下入戏，你掏
出肺腑加入对白

风乍起树哗哗鼓
掌生活赶紧谢幕

新鲜

一天
和一天，不一样

比泉水还新鲜的
时间啊
源源不断地涌现

我不甘心，只做
饮者

时不我待

我强忍着
不再逐日记录
就让日子
和日子渗透

边界模
糊，回归混
沌，随
物赋形，象
由心生

光与阴尚未
分析开
宜曳尾于涂

不会有谁
叮在耳垂聒噪
时不我待

断章

尖锐的真实

让我们的生活

无法平静甚至平庸

当我看见，雪从西边飞来

当我看见，雪从西边飞来
东边的山坡上，已经万树梨花盛开

太阳虽未升起，我也知道
西边的绮梦里，早有朝霞染红雪腮

我凭发现自己去认识世界
世界的此刻，正映照我的一个花斑

最

最冷静的夜空
孕育最浓烈的霞彩

最无望的枯树
盛开最纯粹的火焰

最艰难的人生
保鲜最高贵的爱情

正午

一条砂石公路，穿过这陌生的村庄
正午。老旧的客车停在当街
卸下一个花头巾一个白头发乘客

车门开了又合
正午。一阵熟悉的饭香菜香
飘进了车窗

我看见，村庄铺陈在五彩的田野
正午。菜籽地金黄，胡麻地湖蓝
莜麦地翠绿缀满了银色的小铃铛

我想去哪里？这儿又是什么地方
正午。饭香里走出母亲的气息
对我说：下车吧！这是咱们的故乡

为父亲写诗

我们在自己的林地里劳作
刚刚修剪过的小树
叶子在清风中抖动闪亮

三十七年前
我写下这个句子，却无法
让它扎根，长成一首给父亲的诗

晚霞烧红了背后的天空
父亲踩踏巨大的阴影前行
陪伴树枝垛成小山的骡车回家

兴奋地坐在小山之巅，三十七年后
我写下了诗的结句：历再造之劫而余
生／每片树叶，都是想飞的鸟翅

点灯

窗外，越来越黑
母亲的足音清晰

一盏老式油灯上炕，点亮
我们的眼眸、颧骨、鼻尖和牙齿
都明艳欣悦，含苞待放

白泥墙上，灯影鲜嫩，墨叶肥秾
围灯的小荷们，永远才露尖尖之角

在辽阔的内蒙古写诗

用牵牛花去写太阳
用酣睡者去写月亮
用工字砖缝去写城市
用挖掘机的辙沟去写草原

在辽阔的内蒙古写诗
我时刻警惕着苍天大漠雄鹰
套马杆以及比辽阔还辽阔的
形容词们入室绑架

无所事事

事情，多得像一大窝马蜂
我最想做的那件
是让自己也变成一只马蜂

事情，大得要遮蔽整个天空
我最熟悉的情节
是大幕闭严后出现两个字——剧终

事情，兴味索然纷纷隐遁
我最赞赏的风度
是大地宽厚，收藏了浮云们的脚印

我不知道终点在哪里

我不知道终点在哪里
但我知道
我还应该一直往前走

即使身后如白纸
哪怕前方属命运
我的脚下有道路
我的头顶是星空

我不知道终点在哪里
但我知道
有个世界愿伴我同行

生活印象

你喜欢照镜子，渴望自己
肌肉棱凸，甚至气焰锐利

你还喜欢洗澡，穿得体的衣服
竭力遮蔽异味以及弱点
只为脱颖成天然中的一个另类

你停不下于利害间往返奔突的脚步
常常腋毛汗湿气息暧昧
左臂上的牛痘疤二十四小时金刚怒目

大地之上并无家园，只有航船
这是你最喜欢的诗句

荞麦皮枕头

枕着你，我可以很快入梦
就好像
睡意的花粉忽然遇上清风

阳光里流动着黏稠的蜜甜
野蜂们四处飞舞嘤嘤嗡嗡
村南洼的荞麦地花开如雪
惊涛拍岸眼看要溢出田埂

梦忽醒见小女正咿呀学语
我看见
金灿灿的光景已闯入家中

新棉被

窗玻璃上冻结出江南的春景
遮住了西伯利亚吹来的寒风
小土炕上再暖个新棉布盖窝
我们是垄沟深处贪睡的麦种

到黑夜最黑处去潜泳，感官之鱼倍加
灵敏：棉桃成熟，绽放出雪白的温柔
气蒸云梦麦香清芬出锅馍馍饱满暄腾

我还梦见泥土般的一双大手
正在遥远的田亩中飞舞搜寻
他挑出一株棉又选定一穗麦
说：从今后由你俩启蒙爱情

苇炕席

你这片高逸美丽的白云
偏落入我寻常百姓的家中
甘愿为父老乡亲们做个铺垫
让他们享受一夜神仙般的轻松

我想那位编席子的女人
心中必定蓄着一汪温馨
溽暑时散发清凉的荷香
寒冬里荡漾春水的波纹

时间是阳光初照又如微尘暗生
把你濯染成赭黄一片汗渍晶晶
你就像一块永远在成熟的麦田
嵌入我的故土，长到我的梦中

子弹 · 你

偶然一次远眺
他穿视野而过
你居留于心中

同样擦肩而过
你是一颗子弹
他是一道风景

另一半

我的圆满平静隆起
世界的破绽坦荡周严

我的缺陷幽深瑰丽
世界的卓异高耸云天

世界的另一半是我
我的另一半叫世界

诗简

夜幕上刺绣灯火
疼痛刻满了竹简

一些简编扎成巨筏
筏上起落梦的旗帆

一些简围插成野篱
篱下采菊赠给南山

迁就自己归去来兮
摆渡自己往返彼岸

既有诗不弃不离
何惧尔荒芜荒诞

流星雨

词语熊熊燃烧，一个
又一个，被抛向夜空

在漆黑粗野的执着上
我一根一根划亮火柴

很多年后，世界停电
她临窗观看天幕巨片

光华淋漓，你破茧飞
天，沐浴于流星瀑雨

后记一

XIN GAN QING YUAN

在这个疾步快走的时代里，写诗是艰难的，读诗也可以说不是易事。诗歌本身具有的排斥性，把真相和隐秘的心思藏在文字背后，如一颗颗深夜里结出的小果实，静待有人打起十二分的注意去品味，而众所周知，注意力是现今最稀少的东西。

2020年年尾，拿到了杜老师的诗集样刊，心里百感交集。当年静谧的校园生活已经过去了十几年，心无烦忧的学生们也纷纷迈入而立之年，生活的压力和复杂渐渐展开。这一册即将付印的诗集，好像又打开了一条通道，让人回望那段时间。曾接触到一个观点：一位优秀的老师，在知识上能留给学生的其实并不多，而且随着时间流过，残存的印象会越来越少，但就是这残存的印象余斑，便是教育真正的意义。可以说它是人格魅力，或是一种热情，在之后漫漫的人生旅途里发出淡淡的光。如果路途崎岖暗淡了，它依然能提供一点明亮。高中生活已过去了十几年，足够冲刷出印象的果实了。

一段回忆是这样：大概是讲起《红楼梦》的一个章节，杜老师谈兴偶起，说起自己年轻时曾花了一个假期闭门不出，细细品读红楼，陋室小桌，但兴味无穷，大家笑声一片。为什么会记得这个小事呢？因为发觉这样纯粹又悠长的快乐实在稀少，信息时代的生活浮于表面，宁静难以寻觅，大把时间砸在雅趣上，称得上是奢侈了，让人羡慕。此外，书或文字能带来的兴味要自己体会，这阅读的剪影让人忘不了。

最后再回到这本诗集。它收录了杜老师几十年来陆续写出的作品，由当年的班长武靖为同学牵头，大家一起张罗集册出版。在早期的诗作里，能品出青年人饱满的情绪，热烈的呐喊，而在一些明显属于后期的作品里，沉静的色调逐渐显现，诗人开始游离事外，用一种更长久的注视观察周围的事物。诗歌是排他的、隐蔽的，既想诉说又只拣最美丽的那部分拿出来，欲说还休，这也是它的魅力所在吧。有幸参与到出版准备中，又回忆起了一些过去的小事。祝愿这本承载着情感的诗集早日出版，成为大家共同珍藏的记忆。

金莹

2021 年 2 月 18 日

后记二

XIN GAN QING YUAN

森吉德玛，你永远年少

而我，已两鬓斑白

在题为“森吉德玛”的一诗中，杜占军老师记述了相隔三十多年与“森吉德玛”的先后两次相逢，“涕泪横流不能自已”，并写下上面的诗句。

艺术永恒且长青，人身处其中亦能与自己重逢。

如今重新阅读老师的文字，晃一晃十余年竟已过去了，感念时光飞逝，也不禁忆起那些做学生时的日子。

在课业繁重的高中时代，杜老师的语文课是令人喜悦而盼望的。老师本身是文学爱好者，更是引领者、组织者，携我们这些学生踏入文学的园地，采撷其果实，领略其芳华。老师对于文学的热情极具感染力，课堂更像是一个文学俱乐部。在那热闹自由的氛围中，聆听老师的洞见，并畅所欲言，书本中的文学作品由此在学生们心中留下深刻的印象；老师又鼓励我们创作，彼此分享，我们因而通过文字更加了解彼此，并且在相互的帮助和鼓励下进步。那是我们对于语文课最热情澎湃的日子，留下了对于文学最美好的记忆。

阅读老师的诗歌，除了忆起学生时代，也基于诗歌本身，对照生活，找寻共鸣，在阅读的过程中许多次深觉感动。

《心甘情愿》这本诗集里蕴含了老师对于时光、故乡、自我、亲人、情感、景物……的感悟与记录，细腻且深邃。诗歌珍贵之处在于对瞬间的捕捉，而余韵悠长。诗集中有许多句子令人惊叹不已，有如“记忆一直活着／在深处顾盼呼吸”的灵动，也有如“我只是一个我／一部刚问世就绝版的孤本妙作”的潇洒。诗歌形式多变，有《写诗的人》那样寥寥数笔如小说白描的刻画，也有《乡愁》一般真实而隽永的抒发。对于诗歌虽不敢妄谈鉴赏，然而在阅读中发自内心地感其真挚、叹其动人。

诗集名为“心甘情愿”，我想或许这个名称也是老师对于诗歌本身的态度。正如老师为诗歌感动而创作，我们在阅读这作品的时候，更为其感动之创作而感动。文学也是在生活道路上的遇见。有幸曾在文学的道路上得恩师指引，更有幸多年后读到这一本诗集，仿佛又回到那珍贵的学生时代，再一次聆听老师的感悟，习得老师对于文学的热忱以及对于人生的智慧。

武敏

2021 年 3 月 25 日

后记三

XIN GAN QING YUAN

在我印象里，杜占军老师好像一直是这个样子：一个中年男子，很稳重，大多数时候也很严肃。很难想象，他曾经会像一个小伙子一样，热烈地爱着，就像前些年那个年轻的我。尽管那时候他在课堂上就曾念过“你遮住了一切，只留下我的心，让思念的箭扎满”这样的诗句，尽管现在想起来那时候的他对于这诗句的喜爱显得有些活泼，但他终究还是一个敲着黑板让我们找准自己“位置”的严肃“老班”。然而，因为《心甘情愿》里的这些文字，这个年轻的小伙子如今却突然间清晰生动地站在了我的眼前，使我看到了一张自己绝对没有可能见过的年轻面庞。诗歌真的很好！当岁月长久到让人只记得感慨和遗忘时，却有一首诗真真切切地定格了某一刻，那个只属于你的时空，那个抹不掉的我曾来过这个世界的独特痕迹。

从前，也曾时常见到老师的写实文字。上高一时，校报上刊登的《过年谣》，一如他后来诗歌里出现的炕上、地头，那口井、那场院、那大树，真切地好像在我出生前好几年的那些焦黄的大地上磨出的光景都是我的。也不知道为什么，那段日子就像梦境一样，剧情淡了，但那感觉却越发浓郁了。可是当我读完了《心甘情愿》整部诗集，诗里的天马行空却更让人意犹未尽。原来，爱情的种子藏在指甲缝里，带入坟墓也会生长；原来，死亡竟然是石墙里的另一场奔赴；原来，诗人老杜其实并不太像当年那个表情单调的班主任。老师爱读书，所以诗里他的书会在无人的时候跳舞；所以在高三那段人人埋头苦读的时间里，当黑板随意涂写的“韩新月”三个字被他看到后，我们就上了一节很特别的课，主题是《穆斯林的葬礼》。虽然与高考分数无关，但这一堂课让我们回味消化了好些年。老师爱写诗，集子里的这些诗歌从 20 世纪 80 年代一直延续到现在，记录了专属于西北小城的一个时代，也蕴藏着诗人内心的静谧和波澜。老师就是这样，他能在车马喧嚣中自辟出一个静室，喝喝茶，看看花，听听音乐，写写诗；老师就是这样，即使是高中教学的快节奏，也不能改变他那稳稳的步调。毕业十多年后再见我们时，他很自豪，说至少对我们这一届学生，他是在真正做教育，而不只是教书，不只是教语文，也不只是做“老班”。

陈琳

2021 年 3 月 28 日

后记四

XIN GAN QING YUAN

杜占军老师是我的高中语文老师，也是一位诗人。就好像老师在自己的诗《分裂》中说的，“我和我，是两个”：一个，是兢兢业业循规蹈矩按部就班的高中老师；一个，是奔放洒脱不拘一格的诗人。而导致这分裂的矛盾却又似乎永远无法和解。对于我们这些被老师教导过的学生来说，能得到老师事无巨细的指点，是幸运的；可对于诗人自己来说，绝大部分的精力被消磨其中却显得有些残忍。直到班长倡议，要组织大家筹划出版一本老师的诗集，我们才终于可以庆幸，这两个分裂的角色，就要以这样一种形式完成奇妙的统一了。为此，我们都非常高兴。

以前总觉得诗是阳春白雪，非遗世独立者而不可得。读了老师的诗集才知道，只要有一颗敏感的心，哪里都可以发现诗，什么都可以入诗。公交车上、夜航的飞机上、车过包头的后视镜里甚至荞麦皮枕头、随处可见的煎饼，生活中寻常时空和琐碎物件，都可以承载诗人的思想感情。我这才晓得了，诗其实就是生活。

读《停电》，我的思绪瞬间被拉回高中。紧张的晚自修因为突然停电被迫中止，大家顿时有了冠冕堂皇不读书的理由，连最勤勉的同学也疯狂起来，窜到其他班去唱歌聊天，大笑大闹，仿佛电再也不会来了一样。而终于还是来电了，每个人瞬间收起放浪的姿态，又开始伏案苦读，仿佛刚才的时光，只是梦一场。诗的一些意义想必在此，让人回想起不会刻意去想的瞬间，体味那微妙的情感。于是，跨越时间和空间，读诗的人和写诗的人突然心灵相通，产生了美好的共鸣。

在这个因追求功利而浮躁的时代，已经很少有人花时间读诗了。但在这里，我还是愿你在某个午后，在某个地铁上，轻轻翻开这本诗集，去感受诗人炽热的情感，获得发现和共鸣的幸福。

王玉珍

2021 年 3 月 29 日

枕上书·当代文人情怀

心灵的呼唤

XIN LING DE HU HUAN

李德磊 著

华龄出版社
HUALING PRESS

图书在版编目（CIP）数据

心灵的呼唤 / 李德磊著 . -- 北京 : 华龄出版社，2022.1

（枕上书 · 当代文人情怀）

ISBN 978-7-5169-2180-7

Ⅰ . ①心… Ⅱ . ①李… Ⅲ . ①诗集—中国—当代
Ⅳ . ① I227

中国版本图书馆 CIP 数据核字 (2022) 第 030073 号

策划编辑	冯　雪	**责任印制**	李未圻
责任编辑	高志红	**装帧设计**	张　佳

书　　名	心灵的呼唤	**作　者**	李德磊
出　　版 **发　　行**	华龄出版社 HUALING PRESS		
社　　址	北京市东城区安定门外大街甲 57 号	**邮　编**	100011
发　　行	（010）58122255	**传　真**	（010）84049572
承　　印	三河市龙大印装有限公司		
版　　次	2023 年 1 月第 1 版	**印　次**	2023 年 1 月第 1 次印刷
规　　格	880mm × 1230mm	**开　本**	1/32
印　　张	11.25	**字　数**	213 千字
书　　号	ISBN 978-7-5169-2180-7		
定　　价	498.00 元（全十册）		

作者简介

XIN LING DE HU HUAN

李德磊，男，1978 年出生于山东汶上，网名水木石魂，现就职于山东省济宁市任城区市场监督管理局。1999 年入伍，服役于中国人民解放军原陆军第十二集团军某机步旅，2001 年考入中国人民解放军南昌陆军指挥学院，2003 年加入中国共产党，于 2016 年底退出现役到山东省济宁市任城区工商行政管理局工作。服役期间历任战士、副班长、排长、站长、政治指导员、副政治教导员、股长等职务，参加多项军事活动，多次被评为军事训练先进个人、优秀“四会”教练员、优秀政治教员等。转业到地方后积极参加地方经济建设，作为一名护法商海的热血青年在工作生活之余学习哲学和诗歌，也喜欢旅游。

内容简介

XIN LING DE HU HUAN

在缤纷复杂的生活中保持一分淡定，感悟生活，融于山水，走进内心世界，将平日里所见所闻所思所想凝炼成诗歌记录下来。诗中有春草的清香、夏日的火辣、秋风的爽意、严冬的冰洁，也有旅行中对历史的感悟，还有对壮美山河的惊叹和对仁人善举的敬佩。五千年的文明滋养的新一代诗歌爱好者，巨澜韬胸，将每一个遇见绘以亮丽色彩，在心灵的天空升腾为一抹淡淡的虹；清淡如茶，让源自心泉深处的细流汇聚在纸上，将煮茶的淡香送给读者，呼唤心灵的共鸣，让每一个奋斗者更洒脱地去拼搏，与每个追梦人一起绘就属于这个时代的美丽画卷。

序言

XIN LING DE HU HUAN

面对复杂的国际文化发展形势，各种思潮波诡云谲，为更好地传承我们的文化习俗，展示出当代人良好的精神风貌，进一步发展好我们千百年来流传的诗歌文化精粹，推进我们的民族文化持续大繁荣大发展，想凭借少数人的力量是不可能实现的。可以想象，在前进的道路上，会遇到各方面的问题、困难、风险和挑战，这就需要凝聚起我们这个时代的每一个人的智慧和担当，克服各种困难，用心、用力将我们在生活、工作、交往、学习、思考中获得的灵魂火种记录下来，传播开去，与我们这个时代的人共分享，增进了解，促进交流，发挥抛砖引玉的功效，以思想之火点亮星空之灯。

以博采众长的品格，广泛收集各种诗情画意的场景，以时不我待的精神，一刻不停地发掘我们励志奋斗的篇章，从人民大众生活中搜寻这个时代的精彩，刻录这个时代的辉煌，传承这个时代的美好，共同绘就这个时代的历史画卷。

通过诗歌文化的交流，将这片大地上日常生活中发生的美好故事传给广大读者，留给我们的后人，不断增强国家的文化自信、人民的精神自信、民族的力量自信，在文化大发展大繁荣的前进征途中贡献我们这代人的力量。

目录

XIN LING DE HU HUAN

第二篇　风声回响

第一篇

XIN LING DE HU HUAN

幽兰散香

童　趣

——小孩摸鱼

在汇翠湖[①]边遇到一群玩耍的小孩，他们挽着裤管，赤着脚，在岸边一边嬉戏打闹，一边摸鱼虾，有的小孩因为太小分不清鱼和蝌蚪，有的小孩只顾捉鱼而忽略了身上的水和脸上的泥，每个人脸上都洋溢着开心的笑容。

挽裤湖畔摸鱼虾，
岸边水底印脚丫。
未觉细泥腮边凑，
误将蝌蚪捧回家。

① 汇翠湖，在济宁市任城区湿地公园。

栀子花开

春末夏初的晚上，在小园散步，远远地闻到栀子花香，又想起在南方工作时的大院，满园花开，如穿越一样回到了原来多年追梦的地方，感觉时间过得也快，人生的节奏变化也快。

寒暑轮回又一载，
静默悄守栀子开。
平素暗恋兰幽美，
难拒花香袭梦来。

老 牛

2021年是牛年，新年要的新气象，发扬总书记提的“三牛”精神，当“老黄牛”，发扬肯吃苦、能耐劳，持之以恒、锲而不舍的精神；当“拓荒牛”，发扬勇于解放思想，善于实事求是，敢于开拓创新，敢为天下先，敢于破旧立新的精神；当“孺子牛”，发扬拒非分之想，拒身外之物，永久保持高风亮节的精神。应该明白，工作是靠实干的，不是靠幻想的，作为年轻人更应该重实干担当，不能只唱高调，也不能随波逐流，在新时代的追梦路上要积极担当，为国效力，有所作为。

旷野常闻百鸟鸣，
群兽撒欢奔西东。
老牛犁地躬身走，
敢破荆棘翻泥中。

忆欧阳修

游览滁州醉翁亭[1]时，正逢下小雨，站在当年欧阳修饮酒作《醉翁亭记》的地方，看着林中时有飞出的小鸟，山中小路上也没有了游客，在清静山谷中引出孤独之感。尤其是想起他的“醉翁之意不在酒”这千古名句时，想起欧阳修老先生的遭遇，有感而发，“这清静的雨怎么也洗不了年青人躁动的心”。

醉翁亭前观雨桐，
布谷浅唱水杉中。
若是朝堂能得志，
谁来滁州做醉翁。

① 醉翁亭，在安徽省滁州市琅琊山，北宋欧阳修曾于此作《醉翁亭记》。

破　晓

2017年冬天，到井冈山旅游，看到井冈山的松柏苍翠雄劲，傲然屹立在山崖之上，如欲刺破上天的神剑，想起英雄先烈们为了人民的幸福生活视死如归的革命气节，一代伟人写下的《星星之火，可以燎原》鼓舞着人民一步一步走向胜利。

莽原九州看劲松，
井冈之芽破苍穹。
星火燎原[①]铸伟业，
巨著从无垂手成。

① 星火燎原，引用“星星之火，可以燎原”。

奋 斗

2020年春，在疫情防控期间值班不能按原来的时间正常上下班，和同志们时有工作需要加班，希望一道早日战胜疫情。一天晚上加班未能回家，妻子问什么时候回家吃晚饭的时候，用此信息回复的。

夙夜在公亦风流，
尚有壮志未能酬。
天地永载豪情在，
笑揽风云度春秋。

致兄弟姐妹们

今天兄弟姐妹们给我家送行了，虽在异乡，但因为老乡的存在而不感觉孤单。这离别之情和今天的天气一样是阴凉的，因为荣辱与共的感情我们并没有哀伤。

千里之外是朋友，
荣辱与共不在酒。
肝胆相照半生过，
胜似亲情心中留。

过枣庄站

——致老战友

在一个冷雨凄凄的夜晚，我和很多老乡去安徽滁州服役，坐我对面的是我的同学、老乡、战友。我们都是第一次离开山东，在离开前的最后一站，我们在站台望了望这夜色中的老家山东。但再次到枣庄站的时候，同行的战友因为重病已去世了。

泪眼婆娑离家乡，
曾经驻足过枣庄。
梦想觥筹交错见，
一别人间与天堂。

致刻苦学习的老婆

这是晚间和妻子视频时，发现孩子已睡下，但妻子仍坐在桌前批改学生的作业和准备明天的课。其间想到打趣谁的字写得好，有感而发。

午夜花香清幽雅，
幸福树下方字爬。
笔耕不辍修身性，
远非天涯在我家。

济宁的秋月

腾云在天非五行，
圆缺不改送光明。
满面突显蟾宫桂，
寂寥细钩钓辰星。

济宁的冬天

清凉的早晨虽然有些寒意，遍地的美景仍给人无限风光。

不见烟雨不见风，
斑驳婆娑各玲珑。
初冬暂没雪花舞，
遍地黄金对长空。

物华济宁

参观济宁文化馆时所写，济宁的煤炭贮藏量占山东总量的一半，在微山湖底的稀土贮藏量也较大，还有孔孟儒家文化、水浒文化、运河文化等，微山湖铁道游击队的故事，汶上太子灵踪塔藏有佛牙舍利。

鲁煤如金半济宁，
稀土全国前两名。
东文西武辉煌在，
南水北佛大千明。

济宁的夜色

下班路过灯火璀璨的街头，带着一身的疲惫也没有欣赏的性情，只有回到家洗个澡，身体才会轻松一些，有爱人陪着，清静但心情舒畅。

灯火璀璨惹人醉，
斑驳陆离照夜归。
洗消满身职场锈，
寒舍烛花美人陪。

新生赋

生活的价值在于真爱的漫延和新的希望的培育。

一声啼哭百声和，
济附[①]夜奏新生歌。
三千医护齐努力，
共佐人民无蹉跎。

① 济附，济宁医学院附属医院的简称。

致毕业的学生

又到毕业的季节了，同学的照片、电话、地址……都成了永远的纪念，一曲《追梦人》把人又拉回到那个五味杂陈的地方。

一束鲜花一点红，
一身绿装一丝萌。
一次激动一滴泪，
一朝同学一生情。

等 待

在等待安置期间，心中有些无助，觉得自己如迟暮的老人，在城市的一边凉快着，静静地打着瞌睡。

一张草席一壶茶，
一把芭蕉[①]手中拿。
一声蝉鸣一滴露，
一弯月灯[②]照回家。

① 芭蕉，指芭蕉扇。

② 一弯月灯，弯弯的月亮如灯一样。

参观毛泽东故居

——致一百多年前“那个有志的少年”

2016年参观湖南湘潭韶山毛泽东故居，对毛泽东年少时立下鸿鹄之志敬佩不已，尤其是在作者家门口现场读他写的“孩儿立志出乡关，学不成名誓不还。埋骨何须桑梓地，人生无处不青山”。

鲲鹏展翅惊虹霓，
燕雀安知鸿鹄期。
孩提立志乡关走，
泽被东方功勋奇。

赶　路

在长城宾馆集训，其间有个同学聚会，中午下课时间去参加一下，虽然不舍但又必须要去参加下午的集训，路上开车有点焦急。

一脚油门满身急，
目标长城五楼西。
和谐家庭立新聚，
下次相遇待有期。

献给千里之外辛苦的老婆

2016年在等待安置期间，一个人在老家收拾家务，准备接从安徽滁州回来的家属。想起妻子冬菊一个人在外地既要上班，又要辅导孩子，自己却帮不上忙，窗外的蛙声让人感到有些凄凉。

千里相思情茫茫。
琅琊东，小楼上。
心系全家，相夫教子忙。
徒有余力使不上，
奔前程，劳身伤。

连夜夏雨伴凄凉。
济宁处，守孤房。
电波静默，淡闻蛙声响。
倾盆心泪如此雨，
菊花在，梦里香。

满江红[①]

江湖情，不同的人是不同的心情。文人墨客的浩淼烟雨，将相政客的宦海沉浮。暂为小家偏居一隅，漫步在这曾经熟悉的地方倍感物是人非的苍凉。想起当年把我扶上马、送一程的大哥更是无限惆怅。从那后，虽为平安过度，实则折戟沉沙。翻开曾经的日记，再看当年的岁月。

依恋拜别，交流处、扬州三月。回首望，一路坎坷，情暖二野。十三春秋风和雨，四万五千泣与歌。为人民，誓死效祖国，未敢歇！

强党性，扎实作，增斗志，躬省过。小湾路叮咛，真爱如铁。军马惊梦魂未定，长安电波划寥廓。含泪去，再开三千沃土，不负党与国。

① 2013 年春，接到通知要交流到江苏扬州工作，心中有些不舍得身边的战友，还有一直关心自己的老领导，想起在小湾一起工作时的场景，有感而发。

西江月 · 重庆

在重庆遇到下雨，站在嘉陵江边，把玩江边的鹅卵石，有的还有美丽的花纹；看着云雾中的山城，远处的高楼如耸立于云端的仙阁，别有一番风味。

巴山夜雨凄凄，
雾都山城迷离，
万仞之上高楼起，
嘉陵江碧如玉。

顽石富藏山水，
意趣非同蝼蚁，
菩提树下罗汉育，
素心善行无敌。

西江月·花语

深秋雨后，看到花沾露重，不再随风摇摆。自己过往的事遗忘在了昨天，心情也是有些沉重，如雨中与此花相逢一样带有往日的故事。

林中晨雾迷濛，
昨花沾露身重，
多少故事在其中，
木石是否能懂？

岁月意在作弄，
深秋亦有花红，
过往旧恨止辰更，
雨中恰又重逢。

绿地夜行

夜晚，一个人在草地的路灯下散步，有些雾霭，也有些冷，莲花灯依然如怒燃的火炬，但只有我、风和我的影子。

草草木木凄凄，
云云雾雾陪陪，
灯火莲花如孤焰，
怒燃夜色惨淡。

日日夜夜匆匆，
寂寂寥寥空空，
徒留旋池风弄影，
围路依旧低平。

前厅花

大厅新来了一名工作人员，人长得漂亮，所以有不少的人借故前来看美女，人集如云。

鱼雁沉落慢游，
江岸牡丹含羞，
春水经此忘东流，
侧畔横有兰舟。

借故前来讪问，
凝望驻足出神，
唇枪舌剑无处寻，
厅前人集如云。

秦庄市场

在任城区秦庄市场值班，看到的市场繁荣景象，商户生意兴隆，市民人来人往。

桃李瓜果新鲜，
骡马驴肉齐全，
鸡鸭啼叫要换钱，
老板财柜增满。

烟酒糖茶品优，
柴米油盐价廉，
市场秩序多井然，
守望国泰民安。

重庆小侃

2012年到重庆旅游时，想看看洪崖洞风景区，但没有带地图，也没有现在的手机定位，夜晚我一个人走在嘉陵江边的路上，也没有找到古迹，发现路边卖的当地的酒叫“耍酒”挺有意思。到了第二天经过询问找到洪崖洞风景区时候才发现，原来昨晚上一直是在对面徘徊寻找。

夜游嘉陵雾看花，
顽石耍酒火锅麻。
一朝踏寻名圣路，
原来隔岸是洪崖。

兵马俑

参观兵马俑，为壮观的场面所震撼，两千多年前我们的国家就创造了那么气势恢宏的兵马俑，还有我们国家为了人民的幸福生活修建的万里长城，为后来人守护安宁，十分让人敬佩。每一个时代的人都应该为国出力，为了子孙后代的安全视死如归。

兵马长啸天地间，
永固江山有何怨。
英雄埋骨不埋志，
两千年后重见天。

了
——历史的总结

夜晚走在西安的大街上，去寻找古长安的夜市，感叹古迹还在，但物是人非，在历史上的辉煌成了故事。

大明宫①内夜彷徨，
玄武门上看朝阳。
未央宫阙②今何在，
华清池③水未留香。

① 大明宫，指李世民为太上皇李渊而修建的夏宫。
② 未央宫阙，指西汉时期的未央宫。
③ 华清池，唐朝杨玉环与李隆基洗澡的地方。

别战友

在离开滁州的时候，战友们都来送别，大家喝的黄酒，虽有不舍，但都为了生活却又无可奈何。

一滴黄水一滴泪，
谁人知道心憔悴。
本是同根十多年，
却遇命运千百回。
坎坷与谁诉同悲。

兰　草

今天回到济宁的家中，看到大哥帮忙照顾的兰草花铺满地，想起王羲之的《兰亭序》，联想历史的演化，心有一诗。

幽守涧边伴溪凉，
逢夏淡放含清香。
世人临摹兰亭序，
谁解曲水与流觞。

水调歌头 · 西安行

几回梦长安，再享盛世欢，曾伴烽火狼烟，而今已归田。回首往昔坎坷，人生几多蹉跎，未曾有私怨。青春不报国，以何对江山。

民心齐，国家安，强戍边。人间不太平，狼岂让我安？立马仰天长啸，利剑随时出鞘，改革创新先，未来兵事重，疆土拓三千。

树　下

任城区湿地公园的杏熟了，其实还有比杏更甜的，如树下的红男绿女，还有追逐嬉戏的小朋友。

翠湖碧透蒲摇荚，
曲径通幽藏竹马。
远望只涎黄杏甜，
岂知密林并蒂花。

雕　刻

完成了工作以后，到后花园一休息，看到园林工人修剪的花木枝堆在一起，有的造型还比较好看，就取了一个雕刻成了手杖。

庐后桃行碧如洋，
春花秋实香满房。
闲步移过柴扉处，
取来一枝做手杖。

七夕·大雨

七夕节这天，在永基城看到路上的人在雨中飞奔，天上人间一样的雨，可能是神仙也感动了，和牛郎织女一样泪倾如雨。

隐世未灭红尘心，
天上鹊桥雨中人。
神仙也知两地苦，
牛郎织女泪倾盆。

蝶恋花 · 七夕

今天都在激动，手机也不例外。想起我的姻缘也是这个时候，那个晚上，那段路上……愿天下有情人终成眷属。

今岁过半又去七。手机直颤，微信接寄语。遥想初见羞腼处，铁路鹊桥两相惜。

偏居一隅共促膝。春缕掩萌，皓齿羞难启。只恨春宵光阴短，移菊家中藏东篱。

蝶恋花

2016年农历十月小女儿出生，作此诗。

千年运河十里闸，八百水泊东，泰山西南洼。万载李树发新芽，丙申酉月出寒家。

梅开严冬香天涯，素洁清优雅，继学椒兰①花。躬行绝知黎民苦，物格心正平天下②。

① 椒兰，比喻美好之物，喻美好贤德者。

② 物格心正平天下，指物格、知至、意诚、心正，修身、齐家、治国、平天下。

等　待

——观雨之二

带着孩子在卧牛山洞玩，孩子好奇往里走得深，里面没有信号，只好在洞口等待。

卧牛山下观雨桐，
身心颤抖雨打萍。
洞府不比琅琊浅，
只知经论难从容。

转学任城

2016年，孩子随我迁回山东老家，到任城区上学，寄希望于孩子能学有所成，长大为国效力。

任国千年在此城，
孔氏尚任[①]曾坐东。
莫学纨绔恋烟柳，
鸿鹄一鸣靠躬行。

① 孔氏尚任，指孔尚任，孔子六十四代孙，曾在任城任职主政，作传奇剧《桃花扇》《小忽雷》和杂剧《大忽雷》等。

睡莲颂

今天送孩子路过汇翠湖，见睡莲盛开，水天一体……

洁身出清涟，
躬亲点玉盘。
荡涤芙蓉傲，
宛若睡花仙。

劝 学

孩子今天做着鬼脸走出了校园，和其他小朋友一样快乐自由地学习生活。这是徙后的适应，也是新的开始，仍需要保持谦虚、自信、团结、奋进。

吾本草根无芳华，
文墨蕴身气自嘉。
尊师求道结友谊，
协力才俊担四化。

游孔府所感

——求道行

2016年夏天带领母亲和小侄子一起游孔府、孔庙，感悟先贤圣德和孔子后人对中国文化做出的贡献。

至圣庙堂沐儒风，
大成殿下观五行。
杏坛论道破迷雾，
鲁壁墙内藏金经。

学习报告会

2017年11月，听取十九大代表传达党的十九次全国代表大会会议精神。

齐聚一堂听报告，
掌声如潮和颜笑。
党的精神传达好，
正风肃纪不走调。

安　心

下班后，走在森林公园的小路上，看两边落木萧条，对时光匆匆有些惋惜，想起夏木苍翠，如今落寞至此，心情有些惆怅。

青花黄叶知寒秋，
人生苦短静为休。
珍惜共享春华事，
莫问它处风雨愁。

水泊梁山魂

游览梁山，和《水浒传》里描述的场景对照，有一种探究之感，也为那段历史中的不少粗鲁的英雄感到惋惜。

侠义赤胆日月昭，
替天行道逞英豪。
劫富济贫生灵助，
忠勇最忌文墨少。

狮　子

用枯树根雕刻了一个张牙舞爪的狮子。

一声长啸震山林，
狂吼优胜血爪伸。
前鉴静虎病猫辱，
舒展筋骨且怀仁。

一段军旅情

军营情结让孩子流连于武器丛林，回家做航空飞碟，周末打真人版CS，累得满头大汗还乐此不疲。

懵懂熏染军旅情，
翘首演绎当先锋。
敢闯打拼行天下，
英豪斗勇不朦胧。

深秋思

迫于生计，在学制不一样的情况下转学，紧张了一个暑假，如今看来孩子也算基本适应了这里的学习生活。

学如积薪逐日高，
切忌起伏如波涛。
父辈莫再“伤仲永”，
韬光养晦知路遥。

小憩三秒

整日生活在城市里，被钢筋混凝土包围，路上种植的梧桐树已不胜天寒而落叶藏冬，只有松、竹、梅还在保持本色，生机盎然。

钢筋丛林锁春秋，
羁鸟恋野易发愁。
暖阳难知梧桐脆，
岁寒三友青长久。

送 别

去年的今天兄弟姐妹们在滁州雪夜给我送行，情谊至深，终生难忘。东营房、丰泽园、渔家庄三场齐开，端起的是酒杯，收获的是留恋，珍藏的是情谊。兄弟姐妹们的情谊和支持是我今年甩开膀子的胆识，撸起袖子的动力。明年的今天我将穿梭于济宁的这个路口，静看夜色灯火阑珊。

雪落营房白茫茫，
丰泽园中酒芬芳。
渔家小艇星火闪，
漏断情酣三壶光。

忆滁州南湖

离开滁州时，朋友们在渔家庄小船上给我送行，结果喝了不少的黄酒，谈论了不少在劲旅路上一起工作的故事，场景记忆犹新，感谢老战友的情意。

烧酒难浇离愁开，
金樽展宴再重来。
渔家船头送远客，
劲旅路上共徘徊。

滁州杂记

滁州的东部是训练营地，西边有唐朝韦应物写《题滁州西涧》遗址，琅琊山下的“山水啤酒”和北宋时期的醉翁亭。

东边营院秣战马，
西涧野渡舟自遐。
山水乐灌游人醉，
千年古亭卧琅琊。

前　瞻

2016年底从部队转业安置在任城区工商局工作，小孩也享受到国家政策照顾到任城实验小学就读，一切按政策办理，没有找关系，感受到国家的好政策，各级落实政府政务公开，风清气正，有感而发，立志在地方为国为民效力，不负国家的好政策。

铁血铸魂情不休，
风清家安凭栏留。
且勿累于案牍事，
轻舟岂能泛中流。
茂林千顷藏猛兽，
长空万里雁可求。
会当激水三千里，
报国为民惠九州。

熔炉岁月

看到新闻上关于母校的相关报道，想起自己在军校生活的岁月，如今自己已到中年，工作事业依旧平平淡淡，想到那激情燃烧的青春，不免感慨万千。

熔炉铸剑数风流，
几度风雨几度愁。
磨难锻造创新志，
不破顽疴誓不休。
吾辈形远若流星，
不及显处一尾灯。
莫求照亮几千里，
但如玉洁留清明。

矛盾吟

今天放学回家后孩子闷闷不乐，有一种快要哭了的感觉。在路上我侧面问为什么不高兴，孩子说：“来这里第一次考试就没考好，感觉很难过。”我还劝他不要放心上，今后还有机会考好。刚才看孩子书包的时候发现了小小的年纪默绘的北斗和天后一体星象、猎户概略星阔图。我在反思是不是自己逼孩子太紧了，那鼻梁上的眼镜也许就是证据。真不知道该怎么对孩子说。

转展千里为斗粮，
携妻带子匆匆忙。
四十年来总愚钝，
却迫孩郎创辉煌。
凡事可数及格过，
谎报满分来标榜。
望子心切出蛮力，
见儿疲惫心感伤。

自然论

淅淅沥沥的秋雨让人冷静，放弃了浮躁。悉数历代王侯将相，文人墨客，赶考途中的艳遇，都逃不过自然的轮回，岁月的更迭，最终黄土一抔，烟绝尘缘。加入到后浪推前浪，新人换旧人的行列。

王侯将相求位高，
文人骚客逐逍遥。
京城狂仕迷烟柳，
千金催生百媚笑。
乌纱莫如文清远，
墨客稀数官爵高。
金身百载皆化土，
春风过处化碧涛。

致海检员

今天是个特殊的日子，由一个观海者变成了检票员。曾经笑览沧海，而今要审时度势，入海者可以无知无畏，执法者不能粗心大意。

一波万顷天海蓝，
商贾市侩忙等船。
梦想载回金万贯，
谁管巨舰与舢板。
风云变幻卷巨澜，
葬身鱼腹几人还。
仅凭无畏撼沧海，
失信岂能达彼岸。

逐　梦

在追梦的路上不要有贪欲之心，要恪尽职守。

三千若水取一瓢，
莫等朽木再思雕。
志如磐石经风雨，
报国忠魂化碧涛。
众生此行求逍遥，
好施乐善勿空高。
知责尽守为民献，
求真务实跨虹桥。

为　学

穿山入海斗虹霓，
塞外赣南学军机。
江浙巡游莺歌响，
皖东大地度朝夕。
西安抚秦兵马俑，
入渡重庆嘉陵西。
江山壮美春光好，
过往如曲恰恰啼。

守法经营

在市场检查中发现有的经营企业商户因为不注意细节，在经营成长的过程中留下隐患，对于市场监管部门来说更是要严明执法，把握好细节，为了一个共同的目标，创造更好的市场环境，利国利民。

商海浪头多伶仃，
半声叹息半叮咛。
切莫循私乱纲纪，
法促百年目标成。
一件小事埋大患，
一个不公乱济宁。
千万商户齐瞩目，
奉法要守一个清。

青春记忆

回忆青春岁月，打算来生再从军为国效命。

两肩荷重挑星月，
热血青春献家国。
四四年华花木壮，
毛头小伙背成驼。
三山五岳轻飘过，
龙马翼展涉江河。
来世再举方天戟，
削平狼烟化碧波。

那年那月

一条路，一段情，一个座，坐一生。曾经的路，难忘的情，送给那个青涩的女孩。

高考出场路朦朦，
生平首次过江东。
济宁厅坐萌春望，
静观风景亦成景。
一袭迷彩惑半生，
误坐马鞍落轿中。
含辛茹苦操家事，
菩萨保佑度今生。

傻的时候笑笑自己

工作有时候因为会议太多而耽误，但有的学习教育型、思想引导型、形势分析型的会议参加是有必要的，这样可以启迪未来、利于工作。要做到与时俱进，就需要多读书，化解能力不足、战斗意识不强的矛盾。

文山会海推进程，
成就精英废无能。
星火先点油灯亮，
古来无人自称雄。
嫩芽当土方寸绿，
幼兔应在草中行。
要知腹中多草莽，
架有新书待启封。

努力履职

2017年又上井冈山，这是我入党的第十四个年头，马上就要十五年了，想想2003年在井冈山烈士墓前的庄严宣誓，立志为共产主义奋斗终身，这次来井冈山不是旅游的，是来再次进行灵魂洗礼，励志前行的。人生没有多少有十五年，要珍惜时间，努力在本职岗位上把工作做好，精益求精，不要到老了再后悔自己年轻时虚度光阴。

举手宣誓十四年，
苦思己陋怕食言。
井冈鱼耳蛙亦奇，
求索历史非当前。
人生屈指三五载，
白首无奈面黄泉。
莫待奈何桥头叹，
莫以虚度耗时间。

此生珍重

人生匆忙几十年，
此去从来不复返。
君若安好情谊在，
人入土下和谁玩。
亿万金银不抵山，
山川万里不如权。
权势延续无百年，
百年以后如云烟。

不　惑

想到自己已经过四十岁的年华，人生中的矛盾和困惑都遇到过了，应该知道人生有哪些是重要的，有哪些是不重要的，扫除杂念是非，把自己的家庭照顾好，把工作职责履行好。

不知不觉半生过，
遇惑解惑矛盾多。
危机四伏三更起，
险象环生布沟壑。
齐志修为学楷模，
家和性稳少颠簸。
治理五尺净土地，
国泰民安真生活。

等 待

春天来了，万物复苏，但自己感到改变的机会不大，来到的机会也是泥牛入海，无影无踪……所以还是静待其变，闲看花开。

岁月更始“春”又来，
“机遇”几度在徘徊。
三尺垒土粒沙起，
泥牛入海非禅戒。
树草不会同荫长，
兽鸟岂能共慈哀。
莫道桑榆同晚晴，
闲立庭前看花开。

回　忆

几名战友聚会进行叙旧，举杯畅饮。

一杯浊酒喜相逢，
廿年思念在杯中。
心中月圆如杯影，
青春芳华举杯空。
过客万人不留踪，
一情永系在真诚。
人生几度青春在，
夜半望月梦驰骋。

人生如水

上善若水，细数人生三万余天，但生命如逝水东流，一去不返。人生的价值在于为民请命，抚恤生灵，想于事业中觅得知音并肩而行也是不容易的。每年都有草木枯荣，生活中也有不少的春草小清新，但都不如五千年文明的滋润涵养。

三万日月旦暮悬，
白发尚可打个弯。
寸草偶尔献春色，
岂抵黄土五千年。
朝云[1]不会平地出，
巨澜横溢四海间。
抚恤生灵如般若，
荡笔回枪出九天。

① 朝云，苏东坡的红颜知己。

南池怀古

任城区古南池具有悠久的历史，唐朝李白和杜甫都曾多次到此处游览，现在留有王母阁、古南池牌坊等古迹。单位统一着红色的T恤衫组队健身长游。

谪仙醉景忘题诗，
路有冻骨少陵知。
寻古拾风荷净处，
风流宛在点故事。
王母楼阁高百尺，
文墨先贤赋瑶池。
丹心赤衫昭日月，
壮志长游胜雄辞。

无　题

我在任城区琵琶山路的南头市场值班，妻子在琵琶山路北端的张马杨小学教书，看到这南来北往的车流，能否带去我对妻子的思念。

清晨一别心茫然，
琵琶路长两相牵。
朝云紫雾海关处，
阜桥旺热汗如涟。
举目恋子厅光闪，
川流车马弗相干。
心潮连海入故里，
遥望素菊拈发簪。

港口偶遇

在港口遇到一个戴着纱笠的美女，借故问游船出发的时间搭讪，人家不搭理。

独步栈桥揽流云，
飘影移来似仙临。
突悟尚须行远渡，
半举船票问启辰。
水木探求灵犀处，
纱笠轻扶若未闻。
低首寻觅在殊路，
原来不是同船人。

非常“3+1”

我和妻子回家后加班忙自己的工作，儿子在做作业，小女儿幼儿园回来后没有人陪，一个人哭了一会儿，发现仍没有人理，就爬到我们写字的桌子上闹哄。

三个大人三间屋，
三张桌子三本书。
一天未见一直想，
一个小儿一边哭。
抹泪楚楚无人顾，
笑冲案牍忘独孤。
举首问天脚下路，
水行无形解星图。

市场调查

接到上级约稿通知，我立即去市场调查，了解实情进行梳理上报。疫情刚过，市场回暖，人比过去多了，但还没有完全恢复到疫情前的状态。

老友遥问市如何？
穿街走巷过三郭。
最忌举笔离脚远，
圈点乐音奏悲歌。
游人如织红似火，
玩的更比买卖多。
今春尤胜去年暖，
近看才辨鸭与鹅。

卜算子·三峡魂

在浏览三峡时，被壮美的三峡和雄伟的大坝所震撼，尤其是对为建设大坝而响应国家号召进行易地搬迁的人民群众，远离故乡，牺牲“小我”，成就民族建设的“大我”之壮举。

瞿巫[1]潜江底，西陵仍险奇，雄坝截断云雨路，百舸易征西[2]。

葛洲有先锋，三峡创奇迹，百万移民识大体，民族何所惧。

① 瞿巫，瞿塘峡和巫峡。

② 百舸易征西，因为三峡大坝船闸的建立，万吨货轮可以到达重庆。

卜算子 · 蜀道难

我们习惯了高铁，习惯了轻松的旅行，可是忘却了曾经的我们，忽视了现在他们的辛苦。

千里忙出川，行李压腰弯，困顿何曾低过天，踏破万里山。

亲情总在线，没钱也难见，无奈黄花垂髫泪，苦守在乡间。

卜算子 · 丝雨漫步

寒露节气的晚饭后，妻子挽着我的手臂在湿地的雨中散步，好久没有在一起到家外面走走了，一起慢慢走着，并没有说话，但心里很有快意。

橘灯染雨红，路畔移双影，寒露虽至无凉意，菊香挽袖中。

未见车水客，面抚芦苇风，窃语偶惊孤鹜起，过处两相宁。

卜算子 · 雾朦胧

孩子发高烧，用药几日也没有效果，时而反复，有时体温还很高，一筹莫展，希望孩子能早日恢复健康。

孤剑难擎天，拨云见日难，馁虎眷恋心头肉，沸水忌依然。

铁扇早却步，冰川亦消融，取来神农灵丹草，欲驱火魔返。

卜算子·感谢

晚上和所长一起加班调解一桩商业纠纷，最后成功化解双方的矛盾。

今生有几时，寸阴见故知，平衡来处还无事，何计得与失。

夜半路灯下，责任莫推迟，一手扫把净天下，惠民何求识。

卜算子 · 月魂吟

自己为事业制定了一些小的目标，但在工作中没有能实现，心情惆怅，以此来献给这个尴尬的元宵节。

一腔干将血，满炉莫邪情，月光剑气两相映，赤胆问苍穹。

寒暑蚀锐气，风霜削人形，沉沙折戟潦倒酒，波痕印泪影。

卜算子 · 今夜

夜晚一个人看书到三更，看得深入，想得很多，与平时所思考的、接触的、谈论的不同，有一种清冷孤独的感觉。

书墙印驼影，四眼对孤灯；凝视灯火一点明，洞穿万里空。

遥望荒冥路，有几挽臂同；窗外布谷三两声，声声催梦醒。

卜算子 · 健身游

在济宁南面的太白湖进行健步走活动，当地人称“小北湖”，是相对于微山湖来讲的称呼。在城南的北湖，停车起步，红花落地，残樱站立，看似有矛盾，实际是相对概念和“否定之否定”规律中的新旧转换。

暮春朝雨后，南城北湖边，群雁聚栖新湿地，翱翔百花间。

顺时逆势上，停车启行前，笑看落红铺满路，残樱立两边。

圆明园游记

2016年游圆明园时，看到遗址想到国家羸弱的情况下，不只是皇家园林不保，国内的园林都难逃劫难，人民百姓也会遭殃，国家必须强大才行。

万园锦绣在，
一主醉梦生，
西洋楼里传歌声，
花丛有飘红。

徒学洋声乐，
八旗子弟松，
国弱岂止一园毁，
皆化灰烬中。

迟 归

在服务的窗口，难免遇到一些投机取巧的人，想方设法谋取国家的利益，对不符合条件的要严格地拒之门外，但也有少数无理取闹的，有的时候是气得一肚子火，还不能发出来。

明镜厅中悬，
蚊蝇偶撞前，
莫因蟑螂杯砸案，
韬海无波澜。

潜雾悄回家，
生辰烛开花，
风雨人生多磨难，
最怕心灯暗。

翠湖吟

时间过得很快，年少要立下雄心壮志并努力实现，心情要保持如这翠湖水一样明净，容下天地。

年少壮志贵，
故乡月夜短，
挥手过往如云烟，
心鸣若伏蝉。

层堤悬丝柳，
红枫隐如含，
心平笑容天地宽，
镜泊一片蓝。

春　游

春天郊游，雪刚融化完，万木复苏，黄莺在吐新的柳条中鸣啼，随着时间的流逝，人的春天却一去不复返了。

雪融水清透，
风起化碧痕；
沉醉花吻遗梦深，
柳莺尚可闻。

草木多复苏，
人少回头春；
空对湖面笑红尘，
有影却无心。

梧桐语

盛秋时节，天气还有点热，爷爷带着孙女在树下乘凉，讲述着自己年轻时吃的苦，启发孩子努力学习做国之栋梁。

孟秋梧桐下，
祖孙共乘凉；
天伦之乐好时光，
还有故事讲。

趣谈辛酸事，
启蒙少儿强；
为树立标做栋梁，
何惧风雨霜？

望 梅

腊八时节梅花初放，如金色的铃铛挂在枝头，我踏着晨霜闻着淡淡的花香，想起苏东坡老先生写的《定风波·三月七日》，人生要努力做强者，不向命运低头。

腊八朔风凉，
迎面一抹香，
抬头望见雏鹅黄，
金铃翘枝上。

行人沿花墙，
芒鞋压晨霜，
曾以青春作竹杖，
脚比路更长。

风的影子

深秋的夜晚加过班后，一个人走在月光下的湖边，冷冷的风吹过脸庞，想起这一天高兴的和不高兴的事，想起生活中很多喜怒哀乐常常掺杂在一起。一个人的存在如这夜风一样，有的人能感觉到，有的人不会知道。人的一生也如风一样，曾经来过，又悄悄地消失。

月高为谁明，
掩映半天星，
清辉滤过三秋风，
徒添许多冷。

悲喜常联袂，
无论是与非，
天知月下站着谁？
似风曾经吹。

竹（之一）

数九寒冬的傍晚，在公园的竹林旁看见其他花木凋零，感叹竹子的一身清气屹立于风雪之中。

一杆虚心面沧桑，
满身青气立风霜。
寒九秒煞诸芳尽，
傲菊笑雪傍夕阳。

竹（之二）

在湿地公园看到竹子在风雨中飘摇，但依然根基牢固，虽然没有大树一样浓荫蔽日，但也高耸直立，守节清瘦，保持本色。

守节清瘦腰围小，
搏风斗雨常飘摇。
固立磐石根不动，
不蔓不枝入云霄。

竹（之三）

宁折守节不怕弯，
经风雨，
始终秉清廉。

稀有飞鸟载歌旋，
孤傲立，
忌当雀兽伞。

根浅未慕树参天，
修身直，
虚心立当前。

竹（之四）

冬天来了，梅花还没有开放，竹子不惧严寒已经开始长笋芽。在成长过程中不惧风雨，独立向上，保持本色和气节不变。

寒来竹醒潜九层。
罔顾五丈冰，似无形。
腊梅未开笋芽生。
筋骨动，无须问隆冬。
洁白出身入世清。
冲破万千重，致和中。
雪雨洗礼愈纯青，
节不变，任尔八面风。

雨

这雨下的，奇。

淅淅沥沥点点滴滴，
飘飘洒洒疏疏密密。
草草木木石上细流，
清清爽爽去尘除弊。

致伟大的舵手

——12月26日纪念毛主席诞辰

社会安，多靠细胞小家庭，百姓兴，国内何处无太平。梦的颜色好画，是洁白还是多彩的，都可以随心，但梦醒的颜色就难画了……生活、工作都需要用实际行动来实现集体的愿望。

民族沉浮危难急，生灵涂炭、洋伪作乱、亡国灭种在眼前。

历经沧桑掌大船，红军开颜、东倭回转、抗美打过三八线。

东方旭日照大千，农改均田、计划生产、大漠核弹耀孤烟。

伟人挥毫谱诗篇，自强不息、服务百姓、人民江山代代传。

致父老

冬天的日子里，常常想起远在农村老家的父母，飘雪的日子，总是想起过去父母在风雪中劳碌的身影，担心父母现在是否温暖。电话里父母总是健康的、温暖的、轻松的，可他们的生活一直以来并不轻松。

父辈孑立寒风冷，
夜半彷徨数繁星。
孤灯常照千行泪，
辗转难眠待天明。

写给昨天的记

忙碌一天，因为突击任务加班到夜里，带着一身的疲惫回到家，看着窗外还下着细雨，孩子已经睡着了，正好在梦中呓语，看到孩子们安静地入睡，心里也轻松了许多。

窗外细雨密如愁，
宅内呓语能解忧。
十有八九烦心事，
平安健康度春秋。

起　锚

今年很平常，但对于我却是很不平凡的一年。多少的辞旧迎新，多少的改辕易辙。结识新朋友，不忘老朋友，我之所以能够迈过那么多的坎，都是大家在帮我。在此之际我和我的家人恭祝每个恩人、朋友、战友、同学新年快乐，阖家幸福。

披挂金甲到白头，
青春热血他乡留。
报国易装新上阵，
护法商海亦风流。

干部春训

学习是一个永恒的课题，教育是一个不变的抓手，培训是一个有效的机制。

春鼓擂响号角吹，
杏花桃雨伴蝶飞。
非是东风融冰迫，
光阴珍贵不可追。

那年南旺岁月

想起上周日南旺同学聚会，一杯醉三秋，两杯入梦瀛，车和手机都不在乎了，那么亲切，时间仿佛凝固在了23年前的金色年华。最让我难忘的集体活动就是那次纯真的释怀，为老师送行……

泪湿寺前送恩师，
雾锁寒冬蹦蹦迟。
三十里远黄泉路，
学生脚化量天尺。

致春天的雪

春天来了，雨雪还在下，但是春天冬天终究是过去了，美好的季节就在不远。

春雪难隐春光退，
春风又送春雨归。
天地和谐天循道，
天人合一天意回。

开门一笑

在阜桥工商所大厅工作时，春节后的第一天上班，阳光明媚，万象更新。

花开增色兰香满，
服务生辉照大千。
平台三尺共北辰，
阜桥春润展新篇。

致春天的孩子们

春天是每个人的，就看是否用心感受到了。今天在杨家河高尔夫球场带孩子放风筝，突然年轻了不少。

杨柳依依报春来，
寸草春晖破土开。
三月桃花香含笑，
飞天风筝乐徘徊。

良 商

过去每天带儿子过着早出晚归的日子，忽略了阳台上的花，今天发现年前买的一棵月桂树开花了，淡雅中含着浓香。这是用花木基地的市场价格在济宁买的六年龄桂树，看来卖花人还是守信的。我见过买假桂花树的人，也见过卖假桂花树的人。现在市场放宽，可是监管并没有放松；下海渔利，但都需要遵守法纪，信守对客户的承诺。骗得一时渔篓满，终难渔利装满船。

陌路偶遇卖花匠，
衣衫褴褛站路旁。
乾坤并无法外地，
秉持信誉做良商。

写在“3·15”

时空转换中没有死板的“2＞1”，时空决定价值。一件商品，一份价值；一份诚信，一个品牌。广告效应不可怕，蝴蝶效应龙卷风。“3·15”是全社会公益的纪念日，不只关乎投诉双方的利益。对维护公益怎样解读是堂良心课。

一架天平两边称，
利益纠葛难均衡。
扪问良心何处在，
秉持公道谋双赢。

职工健步行

又是一年春光好，绿意初萌，红花含笑。任城工商把春闹，健康出游，结伴环绕。

太白湖畔云飞扬，
巾帼须眉健身忙。
蜂舞蝶影迎风起，
狂掀商海万顷浪。

忆三界的春天

春天来了，想起往年在三界的同一时期的日子。

静卧方庄写相思，
小湾香樟叶落迟。
军马梧桐蓉悄退，
南宋塔下捡萝丝。[①]

---

① 方庄、小湾、军马、南宋，都是滁州明光市三界镇地区的地名。

飞翔的小鸟

今天是儿子的生日，襁褓中的娃娃向男子汉迈进了一步。酒吧间的广告语（艳遇秘诀：把自己灌醉，给别人机会）提醒了我，这个时期孩子的成长很重要。

雏鹰展翅志扶羊，
幼鲨狂游待远航。
不负年少春光好，
莫若填鸭泪千行。

祭奠孔子

今天听了《走近孔子》一课，崇敬于这位儒家创始人的伟大，也惋惜于他一生的遭遇。有人说他生不逢时，其实伟人都是生不逢时却冲破藩篱成就伟大。在此也纪念一下这位至圣先师。

寒贫无家出尼洞，
好学敏思悟道成。
颠簸流沛游列国，
南子回拜留珮声。
承启华夏文明史，
诗书礼易中国风。
推崇仁义兴儒学，
大成至圣冠雅名。
万世师表和为贵，
造福于民乾坤明。

我的爷爷，我们家

我的爷爷，在我辈的心目中始终有着浓郁的传奇色彩。我的爷爷10岁入会习武，1942年加入中国共产党，在山东汶上南旺分水龙王庙参加区委的联络，在十里闸玄帝庙组织农会。1947年秋，龙王庙联络点被破坏，国民党反动派围捕玄帝庙，据说当时3米高的庙墙都没有拦住爷爷。爷爷躲在我家苇地，奶奶做饭由我伯父偷偷地送去。后来被村里敌特发现，爷爷在苇地被捕，被绑在十里闸大桥上拷打，肋骨被打断三根。由组织和家庭亲戚共同努力营救，当日黄昏被扔入京杭大运河，入水潜底，被救送出关至黑龙江。后在呼玛县工作十八年后回家。在我上小学的时候，当提起我爷爷被捕一事的时候，我伯父还要和告密者的后人拼命打架。爷爷的一生不苟言笑，却给我们留下了永恒的笑容；爷爷的经历，给了我们很多的思考……

魂牵梦绕思故乡，
近家百年历沧桑。
夜走银洋以万计，

前辈荣华后承享。
十岁习武弄红枪，
三米高墙如水蹚。
苇地遇难肋骨断，
潜至漠河浑龙江。
可怜无私文墨浅，
修渡坟前一佛光。

劝　学

我不想让孩子像我一样碌碌无为地生活着，可孩子还是注入了勤奋的基因。

男儿鸿志走天涯，
勿学颦黛[1]泪湿颊。
文韬武略学今古，
甘种人间幸福花。

① 颦黛，借指如林黛玉一样多愁善感。

希　望

今早上班路上阳光明媚，身上仿佛吸附着一股神奇的力量，推门进厅如入商海，心起波澜……

走在建设的大路上，
身披霞光豪情万丈。
天空飞翔美丽白鸽，
也为我们欢乐鼓掌。

泛舟商海要经风浪，
勇敢创新积极向上。
简政放权齐奔小康，
各条商道绿荫成行。

精准扶贫干部靠上，
多点付出少露锋芒。
党的作用发挥明显，
能将时代重任担当。

夏雨一瞥

推窗瞥见雨中池塘边的小女孩打着雨伞，踩着水花，寻看着水里的小青蛙……

一擎荷伞瑶池漂，
新藕双脆拔玉宵。
举眸探寻蛙声去，
蟾宫门将在逍遥。

自　醒

今天深刻体验了“知政失者在朝野”的道理。

过去的我喜欢根雕，用最少的力气，留住天然、呈现大美。不能因为一刀之差就剥夺了它修炼千年对庙堂的向往与努力。最讨厌的是蛮力雕刻，大才小用。自己行伍出身，到了一个台阶后总是告诫自己，别辜负了身后那些挥洒青春、离乡千里的同志，我也和他们一样苦苦地追寻，别因为我有的小事而改变那些孩子幸福的命运。

100-1=0，道理浅显，发人深省。执剑商海，换位思考，如果我投入十几万、几十万没有产生效益，因为一纸，瞬间归零，或者说是成为负数，留下债坑，我会怎么想，能怎么想……面对这成千上万的商户，下班的路上心情一直沉重。可前面虽然车流变稀，但红绿灯依然交替闪烁，交规还是要守的。

雕虫小刀手中拿，
庙堂红尘各天涯。
留得本体清白色，
莫作葫芦负万家。

荷　珠

雨后看到荷叶上的水珠晶莹剔透，非常的可爱，但风一来就落入水中。想到有的人很单纯可爱，但遇到风浪就没有身影，也很可惜。

晶莹荷珠沁芬芳，
闲暇旋转透银光。
无奈玉盘锚底浅，
风雨来时没入塘。

别了，昨天

去年的今天我搬到了这里的新家，时光不停，变革不止……自己有时像得了老年痴呆——过去的常想起、当前的记不清。老单位的兄弟姐妹们，在桑拿天驱车几十里路为我送行，那是二十年感情的积淀。上车的刹那间我流泪了，有的感情是陈酿老酒，愈久弥香；有的缘分是无意间对白，浑然不觉就擦肩而过；有的思想却止步梦中，如那偌大的营房；有的事物近在咫尺，存在却如远隔天涯。还是躺下睡觉吧。

滴水难卷三尺澜，
潮起涌退势当前。
寒天钓鲨悬孤胆，
商海风平舟楫宽。

立秋偶遇

今早在上班的门口遇到二十年前的同学带孩子去上课，时光好像瞬间回到了那年的老家学校。多少人的一生就付诸在孩子身上，之外只剩路边的风……

立秋清晨偶相逢，
廿年跨越一梦中。
半载花木结硕果，
半生浮动两手空。

纸烟漫谈

愁云如烟绕白头，
多少表态纸上留。
输血逊色造血贵，
孤木难成渡人舟。

同学会

参加南旺同学聚会，想起南旺的历史，尤其是与古运河相关的南旺历史，既有江湖豪情，也有兵匪灾乱，希望同志们永远年轻，师生情谊长存。

南旺湖畔红旗飘，
乾坤日月共昭昭。
三十春秋风雨过，
半生漂泊一梦遥。
兵僧痞匪川流过，
古运河中浊浪高。
三分瓮水朝天子，
十里长闸扼百涛。
良师益友真情在，
才子佳人永不老。
罢酒临风再挥毫，
欢歌笑语出九宵。

创　城

2019年创建卫生城市时，全市干部群众一起努力，取得了全省第一名的好成绩。

风清气正得天助，
民所需处有公仆。
市井商贾齐维护，
政惠百姓德不孤。

北京之行

——李铭钦游记

2016年国庆节游北京时，儿子李铭钦写的游记，为其作了修改。

国庆之际游北京，
深深暗夜千里行。
故宫前院寻旧事，
御花园中闻雨声。

儒风秋沐

带着父母和侄子一起游览孔府、孔庙，感受古人先贤的经纶熏陶，希望孩子将来能知书达理，带给家庭希望。

儒道至圣育万家，
孔孟雅风芳天涯。
扶老携幼天伦乐，
杏坛栽培希望花。

浣溪沙

晚上和孩子一起在一盏灯下学习，我写自己的心得，儿子写作业，不觉已是下半夜，后仍然有沙沙的写字声。

月过中天渐偏西，寒露将至夜深寂，小楼孤灯扑朔迷。

白发垂髫促膝坐，午亥知时如过隙，仅闻走笔纸上急。

昨夜残风

昨天看书到后半夜，打开阳台的窗户，外面大雁飞过，看着微弱的灯光在夜色中孤独地燃烧，只有阳台的桂花香相伴，还算是能聊以慰藉。

四更斜月进矮房，
孤鸿夜行亦迷茫。
残灯燃尽青史泪，
唯有满窗桂花香。

十九大礼赞

学习党的十九大理论，明确国家未来的中心工作，作为党员知道将来的工作重点和目标。

经天纬地划时代，
激发潜力向未来。
夯实全面小康路，
巨龙腾飞炫光彩。

长相思

原来和妻子是江南塞北的距离，现在还是在城市的两端，仍有相思之苦。

南昌游，沈阳游，江南塞外看花柳。携手青春走。

滁州愁，济宁愁，琵琶山路各一头。相思心中留。

河阅四季

冬天的河好像少了往昔的许多修饰，如洗尽铅华的老者，用洞穿时光隧道的眼睛安静地浏览着一切……

花草争艳趁春风，
夏夜暗香多芙蓉。
菊放赶超霜降早，
守翠仅剩对岸松。

观雪无声

下雪了，看着漫天的飞雪，想到当年在雪地里冲杀的场景，虽然有力挽狂澜之势，但也有不能逾越的鸿沟。

严冬雪落尘世封，
往昔岁月别峥嵘。
骐骥难跃商海水，
春来再现满江红。

释　然

秋天，在三界驻训值班守点，场区内坦克扬起的风沙遮天蔽日，远望三界镇也是透空处看到的一点影子，看看这山上的树在秋来之时叶落变黄，春来时又会满山苍翠，被烦心事堵着，不如躺下来静静想一想，有这床大小的地方已经是绰绰有余了，何必计较太多。

黄山几度变青山，
世事纷扰总不干。
眼盯红尘三界窄，
心中无事一床宽。

动转静

夜晚，要将白天所有的万丈豪情写在纸上。

夜深孤灯如点星，
前梦江川涌门庭。
曲径通幽觅雅处，
片纸轻载万丈情。

周　末

——看孩子

今天在阳台上抱着孩子看闽南的“六月飞雪”盆景，济宁的玉树球兰，突然觉得脚湿了……孩子尿到了我的脚上。

闽南“飞雪”漂过海，
玉树球兰待春来。
寒足忽觉温湿热，
只因“暖宝”壶水开。

安放灵魂

只有孝敬父母了，心灵才能得到安慰，现代年轻人再难也没有老人难，所以要尽早尽孝。

人生短短几十年，
但愿来去不相欠。
钱数没有欲望多，
儿女没有父母难。

灯火阑珊是家园，
苦累辛酸有人暖。
快趁亲人在世间，
尽力尽孝灵魂安。

历　练

这是发给在部队的侄子和外甥的诗，想让他们多吃苦锻炼，快速成长。

一路风景一路歌，
沧桑岁月多蹉跎。
朗月千里照心亮，
人生百年多打磨。

踏雪寻梅

人生如阶下和上，
起伏奔涌如波浪。
严冬壮美青白色，
素梅依旧吐暗香。

来 生

我的生日，妻子给做的长寿面，喝了一点小酒，微醉半酣，感谢妻子还记得自己的生日，愿来生再相伴。

沽酒三杯夜渐明，
擀面细长送寿星。
风雨过往前生事，
来世携手看潮升。

萌 童

下班回家，发现小女在拿着画书自己看，虽然不会说话，但嘴里咿咿呀呀地喊“花”。哥哥做好作业后常把妹妹扛在肩上玩，妹妹不知哥哥要看路，用小手时不时掐哥哥的眼睛和脸。

小小书报手中拿，
未能识字也喊花。
乐于骑在哥肩上，
常用小手把哥掐。

同学，您好

在海关路上遇到卖夹馍的南旺同学，回忆起同学情真。

寒苦同窗学情真，
夹馍不畏商海深。
海关雾锁千寻路，
蜃楼南旺又现身。

斗胆躬为

提醒自己时刻保持清醒头脑，光明磊落做人做事，多学习，强本领，报国家。

日月辉煌照宇涯，
江山沃野育万家。
礼义仁德需磊落，
勤学恒悟为中华。

2018 年海关路第一场雪

下雪了，在大厅里望着外面悬铃木静静地立在风雪中，从热到冷都是自然规律，本来自由奔放的马也安静了下来。

雪落如粉似银糠，
悬铃梧桐无声响。
寒来暑往天循道，
萧马忘羁忆沧桑。

半字歌

——汇翠湖拾翠

春节假期，天气还有些冷，孩子在家不想做作业，想玩游戏，为了不让他沉迷游戏当中，我带他到汇翠湖边玩耍，看到湖上冰面已融化了一半，岸边的松柏和落叶树木也各占一半，孩子玩时也不是完全尽兴，应该还牵挂着游戏。

半寒半春半惺忪，
半冰半水半玲珑。
半城半湖半春色，
半游半学半从容。

夜驻玉兰下

带妻子和女儿赏十五花灯，在灯光的照耀下，玉兰花树下的母女俩也十分可爱。

东风吹拂千万家，
金月流光满天涯。
游人择芳沿街去，
玉兰爱佑母女花。

路　过

路过街上挂的花灯，人为的雕饰没有生机和灵性。

银花火树烧连天，
无香伪饰冻笑颜。
待到春来艳阳日，
幸福花开满人间。

海关路的黄昏

感冒了，但还是坚持上班，头痛得厉害，天快晚了，妻子打电话问感冒怎么样了，什么时候回家。

落日黄昏依旧，
梧桐仍然瘦，
感冒加重平添愁，
从心疼到头。

再看路上车流，
各自匆匆走，
家妻遥问何时休，
日落黄昏后。

春　晓

春深花密，鸟在花间不容易被人发现，也不能像过去一样自由地穿梭，“借问”燕雀都到哪里去了？原来都在“眠花卧柳”呢。

春暖万花压枝低，
飞鸟隐身穿梭稀。
悄问燕雀何处去，
醉眠群芳无暇啼。

惜 时

年，过去的是记忆，将来的是向往。在历史与现实中，在游玩与学习中，在经济与政治中，在父与子的交流中。穿梭于小吃、套圈、射击等民俗娱乐街，我们选定书为新年的礼物，也是孩子的最爱。

光阴贵似金，
年少勿分心。
选定报国志，
书墨铸精神。

那年花曾开

想写回忆录，但过去的红尘往事太重，心情如翻江倒海一样。

水带墨香沿纸来，
三万往事出砚台。
一朝铺开红尘梦，
情仇血泪满江海。

孩子的模型

孩子组装成航母模型，立志当海军，到航母上工作，但我勉励孩子不能空有大志，趁年轻要好好学习。

一艘战舰轻漂影，
从今始载青春梦。
不求惊天泣鬼神，
但勿再使韶华空。

古楷（jie）树赋

春天来了，济宁的古楷树也发芽了。据说此古楷树已经有2600多年的历史了，每年这个时期来看树的人很多。

春来古楷萌新芽，
树下挤满仰慕花。
市人都识古楷贵，
过往小轿出路涯。

二月二的豆

二月二，龙抬头，北方习俗炒黄豆，左邻右舍共分享，小朋友到哪家都会大把小把的给，那是一种快乐的记忆。吃豆的方式五花八门，男孩子尤其喜欢往空中抛一个弧线又落进口中的那种。同学们互赠，也为这一天增添了别样的欢乐气氛。

黄豆一抛龙抬头，
邻里校舍多交流。
逢时又忆同窗事，
一杯美酒入乡愁。

归 宿

下班后看孩子嬉戏，一杯清茶把一天的疲惫都化开了。

一身风尘放家外，
两儿嬉戏竞开怀。
半盏清茶躬省过，
软语悄来冰心开。

郁金香

看到郁金香开好，写的藏头诗“郁金香好”。

郁郁幽居待春来，
金银不换向上开。
香气柔弱微微放，
好在叶少雅不衰。

义

看到“义”字，想到要有正义感，不能为恶人而行“江湖义气”，更不能善恶不分。要多结善缘，开良花。

义字双刀一点血，
善恶之间有抉择。
春天没有百花开，
无花果难压枝斜。

诗

今天又看了央视一套的《经典咏流传》节目，挺好。把古人诗词的美拉到了我们的眼前，实现了与古人隔空的交流。如“春有百花秋有月，夏有凉风冬有雪。莫将闲事挂心头，便是人间好时节”。

子身化缘翻千坡，
豺狼花蝶重出没。
薄衫浸满般若泪，
青灯释卷伴古佛。

夜　采

带着孩子在小区外援路上看海棠花，风吹花香扑鼻，在畅游花海中感觉自己像是春天的客人，没想到在回来的路上却采了一朵拿在手上把玩，感觉有点不像是客人的行为。

一路海棠花惹人，
风助清香满乾坤。
诚心邀请春做客，
不料却成拈花人。

劝 学

儿子昨天作业完成得很早，让我教他叠被子。也许是过去大院生活的熏陶，在他心里种下了作风干练的种子。虽然思维漂逆留有坐不长久的尾巴，作业中也时有错题，但仍有羞愧的泪水。当我教他一遍后，发现他成手很快。此时他才告诉我把妹妹玩的玩具留下，除航母模型外全转到仓库，原来是半壁书籍，现在基本满墙了。面对儿子养成做事清清爽爽的习惯，亲仁、律己、格物、正心……一个都不能少。略有欣慰。

春来耕作适时节，
炎夏似火要拼搏。
切忌入秋羡邻果，
莫等冬寒再漂泊。

下班回家

在大厅里人多，耳朵被喧嚣的声音吵得嗡嗡响，身心疲惫。回家后，小女看到爸爸回来了，捧上水果，全是靠妻子的教育结果。

厅风吹得耳生疮，
步履蹒跚归故庄。
儿闻门响抢先迎，
女洗鲜果手捧上。
素檐治愈荤膻痛，
全仗菊染满庭芳。

酒　醉

和老同学一起饮酒，提起原来的初恋情人，眼前又回到了二十年前的场景。现在都为了生活天各一方，想起来再放下也不是轻松的事。

旧恋新提因酒逢，
廿年思念在梦中。
济州夜酒惜别泪，
天涯之隔怎从容。

花　语

在围墙外面，透过蔷薇看到院里有牡丹盛开了，路上的人都闻到了蔷薇的花香，还有不少人在蔷薇下面拍照留影，但没有多少人能知道牡丹的存在。

典雅小院藏牡丹，
满墙蔷薇谁人看。
路上人说香四溢，
一纸糊文成笑谈。

夏初之旅

儿子带着妹妹在森林公园游玩，孩子的笑脸如牡丹花一样的可爱。

森林公园翠连天，
兄妹携游带笑颜。
都说初夏花色好，
稚嫩童真赛牡丹。

三叶草记

三叶草，原工作地遍地都是，春来时绿油油的。传说它是夏娃带来的，本来在天上是四叶草，因随夏娃入世间才少了一叶。今偶遇又牵出一段旧日时光。

四叶原本天上神，
三枝误贴夏娃身。
双目凝望藏绿处，
一滴涩泪笑红尘。

晨观

晨光下的海关路紫气氤氲，鸟语花香，没有大的车马喧嚣，保留着小城的静谧。在静洁的环境中心情也好，不然看多了脏东西容易污染心灵，影响健康。身于无尘着芳华。

旋岚偃岳静出马，
闲看路涯紫鹃花。
莫问水石今何待，
生取竹墨写芳华。

退 化

从脱下军装后，变得“儿女情长，英雄气短”了，两年的时间头发都白了，感觉到自己的颓废。

胆慑十万劲敌退，
饮马千里未曾醉。
不觉两年白发老，
又添一滴粉脂泪。

大玫瑰魂

偌大的广场，却仅有几朵艳丽的玫瑰花，花盘比成年男人的拳头都大，甚至大过女孩子的脸，在阳光下孤傲地盛开着。丰硕的果实曾经都是美丽的花。我喜欢倔强的石头，也喜欢若水的花。

不随绿叶附风云，
播撒浓香浥红尘。
甘守宁静图致远，
向阳盛开藏乾坤。

下午诀

下午，在大厅边整理档案边为办理业务的人做解说，听说西边有人在争吵，岁月静好，不能再折腾。

边整档案边解说，
海关西庙起烟波。
本是灰土风尘塑，
岁月岂能再蹉跎。

国色天香

在任城区湿地公园，青杏和紫李在树叶中若隐若现，水边的黄蒲在微风中轻轻摇摆，这是上早班的时候，心情也比较好，路过观鱼池看到细流缓缓，金鱼在自由地游嬉。

绿杏紫李隐谦首，
丹若黄蒲笑无咎。
鸿志跃于青云上，
静观晨鱼拨细流。

惜　时

绿染大地，草木争荣，到年末秋霜降落时，草木就不再开枝散叶了。人也要珍惜时间，不能到老的时候才想到奋斗。

绿染层林透，
草木共一秋。
百年飞流过，
且莫空待休。

一起年青过

远方的老战友打来电话，想起原来一起在江苏、江西、安徽等地一起战斗的岁月，现在又一起转业到北方，将来还要一起奋斗。

南京南昌一起过，
赣南皖东同奔波。
华北夜雨同此路，
携手共奏旭日歌。

琵琶山

——李铭钦顺口说石榴诗

暑假末期，带孩子一起寻找济宁的琵琶山，因为这座山历史年代久远，但是海拔和相对高度都不高，济宁当地人也有不少人不知道其具体的位置。到了山上，发现有几棵野石榴树上的果子已经成熟，就采了一个尝一下，口感还挺好，孩子又摘了两个回去送给妹妹。

琵琶山[①]上遇石榴，
吃了一个还想揪。
感觉有些不过瘾，
又摘两个掖进兜。

① 琵琶山，在济宁市任城区琵琶路南首东侧，相对地面高度有五六米，因形状像琵琶，因此称琵琶山，山上有新石器时代遗址。济宁琵琶山路因此而取名。

彼此的微笑

和做生意的人打交道，看到的都是笑脸，但是不能违法做事，更不能接受请吃吃请。

商海难测情扑朔，
微笑相逢机缘多。
民风淳朴御铜臭，
莫将浊酒覆清波。

伏 雨

三伏天气，雨一直下，雷电时近时远，雨点打击着浮萍在水面时上时下，如生活中的自己一样。

雨打芭蕉夜到明，
幽谷偶传鹧鸪声。
远雷时惊混沌梦，
野塘浮萍似平生。

雨过荷塘

秋初的傍晚，刮起了风，下起了雨，柳条垂到荷塘，荷叶与柳条一起在风中摇晃，原来开的荷叶风雨过后败落了，但未开的还清香依旧。

暮雨潇潇凉意多，
柳帘轻撩出莲波。
含苞未放香清远，
风雨过后剩残荷。

夫人花

回忆和妻子相识的过程，从车站相遇，到两地情书，再到举办简朴的婚礼，一路节俭。

探亲南巡孤旅，
对单相识成双，
互留信笺剩思量，
天涯之隔遥望。

毕业执手柴桑，
百元筹齐聘妆，
他乡绿营为洞房，
生育儿女一双。

回首双顺岁月，
鬓霜记满沧桑，
夫人花开在心上，
终生没齿难忘。

赠路者

七月的下雨天，梧桐树被冲洗得十分干净，路上没有了车的鸣笛声，鸟也不叫了，路上的人们在雨里忙着东奔西走。

清洁梧桐枝丫低，
马嘶并雨鸟绝啼。
伏雨绵延连七月，
奋斗路上奔东西。

伏天呓语

夏天的午后，路上还很热，从窗子看到外面的红花、绿树、蓝天，稍有风吹过，蝉偶尔也叫几声，人也没有精神，还打着瞌睡。

午时偶闻伏蝉躁，
流火路上影踪消。
扶案翘望厅前处，
红绿蓝间微风飘。

今夜思

天生万物皆有道，珍爱亲情知西东，有家在，睡觉也安稳。

天行健，有序跋，自立才可走天下；
亲情在，有牵挂，心怀慈爱亦伟大；
知法度，有惧怕，仁者执法更护法。

足　迹

——参观羊山战役纪念馆

暑假时，我带着儿子去参观羊山战役纪念馆，羊山战役是我原来老部队的前身六纵（原第十二集团军）打下来的，在部队时多次聆听老领导的教育和讲解，转业后我也常讲给儿子听，想起自己和战友们一起训练备战的场景，依然热血沸腾。

三伏晴雨浴羊山，
六纵烽火追先贤。
却话同为过路客，
亦曾歃血破楼兰。

雨　濛

秋天的雨下了一夜，早上起来看看门前的路，茅庐外面是雾蒙蒙的世界。

半茶斜榻闻秋声，
雨洗时光夜到明。
开门探望千寻路，
茅庐之外是鸿蒙。

雨

雨给世界一个清净，除了把江河等沟壑填满外，将万物清洗一遍，还以人间一个洁净的世界。

抑尘压沙出清新，
倾入江河水增深。
沐浴万物精神爽，
还以人间净乾坤。

秋　声

秋天的夜是寂静的，但秋风时而吹过后，树叶会沙沙的响，小虫子也因受到惊扰而轻轻地叫。

寂寥铁穹夜无星，
依栏倦卧听秋声。
雨过清风送淡爽，
但闻树叶和虫鸣。

红叶报秋

秋雨洗净了世间的铅华，桑麻在秋风里摇曳，枫叶已经红似火，岁月流逝，头发胡须慢慢地都白了。

细雨绵绵洗铅华，
秋风微微绕桑麻。
又见枫叶红似火，
时光漂白虬髯花。

学东坡

工作生活的不顺利，让自己感觉如东坡先生一样命运多舛，提醒自己要豁达一些去面对。

一杆胆心向昆仑，
天南海北量比心。
此生皆伴日月笑，
去无烟雨来无云。

向前看

在湿地公园看到的景象，环境优美，人民生活安定祥和。

白云悠悠自在青天上，
秋雁南飞年年有过往。
朝霞如锦宛若凤飞翔，
黄昏漫步幽途醉斜阳。
柳帘湖畔黄鹂在歌唱，
音乐广场老叟舞剑忙。
花开四季不扰游客路，
风景如画美名传四方。

莲

初秋的早上，荷叶上的露珠晶莹剔透，与荷花一样纯洁无瑕，给人一种静心清凉的感觉。

潮来水满涨秋池，
花开叶起茎顺直。
薄雾淡笼迷辰月，
对望朝露似相识。
素洁雅芳无尘顾，
正是沁涟静心时。

秀 台

阜桥所原来负责登记业务的有东西两个服务大厅，同在海关路北，两个办公室相距有七步之远，因为负责办理的业务不一样，服务的市场经营主体有很大的区别，在别人看来有天壤之别。

水晶门厅含楼台，
车马奔流通四海。
东西间跨七阶路，
志趣相距千里外。

榔榆记

榔榆适合在南方生长，在北方成活比较少，所以种树人也更加珍视，但由于不少路人不认识这种树，也视而不见。

屹立山岗浴风霜，
斑皮皲裂写沧桑。
花匠常说榔榆贵，
游人浮视若草莽。

撑　船

人生如履水行舟，虽然水面风平浪静，但在前进的过程中也可能影响到别人，尤其是水面下的人的利益。经历过的人都知道，可没有多少人会说出来，只是一笑而过。

独舟碾波向北行，
一篙西来一篙东。
撑助无意扰淤起，
不慎打散甲鱼丛。
过客皆知水深浅，
笑谈无浪一江平。

放假啦

国庆长假，不用思考工作上的事，心理上也较为轻松，带着家人一早到公园玩，发现黄山栾树黄花落了一地。

无牵无挂也无心，
无风无雨也无云。
今朝秋游出行早，
落花丛中留脚痕。

那年那月

年青时候在三界的日子较长，现想起来还记忆犹新，那是燃烧青春的地方，平凡的山丘磨砺几代人的非凡人生。小湾，岱山，一五三，三岔口，飞石山，南宁塔，大柳等地方，历历在目。

小湾河缓水涟涟，
岱山巍巍守西川。
回望提携风雨路，
血泪漫染一五三。
三岔口，战旗卷，
飞石山，起狼烟。
南宋塔下尽言欢，
越过对乳到观庵。
曾经大柳追红客，
珠龙翻过即家园。

风雨烟波

回忆自己的生活，有路窄的时候，也有宽的时候，在马踏湖走过，在泉河边站过，曾立志创新，有欢歌起舞，也有释惑洒脱。

一朝狭窄一朝阔，
一朝潮起一朝落；
兴来起歌声，蹉跎面古佛；
过去笑别人，现在笑自我。

今生许家也献国，
前路有风后有河；
出入乡村路，马踏湖中波；
泉河玉盘影，立新那轮月。

叹　秋

秋来年过半，感叹岁月如云烟，为了目标奋斗半生，回头却如一场空。

霜叶映日红，
秋意浓浓，
萧萧风吹嘶马惊。

望断天尽头，
残云闲停，
孤雁漂影若垂星。

一朝红尘梦，
枉费半生，
血泪溅花灵净空。

秋叶吟

叶子在秋风中飘落，一年中经过雷电、冰雹等自然灾害的袭击，有三百多天努力地生长，使节壮干肥，新的一年春天到来时，鲜花会在枝头为今年的树叶的努力贡献唱赞歌。

上下求索避浊沟，
雷斧雹刀悬梢头。
金身修度三百日，
花在春来歌故秋。

秋 诉

秋天的清晨，山林沐浴在彩霞之中，严霜将高大的林木染成深色，但树下的小草还保存着青色，落下的树叶带走了林木经受洗礼的风流。

朝云彩霓赴千丘，
寒霜悄染层林透。
幽幽青草释禅意，
片片黄叶掩风流。

秋　菊

深秋时节，菊花开得淡雅宁静，如冷艳的美人。秋霜让万木凋零，但菊花在地底下悄悄地长出新芽来，孕育着来年的希望。

迟暮逢秋雨中开，
冷艳素洁若如来。
万木灵秀冰霜蚀，
菊将新芽根底埋。

运河畔的纤夫

运河边的拉纤铜人记录着运河的历史沧桑，让路过的人都会想起过去人民生活不易的那些历史故事。

风扯飞发雨削肩，
血浸纤绳汗洗颜。
助力艄公行舟楫，
足印深留少有浅。

集　训

参加市场监管执法集训，学习“降妖除魔”的本领，维护商海的正常秩序。

光阴迫，莫待青丝落，
商海隐现鲸与鳄，法镇涌浪驭百舵。
德纯洁，牛劲去开拓，
纯情终掩金银没，南来北往都是客。

年　轮

夜晚独自望月，感叹斗转星移，想通过文字讲述人生风雨故事，让运河岸边栉风沐雨的人有新的认识。

月洁如银照昆仑，
斗转星移更日新。
笑谈沧桑红尘路，
摆渡运河风雨人。

运河夜话

夜晚还有几个哥哥姐姐在加班，运河畔的夜色中闪耀着“担当”的光芒。年底各地的事都多，推走的是时间，推不掉的是责任。工商的尾声里，他们依然唱着动人的歌。

永基楼高八百丈，
露台携月步云房。
提笏巡望九万里，
笔耕夜播话工商。

众人夺志

对市场监管的发展给予厚望，保持亲清的政商关系，营造天蓝、水净、人文明的大美环境。

市场发展须亲清，
环境营造要文明。
天蓝水净成大美，
福佑人人人人行。

运河码头

早上，站在运河码头上，联想起自古以来在京杭运河上来往的商贸客船，为了名利而南来北往。现在炊烟袅袅，又有新的船出发了。

千年运河千里霜，
名利自古连京杭。
清泉松石鸡啼处，
孤舟悬帆又起航。

上元灯市

元宵节看花灯，各种景物和动物造型的灯都有，灯火辉煌，人们游玩的兴致很高，如在春暖花开的日子里一样快乐。

白鹅戏流水汪汪，
火树怒燃竞辉煌。
笑靥尤胜春意暖，
似闻万里夜花香。

春夜

一个人看书到夜深，风轻轻地吹过竹林，细细的雨落在梅花上，加速了梅花的凋落，灵魂独自在夜空里驰骋。

清风夜抚门前松，
潇潇竹林传箫声。
细雨又催梅花落，
寒檐窗漏孤灯明。

书 童

——寄情于草木之间，游离于云天之外

小孩子在院子里玩耍，弄了一身的土，晚上回来要洗脚睡觉了，拿起书来边洗脚边看书。

小儿嬉戏园中爬，
鞋脚不慎粘泥巴。
归来尚思要努力，
浴足不忘将书拿。

桥头玉兰

济安桥头的玉兰花开了，因为开得比较早，树下还有残雪，在阳光下光鲜夺目，如枕波观澜的游人细数着运河的风流韵事。

玉兰逢春花满头，
淡紫藏绿气娇柔。
雪雨冰霜清黄日，
枕波观澜数风流。

又见杏花落满池

又到了和情人分开的时节，虽然空间上离得很近，但已经是人各两世，不能复生，即使在老地方再遇到各种漂亮的美人也没有昔日的情致。

一帘隔尽千声语，
两眼望穿万古情。
鱼水载花东流去，
陌路群芳风雨中。

海棠依旧

春天来了，户外十里桃花，房内的水竹也是四季常青，但因为天天忙于工作而显得无精打采，小女儿看到心里难受，就为我从外面又采来了海棠花放在桌子上，说祝爸爸天天快乐。

十里桃花天外香，
四季水竹旮旯藏。
面壁若失芳灵气，
小女悄悄送海棠。

魂殇

——在这最美的人间四月天，却遇到夜空中的“魂殇”

那年四月，正赶上妻子不在家，父母也身体不好，大的儿子学习状态不佳，完成作业也慢，小女睡着了，却尿湿了床，外面已连续下了几天的雨，虽说最美四月天，但因为家里不顺心的事一件连着一件，只有我一个人撑着，所以心里也高兴不起来。

三更烛光伴儿郎，
五更星火照爹娘。
漏床又遇连脚雨，
愁梦更比春夜长。

葱

老家的菜园里，母亲种的葱已经有了新的葱秧，但是母亲身体老了，园里只留下了好辛苦种的葱。

小小葱秧畦中插，
穿过秋冬到春夏。
不见故园种养人，
空留籽花向天涯。

风雨人生

人生路上风风雨雨，也有花香四溢，但不少人天天匆匆忙忙地赶路，没有留心沿途的风景，时间如白驹过隙，只知道跑得快的人也错失了人生的红尘趣事。

云雾迷蒙笼世心，
花香沿途处处春。
风雨兼程人生路，
多少骐骥绝红尘。

枕戈待旦

——基干民兵集训

参加任城区民兵集训，我担任我局民兵连长，又找到了冲锋陷阵的感觉。

二十年来志未改，
铁血孤胆向阳开。
尤有战事需执戟，
披挂重上点将台。

喜事连连

外甥结婚的时候，给外甥和外甥媳妇送的祝福。

红毯铺向新世界，
金樽盛满幸福来。
若问何时再聚首，
娃娃一笑宴再开。

假日清晨

星期天的早上，打开窗户欣赏窗外的美景，刚一说话，床上的人催促赶紧做饭。

喜鹊报晓登临树，
青帘掩映满窗目。
才说此景曾眼熟，
床上捶击催下厨。

小　花

初秋，在沙地里遇到一朵独立开放的小花，虽然不大，但却精神，纵然四周黄沙连绵，也有些凄凉，小花却活出自我。

历经风霜出沙场，
汲取甘露脱草莽。
年岁过半花一朵，
淡绿难掩四野凉。

老　家

老家的院子因为好久没有人住，草木已经很深了，没有了原来满院孩子跑的场景了，看得心里有些落寞和惆怅。

满院孩童旧时舞，
墙面剥落似风烛。
诸芳散尽春去也，
草木更深近荒芜。

老幼皆益健身器

带着小孩在广场玩，小孩子将摇摆健身器当作秋千来打，玩得不亦乐乎。

双位钟摆真淘气，
大人小孩同高低。
幼儿变化新玩法，
不须愣看干着急。

晨　缘

清晨，在树林下的小路边，看到听过有高跟鞋过来，又慢慢地走远，留下了香水的味道。

林下石径细幽长，
细履渐近匀叩响。
薄纱似雾轻飘过，
留有胭脂水粉香。

端午值班

端午节，天气晴好，我在秦庄市场值班，看到市民快乐地采购过节的东西，心里也跟着一起快乐。

粽情蜜意糯米香，
端午时节生意忙。
恰逢云淡晴方好，
浪漫依旧在秦庄。

望羊山

——纪念二野先贤

六纵是华东第二野战军一个重要的英模集体，是参加羊山战役的主力部队，也是第十二集团军的前身，我服役所在单位原属于六纵。在金乡的羊山战役纪念馆，瞻仰了革命烈士的丰功伟绩，追思先辈们的英雄壮举，更坚定了理想信念，也会更加珍惜来之不易的美好生活。

六纵鏖战鲁西南，
艰苦卓绝克羊山。
鲜血浇铸解放路，
幸福康宁满人间。

商海歌声

为庆祝“七一”党的生日，永基城组织歌咏比赛准备活动，大家热情高涨，歌声嘹亮，表达了市场监管人的爱党爱国之情。

栉风沐雨苦难行，
护法商海卫公平。
赞颂党情说不尽，
歌声响彻永基城。

怜金蝉

金蝉从成卵到成虫出来要经历五年的时间，中间有三次脱壳，都是默不作声，当爬上树以后却叫个不停了，人称“知了”。

自闭五载声悄悄，
蜕变三次皆魂销。
一朝爬上池头树，
噤声不绝叫知了。

小　酌

在小酒馆里有七八个战友聚会，酒馆的造型如蓬莱阁一样，院中有一树梅花，布置场地是八仙用餐的场景。

淡淡梅花一树开，
灯染仙阁似蓬莱。
岁岁今朝八仙聚，
再现军马跃江海。

蚁一笑

一场雨结束了一天的燥热，天台墙角偶遇小蚂蚁托运着一粒花籽似笑似舞……

高举毫末充壮汉，
浅尝茗叶唉甘甜。
长江何止三尺浪，
哪舰不阅万里山。

湖边一笑

夏天的夜晚在汇翠湖边，发现的矛盾现象。

围栏小鱼自在游，
虎狼之声唱温柔。
酩酊大醉说独醒，
湖人却吟一江愁。

雨　竹

感叹自己的一生如风雨中的竹子一样，成长时在风雨里飘摇，长大后在商海里还未能渔利，做文字工作时如孤独的短笛，发声也没有人听。

横纶江雪独钓中，
孑立风雨任平生。
胸空寞诵翠湖吟，
几人路经几人听。

童乐

小女在花园里奔跑，原来以为是洒脱地拥抱大自然，当跑向前路才知道，她奔向的是前面的秋千。

六月绿红掩忻园，
稚童脱怀向自然。
寻望前路风光好，
缘有滑梯傍秋千。

人生无重影

看到妻子带孩子重新游览庐山时的照片，想到妻子年轻时的影子，变化很大，都是为儿女们操劳累的，希望孩子们将来能成才，能为国为家做事。

故地重游，山水依旧，人比往年瘦。
渡口犹在，江自东流，岁月不回头。
直面风雨，巾帼不休，策马扬鞭走。
胸韬阳光，钦泽四海，何须女儿愁。

绿萝吟

看到桌子上的绿萝嫩绿清秀，如崖松一样挺立在清水瓶上，但是没有经历过风雨，也没有得到过阳光的照耀，和自己一样那么的脆弱。

枝上绿，水里清，
小小绿萝如崖松，
案头站立出静瓶，
未见阳光未经风。

秧个小，通体明，
长长虚根若浮萍，
尤有挺立未支撑，
同有青色同属名。

村意远

村意远，词牌名，也称江城子。本文参照苏东坡的江城子所写。对自己的生活经历感觉到凄凉，想当年意气风发，歃血疆场。现在虽然自己年纪大了，但心中仍然怀揣报国之志。

前生十年四处狂。览五岳，过三江。东海注望，紧盯那风浪。血染长城著华章，时况急，匆匆忙。

今秋刚入鬓先霜。迎面冷，脚底凉。胸韬烈火，初心尚未忘。小笺一本漱时光，牛皮卷，日渐黄。

一生的爱，可数的情

小女在秋天里出生，祝愿她茁壮成长，克服人生路上的风风雨雨，珍惜时间，好好学习；珍爱亲情，爱护家人。

那一年的秋天里，
人生路上遇到你，
多少事，再想起，
无惧风霜和雪雨。

你是前世的谜语，
今生相遇出奇迹，
父女情，这一程，
自强不息度今生。

秋　花

今天在一僻静角落，发现在夏天常见的花在盛开，因说秋深诸芳将尽，但花开依然艳丽。

春雨误时不曾来，
夏露难遇未能挨。
都说秋尽花期少，
逢时依然向阳开。

夜访农家广场

带着孩子在农村打谷场玩，不觉夜已更深，孩子在数着路灯，场里的人陆续回家，准备明天干农活。

中秋未至尚如夏，
孩童掐指算灯花。
不觉更深渔樵少，
备篓明早采桑麻。

秋

——老家

中秋节时回了趟老家，看到菽稷熟了，老乡们正在高兴地忙着秋收。

千里沃野故人乡，
亿兆菽稷叶欲黄。
春花秋实满画卷，
农家丰收喜乐忙。

秋雨临庄

济宁的府河细细长长，浓浓的秋雾笼罩着秦庄，河边小船任意地横着，船上的人悠然地吹着笛子，船的窗外晾着一把红色的伞。

府河浪细秋水长，
云雾绵绵绕秦庄。
横舟残笛声声响，
红伞一把映小窗。

秋凉夜雨

秋天的雨夜，异常的凉，梧桐叶落，鲜花凋谢，烂漫的季节已经过去，在这静静的夜晚，只适合悄悄地入睡。

门前梧桐报秋凉，
鲜花退场，寒露霜降，
风沙挥去旧时光。

年过大半匆匆忙，
阅览沧桑，夜雨敲窗，
浸融大地入梦乡。

方圆夜话

廉政教育中心的院子是正方形的，院墙周围都种有圆竹，我在那里值守夜班，站在门口，联想到法律就是生活的基本规矩，“没有规矩不成方圆”，值班室的空调开着，门外的天气很冷。

月光如雪今夜寒，
灯下孑影相慰安。
身后尚有炕头热，
抬头朔风卷珠帘。

桂“缘”

一次在花市上看到了一棵桂花树，枝叶茂密，桂花初放，浓香逼人，给人超凡脱俗的感觉，特别惹人喜爱。我也要像桂花树一样，带给人芳香和愉悦。

有缘携程同一回，
情投相倾最珍贵。
月桂静蕴幽香在，
避开尘杂少是非。

岁月歌

游览济宁的人民公园的时候，登上东面的小山，看到湖边的花草树木又是一年新风景，感慨岁月更迭，人渐老去。

客览山水景阅人，
征尘不掩万象新。
亨泰弗若光阴贵，
圣贤亦难再青春。

一　行

深秋时节，到山里围捕一重要嫌疑人，出动队伍气势宏大，执法场面壮观。

玉兔捣桂循私行，
法网围猎三界中。
悬势惊落风尘泪，
云倾喷染枫叶红。

报 春

春天快要来了，冰雪开始融化，阳光变得明媚许多，家家其乐融融，准备过春节。

百川起玉浪，
梅枝生淡香。
喜鹊窗前绕，
户户有春光。

遇　见

春临任城湿地公园，花儿含苞待放，柳条刚抽新芽，春风吹过，花点头，柳舒腰，枝条随风飘。湖面上的小桥延伸到远方水雾之中，宛如烟雨江南。

花含羞涩迎风笑，
柳捋秀发舒蛮腰。
水径连幽入幻境，
此景恰如画中好。

下班路上

下班路过任城的森林公园，沿着石阶而上，透过山头的丛林看到瑞马名门的楼群在夕阳的照射下，映衬着落日余晖光彩夺目。

石阶爬上千木崖，
白鸽俯瞰万里花。
若有洞天在前路，
遥望小楼映彩霞。

热　情

——给山东70年来最低气温留个“刻度”

2020年的冬天特别的冷，尤其是最后的几天，山东的气温接近零下20摄氏度，是历史上少有的。人们很多年没有遇到这么冷的天气，也没有看到过河里有这么厚的冰，因此都下河溜冰，我一下去没站稳，就一屁股坐到冰面上了。

老婆催我如赶鹅，
拎着胡子去下河。
冰吻双脚才轻点，
凌上印出屁股窝。

光阴故事

对着镜子，发现自己已经长了半头白发，回忆自己很小的时候，哥哥姐姐们在老家的大槐树下给做了一个花筐，并用它做成秋千，把我放进花筐里来回荡秋千。现在自己年近半百，当牛做马了半辈子，非常思念哥哥姐姐们，老家已经没有人住了，只有童年里的秋千存在记忆中。

轻拈芳华分了岔，一半属牛一半马。
栉风沐雨闯天涯，何曾怕。

莫问来处花可好，归期难见故人家。
花筐空悬老树下，您在哪？

最忆滁州

2016年12月到滁州办理转业手续，不想再打扰战友们，所以想悄悄地走，正如我悄悄地来。但对滁州还有不舍得，滁州的心跳给我明天的光彩。

湖月冰清玉洁，
今生一起来过。
留也畅然，
去也快活。

南湖[①]渔家晚歌，
琅琊[②]丰泽别过。
去留情在，
往有谋合。

可为之处努力，
遇事克制揣摩。
三思己过，

① 南湖，指滁州的南湖公园。
② 琅琊，指滁州市琅琊区。

勿念陀佛。

今生无悔善缘起，
我为人人不求歌。
小几书茶，
云海烟波。

清秋一梦

——伐木声中的告别

随着楼后面杨树的倒下，十年前我买的房子被城市彻底包围，我觉得是失去了春夏秋冬，只有在伐木声中和杨树林作别吧。

说放下，放不下，
心中装着半壶纱。

闻佳讯，听佳话，
笑容依旧似桃花。

植桑麻，笔生花，
激荡商海尽潇洒。

小楼前，杨林下，
一壶小酒解困乏。

瓜果香，花雨洒，
尽览春秋和冬夏。

欲开发，树林伐，
从此再难有静暇。

缺失的温柔

秋天，在外地执法办案的时候遇到下雨，夜色里想起家，对生活中的欲望要克制，想到违法者的代价——自由和爱情都没有了，要做畏法度的人。

不再是那个深秋，
不再是黄昏后，
冷冷的小雨把人留，
十里茅庐有人在等候。

夜色中藏着温柔，
映着魅影依旧，
风中的竹叶似她还羞，
悄悄地向人招手。

欲望永远陪着走，
从春走过秋，
谈及爱情和自由，
畏法度能兼收。

多少人失去了自由，
健康爱情一起丢，
都因非分的奢望，
泪水伴着悲歌流。

年青时多走一走，
不能见利就伸手，
光明大路在前头，
沧桑正道尽风流。

方圆赋

在跟着纪委学习工作时，看到那些不法分子，人前光鲜亮丽而沦落为阶下囚的人，想想违法的代价，悟透人生的真正意义在于光明磊落、刚正不阿。

小院不大幽禁深，
深处即为地狱门。
门外几多逍遥客，
客色如春光鲜人。
人曾美名扬天下，
纵横捭阖转乾坤。
一疏恶处金疮裂，
花落人嫌渊底沉。
人喜捧花追蝴蝶，
柳浪月影易缠身。
守法清宁非落寞，
违法即入万恶门。
惯看青云冲霄汉，
不知飘摇累金樽。
四方小院铁锁门，

圆竹万千列成林。
常见众鸟高飞尽，
等闲昂首望孤云。
心端有方知向量，
圆润似水真善忍。
强音岂止高声喊，
扛鼎并非牛力君。
幸入方圆悟正道，
三更钟惊红尘心。
还看落花流水去，
逝者如斯夫苦吟。
心神宁静非清苦，
常思己过莫贪心。
细览前车洒泪客，
天堂打入地狱人。
方圆之道方圆赋，
赋里赋外尽清贫。

日复如是

每天在工作岗位和家之间行走，迎来日出、送走晚霞，要经历风霜雨雪，路过许多弯道，等待许多红绿灯，遇到花海柳浪等等，如人生路一样，有许多精彩和无奈。

一条路
弯多又漫长
一头是朝霞
一头是夕阳
无数的路口
有无数的等待
十字街头是
人海茫茫

一条路
承载着风霜
一边是希望
一边是忧伤
多少次打开车窗

默默向外望
路边飘进来
玫瑰花香

一条路
金碧辉煌
四季阳光明媚
夜晚洒满星光
回首望
半边天下
牵挂的儿女
担心的爹娘

一条路
平淡如常
笑看的是风云
品味的是沧桑
心头的柔软
是纯情的触角
记录着珍藏
传播着力量

我心追月

和老友一起回忆共处的十多年前一起训练的趣事，各有所持，但其乐融融。都是过往，老友也觉得过往不要回忆太多，顺遂时光，把握当下，过好诗情画意的生活，多看书，多学习，多做对人民有益的事。

太白床前霜，
东坡婵娟光。
手植东篱菊，
勿恋南山香。
少议往日事，
挽弓射天狼。
再闯书山路，
劈出智慧光。
端坐云起处，
与霓共霞裳。
勇潜学海底，
凝泽润八方。

母爱如虹

听到邻居讲述“养育九子不嫌多，家里二老没地搁”的故事，想想为人父母的不容易，人老后面临的困难，和对子女的牵挂。启示人要孝敬父母，关爱老人。

娘育九子不嫌多，
吃糠咽菜，宁守土炕窝。
一滴乳汁一滴血，
各自红透谁记得？

年迈体衰数天过，
来日可指，风烛泪满埚。
病重嘴脚不利索，
牵挂藏心神消磨。

再忆井冈山

秋收峰转枫树坪，
党建路重基层。
垒石滚木诉英雄，
黄洋界的松，
八角楼的灯。

朱毛会师留美名，
合力龙江书院。
破立因势两相宜，
作风纪律硬，
战略战术灵。

海关路7号记

在济宁市海关路7号为民服务大厅，为工商企业办理营业执照的过程，经常提醒自己要清白做人，清廉做官，为人民服务。

一枝竹墨写春秋，
商海情泪沾满袖，
百愁顺颊上，爬满瘦额头。

缤纷彩带台前落，
奇装异服厅中留，
红衣粉骷髅，须发掩面兽。

金黄四字开卷起，
七行黑格呈商裘，
朱印压篇尾，时辰着末游。

香茗一杯压千愁，
微微一笑数风流，
来时无杂念，归去无离忧。

空杯酌月

看到网上新闻后，对外界的局势发表一下自己的看法。

和而不同，
精彩互鉴，
文治武功，
清廉亲善。
拔出那定海神剑，
撩起狂风巨澜，
将太平洋底掀翻，
埋葬这可恶的霸凌
和凶残黑暗。

鲲鹏展翅，
翔龙出渊，
天马躬耕，
血浴江山。
蓄势待发箭在弦，
射穿那吞月的天狼，
将缺月补圆，
还人间以祥和盛世
与碧海蓝天。

悟　静

晚饭后想找个安静的地方，散步到南杨庄文化广场，发现人比较多，一样也不安静。

古塔相望度春秋，
地上歌吼，空中风吼；
众鸟倦飞把林投，
飞也啾啾，停也啾啾；
又逢路人叹哀愁，
说家里头，道家外头；
思前想后静难求，
心里没有，网上没有。

月下酒

秋将进，天欲凉，
我邀明月话曲觞，
月与彩娥共思量；
万灯照我万影晃，
影在路上笑痴狂。

走不动，一直晃，
一步两摇三踉跄，
天旋地转路变长；
门叩三声无人响，
邻家开门见爹娘。

不上桌，不躺床，
翻江倒海扶浴缸，
出来不比入喉爽；
泪与鼻涕并成行，
推背笑问怎么样。

月，笑，
在天上。

夜观想

秋天的夜晚，一个人在森林公园的小路上散步，不知不觉到达山顶，感到微微的冷，听到孤雁南飞的叫声，看自己孤独落寞，心生一些凄凉。

今夜人去楼空，
拾级而上独行。
无心赏路花与灯，
不觉已达山顶。

松涛轻赋秋声，
偶遇共沐晚风。
抬头却见月中鸿，
不曾见其飞腾。

来途与谁相逢，
花重又遇露浓。
人生一梦已三更，
归去无影无踪。

战友聚会

战友聚会，人越来越少了，也都越来越老了，为大家的衰老而感叹，为大家没有当年的雄姿英发之气而感到惋惜。

涛声依旧，红花为谁瘦；
战友依旧，心情颇难受；
激情依旧，红颜守断漏[①]；
我心依旧，举杯共同筹。
……
二十年后，我们依旧，
谁与我们再感同身受？
期盼情长久，爱心长留。

① 断漏，引用苏轼写的“断漏人初静”，指时间已夜深。

别了，我的兄弟姐妹们

当我离开的时候，
你在默默地挥手。
当我受苦的时候，
你在神农前祈求。
当我回首的时候，
我的心不停颤抖。
送走了人，
送不走心，
你我今生的邂逅，
如高原雪莲，
圣洁无垢。
爱心无价，
知己难求，
相惜相伴，
让幸福携时光畅游。
心在一起，
四海牵手。

幽草吟

岁末入冬，天气寒冷，感叹时光匆匆，一年做过许多打算，但都如在做梦一样，没有实现。

河静惭封无声，
霜落更重一层，
往昔繁花随流去，
徒留笑谈风影。

星斗依稀参行，
浩渺轻闻孤鸿，
夜深无心做浮梦，
依栏望穿苍穹。

叶尖凝霜成晶，
折射艳阳光明，
今夜恰是春又冬，
一声叹息沉颂。

回首，那春水依然

回忆在从军期间走遍大江南北的经历，从辽宁沈阳的浑河到湖南的湘江，从安徽的滁河到江西的赣江，南京的江浦，三界的小湾、池河等地方。尤其是故乡汶上的泉河、汶河，还有济宁的影响更深，感觉无愧于青春年华。

浑河畔，湘江旁，
嘉陵陡峭雾迷茫。
滁河短，赣江长，
江浦山窝杜鹃香。
小湾野，池河荒，
三界征尘漫天扬。
泉河急，汶河凉，
汶上是个好地方。
人已老，须眉黄，
运河之都是家乡。
走过春天花似锦，
回首花香溢满江。

今日值班

雨水这天也是周末，但因为创城工作需要，留人办理一些紧急业务，但一天下来没有多少件。雪过天晴，依然很冷，但还是要热情为大家服务好。

一冬幽怨寒未消，
卯时漫天雪花飘。
雨水到，
沿街迎春花含笑。

大厅明媚春光好，
为民服务要趁早。
人虽少，
白发不共日月老。

清明之夜

清明之夜，在任城区南杨庄的新家中提笔写字，想起了在老家南旺十里闸的生活，思念亲人而泪流满面。

古运河，联京杭，
运河东边是家乡，
从小常喝小米饭，
谆谆教诲在耳旁。

十里闸，求读郎，
起早贪黑在学堂，
可唉今无超人智，
唯有勤将拙补长。

多少事，成过往，
先人替我数沧桑，
江渚塞外洒青春，
梦中常怀小米香。

暮春夜，南杨庄，
平安花园涤衷肠，
安居乐业本无事，
雕文何必泪千行。

夜访

和朋友在太白楼路喝酒，看着高耸的太白楼，遥想李白当年在此对酒当歌的身影，酒中作乐的潇洒。现在仙人已去，只留下太白楼和李白洗涮毛笔的浣笔泉。

运河畔，灯火灿，
春风拂面吹人眠，
盛唐夜曲又吹响，
太白可曾在，
邀请共颜欢。

月半弯，散星点，
客楼烛下坐青莲，
后生叩门求拜访，
谪仙升天去，
空留浣笔泉。

秋雨对

七夕节到了，自己一个人看着窗外的雨，有些落寞，但心里面还是保存着自己的追求和目标。

落意孤旅逢悲秋，
一夜坐听风雨。
几分惆怅几分愁，
北辰悬照心头。
七夕相邀鹊桥头，
朝云[①]推窗含羞。
细浪易掀枯叶舟，
笑看春水东流。

① 朝云，苏东坡的红颜知己。

第二篇

XIN LING DE HU HUAN

风声回响

晶莹如露

——以此献给我一百多位山东汶上的战友

不管你在地上还是在天上，
我们都在劲旅片段中经历了那么 0.001 秒的时刻。
匆匆那年也许没有接受鲜花烂漫，
也许没有夹道欢迎言欢，
我们宛如天边的云朵就那么不起眼地轻轻飘过，
但英雄的土地锻造了我们不屈的性格。

为了孩子们欢乐的嬉戏，
为了父老们安心的秧歌，
冷峻的脸庞上凝重的眼神，
和平的大门前见红的刺刀，
就是曾经的你和曾经的我。

峥嵘岁月，
我们就是人类上空那片淡淡的云朵，
你我的汇集如这滴甘露，
“叮咚”的一声，
随二野的长河悄然流过。

请画出梦的颜色

晚上，小女儿睡了，儿子在写作文，我和妻子也在忙白天没有完成的事务。

夜色朦胧，
橘灯下，
老婆辛劳的靓影。
女儿沉睡，
酣眠细声，
宛融母爱中。

笔耕不辍，
四目急，
孩提弄笔唤纸醒。
少年文字，
激浊扬清，
家和万事兴。

故乡的小河

今天又回老家了，偌大的老村庄见人无几，沿街都是深宅高墙、大门紧锁，完全没有春节时大红灯笼高高挂的喜气，就是一个字——空，连昔日牛羊成群的村外小河也跟上了时代的节奏。曾经梦舞羊鞭，眼下往事如烟。故乡真的成了起梦的地方，入梦的地方。

我们家的村外，
有一条小河，
蜿蜒曲折，
缓流成歌。

儿时的玩伴，
依稀记得，
河那边有你，
河这边有我。

静静的小河，
在梦里流过，
河里的鱼儿，

在嬉戏唱歌。

满头的白发，
分不清你我，
曾经的憧憬，
化作今天的生活。

河那边有你，
河这边有我，
故乡的小河，
蜿蜒曲折，
安静平缓，
在梦里流过
……

致远方的战友

春回大地，想起春来江南时，和战友们一起摸爬滚打的豪情，立志在地方建设中也要再创佳绩、再立新功。

又是一年三月三，
江柳醉春烟。
人生锚泊待扬帆，
回望天外天。

曾赛的卢冲在前，
赤兔也惧颜。
今到易甲转舵时，
豪情助涅槃。

送给今晚的我和你

参加单位一天的检查，到晚上才到家，发现妻子与孩子们都已睡了，看着妻子的倦容和孩子们无邪的脸，心里有些愧疚。

穿过三街五巷，
来到你的小楼一旁。
那熟悉的窗，
透过那柔和的光，
她代表着你，
为我驱散心中夜色的迷茫。

孩子们安然入睡，
只因你倦缩他们一旁。
你从不发福，
从未见胖，
岁月消蚀了青春，
但和二十年前一样的体形述说着你的坚强。

你说家是我的康桥，

悄悄地走和悄悄地来一样。

我同事也告诉我，

别让家里人受伤，

当老公在外潇洒走的时候，

是因为老婆把家里事扛。

秋、雨、我

秋，
春花之果，送给往昔岁月的综合回应。
秋，
自然转折，承启来春伊始的期望嘱托。
雨，
淅淅沥沥，悄然自若，
飘落在处秋的心底，
带来激情盛夏之后的凉意，
让人告别昨日的惆怅。
雨，
总是这样洒脱，不辨朝令，不分时节。
恰逢悲秋，让人愁肠百结，人神消磨。
雨，
总是钦泽四海，浸润一切，去垢除渍。
时令清新，醒脑提神静心，普育贞洁。

我，
伴随着匆忙的脚步，无意间参与了红尘里的角色，
是哭，是笑，是疲惫，是惆怅，还是悠然自得，
说不清，也道不破。

立新传奇

——故地游记

推杯换盏今开怀，
相见如初，竞相“开涮”笑颜开。
二十年后再重来，
彼此都是两鬓白。
同窗三年共抒怀，
云集中都[①]苦读想把命运改。
立新梦断泉河在，
殇殇流水开理解。

红尘滚滚真情埋，
天涯海角苦于奔波稀往来。
纵横四海扬青春，
他乡驻留，同学、战友彼此相依赖。
豪情终被岁月埋，
折戟沉沙壮志暮年神智呆。
今明了，
莫待苟延再抒怀，
立志创新再建新未来。

① 中都，汶上县的古称。

老婆，我向您致敬

国庆假期，我在红星市场参加创城值班，老婆的生日也没能给她过，心生愧疚。

假期还在公务忙。
值班日，在市场。
红星东路，井然应无恙。
责任管理靠得上，甩开膀，忙一忙。

今汝生日仍在忙。
襁褓暖，揣心上。
相夫教子，独傲雪与霜。
执子之手不相忘，四海水，蹚一蹚。

无　言

又回到井冈山，再见到十多年前的风景遗迹，依然纯朴，让人有回家的感觉。想起来有的地方景点有很大的变化，改变了原来的精神风貌，这让人想起来海珠在海水中晶莹剔透，但出水之后就不一样。

井冈山的雨，淅沥沥地下，
橘红色的路灯下映着你我他。
茨坪村的风，轻柔柔地刮，
远去的往昔纯朴让人如离家。
事物在发展，处处有变化，
旧址周围的一切都是现代化。
海珠在海中，晶莹又透明，
供奉在庙堂之上难现其玲珑。
书中有记载，现地难重逢，
多少的历史沧桑留在感悟中。
井冈山的雨……

雪　花

你悄悄地落在我的窗台，
原是你等我从梦中醒来；
当我推窗请你进来，
却发现你已淹没在雪海；
我知道你来自九霄之外，
送我看到这冰洁的世界。

不知你如花的娇姿，
也在红尘四季中存在；
春天化雨滋养花开，
夏为甘露即为常态，
协同秋风染红枫林，
今夜寒冬在我窗外。

轮回是你的生命，
人生却不能重来；
如果不把握奋斗的现在，
还会失去难得的未来。
但愿有纯净的心灵，
滋养灵魂雪莲盛开。

前台的云

原来在大厅工作时，有时候遇到不少气质高贵、文静淑雅的人，非凡的气场回头率极高。

萤门飘入的祥云，
妩媚中透着单纯，
一袖含香清风，
吹散冬日的冷晕。

柔波似水的眼神，
双眸微闪动人，
飘逸柔顺的秀发，
恰似酥柳吐新。

飘落草堂的祥云，
端如碧水观音，
偶尔嫣然一笑，
蓬荜瞬间入春。

心中的月亮

将妻子比喻成月亮，常挂在心头照耀自己在各个地方的路和身影。

心中的月亮，
照在我路上，
任凭风吹，
不改方向。

心中的月亮，
洒在我肩上，
雨雪寒霜，
为我驱挡。

心中的月亮，
伴我走四方，
塞外江南，
朝思暮想。

心中的月亮，

育儿女成长，
含辛茹苦，
浇铸栋梁。

心中的月亮，
一直在心上，
送我远行，
盼我返航。

海关路的风

春天的你，
化作细雨，
淅淅沥沥洗开了花神的睡眼，
抚摸着百花的笑颜。

夏天的你，
搅动万里云涌，
雷霆劈开漫天雨幕，
肆意冲刷着海关路的灰尘。

秋天的你，
略收敛了狂躁的脾气，
但知道了劲草，
扫尽了黄叶。

冬天的你，
送雪花到我的窗外，
让我看着你伴雪飞舞，
悠悠而去。

我们一层玻璃之隔，

静看你在路上飘飘落落，

从春到冬在我眼前吹过，

只有头上的白发记录着你在这路上的传说。

来处，归途

来处，归途
期盼中间有段七彩的弧。

有的旅途是那样崎岖，那样蜿蜒；
有的刚出发就到终点；
有的只认识了星辰就要说再见；
有的还未直行便爬上西天……

乡情多少回在眼中打转。
这匝道上，白天做着夜晚的梦，
夜却当作白天忙不完。

几度心潮起，悬长帆，
任凭商海卷巨澜；
几逢花开早，展笑颜，
挥洒青春血与汗。

这条路，
许多弯，
莫负光阴，莫负善。

存 在

想到自己的梦想是遥远的目标，却没有能实现，感觉还是要有切实一点的目标，与其好高骛远，不如立足当前。

在这个清新的早晨，
迎接新一天的到来，
未曾顾及路边的花开，
却在小路上寻找着存在。

世界上充满着无数的精彩，
欲望中包含着无尽的无奈，
与其发出无用的感慨，
不如更近目标一步的实在。

存在，
不负这清新的春色，
奋斗，
也许就是精彩。

楝子花开

楝子花开，虽然不在早春时节，可树荫下花香浓郁，有人在树下乘凉，但没有人知道楝子花树所经历的风雨和苦难。楝子花在默默地盛开，为的是孕育树子，明年小树满天下的成长。因为楝与“恋”同音，所以也有人常用谐音“恋子”。

你默默地盛开，
用清香迎接初夏的到来。
花朵微微，
花香诠释着你的存在。
你洒下绿荫，
路人只知庇护的可爱。
你前瞻未来，
依然向阳盛开。
你没有争春的冲动，
也不会演义豪迈。
淡淡的花谢花开，
为明年的小树做出自己的精彩。
恋子花开，
微小的精彩，
光阴中的实在。

昨夜梦

在那里有我的梦，
忘记了是蓝色还是玫红，
曾经清醒，又曾经朦胧；
依稀看见的背影，
是眼前对故人的幻觉，
还是自己演绎的历程；
走过的花丛是否依旧彩蝶飘影，
兰香萦绕，庄生晓梦。

夜空星祭

因为一个短暂的小生命而引发的感慨，有缘的要珍惜。

一闪而过的流星，
那么的微弱，那么的孤冷，
没有进入人类的视线却消失了踪影。

你没有走出夜空，
来于冥冥，去于冥冥，
在你的简历里永远没有明亮的黎明。

意识中相视一笑，
世间冷暖，缘浅情轻，
你却在我的夜空中化作永恒。

可惜了前世的修行，
心中的星星，善者的阵痛，
你是我夜空中闪亮的眼睛。

午后时光

午后去图书馆看书，下午上班的时间快到了，外面还下着雨，所以跑得比较急。海关路上班大厅旁边店铺的人看到我跑那么快都是一脸的疑问。

倚杆漫览偏一隅，
丝丝凉风祛暑气，
喜，喜，喜，
颜堆如玉们书中挤。

不觉午过日偏西，
广场马飞扬尘疾，
急，急，急，
海关未过汗淋漓。

一身水伴两腿泥，
邻商侧问何所急，
疑，疑，疑，
不知厅案是虚席。

缘

每一个善意的遇见都是良缘，错过的可能永远没有回头。擦肩而过的路口，不一定还会再走，美丽的邂逅可能将来只能在梦里才会有。

五百年的守候，
今天的一次回眸，
红尘中能有几次美丽的邂逅。

时光匆匆走，
岁月不回头，
多少善缘只剩下遥远的招手。

曾经那个路口，
你的温柔依旧，
破碎残阳秋风吹落一地黄花瘦。

幻境中重逢，
梦里笑靥依旧，
千年之后相惜依然挽着你的手。

浪花一朵

有小雨滴落到荷叶上，浸润荷香后落入池塘，汇入江河，流入大海。在大海里形成浪花一朵，变幻多姿，欢乐的存在。

我曾经是水滴一个，
静静地躺在莲叶的心窝，
晶莹剔透，清香如荷。
晨风吹我入江河，
顺流入海，
成为浪花一朵。

我是，
大海里的浪花一朵，
时而奔涌，时而漂泊，
晴空之下才能看到本色，
纯净无瑕，亮白如雪。
时而缠绵，时而唱歌，
偶尔的咆哮，
不是我的本色。

微微的海风，
随我静看万里碧波。
笑揽日月星辰，
静看风花雪月。
我还是我，
纯洁的浪花一朵；
我还是我，
浅唱着岁月如歌。

天　凉

开车路过原来游览的地方，发现没有了夏日的葱茏，满地黄也尽显凄凉。但都过去了，不能再放在心上。自身的防护是有限的，暴风骤雨的侵袭和生活的艰难困苦是难免的，但都可以一笑而过。

阵阵秋雨打落残花无数，
连夜秋风吹尽世态炎凉。
驱车又在古道旁，
不见昨日模样。

迎面秋山饱览荒野萧瑟，
偶遇秋水俯瞰虾蟹鱼鳖。
生逢尘世苦与乐，
何必计较太多。

蓑笠加身无防暴风骤雨，
步履战兢难免路有不平。
险象环生坡与坑，
一笑而过淡定。

风雨中，你的模样

只有在困难中的自己才能看到自己的模样，有时有人帮，有时就只能靠自己。风雨人生路，且行且珍重。

在这个世界上，你是否真的坚强，
风雨中的你，才是本来的模样。

你是否有一个坚强依靠的臂膀，
是否有一把伞撑在你的头上。

雨水是生活之泪，
伴着心血之痛流成千万行，
你是否只有忍让，忘记了坚强。

爱并不是自由的流淌，
多少的犹豫挟带着内心的彷徨，
你的退让，是否让你更加的受伤。

完美的绽放，
需要智慧和力量，更离不开顽强，

你慈悲的毫光是否随莲香飘荡。

风雨中，你是否还记得来时的模样，
浓厚的阴霾是否淹没了你心中的阳光。

风雨中你无需躲闪那嘲讽的目光，
风雨中你不该迷失那前进的方向，
风雨中你用知识力量将坎坷照亮，
风雨中，你除了前行，就只有坚强。

古槐夜语

母亲在济宁附属医院住院时写的，想到母亲操劳的一生，没有能尽孝，问心有愧。

多少风霜雨雪，
在面前飘飘落落；
多少文迹墨香，
在树下游荡而过。
一头的白发，
藏尽人间传说；
乐善的施舍，
化作活佛一座。

在这静谧的夜，
笑对静静的运河；
在这不凡的夜，
能听到远处飘来的天籁之歌。
这是心与灵的互动，
这是行与善的协和。
古槐之梦演绎新的神话，
古槐夜语造就不老传说。

故　乡

母亲在农村老家始终不想跟我到城市里生活，但得了重病，虽然来城里了，却因为脑梗不能说话了。

我有一个家，
在南旺十里闸，
有一个亲人，
她是我的妈。

她没有傲人的身姿，
却常有耕作的泥巴；
她没有旅途的潇洒，
却拥有四海的牵挂。

她满头的白发饱受风吹雨打，
她恭孝勤俭街坊邻居夸；
运河畔的灰土黄沙，
掩没了她大半的生涯。

重阳节明媚的阳光里，

只有儿女的泪花；

对儿孙的一句叮咛，

却成了世上最奢侈的话。

深秋不掩爱芬芳

——献给我康复中的母亲

母亲经历脑梗之后，有所康复，但还未能恢复到原来的健康状态，我多么希望能多陪伴我的母亲，让我爱和爱我长留。

您和蔼的笑容里，饱含着慈祥；
您所有的过往里，充满了坚强；
您默默的守望中，点燃了希望；
您无私的关爱中，给予我力量。

我愿采一片朝霞，为您做一件衣裳。
我愿燃一炬火把，将您的前路照亮。
我愿成一支竹杖，支撑您未来的路。
我愿做一把铲刀，将脚下荆棘铲光。

所有的风景，没有母爱漂亮；
所有的支持，没有母爱久长；
所有的关爱，没有母爱深厚；
所有的光芒，没有母爱辉煌。

暮雨歌

人生暮年，回忆过去自己认为的美好，只是一厢情愿罢了，有缘总能相逢，无缘熟视无睹。

黄昏秋雨更添愁，
点点雨花随水沿街流。
多少玫瑰被秋风卷走，
风疾身单影更瘦。

一起同行未必要牵手，
祝福祈祷永远在心头。
人生悲欢何止曲一首，
酸甜苦辣何止一杯酒。

相守无须苦苦挽留，
有缘天涯也能牵手。
心中有乐一起走，
深秋冰雨也温柔。

做梦的夜晚

夜里想到老家，古运河的十里闸，集市上的人来来往往。马踏湖的苇子地连绵如海，湖水养育了不少的英雄好汉。

我的老家，在运河东畔；
清清的河水，波光闪闪；
十里长闸，飞架两岸；
年集庙会，热闹非凡。

我的老家，马踏湖边；
静静的湖水，苇海连天；
孕育英雄，造就好汉；
多少的思乡梦，萦绕在心间。

千年运河，流淌千年；
其间也流过，我的童年；
前人的号角，响在耳边；
争流依然，鸿志悬帆。

屏蔽岁月

夜深了，在回忆过去的事，思绪如散落的星河。

打开记忆的窗口，
发现曾青春依旧，
屏蔽的往昔，
是无言的沉默与执着的奋斗。

清清的运河水，
静看白云悠悠，
青丝的改变是雪染的白头。
模糊的身影，
留恋的路口，
岁月把不少的名字悄悄地带走。

拉上昨日的幕帘，
想将岁月封存，
屏蔽的时光，
春满枝头。
夜色给心一个静谧的港湾，
我心如散落的星辰，
汇入浩渺的星河。

济安春雪

任城区济安桥的春天还在下雪，融化在泥土里滋润万物的生长。

春来的小雪，
伴着细雨，
不合时宜地出现，
消失在春泥里。

轻柔含着妩媚，
冰洁透着凉意，
春风的慢摇，
桥上迷茫的你。

你站在梅花枝头，
悬垂竹叶欲滴，
涤荡松柏的尘埃，
滋润着雏菊萌绿。

济安桥的雪，

伴着春天的雨，
穿越严冬的希冀，
写进春天里。

永生花

春夜三更后，
灯下一枝花。
走过南北东西，
只为寻觅你的足迹。
对面的你，
模糊的过去。

来路的同行，
风风雨雨，
心中想补上过去失陪的你。

永生花开在我桌前，
永生花开在我心间，
永生花里有纯洁春天，
永生花里有美好祝愿。

因你我来到西湖边，
苏堤春晓展画卷，
断桥边又添一把伞，
是为等你何时还。

江南水如烟，
莲叶何田田，
盼望与你采荷莲。

永生花里藏你的笑脸，
永生花是荷莲的期盼，
永生花静静地开放，
永生花中你淡雅如兰。

一飞西城边，
贵妃醉千年，
漫步天涯行，
来去却孤单。

长安如歌大长安，
朝代更迭为皇权，
你并不在其间。

永生花不悲大漠风，
永生花里不再有孤单，
永生花走过冬春到夏天，
永生花因你而不变。

盼　着

——父母望着儿孙的身影，儿孙却望着天上的风筝

儿小时盼着长大，
长大后盼成个家，
盼过媳妇又想盼个娃，
盼着盼着满头白发。

盼老了担惊受怕，
病倒了谁照顾呀，
儿子忙生计还要带娃娃，
怕儿子压力大。

盼着盼着就老了，
怕影响儿孙一家，
担心夜半呼噜声大，
怕吵醒上学的娃。

盼着盼着耳聋眼花，
吃饭时嘴角漏渣，
不小心端错了孩子的碗，

还怕人说嘴馋啦。

盼着盼着全是牵挂，
孩子的忙能帮个啥，
不让孩子左右为难，
夜半被窝抹泪花。

放弃独步天下的潇洒，
把生活的百味勇敢吞下，
给父母个亲切的笑脸，
给父母个安生的家……

亲，亲

看到年迈的父母，想到自己从小到大都是父母含辛茹苦地带着，为我遮风挡雨，如今父母老了，跟我在城里住，有许多的不习惯，生活中还如小孩子一样小心翼翼。

儿时的家门前，
出发的大路边，
思乡的脑海里脚印一串串；
学生的归途，
游子的思念，
终需化作餐桌上米饭一小碗。

在家千时好，
出门当时难，
风雨的眷恋里您慈祥的容颜；
分开时久长，
相聚时太短，
皱纹的沟壑里拦不住时光的流转。

城里的楼太高，
上下有点儿难，
不常旋转的把手上印下迟暮的虚汗；
入门走错间，
把东说成南，
不算宽敞的房间里找不到习惯。

能扶着走直道，
扶不住背弯，
暮阳西下的温情里多一些陪伴。
有扶的不算累，
留住的是感念，
孑身影瘦的时光里只剩下孤单。

草地之夜

夏日夜晚在草地散步的随想。

我静静地铺在草地上，
任风儿抚过我脸庞，
放下所有疲惫和忧伤，
和你静享这月色时光。

萤火虫在自由飘荡，
风儿送来了花香，
我宛若俯在你的胸膛，
感受你的温柔给我力量。

你静静地坐在我身旁，
双眸恰如这美丽的月光，
沉醉地铺在我身上，
如春雨般浸透我的心房。

印　记

这四月天是多么的美丽，
柔柔的春风让人们将烦恼都忘记，
静看孩子们嬉戏，
把多少的希望放进孩子的笑声里。

曾经是那么的淘气，
也曾经那么的顽皮，
那纯真无邪的童颜，
印在了父母的记忆里。

转眼二十年又二十年过去，
前辈的身影在风雨里留下多少印记，
那时也有今天的春风，
却没有地方能将风雨躲避。

高楼耸立入云里，
但都是父辈打下的根基，
没有前辈的风雨印记，
试问来自哪里又能到何处去。

在这柔和的春风里，
前面是父母的印记，
他们是那么的单薄，
为了我们曾经在风雨中留下多少印记，多少回忆。

又见楝子花

小小楝子花，
安静又温雅，
风雨中飘摇的你护佑着我潮湿的面颊。

紫气映彩霞，
朴实又无华，
浪漫动人的旋律中穿过多少风沙。

平凡微紫花，
造就着神话，
惊涛拍岸的商海中傲立天涯。

百川归商海，
风涌起浪花，
回首那屹立的蜃楼是大家的工笔画。

海关的路上，
小小楝子花，
演绎多彩的故事里曾有你我他。

亲人夜话

——写在5·20送给亲人们

您是那拉车的牛，
多少家事挂在您心头，
含辛茹苦水里走，
四脚漉漉当履舟。

您无暇喘息回首，
将风雨当做盖头，
天涯孤旅的忧愁，
千里思乡夜深泪奔流。

您一直埋头朝前走，
穿云破雾度春秋，
踏平坎坷碾压车路沟，
血汗顺着纤绳流。

我们同行的春秋，
几多激动几多含羞，
如今都已半白头，
期盼今后无离忧。

夏日雨夜

今夜大风突起，
路灯也开始迷离，
我在深夜里寻觅，
寻觅这夜色中的静谧。

不是夜的沉寂，
是心在路上游离，
问感情可如这雨，
毫无保留的酣畅淋漓。

树叶雨中笑语，
都是根植于大地，
人世间何必痴迷，
痴迷沉醉于那个过去。

时间终究流去，
如风消失在雨里，
这夜色如此美丽，
美丽回忆留在梦里。

念念不忘

留不住的是时光，
回头过往，
你那浅浅一笑的模样，
如花儿含苞待放。

还记得月光下的小路上，
那夜并肩共彷徨，
溪流缓缓，
伴着风吹树叶响。

你的自信里带着光芒，
你的眼睛和心灵一样清澈明亮，
生活的沉淀，
增添了你的忧伤。

长亭就在小溪旁，
你的回眸既有离别的不舍又有渴望，
你问是否有念念不忘，
却听到了风儿的回响。

边　缘

人生善恶一念之间，既要仰望星空，又需脚踏实地。最近很累，如爬坡过坎时身上捆绑了过多的羁绊。茫茫夜色里突然发现自己一直在边缘。

今晚我走在城市的边缘，
从南至北将城区贯穿；
我路过服务区的边缘，
熟悉和陌生分置两边；
今天我走在业务的边缘，
不会到会的抉择是汗水的浇灌；
其实一直在人性的边缘，
警醒自己将善良放在善恶分水岭的高点；
当下站在这白与黑的边缘，
始终努力将征途的阴暗驱散；
我走在时光的边缘，
无论是珍惜还是遗憾的过去都成了永远。

夏夜的舞影

晚上，看着妻子在和广场上的人一起跳舞，想起来从大学时期相遇到成为中年人的生活，妻子的付出让我感动今生。

看那花开满山，
花儿迎风起舞恰如你，
风姿绰约，
撩人心弦。

在那大学的校园，
在那山崖的顶端，
你那美丽的旋转，
舞动的纱裙从此笼罩了我的双眼。

静看你起舞如蝶，
飘落柔绵，
空中旋舞的漫影，
若今夜灯火阑珊。

牵牵绊绊，
曼妙的舞影织成了幕帘，
我在夜色里静待依然，
是影动了心，还是沙进了眼。

永基城的灯

任城区市场监管局在济宁永基城，维护着市场建设的正常秩序，每个同志都在认真地履职。

永基城的灯，
是商海的金星，
惊涛骇浪的潮涌中指引前行。

永基城的灯，
是法制的明灯，
风云变幻的商海中坚守夜到明。

永基城的灯，
是人民的福星，
南来北往的商贸中福佑百姓。

永基城的灯，
是奋斗的钟声，
前赴后继的征途上催人警省。

永基城的灯，

是历史的眼睛，

阅览沧桑的变换中作历史的见证。

致奋斗者

——最近遇到不少真正奋斗的人，

这些人才是明天的栋梁

自从你融入百姓中间，
生活中少了争吵忧怨。
服务人民，
披荆沥胆，
正气凌云，
豪气冲天。

英姿飒爽的你永挑重担，
奋斗的路上不再孤单。
干练操作，
面带笑颜，
同事喜悦，
百姓心暖。

人生短暂就匆匆数年，
流金的岁月相逢相伴。
东西奔波，

上下求援，
直面危险，
帮困解难。

岁月的长河中掀起巨澜，
拼搏的人生路少留遗憾。
征途漫漫，
花雨点点，
国泰民安，
谱写笑谈。

扁担赋

中年人生活、工作、人生的重担于一身，既有忠孝的抉择，又有法纪的考验，还有人性的拷问。

告别花海的留恋，
我挑着扁担向前。
一头是事业，
一头是家园。
前头偏重人向前，
后边偏重担向前，
两边都重扁担晃，
两头都重背先弯。

挑过那条河，
挑过这座山。
风雨依然如磐，
烈日也常炎炎。
这条扁担在肩上总是弯弯颤颤。
挑上这个坡，
挑过那道坎，

挑了一年又一年，
挑到鬓霜白，挑到血泪干。

我扶着肩上的扁担，
儿女在一边，
父母在一边。
儿女成长要发展，
父母年迈要顾敛。
两头压一担，
挑起气已喘，挑起背欲弯。

挑过荆棘路，
挑离苦海边。
不怕鞋底穿，
就怕腰将断，
不怕脚磨破，
就怕脚不前，就怕脚不前。

步履依然蹒跚，
一头挑过去，
一头挑当前。
前人驼铃声声唤，声声唤。
这条来路长，

这条征途远。
人生路有千万条，
头条都是意志坚，条条要安全。
那天花前下，
昨晚小河边。
多少迷醉成过往，
留在梦里面。

扁担颤颤弯弯，
风景平平淡淡。
前头还有风雨路，
前边还有苦和难。
摸摸胡须的男子汉，
头颅可断腰不弯；
男人就该立地顶天，
豪气存心间。
大道就是脚下路，
铁肩不宜残，雄胆不宜减。
这条担还要再向前，
挑出新明天。

军旗下的妈妈

从母亲教育大哥要在部队好好工作开始，到我服役十七年，再到外甥和侄子们在部队建功立业，我家好几个人都是在母亲的教育下去部队锻炼成长的。

从小您说有国才有家，
养我长大保卫她，
不怕风吹雨打，
学会在挫折中长大。

那年军旗召唤我离开家，
您的脸笑开了花，
眼中却藏满迟归牵挂。

您送我去保卫国家，
要在军旗下不断冲杀，
多少的思念在灯光下寄到天涯。

您说在外要听上级的话，
工作不要偷懒磨滑，

记住多干活少说话。

多少次摸爬滚打，
任全身结满伤疤，
您夸我这是最好的报答。

军旗召唤人保卫国家，
先烈用鲜血染红了她，
多少感人的故事聚集在军旗下，
年轻人要用青春和生命捍卫中华。

如今我有了一个家，
看到您眷恋的笑容和满头白发，
那飘扬的军旗下，
依然生长着您的牵挂和奉献的伟大。

那一瞬

下班入小区的转弯处，发现一个似曾相识的人，像是初恋情人，戴着口罩又不确定，匆匆一瞥，一晃而过。

小巷急转寻望，
你的身影印在了我的车窗，
我未曾想加油越过，
迟缓却跟丢了你的匆忙。
口罩遮不住那记忆的脸庞，
眼镜挡不住你闪亮的目光。
那流岚的一瞬，
将傍晚夜色中的归心点亮。
原来你就在村旁，
原来还是俊俏的模样，
原来这是瞬间的错觉，还是瞬间的幻想。

圆月已走远

光脚踩过的路口，
变成陌生街头。
思乡凝注的仰望，
见天庭悠悠，
留岁月风流。

细数四十轮秋月，
圆的仅为五对。
大哥曾十年扛枪，
我成八双半，
侄子已三年。

不负上苍为爹娘，
许愿乘风破浪。
在这追梦的路上，
勇敢的担当，
凝聚起力量。

秋 离

秋天的风、秋天的雨、秋天的颜色、秋天的影子，随着时间的流逝，渐行渐远，慢慢地离我而去。

你走过的小路上印着你的足迹，
博带撩动的花枝上摇曳着你的气息。

风吹过荷塘的夜空中飘荡着你的影子，
你的温柔化作八月的桂花雨。

繁花如缎的你如今已泛黄，
你终没有等到岁末的严霜。

今夜的秋风吹响你远行的号角，
半截烛光照亮雨敲窗的离别。

珍惜相伴的缘

——致门前石榴

夜深了，睡不着觉，起来站在院子里面，抬头看到几个石榴挂在树上，坠弯了树枝，可见石榴实成饱满。想到石榴要躲过无数的风霜雨雪和鸟虫叮咬才能长成，联想到人生也是要经历苦难才能成功，与石榴有种同命相怜的感觉。

你在我的门前，
让我看到过春天，
深秋夜空中的抬头不再那么孤单。

你阳光下并不耀眼，
风雨里也不曾惨淡，
胸中有数的石榴子粒粒饱满。

你给孩子们甘甜，
不成熟时也有辛酸，
春花的灿烂没让你停止向前。

今晚你我相伴，

恰在我昂头瞬间，

携手的缘分里不问你是光鲜还是平凡。

那　夜

想起来刚从军的时候，走过思想的困惑，度过生活中的苦闷，到最后成长进步，年纪大了告老返乡。

曾经的那个晚上，
我远走他乡，
带着迷茫和梦想，
给志向插上了翅膀。

那夜月圆明亮，
大地洒满银霜，
在一个鱼白的清晨，
月台上多了我的徬徨。

千里遥望故乡，
心中思念爹娘，
裹紧白天的受伤，
化作夜晚的凄凉。

抱在胸前的钢枪，

被我擦得锃亮，
教导萦绕耳旁，
击毙上门的豺狼。

如今回到家乡，
又看见那片月光，
回眸静静探寻，
看见父母的慈祥。

今夜鬓角的风霜，
饱蘸过往的时光，
修得无尘的灵魂，
水天一色荡漾。

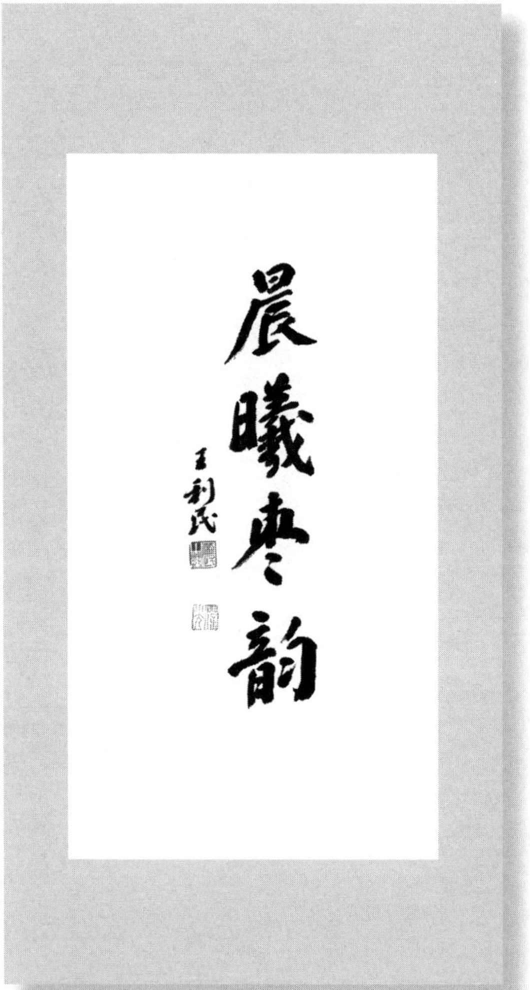

忻州市文联党组书记、文联主席，中国书法协会会员，山西省书法协会副主席、忻州市书法协会主席，山西省作协会员——王利民

枕上书·当代文人情怀

晨曦枣韵

CHEN XI ZAO YUN

张建明 著

华龄出版社
HUALING PRESS

图书在版编目（CIP）数据

晨曦枣韵 / 张建明著 . -- 北京 : 华龄出版社，
2022.1
（枕上书 · 当代文人情怀）
ISBN 978-7-5169-2180-7

Ⅰ . ①晨… Ⅱ . ①张… Ⅲ . ①诗集 – 中国 – 当代
Ⅳ . ① I227

中国版本图书馆 CIP 数据核字 (2022) 第 028419 号

策划编辑 冯 雪 **责任印制** 李未圻
责任编辑 高志红 **装帧设计** 张 佳

书　名	晨曦枣韵	**作　者**	张建明
出　版 **发　行**	华龄出版社 HUALING PRESS		
社　址	北京市东城区安定门外大街甲 57 号	**邮　编**	100011
发　行	（010）58122255	**传　真**	（010）84049572
承　印	三河市龙大印装有限公司		
版　次	2023 年 1 月第 1 版	**印　次**	2023 年 1 月第 1 次印刷
规　格	880mm × 1230mm	**开　本**	1/32
印　张	8	**字　数**	150 千字
书　号	ISBN 978-7-5169-2180-7		
定　价	498.00 元（全十册）		

作者简介

CHEN XI ZAO YUN

张建明，男，1966 年生， 忻州市忻府区忻州二中语文高级教师，中国民主同盟盟员。忻州市忻府区政协特约文史研究员。中华诗词学会会员。山西省作家协会会员。已创作诗词一千五百余首，发表于《中华诗词》《诗词月刊》《火花》《五台山》《山西广播电视报》等全国报刊，并在全国诗歌大赛中多次获奖。

内容简介

CHEN XI ZAO YUN

《晨曦枣韵》书稿选录作者上世纪 90 年代至今的 543 首诗词作品，这些作品内容涵盖面广，具有鲜明的时代精神。

仔细翻阅，可以看到有对祖国大好河山的赞美、对自然界动植物的描绘，还有对家乡建设的讴歌、对时下教育的思考，更不乏家庭中的赞父母夸妻子、父女情深、父子情浓……

序

CHEN XI ZAO YUN

日前，张建明诗友将打印好的一摞《曦光斋诗词选》（后改为《晨曦枣韵》）书稿拿来让我撰写序言，由于我敬佩他孜孜不倦的求学精神和不耻下问的谦虚态度，所以我慨然应诺。

张建明诗友是忻州二中的语文教师，多年来他辛勤培桃育李，在课余时间搞诗词创作，近年又加入了地方上的诗词组织，成了我的诗友。我们经常一起切磋、探讨诗词艺术，可算是一对忘年之交了。

建明出生于忻州城东的一个小村庄。辛勤耕耘的父母、纯朴自然的农村生活，养成了他质朴、坦率、真诚的性格。少年时期，由于受担任语文教师的舅父之影响，喜欢上了文学创作，对古诗词更是情有独钟。师范毕业后，他走上了教育工作岗位，从此执鞭杏坛，成为一名高中语文教师。

21 世纪之初，建明凭借王力先生那本《诗词格律》，比较熟练掌握了平仄、对仗、押韵等创作规律。经过长时间生活积累和知识积累，他先后在多种报刊上发表作品，从此奠定了他诗人的基础。如今，他终于向读者奉献上了《晨曦枣韵》诗词集。

《晨曦枣韵》书稿选录作者上世纪90年代至今的543首诗词作品，这些作品内容涵盖面广，具有鲜明的时代精神。仔细翻阅，可以看到有对祖国大好河山的赞美、对自然界动植物的描绘，还有对家乡建设的讴歌、对时下教育的思考，更不乏家庭中的赞父母夸妻子、父女情深、父子情浓……

如何运用传统诗词的形式，反映当代社会生活，表现当代时代思想感情，这是诗词界长期探讨的问题。作者在这方面已作出不少尝试。

纵观建明的诗词集子，明显能感到他的创作以七言绝句为擅长，所占篇幅也大，全书中共有二百余首，将近占到总数的一半。内容涉猎也较多，也很风雅。

在中国的近体诗中七绝很简短，每首只有四句，二十八个字，学起来相对容易上手。但是，简短不等于简单，其实它的结构形式变化极其丰富，人们常说的“起承转合”，只是绝句形式的一种。只有充分了解、掌握了各种变化，才能在创作实践中得心应手，写出好的作品来。

“筑路蜿蜒浩渺间，云遮雾起意飘然。家乡梦幻神仙境，万壑千峰入九天。”这种描写家乡自然美景的诗在《晨曦枣韵》中可谓俯拾皆是，揭示了作者情系家乡的赤子之心。《王变平农民画题诗五十首》则是对家乡忻府区“非遗”产品的展示，作者在这一组诗中分别咏赞了枣秋、农家乐、赶车女、炕围画等独具地方特色的景象，这些作品大都是忻州民间艺术家、市级以上非遗传承人，作者对他们的作品进行了惟妙惟肖的刻画。这些诗既抒发了作者的感情，也起到了宣传地方“非遗”作品的作用。

建明对红枣这一意象情有独钟，在他的诗词中出现多次，如“碧叶红晶挂满枝，中秋辫女喜收时。”“河边枣木双栖鹊，报喜时鸣祝酒谣。”“城东红枣茂，路北绿禾连。”写景状物融情，这大概是命名《晨曦枣韵》的原由吧。

《临江仙·荆江瘟散送别》：“雪尽瘟消飞紫燕，惊雷细雨潇然。一春室卧故人怜。祭亲寒食节，洒酒暖风天。见说荆江春浪渺，翁童诚跪归船。九州此处最魂牵。别时感泪雨，柳下陌田烟。”这是一阕专写2020年鄂省新冠肺炎疫情的词，其词可谓有情有景，情景交融，展示了诗人忧国忧民的大爱情怀。

十六字令词牌又名《归字谣》，素有句短而难工之说。当代诗人中毛泽东主席的三首十六字令早已使人感到气度不凡，其他诗家很少涉及。建明则前后写下67阕，可谓是当代创作此词的“高产户”了。

近年来，建明的诗词作品屡获各种奖项，如他写的《童谣趣语》组诗于2019年9月，在忻州市委宣传部、市文明办、市教育局、共青团忻州市委、忻州市妇联和忻州市文联等六家组织的优秀童谣征文推广活动中，荣获一等奖；他的《莲花山土忆女娲二首》荣获“莲花山杯”全国有奖征文二等奖。

这些荣誉虽然都是浮名，但也说明了社会对他诗人头衔的认可。2020年，他参加了由《中华诗词》杂志社组织的金秋笔会，在活动期间聆听了专家们的诗词讲座，自感受益匪浅。特别是在这次活动中，他有幸结识了《中华诗词》编辑部副主编、著名诗人宋彩霞女士，并拜宋老师为导师。一年多来，承蒙宋老师的悉心指导，他的诗词创作有了飞速的进步。

建明诗词创作力求“出于生命体验，喷吐精神呼吸”，不造作、不高仿，因而自有其面目，自成一格。信笔写来，无论咏古述今、写人记事，抑或畅意山水、萦怀家国，乃至赠别应答、贺喜伤悼，都有令人眼前一亮的佳句。

如果谈一点不足，我以为建明在律诗的对仗上还发挥得不太到位，如有的中间两联对仗句有刻意求工的痕迹。要知道在律诗的创作中严格的工对很难，一般也没有必要那样苛求。在不以词害意的前提下，尽量求工，是必要的。但如求工过切，则会妨害诗意的顺畅表达，甚至由于用词总是局限于狭窄的范围而造成同义反复。好的工对，往往属于“妙手偶得”，不是刻意雕凿出来的。所以，即使是名家的多数诗作，用的都是不太严格的工对或宽对。好在作者当下已较熟练地掌握了诗词的规矩和格律，只要勤学勤写，必定会逐渐领悟到诗词的审美原则和艺术规律，掌握诗词特殊的表现手法，将诗词创作提高到一个新的层次。

希望建明今后多读古人前贤的诗，特别是应从郁达夫、聂绀弩、李汝伦等现当代诗人的作品中吸收营养，融入自己的创作中，在经过刻苦的艺术实践后，使自己成为独具个性风格的诗家。

另外，我也注意到这本诗词集只是一个开端，我们更期待建明诗友的更多作品相继问世。

（张六金，忻州市诗词学会副会长、忻州遗山诗社副社长）

目录

CHEN XI ZAO YUN

七绝选（二百六十二首）

七律选（八十首）

五律选（十首）

词作选（一百零四首）

《红楼梦》赏读系列（古绝八十七首）

CHEN XI ZAO YUN

七绝选（二百六十二首）

童忆 · 童趣 · 童事（十六首）

咏物诗五首[1]

池　塘

秋夏交融丽色佳，泉涌碧浪戏鱼虾。
蜻蜓点水蝶狂舞，惬意萦怀妙趣发。

秋　意

丛郁槐杨倒影斜，顽童坐卧望游鸦。
诗情画意心潮涌，玉鸟鸣金恋彩霞。

① 以下五首诗发表于《火花》2019 年 12 期。

沟　渠

水漫齐腰沁脚凉，池塘消夏聚朋乡。

淤泥一抹擎雕塑，鱼贯蛙游纳趣长。

摸　鱼

夏恋村西迟水渠，池间逗乐聚童雏。

盆瓶满载粼光闪，艳羡蜻蜓憩作居。

咏黄河老牛湾

弯道神牛步月池，穿云破雾走神犁。

山光水色开新宇，妙韵天成亘古奇。

冰　画

冬至沟田结厚冰，顽童镜里旋身轻。
奔前拽后云翔乐，自造华车入画屏。

陀　螺

扬鞭扭旋巷街抽，伙伴欢歌聚赛猴。
脆响飘飞惊喜鹊，叽喳跃上瓦房头。

白　露①

白露红蜂聚树房，爱童玩妞细端详。
瞄准翅暗兜圆扣，系线牵飞绕土墙。

① 白露，是红头蜂的变种，只在白露节前后才会生出，没有毒刺，是小孩喜欢玩的小蜂。

柳　帽

茂绿风消暑热天，攀爬抱树柳条编。
磨伤血印逍遥在，帽叶遮容鸟语前。

纳　凉

静坐桥墩月影留，晴光暑散落田头。
耳根遍野拔节响，夜气沾巾牧老牛。

收　麦

暑夏金橙麦滚香，银镰草帽唤歌扬。
牛鸣过后童排阵，汗雨淋头喜满腔。

摘　棉

队里收秋马路忙，棉田雪白鸽铃翔。
采摘嫩手童乖巧，大袋丝绒倒满仓。

割草二首

其　一

夏雨连阴浴草乡，呼朋土野刈青忙。
收来荤莠箩筐满，重担肩挑赶夕阳。

其二（新韵）

伙伴相跟刈草归，身魁负重矮轻随。
帮忙路上蛙鸣唱，汗雨连心满口碑。

拾粪二首

其一（新韵）

畜院门前驷马奔，车行队过粪遗珍。
童孩竞舞锹叉抢，笑应鸽铃绕白云。

其　二

臂挎箩头马路行，叉珍热粪眼窗明。
积肥润土禾苗喜，沃野收丰鹊唱鸣。

忻州情韵（六首）[1]

题石梯沟[2]

古道岩梯入险沟，千年未断马嘶啾。
荒凉雪景行人少，好问词传爱《雁丘》。

题傅山旧家

过客匆匆瀚海诗，医家妇幼验方奇。
传说肆意阴晴画[3]，傲骨犹存道岳思。

北城门楼雪后

满地铺银映古楼，高天降瑞压冬忧。
飞檐斗拱容妆焕，梦幻依稀起卧牛。

---

① 以下六首发表于《五台山》2019 年第 5 期。

② 石梯沟，忻州古代通往晋阳的官道，民国时阎锡山修成公路、铁路后废弃。

③ 阴晴画，传说傅山善画，画出山水画可随天气阴晴而变化，画出的夜空星月在晚上会发光。(《忻州传说》)

古城记忆

曾经秀貌古城墙，赶集庙会聚荣祥。
人山戏海乡俗异，四座门楼大美扬。

题家乡云中山

筑路蜿蜒浩渺间，云遮雾起意飘然。
家乡梦幻神仙境，万壑千峰入九天。

登桃桃山东望忻州

四面环山聚宝盆，家园处处纳仙人。
跤乡俊秀云河画，自古英才赋雅文。

梦游黄河西口古渡（五首）[①]

其　一

黄河九曲浪淘沙，万古传说唱万家。
对岸依稀霞满目，河伯庙塔映年华。

其　二

伫立河边西北望，河湾水纳古沧桑。
曾遭涝患逃关外，送罢行人欲断肠。

① 这组七绝2017年曾发表在《忻州日报》文化旅游周末版，收集在《诗人作家新编》。

其　三

如今古渡水平坦，客喜双双涌上船。
领略鸡鸣三省境，情人醉倒吻娇颜。

其　四

晨练精神夜望潮，巨宣潇洒画中描。
河怡圣雅博心态，远眺仙姿韵律操。

其　五

古渡天生恋旧人，苍凉大字更传神。
山歌应语成绝唱，孕育黄河晋陕魂。

忻州牡丹之歌（十首）

题忻州玉清观牡丹（五首）

其　一

观里娇葩绽古唐，如今斗艳更飘香。
三清圣雅修灵性，慧逸晨馨紫气扬。

其二（新韵）

古庙山乡万卉荣，平添紫气露花浓。
村民护育德积厚，信众驱车敬拜隆。

其　三

预示祥凶紫白哀，先知国败显奇才。
唐山地震奎星殁，日寇骄侵噩运来。

其四（新韵）

怒放清晨夜寂合，花香四溢鹊传歌。
飞蝶恋舞蜂采蜜，古木亲迎瀑泉河。

其　五

国盛家和道观尊，欢歌酿酒入山村。
花枝茂密橱窗映，大美浓情摄魄魂。

题忻州郝村牡丹（五首）

其　一

晋北乡村沃土黄，唇丹茂绿画心房。
婷婷玉貌含清露，醉态羞姿沁暗香。

其　二

毓秀钟灵满院春，清香四逸翠怡人。
翩翩彩蝶添诗雅，醉酒红颜露美唇。

其　三

月下红裙舞梦多，何如朗照碧池波。
羞苞怒放皆含露，万态千姿入镜河。

其　四

自古奇葩国色名，新春换貌敬恭迎。
祥云瑞兆中华梦，爱慕雍容道太平。

其　五

碧叶扶持衬紫红，蜂虫入境唱台丛。
乡村巧匠才深隐，信笔随心画自工。

咏春（十三首）

开春（新韵）

冰消檐下注林园，麦醒平畴绕井泉。
紫燕衔泥牵柳碧，犁牛遍野赋农闲。

寻　春

踏雪寻芳草簇黄，湿鞋晾处雪融香。
萌芽醉做青春梦，舒柳垂杨路路墙。

牧　春

万里平畴野草辽，羊群作画白云飘。
飞鸢起伏春风牧，百鸟鸣歌赛马潮。

殇春（新韵）

绿茂红繁丽色春，霜刀万剐一凌晨。
田禾果树凝冰处，暖日伤农泪吻根。

游　春

牵家引爱绕河游，镜水深宽慢泛舟。
白鸭悠闲凫碧浪，云丝柳下赏温柔。

浇　春

惊雷午夜雨丝飘，润草滋园柳杏娇。
吐秀榆梅枝蕊艳，飞鸣喜鹊竞春潮。

喜　春

鹊览青枝杏柳红，盘飞喜赏蝶芳丛。
湖亭驻足飘髯老，太极园栏妙步童。

辛丑春分雨雪（两首）

其一

冬移雪景到今春，洁白鹅毛化雨新。
四野云天遮望眼，田乡浴罢喜行人。

其二

温驯鹅毛肆意飘，春新手抚暖魂销。
冬装身上披清白，碧树融花自在雕。

赏春

千花雨后暖春开，粉瓣浓稠竞展才。
路畔黄蜂芳阵闹，知音振翅扑枝来。

漫　春

秋冬路畔落枝空，雪雨春浇醉酒中。
日月轮回如梦幻，人生几度满园红？

春　声

翠柳飞来鸟语轻，游人舞雅恋春明。
园山倒影花香逸，醉美鱼欢戏水声。

春　恋

虬枝脉动万梅开，引伴呼朋聚舞台。
锻炼精神人气旺，仙姿丽质自天来。

题动物摄影全家福（五首）

其 一

动物成群恋自然，清新画境到高天。
“家融”摄影浓情雅，万象珍存映瞬间。

其 二

绿草丛中鹿马追，青松翠柏鹊高飞。
鱼虾水茂群游戏，大海鲸鲨放牧归。

其　三

绿鸟高歌放鹤飞，湖平大海鸥成堆。
洋洲袋鼠轻欢跳，猎豹狂奔鹿后追。

其　四

吊体蝙蝠夜潜飞，雄狮绿树映虎威。
田间鼠聚寻食记，绽艳群蝶任舞堤。

其　五

造物神奇四季更，同存共克利衍生。
乾坤运转轮回忆，顺应潮流事业成。

题春天鸟巢（五首）

其　一

树杈连连搭密枝，迎春鸟鹊筑巢痴。
东风送暖萌芽怒，碧绽情浓育稚时。

其　二

鹊立枝头守嫩条，衔红吐绿恋春潮。
风轻暖意欢鸣奏，日月穿梭雪雨谣。

其　三

寻高觅稳搭枝窝，对唱双栖恋爱河。
送暖东风知趣早，舒云辟馆笛笙歌。

其　四

鬓发浓霜趣老童，追春摄影觅天宫。
丛林处处鸣春鸟，对舞情歌恋日红。

其　五

河园水满映帘新，柳色天青恋旧邻。
喜鹊衔红巢绕舞，时飘落瓣献家宾。

文明宋家沟（三首）

其　一

去岁访查贵客临，家园换貌美如新。
参观见证寻今古，运转时来梦至亲。

其　二

僻地穷乡借政清，扶贫济弱雅传经。
家馨国梦人仿效，溯本寻源博爱行。

其　三

浩美神州沃野歌，牡丹怒放醉山河。
烽烟四起荒凉地，篆隶工书炫目多。

山西科技馆掠影（三首）

其　一

放假驱车赴太原，携儿圣地赏心欢。
浓情醉美怡科技，触景寻思梦锦山。

其　二

赴者如云列队行，童心世界种奇情。
新天旧地高深处，启后承前慧眼明。

其　三

矩阵齐严入九宫，乾坤探秘旋飞龙。
先人瀚海行舟过，晚辈时空隧道通。

芦芽山云海（新韵，七首）

其　一

海上逶迤雾梦山，云波隐处美长天。
汾源秀气呈祥瑞，万象鲜活入画帘。

其　二

太子山顶古庙存，崖石壁立绕白云。
芦芽雨后奇观现，雾海波涛隐道君。

其　三

雨后黄牛恋草乡，白云脚下起苍茫。
凝神举目天高远，道气千姿玉海疆。

其　四

浩瀚白云聚海遥，平铺草甸卷波涛。
黄牛倦后怡神卧，仰望长天塑画雕。

其　五

几座云峰入海中，犹如吐雾翻江龙。
身姿隐处只爪显，大气磅礴壮貌容。

其　六

山连雾海雾衔山，巨浪微涛起壑间。
险碍雄姿归田隐，林风阵阵响云天。

其　七

群山百态拥芦峰，大海茫茫日曦功。
险壑雄姿皆归隐，一朝雾散露峥嵘。

殷渭凌先生山水画题诗（十首）

殷渭凌[①]山水画

万壑千岩脉象通，连天入地傲霄穹。
寻常造诣沧桑画，妙笔如神墨雅功。

雁门雄姿

自古兵家守雁门，雄关险隘筑烟根。
松枫俏峻千秋塑，将士精神血肉魂。

① 殷渭凌，字子钫，斋号朴真书屋，山西省忻州市忻府区人。山西省书法协会会员；山西省美术家协会理事、主席团委员；山西省中国画学会理事；山西省文联黄河派研究院研究员；山西省作家协会会员；忻州市美协副主席、副秘书长，忻州市忻府区美协主席。

云崖画

翠木层崖画墨岩，云衔雾漫道家山。
飘飞尽处心无际，万卷诗书孕壑间。

瀑流春

坡间春意壑松根，似瀑如流映远村。
画刻浮雕延梦境，人烟隐处醉诗魂。

丰　碑

万座摩崖万座碑，层峦隐逸雾间随。
精魂处处封神地，草木传情日月维。

古塬逢春

怪异峰峦恋艳春，桃红杏粉绽沟珍。
山丘自古生才俊，万象争奇醉画神。

高原写意

雁舞驴欢洞室藏，花娇鹊唱墨含芳。
人间画境山川见，醉卧云天秀梦乡。

伞盖青松

万壑千秋养劲松，一泓古泉卧青龙。
普天碧伞擎雷盖，翠木承泽幻海荣。

家山国路

沟壑通车一路平，飞桥过洞爱山青。
家乡大美瞥一瞬，国梦依托儒道经。

高山流水

自古青山瀑泉流，诗情画韵入心眸。
仙童皓首仰天望，瑞雾祥鸥梦境游。

王变平[①]女士农民画题诗（五十首）

枣　秋

红红枣果挂中秋，母女相携盛满兜。
鸟鹊馋嘴来又去，农家院里画丰收。

农家乐

大红灯笼檐前挂，鞭炮连天唱万家。
唢呐声声鸣捷报，茂盛草木绿如花。

① 王变平，山西省美协会员，山西省农民画协会会员。

收　秋

满载高粱路逸香，夫妻车坐恋农庄。
牛羊草地歌欢处，爱畜枝前恋后扬。

赶车女

画笔描摹紫燕飞，农家绿女草花围。
驱车驭马鞭田野，一路高歌伴爱归。

炕围画

绘画才高爱逗人，锅台火旺炼金真。
珠光宝气胸中亮，种入厅堂赛美神。

织锦女

麦穗如花绽画中，镰刀巨斧入旗红。
湖光醉恋欢飞鸟，妙境心编自雅工。

农家乐

小女娇姿绽艳开，痴情做伴抱君呆。
田家爱蜜天伦好，鹊喜衔歌送福来。

舞　梦

农家恋舞爱裙珍，炫曲飘歌愈有神。
稚女童心梯畔聚，家连国梦近田人。

幸福果

热恋田书竞技科，辛劳血汗换甜歌。
红藤瓜硕人人喜，坐卧农家醉爱河。

树下小景

碧树遮天日隐红，农闲小憩鸭鸡丛。
秃孩吵闹呵呵笑，鸟雀穿梭赛唱功。

山庄曲

果挂枝红鸟树啼，葫芦酿酒屋前栖。
肥牛倦卧闻娇吠，母女偷闲喜喂鸡。

田园春

锦簇枝红衬柳明，耕耘屋后映河清。
采香辫女心余美，遍野花妍任画评。

农闲赛

树下方台赛手迎，鸡围犬吠鸟飞声。
花牛躺卧膘肥养，棒下杆前起战争。

移民新风

绿绕新庄阔路通，广场锻炼寿延功。
街前憩靓逢知己，促膝交心乐洽融。

梦回青春

鹊喜花馨草恋羊，双栖对坐碧心乡。
贴红戴玉莺歌贺，大梦惊回鬓雪霜。

祥和山庄

杏粉梨新逸雅芳，莺啼燕语唤歌庄。
端男秀女真才显，剑舞乾坤扇舞狂。

恬静小景

向日葵黄印月圆，鸡鸣共唱喜心田。
遮荫茂叶舒茎脉，顶上红冠戴永年。

拾喜醉景

草茂栖禽至梦乡，身宽体壮蛋晶黄。
珍奇喜悦篮筐满，露腚孩童伴母狂。

醉秧歌（新韵）

手舞遮羞娟秀眉，烟花绽放醉桃绯。
纤腰动处癫狂扭，顾盼唇红恋月飞。

老来乐

秀气花妆舞恋风，黄昏爱侣喜歌隆。
金晖伴奏香葩绽，鸾凤飞来闹枣红。

巧女摘枣

碧叶红晶挂满枝，中秋辫女喜收时。
箩筐果溢甜香味，面塑新春入画池。

三“羊”开泰

遍野山花绽碧疆，醇馨醉惹鸟鸣狂。
灵羊挂角身康泰，沁绿撑红漫画堂。

仙桃献瑞（新韵）

叶衬桃花映白云，风来大圣盗香珍。
神州喜报飞霄九，醉倒仙童卧梦新。

感　恩

碧野雏欢育哺乡，花红护卫草奇芳。
天生父母仁慈爱，道美鸡鸣唱海疆。

和谐自然

古木珍禽卧壮牛，顽童牧倦枕腰休。
招来碧鸟双栖赞，绿野仙踪入镜头。

喜庆春节

壮汉昂头舞瑞狮，娇男巧手鼓歌池。
红联造访灯明处，火树银花贺喜时。

玉兔白菜

白菜高筒碧叶柔，生成瑞气惹馋流。
蟾宫玉兔偷来喜，筑洞寒时盼月休。

山涧和鸣

润女滋男浴恋情，牛羊角挂鹊欢鸣。
山坡仰卧红千簇，燕谱香歌隐树坪。

麦收秧歌

麦海金黄马路歌，驮牛挂月踏云河。
飞鸣伴奏担红喜，碧树围观满载多。

早　春

缀满微红醉野田，平车送粪沃镢前。
谁家辫女肩肥到，脚踏梅香陌路翩。

丰收梦

菜果招人醉爱乡，葡萄地薯紫营房。
痴情拥抱家园梦，鹊燕衔红碧玉墙。

牧　牛

胖妞神牛恋草花，孩童逗起犟奇葩。
角挑紫燕盘旋舞，鼻怒喷狂牧彩霞。

乡情恋

辫配飞红拽肥牛，羊羔踏碧觅乡愁。
香篮欲满鸡欢斗，静谧山乡载绿洲。

钉　鞋

翠叶遮阴伴鸟鸣，锤敲谱曲犬飞声。
修齐换美端庄补，脚下欢歌舞步平。

农报通

玉米高粱穗锦红，田头憩卧报灵通。
飞来果硕光环罩，喜上眉梢眷土公。

冬　夜

雪闹银飞罩土房，明灯映照雅心乡。
金黄挂满农收景，瑞气盈门善美扬。

二人转

扇舞花中扭绿红，双陪对伴脚腰弓。
云翔燕语身边绕，剪柳欢歌美道通。

唢呐情

鹊唱枝头树碧澄，狂执唢呐献浓情。
孩提灌溉夕阳恋，蜜月娇姿映美屏。

鱼水欢

眷恋荷香画纪游，清凉戏水暑天流。
悄融画卷点蝌蚪，翰墨红云果异秋。

纸鸢情

女伴牵来大美城，墙藏浪漫眷春风。
童真放养神怡趣，儒道滋衍秀画珍。

丰收曲

蜜果珍珠爱意浓，招来紫燕聚田垅。
粗男靓女山间戏，醉舞担歌恋日红。

弯月梦

泉带琴音入大河，衔春燕子吐芳歌。
花衣辫卧弯弯月，夜梦书乡富五车。

欢腾古楼（新韵）

凤舞鸽飞绕古楼，锣敲鼓打庆丰收。
红梅喜气祥云上，大女欢歌闹街头。

乡野春早

绿润轻云梦醒河，鸡啄嫩草恋欢鹅。
桥头遛狗痴男女，土沃乡织万里歌。

和谐画韵

水土相融润茂枝，繁星缀满画粉丝。
乡间美景和春醉，鸟唱藏踪孕好诗。

家园植绿

恋土根植燕语亲，田园绿化净明春。
扛来力气端来喜，妙手修裁日月新。

牧羊美曲（新韵）

恋美心执放牧鞭，临风玉树画家山。
群羊醉野食怡饱，粪粒沿途润土甜。

农家喜报

四月鸡鹅恋树丛，欢歌乐舞卧顽童。
山间忙坏荷篮女，满载春风喜浴红。

牧羊恋曲

燕舞山间醉牧羊，孩童举目望远方。
珍蘑恋木羊衔草，茂树扎根恋水乡。

农痴双亲

柳绿桃红又绽春，蹒跚拄拐苦耕耘。
年轻步履匆匆逝，怎解乡痴钟爱勤。

金庸侠义傲江湖（四首）

其　一

剑气寒光道隐山，书香峭壁扣心弦。
深仇化解霜凌鬓，雅画馨诗古月天。

其　二

盖世高崖射大雕，宏词唱罢爱渔樵。
横刀立马奇峰抖，靓裙僧农舞碧霄。

其　三

博古通今儒道僧，藏真露美画千层。
侠肝义胆高招续，起落无常立雪峰。

其　四

瀚墨碑文剑笔修，奇岩五岳镇千秋。
童颜鹤发骤然去，碧血江河汇洪流。

祭忻口会战英烈（五首）[1]

其　一

祭奠鲜花沁露浓，心存景仰雨朦胧。
清明雪浸英魂泪，四野沉香万古忠。

其　二

会战悲歌纪念墙，殇魂数万上忠榜。
田禾血沃荒芜骨，祭祀频频四海扬。

① 这五首诗曾由王亚东老师朗诵并录音，在《忻州市妇联》微信平台展播。

其　三

伫立倾听战鼓寒，银须故事热血传。
几多爱国深沉望，錾骨横陈塑万端。

其　四

日寇屠刀肆虐时，家乡草木露寒姿。
清明祭奠香萦绕，雪降冰晶化泪诗。

其　五

晚辈倾心祭国魂，高天雨雪泣伤春。
山前草木无言恸，数万殇英壮化神。

五寨师范同窗情（七首）

南峰水库记游

笔架山边绿水绸，花繁草茂夏延秋。
青春步履尘封印，凛冽泉醇赏不休。

梦　忆

土豆窝头育妙春，书乡课后踏琴真。
连身翅伴家乡语，百里关山养美神。

聚会感题

日月微风夏夜凉，同行共聚吐芳香。
情深意雅诗茶酒，五寨忻州入画廊。

题同学黑白照

岁月青春像里装，回眸百味郁清香。
曾经五寨同行影，汗水新浇锦绣堂。

宿舍记忆

棋盘围罢比输赢，豆腐香甜米面情。
土炕床头尝老酒，童言稚语月光明。

霜鬓浓情

草木轮回四季新，同窗土语话青春。
南峰水储甘泉绿，老树槐公伴友亲。

聚会酒后

万语千言胆气豪，同窗聚会友情浇。
音容笑貌眉头现，日月晖存皱刻雕。

祥和桃李苑[1]（五首）

其　一

火火红红桃李苑，男欢女笑唱秧歌。
团圆聚会春余庆，百姓齐心旺家河。

其　二

李赵高王米傅张，薛郭杜范郝周杨。
千家百姓根华夏，大梦圆时国运昌。

① 桃李苑，忻州二中开发区宿舍。

其　三

大院藏龙卧大师，文香雅萃善根枝。
高楼瑞霭祥和绕，浩气门修毓秀梯。

其　四

照壁祥彩火爆人，秧歌唱罢赛仙神。
红光满面开怀笑，日月轮回幸运春。

其　五

苑内花开万里红，平台微信大时空。
祥和院静心难静，美化甜乡入画宫。

写给恩师（五首）

董春花[①]

少小无心遇好师，京腔唱讲爱联诗。
引人魅力无穷尽，绽异春花碧玉枝。

郭全贤[②]

正在愁煞写作时，全贤上课爱扶持。
表扬范读心甜醉，日记连连尽妙思。

① 董春花，小学启蒙老师。

② 郭全贤，小学四五年级语文老师。

李文德[①]

落难师生嗜好同，诗山艺海志如龙。
当年乳燕真传翼，剪柳衔春架彩虹。

刘建章[②]

大会传扬好学经，蒙发志趣爱学城。
浓浓浩海痴痴蜜，放眼科山奋力登。

董耀光[③]

代数几何样样通，精思妙解趣无穷。
出神入化真才俊，受益深深道德隆。

① 李文德，初二语文老师，文学导师，舅父。
② 刘建章，初二时，后郝学校教导主任。
③ 董耀光，初三数学老师，多次承蒙数学辅导，人生指导。

女儿喜入军营（五首）

一

绿色戎装映火红，青春灿烂绽娇容。
乾坤浩浩心博大，挚爱军营傲太空。

二

喜讯传来梦幻真，闺楼别后恋荣军。
兵营练就巾帼志，为国争光献赤心。

三

送女参军父母疼，牵肠挂肚爱真诚。
温馨更要凌空燕，国盛家兴赴浩程。

四

爱女光荣卫国平，闺阁寂寞冷清清。
中秋聚宴团团坐，祝愿巾帼录好名。

五

部队今天寄信来，温馨慰问送荣彩。
军营锻炼云中翼，浩气长空雁阵排。

咏家乡大儒元遗山（十五首）

童年访古

少小追寻好问诗，沿河水复阻前驰。
登程路赏家乡景，仰拜词芳古雅知。

遗山园今昔

牧马河边觅故人，翁言墓冢卧诗神。
亭前仰慕辞文好，古雅残碑已换新。

追星悲喜

呼朋引伴拜长庚，坎坷迢迢一路程。
叫苦声声淋大雨，归家窃喜炼真情。

诗书痴梦

成家育哺忆儿时，鬓白霜丝恋雅痴。
子女童心时易改，顽童固我爱真诗。

拙笔追星

景仰遗山喜赏真，追宗溯古雨霁魂。
最爱史评诗赞咏，宫妆半面映家村。

遗山园

遗山后学访清明，杏蕊缤纷落古坪。
挈子芳亭新拍照，碑林漫步大师迎。

游园所见

碧柳时陪鸟鹊歌，青松耸立脉诗河。
田园草茂花红紫，娇杏枝繁舞蝶多。

探园有感

元家墓冢古青松，脉孕诗词塑雅公。
气贯山河魂魄聚，新园葺就仰文宗。

遗山像

金元泰斗立端台，慧美诗词散曲才。
瞻仰苍天愁满腹，如椽巨笔泣民哀。

野史亭怀古

静卧田园八百秋，诗家祭拜竞风流。
盘根古杏青轩月，见证沧桑圣雅修。

千古遗山

海内诗研雅美珠，沉香郁郁满京都。
虽无圣帝加封赏，泰斗文宗载誉殊。

秀容遗山

禹洞云遮牧马河，山川脉象孕仙多。
金元泰斗先师享，足踏诗花遍野歌。

再拜遗山园

遗山故里喜空前，拜谒先生仰圣贤。
杏绽亭边诗意老，千姿百态恋春天。

读遗山诗词

老脉灵根咏太行，三门峡水爱诗扬。
《双蕖》雁冢词惊艳，万古河山画雅堂。

忻州老字号

盛世才人聚古州，河园阔路四桥幽。
遗山品号添文雅，万里飞歌竞上流。

忻州市遗山公园（三首）

其　一

喜借诗心造玉泉，钟情挚爱铸乡贤。
花园碧木修身地，老画[1]新城锦绣连。

其　二

点染忻州月夜珠，喷泉百变梦新图。
遗山再世拈须喜，一片乡心秀玉壶。

其　三

触景情生日夜韶，忻乡大雅匠心雕。
书香石韵文灵秀，盛世风淳道善桥。

① 老画，指《家山归梦图》。

遗山诗社微刊一周年（三首）

其　一

园田雅赋一春秋，果异花芳竞上流。
古韵今诗兼善美，遗山赏罢展眉头。

其　二

编委台前鉴仄平，辛勤一载果初成。
遗山社友齐风雅，感化千窗毓沐情。

其　三

社长师承雅颂风，微刊荟萃夕阳红。
遗山故里藏龙虎，曲赋诗联见硬功。

赠友范仁喜老师（三首）

其　一

喜喜春深辞别远，天伦挂念晋阳居。
诗词挚友丝丝意，雅范真仁美善余。

其　二

仁师喜面诗文美，雅范心纯格律精。
苦伴酸陪妆电脑，台前幕后月窗明。

其　三

夜半诗芳社做家，春秋雨雪结窗花。
遗山月下妆君梦，对水清歌李白夸。

咏桃花（二首）

其　一

山间落瓣散芳新，万里娇妍万里春。
美画妆窗连雅梦，裁剪浪漫恋花魂。

其　二

世外桃源画境中，花枝怒放满园红。
春风漫过情无限，靓丽娇姿醉貌容。

田野小花（三首）

其　一

无垠甸上绿茵浓，赤紫黄夹碧草丛。
莫问星花何雅号，生香画秀万人钟。

其　二

碧草丛中缀小花，蝶蜂飞舞向山崖。
行人步履匆匆过，暮去朝来恋晚霞。

其　三

水畔山巅绽巧颜，郊游伴侣喜心田。
风雷过后犹无恙，烂漫明晰沐涌泉。

立夏赏景（三首）

其　一

碧玉花坛入境开，高亭隐显展新台。
春香醉我销魂后，雨沐风承舞起来。

其　二

紫翠萱花舞夏台，棠红缀锦自妍开。
移春续雅妆新绿，恋美心怡落蕊才。

其　三

绿叶刀裁碧锦妆，鲜红瓣雅绽前堂。
清纯郁郁迎宾喜，韵美连连竞吐芳。

夏季花韵（四首）

月季红

月下唇舒绿映红，丹青泼墨画情浓。
家园绽放君抢眼，醉卧山乡恋草丛。

花簇女贞

盛夏花栏簇玉开，生活雅景素风采。
寻常默默丛中绿，冷落修行中下怀。

木　槿

亮丽花园自在开，园林次第展姿才。
朝承雨露晴光沐，茂绿丛生入画来。

八宝景天

密聚群牵爱茂篷，圈圈茎叶脉围城。
花期盼到浓情放，锦簇连天好写生。

夏雨杂思（五首）

其　一

最是恼人夏日长，寻常雨景落心乡。
雷公霹雳惊深夜，醉倒星河恣意狂。

其　二

五月阴晴少定踪，云遮日月恼孩童。
农田雨驻舒心碧，鹊语声稠落日红。

其　三

近日惊闻国雨灾，魂随噩耗魄忧哀。
安得雨霁晴空日，水患平缓乐我怀。

其　四

夏雨天留酒家眠，魂随暗夜到高天。
愁丝缕缕忧织女，泣涕涟涟念下凡。

其　五

狂饮醉赏宋唐诗，莲碧荷红映百溪。
蜻蜓眷恋鱼欢水，墨客渔歌和韵奇。

芦花湖[1]夏傍晚赏景（二首）

其　一

蛙唱湖田水鸟鸣，芦高朗日落机声。
舒心茂木凉寻趣，静赏风光释雅情。

其　二

漫步湖堤水缓流，青芦吐莠鸟鸣稠。
亲临故地身心悦，醉赏诗成寄古舟。

① 芦花湖，原山西大学商务学院，现山西师范大学的人工湖。

芦花湖赏音乐喷泉（三首）

其　一

茂木芦高百鸟鸣，喷泉起落雅希声。
游人路伴群蚊赏，吻女牵男竟忘情。

其　二

围湖漫步释凡心，耳畔琴声伴鸟音。
远处深沉泉戏舞，喷珠吐玉众仙临。

其　三

幕罩芦高垂树郁，希声起落鸟鸣幽。
霓裳瀑布绸飞舞，闹市田园月隐眸。

菊花吟（三首）

其　一

淡雅姿容傲雨飞，黄奇白艳沁香菲。
西风荡过群芳退，卉海拼装逸妙辉。

其　二

万艳争春衬绿晖，荷驱夏暑傲冬梅。
菊丝笑吐秋情趣，逸气清爽酿酒醅。

其　三

傲骨经霜在玉枝，陶翁爱恋帝巢[①]奇。
东篱醉遇词才女，自赏怜吟瘦俏词。

① 帝巢，指黄巢。

咏风筝（五首）

其　一

雨季深藏苦候风，风起鼓翼傲苍穹。
神窥万象妍媸态，自古牵今梦巨龙。

其　二

万艳千姿闹碧空，平畴聚满老顽童。
丝丝缕缕长牵挂，爱恋飞升醉舞功。

其 三

竞技高超手脚功，欢声笑语入长空。
纤绳丝断寻常事，战将疆场败犹荣。

其 四

傲态飘姿鼓乐声，凭牵靠掣更依风。
勾起斗志飞天梦，恣肆逍遥凤舞城。

其 五

燕翅剪出柳绿情，蓝天放线拽蜻蜓。
红飞艳舞蝶神韵，惬意随心寄悍鹰。

咏物诗（七首）

落　日

长河渲染画红情，赏睐亭中晾精灵。
瞬息辉光人爱敬，燃烧过后静启明。

梦

平湖素月起微风，醉卧亭中晾娇容。
怅望缓缓寻幻境，八仙请我会君翁。

春　月

暖日无云自在多，残冰怎挡恋情魔。
东风爱做逍遥梦，水上温馨鸭涌波。

碧　树

片片青笼洗雾绸，平湖翠玉满芳洲。
涤除污垢苍穹净，沐雨经风化古忧。

珊　瑚

暗海常堆绿拥红，宛如灯映雾凝凇。
天君惯用挪移术，秘笈珍藏隐水宫。

飞　蛾

暗夜追寻火热光，飞冲罩内羡天堂。
成灰魄散精神在，振翅心甘赴爱乡。

笔

满腹心丝化韵诗，欢歌锦绣爱彩衣。
江山画卷频频寄，佛道儒经化妙奇。

观水有悟（五首）

其　一

剔透身心孕雅情，涤清万物赐魂灵。
登天入地如神化，慧爱长流到海平。

其　二

浴火烧蒸汽化升，潜时遇冷化坚冰。
深修冻土恍如梦，万古寒川隐雪峰。

其　三

溪流静卧涡流聚，江湖率性壮冲腾。
能忍气质随时变，左右逢源运畅通。

其　四

通天畅地任飞腾，静若禅僧起若龙。
海纳百川君子度，襟怀博大更宽容。

其　五

冲岩落壑浪波轰，势若劈竹赛蛟龙。
炽烈君身奔腾火，温馨道气洽和融。

歌声与微笑[①]（十六首）

六一表演照（四首）

其　一

自在纯真六一归，童年笑靥恣情飞。
蓝男靓女如诗画，稚态甜心满苑菲。

其　二

艳美仪姿帅气郎，晴天丽日浴金光。
童春正茂萌憧憬，沐雨滋风雅梦翔。

① 这是一组为儿子小学生活写的诗歌。

其　三

小小男孩志气韶，书堂亮翅有奇招。
青山绿水资才气，慧眼灵眸弄海潮。

其　四

靓女妆屏竞雅魁，高新智慧秀才瑰。
同窗友谊珍心脑，创业臻家爱善陪。

题拔河赛（三首）

其　一

聚力同心后拽童，拔河竞技训龙雄。
寒冬火热操场上，智劲交融脚下功。

其　二

童声呐喊助神威，聚力师生笑语飞。
胜败同心齐传递，赢回友谊载荣归。

其　三

摄影珍存奋斗情，师生汗水暖前程。
牵心大爱新时代，共筑精神梦美城。

元旦花絮（五首）

其　一

秀女才男亮剧场，纷呈扮演色飞扬。
琴弦舞唱功夫异，火热新年绽雅芳。

其　二

奏曲丝弦妙手功，凝神敛气漫心空。
欢歌劲舞诗情孕，醉倒贪馋小酷童。

其　三

并立童声小主持，纯音悦耳诵新诗。
年年祝愿心甜梦，巧口如簧月亮知。

其　四

气运巴乌爱恋痴，童年世界海天知。
神追梦想人生道，巧手编成浩瀚诗。

其　五

爱育心真善美多，师生舞韵共心河。
协同步履飞天梦，雅戏连台曼妙歌。

童梦（四首）

其　一

笑语银铃幸运歌，仁生毓秀爱何多。
金童玉女园师造，国梦家馨汇大河。

其　二

母爱情怀哺育恩，园田沃土沁花魂。
胸容大雅连仁善，做梦明珠幻海存。

其　三

善貌慈容纳厚仁，雏鹰羽满唤仙神。
花红草碧无边景。放眼晴光悦目春。

其　四

七色阳光照瑞祥，乘风踏浪入河洋。
高天奋翅三千里，万紫随心伴梦翔。

读李煜《虞美人》感思（新韵，八首）

咏虞美人花（二首）

其　一

沐浴阳光艳淡宜，红唇绿映美娇思。
双托散落君容绽，袅袅婷婷舞妙姿。

其　二

秀艳园林雅美坛，此凋彼放赏奇观。
延年益寿癌瘤抗，死唱生伤典故传。

虞姬魂（三首）

其　一

昔日楚王吴水败，追随陪葬吻娇裙。
伤怀后世传词作，泣涕歌声断肠魂。

其　二

帐下军心悠瞬变，楚歌四面泪潸然。
虞姬剑舞情魂逝，气壮英雄赴昊天。

其　三

魂依绰绰悲凄草，冷落娇容伴舞歌。
水纳吴江姬血泪，花含爱恨郁结多。

词帝绝唱（三首）

其 一

镜月春花惹旧忧，高才冷落梦江流。
雕栏玉砌缘明月，万里家国四顾愁。

其 二

天生乐赋大才情，善画精书厌帝廷。
国败身亡沉湎误，流传后世笑嗤评。

其 三

叹罢一词憾恨深，有别阿斗露情真。
耿直个性遭毒害，泣血凝悲词帝魂。

忆岳父（五首）

其　一

满载疾行拉大车，不知疲倦任奔波。
油干火灭灯芯败，醉卧家乡牧马河。

其　二

象马兵卒帅炮车，观棋料阵妙高局。
难逢对手知人事，汉界楚河自在鱼。

其　三

岳父心直敬婿宾，嘘寒问暖记深情。
帮穷济困及时雨，雅量宽宏爱善行。

其　四

困难三年着绿装，复员幸入电工帮。
衣食充裕家兴旺，酒肉随心四季香。

其　五

病逝亲人热泪流，寒冬腊月气满喉。
儿孙跪拜祯祥树，慢步安息驾鹤游。

岳母寿诞纪念（三首）

其　一

老树村头庆寿时，亲人贺喜汇歌池。
团圆孝敬香甜宴，福善祥光满玉枝。

其　二

辛勤到老子孙陪，沐雨滋风伴月回。
牧马河边时尚女，晨光贺寿喜依偎。

其　三

善雨仁风毓子孙，亲邻友敬福家村。
田禾谷果连年好，寿诞欢歌喜进门。

CHEN XI ZAO YUN

七律选（八十首）

庚子元旦[1]

岁后新晴景色韶，天开圣运众人雕。
诗馨气象梅丛艳，赋美才情慧海迢。
雅苑江山融画境，神州国梦鉴航标。
西洋叹罢东方唱，万古龙城尽舜尧。

庚子立夏

草茂园清启暖扉，东君冉冉沐林归。
泥新燕哺雏巢闹，蕊落花残彩蝶稀。
柳絮轻飞槐荚密，窗纱斜架暑香微。
山边暮霭泉声美，浴女裙装半袖衣。

① 此诗发表于《火花》2020 年第 3 期。

忻州情咏怀（三首）[1]

卧牛城怀古

月下神牛自奋蹄，龙岗静卧更传奇。
乔松掩映雄文庙，牧水流成浩气诗。
四面城门通内外，三关锁钥镇今昔。
曾经战火杳然去，阅尽沧桑血渍依。

① 以下三首七律曾发表于《忻州日报》文化旅游周刊、《忻府区优秀作品选》。

雁门关怀古

傍险依山壮古关，凌云秉势起烽烟。
胡人铁骑邈一瞬，李牧祠堂筑九天。
塞上沉沙掩寒骨，关前明月阅碑言。
杨门代代流忠血，故事频传妇孺间。

芦芽山怀古

嶙峋古貌状芦芽，破土擎出雨雾葩。
大小灵泉飞壁画，珍奇草药遍高崖。
汾河荡漾源头地，林木原始异兽家。
栈道兵家藏妙计，山野放牧踏香花。

咏忻州云中河四桥夜景（四首）[1]

咏云中桥夜景

醉卧忻川孕雅诗，长城画里酿仙池。
桥拱四座容霞瑞，夜色千层绽琼枝。
雁阵寒山传捷报，牛群利刃助收旗。
山关晋北兵争地，阅尽沧桑血泪司。

咏七一桥夜景

路阔车飞铁塔桥，斜拉力拽卧姿娇。
翻冈越岭通南北，嵌美镶珍唱歌谣。
夜焕新容河主爱，人钟毓秀月仙韶。
姜涛正气丰碑立，六洞金山孕俊枭。

① 2018年11月25日，首发。

咏慕山桥夜景

闪烁鹏翔夜色丛，桥灯映水幻歌红。
文山道儒民淳意，墨海诗词仕雅风。
正是忻州圆梦处，还依俊秀运筹功。
分明静谧新城景，振翅高飞锦绣虹。

咏牧马桥夜景

夜火通明恋雅风，层楼座座映灯红。
云中古韵禾田润，牧马新姿壁画隆。
倒影融奇游生趣，蛙歌鸣和聚萤虫。
遗山伫立家山景，浒泗诗新醉梦通。

忻州古城新貌（二首）

忻州北城门楼影剧院[1]

门楼旧貌焕姿翩，灿夜灯辉纳境仙。
阔大荧屏惊世外，轻盈脚步醉星天。
飞奔视野谁排布，转动平台众汇编。
震撼长城忻雅卧，银河失色喜诗联。

咏凌云楼拜月台

楼生雁翅上云霄，翘首星天夜美雕。
眷顾中元残旧日，偷移玉月捧今宵。
嫦娥舞袖情人醉，娟妇牵肠秀目招。
最喜翁童台下坐，灯辉架起代沟桥。

① 指 2020 年山西省旅发大会临时大会剧场。

节日篇（七首）

庚子端午感思

瘟神送罢又端阳，赏品离骚叹古殇。
貌美仪庄光日月，冠高气浩诉肝肠。
华章楚雅千秋启，蕙质君馨九域香。
骋目临川清酒祭，兰舟志洁诵诗堂。

庚子端午忆屈原

屈子魂游汨水宫，离骚咏唱楚悲风。
掀波奏曲千秋雅，助阵催舟万里红。
孤愤清音天地问，沉冤醉魄月星躬。
伤心草木端阳泣，日耀辉光照老翁。

七夕咏怀（新韵）

浩浩银河夜雨稠，痴男恋女古来愁。
仙家泪水随情落，喜鹊身毛顺桥丢。
土地槐公传话去，忠牛道气载君游。
乾坤气运和贞续，日月同辉照爱舟。

庚子重阳节杂感

愁云密布晚生凉，露叶枯残易结霜。
夜静思亲扶雪鬓，寒临溯古画心乡。
瘟神烦至千侵扰，逝者眠归万感伤。
自古家承人敬老，问暖馨花绽重阳。

庚子国庆中秋团圆感怀（二首）

其　一

国诞昌平血沃功，中秋朗月照霄穹。
千家喜聚厅堂雅，万户祥临饼果丰。
爱女荣军佳礼茂，亲人念旧贺诗红。
嫦娥袖舞山河秀，北斗全球靓网通。

其　二

中秋国庆喜相逢，共度联欢爱月明。
沃野流金排硕果，黄河入海奏涛声。
千家静夜仙姿照，万里银河玉兔屏。
抗疫神州同否泰，嫦娥北斗汇群星。

喜庆腊八（新韵）

新年过后腊时八，岁月粥稠喜女娃。
万千亲朋诗送礼，千门儒道善延家。
寒冰冷气袭额脑，宝豆珍馐暖鬓花。
佛庙开锅曾济困，神州自古敬豪侠。

文学青春之歌（九首）

王勃诗赋写意

初唐一杰恃才人，别友风烟渺五津。
四海诗家存暖己，千年骚客若芳邻。
滕王赋阁名文史，夜月江亭照古秦。
溺水魂游寻陌路，多情儿女共沾巾。

李贺诗境

抑郁伤神巧运筹，才郎妙句起灵眸。
关山日暮沉香路，陌野春风嫁月愁。
一唱雄鸡鸣大海，千声泣露响城州。
凌烟阁上成诗鬼，好个书生万户侯。

贾谊赋妙句诗

霸气诗书世所鲜，才豪倜傥百家研。
扶持一疏多佳句，汉陛前头正少年。
赋吊屈原缘自喻，秋寻汨水探湘天。
英雄自古多悲剧，早逝沾巾几憾连。

徐志摩康桥梦

脚步轻轻彩带飘，西天艳影梦柔娇。
青苔夜曲心哀诉，橘树凉风鸟泣遥。
美幻甜诗如醉酒，温存爱蜜恰虹桥。
茶花盐醋需兼备，沁骨浓香魄暗销。

顾城诗与画境

星天赐我黑灵眸，探觅光明卧月舟。
画境年轻多吻笑，情河命运自谋筹。
风摇草叶门前美，雨沁花馨梦里羞。
艺术朦胧雕雅塑，魂牵葬冢漠莲留。

海子诗情

梦马诗人面大河，山关醉卧壮悲歌。
黄昏丽日西天美，墓志情诗泪滴多。
稻吐清香泉澈水，桥含远景雅飞鹅。
心头烈火青春抱，运顺清高逝憾波。

元遗山《雁丘词》

元遗山是家乡大儒，金元泰斗，早在十六岁赴试途中，适遇大雁为旅伴殉情，并写下千古绝唱雁丘词。

赴试亲临雁壮歌，飞禽殉爱葬汾河。
书生触景丘词赋，后辈伤情涕泪多。
地北天南双伴客，荒烟枯木独凄窠。
千秋至善惊天问，万古姻缘仰叹何？

琼瑶闺阁梦

墨海书山自在游，闺房少女跃文遒。
夕阳几度云红景，野草千丛月满楼。
一梦幽帘天雨泪，三梅深院杏花绸。
言情妙手忠贞爱，影视高台入上流。

王蒙《青春万岁》

细雨蒙蒙野草坪，燃烧岁月鸟鸣争。
飞天美梦辉煌路，探海奇情脉搏声。
荡起河舟琴语奏，掀开慧眼雅园耕。
春延世纪欢歌唱，历练沧桑显赫名。

黄河之歌（二首）

黄河之春[①]

万里风清映晚霞，冰消九曲暖船家。
横云对岸盈童目，亘古台前缀紫花。
险旋涡流连玉带，山披碧草伴天涯。
河怡圣雅描心画，韵律仙操博众夸。

黄河写意[②]

万寨船家喜截流，娘娘古庙锁千愁。
烽火垛口硝烟逝，佛洞岩前贵客游。
三省鸡鸣啼紫日，一壶酒赋醉青牛。
龙门竞演鱼龙阵，圣雅诗仙润墨遒。

① 曾获第二届神州杯中华诗词大赛优秀奖。
② 《竹韵山西》86期用稿。

感恩篇（十三首）

行孝悔[①]

父母归仙尽孝迟，慈颜善目梦屏知。
一双儿女成才路，二位家尊哺育时。
昼夜关心身冷暖，春秋问候饭咸宜。
丝丝挂念牵红线，白发霜侵悟满枝。

慈母忆[②]

顺意何知行孝难，慈颜逝去憾无边。
回眸苦乐心河记，刻印酸甜善德传。
夜月缝衣灯幻影，晨星做饭枣红笺。
人伦大雅留多少，敬老芳馨母爱延。

① 《竹韵山西》89 期用稿。
② 《中华诗词 · 母亲节专集》2020 年 5 月。

夜雨感思

寒衣节后雨缤纷，泣涕幽悲欲断魂。
鹤睹双慈终逝土，家归百梦又离村。
千番稼穑粱依伴，万语叮咛果享醇。
育哺生前何再报，空留愧疚倍思恩。

梦忆父母收秋

枯叶高粱晒果红，收镰父母敬身躬。
蓝天酷日知甘苦，陌草阡花伴北东。
几度寒霜伤白发，多淋透雨刺灰瞳。
归根入土修仙去，梦里呼亲绕柏桐。

泪 忆

父母双双葬土疆，悄然病故子悲伤。
耕田汗骨披星月，刈谷酸身爱草香。
乱世维生淋雨雪，艰时助力赖猪羊。
慈颜善目悬心镜，育哺恩深问道梁。

观董耀章诗书有感

墨宝存真博雅风，腾蛟起凤舞苍丛。
银毫古韵双奇士，浩气灵眸万日功。
夜月须知仙道骨，书家更爱剑雕鸿。
丹心自在诗词寄，老骥黄昏百艺通。

《中华诗词》杂志社第十七届金秋笔含感吟

落木消停待雪休，寒风几夜扰梢头。
千家暖语穿山送，百腹诗河贯顶流。
琢斧无痕连俗雅，填词有味逸春秋。
彩霞晚照依曦日，梦里唇香吻月钩。

家　务

锅碗瓢盆奏锦章，夫门妇户演家堂。
晨曦洒道尘灰净，暮月穿帘米菜香。
做饭三餐营养好，缝裳四季暖寒祥。
仁慈细雨孩童范，儒雅风姿泽厚昌。

写给妻子

一

善待公婆养老终，披星戴月盼家隆。
天寒地冷知甘苦，赋美诗新获奖功。
昼夜关怀恩爱厚，春秋哺育子闺同。
温馨寿诞常依伴，壮体康身与日红。

二

体壮肌荣富态生，奔波节俭筑家城。
心直口快行端美，眼亮堂悬事理明。
善做葱姜香饭菜，勤忙节日喜庭棚。
知甘父母多尊孝，子女康全晚育成。

梦忆祖母外祖母

逝去双亲入土乡，珍存背影泪汪汪。
生前苦水云河汇，梦里音容雾雨妆。
月夜缝衣哼曲美，炊烟造饭奏鸣祥。
蹒跚步履田头路，小脚依稀上雅堂。

忆包头舅父家书

舅父青城寄语亲，丝丝细雨洗童尘。
经年累月修文秀，越海登峰造诣新。
事业亨通霜染鬓，家书叙忆话成珍。
中秋国诞寒暄送，寿绕翁公塑健身。

国庆中秋喜舅父回忻州

欣逢国庆叠中秋，舅父邀亲宴卧牛[①]。
老辈心惊乡变异，娇童话问额欢愁。
归根奢望思家梦，叙旧真情入爱眸。
八十沧桑如一瞬，披星戴月驭轻舟。

① 卧牛，忻州古城，有卧牛城美誉。有美丽的卧牛城传说。

咏物感事（三十二首）

梦　忆

雾月无声入细流，平梳白发载乡愁。
千顷谷穗弯腰美，八辈精魂雅画修。
街巷翻新寻老屋，邻亲忆旧刻深眸。
酸甜故事存残梦，苦辣浓情涌笔头。

咏青蛙

身披绿叶驻池塘，守卫禾苗食蚱蝗。
四脚腾挪如虎跃，两腮鼓起赛歌扬。
修巢子旺鱼虾伴，养静田深暑夏凉。
避世寒冬眠入洞，神清气爽梦心香。

庚子阳春画

卧赏春深景色娇，惊雷细雨赶新潮。
乡间柳绿翩翩鸭，河畔桃红隐隐桥。
杏恋青枝撩彩蝶，梅烘玉树隐浮雕。
河边枣木双栖鹊，报喜时鸣祝酒谣。

五十四岁生日

入世投胎浣礼纱，慈悲教养赏书家。
青天浩德滋山水，大地春回浴草花。
夏雨飘香秋日果，黄牛赐力泪田瓜。
沧桑阅尽知恩母，十月酸辛爱宝涯。

王右军书法趣话[1]

人言水月古今同，曲水流觞醉赋翁。
会集诗文灵府力，尊书墨圣笔端功。
妪鹅换字留佳话，帝冢陪君筑谜丛。
摹本传承延篆印，寻真溯道晋源风。

咏兰亭雅会

丽日馨风聚雅亭，竹林峭壁影江平。
群贤列坐溪流畔，至圣留书笔墨情。
万象腾挪惊幻化，三生痛唱叹衰荣。
彭殇作古音容在，醉梦狂歌老道经。

① 《中华诗词》笔会改稿作品。补：原标题《咏王羲之》。

读才女李霖散文集《回眸》有感

黄河水脉毓才情，沐浴书甜玉砌城。
礼拜文殊终彻悟，医修妙手竟通明。
蛟龙幻境穿云美，圣母莲香织雾轻。
羽化青竿舒秀笔，花香药引泪诗惊。

诗赠社友陈腾[①]

辞家赤子爱新疆，炼就丹心理镇乡。
翰墨书田描草石，园林砚笔画厅堂。
胸怀四海真情性，掌运三才雅栋梁。
两袖清风知日月，神池县志玉留芳。

① 入选《陈文腾书　遗山诗社诗友赠诗》。

忻州三月三逢雨

家乡雨后浴山青，景至春分入画屏。
水灌园田桃杏喜，枝繁苞瓣妇孺迎。
河边柳嫩群鹅戏，堤岸轩新绕鹊鸣。
日落霞天眉月上，渔翁醉钓夜深亭。

夏雨忧思

北国春深疫早招，霜侵蕊落果梨凋。
江南涝患洪涛猛，夏日民殃岸险超。
五月家乡台戏演，农田雨景闪雷飘。
阴晴百姓红绳系，敬地尊天善德韶。

庚子年教师节感怀

入队黉门卅六秋，平添白发载清愁。
贫寒爱育台堂美，冷暖尊师杏李牛。
储备真知珠妙吐，天生慧眼雅光柔。
心存善美奇葩绽，赋海诗山自在流。

元宵节致勤学者

假日明珠恋雅堂，元宵热闹爱家乡。
青春路上书声美，快乐河边草木芳。
对酒狂歌心海阔，迎窗咏叹梦河长。
师生对话逢知己，皓月红灯泽瑞光。

悼百岁老红军王定国

一路星辉万里遥，征途浴血塑群雕。
军魂九死功勋美，战友千寻草木韶。
铁骨人生追大梦，初心墨笔育英苗。
长城古迹存关爱，至道无形雪雨飘。

秋　殇

蜻蜓靓羽水湖修，入夏狂欢舞到秋。
逐爱追香千百度，临霜近雪一腔愁。
尸魂异处谁人赏？筋翅同滩冷气蹂。
盛极当思衰败计，冬侵憾泪满荒丘。

古戏台（孤雁格）

金元起步旺明清，战火连绵入戏屏。
国乱灾深呼俊杰，家昌福厚赏书经。
逼真泪眼愁肠断，撼魄情腔善耳灵。
庙院庄城笙鼓会，云烟渐逝落河亭。

长城咏怀

黄河岸上旧烽台，似断如连壑石裁。
战事频繁飞急报，和平弃置起苍苔。
家安谨记衰时苦，国旺知修纪史哀。
万里城墙延万古，鹏程大梦继开来。

祭一代宗师丁石孙（新韵）

北大师尊院校魁，民盟敬重立心碑。
生前建树成追忆，死后遗言弃骨灰。
倡导学园宽化境，奇开雅路圣听瑰。
京都霁日迎国庆，陨落星辰落雨悲。

咏张家口市尚义美景（四首）

记忆鸳鸯河

河经尚义雅鸳鸯，牧马游童载草芳。
夏日晨辉亲晚照，冬冰白雪喜山羊。
衣陈鞋破鱼虾戏，帽锦裙妆浊秽扬。
整饰新园千目盼，回归雁舞古家庄。

鸳鸯河夏晨（孤雁格）

日吐东方浴水龙，怡神注目醉顽童。
云镶茂木河园美，女唱清晨鸟语工。
染遍城乡车路亮，吹来晓梦暖风通。
湖鱼自在追云散，夹岸裙妆舞凤红。

坝上草原

碧草河园百鸟鸣，迁飞坝上水天清。
牛羊对唱花乡美，秋夏连台怪石狞。
魄入村居寻旧迹，坟围远客拜蒙营。
扬鞭策马萦家梦，兔没狐追白鹤惊。

土城子城址（新韵）

莲花古瓦水波纹，北魏青山宋币存。
戏舞龙河融血过，腾飞牧马踏芳寻。
农商冒雪修尘路，战火残烟化赋文。
六镇明珠真史宝，怀柔塞北政通魂。

宁化古城怀古

汾源古狩帝王宫，拍案惊涛画壁红。
佛洞摩岩残圣迹，隋砖宋瓦溯群雄。
弓弯射马悬桥倒，槊挺攻城捷报通。
雨下依稀魂血泣，家闺刺骨朔刀风。

重庆市奉节城怀古

白帝城烟逐逝波，三千骚赋载诗河。
托孤影剧空遗憾，集智忠星满赞歌。
夏雨秋潮连峡好，朝云夜梦枕乡多。
夔门雅美今犹在，脉茂江山响鼓锣。

遗山诗社微刊百期感怀

创号遗山满百期，春瘟夏远泣歌词。
河城雨雾帘窗幕，佛洞仙神画墨诗。
矗立芦峰泉水美，横陈锁钥镇关奇。
才人佳韵依平仄，微信台屏靓玉姿。

晋祠怀古

古晋根深毓茂庄，春秋步稳阅沧桑。
灵泉脉老依姜母，圣像仪尊绕殿香。
铁造仙人衍故事，梁飞鱼沼靓亭廊。
苍松肃穆赢诗赋，雅画新天旺李唐。

元宵花灯印象

神州自古闹元宵，夜放花灯展画雕。
民聚城街龙对舞，人登庙会戏连潮。
霓虹幻境添新样，佛道诸仙比绝招。
百万官民同赏月，情郎俊女恋红桥。

宁化古城一日游

冒雨追诗溯古风，魂穿宁化越隋宫。
攀登佛洞心经念，赏阅碑文圣意通。
瓮堡城砖幽草碧，关墙战火旧袍红。
归来梦里孤灵告，舞榭歌凄鼓角隆。

宁化古城汾阳宫

天池狩猎帝王归，耀武隋炀晒圣威。
暑幸汾阳宫御造，凉承宁化府军围。
关修栈道祥云绕，路遇唐公九庙悲。
泣述流急兵马幻，残墙碧草雨霏霏。

梦游乾陵（二首）

其　一

一代英豪灿大唐，胸怀日月照辽疆。
男权弱势纷争起，女汉高招驾驭祥。
善用贤才兴举考，勤修国政喜朝堂。
乾陵墓道迷狂盗，巨石无言绝世扬。

其　二

袖里乾坤傲宇穹，裙钗凤舞治昌隆。
排除异己贤才用，顺应潮流政理通。
画梦归唐缘雅聚，诗花绽苑自芳浓。
端居圣地生风雨，贼盗愁除弃甲躬。

庚子端午兼怀屈原（二首）

其　一

早上焚香祭屈平，长天一问晚生惊。
江河万里龙舟赛，艾草千家玉户迎。
米粽甜心思楚韵，芝兰玉露泣诗英。
临江抱石忠魂古，道义凭栏鉴浊清。

其　二

渔歌一曲逆江游，楚地闲舟涌逐流。
汨水沉冤史策鉴，离骚美韵赋源头。
天公探问伤怀古，帝子嫌言惹怅愁。
涕泣诗辞深瀚海，清辉与日共春秋。

咏忻州万水泉酒（五首）

其　一

万水泉醇自五台，清凉可口孕醅胎。
忻州荟萃高粱酿，圣境怡人贵客来。
私访康熙题御笔，飘香陀路醉龙材。
云中牧马温池浴，古雅奇葩锁钥开。

其　二

业造忻承祖杜康，诗文雅颂毓琼浆。
花馨木美游人醉，草异山清夏夜凉。
百里金盆粱硕喜，千秋锁钥店名扬。
奇村合索温泉浴，万水泉流日月长。

其　三

闻香则醉下忻州，锁钥城新古卧牛。
四座门迎千里客，三家店纳九方酋。
茶坊对话含七雅，酒肆开怀解百忧。
特曲名声惊塞外，英雄最爱二锅头。

其　四

醉亦知香万水泉，名扬三晋杏花悬。
曾经倒闭留深憾，一旦开门爱酒仙。
雅美名人成广告，寻常百姓喜粮田。
跤场好汉豪歌壮，戏罢挠羊众口传。

其　五

牧马河边拜杏园，遗山古脉涌诗泉。
千秋气魄千杯酒，四达牛城四野田。
店柜新开香郁美，商规旧制誉流传。
精妆老酿陈方配，换代机房醉道仙。

清明节访遗山园

八十顽童吐妙词，青春后学赋清诗。
飘香老杏轩亭护，秀美碑林墓冢驰。
日朗晴天扶暖袖，眉弯雅女靓仙姿。
芳花茂木灵犀现，手段施张出口奇。

CHEN XI ZAO YUN

五律选（十首）

梦忆父亲（五首）

老农（新韵）

瘦小巧身形，诚听善雅经。
耕田苗茂壮，种地谷良丰。
雨下锄禾浴，风前送粪迎。
寒冬连酷暑，厚土苦缘情。

种田（新韵）

孤男巧用心，种地爱田深。
布谷呼风暖，耕田盼雨欣。
苗浇肥叶茂，草刈秀根浑。
玉米含丹笑，高粱喜满村。

父亲与老马

雪玉是对白马的爱称。父亲与白马朝夕相处十多年，白马是父亲的生命依托。白马曾为父亲生小驹几匹，既添脚力，又可换钱财，是父亲的得力助手。白马老了，父亲舍不得卖给杀牲的，哭泣着将她埋葬。

承包下户时，雪玉选回迟。
爱马添粮草，生驹喜圈池。
拉犁由主唤，送粪到田知。
苦乐通人性，勤劳恋土奇。

种田忘病痛

带病种田忙，居家笑语乡。
吃穿欣粗布，坐卧恋窑房。
细雨苗禾美，微风稼穑良。
金秋抛痛苦，五谷硕归仓。

土筑雕像

操耧驾妙招，稼谷巧耘苗。
汗灌滋田沃，勤锄润穗韶。
飞镰红日曲，响扇满场谣。
老父春秋鉴，农魂厚土雕。

忆母亲（五首）

慈母（新韵）

手上细穿针，慈颜爱子深。
冬春忧冷暖，昼夜盼安存。
月下窥衣洞，灯前映茧纹。
寒窗连骨肉，梦里泪沾襟。

仙　苑

苦海酿娇莲，姝红衬碧天。
真修成女体，善造化闺仙。
哺凤勤浇水，滋根爱育田。
孙贤多栋树，朽木笑黄泉。

炼狱

少小苦孤单，流离乱伴颠。
城东红枣茂，路北绿禾连。
子女严诚养，婆媳善爱编。
辛酸凌雪鬓，入土卧长眠。

诗书雅好（新韵）

儒雅爱诗图，城乡苦读书。
肩扛青草画，手握铁镰锄。
坐卧听经唱，生平敬善呼。
台山云梦境，入土喜文殊。

苦乐夫妻（新韵）

苦命伴红绳，禾田缔爱诚。
高粱时果腹，玉米岁收丰。
绿草牵牛喜，郎农盼雨荣。
青丝霜染鬓，厚土筑双城。

CHEN XI ZAO YUN

词作选（一百零四首）

山花子 · 初冬杂思

落木空枝鹊绕飞，凄风寒雨水凝悲。
霜发韶光隔时远，泪心催。

夜月梦伤多病体，路遥相伴爱相陪。
诗意画屏人叹赏，案齐眉。

山花子（钦定词谱）[①]

李　璟

菡萏香销翠叶残。西风愁起绿波间。
　　　　　　△　　　　　　　△
仄仄平平仄仄平。平平平仄仄平平。

还与韶光共憔悴，不堪看。
　　　　　　　　　　△
平仄仄平平仄仄，仄平平。

细雨梦回鸡塞远，小楼吹彻玉笙寒。
　　　　　　　　　　　　　　△
仄仄仄平平仄仄，仄平平仄仄平平。

多少泪珠何限恨，倚阑干。
　　　　　　　　　　△
平仄仄平平仄平，仄平平。

① 词谱中字下标“△”的是韵字。

家山好·咏忻州

系舟山下杏园春，金源溯，史诗魂。
花开草里清香沁，醉游人。石碑雅，刻诗神。

卧牛城里风光好，百味恋乡亲。
登高远眺，云中牧马绕家村。晴川碧野新。

家山好（钦定词谱）

桂冠归去旧烟萝，闲身健，养天和。
仄平平仄仄平平△，平平仄，仄平平△。

功名富贵非由我。莫贪他。这歧路，足风波。
平平仄仄平平仄。仄平平。仄平仄，仄平平△。

水晶宫里家山好，物外胜游多。
仄平平仄平平仄，仄仄仄平平△。

晴溪短棹，时时醉唱里梭罗。天公奈我何。
平平仄仄，平平仄仄仄平平△。平平仄仄平△。

玉楼春 · 杂忆

雅月轻风圆既望，远处古城军号响。
青丝霜染蹙眉心，梦里颂诗童对唱。

欢声笑语飘苇荡，辫女河边裙影靓。
卧听四野鸟甜鸣，泪眼回眸瞻玉像。

玉楼春（钦定词谱）

顾　夐

拂水双飞来去燕△。曲槛小屏山六扇△。
仄仄平平平仄仄。仄仄仄平平仄仄。

春愁凝思结眉心，绿绮懒调红锦荐△。
平平平仄仄平平，仄仄仄平平仄仄。

话别情多声欲战△，玉著痕留红粉面△。
仄仄平平平仄仄，仄仄平平平仄仄。

镇长独立到黄昏，却怕良宵频梦见△。
仄平仄仄仄平平，仄仄平平平仄仄。

临江仙三首（贺铸体）

秀容书院归客

妙境雅诗飞白鹤，经年庭院碑残。
秀容胜景拜依然。
玉郎霜雪鬓，纹皱刻华年。

万里归客登旧路，心乡凄楚堪怜。
忆游梦挂碧云天。
人归雁去后，泪落艳花前。

游子憾

月下桂花香满树，窗前母理衣巾。
夜灯白发泪雕纹。赴京辞路远，裙袖裹孤身。

赤子归后坟叩首，花环围墓思恩。
愧知永别断真亲。家居徒四壁，侍奉报三春。

荆江瘟散送别

雪尽瘟消飞紫燕，惊雷细雨潇然。
一春室卧故人怜。祭亲寒食节，洒酒暖风天。

见说荆江春浪渺，翁童诚跪归船。
九州此处最魂牵。别时感泪雨，柳下陌田烟。

过年忧思

岁猪年鼠交班夜，正值武汉封城。
疫情毒害入寒空，卧床忧郁寄星灯。

众志联合驱暴患，渡灾康寿交融。
神州庚子运安平，喜山河绽放花红。

临江仙（钦定词谱）

贺　铸

巧剪合欢罗胜子，钗头春意翩翩。艳歌浅笑拜嫣然。
仄仄仄平平仄仄，平平平仄平平△。仄平仄仄仄平平△。
愿郎宜此酒，行乐驻华年。
仄仄平仄仄，平仄仄平平△。

未是文园多病客，幽襟凄断堪怜。旧游梦挂碧云天。
仄仄平平平仄仄，平平平仄平平△。仄平仄仄仄平平△。
人归落雁后，思发在花前。
平平仄仄仄，仄仄仄平平△。

人月圆 · 过年（王诜体）

雪扬田野年前瑞，庭院喜孩童。欣逢此夜，星灯竞放，如舞活龙。

桃符新换，门悬古挂，家喜窗红。赏今春晚，歌盈雅语，圆梦昌隆。

人月圆（钦定词谱）

王 诜

小桃枝上春来早，初试薄罗衣。
仄平平仄平平仄，平仄仄平平。
年年此夜，华灯盛照，人月圆时。
平平仄仄，平平仄仄，平仄平平。

禁街箫鼓，寒轻夜永，纤手同携。
仄平平仄，平平仄仄，平仄平平。
夜阑人静，千门笑语，声在帘帏。
仄平平仄，平平仄仄，平仄平平。

阮郎归 · 春盼（李煜体）

家居三月雨纷纷，浓浇花丽晨。
鹊鸣窗口喜盈门，州城远疫瘟。

南舞鹤，北翔云。河环柳岸村。
亭台园绕步黄昏，舒筋炼气神。

阮郎归（钦定词谱）

李　煜

东风吹水日衔山。春平长是闲。
　　　　　　△　　　　　△
平平平仄仄平平。平平平仄仄。
落花狼藉酒阑珊。笙歌醉梦间。
　　　　　　△　　　　　△
仄平平仄仄平平。平平仄仄平。

佩声悄，晚妆残。无人整翠鬟。
　　　　　△　　　　　△
平仄仄，仄平平。平平仄仄平。
留连光景惜朱颜，黄昏独倚阑。
　　　　　　△　　　　　△
平平平仄仄平平，平平仄仄平。

鹧鸪天 · 六一节童年记忆（五首，晏几道体）

过六一

夜盼晨曦照脸圆，新衫裙艳聚门前。
鼓锣声亮添欢笑，歌舞情浓伴醉颜。

男竹板，女丝弦。扮真妆巧叫夸连。
童知敬老村人颂，仁雅人生起步妍。

红领巾

佩戴胸前队礼隆，诗歌吟罢喜孩童。
校园端坐学文化，书画描摹敬古钟。

闻鸡舞，爱旗红。院墙槐柳绿交融。
当年日月今依旧，村庙翻新入梦中。

家乡杨柳

队列声齐歌唱豪，孩童心喜路边飘。
路边深洞栽杨柳，浇水根生育绿苗。

风雨炼，雪冰雕。月星征路梦多韶。
云游四海家乡恋，杨柳通天茂九霄。

团体操

鼓乐高低变队容，指挥旗下虎迎龙。
舞男歌女舒心扭，翔燕飞莺绽李红。

随哨响，共声同。阵容奇幻赛仙翁。
花香貌雅成追忆，人到黄昏醉梦中。

养　兔

苣菜云英苜蓿装，镰刀铲割兔餐粮。
学归田野奔波苦，行步窝房喂养忙。

冬护暖，夏通凉。眼含欢喜恋诗香。
供销社出飞书店，追梦心仪雅美堂。

鹧鸪天 · 父母恩（四首）

忆母亲

子女穿衣破洞长，针缝线密趁星光。
母亲心上知家苦，细语灯前暖土房。

儿别母，母牵肠。几回魂梦夜飘香。
深居厚土音容在，又聚从前老庙堂。

春　种

柳色青青燕喜翔，耕牛犁马种田忙。
手摇耧种埋松土，流汗心植洒雨乡。

移月影，落斜阳。疲身拖脚饿肝肠。
居家舒卧酣甜梦，锄草浇园米谷香。

秋　收

火炬高擎烈果红，银镰牵穗列长龙。
粮满马车农人喜，谷打场面机声隆。

闺妇巧，壮肩工。汗流浃背称心公。
当年社队恍如梦，家父风光泪眼中。

担　水

老井冰封镜月光，童孩随父到台旁。
手摇绳把提清水，沾脚寒冰刺骨凉。

观背影，暖心房。路颠坎坷疲肩伤。
今宵倦卧甜真梦，泉涌家园焕裕康。

鹧鸪天（晏几道体）

温馨忆

病后归家母挂牵，
床前询问饭时鲜。
瘦身灯下诗书伴，
甜言花前医术仙。

思妙手，敬尊颜。
泪珠滚滚幻容边。
家乡枣果中秋月，
回味童谣美梦圆。

鹧鸪天（钦定词谱）

晏几道

彩袖殷勤捧玉钟。当年拼却醉颜红。
仄仄平平仄仄平。平平平仄仄平平。
舞低杨柳楼心月，歌尽桃花扇影风。
仄平平仄平平仄，平仄平平仄仄平。

从别后，忆相逢。几回魂梦与君同。
平仄仄，仄平平。仄平平仄仄平平。
今宵剩把银釭照，犹恐相逢是梦中。
平平仄仄平平仄，平仄平平仄仄平。

瑞鹧鸪·满园春色（冯延巳体）

红簇枝头满苑香，此花艳罢彼浓妆。
丽容俏画晴时影，端貌精描亭下光。

妙女裙飘留彩照，型男神逸醮妍浆。
探春粉黛刚离去，侠客清闲诗雅芳。

瑞鹧鸪（钦定词谱）

冯延巳

繾罢严妆怨晓风。粉墙画壁宋家东。
平仄平平仄仄平，仄平仄仄仄平平。
蕙兰有恨枝犹绿，桃李无言花自红。
仄平仄仄平平仄，平仄平平平仄平。
燕燕巢时罗幕卷，莺莺啼处凤楼空。
仄仄平平平仄仄，平平平仄仄平平。
少年薄幸知何处，每夜归来春梦中。
仄平仄仄平平仄，仄仄平平平仄平。

醉公子·咏忻州古城山西旅发大会

城卧斜坡上，明月楼台唱。
街道满行人，红灯映舞裙。

锁钥山关响，贵客荧屏亮。
名段绕州乡，汾河雅美扬。

醉公子（钦定词谱）

顾　敻

漠漠秋云淡，红藕香侵槛。枕倚小山屏。金铺向晚扃。
△　△　△　△
平仄平平仄，平仄平平仄。仄仄仄平平，平平仄仄平。

晚起横波慢。独望情何限。衰柳数声蝉。魂销似去年。
△　△　△　△
仄仄平平仄，仄仄平平仄。平仄仄平仄，平平仄仄平。

如梦令 · 梦忆四季（四首）[①]

田野春景

风暖冰消融土，喜鹊恋啼晨雾。桃艳柳青青，鸣雀闹蜂蝶舞。

田路，田路，牛奋马驰农务。

夏野梦

田茂平野蛙语，野草路边虫聚。洪水满渠沟，欢喜绕堤童女。

有趣，有趣。如梦心乡飘雨。

① 发表于 2020 年 1 月 12 日。

夏秋戏水

渠畔村西苗少，聚水夏秋童笑。游泳逗蜻蜓，泥抹赤身欢闹。

齐跳，齐跳。雕塑溅花蛙叫。

冬季冰舞

村北深渠冰冻，放假聚龙飞凤。童喜脚狂奔，前倒后推迎送。

如梦，如梦。欢趣驱寒诗涌。

如梦令（钦定词谱）

后唐　庄宗

曾宴桃园深洞。一曲舞鸾歌凤。长记别伊时，和洞出门相送。

平仄平平平仄。仄仄仄平平仄。平仄仄平平，平仄仄平平仄。

如梦，如梦（叠）。残月落花烟重。

平仄，平仄（叠）。平仄仄平平仄。

苏幕遮 · 己亥腊月赏雪（范仲淹体）

雾弥天，银遍地，凝瑞清新，飘舞童雕砌。
山隐河封寒冷气。沿路诗神，尽赏风骚美。
塑奇淞，添雅意。幕夜沉沉，好梦留人睡。
花落平畴无语寄。静立观光，未饮心先醉。

苏幕遮（钦定词谱）

范仲淹

碧云天，黄叶地。秋色连波，波上寒烟翠。
仄平平，平仄仄。平仄平平，平仄平平仄。
山映斜阳天接水。芳草无情，更在斜阳外。
平仄平平平仄仄。平仄平平，仄仄平平仄。

黯乡魂，追旅思。夜夜除非，好梦留人睡。
仄平平，平仄仄。仄仄平平，仄仄平平仄。
明月楼高休独倚。酒入愁肠，化作相思泪。
平仄平平平仄仄。仄仄平平，仄仄平平仄。

醉太平 · 年画（刘过体）

寒冬腊冰，风催岁惊。
雪雕年塑琼英。恋春新古城。

诗台赋亭，魂牵梦萦。
艳梅香逸园坪。唤起群后生。

醉太平（钦定词谱）

刘　过

情高意真。眉长鬓青。小楼明月调筝。写春风数声。
△ △ △
平平仄平。平平仄平。仄平平仄平平。仄平平仄平。

思君忆君。魂牵梦萦。翠销香暖云屏。更那堪酒醒。
△ △ △
平平仄平。平平仄平。仄平平仄平平。仄仄平仄平。

卜算子·年画（苏轼体）

岁末月时新，亘古神州庆。
万里千家喜叩门，紫气驱邪影。

童女映院红，好运连奇景。
雪塑冰雕美逢，墨笔山川境。

卜算子（钦定词谱）

苏　轼

缺月挂疏桐，漏断人初静△。时见幽人独往来，缥缈孤鸿影△。

仄仄仄平平，仄仄平平仄。平仄平平仄仄平，仄仄平平仄。

惊起却回头，有恨无人省△。拣尽寒枝不肯栖，寂寞沙洲冷△。

平仄仄平平，仄仄平平仄。仄仄平平仄仄平，仄仄平平仄。

喜团圆 · 写给爱女（晏几道体）

元春喜至，东风喜报，门纳祥隆。
军营爱女赢佳讯，再收贺联红。

三年别后，望穿爹眼，仰望星空。
满心祝愿，航天路畅，海御苍龙。

喜团圆（钦定词谱）

晏几道

危楼静锁，窗中远岫，门外垂杨。
△
平平仄仄，平平仄仄，平仄平平。
珠帘不禁春风度，解偷送余香。
△
平平仄仄平平仄，仄平仄平平。

眠思梦想，不如双燕，得到兰房。
△
平平仄仄，仄平平仄，仄仄平平。
别来只是，凭高泪眼，感旧离肠。
△
仄平仄仄，平平仄仄，仄仄平平。

采桑子·重阳（三首）

忆父亲

人间敬老谈何易？岁岁重阳。
今又重阳。泪眼思亲苦月凉。

天修父子阴阳路。期冀归乡。
梦里归乡，田野金秋恋菊黄。

寄董耀章老师

人间敬老依时到。岁喜重阳。
今爱重阳。网络闲聊恋土乡。

诗文共赏牵心路。期冀花黄。
锦簇花黄，诗赋金秋古色香。

重阳新话

人间敬老依时到。岁喜重阳。
今恋重阳。网络沟通僻海疆。

传真对话牵心路。热土铺黄。
沃野铺黄，梦里秋词古韵长。

词谱格式

以和凝《采桑子·蝤蛴领上诃梨子》为正体

附正体词谱：（钦定词谱）

蝤蛴领上诃梨子，绣带双垂△。
中平中仄平平仄，中仄平平。
椒户闲时△。竞学樗蒱赌荔枝△。
中仄平平。中仄平平中仄平。

从头鞻子红编细，裙窣金丝△。
中平中仄平平仄，中仄平平。
无事颦眉△。春思翻教阿母疑△。
中仄平平。中仄平平中仄平。

西江月 · 系舟山怀古（三首）

其一（新韵）

大禹停舟治水，深山孕脉潜龙。
君王纵火晋阳城，削角封山缚动。

根古魄潜深洞，孕生一代文宗。
凤仪龙象自存灵，好问才情出众。

其　二

双月州乡雅景，遗山画壁奇情。
福田寺筑系舟停，赋诵览奇至圣。

崖畔古松竞秀，室居隐士澄明。
诗家梦里忆家馨，幽洞深山绝境。

其　三

细路风光依旧，孤芳雅韵悠哉。
青山月夜罩莓苔，轻拢佛仙林海。

夜静黄蜂旋转，佳人诵读情来。
杏园亭记史诗才，一代金元气派。

西江月·神池雾凇

玉塑画雕花木，瑞龙祥凤琼瑶。
载寒冰融上园桥，身冷心怡拍照。

喜梦送君佳讯，闲愁抛上云霄。
腊月雾气茂田浇，岁末年丰好兆。

西江月（钦定词谱）

柳　永

凤额绣帘高卷，兽镮朱户频摇。
仄仄仄平平仄，仄平平仄平平。
两竿红日上花梢。春睡恹恹难觉。
仄平平仄仄平平。平仄平平平仄。

好梦枉随飞絮，闲愁浓胜香醪。
仄仄仄平平仄，平平平仄平平。
不成雨暮与云朝。又是韶光过了。
仄平仄仄仄平平。仄仄平平仄仄。

十六字令（六十七首，张孝祥体）

春（三首）

其　一

春。雪化冰消润翰林。凝神望，松柏翠茵茵。

其　二

春。醉柳酩桃傲白云。猛然醒，枝头闹纷纷。

其　三

春。紫燕翻飞报信真。奇葩绽，醉倒意中人。

秋（五首）

其　一

秋。落木随风自在游。水东逝，今古泻千愁。

其　二

秋。大地音符奏不休。天饮酒，惬意舞溪沟。

其　三

秋。月隐星出夜色稠。观北斗，玉兔更娇羞。

其　四

秋。圆月归乡涕泪流。思老母，静卧殿堂修。

其　五

秋。放下包袱畅快吼。霜流处，天际赏归舟。

冬（五首）

其一

冬。大雪飘飞浩瀚空。污尘扫，荡灭害人虫。

其二

冬。暖暖穿衣自在行。天数九，默念御寒经。

其三

冬。屋内春光室外冰。往忧去，人类更文明。

其四

冬。解落三秋凛冽风。登高望，万里塑雕龙。

其五

冬。数九神梅画奇红。冰消处，看乐爱春农。

红（五首）

其　一

红。润雨桃菲闹春浓。晴夕照，西方绽娇容。

其　二

红。史记长河血沃中。成绝唱，千秋太圣公。

其　三

红。黛玉香菱葬花丛。《石头记》，曹君血泪工。

其　四

红。瑞雪梅君醉酒荣。春神至，含情笑树丛。

其　五

红。日落霞君伴火龙。熬长夜，腾飞梦启东。

山（五首）

其　一

山。五岳名扬入九天。千秋过，厚重化诗篇。

其　二

山。万里长城战火连。透迤势，浩气古龙妍。

其　三

山。入洞寻珍化道仙。行长路，爱恨漫无边。

其　四

山。梦幻依稀雾雨间。松竹碧，傲立瀚海天。

其　五

山。雪厚沉积万古寒。冰融处，落日美娇颜。

仙（五首）

其　一

仙。自古凡人盼寿延。松连柏，耸翠傲经年。

其　二

仙。鸟唱花香绿树边。青春逝，鹤发映童颜。

其　三

仙。雾海蓬莱万古山。玄机妙，日月载飞船。

其　四

仙。梦幻缥缈雾月天。逍遥舞，鹤雁寄悠闲。

其　五

仙。洞内修行峭壁巅。时光静，坐卧入云天。

心（五首）

其　一

心。血液循环命脉根。朝夕护，瑞气自天恩。

其　二

心。正道沧桑爱育人。青山月，映照鉴湖真。

其　三

心。自古忠臣盼正君。观史策，憾事伴孤贞。

其　四

心。腐败难行政顺民。风帆正，四海报佳音。

其　五

心。盛世和平吐绿春。中华梦，大路向前奔。

人（七首）

其　一

人。上帝娲君造物神。姻男女，大地德深尊。

其　二

人。爱道沟通顺阳阴。传《周易》，梦境化天文。

其　三

人。女爱男欢恋育贞。千秋颂，自古续亲恩。

其　四

人。创世衍生进化真。高科技，月异日推陈。

其　五

人。捺借撇行力万钧。顶天立，创造自灵魂。

其　六

人。水育山精智慧根。荷红处，映照碧莲裙。

其　七

人。姓氏传承链社君。香根脉，运转大乾坤。

松（五首）

其　一

松。翠玉挺拔傲太空。迎霜雪，万壑啸飞龙。

其　二

松。汪洋恣肆脉象通。吸灵气，寄雨落彩虹。

其　三

松。屹立千年不倒翁。经唐宋，蕴藉美诗丛。

其　四

松。万木擎天梦幻浓。心神荡，志浩道仙童。

其　五

松。道气深深静立功。风雷动，地载厚恩隆。

枫（五首）

其　一

枫。烈火焚烧茂密城。经霜境，醉后落霞逢。

其　二

枫。爱恋青山化淡红。天然色，日落客如龙。

其　三

枫。夏日青青寂寞冬。春萌绿，酿就恋秋浓。

其　四

枫。落木萧萧满地声。销魂处，化作雪根融。

其　五

枫。醉爱春桃绽艳红。悄悄夏，吟唱大秋中。

门（八首）

其　一

门。造屋防寒御兽侵。开关处，灵锁镇盗临。

其　二

门。变化多多造物神。连福祸，四季运乾坤。

其　三

门。帝相威仪气象新。争端演，命运瞬间分。

其　四

门。善恶开合道育真。胸怀阔，拥戴万千人。

其　五

门。苦海无边誓愿根。回头处，正遇渡舟君。

其　六

门。问道追源苦探寻。峰相对，鱼跃跨龙魂。

其　七

门。映照桃符旧换新。常思过，道厚乐安贫。

其　八

门。造化高超洞穴深。窥探遇，戴月报星人。

窗（九首）

其　一

窗。造屋驱寒借日光。千秋变，靓丽映家邦。

其　二

窗。户外春风屋内香。心交汇，视野借晴光。

其　三

窗。世界更新入心房。观奇画，万物映明堂。

其　四

窗。梦境翻新醉酒乡。春花艳，苦泪乐珍藏。

其　五

窗。隔膜沟通话暖凉。心河爱，路畅月明乡。

其　六

窗。瞭哨观情暗空墙。点烽火，剑影对刀光。

其　七

窗。靓女红男烛洞房。人伦事，苦乐醉鸳鸯。

其　八

窗。重器展出演艺场。迎宾会，镇国海空防。

其　九

窗。夜月无声映客房。听鸡鸣，万里唱千乡。

十六字令（又名归字谣，钦定词谱）

张孝祥

归。猎猎熏风飐绣旗。拦教住，重举送行杯。
△　　　　　　△　　　　　　　△
平。仄仄平平仄仄平。平平仄，平仄仄平平。

CHEN XI ZAO YUN

《红楼梦》赏读系列

（古绝八十七首）

雪芹奇传惊仙神（十八首）

每每手捧巨著《红楼梦》，总有所得。鲜活的人物突兀眼帘，精妙的诗词曲赋化入心田，丰富的文化底蕴耐人赏玩。深刻复杂的人生哲理，启迪人追根寻源，思索人生无常时如何应对爱恨恩怨，如何扮演大女大男。

当然，隐者更欣赏曹公独具匠心的故事构思。有感于此，欣然命笔，古风即成。

（一）

青峰僧道谈顽石，饱经沧桑来历奇。
自怨自叹多嗟悼，托寄红尘簪族礼。

茫茫大士渺真人，世态悲欢携红尘。
未补苍天因乖运，雪芹奇传惊仙神。

（二）

姑苏乡绅甄士隐，禀性恬淡浊酒斟。
醉卧朦胧恍入梦，神瑛绛珠溯前身。

误入警幻识通灵，真假有无霹雳崩。
佳节元宵烟火灭，澌澌对雪镜花空。

葫芦庙里寄穷儒，雨村出身诗宦族。
求取功名逢末世，沽文卖字景况苦。

士隐雨村话偷机，中秋小酌月凝晖。
狂饮信口心月寄，钗于奁中待月飞。

士隐随口叹妙哉，步入青天逢阔海。
预言鹏飞必高中，春闱一战展雄才。

雨春得济上京考，英莲走失祸元宵。
三月火烧葫芦庙，甄家破败瓦砾焦。

士隐寄养岳丈家，生活拮据苦挣扎。
好了歌解红尘破，魂随道去化泥沙。

雨村高中戴乌纱，娇杏殷勤待春发。
一段奇情成佳话，欲报深恩皆虚化。

（三）

为官堕落贬平民，林如海家做西宾。
教化黛玉待时变，官运再通京兆临。

黛玉生就还泪命，纵生官家泪如倾。
家无兄妹母染病，一旦无常败凋零。

先天不足命孤苦，慈母仙逝进贾府。
身患痨症忌悲泣，人山人海入魔窟。

（四）

雨村升迁应天府，断案偏遇僧葫芦。
堪伤英莲薄命女，才出虎口入狼口。

雨村断案袒薛蟠，杀人魔鬼更猖狂。
从此埋下灾根患，豪门潜伏灭门殃。

薛家宝钗随兄走，母女寻亲乐眉头。
金玉良缘开序幕，木石前盟遇对手。

（五）

红楼巨著红线牵，好戏登台大观园。
金陵红颜悲情现，荣宁树倒猢狲歼。

假雨村言真事隐，灵石刻字入红尘。
情重诗成衔悲韵，债偿泪还化仙神。

大旨谈情灵石心（七首）

悼红轩

满纸荒唐言性灵，一把辛酸泪凝冰。
都云作者痴梦语，谁解浓愁味奇情。

批阅十载道僧钟，增删五次参悟浓。
真事隐作石头记，砚斋脂评道世空。

石头情

炼石补天女娲才，疏漏招惹传记来。
僧道好事携灵怪，悲欢离合入君怀。

风月宝鉴吐性灵，醉石痴赏裙钗情。
浊泥怎比水清净，女尊男悲破天惊。

千红一窟满怜悯，万艳同杯尽伤春。
否定自我形惭秽，烫己询问痛伊人。

红楼万花筒

一本厚书撰百科，诗词典赋女才歌。
兼容佛道医文儒，俗世博雅幻情河。

仪态万方化文采，乐理棋道巧编排。
园林造诣天仙境，典章民俗信拈来。

诗熔红楼赏大观（五首）

佛道红楼

走进红楼爱颂扬，梦真幻诚醉珍藏。
僧道相携留隐语，泪魂妙玉照孤芳。

《好了歌》感言

衰草枯杨歌舞场，随室空房笏满床。
金银满箧招匪盗，脂浓粉艳鬓染霜。

有时蛛丝满雕梁，绿纱粉饰糊蓬窗。
黄土陇头送白骨，红灯帐里卧鸳鸯。

自己难免归来葬，莫笑他人命不长。
诗书簪缨方有训，后辈日后做强梁。

纵使他乡认故乡，甘为他人做嫁妆。
胸怀慈悲心坦荡，曾经沧海尽阳光。

金玉木石梦（六首）

金玉良缘天地桥，木石前盟露雨浇。
宝黛空有绝才貌，红楼美梦化彩泡。

先天不足病魔扰，宝钗冷香机缘巧。
泪凝绛珠痨附体，多愁善感魄魂飘。

阆苑奇葩绛珠仙，肌秀温柔雪貌颜。
枉自嗟呀空牵挂，魂销缘尽难回天。

良宵花解语缠绵，西厢妙词芳心妍。
互诉衷肠灵犀现，痴心爱恋不羡仙。

宝钗少言得人缘，黛玉刻薄惹人嫌。
禀性难移生悲叹，移花接木情理间。

造物偏生痴男女，纯真岂容大世俗。
诗稿满帕成烟雾，红楼梦境有化无。

读《西厢》（四首）

红楼西厢梦魂随，怨女痴男情恋美。
月下风流人贪醉，鸳鸯戏水彩蝶飞。

愁肠百结化香魂，宝黛初恋动春心。
同窗共读诗言寄，绛珠神瑛帕凝真。

吟诗作画大观园，出类拔萃潇湘馆。
心驰魄往怡红院，棋精书绝妙琴弹。

花招彩绣柳拂香，帘卷朱楼罢晚妆。
描鸾刺凤低吟唱，自怜幽闺醉西厢。

香菱血泪（五首）

香菱，原名甄英莲，《红楼梦》中小姐身子丫鬟命的典型。曾寄住大观园，拜黛玉为师学诗，一位诗痴。

娇生惯养富贵莲，菱花宝镜独愁眠。
祸起喜庆元宵夜，沦落风尘真应怜。

薄命偏逢薄命郎，红菱正遇薛霸王。
冯渊紧随争端逝，迫嫁无情中山狼。

平生遭际实堪伤，莲苦藕巧一茎香。
只因两地生孤木，招致魂销返故乡。

苦海无边绕美人，心高气傲醉诗魂。
神怡长河圆落日，梦孕暧暧远人村。

投师学艺结情瓜，韵美神思大雅夸。
假遇真珠掺鱼目，香菱红楼逸彩霞。

冷香悲宝钗（八首）

宝钗，大家闺秀，有诗才，人缘好。虽得冷香丸治先天不足之症，但未能赢得宝玉的心，婚姻终成虚化。

端庄秀美闺阁佳，罕言寡语装愚傻。
先天不足冷香救，豁达敦厚众人夸。

牡丹娇艳冠群芳，体秀肌丰雪沁香。
谨守俗礼金锁护，婚姻正遇棒鸳鸯。

金玉良缘世俗情，才高性乖枉聪明。
可叹停机德女镜，金簪雪里埋晶莹。

空有贵妃体态丰，却无仁兄杨国忠。
宝玉戏语惹芳怒，无缘攀枝入皇宫。

胭脂洗出秋阶影，冰雪招来露彻魂。
淡极始知花更艳，愁多焉得玉无痕。

菊花体态林潇湘，螃蟹讽和薛衡芜。
才女大观园中聚，千红万艳竞情湖。

才情曾赢黛玉服，亲密无间误会除。
只因封建枷锁缚，钗黛深陷悲情谷。

木石莫问金玉缘，聚如春梦散如烟。
石入空门灵气散，佛道回天亦枉然。

大观园结昙花情（十八首）

大观园，曹公营造的一个理想王国。一座精美的园子，一个个如鲜花般美好的女子，一位视女儿如水般纯洁的男子，他们共同生活在一起，吟诗作画，逍遥自在，渴望长相厮守，天长地久。

可惜，好花哪得百日红？大观园终因“香囊”事件化作过眼云烟。

（一）

月貌元春凤宫选，皇恩浩荡泽荣权。
元宵省亲才题对，巨资融就大观园。

园成景备特精奇，日月宏慈赐玉辉。
古今旷典垂天地，造化修成元妃闱。

闺阁韵雅修蓬莱，红袖凤裙舞瑶台。
绛珠神瑛诗神降，奇词妙曲醉高材。

（二）

石兄题诗安排巧，潇湘蘅芜怡红好。
爱情纠葛生文赋，雪芹工笔浓墨描。

梧桐初成待凤凰，青竹欲滴绿生凉。
香鼎水阶翡翠砌，好梦惊觉夜月长。

蘅芜满院薜荔芳，三春软草沁柔肠。
曲径轻烟迷冷翠，谢家池草入画廊。

深庭棠蕉两婵娟，绿蜡卷红夜未眠。
倚石青烟垂红袖，东风眷恋实堪怜。

（三）

名园仙境别红尘，山川毓秀物景新。
玉堂酒香融花海，宫车过往邀宠频。

黛玉应制元春评，横溢才华别样红。
可惜一咏难吐快，花凝美酒味更浓。

宝玉四诗才三咏，劳神苦思仪态窘。
黛玉爱恋才华露，五律吟哦四座惊。

杏帘招客饮山庄，鹅戏菱水燕飞梁。
十里稻香春韭绿，盛世何须耕织忙。

（四）

大观园景石兄赏，纨绔寄生四时长。
超脱净土远浊秽，遍被华林雾生凉。

轻寒窗雨入绣枕，眼前春梦思归人。
无故寻愁觅旧恨，默默花萎泪雕痕。

倦绣佳人幽梦长，鹦鹉舌尖品茶香。
琥珀琉璃窗麝月，帘卷朱楼罢晚妆。

桂魄流光绛芸轩，拥衾凤翠夜维艰。
睡鹤栖鸦倦依槛，烹茶重拨旺炉烟。

梅魂竹梦已三更，庭雪铺地鹤飞鸣。
公子金貂昙花梦，女儿翠袖咏怀冰。

（五）

诗情梦幻大观园，万绿千红结情缘。
锦衣豪华虽足羡，大厦倾塌旦夕间。

落蕊满地鸟啼惊，月缺月圆黯与明。
红楼风雅娇媚瞬，大观园结昙花情。

晴雯红泪芙蓉情（十三首）

晴雯，服侍宝玉的四大丫鬟之一，也是《红楼梦》中最具叛逆性格的丫鬟。

晴雯一生如诗，隐者同情她，仰慕她，把她摆入红楼诗境，神驰心飞翔。

（一）心高命贱红颜枯

兄嫂浑浊沦为奴，赖大收养侍贾母。
模样俊俏牙锋利，身随宝玉心纯朴。

心直口快无媚骨，气傲锋刚处事涂。
宝玉纵容撕扇笑，心比天高诽谤出。

身染重病浑不顾，彻夜无眠补金裘。
天生丽质遭人妒，命比纸薄竟遭逐。

削肩骚眼水蛇腰，语薄言轻妆艳俏。
春睡捧心夫人恼，不施朱粉赛灵妖。

红颜命薄招人怨，抓尖要强缺心眼。
春囊引发大抄检，晴雯反抗招祸端。

乡籍姓名莫能考，月貌花容品性高。
身为下贱心灵秀，诽谤丛生致寿夭。

（二）宝玉情泪诔文凝

宝玉钟情清纯女，芙蓉巨诔盛赞许。
远师楚辞堆璧美，红颜有致沐春雨。

群花沁香茗露枫，抚司秋艳申达诚。
蓉桂争芳无奈日，招魂摄魄照灵灯。

品洁质雅黯玉冰，精魂神魄比月星。
花容难敌天资貌，凡间怎找炽挚情。

孤衾有梦室空人，桐阶月夜销倩魂。
蓉帐香残娇艳绝，襟泪犹存渍余痕。

招尤攘垢怨不尽，浊玉有梦空怀君。
泪血斑斑西风冷，红销帐余公子心。

劝君柳眼多贪眠，纵使味苦释莲心。
弄玉吹笙成仙去，兰渚散芳迎洛神。

霁月难逢偏遇君，晴空无风留彩云。
人间公子空牵念，天宫仙境纳花魂。

隐者结语（三首）

天涯寄语知音赏，入梦江山意气扬。
人生得意煮歌唱，世态炎凉圣洁藏。

隐者古韵说红楼，三生石边醉情留。
荣华富贵心存梦，巨笔如椽写春秋。

假遇真时真亦假，香销玉殒逸红霞。
泪眼含悲皆虚化，谁解金陵梦奇葩。

（诗评《红楼》系列初稿于二〇一〇年发表在《江山文学网》，二稿于二〇一七年夏秋间，今为三稿，二三稿整理于《美篇》微信平台。）

后记

CHEN XI ZAO YUN

站在巨人的肩膀上写诗

牛顿说过："如果我看得比别人更远些，那是因为我站在巨人的肩膀上。"科技发明是如此，文学创作更是如此。我创作的古诗词，几乎都是站在古今文学文化巨人的肩膀上完成的。

《晨曦枣韵》从我近十多年创作的一千五百多首诗词中筛选成的诗词集，包括七绝262首，七律80首，五律10首，词104首，《红楼梦》赏读系列87首，共计543首。

早在十岁左右，我便对古诗词情有独钟。李文德先生是我舅父，他是我文学创作的启蒙老师。居住在同村，我经常向他借阅书刊，尤其是《唐诗三百首》《宋词一百首》对我影响极大。我初二时，文德先生教我语文兼班主任，他的教学涉略面广，讲的内容系统，我那一年便形成了扎实的语文框架。那是我扬帆起航的地方，从阅读古诗词到创作古诗词，渐渐地，我从丑小鸭变成了大天鹅。

上师范期间，我曾经研究《中国古代诗词发展史》，曾经尝试写一首五绝诗赠与最要好的同学，开始有诗词创作的意识。担任高中教师后，更是广泛阅读文学作品，尤其是古诗词。21世纪初，王力先生的《诗词格律》成为我的枕边书，基本掌握了平仄、对仗、押韵等创作规则，开始进行诗词创作尝试。

2009年，我走进《江山文学网》，以销愁隐者为笔名，尝试以七言四句一首的形式作评、创作，往往三两分钟即能完成一首，网友们特别欣赏我。《红楼梦》赏读系列便是从那时用半年多时间完成初稿基础上整理出来的。受曹雪芹先生文学巨著的影响，我更加钟情于文学；受金元大诗人、家乡忻州一代文宗元遗山《论诗三十首》的感染，我尝试用七言古绝评论小说、散文、戏剧文学等。可惜在格律创作上尚欠火候。

对我诗词创作影响最大的，是忻州第六中学高级语文教师范仁喜先生。他曾在2016年第二届“中华情”全国散文诗歌联赛中荣获金奖，著有《人人喜喜诗文选》《人人喜喜诗词选》。他曾经举办诗词格律讲座，我在讲座上受到启发，并与他经常交流探讨，受他点拨，我从诗词创作的格律瓶颈期挣脱出来。

2017年开始，我以系舟山诗魂为名在《美篇》平台进行文学创作，同时在《忻州日报·文化旅游周刊》《忻州晚报》

等陆续发表诗文，引起忻州文学界关注。

2019 年 7 月，我加入忻府区作家协会，《忻州情怀古》三首七律收录到《忻府区优秀文学作品选》。被忻州市诗词学会、遗山诗社陆续吸收为会员，我的诗词创作开始进入黄金时期。2019 年 5 月，《五台山》发表《家乡情韵（律绝六首）》。2019 年 9 月，《童谣趣语》系列诗荣获忻州市童谣征文一等奖。2019 年 12 月，《火花》发表《咏物诗五首》，2020 年 3 月，《火花》发表《张建明诗歌》诗词七首。

2019 年 9 月加入中华诗词学会。2020 年 11 月，我参加《中华诗词》举办的“第 17 届中华诗词金秋笔会”，七律《咏王羲之》获优秀作品奖，并发表于《中华诗词》2021 年第 1 期。

2021 年 9 月，我得到杨逸明先生《晚枫集》《飞瀑集》，有幸收到杨老亲笔书写的七绝一首“雨后庭园色彩鲜，微风小径足留连。花坛总比诗坛好，朵朵花开出自然。”

如今，拙作即将付梓，感谢忻州诗词界前辈张六金先生为我作序，诚挚感谢山西省书协副主席、忻州市文联主席、忻州市书法协会主席王利民先生为我题写书名。《中华诗词》杂志副主编宋彩霞女士为我改稿、点评，为我诗词集出版提出宝贵意见。我的诗词集出版曾得到山西省文联原副主席董耀章先生，忻州市文联原主席王改瑛女士，忻州市忻府区诗词学会杨巨才，王葆国会长，忻州市忻府区文联王俊伟主席、忻府区作协张茂田主席，遗山诗社杨俊峰主席的关注和支持，在此我致以崇高的敬意。

我欣喜生在中国，成长在盛世的中国。中华民族文化熏陶我，中华诗词营养滋养我，屈原、曹植、李煜、李白、杜甫、苏轼、李清照……一个个诗词巨人托举我。中华历史，神话传说，是我诗词创作写不完的话题。

我是土生土长的忻州人，我感恩云中河、牧马河的养育之恩，感谢系舟山、云中山赐我以生命，铸我以灵魂，感恩忻州的先贤元遗山、傅山等赐我以创作的基因。感恩苦难中养育我的父母，感恩我的爱妻和儿女，感恩帮助过我的亲友、同学……是他们赐我以丰富的素材，与我携手同行，从黑发到白头，真情到永远。

我创作诗词水平毕竟还有限，从思想到艺术，从格律到内涵，都很粗浅，整理出来只为读者茶余饭后做谈资，为诗词行家点拨批评做箭靶。当然，我更期待，广大的大中学生，甚至小学生，成为我的读者，我的作品能引领他们喜欢古诗词，启迪他们创作古诗词。

那才是我最大的希望。

张建明

2022年6月5日

枕上书·当代文人情怀

每天的幻景

MEI TIAN DE HUAN JING

周亚辉 著

华龄出版社
HUALING PRESS

图书在版编目（CIP）数据

每天的幻景 / 周亚辉著 . -- 北京 : 华龄出版社，2022.1

（枕上书 · 当代文人情怀）

ISBN 978-7-5169-2180-7

Ⅰ . ①每⋯ Ⅱ . ①周⋯ Ⅲ . ①诗集—中国—当代 Ⅳ . ① I227

中国版本图书馆 CIP 数据核字 (2022) 第 028420 号

策划编辑	冯 雪	责任印制	李未圻
责任编辑	高志红	装帧设计	张 佳

书 名	每天的幻景	作 者	周亚辉
出 版 发 行	华龄出版社 HUALING PRESS		
社 址	北京市东城区安定门外大街甲 57 号	邮 编	100011
发 行	（010）58122255	传 真	（010）84049572
承 印	三河市龙大印装有限公司		
版 次	2023 年 1 月第 1 版	印 次	2023 年 1 月第 1 次印刷
规 格	880mm × 1230mm	开 本	1/32
印 张	7	字 数	134 千字
书 号	ISBN 978-7-5169-2180-7		
定 价	498.00 元（全十册）		

作者简介

MEI TIAN DE HUAN JING

周亚辉，男，祖籍河北石家庄，广告人；1986 年开始发表作品，作品散见于《人民文学》等报刊并被多种诗选集收录。现居广东东莞。作品曾 17 次获得各级文学奖。诗歌《没见过面的人》获青春杂志社中国当代大学生首届诗歌大赛佳作奖；诗歌《音乐》获河南省作家协会／河南日报社首届橄榄杯新诗大赛一等奖；诗歌《石赋》获河南省驻马店市委市政府 1985 至 1990 年度优秀文学作品奖；组诗《荒原及其他》获中国作家协会／中国地质作家协会首届宝石文学奖；小小说《因为一阵风》获芳草文学月刊优秀作品奖；短篇小说《绳子》获中国作家协会／中国地质作家协会第二届宝石文学奖；诗歌《从前的人》获第四届上海市民诗歌节二等奖。

内容简介

MEI TIAN DE HUAN JING

《每天的幻景》收录了作者自20多岁至今，跨越30多年、发表于海内外报刊的诗作。诗集中多篇作品被收入各类诗歌选本，多组（篇）作品曾获中国作家协会、河南省作家协会及文学期刊颁发的诗歌奖。组诗“每天的幻景”在1991年4月出版的中国台湾先锋诗刊《创世纪》第83期，“大陆第三代现代诗人作品展”发表；组诗“荒原及其他”获中国作家协会、中国地质作家协会颁发的首届“宝石文学奖”；组诗“山居的日子”以“淡远清灵，有唐诗风味”在吕正惠（中国台湾清华大学）、谢冕（北京大学）、许达然（美国西北大学）联合主编的《新地文学》发表。三十余年来，作者始终坚持用口语写作，探索于深层无意识中直击形而上的超验；追求恬淡简朴却耐人寻味，在寥寥数语中瞬间捕捉生命体验。

序

刚开始识字，我就对文字组成的世界十分痴迷。童年时没有书，不上学时我就站在床上，把我爸爸用来糊天花板和墙壁的报纸，一行一行地读下去。

至今我还记得，15 岁那年的一个春夜，偶然读到语文课本里的一篇散文，确切地说是其中一句话：描写一处泉水像童话里的宝瓶。这句话不知怎么就带给我一种颤栗，我激动得无所适从，我人生的第一次失眠来了。

从那个春夜到夏天，我疯狂地迷恋上写作。把文字组合成文章，对我来说犹如搭建起一座宫殿。要命的是，从春天到夏天的这几个月，恰恰是我高考前的日子。同学们都在起早贪黑地忙着备考，我却在数理化老师的课堂上，偷偷写着所谓的小说。我那尚不成熟的少年心智幻想着：你们考上了大学，我成了闻名天下的少年作家。

不出所料，我搞砸了我的第一次高考，同时收到了中央人民广播电台寄来的第一封退稿信。

又过了 7 年，我已经习惯了收到的都是退稿信。1986 年

1月，我打开一个来自南阳日报社的信封，心想又退稿了。然而这次是我发表的第一首诗的样报，和一封编辑的鼓励信。

30岁之前，我写下并发表了对我自己来说最好的作品。31岁那年，窘迫的生活让我放下了十几年的作家梦，只身一人来到东莞。我开始做起了另一个梦：成为一个有钱人的梦。此后二十年，我没有再写过诗或者其他文学作品。

直到2014年，生活渐渐稳定，我才又开始尝试着重新写诗。但这次纯粹就是爱好，不再想着成为作家了。

人为何会痴迷于某种事物？比如有人喜欢钓鱼，有人喜欢棋牌，有人爱酒，有人废寝忘食打游戏。我尝试着问自己：为什么如此喜欢写诗呢？

记得梭罗曾说过：正因为有荒凉，世界才得以存在。

15岁那年，我第一次从电台广播里知道了宇宙的概念，知道了茫茫宇宙里，很可能还有其他智慧生命。这是我第一次体会到荒凉的广阔——一如W.S.墨温所言，所谓荒凉是指拒绝靠近我们的事物，也即我们无法掌控的东西，你知道它们很重要，但是无法获取，这便是荒凉，即我所谓的未知世界。

20多岁时，我在一本画册上看到高更作于塔希提的油画《我们从哪里来？我们是谁？我们将向何方？》。再一次，我感到生命、时间、自我不可思议的渺茫与混沌，我希望用文字看清它：

打开黑暗的方式
有时用手，有时是词汇

然而，我的语言是如此软弱。仿佛有一种强大的斥力，我愈是用力，便被推开得愈远：

谁能说出那些缥缈的思绪
一如痴迷的狂喜，如何描述
刹那的顿悟。在黑暗中
我摸索那些文字。它们乌黑的骨骼
刺中遥远的前世，我漂浮
我想在灯盏点亮之前
就把它吹灭

我想用文字的光芒，照亮未知的黑暗。然而，当你举起灯盏时，你才知道黑暗的巨大无边：

而我怕见它光芒的一瞬间
照亮我那么一大块黑暗
以及黑暗的下面

面对神秘的世界，认知，不可知……我能做的，只有倾听，等待，继续摸索那些飘忽不定的文字。

我写诗，是想能从寂静中听到那些启示的声音，从荒凉中等待看绚烂短促的光芒。

道格拉斯·亚当斯在《银河系漫游指南》中说过：“找出真正发生着的事情的可能性太渺茫了，简直近乎荒谬。我们唯一能做的只是将事情的意义悬置起来，自己专注地去干。”

明知不可为而为之，无用但有趣，这就是我喜爱写诗的原因吧。

目录

MEI TIAN DE HUAN JING

第一篇

MEI TIAN DE HUAN JING

每天的幻景

预言的人

预言的人穿墙而过
他通晓各种声音和灾祸
他骑着床单横穿乌云
在一滴雨里分辨
时间的两副面孔

在怪念头里居住
在阴天发号施令
让语言疾病一样闪现
他指挥蝙蝠、蜥蜴、乌鸦
在一块奔跑的麦地忽明忽暗

他不断分泌明天的小窗
那些幻境让他痛苦、阴郁
就像一病多年的诗人
总能听到冥冥的歌声
他宽大的衣褶沾满暗示

空　地

林间的空地有多大
能不能叠起来带走
在一滴紧密的水里
能不能挤出一小块空地
还有插图里的那些空地
能不能让我骑着马儿飞翔

病态的美人的花朵
被她粉拳攥紧的空地
光线失踪的空地
时间与时间夹缝里的空地
垂死的人看见的空地
可惜再也无法说出

他的光芒被你的盲目反锁
就像歌声关闭在石头里
在一片混沌中，一棵树也许突然
发疯，会不会撞出那块空地
如果你找到你会大吃一惊
空地：那么完整地保存你的一生

音　乐

那么多的台阶上上下下
起伏，闪光的降落与起飞
从头脑中，从肉体一下子涌出
携着妙不可言的词汇
在晚风里，花园被黄昏一一抹掉
流水被谁的手指串起
挂在美人的裙子与白骨之上

那么多的松鹤被流言击中
像一个迷信，让我忆起前世的情人
清风注满我的杯子。今夜谁将是
陪我影子酩酊大醉的人
哦哦，风流的人，快穿起你的
铜镜与书籍，听，听，智者
那些台阶正缓缓步上火星

月　光

那装饰我们裸体的
是些什么音乐的碎片
膨胀。潮湿。无与伦比的欢悦
置身其中一如纯情的歌词
由谁的金嗓把我们唱出
幸福如同疾疫
在阴影下四处传播
纯洁的事物一一降落，带着梦幻
那些难以言说的秘密深藏血液
花朵纷纷感知今宵的爱情
所谓良辰美景，她们的香肌徐徐打开
村庄从树顶飘过，载着
婴儿和他远在天边的新娘
流星带走了又一个灵魂
这一切都在月光里发生
月光，她是这样一个教师
在夜晚教会我们温柔、恋爱
以及装模作样的叹息和美丽

守墓的老人

“走好呵！”

他的声音是一盏灯
绕过哭泣的碎片
那些纸花借助阴影的力量
四处移动
你，你，你，你
谁的一口气就把
你的光明彻底吹灭
这不再是梦，亦非结束
一条黑暗的走廊那么长
“走好呵！”

虚幻的容颜，凋落之前
花朵的容颜。那么一闪
就过去了。有谁记得
回家的路
都是些童年破碎的印像
一条黑暗的走廊那么长

“走好呵！”

倾听着五个季节的脚步
守墓的老人是如此苍老
“走好呵！”
他像倾诉，又像自言自语
在时间之上
迎着扑面掠过的岁月
犹如草木，自灭自生

火　焰

最初的火焰来自木头与木头的亲热
这是他们的传说
然而火焰是一个神，变化无穷
他藏在酒里，模仿着水
他藏在油里，学习温和
有时也混进血管，挑动愤怒
有火焰的地方就不再有稳定
他的天性就是破坏或改变
你不能指望火焰保持沉默

哦，什么样的火焰水泼不灭
又是什么样的火焰冰冷刺骨
那些爱情的火焰催人变老
那些空想的火焰虚耗人生
幽独之火，虚幻的火，你想没想过
从海水或是冰川提取火焰哪怕仅仅一克
你看到的火焰宁肯凋谢也拒绝粉饰
在焚烧的中心他们稳如磐石
天心月圆。无边的风景无边的火

没见过面的人

春天就听说你要来
我坐在窗前耐心等你
我仔细打量每一个走过的人
连回归的燕子也不放过

很多人夸说做过你的朋友
但没有谁说得清你
有人说你是个好心眼的哑巴
有人说你的歌声像金箔闪亮
有人说你眼眶空空荡荡没眼珠
有人说即使暗夜你的眼也明如星
整个春天都在你的话题里等你
大家一致说你是个浪迹天涯的人
说你能来真是我的福分
他们说完就走了。远远地
夏天戴着太阳的宽边草帽
我搭起凉棚摆上茶碗
我想你赶路一定口渴

我的茶水已凉过几回
茶碗也沾满尘灰
头顶叶落纷纷
秋天在我脸上走得焦急
我像一棵树站在风里
伸长脖子日夜瞭望你

我这儿已开始飘雪
风加紧磨他的刀口
我背了干粮踏上征程
我不能再等。如果你不来
我就去找你

第十三篇

MEI TIAN DE HUAN JING

东莞简史

——岭南文明发源地，中国近代史开篇地，改革开放先行地

雨后入山

山路像一道欲飞的轻烟
云却愈陷愈深了

雨珠被谁的手指串成项链
小树在风中搓洗她的绿裙

溪水的裙带碧得人心疼
在山腰松松一绕
又斜斜地飘曳而下

空　山

两壁青山是两幅水墨立轴
你唯一的芒鞋是长方的印章

空山不见人
但总有人的声音牵着你
抬头　劈面一把鸟声很朦胧

你就这么恬淡地走着
看山　看水　看风景
却怎么也想不到
四面八方的缝隙里
正藏着许多鬼精灵的眼睛
偷偷看你

林　间

黄昏的时候
走进林间
夕阳从背后把你点亮
影子走在前边

深处有雾一般的跟踪
辨不清是否自己的足音
正心惊肉跳，一只潮湿的爪子
搭上肩头，以为是狼——
不过一只柔情的树枝

你忽然就迷失了方向
树从四面八方向你走来
你别惊慌。一副随便的样子
向离你最近的一棵
双手合十：开门吧　芝麻

笛　声

笛声过来的时候
我正在打盹
笛声一副山里人模样
扭捏又羞涩

然而一切在刹那间就完成了
我看见沉睡多年的石门
一扇接一扇打开
我看见童年听过的故事
水晶一样闪烁

笛声过去以后
我像一片树叶贴在天空
而且没有一只鸟
肯教我该怎样飞翔

林　中

溪水很薄
溪水小镜子一样光滑

树站累了，会蹲一下
树想知道人来干什么

偶尔三两滴鸟啼，分不清远近
竖起耳朵，仿佛有石头的呼吸

有片叶子梦一般飘落了
又一片。树忍不住打盹

小　雨

听到一些细小的声音
温柔地敲着我的门窗

打开门，立刻有无数
晶莹的小手

把糖果分给谁
把故事讲给谁

我只好变成一朵大蘑菇
到处走走。听他们就在头上

忙乱地把我寻找
想笑却不敢弄出声来

向　晚

山谷里
阴影越长越深
寂静一步步爬上来
鸟归巢
树木悄悄走出身体
林深处，曲径消失
我刚从那里走过
尝试在暮色里转身
在一年的最后一个月
星空倾斜
如一架梯子

行·山

白水，青山，一幅
朴素的中国水墨立轴
我假装是个画中人
想象一袭青衫芒鞋的风度
穿短裤的小孩
疑虑重重：
说一个绿脸的姐姐
从树上下来，刚刚走进
潮湿的岩壁。他的声音
好像从很多年前传来
溪水仔细地为我清洗耳朵
天气很好。九月的阳光
叮叮当当，不像秋天的样子

踏　青

马放南山
双足欲将青山踏老
老树皆有佛性
笑我痴癫

山神，请告诉我
如何将这一抹青黛
两目春光
卷进我小小的行囊

忽闻淙淙泉响
两耳一潮　见白云一缕
无心漫出山岫
那么淡，那么飘

清　明

清明雨纷纷
雨中的人
他在把谁寻找
谁又敢泄露天机

树皆缄默不语
一只鹧鸪说：行不得也哥哥
青山略闪了闪身子
让一箭急流擦身而过

重阳日游山

山路如仕途，时深时浅
读不尽天高云淡，水碧花黄
浪子　这一生到底能走多远
回首　一条白云的栈道
欲渡你上青天呢

忽见一只野蜂
花间自在飞
身前身后，数声松子
敲空空的山

夏 夜

月光举起蜿蜒的山路
我踏上去，踩灭一路虫鸣
迷迷蒙蒙，渐渐
我找不到自己。山路上
只走着夏夜

仲秋夜醉卧深山

群山环聚　如我
淡泊名利的知己
举杯邀七十二青峰
豪饮
这一年一度的好月色呵

俯仰之间　天地也不过
稍大于掌中之杯
对酒当歌，古来多少寂寞
今宵且卖一回狂放
去向月边倚醉

山 居

黄昏退到腰间时
夕阳更像一个假笑
我在深山里借居
作出与世隔绝的样子
青山是我的安宁
我学习鸟的语言
平伸双臂，随时准备飞翔
或者像石头一样陷入冥想
山里的时间，蹒跚的老人
我有足够的耐心
等暮色一寸寸包围上来
看满山的树，一棵接一棵
熄灭自己的绿

第三篇

MEI TIAN DE HUAN JING

荒原及其他

荒　原

荒原如处女
第一次才能这样强烈感觉
如新婚之夜的嫁娘

没有树
因而也没有鸟
这种气氛正像洞房里的安宁
白色的卵石反射着阳光
使我想起灯下的皮肤

就要揭开荒原的秘密了
她显得羞羞答答
我忽然想到把身子转过去
并且拍拍身旁的钻机
——不能粗鲁，不要把她惊吓
再给她几分钟的想象

停钻的时候[①]

停钻的时候
突然的宁静倒让人不安
总想破坏这种气氛
比如吹吹口哨什么的
总得弄出些声音才好
你不能沉默
四野都是沉默

停钻的时候
你就忍不住大声吆喝
你能看见声音笔直穿越云层
声音直达遥远的城市
那时，那个城里的人
就会染上莫名的寂寞

① 停钻，指钻机停止钻探。

这样一种时候

这样一种时候
他们围成一圈
打牌或者喝酒
喝酒或者打牌
打漫长的白天
喝寂寞的晚上
那本暖过许多手的旧杂志
被遗弃于墙角
封面上的女人
独自黯然神伤
这样一种时候
几个男人守着一堆钢铁
无话可讲无话可讲无话可讲
在没有新鲜没有柔软的生活里
他们的目光像砂粒一样冰凉

一位从野外队归来的朋友
向我讲起这样一种时候
他满面泪光。他说
有过一次你就终生难忘

一只鸟落在塔尖上

一只鸟落在塔尖上
它错把钻塔当成了树
它愉快地歌唱着
美丽的小嘴一开一合
这时天外又飞来一只
弄不清是丈夫还是妻子

哥们都不再说话
怕惊破了这种气氛
有一对鸟在塔尖恋爱
这真是一个好兆头
许多人想起那句古老的谚语
关于梧桐树和凤凰的谚语

石　赋

大理岩是艺术
页岩是一部大书
石灰岩是出乎意料的情节
花岗岩则是顽强的意志
石头各有各的秉性
就像一个人

石头有生命也有感情
只要你热爱并相信
石头就能开出花朵
石头就能开口说话
能舞蹈能飞翔
能像水一样哗哗流淌

真的，你无法不热爱石头
在你脚下，在你头顶
在你心中在整个宇宙
到处充满石头的韵律

有什么比石头更坚硬
钢铁比石头坚硬
钢铁的父亲就是石头
有什么比石头更昂贵
黄金最昂贵
黄金从石头里诞生

石头比时间更古老
石头比历史还长久
石头看着你诞生
石头又看着你腐烂

石头平凡地存在着
开敞博大的胸怀
不拒绝也不摈弃

不迎合也不心存奢想
它揭示一种力量或精神
所谓宠辱不惊
这便是石头的境界

一颗星与你有约

去接夜班的路上
夜色浓得像化不开的墨
只有一颗星
与你有约似的等着

此时你仍残存睡意
深一脚浅一脚地
似要走近那颗星
它明亮如一声乡音

你在灵魂深处和它交谈
恍如隔世
一种莫名的亲切温暖全身

恍惚曾经历过这个场景
什么时候？什么时候呢
你正这么迷迷蒙蒙
远远听到钻机轰鸣
以及灯光　像劈面一瓢冷水
一下子把你浇醒

无　题

有时候站在机台上
看钻头一点点撬开
大地紧闭的嘴
看痛苦的大地终于
招架不住，一句接一句
吐出内心的秘密

亲眼看着坚硬的意志
和骄傲的尊严被瓦解
粉碎　所谓真理就是
强者毁灭弱者的宣言
要么你更加强大
要么悲哀

温柔的核心

我们钻井队只有一个女孩
她是我们二十个男人
温柔的核心

她相貌平平，说话低声
慢气，一副良家妇女的胚子
肥大工作服笼罩下
胸部似有若无
不具魅力　连小家碧玉也称不上
却是我们的宝石
我们井队只有这一个
女孩

在许多单调的日子里
大家不约而同聚在她身边
看她织毛衣或者
干别的事情
谁也不说一句话
偶尔有人抬抬头

看风摇晃窗外的树
或一朵云飘过

没有人说话
沉默就仿佛无始无终
直到她想起什么地问
怎么都不说话
大家才迷惘地相互张望
不知谁说你嫂子
织毛衣也是这样子
大伙都咧嘴去笑
那样子却更像哭

黑咖啡

明知道这杯黑咖啡
又苦又涩
可她抵不消
喝下去的念头

她在心里扇自己的耳光
她用最恶毒的语言的蹄子
践踏自己
可她抵不消
黑咖啡的诱惑

每次端起他
她都对自己说不
然而每一回
她都浑身颤抖着把他喝下去

她也时常想起
远在荒原的丈夫
常常干渴得

找不到一滴水
而她却有滋有味地
偷啜黑咖啡

她在心里狠扇自己耳光
她用最恶毒的语言的蹄子
践踏自己
她也常常跪在丈夫的相片前
泪流满面

可她抵不消
三十岁女人的孤独
抵不消充满诱惑的
那杯魔鬼黑咖啡

勘　探

夏日正午，在野外作业

只剩下明晃晃的闪光
刀刃一样的光
让你眯起双眼
让你的耳畔
溅起尖锐的叫喊

常常你干着干着
忽然就迷失了方向
忽然就丢失了思想
你化了，化成一汪水
反射着光，又蒸发到天空
变成一团光

踏　勘

那次我站了好久
好久都听到神秘的呼唤
约我
到云海深处踏勘
那次是在绝壁上
脚下万丈深渊
那好像在梦中
又仿佛是童年

我正这么意马心猿
猛然听到收工的呼喊
像一只手。我转过身，正好面对
漫天夕阳
我整个变得金黄透亮……

我和山路一道盘旋而下
只把沉重的影子
留在山巅

石　头

谁能听懂石头的语言？
在风吹过的时候
在雨飘下的时候
在月色或晨雾的笼罩下
一个词，一粒细沙
一句话，一块反光的石头
石头从不吝惜说出它的秘密

花园里的石头
房基下的石头
河床里的石头
雕像里的石头
它们有共同的母亲
所有的石头都是兄弟
团结，秩序，坚忍
一个年代挨着另一个年代，宏大的家族
黄金的王，白银的后
骄傲的玉的公主，那是
王国的花朵，皇冠上的珠

青铜，寡言的武士
铁，巧手的工匠
煤，深褐色热爱泥土的农夫
他们从百万年前或者更远的
一场大火里诞生，在
激情燃烧的岁月里奔走，又被
更深的魔咒囚禁

坐在一块石头上
我仍能听到
它内心澎湃的激情
就像船底的大海。我甚至
不敢抚摸它们。如同一个深深的睡眠
被一个吻唤醒
我怕我的抚摸，引发又一场
惊天动地的革命

格桑花

草原上走得最远的是格桑花
鹰眼含不住尽头的是格桑花
风暴打毛天边的地方
满怀着爱情的是格桑花
走在春天前头的是格桑花

背着泉，背着小小的漂泊的家
在岁月边缘流浪的是格桑花
迷途的人啊，日暮时为你
燃起一盏小灯的是格桑花

第四篇

MEI TIAN DE HUAN JING

河畔的错误

河畔的错误

乡间的下午，阳光恍惚
植物的香气慢慢包围过来
静悄悄的河畔
我拖着长长的影子
河水缓慢展开碧绿的丝绸
穿过一阵春风
我走回了童年
那个把耳朵贴在
木头电线杆上
偷听风吟的孩子
只是一瞬间的错误
他的肩上长出新叶
他的身体开满了花

在路上

在路上，一片云
悄悄跟上了你
手搭凉蓬
这是一个庄稼人的习惯
你抬头看了看天
又抬头看了看天
暴雨就砸下来了
几乎和你的习惯
同时到达

你恬然走着，甚至
不变一下神态和步伐
你的一生总有些
避不开的风风雨雨
这么想着，雨就薄了
暴雨打湿了你的身子
暴雨只能打湿
你的身子

穿过玉米地

穿过玉米地
一片玉米叶子
擦疼了你的脸
又一片玉米叶子
擦疼你的脸……
似有吃吃的窃笑
轻轻碰响

你回过头
忽然有些迷惘
这些亭亭玉立的玉米
你养育的女儿
什么时候
一下子长大了呢

乡村的夜晚

乡村的夜晚有干草味
有时它会在梦中飘走
飘向先祖的遥远年代
狗醒着，狗用叫声拽住
乡村。薄雾也会掩护那些
回家的灵魂。他们熟门熟路
绕过门神和农具

在乡村的第一晚总是
难以入睡。听见风吹过
树木，或庄稼拔节的声音
乡村的夜晚，你能看到星光
它们走过万亿年，来到这里
一代又一代人看过星光闪耀
最后步入长长的黑暗

在乡间

它们不认识我
我把这些农具摸了又摸
它们疑虑重重
就像那些躲躲闪闪的乡下孩子
一粒蹦跳的光芒
被谁吹上镰刀
逼我双眼细细眯起
还有反刍的老牛
偶尔抬起羞怯的大眼
它也不认识我
我从城里来
我不是乡间的一部分
只有乡道上热情的尘土
栖满我的鞋面
而我怎么也看不清
它们快乐的小小飞翔
井水从井底走来
一路吵吵嚷嚷
现在它们团坐在木桶里

披着晚霞金红的衣裳
现在它们看着我　一言不发
就像失散多年的兄弟

还　乡

时光静止
绿色沿着裤脚爬上来
石板路领我走回童年

光线摇曳
牛铃唤醒所有的岁月
初始的风，微尘缓慢上升

我又认出了乡村
好像从一场梦里醒来
我曾是这棵树，这丛草

我曾寄居在一只飞鸟的眼中
这漂泊而狭小的家
天空下，庄稼照亮了生命

迷　失

我正穿过一片坟地
听到压低的笑声
像微风穿过林叶

没有风，也没有人
只有月光，这夜晚的
白色呼吸

我忽然就迷失方向
唯一的一颗星
垂下一条路

如同一个暗示
我看见通往村庄的路
夜晚是蓝色的

山　里

她和她的忧郁走进山里
后面跟着青草的气息
以及藏在枝叶间
鸟儿警惕的眼
即使吃了树叶
也变不成兔子
天气还没变凉
她把头发散开
试探秋天的深度

在更深更深的山里
住着绿脸的女妖
在下午的阳光里
和自己的影子玩

一个下午

冥想拉长了下午
天空慢慢融化，沿着
阳光的斜坡流淌
空房子，灌满了风
树木温柔的阴影里
蝉鸣一声声
渗入寂静。闭上眼
我试着抚摸陌生的夏天
时间紧挨着时间
一只鸟飞过，羽毛
剪开漫长的下午
我的手上长满了青草

慢　板

这是多么长的黑夜，哦黑夜
这是多么疼的夜晚，哦疼痛
妈妈你要多加一件寒衣，寒衣
不要让悲伤吹散你破碎的心，你的心
穿过黑暗的荆棘，你穿过荆棘
守望一个永远回不来的人，你守望
为我擦亮星星的灯吧，妈妈
让我看清回家的路，我要回家

花儿与少年

一

如果能攒够
一百只萤火虫
我就给妈妈
串一条闪光的项链
那是世上最美的项链
当然要给最好的妈妈

可是萤火虫都去了
乡下亲戚家
一个也不肯留下
我只好随手剪下
一段月光
给妈妈打一副
纯银的手镯

二

有一些花开过了
有一些歌唱过了
有很多路，在远方
还没走过

晴朗的早晨，我能看到
风中舞蹈的阳光，和更远的远方
谁说少年没有心事
我一直攥在手心的
不是一枚糖果
而是
一个故事

三

妈妈说这是秋天了
我看到树叶渐渐稀疏
像我不多的童年往事
天空也被雨水
擦洗得干干净净

可是夏天呢，他去了哪里
坐在门槛上，回头
努力睁大眼睛
我想认出夏天渐渐模糊的背影

一群鸟，嘎嘎笑着
向南方飞去

布　谷

昨夜小楼听风雨
早起的人无路可走
遍地都是春天的碎片

一群小孩飞过村庄
他们大声叫嚷
布谷，布谷啊

第五篇

MEI TIAN DE HUAN JING

从前的人

大　风

大风从天而落
我躺在秋天松弛的泥土上
我的幸福和我躺在一起

那吹着我的大风啊，吹吧
我将作为另一片大风
和你纠缠在一起

从前的人

从前的人
在夜晚的树上唱歌
天亮时
他变成了一只鸟

从雨水里抽丝
从泪水里数眼睛
从前的人住在宁静里
在时间的背面行走

淡黄色的光里
一些轻尘缓缓起舞
那是从前的人
被时光磨小

医　院

一

我去过的医院都有
深井一样的长廊
天空荒凉地
在井口燃烧
而井底，是变成数字的人
25，26，27……
取号，排号，等待判决
这一切，好像肉联厂的猪
除了医生，谁能对数字说什么
医生在井口，犹如神在天上
疾病总是最会隐藏
谁能看清躯体里的黑暗

在最谨慎的咳嗽里
也有沉重的疑虑
犹如菊花行走在秋风的刀口
来到医院，才知道

生命像瓷器一样美丽脆弱
冰一样闪光易化
死神每天都笑嘻嘻地
霍霍磨刀。有时他会
停下来，试一试刀口
或者眯起眼，移动一个人的日期

二

芒格说：如果我知道会死在哪里
我将永远也不去那里
他忘了，他躲不开医院
医院是个奇妙的地方
生和死，起点和终点
如果住进医院，你就不再是你
你们，所有病人
有一个共同的名字：床
用不同的数字编号区分
那是你们的姓，你们将变成囚徒

几乎整个九月，我都奔走于
上上下下的电梯、病床、轮椅
不知型号的输液瓶

医生的表情总难破译

他们藏起了哪张牌

一天深夜，我被一阵哭声惊醒

那是一个男人嚎啕大哭

他的哭声在整个楼道乱撞

想撞开一扇门。但所有的

门，全都对他关上

我躺在陪护椅上，秋风

从敞开的窗户吹进来

我浑身一抖

仿佛夜色将无尽的黑

哗地泼了我一身

打开黑暗的方式

躺在自家的床上
我想着今天退掉的

住了十天的酒店
十个过去的我

被留在那里。在灯亮前
和黑暗中的墙壁站在一起

打开黑暗的方式
有时用手，有时是词汇

转　角

街道转角的僻静处
我看到一个男人
脸上有泪痕
他也看到了我
风好大，迷了眼睛
他向我解释
也许是自言自语
我点点头：转过街角
风会小一点
其实我想告诉他
每个成年人心中
都藏着一个小孩儿
携着自身的软弱
在无助的时候
那个小孩儿会蹦出来
失声哭泣

悬崖边的巨婴

世界不过是
手中的一个玩具

一只鸟飞过
回头看了看他

另一只
做了同样的事情

没有人敢说出真相
他正在悬崖边上

夜降临。星空那么多
看热闹的眼睛

7月29日，出差在连州

生命中有许多事情无法预计
比如我此刻置身连州
据说，在我来之前
它至少存在了一千年
一千年有多少人到过连州
我不过是一个偶尔的过客
7月29日，连州，和一个异乡人
用一点好奇、一点谨慎彼此审视

在连州大酒店六楼的窗口
对着我的是另一座高楼
我不知那里是否有一双
同样茫然的眼睛
我们隔着一场细雨
和一条裂谷般的街道
这是陌生与陌生之间
应该保持的距离

我在六楼的窗口呆坐

街道上流来流去的人和车
以及阴沉的天空、细雨
以及小贩湿润的叫卖
这像极了一个乏味的玩笑
我置身连州，又与连州毫不相干
仿佛喉中的鱼骨，眼里的沙粒
仿佛一个错别字
印在“连州”的文章里
我呆坐着
好像过去了一千年
其实也就是一瞬

公交站。一个手捧鲜花的男人

5 月 16 日，微雨的清晨
公交站。一个手捧鲜花的男人
紧皱着眉头，脸上变换着
奇怪的表情。他怀中的鲜花
挤挤碰碰，像一窝唧唧喳喳的鸡雏
我猜想，他要把鲜花
送给一个女人。那个女人
那个他想示好的女人
正矜持地躲在早晨的另一端
植物学家说：花是植物的性器官
也就是说，那个男人
手捧一堆性器官
在微雨的清晨
他的殷勤，也是为着一个性器
我这么恶毒地联想时
公交车像一口痰
从街道的那头吐了过来

镜　像

你在镜子前梳头
镜子里的你
也在梳头

两个平行世界
两个你
仅仅隔着一块玻璃

你们彼此相望，漫不经心
断定对方
只是一个镜像

第六篇

MEI TIAN DE HUAN JING

茫然的喜悦

我同星辰一道长大

在深夜，我的眺望是一句回答
我不能说出。大风起时
我独怕吹乱了星座的秩序

这些秘密要深藏血液
就像花儿，从不把芬芳的谜底示人
就像水滴，什么钥匙能把它打开
我知道那条路，暗合我的掌纹

像冥想和日落一样遥远
我不能说出。为什么眺望
满含泪水？我祈祷
让我的光辉回到星辰那里

流　星

流星的一闪而过的脸
它们自哪里来？要走多远

这些星际间的流放者、罪人
是谁在收留它们的死亡

独脚走天边。小小的拳头
谁又猜得出攥紧多少闪电

而我怕见它光芒的一瞬间
照亮我那么一大块黑暗
以及黑暗的下面

乌　鸦

从谁的嘴里吐出这句黑话
乌鸦，虚无的小小占星师
太阳中逃离的黑子
白色与昼的收藏者
它环绕你的迷茫，仿佛
一团飞翔的墨

它莫测的眼神熟悉得可怕
它与你的距离，仿佛永远无法抵达
你看见乌鸦，却怎么也想不起来
在哪一个遥远的发黄的年代，哪一天
你也曾是一只雪白的乌鸦

说 出

谁能说出那些缥缈的思绪
一如痴迷的狂喜，如何描述
刹那的顿悟。在黑暗中
我摸索那些文字。它们乌黑的骨骼
刺中遥远的前世，我漂浮
我想在灯盏点亮之前
就把它吹灭

谁能挽留住正在消失的话语
一如带住时光的丝缰，撑住
未来的重荷。狂欢的节日
我甚至抓不住话语最简单的羽毛
在最小的一个词里，我漂浮

呵，生命，我还能把你带向多远

瞬　间

驿外断桥边，有一个人
在菊花的寂寞里等我

沿着凹凸不平的阳光
一个逆行的人与我擦肩而过
怦然心动。我不知道
他是不是我要找的人
或者竟是
活在另一个时间里的我

穿过冬天的阳光

谁领我穿过冬天的阳光
一切只是虚设的幻像
黑暗的记忆，一排排温暖的栅栏
无知的美，盲目的力量
这轻松，这挣脱自身的茫然喜悦
不合时宜，会向哪里珍藏
这季节里自如的散步，流水的风度
相似刚从一场恋爱里抽身，又把自己爱上
是谁从天空俯下身子垂钓
把我的一生隔开，又是谁
坐在下午四点钟的雕花窗台上
嘘，蹑足的人，不要窥视我向镜中的躲藏
一切只是虚设的幻像
我找不到缝隙，永被形式阻挡
能穿过冬天阳光的
只有冬天的阳光

蘑　菇

坐在大树的脚趾上
用一把阳伞遮住
柔弱的肢体
多汁的岁月，春情暗起
被寂寞养育。一个个
发育成美人的胚子
在此之前，我们羞怯
在晚风的镜子里自爱自怜
在清翠的月光下心事重重
这终将凋谢之美，或者怀念
谁一无所闻？像那些飘落的叶子
谁能为她流下一行泪水

下　面

整整一个下午，我坐在
幽暗的林子里
四周没有鸟。也听不到
尖尖的鸟鸣
我的灵魂缓缓逸出
浮在林子上面

傍晚。我走出林间
光芒一杆杆刺来
我左躲右闪，小心地
把双眼眯起
我看到了明亮的天空
以及天空的下面

黄　昏

谁藏在夕阳后面
这不期而遇的对视
让我放慢了脚步
河水悠悠白云缈缈
这金子的黄昏，落日
最后的浮夸。我看到了虚无
那么多岁月在身后沉陷
摘星的路依旧陡峭
我有足够的耐心
等待晚风吹落暮色

天空

九月。天空之镜如此光滑
这蓝色的虚假的冰
让所有的时间都无法驻足
我看到从前的我
沿着光线的斜坡
在虚无中冥想
现在我在远处，时间的
另一端。我伸出手
想与过去和解
我想召回死去的人
就像掏出镜中的花
空中之空，盲目的虚妄
风洗白了云。蓝提纯天空

遇　见

此刻遇见是偶然
还是必然？我脱掉阴影
坐在晚风里
我的寂静紧挨着我
满月在树叶间缓缓上升
树木在倾听
空气里有细小的水轻轻相碰
天空如此荒凉
就像身后
那些被悄悄带走的岁月

向　晚

犹记布裙擦过草尖的窸窣
白色高跟鞋踏碎的柔软黄昏
你笑时，花开了；树木的绿
点点滴落。你乌黑的明眸
比六个夜晚还深

如今小径依旧黄花依旧
时光里落满了尘埃
你纤细的身影随暮色上升
你小小的脸藏于一枚红叶
起风了……我的心为何疼痛

丹麦村

白房子，红房子，蓝色的小房子
尖尖的屋顶，像孩子一样淘气
云和梦一样重，天空比梦稍轻

冬天了，我穿着厚厚的心事
我想念你时，满树的叶子
笑嘻嘻地红了

有风的夜晚

夜晚的掌心
海变得小了点
有人随着晚风
遁入更大的黑暗

在海边，寂静围上来
我听见
时光破碎的声音

夜风吹啊吹
我们的骨头
那么干净

第七篇

MEI TIAN DE HUAN JING

春归处处青

春　天

一

橡皮泥的木板房子
孩子气的木板房子
它有着尖尖的冒失的屋顶
天窗开在云彩里，用来幻想
冬天的最后日子，有阳光的日子
我们换上干净的土布衣裳
摇响掌心的风
把深睡的野兽
一一吹醒
它们毛皮闪亮
有着最好的身段
它们会踮起脚，伸长舌头
把我们的脸舔湿

二

谁的歌声把远方唱远

谁的竹笛让夜色忧伤
春天离这儿
还有一声叹息的路程
是什么在融化
我们骄傲的心

三

我现在可以把秘密告诉你
我想打一把月光小锤儿
小锤儿，小锤儿
我要提着你
把河面上的薄冰
一一敲碎
让春天回来时
大吃一惊：这是谁干的
月光我已经攒了一大把
可上哪儿找个巧手的银匠

四

深居的人打开厚厚的城门
他们用鸟语问候，用泪水

订购春天

五

走过的道路，除了泥泞
哪儿还有闪光
而房檐上伸出的
冬天仇恨的手指
已不知何时都悄悄
缩了回去

六

我在水边小坐
看众花抬来一个春天
我长出第一片叶子时
绿野已悄悄把自己缝上天边

七

春天有点像新鲜的果酱
一个孩子看见了并相信

他看见死去的人飞向远方
他看见挖金子的人
晒死在太阳上
他看见水滴和花朵里
都藏着小孩
还有那些种树的人
他们身上罩着淡淡的光
但是大人们不信
他们怀疑并且嘲笑
大人的眼睛被习惯所盲
他们看到的春天
和去年没有两样

春天到来

春天到来
我坐在井台边
认真清洗我的影子
我想把他洗得
雪一样洁白
我想让一切阴暗
都闪闪发光
古井从一个
幽深的梦里醒来
现在是美好的春天
怀着朴素的愿望
我像一个蛹
被阳光的茧丝紧缚
坐在天空下面
是多么渺小

三　月

在三月历数二月的悲伤
要多少泪水，才能埋葬春天
大风直落，阴云如布匹

落叶比我更早一步
就像那些走得太远的人
再也没有回来

春天回来了

春天回来了
带着雨后新草的气息
走在家乡和
童年的边缘
我不知道
这是不是去年
离开的那个春天

细 雨

细雨让城市倾斜
沿着我们不知道的小路
她带回来暖风，燕子
踮着脚尖的小草
和过去的好时光

我打开所有的门窗
迎接雨水清凉的小脚
重置时间之前的沉寂
我在空想中颤栗
耐心等待着，自己开花

雨　水

雨水的马
透明的小蹄子
踩软冬天坚硬的心

疾病挖出了一个深渊
我们倒立着
编织春天的花梯子

踏　青

草深水浅
风乍暖
满目青山
何人骑鹤下苍烟

独坐天地间
云舒云卷
莫转弯
来时长路在脚边

四　月

谁点燃了这一树
碧玉的火焰？原野
环佩叮咚。春风一向新
四月，花儿各自开
鸟的歌声比树高

樱　花

我无法摆脱一些思绪的重负
比如昨天我还在阴天的东莞
今天就被东京的阳光包裹
比如我逝去的青春
那些生命中燃烧的日子
我爱过的女人，时间的泥沙
侵蚀她们丝绸的肌肤
这些，那些，越来越远
慢慢变暗。我相信他们
完整保存在某个空间里
我找不到回去的入口
说清这些比举起石头还难
我正这么混乱着，一抬头
猝不及防，一树明媚的樱花
挡住了去路

雪　人

三月还未到
雪人她就哭了
这样一个美好的季节
怎么就跟她无缘

雪人不知道
还有比雪人伤心的人
一个盲孩子坐在草地上
抱着头发愣

他不知道光滑的树枝
怎么会发出薄薄的鸟鸣
不知道一朵打扮好的小花
就站在他面前，袅袅婷婷

春 雨

冬天就这样
同春天和解了
像陷入恋爱的人
同坏脾气的自己
和解了

新鲜的春雨
刚刚从季节里剥出
嫩绿的小小身子
裹着不懂伪装的心

第八篇

MEI TIAN DE HUAN JING

秋天的童谣

秋天的童谣

散开你乌云的头发　乌云
摇摇你的小镜子吧　摇摇
也许会掉下一个女巫　一个女巫
那躲在硬币里睡眠的人儿
会梦见皇帝　啊皇帝

秋天，我选择住在果核里
在十一月的枝头　随风摇曳　自斟自饮
浆果的双唇
想要携带甜蜜飞走——
这当然不被允许

秋　天

一

这是多么沉痛的秋天！小小的落叶
在自身的火焰中旋转，在我怀中
那么多好姐妹叹息着长眠
我的才华也如乡村那凋败的花园
眼看着秋天带走心爱的人
我活着，但凭借什么做梦和高傲
如果时光不肯为我倒流
那么，多情的人，回答我
一吻的芬芳有多久？存活多少年
不要让回忆的尘埃遮蔽双眼
也不要让感伤把空想压弯
我老了又老，谁会回来把余生分享
我移身来世，也许能找回那一份前缘
——谁又妄言这仅是一个梦想
只是要用多少热血，多少青春的鲁莽
多少镜花水月的诗篇
才能架起那座通灵的鹊桥？听
秋风紧了！秋风一直吹进了骨缝

二

夏天的雨水重新回到天空
变成飘渺的往事
秋天，在遥远的北方
举棋不定。我坐在天空的
另一端，在南方，手搭凉棚
我的指尖触到候鸟的呢喃

这是十月的一个下午
夏天缓缓退到膝盖以下
我的目光无法翻越
阳光湿滑的斜坡
那些不能说出的秘密
以及美酒，藏在死者的嘴里

你闭上眼睛，把季节
拦在外面。我听见
落叶从你心头飘下的声音
是谁，在起风时
依然为你歌唱？从鬓边的白发
认出这个秋天，意味深长

九　歌

一

九月，一朵花儿红了
这遗世独立的处女
流年虚假的嚣张

二

北雁南飞。秋天用白霜
试探前路。我为什么回头
如果时光不肯倒流

三

那么，究竟站多高才能
看清前生？或者要变
多细小，才能移身来世

四

大风将起。将军骑快马
北地的气流，千里走单骑
天似穹庐，季节悄悄转身

五

这样长雨绵绵的夜晚
谁在不祥地叹息？垂死的人
看见远道而来的马车

六

黎明的嘴唇，玻璃的心
水落，石头站出来

七

天空的棋盘上，谁的手指
把群星移动？把我的预言
留给古老的风

八

在阴天生病的人也在
一片空白中间卜
寂静啊。谁的手掏空了下午

九

歌者，你迎着西风唱吧
秋天在收获他的黄金
而我贫穷依旧

水　边

湖水没有心事
清澈。一波动万波随
光线像草一样变黄

我在水边洗手
风吹乱了我的头发
吹走了这个下午

在夜晚

星辰垂下一条路
善良的鬼魂
与我们隔着
一阵晚风的距离

在夜晚，保持平衡
是一种技巧
透过弯曲的光线
依稀可见别的世界

黄　昏

是另一个年代的秋天
秋天的傍晚，是你
消失在晚风中的背影

黄昏的声音多么轻
这白日之光最后的碎片
好像掩着嘴的哭泣

云

一朵云
正穿过弯曲的天空
如此眼熟
犹如记忆中的空白

云过后，天突然亮了
我眯起眼睛
我让光线找到我
以及我身后的事物

十　月

十月，尚未成形的早晨
白色的脸在雾中升起
我无法看清的事物
反射着幽暗的过去

十月，练习重新发芽
有多少喜悦无法言说
白手指穿过黑指环
正像虚空拧紧虚空
进入我吧，收割我吧
十月，这荒凉的大地多么干净

逆　行

有一次我迷了路
在一个秋天的傍晚
走回我即将出生的那一年
那是十月，另一个秋天
我母亲在路上走着，她知道
我将到来但没见过我
秋风吹乱她年轻的头发
想要带着她一起飞
一千公里外，我父亲
年轻的地质工程师，正在
端详一块白垩纪石头
他忽然抬起头来
望向遥远的北方
一粒尘埃准确落进他的眼睛
是时候了，我决定加入他们
在他们同时都看不清的这一瞬间

我选择锋芒毕露的冬天

秋天住在你的眼睛里
我看到你的心头落叶缤纷
这是萧瑟的季节
小兽换上崭新的皮衣
那些幸福的时光，随夏天远去

我不会再提起这个夏天
那些镜花水月的日子
如今我选择锋芒毕露的冬天
如果我转身，你会看到
一个冰雪的陡峭背影

第九篇

MEI TIAN DE HUAN JING

生活在别处

清水寺

钟声响过之后
空气中留下一个洞
我不敢去触摸
阳光和无边的寂寞

青石板路有千年的屐痕
闭上眼，慢慢咽下冰凉的泉水
恍然，我和这古寺飞升并消隐
只剩下天空，依旧蓝且神秘着

在箱根

山因偏而静
水自古寒
鱼儿游在云里

我远道而来
轻声唤着樱花的名字
樱花含羞不语
茶花在一旁格格笑了

富士山

富士山是一个梦
被另一个做梦的人梦到
这白头的巨石
混沌时代最早的居者
它领导着所有的风暴
生与死，明亮与黑暗
所有雨水的鞭子，火与冰
如果展开翅膀
它会不会远离烟火的人间
这个春天的下午，阴影
抹掉了虚实之间的界限
困惑的火焰从我内心升起
是谁关闭了通向天空的道路
富士山，你梦中的脸向后退却
退向虚无的边界。如果世界
只是一个梦，做梦的又是谁
这是谁的游戏？被什么手势操弄
我们彼此凝望，就像对视的两面镜子
你和我，哪一面的镜像才真实

蓝月谷

蓝月谷，遗世之美
梦中之梦，锦绣的空想
美人的明眸和叹息
童年镌刻的最初的黎明
年轻嘴唇的第一次相互试探
花瓣在早春缓缓睁开眼睑
圣洁，不再是一个词
而是一种魔力。阻挡着
尘世的脚步。这盲目的美
为什么总是令人不安
羞怯让我不敢说话
你剥夺了我所有的自负
在你面前，崩溃。坍塌
任由自己一点点变小
变成一滴绝望的露珠
悬挂在光线的枝头
从爱的手心坠落，又回到爱

石 林

一

如果能沿着时间的河道逆流而上
我想回到两亿五千万年前
看看是哪一个大神
为着什么样的愤怒
把大海抬高
让波浪瞬间凝固

二

石头的森林，天国的弃民
你们降落自哪一颗星辰
奔放不羁的生活被谁冻结
骤然落下的寂静，苦味的沉默
每一张石头的嘴都严守着
永不能言说的秘密

三

在大地与天空新的平衡间
石头的兄弟在太阳下冥想
他们用风，交换孤独
用波浪的姿势
怀念鱼，大海的浪子
细腰的贝壳，她小小的心里
藏着一小片海
雪白的波浪，音节的泡沫
不管你倾听哪块石头
你都能听到，死亡的回声

四

我坐在时间的另一端
这一切好像电影的回放
一束光，被另一束光照亮
一个幻象连接另一个幻象
亿万年，和一群石头的沉默
哪个更长？就像太阳的火焰
终将熄灭。有什么比时间更久长

然而时间也会死亡

死亡才是一切的尽头

万象犹如飘落的尘埃

连尘埃也不复存在

大峡谷

亿万年之后，我醒了
从荒凉到荒凉，风吹进我
谁转动了这颗星，让冰河滑进太古
在最初的月光下，铁站起来

沙粒从各个方向侵入
每一粒沙，都是一个曾经活过的人
我看见你们消失，在一层又一层岁月
在死亡的边界，时间变慢

红土，处女的血，死神的美酒
谁在血中说话谁就看见疼痛
闪电一次次劈下，我是大地最疼的伤口
我活着，沉默并等待

亚维农

亚维农，大风之城
金子的梦，金子的阳光
我在薰衣草的气味里
把你辨认，在钟声里与你相见
随便掀起一块石头
都能发现一个秘密
蓝色的火焰，天空在燃烧

我把隆河缠在身上
流动的青草，玻璃的呢喃
再没有比这个更接近童年了
那些流水一样消失的时光
所有的下午，都在
一个下午里。就像
所有的睡眠，汇成一个睡眠
这古老的宫殿，我谛听她
把手指插入寂静，让明亮的黄昏
一点点坍塌

我的双手在大风里飞翔

塞南克修道院

漫长的寂静。我从
一个梦进入另一个梦里
一千年或者一秒钟，如果
生命不再延续，时间
还有什么意义？薰衣草和树木
夏季慵懒的田野
晚风吹拂着所有的往昔
我正用孤独测量宁静的宽度
钟声突然在暮色里响起

圣家堂：致敬安东尼 · 高迪

圣家堂，他让你的名字
比你活得更长。安东尼·高迪
这个大胡子的巴塞罗那人
你窥视了造物的秘密并
为诸神在人间重建了殿堂
除了上帝，谁还敢把星辰作为屋顶

圣家堂，这伫立在大地上的神迹
从你最初画在纸上的一笔线条开始
彩色玻璃传递着天空的光辉，神的光辉
石头把古老的岁月储存
你长眠在他的下面
在永恒的黑暗里凝视苍穹
花岗岩的树木沿着你思想的暴风上升
你是否看到时间的秘密终点

教堂里有教堂，你在哪里
神像里有神像，你在哪里
风吹着风，钟声追赶着钟声

在巴塞罗那黄昏炫目的边缘
我用双手托起暮色，依然无法分辨
你居住在哪一块岩石的寂静里

致敬。所有世俗的反叛者
致敬。安东尼•高迪

局外人

口音暴露了我。就像
一篇文章里的错别字
在别人的生活里，格格不入
局外人。我喜欢这个新的身份
暮色降临，晚风吹乱归人的脚步
一扇扇门打开又关上
这一切都与我无关
我喜欢藏在夕阳下
看河水漫不经心地
带走那么多年代
我可以如此恣意
浪费我的人生

草　原

多年之后，我仍记得
草在风中弯腰，云
拉低了天空
细小的尘埃围过来
我是陌生的闯入者
在草原卸掉城市的假面
我要放弃多少虚荣
才能在七月里融化
在光线之外看清光芒
像水藏身于草根
像未说出的谎言
我摊开四肢，耳朵贴在大地上
我听到青草和花儿的叹息

枕水江南

一

我想把江南
完整寄给你
这些石头小桥
桥栏上的小狮子
青瓦白墙的老房子
墙壁上所有时间的
阳光和阴影。随便一个
慵懒的下午，一个午后的梦
谁在梦中虚构了这一切
细雨慢慢滑下的油纸伞
乌篷船。但我不知道
如何拾起这一河柔软的玻璃

二

细柳犹如飘动的长发
或者音乐的身体

水孕育的女儿，委婉的美
青石的街道等一个人
一千年还是一天
我始终没能邂逅
一个兰草般的女子
她眼睛里藏着江南
全部温柔的流水
爱是河面上的反光
而我是黑暗河底的石头

在时间的出口
我迷失了方向

三

阳光好的时候
那些印花布像蓝白的天空
碎花一朵朵绽开
犹如白色的欢乐
她们知道自己活着并生长
她们等待变成一条长裙
在有风的日子
包裹婉约的江南

四

风吹来。我坐在河边
看见光芒悄然入水
万物生机勃勃

这是多么完美的假象
我知道，一切终将消失
闭上眼，我试着忘掉自己

长江 · 三峡

一

一根刺里的黑暗和一片水下的黑暗
哪个更黑？被看不见的事物包围
我在水上却触摸不到水
就像我思考，始终抓不住一个词汇
虚无生出虚无。我听到
树木拔节的声音。起风了
夜晚团结成一个整体
我屏住呼吸，等着一次飞翔

二

有什么比死亡更长久？当
时间消失，空间会不会塌陷
这万里江水，比一声惊叫还短
陡峭的下午，两岸叠嶂突然
压下来。我有些眩晕
我活在我自己的时空里

三

白帝城，故事里的废墟
还是废墟里的故事
攥不住生命的手
仍然想攥紧权力
江水一声笑，东去

四

七千万年或者更长
江水一直想逃离两岸
江水不知道，是岸
给了它能够奔跑的身体

就像我们不知道，是虚无
制造了万物存在的假象

五

十三点零八分，船到巫峡
为什么是此刻而不是

一千年前或者明天
这是必然还是偶然
这一团乱麻让我沦陷
我已经不是
十三点零八分的那个我
那个过去的我，留在了巫峡
也不是更早的瞿塘峡的我
另一个，模糊不清的我
等候在西陵峡锋利的下午

啼猿数行泪。船过三峡
正午可怕而又真实
十一月，秋天像一场疾病
我刚刚死过一次

六

长江，有没有疲惫口渴的时候
有没有想转身向西返回童年
十二峰危坐不语，一万里四季更迭
山就这么安静地站着
它们头顶，是更宁静的苍穹
阳光，浮云，迷路的风，缓缓铺开的

火焰般的暮色
漫长的时光和江水结伴流走
江，山，苍穹，万象
也许只是谁的一个梦

七

谁能把滔滔江水卷起带走
这天地间永不愈合的伤口
如果这星球也难免一死
甚至连死亡也终将消失
世界，这泡沫之上的泡沫
光明内部的黑
不可思议的虚构
永恒到底是什么
人生不过是一个偶然
谁的一时兴起
一连串鲁莽的意外

不要在虚妄中提取意义
我要放慢脚步，努力
活得比自己长久并原谅
这一生所有的过错

八

时间开始了。群山在倾听
睁开眼睛的最初一瞬间
大江看到的是天空还是神

大江奔跑，跑在自己前面
它其实想跑在时间前面
它好奇什么会比时间还早

所有的风都落在了后面
以及所有已存在的岁月

它要抢在那只玩游戏的手
失去兴趣关闭时间之前

九

江流慢下来，浪花关闭了十一月的入口
如果江水停下脚步，那是什么悄悄流走

秋天的脸是一枚小小的红叶

被我看见，我的目光是有温度的泥土

太阳逐渐收敛他的光芒

我什么都没做，就得到了一个黄昏

维多利亚

在海水和天空双重镜面里
维多利亚存在着，或曾经存在
存在只是一种可能，谁也不能
看到事物的反面
你永远无法区分，头脑里
想象和眼睛看到的
回忆或传说的
晨曦和霓虹下的
维多利亚，哪个更真实

她既是港口又是一个
美艳的女子。海风
和浮云的住所，也是
薄雾一样悠长的汽笛里
等待进港或驶离的船只
当焰火升起，她摇身变成
黑暗里爆发的一声冷笑

水墨东江

如此年轻的早晨，薄雾升起
那是我抓不住的柔情
这楚人的绿，长着翅膀的
罗裙湘女，最初的爱的气息
犹如一根芒刺
刚好让心头微痛
玻璃的相思，翡翠的梦
微甜的空气直入心脉
一叶扁舟，载不动
青山的低唱浅吟。阳光不语
我远道而来，秋天跟在我后面
如果乡愁是一个节日
我是节日之外的异乡浪子
为时已晚。谁知道我在清晨
等待黄昏，在哪一阵晚风里弄笛歌唱
这世界，只有美不会老去
我虚度了青春，又错过了爱情

在罗伯特·蒙大菲酒庄

仿佛行走在梦的边缘
十二月的风，携着鸟鸣
群山在晨雾中缓缓打开
这寂静。谁把欲望点燃
在时间的最深处
葡萄变成了酒。就像爱
把少女变成女人
黑暗中，一颗葡萄
与另一颗碰撞，在破碎中
看见玫瑰，水果，糖的秘密
酿酒师告诉我：你喜欢的酒
不一定是好酒。好酒也不一定
是贵的酒。这又让我想到女人
酒就是一个女子，风情万种
有水的外形火的秉性
我爱的女子比整个世界还珍贵

驻马店

驻马店
没有看到一匹马
白露那天，下午五点半
这是离开二十五年后的
另一个我，被漂泊慢慢掏空
穿过富强路，老城的腹部
那条熟悉又陌生的街道
干燥的空气里漂浮着
叫卖声、轻尘和斑驳的阳光
黄昏的味道，喜欢的味道
所有这一切都被时光消耗
逛街的女孩子们
有干净的头发和笑容
没有人认识我。但我认识
胡辣汤、煎包和确山凉粉
驻马店，我在记忆里拥有她
在没有马的马路上
我闲逛，观看，回想
曾经，我是写进她

身体里一个墨点
现在，我是落进她
眼中的一粒沙子

见到海才想起海

谁种下了这片蓝色的草原
这泡沫的光荣，激情的假想
不能深入的柔软空间
见到海才想起海，那么
在此之前，海是否存在

浪一个接一个走出海的身体
有的像刀，有的像突然点亮的灯
湛蓝的下午，我一直在折叠
这片大海，直到
把它折成一捧小小的火焰

折多山的雾

晨。折多山把脸转向光
能听到秋天之深
嘘。大雾里隐藏着什么

看不清那边的世界
我们谨言慎行：
不能越界，不能越界
雾浓，有人脚软，行走不稳

最难的其实在现世
在崎岖的人间
谁活得不是踉踉跄跄

海子山的云

海拔四千五百米
第一次离天空这么近

足够眺望。足够
伸开双臂飞翔

我拦住一片云
询问能否加入它们

云想了想，回首
问了另一片云

之后风动，云起
留我在沉重的人间

白　色

翻越兔儿山
白天折叠成一个角
光，在此打结
这是秋天的一个下午
一个梦，蓝色在最上面
更深处，一只眼睛望过来
犹如一种暗示
被看不见的事物支撑
我凝视一片白云，直到
它出现一个窗口或一条路
有一瞬间我几乎摸到界限
另一种存在，白色
另一个世界的光

我们反复掉入的尘世
是无法擦去的黑

卡子拉山

4718 米，高于一声惊叹
风硬如刀，群山无边
草坡从天空挂下来
鸟的翅膀托起了早晨
经幡猎猎飘扬。在高处
我打开一层又一层云
看着混沌深处的另一个我
骨肉正慢慢形成
在十月的早晨
我想记住这一刻

红草地

被流言装满
这个秋天的下午
我来到红草地
那些草，在风中
打开她们小小的红裙
捕捉光，空气里漂浮的
水。我渐渐透明
鸟群在我体内飞舞
一条藏民的土狗
一直看我，龇着狗牙
我猜它是朝我微笑
出于礼貌，我也亮出我的牙齿

仙乃日[①]

被看不见的场隔离
孤独居于中心
在最初的混沌中
安顿漫漫岁月
它从不说话，万物
是它的声音
它是神，原恒星的兄弟
支撑着过去，现在和未来
当黑暗重新降临时
它为我们保留最后一缕光

① 仙乃日，藏语，意为观世音菩萨。

牦　牛

下午的山谷闪着光
在四千三百米的高原
牦牛如此优雅
它们低头啃食着草
偶尔抬头看看天空
太阳上升又落下
草黄了又青
牦牛没有时间，不急不慌
或许我也能达到这种境界
让心安宁下来
让风吹过头发
看看云，看看无边的天空
认识自己的渺小

木雅圣地

我只是来到，什么也没做
太阳就升起来了。木雅
辽阔的牧场向天空扩展
万物都洋溢着现世的力量
我无法说出陌生的事物
燃烧的高原，让我盲目
生命短暂如一次闪光
神啊，在你悲悯的注视下
我已放下所有的骄傲
这个生日，我那么容易
就得到一个彩色的秋天

隧　道

从康定回成都的路上
穿过一条长长的隧道
长到我怀疑往后余生
都将在地下度过
隧道两侧的墙壁
扑面而来又呼啸而去
像我们活过的日子
如果你回头凝视
那些消失的人或事物
那些记忆或者遗忘
依然完整保留
我颤抖着伸出手
正要触摸那个世界
车窗突然明亮
汽车驶出了长长的隧道

第十篇

MEI TIAN DE HUAN JING

岁月的落叶

春　分

姐姐从树上下来
随手把春天分成两半
在我看不见的那一半
她换上干净的布裙子

她试着走了几步
也许是练习舞蹈
春风从她的脸吹向我的脸
姐姐变成了一只兔子

阳光四处飞溅。我在门前
晾晒冬天的衣服
一件，两件，还有更多件
冰冷刺骨的心事

清　明

黄色的纸在火焰中舞蹈
谁在哭？谁的眼泪给谁

扫墓的人，打开双臂
在风中，他们模仿一只鸟

在寂静中慢慢静下来
目光温软，像用旧的时光

立　秋

季节转动，满手是岁月的落叶
秋的影子比七个夜晚还高
虚度的光阴，谁偷去了时间
秋天，我的兄弟，当你上路
我在最后的夏日等着你的心
异乡的女子，不要在我的唇上
寻找爱情，生活不过是
一连串孤独的瞬间。不能
说话的年代，各自守护沉默
不要向秋风卜问前程
此后的日子都是悲伤

白　露

北地之秋，今夜露白
听见花落，听见
星星在屋顶变凉
夜色里有铁
压弯凝望

时光轻如耳语
漫不经心地
走过了所有的死亡

秋　分

秋分迟疑着，要不要
下一场雨。我向风而卧
有一个人吹着口哨
他把帽檐压得很低
肩膀上粘着落叶
他问我是否见过秋分
双手比划着，脸孔通红
我顺手撕下这页日历
把秋分递给他。跟我走吧
他小声说，我要带你去远方

重　阳

折一枝菊花插在头上吧
相看两不厌
是溪流中的倒影
我在重阳日煮酒
等那衣袖中
藏满秋风的归人
黄叶落满了门前小径

霜　降

晚秋。躯体在斜月里醒来
一夜之间，小草都戴上干净的白帽
落叶，是树木收不回去的话

又一个日子不见了
一个背影走入寂静
有细微的虫声在暗处唱着

霜降了，霜降了

立　冬

谁的手指
悄悄移动了日子

我听见马蹄
踏碎薄冰声

光阴总是逆行
心中的猛虎留在原地

是时候了。我要把立冬
升起，像一面旧旗

小　雪

11 月的南方，依然
热气腾腾。我打着赤膊
漫不经心听你的电话
北方正在下大雪
电流好像呼啸的北风
我缩了缩脖子

喂，喂，你在听吗
哦哦，你变白了吗
我想象着，你举着手机
好像举着一块冰
一边说话一边冒着热气
大雪铺天盖地
好像一把徒劳的白漆刷子
不管怎么涂抹
你的眼睛依然漆黑

大 雪

在南方，大雪只是一个节气
我只有深入汉语的内部
摸索那些冰凉的词汇
她们洁白的容颜
在往事里破碎，纷飞

站在岁末，我茫然失措
生活依旧卑微。登高望雪
我看见更多的人
犹如片片雪花，犹如灰尘
从生命的高处飘落

第十一篇

MEI TIAN DE HUAN JING

在雨水里燃烧

雨　人

雨下了一整天。黄昏时
停下来，在街道的水洼
安静地沉睡。捧在手上的暮春
雨人，玻璃一样易碎

谁的一声叹息
吹落了夜晚。雨人
轻踩水洼。雨尖叫着跳起来
跳进更深的黑暗

在雨水里燃烧

雨水的马群，被
天空驱赶下来
它们尖叫着，四处奔跑
我在一块乌云后面
等候冒着火星的客人
他迟迟不肯现身
我在雨水里燃烧
风吹落一片时间
白鹤飞过
夏天的寂寞也是白的

雨

一

雨下着，空气
干干净净
在雨中行走的人
心里干干净净
一只鸟迎着雨斜飞
那么快，像消失的
昨天

二

雨下了一夜。窗开着
早晨，我的梦里都是水

透明的孩子坐在树上
在早晨的光里漂浮

他们认出了远古的雨

玻璃的壳，易碎，脆弱

所有的雨落在所有的夜晚
我们重复一个长长的梦

雨　前

就要下雨了

我打开几把伞
收集一些雨天的情绪
想象着雨点落地前
那些饱满银亮的珠子
如何把空气压弯
我试图记住这些……
雨却迟迟没有下来

雨　迟迟没有下来

此刻 · 下雨了

下雨了。雨水从云层生长下来
一根又一根，湿漉漉的藤蔓
爬上玻璃窗，扎进窗前的湖面
有的落在地上，立刻跳起
好像疼痛的反射
天空逐渐明亮起来
犹如痛哭之后的人
悲伤慢慢变小

夜 雨

这些小小的伞兵
乘夜色来到我们的世界
在睡梦的上方
在降落和悬停的中间态

此时如果有人从梦中醒来
或者车道上突然亮起车灯
平衡瞬间打破。它们跌落
噼噼啪啪，是夜晚被击穿的惊呼

细雨的早晨

一

细雨悄悄降临
早晨，像一枚
薄薄的刀片
弓着身子的人，左右躲闪
熟悉的景观变得不太真实
鸟和汽车留下湿漉漉的声音

这是南方细雨的早晨
仿佛一些听不清的呢喃
细雨连绵不断。伸手能摸到
青花瓷的宋朝或更遥远的年代
同样细雨霏霏的早晨
青石板的街道
浸湿了布鞋
驿站的快马风一样擦身而过

二

细雨悄悄降临

最先看见的

是一个病中的孩子

细雨走进他的身体

耐心擦洗那些

布满灰尘的角落

三

细雨悄悄降临

小草踮起淡绿的鞋跟

一点点向天空靠近

一扇扇窗子次第打开

吐出隔夜的面孔和气息

一个小女孩提着她的新裙子

小心地跳过明亮的水洼

一个男孩正攀援细雨的柱子

他决定沿着这条湿滑的路

爬上天空

没人注意这些

春天正一步步走近

第十二篇

MEI TIAN DE HUAN JING

禅的故事

嵩山面壁

我想着一面镜子。灵魂
纤毫毕现。我想不起我该隐藏什么

从一块石头开始，我用凝视
细细打磨，我要打磨我焦躁的心
一大片的岁月于我究竟
意味着什么？没有过去
也没有未来。我只谛听
亘古的安宁。就像花的开放
我难以描述心中的喜悦
我心中，黄昏越来越宽广

神光断臂

12 月 9 日，夜半，鸟鸣寒雪
白色的夜晚，能看出去很远
一个人要走多久
才能回到自己的内心
面壁九年，师傅
把自己锁在石头里

石头之白，冥想之白
刀子也是白的，在
牛皮的刀鞘内耐心等待
黎明前最黑的时刻
刀子被唤醒，它跳出来
切下我的左臂

钟声从山谷里传来
疼痛如此完整。血滴如梅花
我把断臂献给师傅
就要天亮了。我抬头
千山披雪白，万里江湖净
我心中一片空明

六祖出逃

踏上成名的道路
也踏上被围剿的道路
如果从来无一物
我是谁？佛是谁
菩提，树，明镜，尘埃
是谁的幻象
风景在身后一路凋谢
我的心
你究竟看见了什么

所有闪光的道路
都仅仅是个梦
我无法揉碎这些梦
我无法揉碎我的欲望
我为自己难过
生命中的安宁
已被我永远错过
肉体啊
怀中的衣钵已让我陷得太深

摩诃般若波罗蜜

空林落叶，人已远去

云门钓溪

预言被一一点亮
他走过的路，百鸟衔花
那些最终流向彗星的水
飞过他的前额
他轻轻扬起右臂
钓丝上悬着一条寒溪
他不知道钓起了什么
他突然感到恐惧和疑惑
有什么沉默比死亡更深刻
在他起钓的一刹那，一双
看不见的大手
正悄悄把整个世界钓起

叔同出家

音乐和书籍渐渐漂远
致瑰的脸铜镜的脸
梦中他被一个神秘的声音
引向干燥的河滩
长亭外，古道边
晚风晚风
吹胖了他单薄的衣衫

细柳，浊酒，恍惚的容颜
山外还有青山
谁的大手在折叠道路
谁的大手在转动时间
竹笛竹笛
横吹也残斜吹也残

一道暗示穿过许多黄昏
他心中铺开一片茫然
无数个白昼在一个白昼塌陷
他不敢迈步，怕踩空了一个秋天
白雪白雪
谁把你盛进空空的银碗

第二篇

MEI TIAN DE HUAN JING

山居的日子

蚝岗贝丘遗址[1]

早晨的大海。沙滩还没有人
他赤裸着，毛发滴着海水
他攥着一块尖锐的石头用力砸
蚝壳粉碎，大海疼得抖了一下

天空忽然裂开，光芒勾选他
穿过虫洞，他和他的石头，蚝
毛发上的海水，被夹在两个时空之间
变成了博物馆墙上的一幅画

困惑、惊愕、他想喊却发不出声
降维的扁平世界，他的石头砸不出
回家的路。他看见他的女人仍在
树巢里等着他捕蚝回来做早餐

① 蚝岗贝丘遗址，位于东莞南城胜和蚝岗村，属新石器时代晚期贝丘遗址，距今约 5000 年。

虎门销烟[1]

从海滩的一头走向另一头
如此反复了几次。怀揣的圣旨
像一只耗子，不断拱着他
海浪有几次，溅上他的官袍

大海在远处闪着光。战舰和炮火
还在时间的另一头。他不知道
中国历史正掀开新的一页
清帝国的大厦，也悄悄绽开了裂缝

村民远远围观：这个大佬想干什么
他帽子上的羽毛像一根天线
胸前补子上的大鸟随时准备飞走
他脚下的鸦片，犹如不祥的黑色咒语

① 虎门销烟，1839 年 6 月，钦差大臣林则徐在虎门集中销毁鸦片。此事后来成为第一次鸦片战争的导火线，中国近代史由此开篇。

太平手袋厂[1]

多年后回望，那天依然留在那儿
时间被过滤。珠江口，虎门码头
出海的渔船卸下一筐筐海鲜
仿佛卸下一筐筐有腥味的光
老婆饼、肥姨汤粉、麦记凉茶、直行
一百米，街角。满头大汗的工人
正在悬挂太平手袋厂的牌子
盖着官方红印的“粤字 001”，还
隔着 70 天和北京到虎门的距离。但
鞭炮和锣鼓等不及了。穿西装的
香港老板，用朱砂点舞狮的眼
狮子醒来。某些巨大的我们无法
看见之物，无可逆转地从内部崩溃
九点。女孩换上工装，辫子
塞进帽子里。流水线上都是皮料的
气味。女孩踩动了衣车

① 太平手袋厂，1978 年 7 月，在虎门境内的太平服装厂与港商合作创办了全国第一家来料加工企业——太平手袋厂。同年 9 月 15 日，太平手袋厂获得了国家工商总局颁发的第一个牌照，编号为“粤字 001”。

多年后，往事向光芒转过身来
我们才看清：1978 年
南中国一个平凡的小镇
平凡的一天，一群小人物
撬动了古老的中国

中国散裂中子源[①]

重核裂变、链式反应、质子、中子
这看不见的物理被费米捕获
世界由一连串叠加态组成，看见之前
没有什么是确定的。在离神最近的地方
波尔把一个中子劈成两半
从混沌中创世，从 0 到 1
不可能的跨越。新的宇宙
万物尚未命名。生活因隐喻而延伸

2018。中国东莞，松山湖。一个
绿色的按键被按下。一个梦的手指
让引力场坍缩。中子被吃掉
光子逃出来。时间未能察觉地
停滞了片刻，时间在困惑
此刻正虹吸过去，而光已走远
光勾选了五千年前的某个早晨
大海以及海滩上的一个采蚝者

① 中国散裂中子源，中国最大的科学装置，位于东莞松山湖，是世界四大脉冲式散裂中子源之一。

枕上书·当代文人情怀

过剑门

GUO JIAN MEN

何晓李 著

华龄出版社
HUALING PRESS

图书在版编目（CIP）数据

过剑门 / 何晓李著 . -- 北京 : 华龄出版社，
2022.1
（枕上书 · 当代文人情怀）
ISBN 978-7-5169-2180-7

Ⅰ . ①过… Ⅱ . ①何… Ⅲ . ①诗集—中国—当代
Ⅳ . ① I227

中国版本图书馆 CIP 数据核字 (2022) 第 028423 号

策划编辑 冯 雪　　责任印制 李未圻
责任编辑 高志红　　装帧设计 张 佳

书　　名 过剑门　　作　　者 何晓李
出　　版
发　　行 华龄出版社 HUALING PRESS
社　　址 北京市东城区安定门外大街甲 57 号　　邮　　编 100011
发　　行 （010）58122255　　传　　真 （010）84049572
承　　印 三河市龙大印装有限公司
版　　次 2023 年 1 月第 1 版　　印　　次 2023 年 1 月第 1 次印刷
规　　格 880mm × 1230mm　　开　　本 1/32
印　　张 12.75　　字　　数 242 千字
书　　号 ISBN 978-7-5169-2180-7
定　　价 498.00 元（全十册）

作者简介

GUO JIAN MEN

何晓李，笔名沙洲，1977 年 9 月生，李白故里四川江油人，汉族，大学文化，中国诗歌学会会员，四川省作家协会会员。习诗 4000 余首。1997 年开始文学创作，有散文、小说、诗歌发表于《星星诗刊》《当代小说》《参花》《牡丹》《剑南文学》《北方作家》《荷花》《阅读》《作家报》等。出版诗集《远方之惑》。曾获第二十五届“东丽杯”鲁藜诗歌奖、优秀奖等奖项。

内容简介

GUO JIAN MEN

诗集《过剑门》，灵感源自我的一首诗《过剑门》。

突发奇想，剑门雄关作为一个瓶颈——由此去，蜀道不再难；由此去，青云直上……

而由此入，剑门之内，可见一马平川……

一马平川至成都，荡气回肠，草木丰盛，好一个富丽的人间——成都……

每个人心中都有一个剑门关 自序

GUO JIAN MEN

2020年，我在困顿与惶惑中度过，诗是最好的人生安慰和鼓励。人生就是这样，需要自觉，砥砺奋进。时间并不允许我们荒废光阴。

等等，再等等看，未来还有更好的机会。

可真的还有吗？纵然还有更美好的遇见，可是我能以什么样的姿态面对呢？我能做好准备吗？

十年磨一剑！

让世人看见内心的光芒，最少要自己努力向前。诗歌是一种精神的寄托和人生打磨方式。与物质上的得失无关，生在这样的时代，喧嚣难免。从诗中找到美好，再用文字将内心这种情怀传递和传承。我不是诗人，我是普通人。生活的无奈也很多，经历过坎坷曲折，我庆幸自己还在追寻诗意的道路上彳亍。

每个人也许都是诗人，内心都有诗的美妙，有时候，情难自禁，读出来，写出来……这是我对于人生的理解。而说到诗，我自然想到：

蜀道之难，难于上青天！

这样的句子向世人展现出一个探寻的过程，由千万曲折打底，取道剑门雄关，只有经历了才能有这样的感悟。出蜀与入蜀，是两个方向和两种境界。人生都有九曲回肠的过程，都有一个通灵的险峻高处。不畏艰辛追求，或抵达那个神圣之门一跃而鹏程万里；或在广大的世界经历多年漂泊，衣锦还乡，重新经历美好的遇见……

读剑门，写剑门，雄关漫道！

仰望那个自然的边界，像是看见生命中的“龙”门。壮士出征的呼喊似乎并不遥远，而胜利凯旋的欢呼也是一场梦……

我的诗集《过剑门》，源自我的一首诗《过剑门》。也是在一位文化公司的朋友邹海洋先生的鼓励之下，终于完成了这样一本诗集的组合。或许，这样的过程也是冥冥中注定的一种安排。

突发奇想，剑门雄关作为一个瓶颈——

由此去，蜀道不再难；由此去，青云直上……

而由此入，剑门之内，可见一马平川……

一马平川至成都，荡气回肠，草木丰盛，好一个富丽的人间——成都……

限于个人精力和阅历，不能尽情发挥。我所能表达的只是其中一小部分，未敢尽兴。

细数蜀水巴山；

眺望八方云潮……

作为在川中长大的人，生于川、陕、甘三省交界的山区，我并不能清楚地记得更遥远的过去族人经历过的那场湖广填四川的大迁徙，我只能确定我是刘家河养大的孩子。所以，我的起点就是刘家河：

一场盛大的迁徙
正在步履蹒跚地进行
寻觅，探索
克服沿途的艰难险阻
云梦泽越来越远
诗意的未来，定格
在另一片乡土之上
冥冥中，似曾注定了
九曲回肠的穿越
风雨兼程的道路
因坎坷而意味深长
刘家河，刘家河
这是一条诗意的河流
每一次迁徙，到一个地方安顿下来
都有很重要的事情要做
去！选一个高处
安放崇高的纪念碑
把老祖宗的神位供上去

土墙筑起新巢
黑色的瓦屋檐下
燕子带着江南的梦想
跟久别重逢的故人同住
一起找到梦想的新起点
差不多的候鸟哦
把牛羊猪马来放牧
被风雨压紧的泥土哦
被排山倒海一般翻新着

定居下来，翻新春夏秋冬，一晃就是很多年。在我读书识字以前，关于乡土的爱恋是如此简单：

爱被种下来
慈祥与善良，在土地里
集聚着祖母的温度
总在每一个春天
在天使的眼底生长出来
无比新奇和新鲜的
草芽
花朵
锦鲤
蝴蝶
宽阔的胸怀里精彩纷呈
河流与人神的血脉相通

于是，英雄的姓氏

注定在河的两岸长生

在土生土长的故乡被母亲河喂养了12年，我走向了白龙江，继续读书。再后来去了成都，向更远的梦想进发。这个过程中，我的家也迁移到了江油新安——宝珠寺水库建设淹没了我童年记忆中的鱼米之乡，真的是桑田又沧海！

巴山蜀水是一个广袤的家园，这里有很多的名山圣水和风景，戴天山、七曲山、雪宝顶、龙泉山、九寨沟、黑水、青白江、渠江、鹿溪河、绵州、蓉城、都江堰、剑门关……每一个地方都值得用诗歌来礼赞来抒情……

走出巴蜀大地，是悠久中国和美丽中国的呼唤与昭示。巴山蜀水只是美丽中国的一小部分。围绕在我的家乡四面八方的风景是中华民族更加宏大的意象。马鞍山，武陵源，兵马俑、枫桥、周庄、普陀山、巩义、鹤壁、鄱阳湖、汨罗江，等等，能够入诗的地方太多太多，这是属于中国的视觉盛宴，向世界精彩呈现……

或许，我书写下的巴山蜀水和中华大地有不一样的味道。或许，还有太多太多的未尽之处需要弥补。那么，我们一同期待和打开。

就在2021年春夏，一同以诗的名义为精彩作序！

而后，以更加饱满的热情和信心，创造未来……

目录

XIN GAN QING YUAN

第一辑　蜀水巴山

第二辑　八方云潮

第一辑　蜀水巴山

GUO JIAN MEN

情荐刘家河

一场盛大的迁徙
正在步履蹒跚地进行
寻觅，探索
克服沿途的艰难险阻
云梦泽越来越远
诗意的未来，定格
在另一片乡土之上
冥冥中，似曾注定了
九曲回肠的穿越
风雨兼程的道路
因坎坷而意味深长
刘家河，刘家河
这是一条诗意的河流

疲惫的灵魂与肉体
等待着安放，休整
扎一处还算坚固的营盘
繁衍生息
给这里的山川河沟命名

一个也不落下
尽都充满温情和意义
其实，刘家河也在等待
泥沙俱下的经历
终于因为一群人而落定
成就一片温馨的家园
让五谷庄稼重新生出来

去！选一个高处
安放崇高的纪念碑
把老祖宗的神位供上去
土墙筑起新巢
黑色的瓦屋檐下
燕子带着江南的梦想
跟久别重逢的故人同住
一起找到梦想的新起点
差不多的候鸟哦
把牛羊猪马来放牧
被风雨压紧的泥土哦
被排山倒海一般翻新着

爱被种下来
慈祥与善良，在土地里

集聚着祖母的温度
总在每一个春天
在天使的眼底生长出来
无比新奇和新鲜的
草芽
花朵
锦鲤
蝴蝶
宽阔的胸怀里精彩纷呈
河流与人神的血脉相通
于是，英雄的姓氏
注定在河的两岸长生

浅丘笔记

一

故乡，故土，越来越远
我在梦里将一捧黄土焐热
再颤巍巍地高举，举过头顶
仔细聆听风中传来的乡音，日出月落
新安天尊寺的钟声也在里面
它们一起随着我的脉搏律动
多重的情绪总在回眸处让人热泪盈眶
从这土地里苏醒，翻身，鲤鱼打挺
青春岁月也充满激情希望和活力
无穷尽的感恩需要一次长情的告白
时间带上风雨阳光为我故园加分
情分越来越重，乡愁越来越浓

二

大河远遁，沧海桑田
在深邃与巍峨之间找到一个形容词

浅丘！平凡者自此站起来，仰望苍天
四方云潮，八面来风
沟沟壑壑里藏着神奇和故事
平淡的时光落下许多伤痕
依然如刀，内心的年轮
除却沉重和疲惫也有喜悦和希望
春华秋实都有明显的证据尽可追寻
人在新安，举莲安居，仰望神坛
似曾相识的身形被精致的黄土重塑
被膜拜的神殿也是较为熟悉的模样

三

作为神的子孙和信徒
拦住雨水犀利的一部分
将它们珍惜——这举动潜移默化
20 世纪五六十年代
热火朝天的修水库，担堰塘
碧波涟涟，绿树成荫，鸡犬相闻
新安渐渐成了鱼米之乡
在此翻越惬意的春夏秋冬
自然，春暖花开，仙云袅袅
新安也是咱心中的江南水乡

并不丰沛的滋养养活了万千子民
走出来也都神采奕奕，精神抖擞

四

许多文字从经书中散落
成鱼，成虾，成田螺，成泥鳅
成黄鳝，成五谷，成百花
水稻、玉米、大豆、油菜、麦
柑橘、椪柑、丰水梨、黄花梨
蓝莓、杨梅、草莓、枇杷、猕猴桃
葡萄、水蜜桃、花生、核桃
也从诗意胜雪的三月相继打开
属于黄土地的精彩让人陶醉

五

绯红了脸的少女从美妙的乡间
奔跑出来——桃花开处都是桃源
这一方土地从不将勤奋的耕耘辜负
锦鲤从荷叶中跃起
从草鱼、鲫鱼、鳙鱼、白鲢的欢呼中
展开气势如虹的图腾

相思随高高的铁塔越走越远
京昆高速带走新安的梦想
追去北上广
越来越多的人也纷至沓来
采果赏花，幸福的甜
由一枚枚丰盈的水果尽情讲述

文旅新安

一朵桃红没什么特别
一树桃花没什么稀奇
一片桃林，赶在三月，怒放
在乍暖还寒的季节里
点亮众人对乡土的渴望
这样就有点意思了
不是陶公说的那么纯粹
纷至沓来的红男绿女
他们兴致勃勃地徜徉其中
有了流连忘返的感觉
于是，很多溢美之词加起来
有人笑言这就是小康了
精准扶贫就是要把花种好
与桃花共享春天的花很多
恰如四面八方的游子纷至沓来
红、黄、白、绿、青、蓝、紫
这是很多年后再回来
乡村迎接漂泊的人们的方式
再画出公园式的愿景

此刻，只赏芳华，不问结果
爱情也像庄稼一样写意
鸡犬相闻的心情很和谐
非礼勿动，非礼勿言，非礼勿视
不知觉过了多少日日夜夜
新安——天岭——浅丘美成时尚
来去匆匆的小汽车也是欢快的鱼
从车里出来更小的生命体
一脚踏进这黄土地的盛情时候
时间和心态一起慢下来
寻找青春魅影，寻找仙子的踪迹
或者，看花仅仅是看花而已
突然间就觉得每一朵小花在乡村
又格外特别和精致起来
张狂的风也要在阳光里肆意追逐

朝圣戴天山

禅林在哪里？菩提树在哪里？佛光在哪里
我该怎样辨别那些万千幻化的智慧之光
我又该将不安的灵魂放置于天地间何地
一袭源自南海普陀山的风将我放在涪江边
从一场春梦里醒来，我穿过龙门，穿过青莲……
可是，我追寻梦想的脚步依然停不下来
后来，我才知道自己是一条未完成飞跃的鱼
这一生都将在路上。梵唱引我游向翠色深处……

青莲在左，江油在右，一湾清水穿心而过……
转眼之间，我便忘却青春，并在炎夏双眼迷蒙
一朵朵羞涩的莲，如意般美妙次第盛开起来……
爱情谷的万紫千红、读书台前的低吟浅唱
江油林立的高楼以及远方的一阵阵稻花香
连同盛世唐朝一起成为我落寞苍凉的背影
一同被六月如火如荼的阳光炙烤得青云袅袅
而懵懵懂懂的我执意要往巍巍戴天山上去……

一个人走下南天门。来自云霄深处，他是星星的孩子

他的名字也叫如来。他经过石林，他从山盟海誓里出来
他的每一个足印都被写成方方正正的佛字，托红青石上
他穿过通天河，毒虫猛兽的戾气被他化去，安然于梦乡
他带出一阵阵凉风，飘到了山前。他，终于立地成佛了
他仿佛知道我要走向他，所以，他刻意走到雄峻的山前
追梦路上，我沿他斑斑驳驳的足迹走将下去
很久以后，我想我真的可以叩响神圣的天门

峻秀的石峰在一线天外雨后春笋一般生长
我小心翼翼地趟过狭窄幽长的通天河水道
我穿越的其实是佛被钟乳石固化的曲折心肠
我也从神龟、灵蛇、蜈蚣、蝙蝠的梦里穿过
而后，安然走在崎岖的山路上，历数奇珍异宝
原想，我也可以在山顶小憩，听一个老者讲禅
可惜，我还是从五彩斑斓的树林里匆匆撤退
最终，我也没有成为西游神话中的一个背景

回到山脚，我发现自己依然无法融入禅林
禅林之外，我不会被茂如华盖的菩提庇荫
日月门前，我只是佛心中一个微不足道的过客
如烟如焰的阳光仍不依不饶地掉落下来
我并不甘心的眼神还在久久地寻寻觅觅
那些梵文幻化而来的花草树木或走兽飞禽

良久，我什么也没找到，唯有悄然退去
重走来时路，挥汗如雨，风翻卷着红尘
头顶高悬的明镜，又将我残忍地打回原形……

我不是仓央嘉措，我只是我，无比的小
纵然，我用血在石林写下名字，也没找到爱情
纵然，我用笔在纸间写下史诗，也难超然洒脱
或许，我无须刻意以虔诚的方式记住佛的神采
或许，季节留在我心中的悲伤与痛，将不治而愈
或许，岁月留在我腹内的空虚寂寞，将自行填充
或许，我真的应该放下那些无穷尽的念想种种
然后，我就能真正地活得简简单单，快快乐乐……

八方来客、佛爷洞以及戴天山都成了我的背影
或许，在火光中获得不多的清凉，这便是觉悟
或许，佛的本意也是要我自己去完成自己的事情
夕阳西下，我惊奇地发现：青莲在右，江油在左
此刻，右边叠翠成林，红花朵朵，此起彼伏
此刻，左边繁华喧嚣，鳞次栉比，光影交错
而我游走在中间并翻动一泓清水，流向远方……
此后，追寻诗意葱茏的远方竟也是一种必然……

佛爷洞行记（组诗）

题记：2016 年 6 月 10 日，船过江油佛爷洞，经通天河，出一线天……

篇一：叩拜山门

三拜九叩
我再抬起头
莲的高洁
佛的伟岸
徐徐呈现

一路仰望
我站起身时
发现后山
苍翠之林
尽是菩提

极目悠远
菩提的身后

碧溪潺潺
氤氲气象
如缕如烟

佛的脚下
将神香点起
我的虔诚
你的心愿
悠然升腾

走向山后
也有一尊佛
将我护佑
波澜不惊
安渡暗河

篇二：日月之门

天心、地心、人心
在日月交辉的瞬间
被一盏圣灯徐徐照亮
禅意之门缓缓打开

仙翁满脸笑容可掬
神龟灵蛇蓄势待发
天门就在不远的前方
菩提圣果盈盈欲滴

芸芸众生纷至沓来
任一曲委婉的梵唱
将一路疲惫化为尘埃
再交给通天河带走

佛光从一线天进入
万物苍生由此新生
从奇妙的钟乳石之中
将淳朴的信念捧起

万花借助灵气疯长
我也在苍翠的林间
将雪的梦想举过头顶
举成一颗璀璨明珠

篇三：穿过佛心

穿过佛心的

是一河清水
是一缕凉风
是一叶叶轻舟

初夏六月天
我晃晃悠悠
乘一叶小舟
穿过幽深佛心

佛心，安然
我瞬间觉悟
佛心，可是
这深邃的溶洞

从溶洞出来
水更加圣洁
风更加清新
我也更加干净

许众生安详
皆不露狰狞
皆不必恐惧
皆在佛心安睡

幽深的梦寐
将崎岖掩藏
悲苦和疼痛
都被凉意冷却

蜈蚣与蝙蝠
灵蛇与金鲤
风华与人群
一一穿心而过

篇四：走出一线天

奇妙的时光
从绝壁小孔
悠悠地溜进来
缓缓注满凡心

一盏禅意灯
被悄然点亮
亮成温情火焰
照亮了通天河

芸芸众生相
皆穿心而过
一路微波荡漾
迎面清风徐来

一叶叶小舟
将众生普度
途经幽幽水路
又许繁华重开

走过一线天
宝贵的光明
重被一一识读
凡心从此豁达

篇五：寻梦通天河

乘坐一叶轻舟
一路晃晃悠悠
从幽暗的水道
向光明远处划行
重拾西游神话

繁花正在远处
菩提也在远处
神龟和鲤鱼精
被梵音一一归化
魔性从此深藏

唐僧打马远去
悟空不在云端
八戒以及沙僧
也未留半点痕迹
传说空留余音

通天河水如昔
日月之光如昔
福地洞天如昔
南来北往的人流
如风如水如鱼

篇六：福地洞天

北倚戴天山
大佛低头向南看
太白读书声

重沸苍山翠林间

玉面桃花仙
轻歌曼舞窦团山
佛从不在意
鼓乐喧哗瑶池边

西方金光现
太乙手中莲叶鲜
俗世恩怨尽
精魂重铸在乾元

天赐钟乳石
神造福地别洞天
菩提在洞中
聆听山风吹八面

悠悠通天河
穿透凡心了尘缘
俗人终禅定
荣辱不惊几千年

四山花如海

阳光风雨共缠绵
悠悠菩提心
常挂苍穹高月悬

篇七：爱在石林

跟着爱人
哪都是天堂
这是谁的宣言
被一群石头
从此铭记于心

海枯石烂
又是谁的承诺
激荡于石林
连石头也活了
紧随繁花盛开

石头呀，石头
一株小草也依恋
痴心感召日月
佛也悄然动容
乘舟划过通天河

万千姻缘
被一条条曲径
发散开来
爱情的花朵
纷纷点亮远方

篇八：如来

炎夏六月
我向佛走近
佛也走近我

我携风而来
我携愿而来
可佛还在原处

绕了一大圈
绕出佛爷洞
我又重归凡尘

来时汗淋漓
去时汗如雨

我只清静片刻

佛退于身后
莲藏于梦寐
像我如去如来

像那通天河
像那一线天
我乘轻舟漫渡

我不能带走
哪怕一丝清风
哪怕一丝凉意

太白楼

一

巍峨的天宝山上
一朵清新的青莲花
似曾在昨夜梦见
人声鼎沸的唐朝
一同出现在梦中
一座阁楼悄然崛起
而在苍茫茫的晨曦
菩提葱茏的愿望
一并被人从容托举
一片翠色碧连天涯
一泓清水神韵怡然

二

一座精致的楼阁
默然醉了天下诗
默然醉了天下人

回眸一幅千古长卷
李白恰逢青春少年
酩酊处，信笔草书
一樽江月潇洒临风
一弯长河蜿蜒蛇行
千条修行的道路
引领芸芸众生来朝
悄然放下尘世艰辛

三

一头青羊过蜀中
一只青鸟下云端
俯首人间三月三
桃花朵朵点青山
多少美妙的红颜
在阁楼前流连忘返
多少空灵的飞燕
在阁楼前凌空炫舞
热烈的艳阳蒸腾
仙霞袅袅的圣境
任人放纵心猿意马

四

铁杵磨成绣花针
十字格中展乾坤
一只蚕跑过春天
一匹骏马叩响苍茫
母亲忙于穿针引线
诗人张开他的臂膀
尽情打捞日月精华
神也从阁楼前过
神是诗意的丛林
一条侥幸漏网的鱼
正从唐朝奔赴现代

五

神忧伤的眸子里
悄然漏过电光火石
悄然漏过清幽的泉
悄然漏过飘逸的云
悄然漏过很多的莲
世事真是百无聊赖
任人伸长了手臂

也只偶得只言片语
如剑的丰碑林立
很多诗人的姓名
也被神黯然忽略
一如神忽略了自己

绵州漫笔

一

从新石器里拔出，一枚坚硬的月牙
向高天举起手臂，划过川西北大地
少时，风云涌动，电光石火疾行
一条大江便从冰冷的岩缝中奔涌而来
思想也随一路荡气回肠的歌唱而活跃
从一个雪花堆砌的圣洁的山峰跳下
雷厉风行，带动人群狂热地呼喊
潇潇洒洒，携花瓣、落叶、泥沙
一起狂奔飞越逐渐火热的春夏
而后，到绵州放慢脚步，积淀、沉吟
身后的岁月被继续打磨，而光荣与梦
在更加漫长的征途里砥砺奋进
比陶更犀利更厚实的意象，逐渐成形
比玉更珍贵更漂亮的光泽，逐渐显现
一座瑰丽的城邦逐渐垒筑而成
游仙、涪城、高新三大神奇的板块
因为源源不断的江河流水而富饶起来

二

回望漫长悠远的岁月，崇山峻岭间
四千五百年时光漫渡，一条晃悠的船
在一片广袤的沙滩上靠岸，而后
进入某一年桃花盛开的山林隐退下来
这时候，锦鲤们不再需要一片龙鳞
这时候，青龙更加不需要腾空而起
这时候，彩凤更加不需要羽衣霓裳
这时候，只需要气定神闲地安下营盘
看一个大写的“涪”被演绎得淋漓酣畅
真正的大手笔，只能用叹为观止来形容
荡气回肠，高筑楼台，不可避免的情怀
构成一座又一座水湾城邦以及富丽花园
这确实需要很多的心血和智慧长期积累
这确实需要很多的年华与风雨共同凝聚
这确实需要日月星辰的宠爱不遗余力
这些年，力与美的构造力，相得益彰
这些年，日精月华也积累了不少的经验

三

这世界没有最美的展现，只有更美

对美的追求之于绵阳从来都没有止境
从很久很久以前的春天苏醒，展开触角
美丽渐养成，月牙曾经吻过女神的脸
而后，看，这些构造，从来都不够圆满
难怪，难怪一直在琢磨的路上精益求精
在此，可以安放想象力，可以构建的美
太多，所以，一定要一直延续下去
荣耀，鲜花，掌声，诗歌，繁华，翠色
涵养，悠闲，超然，境界，飞禽，走兽
同在一幅宏大的画卷里层出不穷
一条江的激情带活了所有平凡的元素
于是，几千年的历史也从来不感到孤单
李太白、李调元、欧阳修们从来不寂寞
于此，拥一城春色足可以颐养天年
于此，拥一座楼阁足可以安放梦想
于此，拥一壶“丰谷”足可以陶醉人生

四

锦鲤化龙的传说一直发酵和酝酿
因为一道龙门一直都在，好多年了
一直也没人说得清看得明想得透
冥思，千年以后的某年某时某刻

从龙门跳进来，又一条无忧无虑的鱼
第九千九百九十九次放下飞升的机会
因为，绵阳是一个更实在的归宿地
九天浩渺，崇山叠翠，未及圣水参禅
或者说，越王楼上，凭高望远也美极了
或者说，太白楼上，摘星辰不在话下
或者说，生命的境界原来有很多种层次
举青莲游弋到绵州的每条鱼都头顶明月
而它们的故乡其实都不在琼楼玉宇
遥远的歌声抵达三江大坝也都百转千回
桑田成沧海，奔波的浪子回头望原乡
仙霞迭起，风景如画，花开四季如春
凡鸟于此也成仙道，凡鱼于此也得长生

五

仙境——极致——悠闲——美妙
从神秘的词典里落下熠熠生辉的文字
绵阳，其实就是绵柔与阳刚的结合
江湖曾经的暴戾无法拆开这样一段缘
而风水的绝配也赐予绵阳幸福安康
剑南被文人墨客偶然提及。而后
在绵州寻觅便成了很多人的闲情逸趣

谁的剑遗落下来？李太白还是欧阳修
重返青春少年的他们其实不与人争锋
放在绵州这片土地上——如马放南山
当然，这里还真的有一座南山
等待着像陶渊明一样的京城倦客
南山上的朗朗读书声也是热情欢迎词
当然，这里还有一个南湖又在等谁
等从南郊来的神鹰归来沐尽尘埃
还是等一只红嘴鸥从北冰洋迁徙而来
或者，还有更美妙的等待，不可尽言

成都到绵阳，一段朦胧的意境

成都到绵阳
一段朦胧的意境
被我一次次穿越
从拥挤的火车开始
或从高速大巴开始
或从动车开始
或从高铁开始
我是幸运的现代人
可是在高科技时代
我的肉眼受到局限
身边的麦苗壮成长
身边的楼高低错落

从繁华的成都
到次之的绵阳
家，越来越近
我在朦胧的意境里
驰骋或放纵思绪
我从芙蓉到青莲

翻过三国的惆怅
翻过大唐的欢歌
翻过宋朝的婉约词
还有川戏火锅变脸
精彩的意象成背影
我也是匆匆的过客

终逃不出那些朦胧
在成都到绵阳的路上
我看见一个蜀国士兵
还在远征的路上
剑阁，雄关漫道
从烟尘里拔出来
山的气魄逐渐清晰
远望一条天路崎岖
遥指碧海云天
踉跄的刀光剑影
被生锈的时光包围
一些风雨潇潇洒洒

青白江，一个人的衷肠

一

从羊拱山顶画出一条河流
一条如墨的河流始出白雪
滚滚长江磅礴雄浑的气势
泱泱大中华汹涌澎湃的血脉
在一张地图上鲜活灵动起来
一条苍龙的神魂栩栩如生
黑水、岷江、青白江、长江
一串串响亮的名词气贯长虹

黑水是滔滔岷江的一部分
岷江是浩荡长江的一部分
青白江是从诗意豪迈的岷江
抽出来格外优美动人的选段
当然，青白江在中华大地
也是一部激动人心的吟唱
而荡气回肠的歌在神的心怀
迸发出令人惊叹的柔情阳刚

山风穿过了汶川大禹神殿
江水穿过了都江堰宝瓶口
所有始于大雪山的梦想哦
在青白江上一瞬间豁然开朗
所有水做的音符一起跳荡
每一滴都拥有迷人的芬芳
每一滴都拥有珠玉的华彩
每一滴也都拥有欢快的灵魂

站在川西坝子边角，仰视
风云变幻的天空中，一只鹰
在九天之上搜寻着青白江
一段潜藏了数千年的秘密
追逐着同一片蔚蓝的大海
跟随激情宣泄不止的江涛
一起展读一部壮丽的史诗
一起畅想灿烂辉煌的大时代

二

滔滔岷江水经过大禹故里
然后，在都江堰某处拐弯

并且选在靠近成都平原之前
经历另一段迂回和蜿蜒曲折
再靠近一朵木芙蓉的芳心
可是真的就要靠近那朵花了
青白江却又羞涩地侧身远去
只留给成都一个潇洒的背影

粉红的木芙蓉开在深秋里
粉红的木芙蓉开在大成都
粉红的木芙蓉开在川西坝子
青白江也以木芙蓉为背景
从一场芳菲的梦境中苏醒
而在芳心乍现的美妙一刻
时光老人恰好打开阳春三月
阳春三月，千树万树桃花开

阳春三月，怒放的桃花们
在青白江滋润的土地上峭立
无畏无惧激烈的风刀箭雨
在乍暖还寒的气象里盛开
美丽的仙子引领乡村少女
一同在青白江边露出了笑脸
文人墨客与凡夫俗子一道

走在神采飞扬的桃花深深处

背对大城市的繁华与喧嚣
向着无限春光的源头迈进
此刻，无须陶渊明的指引
此刻，只需放纵自由的脚步
在桃花层出不穷的仙境里
一直无忧无虑地走将下去
芳菲的青白江水穿心而过
每个人都有了一方世外桃源

三

三星堆的秘密，神也曾想
将它们像自己一样深深埋藏
就在青白江深沉的沙滩内部
一直将心事默默埋藏下去
永久封存并不再被人发觉
可是滚滚江涛竟然翻来覆去
从泥沙中不断淘宝，淘金
不厌其烦地揭露着一些端倪

很多年后，在青白江边上

一只青铜鼎被人挖掘出来
数柄柳叶剑被人挖掘出来
大量青铜戈被人挖掘出来
一个青铜面具被人挖掘出来
一个王字也被人挖掘出来
一个蜀字也一同被阳光放大
一个巨大的猜想被持续发酵

古都、坟墓以及天外来客
这些也是悠悠青白江的孕育
这些也是悠悠青白江的杰作
这些智慧结晶哦，多么奇妙
叹为观止的遗迹重见天日
越来越多的考古者肆意远征
从一个王朝到多个王朝翻出
那些鲜为人知的碎片或器皿

一同暴露于光天化日之下
金戈铁马的旧梦驶出青白江
博大精深的三星堆文化之外
可还有更多惊世骇俗的秘密
岁月大浪淘沙的习惯使然
一些光怪陆离的事情被发现

另一些稀奇古怪的历史残片
会在不知不觉中被越埋越深

四

遥想着“青白江”三个字
原来有多少种形式的书写
遥想着青白江会是谁的柔肠
沿途青山们雄浑的精气神
由一条大江即兴泼墨而成
蘸江水书写的人呕心沥血
写出青白江儿女的梦与自豪
写出不一样的漂亮以及芬芳

沿着青白江岸悉心地理解
关于这里的青和这里的白
青的是一路奇异的山山水水
青的是翠色连绵的片片荷叶
青的是天空最干净的颜色
白的是云朵们飘逸的裙衫
白的是柔雪们圣洁的肉身
白的是一张洁净无瑕的稿纸

青白江在一张稿纸上重现
青与白的融合，奇妙无穷
青与白的书写，妙趣纷呈
一如悠悠青白江丰富的气韵
在苍茫的中华大地上展开
一如茫茫白雪历尽千辛万苦
将智慧聪明的人类孕育繁衍
一路缔造出伟大的发明创造

万花的姹紫嫣红应运而生
草木的叶茂枝繁应运而生
沃土的欣欣向荣应运而生
青与白相融的江流呕心沥血
孕育着一座城壮丽的图腾
由青白江养育的每一个人
都肩负着青白江的梦与传承
每一个人都是青白江的信使

五

从江河富养的城乡里出来
带着人文厚朴的古风出来
带着卓越的光荣与梦想出来

一个美丽动人的青白江女孩
很自豪地说出青白江三个字
青白江是她芳华绝代的母亲
而她的美丽只是其中一部分
她说自己只是一朵三月桃花

从青白江一角飘进绵州城
她说她是青白江上的春桃花
在一场柔软的冬雪后盛开
然后，借助春风的推送飞翔
燕子一样寻找着生命的远方
透过她明媚的眼神就能看到
一棵棵桃树惊世骇俗的花开
那么清纯无瑕那么美艳动人

她微红的脸庞恍若桃花仙
她是青白江美妙的元素之一
我从她的气息里深深感受着
她身后蓬勃旺盛的现代文明
她身后层层叠叠的神秘意象
她内心里跳动着的江的律动
她跟我讲述青白江的种种
她的语言将我深深地吸引着

她跟我讲杏花村、凤凰湖
她跟我讲花园沟、桃花山
她跟我讲弥牟武侯八阵图
她跟我讲陆放翁的歌与叹
她跟我讲寿佛寺、三清观
她跟我讲半池盛开的荷花
她如痴如醉的语言倾泻着
让我在一旁也听得如痴如醉

峭立青白江随想

一

一条鱼在青白江回望故乡
苍茫茫的岁月，峥嵘迭起
巍峨挺拔的雪山起伏延绵
从羊拱山奔腾而下的河流
穿过了深深沉沉的冬夜腹地
画出九曲回肠的行进路线
映射出格桑花的倔强与坚强
而这一切仅仅只是个铺垫
汶川出口大禹治水的神像
遥望一条长龙呼啸着远去
在都江堰一角猛然一个侧身
便拐向三星堆方向策马狂奔

二

成都，木芙蓉的深情昭示
让一条江有了更多的衷肠

此后，一个人用更多的时间
迂回更远的道路向世界倾诉
足够的阅历是膜拜的要件
许多年后，悠悠青白江水
悄然成就了卓越非凡的自我
某一刻重新打开华丽的春天
冬日的沉重，冬日的蹒跚
冬日的冷酷，冬日的伤悲
在青白二字之间豁然开朗
在万紫千红之中续写新传奇

三

在天地之间书画青白二字
青的是半池的莹莹荷绿
青的是群山延绵不绝的气派
青的是一泓碧水不染风尘
白的是昊天明月无瑕的光华
白的是圣洁的雪的萌萌初心
白的是莹玉，白的是哈达
青与白的合体，美轮美奂
刚与柔的融合，其乐融融
风尘仆仆而来的芸芸众生

在大江的柔肠里百转千回
寻找星星留下来的奇珍异宝

四

青白江的秘密，惊世骇俗
沙土里竟长出了柳叶宝刀
沙土里竟长出金戈铁马之梦
沙土里展开了武侯八阵图
沙土里发现几只折断的长矛
沙土里挖出了冷峻的宋词
沙土里一个王字大白于天下
沙土里一个蜀字惊艳全城
沙土里隐约还有杀伐呼喊
一浪高过一浪地响彻天宇
坟墓与王朝一同苍凉问世
可江水将人喊醒又自顾远去

五

桃花们激情盛开的季节里
马鸣长嘶惊觉了深邃的寒冬
望远方，温情的红颜如梦
一条大江柔情款款的眼眸

许我着一袭青衣立在江边
与一个青白江美少女对视
杏花村或花园沟作为背景
一同聆听桃花山上的梵唱
寿佛寺成为膜拜的新起点
源自江心的歌唱传遍四方
华光照耀朝气蓬勃的新城
华光照耀一方沃土的新图腾

六

在青白江一隅聆听着江涛
一个逾越千年的传说被重温
一颗光芒万丈的新星在升腾
一只水鸟从凤凰湖畔起飞
它的口里一直念诵着青衣
白色的云缕河流一样奔腾
虚拟的场景恰似亲身经历
在青白江的春意里蔚然峭立
像一棵桃树展开曲折的想象
像一柄柳叶刀与仙侠同行
像一座青铜鼎盛装一池美酒
像一支粉红的荷莲脱颖而出

青白江岸，桃花开

一

严寒的冬天终于过去了
春天来临，一颗干净的头颅
喜出望外——混沌的世界
终于，终于，一青二白
繁花也在积极准备迎春怒放
带给一条江——一座城
一场欣欣向荣的视觉盛宴
此前，多愁善感的忧伤
散失在明媚春光来临的清晨
野草欢呼着，人群喧闹着
一只红嘴鸥横跨西伯利亚
向南回眸，然后，向南远航
她看见一树桃花芳华绝代
她的内心涌动着追寻的渴望
她的勇气像一条惊艳的长虹
在苍茫天宇划出漂亮的轨迹

二

她不是孔雀，她是红嘴鸥
她寻的不是一团热烈的火焰
她找的是一片温暖的水草地
她也在冥冥之中看见天堂
就隐在桃花盛开的青白江岸
烟霞氤氲的凤凰湖是个仙境
灵巧如仙子般的红嘴鸥
以锐利的目光刺穿滚滚烟云
她还发现在青白的情愫之间
一朵朵桃花的娇羞与热烈
在人群中带出欢乐的海洋
一条大江，因此，温情脉脉
一座新城，因此，华丽登场
青春飞扬的三月啊，诗神
欣然吹响了追梦的集结号
越来越多的生灵在龙门汇聚
他们意气风发地昂首峭立
他们飞快地经历浪淘沙之痛
再一同奔向崇高的荣誉之巅

三

龙门沟被粉红的桃花点亮
沉睡两千年的巨龙睁开眼睛
桃花粉红色的嘴唇信口开河
说龙门沟是一个神奇的出口
从龙门沟经过的芸芸众生
每一个都是锦鲤，五彩缤纷
深深地吸引着四面八方来客
去如此圣地安放疲惫的灵魂
陶渊明的诗句在这里成行
纷纷扰扰的浮尘急速后退
耳目一新的景象纷至沓来
龙的源泉、龙的脉搏与传奇
在一朵桃花博大的胸怀内部
抚育出一棵棵神采奕奕的树

四

一年一度的阳春三月来了
桃花们总会笑乱春风的节奏
而每一回几乎也都是这样
春风弹起了春姑娘的华发
似琴弦，似阡陌，似柳枝

被一只无形的手潇洒地梳理
那些曾经锋利的刀枪剑戟
那些青铜铸造的骄傲头颅
被不经意掀开了神秘的一角
随即，又被狂沙和浪涛淹没
而后，用一条大江来修辞
留下好多的念想让人去寻味
把传说都栩栩如生地讲出
英雄们也都从醉梦中苏醒
惊叹村口桃花依旧笑傲枝头

五

每一朵桃花都似曾相识
每一朵桃花都清新雅致
每一朵桃花都无忌无邪
她们在心中的栖园里盛开着
漂亮的蝴蝶为她们翩跹起舞
她们是一群纯真的乡村少女
从龙的雄浑气魄中抽取出来
无比温婉的柔情，美丽大方
玉洁冰清的面容，粉面含羞
文人墨客将她们追捧、痴念

充满希望的春天也由此开始
耕耘、播种爱情的牛儿
背负起激情昂扬的岁月奋进
大汗淋漓，节奏欢快。心胸
无穷尽的兴奋和喜悦在汇聚

六

一路向南，追去，追去
去青白江内心深处安营扎寨
按下云头，一群锦鲤来迎接
这些曾梦见过天堂的候鸟
都化身乖巧的孩子隐居下来
坎坷崎岖在身后百转千回
徜徉于明丽欢快的三月天
许多铿锵在心怀荡气回肠
许多少豪情在手心汹涌澎湃
以青白江为背景兴建城邦
以桃花为曲子化清水为美酒
治愈伤痛，养足气力精神
虔诚等待下一次的御风飞行
用翅膀带动一条大江腾飞
直向金碧辉煌的诗意和远方

七曲山

人生九曲，或许太多
在梓潼，七曲便是极致
酣畅淋漓，气盖云天
磅礴之势，从未截止
翠云展开一条悠远的路
展开一条如画的长廊
展开一段无比奇妙之旅
指向无比神秘的高处
而高处也是无尽的远方

无尽的远方有座神庙
神庙的香案之上端坐着
众生顶礼膜拜的人和神
只待悠远的钟声响起
蜀道难的感慨便戛然
凤凰播下绝妙的传说
一如撒下火焰，撒下花
在一卷苍劲的水墨里
尽情地欢呼，嬉戏奔跑

文曲星又回到了童年
很多人一起回到了童年
虔诚地阅读夏、商、周
重温大禹治水的神话
再用刻骨铭心的痛感
倾尽心血，造一条龙舟
渡慕名而来的芸芸众生
渡尽尘世苍茫，而后
峥嵘且匆忙的脚步慢了

在一片悠闲的时光里
放纵美妙的年华荏苒
无忧无虑，无忌无邪
畅享此中的山风、雨露
畅享此中的鸟歌、虫鸣
畅享自然旺盛的表现力
或者，画出一轮明月
或者，画出一条河流
或者，放飞漂亮的蝴蝶

潼江水

时间，被化整为零
再重新荟萃天地精华
经历了数次悉心打磨
雨雪越过寒冷的冬天
带着崭新的梦想抵达
令人耳目一新的春天

重现，瑰丽的场景
梅朵怒放，凤凰涅槃
某年早春，龙抬头
欢天喜地的人们高举
旗帜以及丰硕的谷
向自己的母亲河致敬

熙熙攘攘的人群中
穿蜀字背心的少年
一个、两个、三五个
十个、百个、千万个
他们又要开启一场

关于诗和荣耀的远征

衣锦还乡的梦还在
那条指向云天的古道
经历了千古悠悠岁月
至今，还在——昭示
汹涌澎湃的血在奔腾
而他想一步步走下去

淡去了杀伐的无奈
忘却背井离乡的孤独
高举一碗清幽的潼水
故乡便在明月深处了
天堂与故乡彼此昭示
少时便引人酣然沉醉

蜀道，柔肠刻骨

蜀道，参天的古柏
为斑驳的岁月作证
刘备、张飞、姜维
纵马撩起一阵阵云烟
诸葛亮轻摇羽扇间
多少英雄人物过去了
多少文人墨客过去了

他们从一座神庙里
像风、像雨、像流光
犀利地穿透庄严气度
那条蜿蜒云天的路
是一条河，是一条江
是一根格外柔软的肠
连接梦寐以求的远方

多少艰辛困苦化了
路上的感觉其实很棒
路上除了曲折和坎坷

还有奇异的花草相随
还有淡黄的阳光铺陈
当然，还有缠绵相思
在漫漫征途百转千回

蓉城花语

冥冥中，看见群山向四方退却
一只神龟长足漫步，在洪荒的沙滩
收紧曾经凶悍暴戾的江河
沧海桑田，胸怀越来越广阔厚实
冥冥中，注定要用神奇的足履书写
唤一朵巨型的木芙蓉从幽梦中慢慢苏醒
恍若凤凰舞动图腾……晨曦，万叶高举火焰
在广袤的川西平原——在天府，在成都
筑城，筑梦，筑爱，或煮一炉麻辣火锅……
一群红嘴鸥自北冰洋出发，万里跋涉
突破冰封季节且展开电光火石的渴望
向南——向南——向南……高歌猛进？不
它们把悠扬的童谣献给梦里水乡——给成都
温婉的情在这里长成清纯翠绿绵长的水草
仙霞迭起，日出月落，星辰璀璨
光影交错——换一场流连忘返的醉，甚好
想想也实至名归，梦寐以求的天堂在成都
紧随而来的是百鸟不约而同地欢呼跳跃

成都，成都，成都……
这是一块古老又现代的福地。众生所向
穿过宋朝烽烟，花蕊夫人来了
只因爱在成都——美在成都
南阳诸葛先生来了，甩开三国纷争
只因龙在成都——智慧在成都
跳出盛唐的无奈，杜甫先生来了
只因诗在成都——归宿在成都
搭几间草舍再叹一声：安得广厦千万间
一世清奇的声名因而千古传承
当然，滔滔不绝的岷江也望西岭雪而来
到成都，一转身便埋葬了狂热的金戈铁马
只留下青白二字在人间铭心刻骨
千载以后，桃花盛开的三月簇拥玉宇琼楼
蝴蝶斑斓的翼无穷无尽地展开青春的想象
穿过宽窄巷子——过春熙——过人民公园
继续东南飞……独角兽，发出呦呦鹿鸣
荡气回肠的胸怀里迸发出时代最强音
这些属于大成都的奇异风景纷至沓来
不觉间，众人以高铁动车神鹰为引擎
放声呐喊：兴隆湖！成都兴隆！天府兴隆
激情回旋：四川兴隆！西南兴隆！中华兴隆

于此，兴隆二字恰也是蜀锦里最棒的动名词
于此，峭立，极目远眺，握一束粉红的芳华
现代成都人打开一幅幅旖旎的画卷扑面而来
清新脱俗，明丽恢宏，日新月异，妙趣纷呈

情牵鹿溪河

呦呦鹿鸣，云天外
恍然与龙吟无异
时光的错觉演化一条河
从苍茫深处奔涌出来
芳华潺潺，笔走龙蛇
指向人间——天府东南
瑰丽新城正等待她哺育

注入神魂，充盈精血
舒展春暖花开的新世界
隆起的浅丘做肌肉
八百里成都平原做胸怀
远山纵横做强健的骨骼
五年缔造，日新月异
旖旎的风景正纷至沓来

玉宇琼楼，星罗棋布
浓墨重彩的一笔画出
天府新区便轰动于世

寄情新中国七十年辉煌
这惊艳不过是宏图一角
悠悠鹿溪河，荡气回肠
还有很多神奇等待书写

龙泉山下太平抒

一

凤舞龙泉，清脆的水声
与百鸟同奏一曲天籁
一旦开始便是倾情的投入
演绎，激情的乐章
没有人能望见苍翠的尽头
星星点点的花点缀
如痴如醉的热土里苍山崛起
让人不自觉忘了时光交错
那些斑驳的伤悄然治愈
极富创造力的龙泉山人哦
在天府新区这个大图上
展开壮阔且错落有致的波澜

二

浅丘是它强健的肌肉
山脉是它卓异彪炳的脊梁

风华轻轻地一声波动哦
漫山遍野花果开太平
一派引人入圣的风光正在激活
金色的阳光正在集结，结枇杷
多如朱玉的果实让乡亲富有
从物质到精神的满足感
一车车运抵华阳——成都
或者，去更遥远的时空述说
关于幸福的创造过程如是简单
平凡中，可见血汗与智慧结晶

三

无穷无尽的春夏秋
品鉴，意味迭出
三月桃花红醉了追风少年
红彤彤的脸庞醉了龙泉
多年以后，回望那花果山上
热辣滚烫的血似有骏马驰骋
让人在诗情画意里狂热地追寻
笔走龙蛇，画出心中图腾
东胜神洲的一段奇遇
在沧海退尽的现在，只剩下

一如既往的石头在将苍天仰望
蔚蓝色的天空，好多的蓝眼睛
许下越来越多的祈愿
许明月之光将悟空的夜照亮

四

从一枚石卵中衍生
一条荣耀加身的鱼
飘过鹿溪河再从兴隆湖跃起
而后，一枚胭脂脆予我神通
来了，我抵达龙泉山下
来了，我觅得太平的真意
来了，我要为爱找一个栖息地
新天府——长歌激昂
我的血脉被她的魅力不断填充
澎湃的心潮高过琼楼玉宇
或许，我的手臂自由舒展
向天空——向远方——向未来
一直延伸下去……或许，众生
对幸福的渴望，注定没有尽头

拜水都江堰（组诗）

篇一：伏龙观

世人络绎不绝
纷纷登上伏龙观
他们想干什么
点起一炷神香
献给二郎真君
还是要看看聂郎
他在水下的挣扎

岷江早已温驯
天下早已太平
世界鸟语花香
可深潭依然很冷
铁链依然未朽
石头从未开花
骏马从未长角

天意总是漠然

神祇总是冷峻
锈迹斑斑的链锁
沉在翻滚的江波
紧锁不幸的灵魂
二郎神已远游
聂郎，谁来度化

也许，没有人
能够改变天意
也许，还需要
一万年的等待
历尽了万世沧桑
罪孽才能赎清
聂郎才能新生

篇二：南桥

从复兴街到幸福路
有一座古老的南桥
跨越了千古都江堰
从伏龙观到二王庙
南桥也是一条捷径

南桥的风很凉很凉
南桥的夜很凉很凉
站在南桥倾听江涛
岷江气势磅礴而来
又如万马奔腾而去

我在南桥望见远古
就在灯火阑珊之夜
我竟穿过了宝瓶口
又从宝瓶口到鱼嘴
从鱼嘴到两千年前

悠然走进两千年前
走到李冰父子帐下
我也想做一个民夫
跟随他们一起劳动
挑土、搬石头、淘沙

半夜里的冷风吹起
将我疯狂地拉回来
我从洪荒的岁月里
从火热的劳动现场
被很不情愿地拉回

踩踏着李冰的足迹
我回到繁华的现在
从鱼嘴看马槎打开
带着万民的欢呼声
跟滚滚春水跑下来

跑过了幽幽的南桥
追到了成都大平原
我跑进了万家灯火
跑进了盛世繁华中
我欣然成了一滴水

篇三：宝瓶口

两千多年前
谁遗忘了宝瓶
落在了灌江口
两千多年后
观音的宝瓶
还托在手掌上

两千多年了

宝瓶一直都在
在玉垒山下
在灌江入口
两千多年了
并没有人找寻

伏龙观大殿
二郎仪态悠然
二王庙大殿
李冰稳如泰山
岁月凝固了
丰功和伟业

汹涌的岷江
千万脱缰野马
一路咆哮而来
可是，钻进
幽幽的宝瓶口
再也没了野性

穿过了绝壁
岷江从宝瓶里
重新钻出来

像一群乖孩子
向成都跑去
跑出沃野千里

篇四：二王庙

二王庙大殿
李冰父子俩
一坐就是两千年
庄严了玉垒山
神奇了都江堰

回望洪荒岁月
岷江汹涌而来
太守李冰正在江边
跟平民百姓一起
淘沙、砌石、挑土

肆虐的洪流
逐渐退回去
带着不甘的咆哮
向玉垒山低头
向两个人屈服

一个脱下官袍
一个放下骄纵
引领着万千百姓
在巍巍玉垒山下
规整混乱的江流

两个卓越的人
以神的坚强意志
以人的绵薄之力
凝聚芸芸众生
一起开山劈石

带血的足迹
走出了非凡之路
厚茧的双手
缔造出旷世奇迹
都江堰千古传承

浩荡的岷江水
从都江堰出发
奔赴广阔的成都
涓涓细水长流

润生千里沃野

朝觐的人们
从四面八方赶来
登上二王庙
面对高贵的神坛
纷纷点起神香

感恩的人们
用鼎盛的香火
将伟岸的神灵
放在灵魂最高处
从此 顶礼膜拜

篇五：望娘滩

养草而草疯长
养粮而粮猛涨
养钱而钱急聚
可惜，这奇遇
一颗遗世宝珠
救不了聂郎

聂郎也救不了
水深火热的乡亲
走投无路的人
终于怒不可遏
苍天也狂怒了
掀起惊涛骇浪

吞没一切丑恶
报得血海冤仇
可是再不能回头
聂郎变成孽龙
也只是转眼之间
狂怒殃及无辜

追海的道路上
风雨交加之夜
娘在声声呼唤
聂郎一步一回头
每一次的回眸
留下一个河滩

娘越来越远了
雨越下越大了

聂郎好想回家
聂郎好想亲娘
可是，也只能
选择背井离乡

娘还在家门口
深情款款地望
双眼热泪盈眶
可是，望不尽
岁月风雨沧桑
空留二十四个滩

每一个望娘滩
都是一个惊叹
而每一个惊叹
都是一个呐喊
撕心裂肺的痛
响彻寂寥时空

寂寥的后世
并没有人知道
石头何时开花
骏马何时长角

也许再也不能
返回幽幽故园

篇六：安澜桥

从二王庙出来
一路沿江上行
去鱼嘴到金刚堤
再去观飞沙堰
从飞沙堰到鱼嘴
经鱼嘴登望江楼
两次走过安澜桥

古人在桥上往返
走过了多少寒暑
今人从桥上来去
翻阅了多少春秋
江水从桥下飞流
人在桥上晃悠悠
晃过了多少流年

内心并不踏实
可还是要过这桥

每一次走在桥心
总有人会惊叫
缆绳激荡起来
笑声与惊叫和弦
一次次安然走过

千年悠悠岁月
经晃荡的安澜桥
穿过无常的风雨
都江古堰安然
黎民百姓便安然
悠悠岁月便安然
安澜桥就像摇篮

晃晃悠悠的桥
江涛一样荡漾
荡漾着千年古风
荡起欢声笑语
荡起浪漫情怀
携一缕桃花香
随岷江去远方

篇七：鱼嘴

乍暖还寒的风
携巍巍雪山之梦
踏着明媚阳光
走出崇山峻岭
就要走上大成都

走近了灌江口
欢快的江水停下
停在鱼嘴前方
一大片开阔地
等待万民检阅

内外江分水口
金刚堤的上游
江风扑面而来
恭候着桃花盛开
恭候着砍倒马槎

马槎一一倒下
激动万分的春水
骏马一般冲出

纷纷涌入内江
迎接万民的欢呼

滚滚春水流向
广阔的成都平原
涌进百姓心中
异常喜悦的人们
尽情地载歌载舞

一路锦旗飘扬
一路激情豪迈
狂欢到夜幕降临
礼花漫天飘舞
孔明灯万焰飞升

篇八：飞沙堰

洪流席卷狂沙
沿金刚堤下来
一路气势汹汹
就要涌入宝瓶口

路经了飞沙堰

狂沙放下莽撞
跟不安的洪水
一起投向了外江

宝瓶安然无恙
南桥安然无恙
内江安然无恙
都江堰安然无恙

狂沙在外江滩
纷纷偃旗息鼓
洪流改道外江
将野性慢慢放下

成都安然无恙
川西坝子无恙
千里沃野无恙
芸芸众生无恙

诗意犍为组

篇一：茉莉飘香

一些莹白的雪
总会在早春飘落
并在阳光下舒展
撩动满地翠绿
惊醒优雅的茉莉

滚滚岷江水
从犍为一角经过
竟放慢了脚步
且放下磅礴气势
转而温情脉脉

雄浑与柔美
凝聚于茉莉花香
任何一碗清水
只要你捧在手心
定有茶香四溢

茶香与花香
在博大的胸怀
同将日月精华
慢慢融合在一起
自成天地一绝

走在犍为清溪
若你被茉莉香迷醉
那一点也不奇怪
因为，杨雄醉过
因为，李白也醉过

篇二：船形街

船泊罗城古镇
任凭风吹雨打
佛在此超度世人
从大明王朝起
用一碗茶香融尽
多年烽火之伤

盖碗茶里飘着

清新怡人的茉莉
竹椅上坐着的乡亲
悠闲地摆龙门阵
偶尔也听听川剧
疲惫在不觉间融化

在精彩的舞台上
神的脸谱变来变去
坐在船上的人们
也换了不计其数
但茶香依然如故
乡音也依然如故

篇三：嘉阳

一列蒸汽小火车
从悠远的春天里
鸣着汽笛缓缓开来
载着犍为乡土情
驶向春意更深处

荡开苍茫岁月
两旁的油菜花

总开得灿烂辉煌
清风摇曳的梦
一路洒满阳光

奔腾的岷江水
在身后源远流长
多少年华追忆
滋味也总是这样
饶有趣味地遐思

在如画的乡村
仿佛不曾有过
纷纷扰扰的故事
有的只是似锦繁华
总叫人流连忘返

篇四：清溪驿

一只青鸟飞临
鸟羽以及鸟鸣
唤醒了潺潺碧水
自青山如光流泻
自由地浅唱低吟

途经这清溪驿
诗仙醉眼蒙胧
望三峡，下渝州
他也只是过客
注定要来去匆匆

头枕清溪入梦
缱绻的相思情
宛如茉莉飘香
从一个春天出发
从此也诗意飞扬

篇五：桫椤湖

一颗明珠滴落
那是天使的泪
从远古缓缓滴落
流泻万千华彩
养育丰盛的水草

两岸翠色延绵
一片水美如碧玉

一条船穿心而过
菩提就此新生
天地也豁然开朗

绿在漫山遍野
菩提也名叫桫椤
他的优雅叫如意
他的笑容叫涟漪
他也怀抱着日月

他敞开了胸怀
芸芸众生泛舟过
此处仙境如画
云在水中沐浴
鱼在空中遨游

篇六：王氏书楼

一座宏大的书楼
终于还是熬不住风
终于还是扛不过雨
东坡先生的笑容
仿佛还在附近徘徊

可是，王氏兄弟
却在烽烟中隐没

珍藏锦书的宏愿
被越积越厚的雪
深深沉沉地压抑
最终，书楼塌下来
那些精美的藏书
珠玉般回归故土
并化作了遍地春泥

书卷里的文字
也一定成了
奇妙的茉莉种子
岁月带走了伤痛
但留下了新希望
从此，生生不灭
传承如花的书香

后来，高高的书楼
隐在清幽的密林深处
谜一样的人文传说
谜一样的书本珍藏

被后人千辛万苦追忆
即使，天书真的无字
同样，耐人悠久寻味

篇七：文庙

一座雄伟宝殿
从清溪搬到玉津
一路穿越宋元明清
并在纷扰中起起落落
可是，虔诚的信仰
早将深根扎在犍为

晨钟与暮鼓声声
将峥嵘往事推送
一位精神矍铄的长者
聆听着悠悠岷江
并于空旷天地间
时而低吟，时而高唱

万仞宫墙内
潜龙隐凤，撑弓斗拱
华丽图腾，八面玲珑

众星拱月，气势恢宏
可八方文人墨客
终究还是来去如风

留下的也只有
高贵的艺术殿堂
长在茉莉飘香的土地
几乎每一年春天
无尽的诗意与繁华
都会清新优雅地盛开

篇八：子云亭

哪里是子云山
哪里是子云亭
一开始无人知道
直到一片洁云
轻盈如仙鹤落下

那片溢彩的云
落下犍为某座山
仙女般撩动春色
引来才子扬雄

携诗华丽了汉朝

后来，犀利的岷江风
吹走了喧闹的大汉王朝
却吹不走满山的翠色
还有一个美丽的身影
总在小亭中顾盼流离

仙雾茶海

篇一：寻茶

茶，在哪里
青川——乐安
向阳——山庄
仙雾——茶海
别致的草堂
悠然峭立苍野
浓重的书写
精彩的泼墨
早已铭心刻骨

篇二：种茶人

热烈菜花黄
做茶的背影
采茶的姑娘
择草堂而居
日出——而作

日落——而息
山里的生活
非城镇可比
大都市也不能

篇三：好大一片茶园

幽山捡鸟鸣
华光赶潮来
习习清风起
吹荡云烟袅袅
人间仙境如画
自仙霞中展开
好大一片茶园
泛动壮阔波澜
香醇氤氲飘逸

篇四：天然氧吧

悠悠少年心
不煮也沸腾
无忧无虑无邪
恰似神仙逍遥

茗醉乐安土
好一番祥和
好一派风光
好一处美景
引人流连忘返

篇五：微妙的遐想

任一一片树叶
任一一滴甘露
任一一缕云烟
任一一朵山花
都有灵性的神魂
青川——乐安
向阳——向阳
麻雀一声声歌鸣
常在梦境里回旋

致鲁班湖（组诗）

篇一：抒怀

鲁班的手指，再一次
被一张锯齿草割破
绿色的血液滔滔不绝
化沧桑为神奇
一片巨大的湖泊落于三台
那也是天使柔情的眼泪
同样，在某一年春天
迷醉了大师傅的眼和心
砍向木头的斧子迷失
很多人一同收起欲望
看水的柔情千万种变化
看一位画师巧夺天工
雕刻一些鱼，按龙的图案
雕刻一些花，按仙的笑容
人间啊，走失了疼痛
瑶池啊，走失了花魁
芸芸众生重新打开春天

愿景于湖，美不胜收
柔情于湖，美不胜收
水鸟在烟雾升起的彩虹里
亮出凤凰的漂亮与火热
亮出天地间绝美的歌声

篇二：闲

与水为邻，垂钓碧波蓝天
垂钓一朵清幽圣洁的莲
一条鲤鱼却抢尽了风头
更多的时光从筑坝的吆喝声中
真正地松弛下来。修身、修心
总之都有大把的青春时光
用来超度自我的灵魂
我不是鲁班，你不是，他不是
一群人从鲁班庙走下来
一群岛从水体里走上来
在仙霞氤氲的茶韵间相遇
世界好大，世界又好小
众多的船，众多的明珠
众多的鱼，众多的水鸟
都在等待自己心仪的那个缘

篇三：不只是吸引

你有足够的理由
敞开幽幽的心怀
将内心的压抑和渴望
自然而然地释放出来
放任瑞丽的阳光重新进入
然后，心怀坦荡地把自己
交给下一个叫鲁班的神
精雕细琢。还原
一个绝对天真无邪的自己
并在鲁班湖里荡尽俗世尘埃
岸上的桃、李、杏、橘
亮着姹紫嫣红，亮着星辰
水中的鲤、鲫、鲢、草
亮出骄傲的龙鳞，欢心爽快
空中的珍禽亮出羽翼霓裳
炫出最优雅的身姿舞步
如此，情到深处，鲁班湖
呈现出来的魅力不只是吸引
因为，你来不来此修禅
人间仙境一直都在那里

在西充，煮一锅腊肉

一

早春二月，深入巴蜀腹地
以西充为中心展开图腾
滚滚龙脉、坚硬的龙骨
尽都是人们绕不开的话题
嘉陵江是其中一条龙脉
涪江是另一条龙脉，抱紧宝马河
一同奔向诗意郁郁葱葱的远方
沿途的桃、李、杏点亮一众村镇
晋城、太平、仙林、古楼、凤鸣
青狮、关文、槐树、仁和、高院
常林、莲池、宏桥、金源、紫岩
华光、岱林、金泉、中岭、复安
青龙、罐垭、义和、祥龙、凤和
一众美景在奇妙的人间星罗棋布
江岸的桂花和菊高举火热的夏秋
倔强且芳菲的头颅在天地间摇荡
而后，放慢一段一段悠闲的时光

听！荡气回肠的江涛在此二重唱
一块硕大的龙脊骨，崛起苍茫
一个西充人自晨曦里站起来了
一群西充人从页岩中站起来了
腰板挺直，骨骼硬朗，神采奕奕
突然，猛听江涛上一声喊：西充
滚滚云烟便向四面八方急速散开

二

在此，放纵飘逸俊秀的心思
分别向巴蜀各地自由舒展
悠久的乡土气息、田园风光
带走古老与现代兼修的西充元素
成都、重庆、绵阳、广元
都是很美的去处……可是
西充的桃花开了，开在悠悠空谷
在此，世外桃源引众人纷至沓来
向清幽的水源追去……不必
翻越崇山峻岭；也不必跨过高峰
在西充找到最平凡的自我
身在很多的人间福地流连徜徉
从容翻阅春夏秋，闲坐冬雪

煮一壶南岷山九井中抽取的幽泉
品茗万山霞光，赏百福松涛
仰化凤朝阳，听大佛寺钟声入耳
一只仙子般的飞燕在天地间回旋
放纵悠长的藤蔓，百转千回
偶感：西充的菊与南山无异
赞叹：西充的荷与船山无异
惊觉：西充的牡丹与洛阳无异
还有二十四朵民族花同样妖娆
还有凤凰山、青龙湖、安汉楼
无不是深藏灵犀引人入胜的去处

三

时光荏苒，及至黄昏
饿了就把所有的闲话搁浅
点亮堪比星星璀璨的华灯
升起一幕袅袅婷婷的炊烟
把商、周、秦、汉的纷争
把西晋、唐、宋、元、明、清
把近代史和抗战、民国等等
先后串成串，一起煮了
煮尽万千苦难，煮尽缠绵伤悲

再温上一壶七十年的老酒
再切一盘狮子糕做点心
西湖最柔软的酒米在唇齿融化
而后开始品鉴这些乡土之美
坐拥二十一世纪的繁华盛世
也背对鳞次栉比的琼楼玉宇
在如诗如画的山水间安居下来
打开门窗，放下更多的座椅
邀请七十年间先后走过的乡亲
一起品鉴专属于西充的太平盛世
奋发图强，沿峥嵘岁月继续开拓
创造出越来越瑰丽的人间奇景
在此，数条高速路加快了节奏
把西充人的心气和嗓门不断调高
向日新月异的未来张开臂膀
或者，为中华盛世唱出一首壮歌

四

夜半，如果说，某也醉了
在迷离之间开始说胡话
某也一定会说：江湖
其实很美——美到不知缘由

西充的油菜花引领冬去春来
辉煌的春天其实没有尽头
五彩缤纷的繁花开过七十年
碧绿的野草从远古疯长而来
长成不可思议的参天大树
某在春月的笑容里举起手指
指尖，箸子不是一个错误的发音
消夜、绣楼、定到光影交错
还有很多方言也是某的母语
没错，绝对没错……在西充
入声，纵横江湖，很美
红火火的腊肉们，很美
热辣辣的春江水，很美
很美、很美的事物多到数不胜数

悠悠渠江情

一

幽梦中，清风起，黄花开
一枚纯洁如玉的月牙轻轻摇曳
一江春水向远方的游子诉说衷肠
粼粼波光带走无尽的思念
一声声召唤：归来兮！归来
汉阕里，老娘已温一壶老酒
氤氲飘荡的酒气也是乡愁是云烟
来自乡土的味道总让人热泪盈眶
厌倦了异乡漂泊的人们
从市井喧嚣中抽身出来返回原乡
向一片神奇的土地进发，慷慨激昂
去川东找到华釜山坚毅的脊梁
并在岭谷与紫丘之间，反复思量
生命如何在卑微与卓越间自由切换
一个气韵丰沛的“渠”字写在纸上
这是不知不觉间的神来之笔
从单纯的笔法开始以象形的方式

多维展现一条大江的壮丽情怀
引领心中的数百条河流，百转千回

二

建设者们修渠筑堤，挥汗如雨
无比坚韧的信念将江涛洪流梳理
似曾相识且格外淳朴可爱的乡亲
他们热火朝天的呐喊仿佛并未走远
他们并不为自己留下英雄般的铭刻
他们从生命的巅峰悄然回到了民间
回到越来越富饶的山乡，侍弄
玉米、水稻、麦子；桃、李、杏
或者，过上了牧马放羊的惬意生活
稻花，油菜花，菊花，梨花
还有很多不知名的野花花
它们不约而同爱上了差不多的黄色
黄色的是一轮月亮煽情的昭示
黄色的是土地是肌肤是江流
黄色的是金子般的阳光闪耀
于是，汉阕收集辞赋在江岸上崛起
还有以渠江水系为血脉的华蓥山
竟也在峥嵘岁月里风风火火地崛起

三

一些琼楼玉宇在乡野间坐落
安放众多志存高远的精英。他们
也将星辰般的名字交给这一方水土
以渠江这个重镇为核心展开想象力
天星、临巴、三汇、文崇、涌兴
静边、清溪、宝城、鲜渡、琅琊、青神
龙潭、千佛、鹤林、青丝、万寿、望江
每一个名字都有一方漂亮的水土
每一方漂亮的水土都是渠江的豪情抒发
从磅礴大气到温文尔雅，从梦乡到现实
多少艰难困苦踩在勤劳智慧的人们脚下
从羊肠小路到通天大道，劳动的双手
注定要将越来越多的人间奇迹创造出来
纷繁的情愫在光影交错间慢慢提纯
相约于数千年后的晨曦，隆重开启春天

四

泥沙俱下的回忆里，新鲜出土
砍砸器、石锛、石斧、骨针、陶纺

点亮某个早春二月靓丽的清晨
那些来自新石器时代的神器带着火种
将文明的信息不远千万里传承而来
如花的荣誉与热烈的掌声踏歌而至
自然，这也是个奔向阳春的玄妙清晨
一条浩荡的大江向世界诠释：水到渠成
一只春燕在川东福地停顿——回旋
东接大竹，西连营山、蓬安
南通广安，北接达川、平昌
潇潇洒洒的白雪从华蓥山顶缓缓落下
天神做成一根充满热爱的衷肠
从南到北或是从北到南，蜿蜒龙行
曲折，跌宕起伏，神山圣水
也在无言的季节里养成万古流芳的气质
精深博大，富丽繁华
想不紧不慢的时光也爱谱写诗意的辉煌

五

梦与现实交叠，精彩纷呈
泥沙俱下的记忆垒筑成村、镇、城
一个古老的王国藏在桃花粉红的三月天
燕舞莺歌，蝶衣翩跹，地绿天蓝

许是花仙子的一往情深不染尘埃
将这华蓥山牵引而不断成长，高歌猛进
七十年华丽变身，诗是最炫的告白
款款柔肠里，两条漂亮的锦鲤
一条自北向南游荡，一往无前
一条自南向北追寻，锐不可当
晃荡的星光被更加卑微的鱼虾高举
它们相遇或错过其实都不影响心情
悠悠渠江画出鸡犬相闻的乡村美景
极致穿透茹毛饮血的原始丛林
采撷新石器碰撞发出的铿锵的回声
过夏商周，过秦汉唐宋元明清
一幅波澜壮阔的历史长卷旖旎驰骋千万里

六

而今，一群现代人饱蘸滚滚渠江水
共同写成一个巨大的字：美！
千万现代人脱口而出，激越心跳
弹奏千万条缤纷的江河，诗情，一发不收
畅享渠江温婉百态，就近追溯七十年
且在《我和我的祖国》的歌声里华丽变身
继续与新中国共成长——伟大复兴

倾力打造瑰丽的社会主义新农村
而今，渠江人的梦想，重装起航
抛开旅途疲惫，抛开市井喧嚣
再抛开一切江湖是非恩怨——渐入佳境
牧马放羊其实很棒，做渠江水系
最最普通的乡民享受最平常的岁月
偶尔也感慨：桃花开处桃源现
偶尔也眺望：菊花开处南山隐
深入人心的渠江水是精壮热烈的血液
用壮歌向文昌向纷至沓来的众神献礼
转念想，捧献一朵无忧无虑的黄花花
无疑也是人世间匠心独运的感恩与呈送

雅安猜想

浪迹天涯的游侠回归
抵达梦里仙乡
轻轻一个哈欠，就藏起锋芒
剑藏在脑海里，久了
便长成一块小小的骨头
柔软中拥抱着坚硬
逐渐成为生命的一部分
湍急的江河继续打磨着肉身
追赶龙门的梦
像鱼姑娘一样灵巧
身披不一样的锦袍归来
再一往无前地追去

甩开世俗牵绊，入云峰
不知谁的一声呼喊
招来热烈的雨点
欢快地敲打蒙顶茶
沉浮二字很从容
平淡中，慢慢品出滋味

安逸闲适
红土热爱的群山哦，怀抱众生
从每一个春天里崛起
像一首首诗歌被倾情诵读
爱，登上华丽的殿堂
由此去是更神秘的青藏高原
由此归是更富丽的川西蓉城

茶马古道，被滋润
一笑倾城的红颜
在雅安这个氤氲升腾的茶碗里
倾倒着古往今来的英雄传奇
打马而过的文人墨客
成为它华丽的披风
总被意趣丰富地讲述或演绎
多声部，多民族
在光辉岁月里逐渐融合
一家亲
万家乐
美丽的原乡也是神的诗和远方

唇齿留香或其他

青衣，大渡
两条龙在胸怀里沉吟
滔滔江河来自何方
来自蒙顶山上雪
或者，来自大地母亲
雄浑的书写力
将它们活生生创造
带着佛性慈悲
带着狂野暴戾

邛崃山脉
大雪山脉
共生一系列的雅词
纵横于峥嵘岁月
总让人不禁热泪盈眶
峻峰绝壁，溜出来了
崎岖幽深的茶马古道
一头向南延伸
一头深入青藏高原

荡气回肠的意境
最终，还是
落在精致的茶碗里
雅安，唇齿留香
雅鱼，雅石，雅女
雅花，雅土，雅树
再捧出琳琅满目的
雅果

用牙齿切割成诗行
数千年孕育与发酵
怎一个“好”字了得
怎一个“宝”字了得
泥沙俱下的过往
悄然安定下来
安放倔强的骨骼
重生瑰丽的血肉之躯
点亮尘世迷茫的春天

冥冥中，冥冥中
一声呼喊
就惊动了永兴古刹

一场甘霖与人气相和
徘徊于古丝绸之路
兴叹五彩斑斓的雨
柔软中，玉洁冰清
飘洒而下的恋歌
也有雪的质感和分量

填充和滋润
一双双充满渴望的
眼睛
数不尽的美妙
总在春天里层出不穷
敬献巍巍高原
身后，木芙蓉
高举着铿锵火热的花

情动凤凰湖

凤凰的眼泪落下来
在青白江岸，在锦城
在樱花盛开的丛林
在一枚桃花的心怀
缓缓地蔓延开去
传奇幻化无影无形
百鸟朝觐，湖水微澜
展读明净如洗的天空
倾诉这一处人间仙境
无须浓墨重彩的描画
自然，自然铭心刻骨

女神也在凤凰湖一角
舒展一双轻柔的手臂
向世界展开绝代芳华
鲜花、神鸟、绿树
小草、楼阁、禅院
多维一体的构想汇合
成就众人的梦里天堂

栩栩如生，妙趣天成
四面八方的游子追寻
心灵的栖息地，或许
那只是芳菲的一部分

一朵极致美好的花
一株极致挺拔的树
或许，一个转身
时间便在凤凰湖升华
或许，一个腾越
卑微便在凤凰湖涅槃
或许，昂首仰天
龙吟便将凡心来唱和
二月二、惊蛰、春分
接踵而来的美好
正将挑剔的目光填充

翡翠湖之恋

一

天神泪珠，落下苍茫
翡翠色徐徐涂染、弥漫
困倦的群山四散而去
空出一大片幽深的谷
厚土广博的胸怀也打开
包容一切世间的愁和苦
沧桑之上，宝光莹莹
俗世瞬间变得美妙无比

二

不多的华光彼此簇拥
鱼虾等卑微者不染尘埃
仙子凌风而舞，霓裳
展开最美妙的青春年华
我也在仙子的梦寐里
一半清醒，一半陶醉

翡翠湖成了神圣的栖苑
我或许也是一只候鸟
来了，便再也不想离去

三

在翡翠湖边自由漫步
或，驻足凝望那些水珠
它们一半苍茫一半纯净
可仙子的裙撩动着清风
漫卷一阵阵微妙的涟漪
我内心的苍茫在退却
星星的蓝连同翡翠的光
一起将我的苦涩置换
最后，我也只剩下纯净

四

在无穷尽的翡翠色里
我曾坚硬的骨温婉如玉
我曾笨拙的身姿变轻
我也能潇洒地追逐鸟鸣
或者，就在惬意的沙滩

等待惬意的黎明到来
我或者也是翡翠湖之梦
在梦里也将华丽地盛开

五

万条小溪在我心安睡
千条江湖在我心安睡
轻轻哼唱如海之呢喃
翡翠色照耀众生的脸
微笑，多么的美妙
天地，多么的美妙
无穷的感染力在生发
奇迹，在沙中孕育
金色的阳光在此珍藏

六

你用千年时间等待
我用千年时间追寻
或许，这时间更久
内心里汹涌的河流
每颗水花都汰尽尘埃

提纯自己，修身如玉
雕琢自己，精致典雅
再找个阳光的下午
凌驾于一切苍茫之上

七

炫舞或怒放……水花
幻化出奇妙的众生
太阳升起时无比活跃
太阳落下时格外安详
风雨在不觉间平淡
太多悲情被甩在身后
并在某个高度重生
捧献一片温婉的湖
雍容华贵，凝聚永恒

天赐温泉

如虹的剑气收起来
某个夜深人静的时刻
神的低语悄然落下
是泪珠？是流星
是落花？是甘露
温婉动人的心心相印
悠远的山村歌声轻扬
地心与天心遥相呼应

日月星辰华光闪烁
在威武雄壮的剑山中
诱发出火热的山泉
执意要温暖苍茫人世
来自天空的诗情画意
来自大地的刻骨柔情
它们融合在一起了
它们等待远征的将士
它们等待凯旋的儿郎
就在剑门关外一直等

从泉林穿过的游子
沐尽尘埃，否极泰来
在激情穿越的那一刻
脱胎换骨，雄姿英发
美丽纯情的山花们
也在那一刻把自己
打扮得格外光彩照人
痴痴仰望雄关、楼阁
一条大道直上九重天

向剑门挺进

又是一年早春二月
野草刺破苍茫，冲出地面
山杏高举火焰，摇旗呐喊
阳光铺开了九曲回肠的山路
春风助长气势磅礴的少年
从烟霞迭起的成都平原出发
向剑门雄关，昂首挺进
他一身“蜀”字烙印很亮眼
他一腔豪情逐渐高过了群山

千古蜀道，千秋功业
千古传奇，千载幽梦
一直向岁月纵深昂扬挺进
一条苍劲的河流狂热地逆行
指向金碧辉煌的诗意和远方
历经千年的风雨洗礼之后
我依然能看见壮士“远征”
不！此刻，似乎更应该凯旋
但一直在追寻路上其实很棒

除却一个王朝复兴的夙愿
还有更加卓越的自我征服
七十二剑峰是一种昭示
一只猴子在山前得道成仙
它的七十二变像极了悟空
一位将军的石像被顶礼膜拜
他是姜伯约或者本就是战神
此刻，来自千古以后的壮士
他的孤独和执着没有人看清

寻剑？寻一柄绝世好剑
错过了李太白的侠客之剑
错过了五丁的开山劈石之剑
错过了陆游的诗情之剑
犀利潇洒的风从城门洞出来
我和他一起寻找久违的童年
一泓山泉骤然热辣滚烫起来
那是天心与地心的激情和鸣
苍鹰牵引美丽彩虹一起翱翔

洁白的云朵从天空落下来
落到我们盛满清水的碗里

千古悲欢消融在谈笑之间
铿锵有力的日子被石磨压碎
重新出来便是一清二白的美
将芸芸众生的寂寞空虚填充
大地母亲的柔情融尽疲惫
从热气氤氲的泉林里走出来
曾经卑微的生命，脱胎换骨

衣锦还乡其实也非我所愿
一夫当关早成了久远的孤独
忘却江湖的纷争，华丽变身
我们都是活蹦乱跳的锦鲤
从遥远的故乡出来，再从
风雨沧桑里奋勇穿过
再以剑门关口为生命的龙门
向九天飞跃，向星辰致意
宇宙其实是气象宏大的意境

过剑门

跑龙套的人们，一波又一波
从神奇的剑门雄关穿越而过
哪个是刘玄德，哪个是张飞
哪个是诸葛亮，哪个是姜伯约
平凡的肉眼似乎已很难辨认
目下，唯有一条悠远的古蜀道
一头幽幽地指向迷蒙的故乡
另一头默默地指向诗意远方
来与去都有说不出的刻骨柔肠
披铠甲、套布衣、穿丝绸锦绣
诗者与白丁在几乎相同的路上
兵卒与将军在几乎相同的路上
王侯将相也在几乎相同的路上
努力演绎非凡卓越的人生大戏

斑斑驳驳的足迹已很难辨认
悠远蜀道看不见头也看不见尾
多少风尘、多少苦雨纷纷落下

巍峨群山悄无声息地坚挺起来
伤痛与悲欢一起被结痂封存
剧本被不同的戏班改来改去
扮演者将类似传奇不断翻新
芸芸众生心中的英雄终于石化
英雄石化的瞬间赢得神的光环
锋利尖锐的刀笔，精雕细琢
一些人物在神坛上栩栩如生
并在世人的仰望中造就山之灵
凤凰，从一朵红花中涅槃而出
金龙，从一滴晨露里腾空而起

从剑门雄伟气派的关口经过
四面八方赶来的游子放慢脚步
从一场幽梦中复苏，重见天日
阳光播下的金种子再次打开
磨掉最后的坚强以及荣华富贵
粉嫩柔软的豆腐成为新主题
清清白白的美名迅速传扬天下
剑门豆腐像一个个乡村美少女
成为剑门雄关最柔情的部分
细细品鉴一片晶莹如玉的豆腐

人世间绝妙奢想原来如此简单

忘情于剑门的灵山异水之间

原本平常的事物骤然妙趣横生

奇遇从热腾腾的剑门豆腐开始

九寨，人间天堂（组诗）

篇一：芦苇海

遥远的记忆之中
女神洗衣的时候
腰带顺河飘落下来
飘过一片芦苇荡
清凉凉的小河水
玉带一般飘向远方

河水蜿蜒而去了
流经一片沼泽地
穿过高原芦苇荡
万千的芦苇守望
守望着清清的河
守望着蓝蓝的天

清清的河水之上
飘来了成群的野鸭
蓝蓝的天空之上

飞来了成群的鹭鸶
还有许多未名鸟
纷纷成群结队而来

成群结队的水鸟
在芦苇海里筑巢
生生不息的水鸟
在芦苇海里歌唱
每当春暖花开时
芦苇竞相破土出

沐浴着明媚阳光
两岸每一株芦苇
都朝气蓬勃地生长
畅享和煦的春风
两岸每一朵芦花
都自由自在地飞翔

繁星点缀芦苇荡
密草丛林野花艳
我多想是一只海鸥
衔一朵漂亮芦花
天使一样张开翅膀
轻轻地掠过海面

篇二：圣门

有一道神圣山门
隔出了两个世界
外面是繁华的街市
里面是美丽的天堂

上山下山的风华
从这道门里穿过
翡翠河从门缝溜出
四方游子蜂拥而至

门里是鲜花世界
门里是梦中仙境
有太多的神话传奇
将世俗的心灵吸引

从神圣山门进入
凡心一瞬间置换
门里的花花草草们
无一不是奇珍异宝

在门口流连忘返
我们被一些净水
洗去满心浮躁喧嚣
并在天堂重新定位

篇三：荷叶寨

道口，百年苍松
精神矍铄的老人
持一朵翠绿的荷叶
总在守望着远方

更加古老的山寨
也生长在荷叶下
多少风风雨雨过去
凡心在此间安宁

苦苦追寻的脚步
缓缓穿过荷叶寨
一阵阵迷人的花香
从美丽天堂飘来

灵魂，在翠色中

慢慢地放下疲惫
菩提的梵唱
也悠然响起

篇四：盆景滩

穿过荷叶寨
向天堂行进
途径一片浅滩
一些树的秀丽
被徐徐放大

在浅水滩边
卓玛伸出双手
捧起莹莹的水
一些树活跃起来
轻摇悠悠华光

明丽的阳光下
杜鹃与白杨相依
松柏与柳相望
飘逸曼妙的风姿
尽都捧在手心

碧水潺潺过
千姿百态的树
布满翡翠花盆
是谁妙手天工
四季风华任从容

篇五：宝镜崖

达戈精心打磨
一轮无边风月
磨成爱情宝鉴
献给美丽女神
照耀国色天香
照耀倾城丽颜

魔鬼纠缠不清
女神忙中出错
宝镜掉了下来
宝镜顷刻破碎
散落一地银片
同时银光四射

每一个碎片儿
都是一颗宝石
每一颗宝石儿
都是一颗星星
每一颗星星儿
都是一个海子

每一道银光儿
都是一条瀑布
尽都流光溢彩
每一条瀑布儿
都是一袭青丝
尽都飘逸壮丽

女神秀丽的脸
悬挂在山崖上
经历无数风雨
经历无数寒暑
凝成一座雕塑
永存天地之间

篇六：树正沟瀑布

散漫的思绪
在浅滩上流淌
曾经多少荣耀
曾经多少忧伤
尽成过往云烟

还有一道坎
在你入海之前
或许也是天意
让你忽然醒来
将精气神凝聚

雍容的气度
在跌落深渊一瞬
被你顷刻展现
而后，你高唱
一首澎湃的歌

欢跃的白浪
穿过水磨房

穿过转经筒
一些美好记忆
成就心的梵唱

篇七：五彩池

一池悠悠的清水
落入了女神的胭脂
抑或是五彩花瓣
而今女神已经走了
这一池华丽的水
不经意流传下来

而今女神姣好的颜
早已化成一轮明月
而今女神飘逸的发
早已化成飘逸瀑布
一起留下来的还有
山坡上 189 个足迹

从高高的台阶下去
怀着对爱情的执着
踏着达戈的脚印

一步一步走下去
默默地许一个心愿
再一步一步走上来

从此将五彩的梦想
珍藏在淳朴的心中
从此将碧绿的水草
种植在苍茫的心中
从此将圣洁的女神
供奉在虔诚的心中

也许这样真的可以
真的可以迎来爱情
迎来一段无瑕爱情
而后我的一往深情
也能四季温存如初
也能在天地间永存

篇八：剑岩

这是谁的宝剑
遗落在了这里
在这深邃山涧

早不见了剑鞘
早不见了剑身
只见奇峰俊秀
只见峰峦叠翠

这是谁的宝剑
遗落在了这里
在这深邃山涧
早不见了剑花
早不见了剑诀
只见来者如织
只见清风明月

不知何年何月
剑神经过这里
抛开恩怨情仇
远离险恶江湖
剑神经过这里
收尽剑的戾气
敛尽剑的锋芒

剑神去了哪儿
剑魂仿佛还在

剑气仿佛还在
高声叩问苍天
苍天不言不语
高声叩问群山
群山不言不语

剑侠去了哪儿
走过孤傲剑岩
再继续往上走
人们逐渐走进
一个原始森林
走进原始森林
恍然返璞归真

篇九：无根泉

阴郁的冬天
一朵圣洁的雪
飘落于绝壁
寂寞的石头
不禁灵光闪烁

于是 于是

这里的冬天
从此与众不同
于是 于是
这里的冬天
从此暖意融融

淡淡的阳光
幽幽的梅香
柔柔的春风
从头顶 从指尖
悄悄地飘过
冰冷的石头
竟神采飞扬

前世的漂泊
今生的苦旅
一一抛在脑后
功名与利禄
喧嚣与浮尘
一一尘埃落定

高贵的灵魂
悄然化成了

清澈的山泉
圣洁的水花
悄然化成了
晶莹的珠玉

无忧无虑
潇潇洒洒
叠翠的山林
纤纤的细流
欢快地流淌
不朽的传奇
耐人去寻味

无根的泉水
来自何方
无根的泉水
将去向何方
身后的世界
如此的苍茫
身前的远景
如此的芬芳

无怨无悔

无欲无求
无根的泉水
滋润了两岸
从此绿树成荫
从此山花烂漫

篇十：镜海

青山在水中
绿树在水中
红花在水中
白云在水中
飞鸟在水中
游鱼在水中
彩虹在水中
蝴蝶在水中

明月在水中
艳阳在水中
群星在水中
蓝天在水中
世界在水中
时间在水中

女神在水中
梦想在水中

一切都在水中
都在悠悠的水中
碧波悠悠的水面
慢慢安静了下来
清澈得像面镜子
直到有一只山鹰
从睡梦中飞起来
翅膀轻掠过水面

那山鹰的翅膀
轻轻掠过水面
凌乱了一池秋水
于是 刹那间
光影交错变幻
花在镜中开
月在水中游
鱼在空中飞

篇十一：五花海

几棵老树醉了
醉倒在五花海
倒在深沉梦乡
岁月凝固钙化
成为别样传奇
成为美丽珊瑚

几尾鱼游来了
来到了五花海
便找到了憩园
从此安顿下来
从此迷恋珊瑚
从此无忧无虑

明丽的阳光下
人在画中行走
心在诗中徜徉
我想我也醉了
醉在这幅水墨
醉在这卷丹青

这里满怀惬意
这里五光十色
这里所有元素
卸下岁月沧桑
卸下旅途劳累
尽都其乐融融

青山在此守望
繁花在此奔放
仙鹤在此闲游
雄鹰在此翱翔
四面八方的人
纷纷流连忘返

孔雀在此梳妆
所有的水珠儿
都是幸福格桑
明月在此沐浴
所有的云朵儿
都是羽衣霓裳

所有的树叶儿

都编织着梦想
所有的水鸟儿
都学会了歌唱
所有的山花儿
都愿尽情芬芳

在这迷人水乡
我真想捧一捧
捧一捧清水儿
在这迷人水乡
我真想采一朵
采一朵鲜花儿

在这迷人水乡
我真想摘一片
摘一片红叶儿
默默将她珍藏
藏在我的心中
一起追梦远方

篇十二：犀牛海

云游四方
神僧累了
来到这里
坐化成山

守护神僧
白犀困了
躺在山下
卧化成海

山望着海
海守着山
海在山脚
山在海心

山峦叠翠
松柏长青
海中开花
并蒂长存

山盟海誓
心心相印
日月同辉
福寿康宁

篇十三：卧龙海

经年的疼痛
被苍茫岁月钙化
在秀丽的山水间
白龙的神魂酣睡
在一场春梦中

巍巍的青山
怀抱疲惫的灵魂
古老传说在发酵
含香的风在岸上
翻阅春夏秋冬

而今，而今
风调雨顺的年景
许多人慕名而来
他们在岸上搜寻

湖心龙的影踪

也不知为何
那一池清水
竟让人醉眼蒙眬
悠悠的湖心
真的有龙在蠕动

篇十四：长海

万年风风雨雨
万年沧海桑田
万年漫漫长路
万年岁月变迁
不觉记忆斑驳
转头只是瞬间

大海波涛汹涌
早已悄然远去
海滩隆起成山
野草长成丛林
繁花长成星星
云朵长成羊群

眼泪化作了雪
落在巍峨山巅
雪花化作了水
汇于山下的潭
潭以海的深邃
让人望而兴叹

一泓碧水荡漾
一颗禅心淡然
降妖除魔之战
早已传说遥远
一位老人默然
守护在长海边

长海冬不干枯
长海夏不泛滥
一位老人长年
守护在长海边
祈福天下太平
唯愿苍生平安

篇十五：诺日朗瀑布

高僧扎尔穆德去哪了
还有他的那卷贝叶经
还有他的那副铁犁铧
现在都存放在哪儿了
美丽的若依果去哪了
还有她那部手动纺车
还有她织的锦绣哈达
现在都遗落在哪儿了
四方游子追寻而来了

四方游子追寻而来了
都在飘逸水帘下搜寻
都在磅礴水声中倾听
四方游子寻梦而来了
都找不到久远的传说
都找不到尘封的宝藏
四方游子随梦而去了
像一阵清风一样去了
像一朵白云一样去了

四方游子随梦而去了
像一阵清风一样去了
像一朵白云一样去了
像一只水鸟一样去了
像一段阳光一样去了
可是在诺日朗的四周
雪花依然编织着梦想
露珠依然编织着梦想
雨点依然编织着梦想

后来 后来 后来
一些雪花梦见了大海
一些露珠梦见了大海
一些雨点梦见了大海
于是 于是 于是
来自不同角落的她们
从树枝 草叶 云朵里
纷纷跳下来汇成小溪
一起走出这峻岭崇山

越来越多的雪花儿
纷纷梦见了远方的大海
越来越多的露珠儿

纷纷梦见了远方的大海
越来越多的雨点儿
纷纷梦见了远方的大海
于是 于是 于是
来自四面八方的她们
从树枝 草叶 云朵里
纷纷跳下来汇成大河
一起走出这洪荒大地

同样执着的雪花儿
同样执着的露珠儿
同样执着的雨点儿
相约一起走出洪荒
相约一起奔向大海
她们 她们 她们
一路欢腾 一路高歌
一路激情飞扬
一路浩浩荡荡

同样勇敢的雪花儿
同样勇敢的露珠儿
同样勇敢的雨点儿
同样勇敢地走出洪荒

同样勇敢地奔向大海
即使前面是万丈悬崖
即使前面是无底深渊
她们尽都无所畏惧
她们尽都勇往直前

她们纵下万丈悬崖
她们纵下无底深渊
于是 于是 于是
原本平平凡凡的生命
顷刻 气势磅礴
顷刻 流光溢彩
于是 于是 于是
原本平平凡凡的生命
顷刻 飘逸壮美
顷刻 芳华绝代

很久 很久 很久以后
她们一起走进了大海
一起成为曼妙的浪花
一起成为绝妙的音符
在天地间伴着日出月落
伴着欢快的鱼虾一起

伴着潇洒的海鸥一起
伴着圣洁的红莲一起
演奏永恒的生命乐章

篇十六：珍珠滩

在这儿
每一滴水
都是音符
欢快活泼
歌唱而来
欢笑而去

在这儿
每一滴水
都是珍珠
珠圆玉润
美丽而来
漂亮而去

在这儿
每一滴水
都是鲜花

五彩斑斓
寻梦而来
追梦而去

在这儿
阳光很公平
赋予每一滴水
生命的神奇
在这儿
缪斯很公平
赋予每一滴水
生命的妙趣

在这儿
每一滴水
都神采奕奕
在这儿
每一滴水
都无忧无虑

在这儿
风要慢下来
在这儿

鱼要慢下来
在这儿
鸟要慢下来

在这儿
我要慢下来
在这儿
你要慢下来
在这儿
他要慢下来

在这儿
所有的一切
都要慢下来
且姿态从容
去看珍珠滩
水的神韵
水的芬芳
水的瑰丽

向黑水远足

一

当太阳从被窝腾起的时候
头顶一颗颗闪闪发亮的红星
从美丽富饶的成都一角出发
满怀豪情壮志地重走长征路
季节选在如火如荼的七月
且因诗意的浪漫与想象等等
人们暂时忽略掉旅途的艰辛

背对大城市的繁华与喧嚣
从都江堰二王庙庭前走过
再辞别大禹的蓑衣斗笠神像
一路不知疲惫地逆流而上
跳开那些水电站机器的轰鸣
也跳开汶川与都江堰的果林
去寻找岷江蜿蜒曲折的源头

途经一个叫两河口的岔路

一部分人向右，去九寨天堂
一部分人向左，去黑水纵深
向左的人们沿水量更大的河
去芦花盛开的梦乡找个驿站
不知不觉间便跃上青藏高原
不知不觉间便融进黑水神韵

二

羊拱山顶的皑皑白雪
随热辣的阳光奔跑下来
一路上，大汗淋漓尽致
毛尔盖大草原的雨水
跟着季风追逐远方的海
一路上，浪花神采飞扬
它们在毛尔盖水库汇合

隐身于青藏高原东部
两条苍龙以河流的姿态
将缱绻柔情安放于山涧
右边的那条河叫毛尔盖
左边的那条河叫小黑水
谁的铮铮铁骨一起融了

再一同从黑夜奔腾出来

沿河两岸而居的人们
背依并不十分结实的山
在贫瘠的土地上放牧
种植青稞、玉米、土豆
酝酿杂酒、酸奶、酥油
搭建碉楼、白塔、神庙

三

那些不知名的小野花
每年都尽显坚韧与华丽
像山中偶然遇见的卓玛
多姿多彩的笑容很美
它们每一朵都叫格桑花
它们每一朵都有神韵
它们的芳华昭示着远方

在翠绿的树林间盛开
在凌乱的荒坡上扎根
或仰望蔚蓝如洗的天空
或俯首温婉如玉的河流

那些来自活佛的念诵
被调皮的风舞动起来
花间的经幡如旌旗招展

神香与花香含混不清
茶马古道上走过的土人
他们身上背负着奇珍
虫草、贝母、藏红花
雪莲、蘑菇、狐狸皮
面对来自远方的客人
他们脸上写满殷切期待

四

在梦开始的地方停留
一朵轻盈的芦花打开
胜却人间仙境的奶子沟
在如诗如画的山水间
八十里秋景令人神往
在翻越雅克雪山之前
季节悄悄地甩开了盛夏

所有的树叶都有梦想

在繁华就要落尽的秋天
在霜雪纷纷落下之前
一片片奇异的树叶火了
只需一个偶然的转身
人们就发现那如花的叶
真的让人挡不住魅与惑

除了格桑花的红白紫
在这黑水流域纵深处
更美的或是这燃情的叶
冥冥中或是缪斯的画笔
一不小心遗落在这里
于是，天南地北的游客
向往涅槃一样来到林间

五

高原博大精深的底蕴
日月星辰、悠远的河流
它们一同以无私的情怀
养大了美丽的格桑花
养大了聪明睿智的佛
养大了叱咤风云的鹰

养大了热烈欢腾的鱼

神奇与平凡的交融
黑夜与白天的交替
在如梦如幻的圣境里
芸芸众生在神的故乡
一同踏响欢快的行板
在光影交错的高原
向圣洁无瑕的雪远足

翻过巍峨的大雪山
甘肃会宁越来越近
陕西延安越来越近
崭新的春天越来越近
长征的壮士猛然回头
芦花犹在昨日梦里
黑水犹在深深的脑海

望川

从依然热烈的阳光深处抽身
甩开浮躁与繁华的城市一路狂奔
季节已是冰雪飞舞的冬天了
可追寻的脚步根本停不下来
奔波在膜拜达古冰山的道路上
叶子的诱惑，其实是雪的诱惑
将人的情绪深深地调动、牵引
挑战生命的极限，而之前，需要
在一挂水帘下停留驻足并且思考
凝望宽阔的水面，想象芳华致远

苍茫的雪引领群山排列阵势
一往无前的雄心壮志向云天高翔
雄鹰展开翅膀，鱼群欢悦跳荡
一个洁白的童话世界就要展开
堆雪人，赏冰玩玉，凌风峭立
鲜花的摇曳在人的脑海精彩呈现
所有的誓言都说得铿锵有力
有鼻子有眼，神在山中俯瞰苍生

那些庸俗的面孔变得无比虔诚
那些虔诚的面孔每张都格外美妙

以水帘为界限，冰火两重天
流云飞瀑，壮怀激烈，想想当年
头戴红星的人们从木桥上穿过
一首首红歌唱响时代的脉搏
经历过圣洁的雪的洗礼，灵魂
得到一次崇高的升华与飞跃
苍劲的雪松们为卓越的历程作证
过去与未来之间，半醉半醒
诗人跳过高处不胜寒这五个字
一双眼睛幻化涟漪无穷尽地展读

冰雪初心

清晰，迷茫；混沌，苏醒
或许水源的来处就是生命
几乎相同的根骨——就是雪
羚牛、金猴、马、人，其实
都有着几乎相同的生命源泉
卓越者与卑微者在此相遇
神在平庸中寻找着生命奇景
能说出来的和不能说出来的
雄伟与柔美很自然地呈现
在此和谐相处，万年雪为证
我是如此晶莹透明
你是如此晶莹透明
他和她是如此晶莹透明
在雪中苍老了岁月，可是
萌萌初心又在雪中重新出发

沙漠鱼或灵感的化身

据说，这些鱼仔没有骨头，很软
但，它们有格外顽强的生命
有当地人讲，生吞它们很养胃
人的残忍悄然止于冰冷的雪
它们一如既往地在山中游弋
它们是达古冰山里的精灵和神
所有人都应该默默地敬畏自然
敬畏这自然中充满神奇的精灵
人向山巅——海拔 4860 去
缺氧跟醉酒的感觉如此接近
人也很像一条条柔软的沙漠鱼
追寻中陶醉，陶醉中慢慢清醒
喜欢这一方圣地，心便留下来
而同样珍稀的文字化身光点
化身雪，化身雨露，化身花朵
悄然擦亮众生平庸的外表一刻
达古冰山迎来一阵阵欢呼雀跃

海拔 4860 米

雪在石头的荒凉之上
牢牢地占据着这个高度
海拔 4860 米。在云中
展开瑞丽的冰雪世界
冰雕玉砌，琼楼华盖
海拔 4860 米
让人敬畏和窒息的高度
高原反应只是人的不适
杜鹃花很享受
追逐这个高度的过程
雪很喜欢这个高度聚集
落叶松也向这高度靠拢

遇见高原神女

高原红，高原红
拓印在人的脸庞
是杜鹃的热烈
还是雪的迷醉
让人的心跳加快
而脸庞也逐渐热烈起来

穿过云层，穿过雪
一颗曾经浮躁的凡心
终于变得从容淡定
谈笑风生，美妙如仙
不再有头脑和胃的抗拒
潇洒地往返于人间天上

遇见高原红，若霞
悄无声息地落在
一个山顶工作的女子
亲切、美丽的脸庞
遇见这样的女子

一如遇见——雪山神女

在山顶有很多女子
呼啸且寒冷的风华
让她们在苍白之间
面若桃花，红润喜人
回眸处，一众仙女
在活跃的云中嬉戏打闹

放　牧

牦牛，化作山泉
神女，化作湖泊
久远的传说
在冰雪、彩林间
演绎着绝伦精彩
人在山中放牧
牛、羊、马
神在山中放牧
金猴、羚、鹰
顺便种植杜鹃
顺便种植玉米高粱
且，取水为酒
后，选一个山寨
安居——枕玉入梦

达古神韵

一

雪的柔情，不仅是吸引
雪的柔情，带动自由的风
向山下奔跑——奔向远方
远方，苍茫之外是蔚蓝海
越来越犀利的风奔向远方
只因梦里有瑰丽的诗章
于是，山脉留下了伤痕
在九千多年的誓言下
蜿蜒曲折，呼啸腾越
是天籁在山野间流动
山花在沿河两岸神采奕奕
野草在沿河两岸精神抖擞

二

向雪峰靠近
极限，空气稀薄

耳鸣是一种回旋
头晕是一种考验
在最圣洁的地域
众生把自己交托出去
给最纯净的自然
最虔诚的膜拜，或者
与一场盛宴不期而遇
视觉从苍白到丰富
一颗颗平凡的心
无限靠近雪的意象
不断融入，不断深入

三

鹰的翅膀并不予我
叱咤风云的雄心壮志
是缆车带领我升腾
越过梦寐以求的雪线
一直忘情地追去
索道的建设者
索道的维护者
天使一样神奇
难以想象很久以前

人的意志，造化神奇
向崇高险峻致意
我用眼睛，而他们
用双手、双足
书写一条卓越的栈道

四

在云中触摸雪
玉洁冰清的意象
深刻地洗礼着
我的肉体和灵魂
我是雪峰记忆里
短暂的一部分
不够美丽，但
平凡却是一种真实
雪是一面镜子
默默注视众生相
我也是奇异的风景

五

最炫的彩林退下
季节陷入了苍茫

阳光被白雪遮挡
千山慕雪
我想到这个词语
越来越多的人
向山顶观景台
缓慢地集结
耳畔，天神说
登临绝顶人为峰

六

如此之近，雪
甩开阳光的激情
自由自在地飘洒
黑白作为主元素
传说，关于神山
真的是有鼻子、有眼
如此之远，雪
甩开嬉闹的众生
向梦寐以求的远方
执意追去，追去
世界被雪的胸怀扩大
群峰、河流皆是风景

七

杜鹃花，累了
到达誓言的极限
不再翻越那些
只剩坚硬的石头
神奇的杜鹃呢
跋涉了九千年
种爱，万古长存
岁月继续向远方
杜鹃花却留下来
繁衍火热的爱情
从深邃的梦中
苏醒，诗意磅礴

八

红石，四散开来
或是星辰流下血泪
或是胭脂流落山野
或是熟透的平凡心
指引行者继续攀援

天外来客撒播花火
分明昭示芸芸众生
追求幸福，首先
要自己将自己感动
而一直往上求索
湖泊有海的胸怀
石头有花的柔情
在于铿锵力度之外
任由诗意的捧读
一次次被众人欢呼

九

金猴在山中
当家做主
占据一席之地
与人群和睦相处
一湾湖水
敞开博大的胸怀
忽然，悟空
仅仅是一只猴子
不谙世事
很悠闲地度过

圣雪赐予的日子

十

达古就是冰山
古老而又奇妙
造山、造树、造石
造人、造牛、造马
造猴、造鱼、造花
神万古以来的秘密
在尘封已久的记忆里
被热情的人们追寻
打开或者千万种猜想
丰富了苍茫之外
更加有趣的似水流光
一切美好，始于
山巅圣洁无瑕的雪
人，向高峰追寻而去
雪，向山下撒欢狂奔
在山中经历的每一度
相遇，相知，相携
或仅仅是擦肩而过
总能闪动奇异的光华

在色达，与一只土拨鼠对视

无限靠近，色达
一个美妙的三角
在四千米海拔之上
被阳光镀上金色
雪化了，又下
天空的柔情
总是，述说不尽

蔚蓝色的镜子
可以展开花的风华
自由的
轻松的
飘逸的
云一样写意的人哦
也有仙子的俊秀
游走在巍峨的山脉

禅寺的钟声
偶尔把人的思绪

带去遥远的记忆里
虫草的生长与蜕变
不是追寻的主题
想要翻出三千年前
那一次迷茫的遇见
翻出后来盛唐回眸
可，风太过猛烈

泥拉湖为之动容
格萨尔王打马远去
山坡，几只土拨鼠
发现陌生的来客
与一位白衣女子
良久对视
似曾相识，可是
真的又不敢确定
仙凡界，近还是远

嘉绒展开树状的河流

嘉绒，天神的孩子
将佛的语言吞咽了下去
卓克基、松岗、党坝、梭磨
这些星辰安下的藏寨
再呼喊出来，嘉绒，情难自禁
喊醒马尔康五彩斑斓的春天
在烈烈篝火与锅庄的烘托下
展开一棵大树葱茏蓬勃的青春
潺潺水脉，柔情万种
越来越丰满——越来越美妙
从风雨沧桑里抽出的梭摩河
串联，珠玉一般漂亮的湖泊
每一个湖都将蔚蓝的天空仰望

嘉绒的眼眸清醒，看到
白唇鹿、梅花鹿、扭角羚们
纷纷从枯瘦的冬天活跃起来
一脚踏进青涩的早春二月
冷杉、云杉、落叶、高山栎

在经幡林立的山坡撑起梦幻家
羌活、大黄、秦艽、木香
党参、当归、黄芪、赤芍
五加皮、甘松、铁棒槌
治愈岁月不同程度的伤痛
于是，野草们都成新鲜的火焰
燃情于每个瑞雪飘洒过的春天

爱的呈现在此越来越具体
遥远的呼唤深入熙攘的人世
藏、羌、回、汉在马尔康融合
越来越多的嘉绒子民
不远万里奔波，朝圣而归
他们在一棵大树广博的胸怀里
把心中的火焰高高举起
峭立寒凉渐起的秋，亮成花红
越来越隆重，越来越激烈
佛的幸运在人世不断传播
追随生命长河开辟梦的远方
砥砺奋进，激情跳跃。涅槃！
火凤，也在熊熊的焰光里高歌

举火马尔康

天空，无尽的蔚蓝
吸引着远翔的雄鹰回归
高原，无尽的碧绿
展开一幅波澜壮阔的画卷
把一条鱼的想象力
自青藏高原——自马尔康
自高低错落的佛语圣地
向雪一般的圣境无限靠近
越来越清晰、明了
烧穿夜色的火苗也叫格桑
倔强、坚韧、干净、纯粹
禅修树状的目录正在打开

如梦初醒的早春二月
谁的笑容遍撒雄伟高原
星光璀璨，播下爱的种子
柔情的河流从树心抽出来
古道茶马，撩动一片新芽
老祖先的足迹始出马尔康

数千年的时光被串联
于是，铿锵的汉子在逆行
于是，健硕的牦牛在逆行
而婉转的河流被阳光调动
一心抵达磅礴的大河渡口
织就了，人间五彩的霓虹

当然，转经筒、神塔
佛的讲述一个也不落下
思乡情绪是乡愁更是炊烟
不紧不慢地铺垫，高垒
再从苍凉深重的古代穿越
悄然来到灯火辉煌的现代
很多人忍不住失声惊呼
马尔康之夜：好美！
火光照亮众人红红的脸庞
激情燃烧的岁月轰轰烈烈
某也与一条精壮的河同行

仰望神山

我愿化着梅
在苍白的稿纸
倾情绽放一次
将我的幽香
一一献给雪山

我愿化着火
在黑暗的夜里
倾情燃烧一次
将我的热爱
一一献给雪山

我愿化着叶
在忧郁的天空
倾情炫舞一次
将我的魅力
一一献给雪山

山下的世界

正值春暖花开
可是在山路上
我仰望雪峰
竟迎来一场雪

风雪扑面来
我炽热的心
打了一个寒战
我浮躁的心
少时安静下来

在雪的意境
尘世的纷扰
慢慢地褪去
尘世的喧嚣
慢慢地远去

在雪的意境
我裹紧衣衫
顶礼膜拜着
圣洁的雪花
巍峨的雪峰

云破日出时候
我看到雪宝顶
沉寂的雪瓣儿
从深深的梦中
纷纷清醒过来

从深深的梦中
纷纷清醒过来
她们乘着清风
宛若蝴蝶一样
向着雪宝顶飞

向着雪宝顶飞
晶莹的雪瓣儿
在炙热的阳光下
五彩斑斓的梦
纷纷化着了雨

五彩斑斓的梦
纷纷化着了雨
雨水汇流成溪
小溪汇成了河
小河汇成了海

明媚的阳光里
向着雪宝顶飞
我也张开臂膀
向着雪宝顶飞
我也壮志凌云

飞　天

题记：传说雪宝顶为一只万年海螺化身，那么，我想与其得道成仙，位列仙班，高高在上，享受众生顶礼膜拜，消受烟火供奉，不如永留凡间与众生同在，恩泽天下万物苍生，这才是不朽的大功德。

天边飘来了
一朵五彩祥云
五彩的云端
突然锣鼓喧天
仙乐奏天籁
众神齐声召唤
天梯已打开
海螺即刻飞天

飞天的夙愿
不觉已逾万年
执着的意念
不觉已逾万年
万年的风雨

菩提勇往直前
万年的寒暑
佛心历劫弥坚

万年的岁月
沧海已成桑田
万年的积淀
尘埃已成群山
万年的轮回
大树已然参天
万年的修行
法力已然无边

万年的光阴
磨尽万千苦难
万年的阅历
成就智光无限
万年的禅悟
终见大道通天
万年的期盼
终迎花好月圆

花好月圆时

海螺身轻如燕
足下青云阶
身后众生瞻天
羽挟风雷升
海螺俯瞰凡间
看见众生脸
满脸都是期盼

众生殷殷盼
昭昭心虔诚
期盼盛世繁华
期盼瑞雪丰年
期盼无忧超然
众生殷殷盼
昭昭心虔诚
海螺铭心间

九天飘来了
一朵六瓣白雪
温婉的雪花
坠入海螺心田
圣洁的雪花
未见琼楼玉观

晶莹的雪花
照见一座雪山

重回到地面
回到众生间
海螺隐去光环
重回到地面
回到众生间
海螺化成雪山
只愿赐众生
生生不息的泉

明丽的阳光
照耀着大雪山
巍峨的雪山
闪烁七彩光环
七彩的光环
涌现万千山泉
万千条山泉
润泽沃野平川

圣　雪

抛开了红尘的纷扰
远离了尘世的喧嚣
向雪宝顶方向行进
一路穿过叠翠密林
一路穿过缤纷花园
一路穿过茫茫云海

向雪宝顶方向行进
去亲近圣洁的雪峰
去寻找雪花的芳香
向雪宝顶方向行进
去亲近巍峨的雪峰
去寻找雪花的宁静

走近了崇高的雪峰
我们就走近了蓝天
走近了蔚蓝的天空
我们就走近了白云
走近了洁白的云朵

我们就走近了星星

在蜿蜒上山的途中
六瓣花竟随风而来
飘然走下琼楼玉宇
在明丽的天空炫舞
天女散花一般潇洒
凤舞九天一般惊艳

每一朵漂亮的雪花
都是一只五彩的蝶
每一朵漂亮的雪花
都是一朵纯洁的云
每一朵漂亮的雪花
都有一个芬芳的梦

所有雪花都是格桑
所有雪花都是雄鹰
所有雪花都是天使
每一朵雪花都围绕
围绕着神山而炫舞
围绕着卓玛而炫舞

天使唤醒山间牛羊
山间牛羊格外欢腾
天使唤醒万千花蕾
万千花蕾格外精神
天使唤醒芸芸众生
芸芸众生格外兴奋

圣雪缓缓落在心间
我们仰望巍巍雪山
无数五彩斑斓的梦
从我们祥和的心田
万千蝴蝶一样起飞
一路博览无限春光

第二辑　八方云潮

GUO JIAN MEN

白沙溪，一棵黑茶树的诗性舒展

一

时间默默越过无数的峥嵘
风雨、阳光同行，无怨无悔
待到很多年后的某一个春天
一棵古老的黑茶树忽然醒来
从一道闪电中找到诗的灵感
而后，带上星星的祈愿
昂扬崛起，抵达黎明界口
在人间刮起了一场青春风暴
绝代芳华由一条山溪来舒展

二

从黑黑的夜里萃取精华
任幽蓝宝光注入平凡的内心
神采内敛，否极泰来
从黑黑的土壤里提纯词句
晶莹的拓片，以诗的名义

抱团——重塑：天圆地方
从乡村里跑出的少年
纵马踏过热辣滚烫的江湖
撩动一团团氤氲飘逸的云烟

三

白色的沙、白色的雪
白色的雾、白色的云
在厚重的黑土地上情景交融
母亲厚实的胸怀无限放大
偶然，轻轻喊一声：白沙溪
世俗的目光便指向秀美湖南
一群白衣天使从神坛下来
到如画的山水之间轻舞飞扬
很多磨难与疼痛，渐行渐远

四

一些人从危险的高峰下来
站在春意盎然的黎明，审视
一派宁静祥和的田园风光
荡气回肠的歌鸣也都放下了

心平气和地阅读人间沧桑
漂泊、沉浮以及超度，此刻
到了安化便不再苦涩难耐
此刻，深入一条山溪的源头
向一棵黑茶树献上生命礼赞

五

从王朝的高度纷纷跳下来
从雍容华贵的修辞中挣脱
欢喜地返回最最淳朴的人间
携光明而来，苍茫的云雾
向四面八方散开。带上芳香
引领热烈的火焰走下琼台
一颗青春的黑茶心强力律动
荡漾一泓春水痴醉了桃花仙

六

精神抖擞的茶叶，融化了
铮铮铁骨也在默默地融化着
在诗的方阵里一起融化掉
卓越的姓名以及倔强的形态

变幻一条优美的音乐的河流
从白沙溪悠远的源头开始
踏歌而行，打马远征。降解
弥留在城市中的苦闷与寂寥
把无尽的幸福安康带给人间

七

而后，从五脏庙抽身出来
从漂泊的远方探寻诗意原乡
越来越多的人趋向茶的故土
寻到遗落已久的童年妙趣
找回无忧无虑的活泼天真
找到那一幕久违的炊烟
从此，忘却疲惫与喧嚣
在茶的故乡安放美丽的天堂
再与一枚雪来一场倾城绝恋

静夜思（组诗）

题记：诗仙、酒仙李白，仗剑出川，首先隐居的，乃是淮南道安州应山县（今湖北广水市）的寿山。所谓“酒隐安陆，蹉跎十年”，其中包含在寿山的三年多时光。李白在寿山，斗酒诗百篇，写下了中国乃至世界流传最广、影响最大的诗作《静夜思》（原诗为：床前明月光，疑是地上霜。举头望明月，低头思故乡。）以及《白毫子歌》《秋思》《代寿山答孟少府移文书》等名篇。待到夜深人静且月色朦胧的时候，我也设身处地地打开了思绪，而我又能想到些什么呢？

篇一：隐藏的星光

在寿山与白兆山之间
幽幽涢水常在山中呢喃
多少平凡岁月被蹉跎
直到一道璀璨的星光
穿透了歌舞升平的大唐

随之而来的一颗诗心

也从此在苍翠的山林间
不知不觉地隐藏下来
侠影仙踪在寿山一角
用十年的风风雨雨发酵

一首古今传颂的诗篇
一壶回味悠长的美酒
一颗百转千回的诗心
一同被神奇地酝酿出来
且以更持久的方式传承

再耀眼的光芒也隐去
再豪迈的情怀也凉却
或许，在苍翠的山林间
做一个默默无闻的人
或许，真是不错的归属

篇二：猛然想起的乡愁

仗剑独行，足登寿山
蓦然回首，青莲如梦
夜风席卷盛世繁华飘荡
迷离恍惚间已逾十年

故乡仿佛真的越来越远

十年光影，如酒如歌
多少苦乐，多少悲欢
被朦胧的月华一一淡忘
人道是诗魂酒意犹存
总想远处还有人在等待

昨夜梦中竟然还有梦
幽梦深深处又一朵荷莲
被一尾调皮的鱼儿高举
然后，那粉红的霞光
又从涟漪中缓慢地升起

沉醉的人儿猛然惊醒
无比柔情的月光像水
轻描淡写地抚慰着心伤
悲凉无助的季节被温存
两行眼泪逐渐热辣滚烫

篇三：犹存的剑气

长剑犹然悬挂在腰间

那轮明月照亮了故乡
同样也照出了诗和远方
待到黎明来临的时候
阳光一定会将冰雪融化

犀利的剑气越发内敛
诗心再度从寿山升腾
氤氲烟霞慢慢地褪开来
又一个春天姹紫嫣红
青鸟也于春晨跃上苍茫

意犹未尽的酒气化了
像迷人的花香一样化了
像可爱的露珠一样化了
滚滚长江的涛声骤响
黄鹤楼的钟鼓越来越近

碧空万里，鱼游太虚
气势恢宏的不仅仅是诗
剑气、日光以及月华
在天地清明的某一刻
自然而然地化游龙飞天

篇四：未完的心愿

当寿山也成了回忆
当美酒也化作了甘露
当诗情也回归了自然
料想红尘依然还有心愿
并未真真正正地了却

因为寿山还被人想念
因为月光还被人吟诵
因为太白还被人追寻
当然，还有那玉液琼浆
总被后来人津津乐道

诗中离析出来的文字
酒中弥散出来的花香
纵然在空旷的天地之间
很难再以赤足将之追寻
可天地精华从未湮灭

或许，再等待许多年

还有绝妙的诗被人重聚

或许，再孕育许多年

还有绝妙的酒被人新酿

或许，奇迹仍在寿山

瓜州八题（组诗）

篇一：玄奘之路

背对大唐的富丽繁华
一路向西，一路向西
玄奘很孤独却不害怕
因为，足下一条彩虹
正用神奇魅力指向远方
两条路用一双脚来丈量

世人说，那是场苦旅
可是玄奘的心意已决
定要走下去、走下去
毅然决然走出通天大道
沿途的风沙磨砺了意志
远方的诱惑一直在延续

河西走廊，丝绸之路
只是修行必经的一部分
狂沙漫舞，莫高飞天

都成了古老传说的背影
但，后人总难舍痴心
总想找到弥留的真与诚

篇二：西路军魂

由考克塞出发，经查干布尔嘎斯
穿越野马河谷，翻过大龚岔山口
一条红色的河蹒跚着走出了祁连山
一片奇异的绿洲正在巍巍祁连山外
向远道而来的人们热情洋溢地展开
一颗明珠闪动万丈光华问鼎苍茫
海市蜃楼？不是！景象，实实在在
红色的河做了它匆匆来去的过客
英雄的神魂却在此扎下深深的灵根

辗转至红柳园，一片青沙石戈壁
裸露的风化岩沙丘将满目荒凉呈现
突然，风干的河岸血色红柳一片哗然
热烈的火焰重现一场流星雨的光芒
穿过旷古戈壁，火凤凰也由此重生
飞沙走石挡不住飞向星星峡的决心
沿途，红色的柳叶落在狂暴的风沙里

远征以及凯旋的豪壮情怀与史诗同在
它们，毅然抱紧一座永垂不朽的丰碑

篇三：双塔湖光

天使的泪珠儿，徐徐落下人间
那一刻，一些人正赶着去敦煌
一些人正赶着去嘉裕；一些人
正赶着去酒泉……而相同的是
几乎没有人在意身后双塔的梵唱
湖心悠悠、风风雨雨、似水流光
几乎所有人都是行色匆匆的样子

明净的湖里，鱼与鹰共舞霓裳
如丝如绸的柔软集满瑰丽的花香
虔诚饱满的愿望随南来北往的风
追逐着梦的远方。彩虹之路重现
大唐的富丽堂皇，玄奘的背影
也从辉煌的记忆中被离析出来
从湖心经过，并且，越走越远了

追逐梦的远方，穿越湖心的人
也都放下美妙绝伦的明镜。放下

一湖深邃的蔚蓝以及悠远的涟漪
一些晶莹的雪不惜跋涉千山万水
穿越洪荒地带并在湖心一一复活
苍翠的树木，成群的牛羊，一同
呈现出西域旖旎美好的画意诗情

篇四：草圣

一千多年前
一些草在安西
点缀苍茫岁月
卓越的神魂
漂亮的姿势
风靡了众沙丘

一千多年后
人们总会猜想
那如草的文字
是怎样从笔底
奇异地复活
后，神采奕奕

不朽的精灵

竟然能在纸上
活得如此潇洒
任天大地大
任风雨偕行
总，自在逍遥

难道那些草
之所以变成字
也是想要飞天
的确，的确
敦煌莫高窟
离得很近很近

篇五：万佛峡

横穿河西走廊的阳光
在榆林停下匆匆的脚步
万千禅意在此刻骨铭心
佛的影子竟无处不在
徜徉于佛悠远的柔肠里
朝觐的呼声，汹涌澎湃
众生的歌鸣发自肺腑
每一个词落地都开成莲

每一个词飞起都变成鸟
每一个词下水都变成鱼

蓦然回首苍茫的旅程
往西不见大唐高僧玄奘
往东也不见悟空禅步
只有风汰尽漫漫征尘
商队的驼铃犹在耳边
只是你等候的人已不在
等我的人也黯然离去
只有佛，坚持留了下来
佛在任意一个角落安居
很多的传说，传播开去

佛没留下舍利、莲台
佛留下来的只是背影
可是，越来越多的凡人
更加相信在某个远方
佛正用梵唱迎接众生
桑青的梦想霓虹一般
也从旖旎的江南向西飞
也从盛唐的腹心里穿过
也挠动榆林低吟浅唱

似乎很多生命与佛有意

篇六：锁阳故城

千年以后，叩问
苦峪城锁住了什么
弥留千年的时光
或者，千年的悲欢
或者，千年的无奈
或者，千年的梦想
或许，根本没有
一个很清楚的答案

薛仁贵的大帅旗
被戈壁的风尘淹没
即便，阳光来时
他的热情依然如旧
即便，瑞雪来时
她的温馨依然如旧
被深藏起来的回忆
再不会被翻新出来

塔尔寺的钟鼓声

塔尔寺的木鱼声
也不再被时光复制
而梵唱的僧人们
引领众生只顾远寻
或者，去了榆林窟
或者，去了敦煌
或者，也一路向西

握不紧的沙漏呢
在玄奘手心流失
连同汉唐的繁华
连同鼓角的争鸣
一起黯然流离苍茫
但一如既往的流光
仍一如既往地穿行
凿开最坚硬的胸膛

坚硬的石壁内部
打开一个城门洞
放任后来人出入
自由来去或者寻觅
也可以在城门口
沐浴淡淡的残阳

再将过去和未来
再想它个百转千回

篇七：红柳花海

激情在瓜州燃烧
烧红了峥嵘岁月
烧红了石头和沙漠
烧红了青涩的少年

被一地阳光感动
一些柳树开了花
它们都是红红的焰
欣然连成一片火海

多么奇怪的景象
被风儿四处传颂
西征的战士回来了
长成了青青的柳树

捍卫脚下的热土
他们高贵的灵魂
在大西北一隅扎根

在柳的花季里涅槃

也在红柳的花季
凤凰的传说重生
并于某个未名之夜
高唱壮歌情动华夏

篇八：风电之都

除了狂躁和暴戾
风也有柔情的初衷
它们每一次都想
竭尽全力放慢节奏

吹过瓜州的季风
当真也是身不由己
很多树都站不稳
仿佛也要追风而去

一轮夕阳陶醉了
因为一些花要盛开
并在风徘徊的夜
要将古老传说重温

大地长出的桅杆
在浩瀚戈壁滩集合
它们也意气风发
将苍凉的天空撑起

时光轮盘被吹动
它们加快速度奔跑
一些星星在远方
将幽幽的天空照耀

风终于放慢速度
在一些城市中停留
它们鲜活的血液
在夜幕中热情奔放

致毕节（组诗）

篇一：一座城，一个圆

除夕姗姗来临，一座新城
在腊月迎来最火热的一天
为呕心沥血的艰辛劳作画圆
为众人智慧和汗水的结晶
画出一个美妙漂亮的光圈
很快，岁月新生出的一条腿
情不自禁地伸向诗意的远方

美轮美奂的华光精粹汇聚
结成一个格外漂亮的彩带
捍卫幸福的城墙固若金汤
为新城的竣工剪彩，龙神
化身一位伟大神奇的建筑师
带领众多的河流投奔而来
为生命的栖园注入歌的源泉

春天越来越近、越来越近

一段全新的梦想隆重开始
春姑娘踏着音乐欢快的节奏
捧圣洁的雪，持惊艳的花
走向这新取名叫毕节的圣地
一切美好浑然天成。显然
这又是一个充满奇幻的开始

龙神在此蛰伏，养精蓄锐
河流在乌蒙山腹地高亢歌鸣
坐拥无数古老传说的七星关
打开一坛不知经年的老酒
与黎民百姓以及普天同庆
痛苦的挣扎，从此一去不回
奔波的灵魂，从此酣然入梦

篇二：龙的子孙

龙在毕节，龙在七星关，龙
化身为滔滔不绝的江河。灵气
自然是花草树木和走兽飞禽
自古引以为豪的精神和气魄
在毕节长大的鱼是龙的子孙
在毕节长大的马驹是龙的子孙

在毕节长大的人是龙的子孙
身上一直流淌着龙的精血神魂
想要说一个“不”字都很难
索性气势磅礴地大声呼喊出来
向云贵高原，向诗意的远方
向日月星辰，向遥远的未来
喊出自己或许响彻云天的名姓

篇三：聚散之缘

来自云贵高原的雪
带着柔情飘向毕节
来自川中的芙蓉花香
来自云南的彩凤祥云
一起向毕节飘啊，飘
悠悠岁月将一把金锁
交给一个毕节人收藏

酝酿、发酵、回旋
短暂的迷茫也是诗情
不可或缺的一部分
川、黔、滇这个结扣
由一阵风解开。此后

该何去何从？或许
只有风自己心知肚明

痴念的远方在哪里
一些河沙欣然留下来
垫高悠悠原乡的厚度
而富有质感的文字
化身为铁、铜、铅
刨出来必定电光石火
立起来必定铿锵挺拔

篇四：生命的源泉

乌江、北盘江、赤水
在乌蒙山腹地打了个结
然后，又潇洒地远去
龙在乌蒙山腹地孕育
一个毕节人便成了神
因为龙的血脉在他体内
因为龙的气节在他体内

他没有理由不成为神
孕育了三条大江的母亲

同样也是他的生命源泉
于是，很多的假设成立
于是，很多的传说成立
于是，荡气回肠的歌鸣
也响成天地铿锵的龙吟

篇五：细数这些江河

偏岩、野济、六冲、三岔
赤水、牛栏、白水、可渡
从一百九十三条河流中抽出
如上江河的名字。一片蓝
在沧桑尽头明镜般跃上心坎
支嘎阿鲁湖——照出大世界
一枚云贵高原下来的雪花
也展开乌江、金沙江、珠江
绚丽多彩的脉络和精气神
源远流长且只有神奇二字
适合形容一位女神的气质
她是孕育众江河的伟大母亲
她也是风华绝代的奇女子
在不经意间养育了众多的
英俊少年和清纯可人的天仙

于是毕节山水天时地利人和
于是毕节山水无不玲珑俊美
美在不言、美在自然而然
美在神奇、美在不可言说
而在情到深处一瞬完全失控

篇六：闪闪红星

所有神奇的创造与新生之中
一颗红星在一九三四年升空
红色的生命、星星以及梦想
从红色的土壤内部悄然崛起
被红色的血液浇灌、喂养长大
火热的革命热情一如凤凰涅槃
在灾难深重的中华大西南边陲
一路高举起金色的镰刀和铁锤
一路高亢地呐喊助力华夏盛典

闪闪红星照耀着红色的史诗
伟大领袖毛主席的经典战例
卓越诗者的大智慧四渡赤水
毕节是后来人绕不开的情结
从悲怆的抗争与呐喊中拼出来

一条绝处逢生的血路。命运
掌握在咱中国人自己的手里
从压迫中站起来，荡尽烟尘
红色中国向伟大崛起昂扬奋进

篇七：诗和远方

神也在毕节的胸怀里
悄然迷失了行走的方向
因为灵山异水，因为
一首无比奇妙的诗词
而且在毕节人的深情里
玲珑如珠玉的点点滴滴
都让神的回味美妙无穷

神情不自禁地痴与醉
让开启未来的金钥匙
落在苍茫深邃的时光里
一如众多的光辉岁月
落入沙土里便深沉大海
未来由毕节人自己开启
神也是盛世繁华的见证

关于梦想、诗和远方
都在毕节人的脑海里
而在毕节自由回旋的燕
恍然间也有幸福的烦恼
去云南听刘三姐唱歌
去川西看芙蓉花的盛开
去云贵高原赏一场春雪

最后还是选择留下来
用极致的轻巧智慧筑巢
就在黔、滇、川之间
共造金三角卓异的神塔
共造另一处人间天堂
编一个新颖的神话传说
从此，风靡于世界各地

仰光而来

题记：光山为司马光故居，人杰地灵，风情如画，以小诗一首致意……

一滴清泪
从王母眼角
飘落下来
落在光山

一颗新星
自光山升起
穿越大宋
点亮华夏

光的精华
凝结成文字
烈火煅烧
资治通鉴

几许星辉

点缀南大河
镶嵌龙潭
成就敖洼

仰光而来
看不够岁月
盛世繁花
辉煌灿烂

溢彩流光
流不尽传奇
一一傲放
绝代芳华

长生张家界

云贵高原兮，支撑我俊秀雄伟
一颗芳心在烟霞间越来越崇高瑰丽
悠悠洞庭兮，注入我渊博的内涵
一只凤凰的柔肠名字叫澧水
在我指间似一根奇妙的琴弦被弹奏
从桃源深处走出来的芸芸众生哦
穿过张家界，穿过我，由衷地惊叹
圣境——张家界——生命于此长生
崛起苍茫的云烟恍若万缕千丝
其中，每一度缱绻都让人牵魂绕梦

一头扎进武陵源

到了张家界，俗世的喧嚣
真的才算戛然而止
凡心被烦忧一路穷追猛打过来
再从风雨沧桑云集的洞庭湖
向云贵高原奋力一跃
锦鲤一般甩开汹涌的波涛
突然，天门洞开，霞光万丈
满面桃红的诗人举起了阳春三月
继而，也沿一条清流回到原乡

仰望诗经

时光历经千年跋涉
一部诗经在渭南成丰碑
仰望诗经——一如山川
威严高峻，旖旎展现
异常坚硬的书页石化了
一些记忆中的句子
在脱口而出的刹那
依然很软——柔情似水
关关雎鸠，在河之洲……
窈窕淑女，君子好逑……
叫我怎么来形容呢
火焰、伤痛与血之外
那些斑驳的历史往事
关于秦的不可一世
关于王的惶恐不安
一把大火之后，书
越来越弥足珍贵起来
书中躲过火焰的文字

返回星光灿烂的天宇

每一颗都让后来人

情不自禁，顶礼膜拜

马鞍山

乌骓翻身而下，高昂的头颅低沉
遥望盖世英雄，遥望江东父老
突然间抑制不住两行泪水狂奔
长剑刎颈是为最后且最无奈的结局
一座山自苍忙中崛起——马背上
掉落下来沉重的马鞍和曾经的荣耀
卑微的文字在喧嚣声中努力集结
它们组合在一起也一样地铿锵有力
滚滚乌江——滔滔热血，一起沸腾
绝代美人如花，徐徐凋零在梦中
而在另一场春梦里又见粉红桃花开
从楚汉争雄的烟尘里挣脱的神魂
穿越大唐，带着另一番混乱的情结
仗剑独行——太白之剑同样锋利
后来人更从悲情中找到新鲜的落红

如虹的剑气，炼出了冷峻的石碑
傲立苍茫间，剑锋为笔，电光石火
将数千年岁月最坚硬的骨骼化开

忍住切肤之痛镌刻一个人的姓名
马鞍山，万丈豪情，就安放在这里
仙霞入梦，飘逸的云烟自在逍遥
它们一部分是诗人的胡须、华发
它们一部分是悠悠的茶香、酒香
马鞍山，铮铮铁骨也都安放在这里
诗画描乾坤，明朗的星星和日精月华
凝聚在一个人的墓穴中助力野草疯长
千里婵娟在马鞍山跳上一个新台阶
人间的世外桃源与九天瑶台差一道门
轻轻的雨点一遍遍敲打着诗人的心扉
那道神圣的门便开启了一道微弱的缝

从那微弱的缝隙里穿过便进入大唐
从那微弱的缝隙里出来便回到现实
千年以后，一群人皆想跨马而去
清风吹荡华发，吹荡袅袅飘升的烟云
太阳神用黄金做下许多奢侈的马鞍
白玉塑造出新的肉身——洁净无瑕
一如李太白当年，一如青莲花重开
不知是谁登高一呼。顷刻，四山回响
厚重的铠甲重新穿在身上——诗人
也是一条穿上龙鳞的鱼逐梦而去

壮志凌云直冲九霄云天。而在另一面
岁月有许多柔情等待温婉地讲述
璀璨的星空中多双眼睛在默默地注视
一个人举一碗清水，为龙的子孙壮行
明净的水中文字化身莲子默默地下种

兵马俑后面的树林

兵马俑组成的强大阵容
经不住高速列车带来的风
其中一股东南风
带我绕过刀枪剑戟
置身于它们身后的小树林
一个或数个王朝的酣梦
少时间便宣告尘埃落定
我向更远的年月走去
一个贪玩的孩子四岁半了
他在林中走走停停
他是我的过去或未来
一场大雪将我的足迹覆盖
被我踩在地上的白色
转念又像极了天空的云朵
一样的柔软、一样的洁白
我在清冷的林子走着
我在明净的天空张开双臂

枫　溪

黄檀东出，白水西来
两段清幽的时光合二为一
精华荟萃，光影交错
枫桥南大竺园是个好去处
将疲惫的灵魂一一度化
再从氤氲的江南脱胎换骨
再迎来崭新的诗意和远方

黄檀、白水柔情交汇
那一刻枫桥灵光一闪
枫溪便迎来华丽变身
新石器时代的热闹与繁华
从悠远的记忆里慢慢铺开
枫溪两岸，商旅如云
枫桥小镇从此闻名于天下

诗的柔美在水中缱绻
虹的绚丽横跨了岁月沧桑
风雨阳光一起打磨着

枫桥——诗意浓厚的小镇
很多人由衷地陶醉了
此刻，女神抽出千愁万绪
交给一只蚕编织成锦成丝

此处，是为越国故都
有枫桥有禅院有诗情画意
但从此经过的文人墨客
并没有一个人名字叫张继
进京赶考的人或从此经过
但发榜带来的情绪落差
并不在枫溪边夸张和渲染

一颗璀璨的东海明珠
在此间悄然升空
华丽了东方五千年幽梦
珠光宝气泻落茫茫人海
一场缤纷的花雨悄然淹没
刀光剑影、金戈铁马
孕生出新时代的瑰丽繁华

为枫桥寻找一个修辞

如绚丽的彩虹
如一个人的脊梁
如铿锵的龙骨
如一棵树的身躯
在峥嵘岁月里石化
跨越尘世无尽的沧桑
而后，千年风风雨雨
携程千年阳光如火
相伴千年岁月如歌

放下曾经的荣耀
默然石化——重塑
忍住很多难言的痛
弯成一道弓。它并不
射出任何一支响云箭
只是默默地放低姿态
坦然面对冰霜雪雾
坦然面对电光火石
坦然面对精雕细琢

众生在桥面上来去
人群中没有张继
但有葱茏的诗意
繁华了如此江南小镇
枫溪——柔肠缱绻
明月——深情款款
总让人难以释怀
人在画中来来去去
莲留下美妙的传说

天池的诱惑

七夕，火热的夏在继续
一场缤纷的花雨悄然而落
带着美好的祝福和心愿
向山西、向和顺、向天池
一路洋洋洒洒地落下去
来自九天的仙女默默注视
卑微且百无聊赖的人间
她身后是森严冰冷的天宫
她身前是一泓清水的诱惑
飘荡的烟霞胜却仙境无数
于是，轻解下羽衣霓裳
沐浴且醉心于悠悠水云间

以山西和顺天池为中心
生发出一场经典的爱情
人间平添了久违的喜庆
这一刻，人间不讨论天规
这一刻，人间有很多美谈
一群喜鹊跳上枝头欢呼

穷困潦倒且憨厚的放牛娃
终于迎来美轮美奂的爱情
男耕女织，美满在人间
巍巍太行也做幸福的见证
原想就这样享受平凡人生
原想就这样享受春夏秋冬

儿女成群，锦绣美如画
人间天伦，羡煞了神坛
真正的爱情无须玉宇琼楼
三两间茅草房子就够了
曾经空阔蔚蓝纯净的天宇
骤起莫测风云与暴怒雷霆
人间最平凡最美妙的画面
被突如其来的怒吼击碎
人间天上展开一条天沟
璀璨的群星在河心里很小
一场爱情跨越高高的门第
但跨不过那条宽广的银河

神牛助力痴男展翅高飞
一条彩虹携带万千思念
向九天瑶池疯狂地追去

一座血肉之躯搭建的天桥
一群喜鹊跨越千山万水
为爱插上一双理想的翅膀
长长的葡萄藤向天空疾行
越尽春花缤纷而落的季节
越尽尘世无常的风雨阳光
终于懂了何为天涯咫尺
为爱，千年的修行何足惜
为爱，卑微的血肉何足惜

和顺，虚怀以待

和顺，太行山中
郁郁葱葱的树木参天
牛郎洞、金牛洞
它们正虚怀以待
南天门中逃出的仙子
直向天河池飞奔而来

峪村混沌的黎明
被一声鸡啼喊醒
放牛娃一如既往出来
相依相伴的老牛
一如既往地缓慢行进
这一年夏天炎热难耐

天河池是个幽境
清凉中有仙女在沐浴
而她的羽衣霓裳
恍若漂亮的彩虹
散落在芳菲的青草间

偶遇也是天意的安排

千年以后的和顺
也敞开了宏大的胸怀
等待一场经典的爱情
跨越鸿沟和天堑
月老在某夜醉了
指尖弹出绝妙的天籁

梦里周庄（组诗三首）

篇一：美丽的错误

极目向南，一朵圣洁的白雪
展开轻柔的蝶衣——御风飞行
一路向南——南方升起了烈焰
凤凰传说被很多鱼窃窃私语
而我竟然也犯了个美丽的错误
就在如梦如幻的诗情画意里
一位诗人诵读《逍遥游》。他
美髯飘逸、鹤发童颜的样子
声如洪钟、字正腔圆地发声
或许，我在梦中遇见的诗人
其实就是云游至此的庄周自己
地点：周庄；载体：乌篷船
当然也是在同一个美丽的江南

悠悠白云，一起萧萧下凡尘
放纵逍遥。他或许并不在意

多一个人到来，多一个人倾听
在悠悠的梦乡里，浅唱低吟
“周”“庄”二字彼此颠倒
而我也乐意津津有味地连读
顺读，美丽的水乡江南小镇
便又活脱脱地装我入水墨丹青
倒读，宏大的诗意便涌现出来
以后的时光更让我经常迷失
“庄”“周”二字光影交错
到底该怎么读？或许，要看我
眼睛或舌头首先碰触到哪个字

篇二：夸大其词

一只蝴蝶在诗人的磅礴气势里
无穷放大。鲲鹏展翅，几千里路
也只用一眨眼的工夫即可抵达
这在两千年前或仅仅是个修辞
而且，乌篷船故意放慢了行程
但在现代似乎更靠近夸张的想象
高铁、地铁、动车，风驰电掣
播音空客、宇宙飞船，呼啸云天

同样穿过江南水乡的一帘幽梦
现实告诉我，梦想不仅仅是梦想
先见之明和后见之明同样卓越
周庄的涟漪也将我的感叹扩散
越来越多的人从梦中醒来并惊呼
在美轮美奂的诗意里找到现实
并于现实的高峰展开想象的翅膀
风雨阳光携上下五千年的豪情
给予中华大地无穷无尽的力与美

篇三：彼此梦见

蝴蝶梦见了庄周
庄周梦见了蝴蝶
一如我梦见了周庄
而周庄也梦见了我
升起一朵水莲花
莲下举伞的美少女
浅浅一笑已倾城
很多人如我般向往
那里的小桥流水
那里的桃红柳绿

那里的燕语莺歌
一碗清水也让人醉
逍遥自在，深入
如画的江南水乡
我也是极致的风景

不出太阳的拉萨

题记：2016 年 8 月 7 日，致朋友王俊英拉萨行感怀……

八月，八月
不出太阳的拉萨
突然让我有点冷
雨点，雨点
不管不顾落下来
敲打满街的浮萍

伏身，叩首
朝觐，少年
就这样在雨水里
向大昭寺而去
我的心一阵感动
我的手按下快门

甜茶，甜茶
在我手心里

又渐将红尘温热
酒一样的力度
向我的内心扩散
带我的思绪飘飞

雨点，拉萨
少年，甜茶
渐成为新的怀念
而我终在远端
将大昭寺的钟声
一遍一遍地聆听

星星，星星
藏在高原的一角
背靠季节苍茫
默默地注视拉萨
也注视我的背影
若一只鸿雁闪过

朝拜普陀山

也许，是观音的梵唱
也许，是南来的风华
也许，是神奇的追梦
引一条鱼奔向舟山群岛
从一条蓝色的河流上岸
而后，普陀山很近很近

普陀山是另一个渡口
远道而来的鱼虾很多
每一条都想从此上岸
可就在上岸的一刹那间
曾经的荣耀都成了云烟
诗意的文字都成了尘埃

普陀山果真仙气氤氲
普陀山果真是个圣地
普陀山上的一切很美
山中的每棵树都是菩提
山中的每朵云都是彩衣

山中的每只鸟都是天使

所有叩拜都安息下来
所有仪式都安息下来
所有追逐都安息下来
在普陀山随便找片叶子
安放已然疲惫的灵与肉
幻化一颗珍珠长留于此

在莲台上长生

一

膜拜，有数千个方向
可普陀山是最好的一个
那里有莲花悠然盛开
莲花上生长的一块石头
长成了慈航大士的模样

芸芸众生建起了道场
世俗的目光将它仰望时
它便会逐渐生动起来
世俗的眼神回到地面后
它便会将华彩逐渐收起

很多人都说它很灵验
或许它的灵验源于这山
或许它的灵验源于这莲
或许还有更深的天意
将悠悠菩提置于南海边

二

莲花是所有神的最爱
在巍巍普陀山上也一样
化腐朽为神奇的时刻
也听那动人的天籁和鸣
许一颗颗凡心安静下来

石化，或是另类昭示
很多的神都选择了这种
或许这是如山的誓言
定要用海枯石烂来检验
于是，莲花也一起石化

在莲台之上继续生长
再也不需要更多的诉说
沉默，即是千言万语
一个人将他的肉身遗忘
他也梦见自己得偿所愿

从一个巩义人眼中，看见明净的山水

撇开忧郁与悲愤，撇开汹涌的波涛
撇开长途跋涉而来一路的坎坷曲折
撇开弥漫的烟火，撇开无情的杀伐
撇开混沌的尘埃，撇开错乱的神经
撇开苦涩的风风雨雨以及绵绵心痛
我从一个巩义人的眼中，看见大唐朝
宁静祥和以及国泰民安的繁华一面
看见一尘不染的天空打开优美的画卷
看见黄河，看见泗水，看见中原大地
看见巩义，看见南窑湾，看见笔架山
看见一座高大的英雄石像背后走下
一个活灵活现的读书人，手捧诗书
此刻，峥嵘岁月刚好将性情柔软下来
此刻，温情脉脉的阳光温度刚刚好
此刻，豆蔻初开的青春季节刚刚好
重新展开一个美轮美奂的阳春三月
诗意远方与梦想的结合也恰到好处
充满殷殷期待的诗人从某个窑洞新生
此刻，我只想说说花鸟虫鱼以及童年

此刻，我还想久久地将一双眼睛凝望
那双无忌无邪的眼睛由星星镶嵌而成
从它们冰雪般的气度里将一朵花打开
诗人在纸面上浓墨重彩地书写：杜甫
在一片明净的山水中画出一座草堂
一群孩子在自由的空气里追逐蝴蝶
恍然间，人世再现一处美丽的伊甸园

巩义，一朵花的诗性打开

或许，冥冥中天意使然
一条鱼从沧海之滨寻来
沿着荡气回肠的黄河逆行
行至中原大地便拐了弯
转而投向华夏文明的核心
投向河南，投向笔架山
投向巩义，投向南窑湾
龙的鳞片被一道华光击中
苍茫的大地内心心花怒放
一个名叫杜甫的人来了
从一颗晶莹的雨露中打开
属于他的诗性春天和梦想
属于他的一片蔚蓝天空
此刻，一只鸿雁展开羽翼
此刻，宁静祥和的天气
绝对与后来的暴风雨无关
绝对与后来的失落无关
他的童年在那个春天盛开
那个诗歌鼎沸的大时代
从一个人的牙牙学语开始

邛岭，一片叶的归宿

颠沛流离的岁月很快
凌云壮志还未施展开来
大庇天下寒士俱欢颜
安得广厦千万间的宏愿
这些都还来不及兑现
大好年华便荒于战乱
大好青年便已垂垂老矣
一切美好从高台跌落
白发苍苍的老人，而今
还有一个响亮的称号
街头巷尾或者千秋后世
一直被人深情地仰望
诸如孔圣孟圣道德家
一片叶子托住一颗诗心
有些无奈地返回故乡
像很多的落叶一样回归
故土是最博大的母亲
背对长安华丽的宫殿
背对川西秋后的木芙蓉

一片叶回到久违的故乡
邛岭上拔地而起的丰碑
青石重塑的铮铮铁骨
以诗的名义傲视苍茫
以剑的光芒昭示后世
一片枯瘦疲惫的叶子
载不动太多的人世悲哀
曾经汹涌澎湃的河流
回到沉默不语的起源
重新做一个好梦给来世

垂钓长江月

龙须作饵
涛声如歌
一条大江放下身姿
越来越低
越来越有度量

远方
海一样宽广
云霞
烘托出壮丽的黎明
一天一个轮回

蜿蜒曲折
九江百转千回
只一颗心儿
温婉如玉
逐渐清晰
浮出水面

大九江

追溯
英雄血，在沸腾
没落的北宋
书法大师的手在颤抖
当然，当然
他的心藏在汴梁
禁卫森严的宫阙深处
他也无比害怕
江湖的波涛
突然，就吞没了沙洲
然后，继续吞噬
他的黄金春梦
摧枯拉朽

后来，后来
江州不再是江州
喋血故事被深埋
只有未泯的露雨雪
精灵般继续追寻

关于太阳的传说
或者，是为了凤凰鸟
踏出九曲回肠的征途
且再筑一座水城
作为灵魂的憩园
好多人为它
前赴后继
呕心沥血

再后来，再后来
浔阳不再是浔阳
浔阳直接叫了九江
挺俗的
很直接
少了文气和意境？
不！
九龙汇聚
成八里湖和赛城湖
龙脉填沧海
这登峰造极的数字
大写一个九字
何其壮阔

到如今，到如今

依然热情不减

依然风情延绵

依然爱得坚贞热烈

依然纯朴如初

喝庐山茶，品茶饼

吃酒糟鱼，啃烧饼

谈笑风生

江湖恍然犹在

英雄儿女不弱当年

大块吃肉

大碗喝酒

好不痛快淋漓

东海明珠

浙江枫桥，声名鹊起
与张继与大唐朝无关
只与“美”这个词有关
且不断衍生出盎然诗意
家喻户晓、耳熟能详
几乎每一个清新的晨曦
都值得来一场诗的盛会
几乎每一段曼妙的时空
都值得来一幅水墨丹青

一颗甘露落下了瑶台
在我的想象中展开江南
千古柔肠也随即展开
一颗芳心越来越宏大
莺歌燕语唤醒朦胧之晨
阳光为一些文字着色
一阵清风吹动了烟霞
静默的枫溪从梦寐苏醒
放出一条彩虹横渡沧桑

黄檀溪、白水溪聚首
相约枫桥——南大竺园
南大竺园是个心灵驿站
美丽升华定然与仙有关
绝妙的梦想生生不息
一粒粒种进枫桥小镇
向未来盛开瑰丽的花朵
向新石器时代扎下根须
万千愁绪也都美妙如丝

东海，明珠冉冉升空
枫桥，沧桑迅速退去
精心孕育一方灵山异水
枫溪作诗者灵感的源泉
而在溪间采集精华的人
建起一座庄严的神坛
九里山上的梅朵也开了
开在数千年的光影间
一朵朵堪比热烈的火焰

枫桥下

一

光影交错间，千年时光匆匆而过
很多的回忆被悄然离析和结晶出来
像盐一样洁白的文字从诗歌里逃逸
跳荡在一群文人扑朔迷离的脑海
一轮无边的风月被神精心地打磨
诗意特别的姑苏城外接受世界瞩目
寒山上的古禅院、寒山下的枫桥
一起被打磨——拍去尘土和烟灰
神用风雨、用刻刀、用水砂雕琢
从朦胧的意境里复活优美的画卷
姑苏城外别有一番意趣惹人苦追寻
磨难与疼痛是朝觐者必经的苦禅
在此，一颗凡心持续翻新苍茫岁月
而精彩纷呈的意象在江南激情展现

二

月落、乌啼、霜华、寒山、枫桥

在深邃的意境里漫不经意地组合
一只水鸟展开宽大的翅膀凌空飞起
潺潺枫溪便释放出优美欢快的水声
几簇灯火在水面上如莲一般盛开
影影绰绰，照亮诗者忧郁的眼眸
照出依然内心如虹的倔强与坚强
照出一尊佛的庄严神圣和他的伟岸
照见几条小渔舟散漫的逍遥自在
众多莫名其妙的喜怒哀乐悄然融化
背对长安执着远行，一路漂泊流浪
姑苏城忽然成了诗者心灵的驿站
故乡忽然成了诗意迭起的梦的远方
三两盏薄酒忽然胜过瑶台玉液琼浆

三

夜半无眠，放纵百无聊赖的猜度
关于枫桥的美妙传说或者古往今来
在诗意的心中持续发酵、百转千回
枫桥或是一棵饱经风霜的树石化了
并在美丽的江南被呕心沥血的人们
砌筑成横跨于沧桑水面上的彩虹
在此，沐浴清风徐徐，听禅钟悠悠

一条鱼从水面下高举火焰追寻而来
千条鱼纷纷举起圣洁华丽的莲花台
僵硬冷漠的凡心也骤然柔情款款
回家以及去远方的路一同被照亮
凡心超然穿透漫漫幽夜迎来新黎明
圣心从一首七言绝句中悄然新生
诗者留给滚滚红尘一个潇洒的背影

四

千年以后，从络绎不绝的人群中
寻找下一个满腹诗书的文士张继
看他从姑苏城外的枫桥小镇经过
撇开同样无奈的心情找到一只水鸟
随一曲婉转的天籁进入人间仙境
浅唱低吟与悠远的钟声自由和弦
同样风景如画的江南升起一轮彩虹
带给前世今生同样的曼妙与幸运
一尘不染的时空，从未有过忧伤
金榜题名不再是毕生的痴念与向往
人生因为有酒、有诗而潇洒从容
一壶纯净的清水堪比九天琼浆玉液
一首七言诗在历史长河中千古流传

雕刻惠安

电光石火之间
石头，说活就活了
起于刀笔
工于灵巧
一气呵成的风景很美
惠安成就一个大世界
登上艺术的王座

凤凰向南，百鸟相随
春去春回的交错
让石头的心意
栩栩如生，神气活现
惠安！谁的誓言
历经沧海终于上岸

修禅成菩萨成佛
磨砺出慈祥的神态
或许，英雄无极

一个个刻骨柔肠的梦

在惠安人的心中拓印

所以，总能信手拈来

海枯石未烂

抓一把风雨扔出去
文字、种子、爱情
在青石上生根发芽开花
多么奇妙的人间哦
电闪雷鸣扯开春天
然后，便有无上的追求
遍布在苍翠的丛林

激情燃烧的河流
驱赶着鎏金岁月
曾经沧海已桑田
风雨继续退却
海浪踏出涟漪的节奏
像大地母亲悄然动容
微笑，传遍每一尊石像
人间的不幸赢得拯救

将温情，将爱与慈悲
传承下去——一直

石头记住文明的火焰
最重要的是记住
我们，来自神坛的姓氏
缓步回归……书写
每一笔都痛快淋漓

鹤鸣衡水湖（组诗）

篇一：喊醒一场爱情

九天鹤鸣，高亢回旋
喊醒耳目一新的早春二月
一湖碧波展开广阔的胸怀
翠绿的森林荡起缕缕云烟
野草们举花火热烈欢迎
一朵流星从北极缓缓腾起
一路南飞，指向衡水湖
一颗玉露渡过了滔滔黄河
继续北进，奔向衡水湖
来自天南地北的两颗心
到衡水湖做出美妙的选择
到了衡水湖，黄金十字路
再不知道彷徨困惑为何物

篇二：宜居地

忽略电光石火的疼痛

忽略一年四季的变幻
相遇——相拥——相知
相携——相恋——相融
它们喜极而泣，喜不自胜
在此，除了灵巧的仙鹤
听响亮的歌鸣，很多候鸟
也能在衡水湖畔感同身受
不远万里来这片水草地
为爱筑巢，今生无怨无悔
所有的生命都是水做的
因而灵秀，因而奇妙无穷
一切美的最初形态都是水

篇三：海市蜃楼

苍茫尘世一夜春暖花开
巍巍青山打开秀丽的画面
都为一场爱情而欢欣鼓舞
圣雪在早春做好了嫁衣
相约在阳春三月某一天
很多的候鸟归来的时候
举起一树树桃花隆重点燃
苍茫中，迷惑困顿之眼

一场宏大的音乐盛宴启幕
天籁与炫舞让众生惊叹
而这一刻，云中一只仙鹤
到凡尘以天使之名喊出
一座海市蜃楼中的古禅院

篇四：春暖花开

今生奇妙的遇见，或许
是缘定三生，所以，才有
偶然中玄妙的昙花一现
而且，要一齐被众人看到
由此打开衡水湖的春天
破冰——化沉寂为生动
破茧——化厚重为轻盈
紫薇山，从竹林中生长出来
紫微星，从荷叶中生长出来
人世间好多新星在崛起
自沧桑云集的水面飞升
睡莲从幽梦中完成自我超度
而后，举一支朱笔指向碧空

篇五：画由心生

自云梦之乡返回美妙人间
滩涂、草甸、湖泊、森林
在紫薇山下被一一描画出来
一处人间天堂也被营造出来
而后，有鹤鸣在悠悠湖心荡起
而后，群鸟的歌声泛动涟漪
几只白鹤在水面上飘逸起舞
众多不知名的水鸟也闻风而动

湖面，千姿百态，风情万种
烟波浩瀚的大舞台精彩纷呈
最是高亢的鹤鸣也极具穿透力
召唤远方的追梦者纷至沓来
忘却疲惫，于此，沐尽尘埃
忘却疼痛，于此，脱胎换骨
天上人间的美好于此光影交错
很多很多的愉悦之情妙不可言

篇六：禅修，背靠一棵翠竹

一组鹤鸣向诗意远方追去

南水北调的建设者挥汗如雨
继续未完成的梦想，长足跋涉
一些莲朵心情愉悦地留下来了
穿越火热的春夏，向天举手
莲花台上呈现出一派琼楼玉宇
从海市蜃楼的幻想离析出来
远山紫微，一颗明珠也叫紫微
亦真亦幻的美景被人复制出来
而这也成了他们修禅的一部分
在他们的禅院中，竹也是菩提
背靠着竹子修禅，头顶莲花
时间过了不知几百年、几千年

篇七：不一样的远征

柔和的阳光来衡水湖镀金
神采奕奕是这里最基本的气氛
南水北调的人们，挥汗如雨
他们正走在高歌猛进的水路上
湖心的涟漪是他们留下的微笑
被轻快的风吹荡，美妙生动
从江南飞来的不计其数的候鸟
纷纷踏着乍暖还寒的春风

一路向北，向北，向北，向北
长足远征，去衡水湖安营扎寨
造一个温馨惬意的新家园
安放各自漂泊、孤独的灵魂
衡水湖里的水草，丰盛繁茂
绿如意，蓝翡翠，红花花
无疑都是众生心驰神往的理由

篇八：荷花开

盈盈欲滴的荷叶撑起华盖
一朵朵圣洁的荷花悄然怒放
夏日潇潇风雨后，彩虹横空
而锦鲤是梦寐以求的意象之一
坐拥衡水湖，听禅，观云天
卑微者也纷纷高筑梦想的舞台
草木叠翠——亭台楼阁
身心徜徉——逍遥自在
尘世的悲苦被一泓清水荡涤
曾在这黄金十字路口徘徊的人
不远万里赶回惊艳的原乡
北京、天津、石家庄、郑州

太原、济南、上海、深圳

苏杭、竹海、春城、蓉都

甚至，整个世界都变得很小

来自衡水湖的空灵思接千载

凤县之夜

西府曲子
巴山山歌
陇南花子
广西民谣
入夜四重唱
唱响传说
千古回旋

千流飞雪
长虹饮涧
翠峰排秀
万叠堆青
被夜色收藏
西游履痕
也被隐匿

黄河波涛
唤醒伏羲
俊秀巴山

美丽凤凰
一起被唤醒
诗乡福地
名冠千秋

一团火焰
灿若流星
龙凤祥瑞
应运而生
始出代王山
随嘉陵江
蜿蜒远去

万千荣耀
风烟岁月
弹指一挥
便是千年
一盏盏华灯
照亮群山
照亮夜空

俯瞰山河
雏凤重生

倾情亮羽

华丽变身

世界惊住了

远眺秦关

皓月千里

鹤壁断想

一

三千年后
朝出而歌
迎着东升的旭阳
阅尽尘世苍茫
畅快吐纳
沐清风
超然于世俗之上
不染尘埃
玉一样干净
内心充满了活力
想象的枝蔓根须
尽情展开新鲜的
触角
天空、大地
还有这现代的
人间

二

自酣睡中觉醒
三千年后
万花都修成正果
极具灵感
喜光而一点就透
它们
倾尽全力，怒放
一座古城在崛起
姹紫嫣红之美
如火如荼地渲染
只为精彩地活
不负青春年华
神之所愿
让化石也感动了
共造人间仙境
梦幻般真实
或者，或者
它早在诗经里了
写好了愿望
只等三千年后
一一变成现实

三

爱，曾一塌糊涂
妲己和她痴情的王
堕落非繁华所愿
奢侈最终只是奢侈
最简单的安宁
最质朴的守望
都成梦幻泡影
三千年后，再回眸
激越的封神大战
只是一场新陈代谢
剧本就这样定了
兴周灭商
姜子牙功成身退
那么，那只仙鹤呢
叼走混元金斗之后
又去了哪里
南山
南山
南山
可是最后的归宿
一万种猜测

而今，都凝固了

四

辗转三千年
狂野的纷争
泥沙俱下
按天意的安排结束
神坛在于莲花之上
腐朽的事物都退下
最干净的一席之地
在众生的仰望中
诸神纷纷归位
满天星宿都是鉴证
重获安宁的人间
终于可以赏花观月
层出不穷的意象
芳菲弥漫的季节
勤劳犹如痴情蜂
生活的甜蜜
一丁一点积攒
平凡的一年四季
都过得充实写意

在人间
在鹤壁
幸福如此简约

五

钢铁铿锵
汽笛长鸣
南水北调之后
通了任督二脉
声声龙吟
发自龙的子孙
封神之后
一些姓氏被牢记
林、石、卫、康、殷
始于青铜的文字
被后人用生命来传承
每一次啼哭
都让世界惊喜不已
三千年后的繁华
将荣誉带向极远
爱和慈悲
一直悠久地传递下去

蓬勃律动的诗心
要去辉煌的未来
书写属于人的神奇
一些深刻的汉语
在未来继续举重若轻

六

东进，巍巍太行
逐渐放下高傲的雄姿
华北平原在等待
一场春雪的融化
坚硬的脊梁
撑起深邃的蔚蓝色
柔肠里，千回百转
宏大的气场
龙凤和鸣
仙鹤起舞
自然也如人神所愿
大胸怀
大气度
大作为
将汹涌澎湃的情

一一收纳
众神所念
若你是一只飞鸟
那里就有一片天堂
若你是一条小鱼
那里就有蔚蓝的海
鹤壁，鹤壁
也是一个大舞台
梦想，梦想
一次次否极泰来
背负厚重的希望
春燕一样抵达
飞旋，别出心裁

七

向南
向南
向南
醉梦中
一些倦鸟归来
终于放下困顿的肉身
功成名就的大神

此刻，在南山等候
种下漫山遍野的菊
准备好安放那些灵魂
那些求索归来的子民
诗意的青石册页
无须如火如荼地书写
纵然，封神之后
还有未尽的思考
需要更高深的觉悟
但是，从石头中复活
再回到石头中去
怀抱日精月华隐退
或许，连呼喊都熄灭
这也是奇妙的安排
从此，心神泰然
精彩纷呈的时空
交给跃跃欲试的野草
交给叽叽喳喳的山雀

金　鞭

淋漓剑气悄然放下
贴近地面，贴近人世
尘埃静默，众生安详
然而，玩性不改
一些石头不满于故态
深沉悠远的梦寐
半醉半醒的回味
将军下马，心归原乡
少年复苏，春暖花开
光影切换得潇洒从容
崛起在悄无声息间
重塑在翠绿的长卷里
从零开始，奋发
成长——壮志凌云
指向众生景仰的高度
看不见的血汹涌澎湃

喧嚣未尽的人间
从边缘地带开始

标新立异，蓬勃而生
经历了数千年的峥嵘
迟钝了锋锐
但，厚重感与日俱增
缓缓地高过众人头顶
向天峭立
威武森严
一并亮起万丈金光
将苍茫之野划开
将黑夜与白天分离
将卑微与雄壮区别
最后，再将杀伐遏制
留一件卓越的艺术品
以慰后世的空虚惆怅

人间，在此
除却峥嵘
更需要柔情万种
需要一种恒久的守护
内心的热情兼具佛性
需要一种传承致远
不断书写生命的奇景
需要以张家界为契机

放任一条悠远的山溪
载歌而来
欢唱而去
铿锵与柔情美妙切合
众多庸常元素被调动
或许，它也是天地间
一根磅礴的指挥棒
握在大地母亲的手里

茅岩河

沿一条清水河逆行
寻找诗意里的世外桃源
可是，原乡真的叫茅岩
丘比特的神箭没有射出
攻城拔寨的呐喊没有响起
人与自然的距离在缩小
人与花草树木
人与飞禽走兽
人与水中的鱼虾
都在不断的认知中熟悉
向人间仙境逐渐靠近
在生动的水墨内部
安放一个纯净的愿望
自渡，渡人，超然洒脱
一直忘情地追寻下去
畅想，逆行，如此美妙

显然，这是一场
愉快的旅行

更加奇妙的山重水复时刻
抬头仰望，一刹那便发现
发自内心的感叹蹦出
真的还需要一次鱼跃龙门
然后，才可以
继续自己未完的梦想
或许，这场旅行没有尽头
一直走下去
放缓节奏，保持耐性
彻底甩开世俗牵绊
轻巧悠扬，渐入佳境
总有看不够的风华在等待
总有意想不到的台阶
需要勇敢者的心生出翅膀
展开锦鲤一样的五彩斑斓
跳跃，跳跃，跳跃
像音符一样活泼欢快
甚至，激情昂扬

蓝心湖

水蓝色，集萃星辰
经历了漫长的冷
再被热烈的光唤醒
静谧悠然，温存无限
可以与人心心相印
可以将众生都收在明镜里
一个湖或许就是一只眼
极致书写，一个象形文字
心！桃一样，越来越清晰
是谁放下的
仙家的宝物
在张家界，在更具体的
草木丛生之间
鲜花惹人醉
一泓清水
一颗博大深邃的心
在很多年后才被发现
而且，一经问世
便是流连忘返地昭示

莫非是谁爱的誓言
经历了汹涌的潮汐涨落
最终，只有一颗心
向天空来表白
省略千言万语
只是努力积攒花草树木
再以苍翠的基调展开
层出不穷的生命力
没有一个不是爱的衍生
或许，她正等待着
纷至沓来的青春
用赞歌来填充，或者爱
以胜于蓝的笔墨
一万次隆重地书写出来
再以诗的方式大声吟诵
不厌其烦
无怨无悔
每一次都是清新的开始

龙山，龙水

向黎明进发，荡开幽深的暗夜
向春天进发，推开厚厚的白雪
像柳芽一样抽出朝气蓬勃的信念
像桃花一样展现活泼可爱的童颜
且在北极星的指引下深入黑土地
深入一座山雄浑的脉络内部
从宁静安详的北方小镇跋涉而来
向一具绵延起伏的龙骨无限靠拢
耳畔，神龙的召唤，越来越亲近

我们是龙的子孙，轩辕氏后裔
膜拜龙山，瞻仰龙水
我们的先祖在远方深深地召唤
二月二，白雪做成一条龙的血肉
二月二，阳光为另一条龙镀上金
我们一同昂首，亿万炎黄子孙
从四面八方纷至沓来
向龙山——向龙祖低头
向龙水——我们古老的渊源致敬

从山中采一片叶子吹响口哨
像小草一样倔强顽强
我们隆重地打开大好的时光
青春的节拍，多么欢快
在山中游荡，逍遥自在胜神仙
在水中漂流，歌声豪迈胜天籁
在龙的世界里展开繁花朵朵
看，好多的小鸟都有凤凰的影子
瞧，好多的小鱼都有耀眼的龙鳞

在龙山，蜿蜒行进

多么奇怪的山势
以龙的脉络蜿蜒行进
我们的人生
经历了多少曲折迂回
在苍翠的林间
在变幻的花丛
漫步，放纵足迹
画出五千年龙的传承
而且，总在默然中
变成一组奇妙的风景

从一个神话中来
到另一个神话中去
流连忘返
在这人间仙境
在这龙的骨骼上
汇集亿万颗龙心
我们一定不虚此行
星星照亮我们的征程

卓越、文明、奋进
我们绝不是风中流萤

由此，蜿蜒远去
像一条蛇自二月出来
穿过惊蛰的雷鸣声
轰出强大的震撼实力
一条龙无畏的气势
也是我们的精神头
而身在龙山自然张扬
像山溪水欢快地远去
像羊肠山路开拓未来
我们握住青春的部分

龙的象形，在北山

龙的象形，在北山
威武大气穿透苍茫云天
龙的倒影，在龙水
一直潺潺地流淌
闪动炫彩与流光
一条山路指向云端
龙吟唤醒我迷失的童真

像一朵小花怒放
像一棵小草拔节
像一尾小鱼追逐梦想
似水流年格外值得珍惜
像这山水彰显神韵
龙的主题被我高高捧起
阳光，让视觉不断刷新

一根悠远的蚕丝
将我的山水记忆串联
珠宝一样被奇妙地收存

带去远方。龙的感召
让鱼先将自己深深感动
许七秒的记忆无限扩大
刻骨铭心——精彩纷呈

梦回开封

醉梦中，气象森严的殿堂犹在
迷离间，豁然高悬的明镜犹在
伴随着春天的脚步越来越近
苍茫白雪逐渐融进了平凡众人心
俗世尘埃以及滚滚泥沙纷纷落下
重新筑就大宋王朝雄厚的根基
一棵白莲长成了参天的菩提树
从千年的沉默中缓缓地升上云霄
一群燕子在北方热闹欢腾起来
千万里追寻，如画的万里江山
一个英俊少年从肥东打马疾行
去盛极一时的大宋王朝腹心地带
此刻，一碗好茶胜却琼浆玉液
此刻，一座城的城门正徐徐打开
此刻，开封二字在人间格外璀璨

说书人打开尘封已久的故事
七侠五义或者就是包青天传奇
滔滔不绝的讲述从一轮明月开始

铁面无私的龙图阁一人正襟危坐
手中的惊堂木拍下就是一声惊雷
一首激情昂扬的歌荡气回肠
展昭、公孙策、王朝、马汉
张龙、赵虎、艾虎、白玉堂
一个个粉墨登场，走上大戏台
龙、虎、狗三口御赐铡刀
被一班衙役七手八脚地抬上来
一面正义的大旗被人高高举起
万千黎民欢呼着簇拥着一个人
那个头嵌如钩明月的包大人
手中的尚方宝剑引领山呼海啸

龙、虎、狗三口铡刀的威力
不需要开锋已是灵魂的震慑
一切牛鬼蛇神尽都望而生畏
一切王孙贵胄尽都不寒而栗
不可一世的江洋大盗，突然间
失去了盗取包公墓的痴心妄想
此刻，一个人的威名天下尽知
一片青天在大宋王朝的上空
昭示源源不断流淌而来的河流
一座古城经历沧海桑田之后

她的名字，依然还叫：开封
不过，千年后剩下的只是追忆
很碎的片段在阳光下铺展开去
众人自顾从中找到一丝灵感
而万花在春天里自顾激情怒放

西湖龙井随想

手指戳向长天
暗黑之域峭立
凿壁偷光，照亮尘世
密布的云烟
打开一双清纯的眼睛
看向人间江南
苍茫中一颗甘露莹莹
春风吹荡
壮阔成湖
莫非来自西瑶池
所有的水
都是西湖的情
向东展开
与阳光际遇
一场爱情等了千寻

牧笛吹奏
二月二，龙抬头
一口井自龙眼冒出

尘世最甘醇的水
不为造酒
只为美妙的乡村
采茶的仙子
从村口走过
一棵树亮出新芽
星星点点
神采奕奕
再许一段时光逍遥
在同一碗茶水里
忘却人世沉浮
凡心逐渐气爽神清

此后
在人间流传
西瑶池不见了
西湖还在
龙在云里消失
龙井还在
白素贞许仙走了
雷峰塔还在
四季变迁
沧海桑田

一片茶的初心还在
在人间，在江南
在诗的吟诵韵叹里
煮茶，生发，舒展
生命的奥妙无穷尽

秋过鄱阳湖

淅淅沥沥的秋雨
带着云烟
一起为我的行程指路
去，横穿鄱阳湖
将苍茫之谜破解
用一座大桥
彩虹般飞渡

鱼虾之美
非我所求
过鄱阳湖，品长江
我的秋天，因而
大气磅礴了一回
浩浩荡荡的水体里
咆哮变得低沉

大江大湖
写意着天之涯
到彭泽

即，沧海化桑田了
再从陌生到熟悉
这个多雨的秋
逐渐滋润，丰腴

脚步并不轻盈
我的身旁
有骏马飞驰而过
留下几声龙吟
于是，我并不在意
混沌还是清澈
反正，我心如镜

气吞长江的湖
拥有超出想象的度
兼容天下
泥沙俱下的悲欢
悄然中沉没
或许，只需
一个寻常的晴天

太阳缓缓升腾
奔向我的身后

越来越深邃的秋天
或许，期望我的回眸
如火焰燃烧孤独的叶
或许，有锦鲤
也将在震荡中蜕变

相约一马树（组诗）

篇一：绿色明珠

一场瑞雪
向吉林飘飞
向双辽飘飞
我也在雪中

如痴如醉
我也在雪中
将一颗明珠
温情地拥抱

冬去春来
绿色的明珠
缓缓地升起
闪耀着华彩

按下云头
我安居下来

在丛林深处
长成一棵树

我以翠色
将梦想渲染
手捧着鲜花
向女神致意

篇二：崭新的季节

崭新的季节
从一马树开始
从绿色的梦境
慢慢睁开眼睛

惺忪的眼睛
又被阳光擦亮
在绿色的海洋
我优雅地漫步

我重整季节
博览春花烂漫
迷恋夏月秋枫

缱绻寒梅傲雪

分明的草木
像分明的季节
在这天地圣境
尽情舒展华丽

每一度回眸
我都心潮澎湃
渴望留住岁月
奢想一一珍藏

篇三：另一个憩园

疲惫的灵魂
终于可以安放
不在世外桃源
就在吉林双辽

就在一马树
就在苍翠之林
我将一身劳苦
缓缓地放下来

交给一棵树
交给一朵鲜花
交给凉爽的风
交给一轮秋月

心不再漂泊
在一马树怀里
觅得一场酣睡
再做一场好梦

等梦想成真
待再一次醒来
我也脱胎换骨
悠然羽化成仙

西安以西

一条大河
自西向东
席卷苍茫远去
然而，阳光
自东向西
逆流而上

我追逐阳光
也自东向西
可是，在西安
却停下了脚步
我在一段城墙下
举目继续西眺

富丽的唐朝
在我脚下盛开
西安又叫长安
诗意的繁华
傲放神州大地

华彩延绵不绝

辉煌的背后
一个人打马西行
他的名字叫玄奘
再繁华的街景
也留不住他的心
执意穿越荒凉

荒凉的背后
难道还有圣境
菩提落脚敦煌
凡女霞举飞天
超凡脱俗之外
仍有无上境界

而我，而我
并不曾走远
因为兵马俑
在西安一角复苏
坚强的陶俑
身后站着秦始皇

在惊叹声中
朵朵瑰丽之花
开了谢，谢又开
而西安在原地
沐尽尘世沧桑
畅享富贵荣华

数千古历史
在西安以西
倍受世人景仰
而西安以东
迎面来的阳光
热情无穷无尽

仙女湖

在人间
数万年的苦等
只为一句承诺
或者，再见一次
心中的爱人
于是，眼泪化成了
众生栖居的湖
许万物生灵共和谐

在天上
邪神与精怪
贪婪的欲没有边际
高高在上的女王
看不见凡尘的悲苦
吃醋争风
多么可笑的小女人
分明手持凤冠霞帔

怨恨化尽
肉身早已随风去

大爱化成宽广的湖
飞天而去非她痴念
也不需要给自己
留一个私念
但求人间有爱
许有情人终成眷属

逃过无端的杀孽
从天而降的石头
不再砸向幽深的湖
地面上，千军万马
回到大汉王城内部
人世间，友爱长存
抹去血泪伤痕
众生共享一方安宁

仙凡大战停歇
锋利的刀剑回鞘
巨子令也不再呼啸
人间只需简单地活
滴水之恩
涌泉相报
缱绻浩渺仙凡间
得爱者，得永生！

明月山上，描画春天

二月龙抬头，三月桃花开
此刻，徜徉明月山，描画春天
峻峰叠翠，流云飞瀑，天蓝如洗
梵音袅袅，云谷鸟鸣，美妙和弦
一弯新月在俗世间被拓印下来
而后，被明月山之神握在手里
锋利如刀向苍茫烟尘奋勇展开
否极泰来，雄心崛起，蓬勃成长

十二峰——十二兄弟聚首
共话春天的梦想——甘泉煮酒
融五谷杂粮以及日精月华于一身
神魂通泰，着一袭月光翩翩起舞
太平二字逐渐成为最崇高的主题
被众星捧月一般拱卫，太平峰
此刻，有太多的祈愿欲说还休
而奇花异草也都穿上了节日盛装

随一些江河回到久违的原乡

一路被人热烈地呼喊着老表
亲切、温暖的炊烟们缓缓升腾
最美一段彩虹，原来也是桑蚕丝
从春天展开的锦绣、诗与梦想
神的画笔在山头随意点缀春天
此刻，浓妆淡抹总相宜这句诗
原来赞美的就是“宜春”这地方

在此，怀抱一个美丽的传说
安营扎寨，仙居，遨游，追溯
重温心中那一场惊天动地的爱情
等待相遇——头顶春月含笑
洁白的云朵做了女神的衣裙
潺潺流水做了女神的青丝
几朵红花做了女神的头饰
重返人间——她依然是嫦娥姑娘

在宜春，积攒月光

峻峰崛起，苍翠成林，远山涂蓝
是星辉落下江南，落下江西宜春
之前，明月高举莲朵登上巅峰
在诗人仰望的高度，神尽情泼墨
从早春二月开始挥洒心中万丈豪情
营造美轮美奂的意境并向世界告白
内心历劫弥坚——爱，矢志不渝
山中一切事物都是奔月的火热修辞

笑意盈盈，姗姗走过，一轮明月
点亮群峰——群峰也在朗月的眼眸
聚集，峭立，以月的子孙的名义
纷纷紧握着一把明亮犀利的弯刀
收割岁月的春华秋实，收割狂草
收割天边漂亮的云彩，收割霓虹
而后，痛饮一江清水笑对世间变幻
而后，看一切悲欢离合皆从容潇洒

曾有多少刻骨柔肠经历沧海桑田

曾有多少经典之恋遭遇岁月的考证
云谷给出的回应竟然是广寒宫里
走下来一名白裙飘飘的妙龄女子
她是不是还名叫嫦娥？不得而知
她是圣洁的云朵在山间款款而落
她的老家其实也在山中某个小木屋
她回到久违的故乡，回到少女时代

原来，琼楼玉宇并非月神的痴念
返回人间，她，只为做一件事情
在此，积攒月光，收拾漂亮的落花
而这无疑是妙趣横生且浪漫的游戏
怀抱月光，顽石也炼出奕奕神采
一颗颗颇具灵性的头颅仰望天空
从山中跑过的兔子同样一身洁白
而它的身后留下了无比美妙的韶华

月明太平峰

西江是一阕美妙宋词的开头
其流光溢彩超越沧海桑田的局限
一路向东挺进，沿途歌声豪迈
到江西到宜春便悠然停顿了下来
且，一字一顿地念出嫦娥的故乡
江西——宜春——明月山
太平峰被众星捧月一般推上神坛
紧随一众神采奕奕的小兄弟
他们都是月神优异的子孙后代
他们心中最崇高的追求是：太平

而今，袅袅烟霞被清风驱散
而今，广寒宫里走下惺忪的醉翁
一说到西江接着又说成了江西
是他神志不清以致语无伦次
还是故意那么说？谁知道呢
词语之间的倒顺在此也很奇妙
它们都被一轮明月真实地照耀着
而后，一朵莲花也从宋词里复苏

明月山更从越来越多的诗中惊觉
此刻，千里婵娟仅是一卷桑蚕丝

广寒宫冰雕玉砌的楼阁飘下
一件件羽衣霓裳，被人穿在身上
一同于阳春三月打开草绿桃红
好多嫦娥仙子在山中翩翩起舞
好多后羿的人生因而达到巅峰
演绎一场爱情——一部千古神话
正义之箭射落一团团炙热的火焰
凤凰涅槃，群鸟喧哗或者高歌
岁月越过唐诗宋词各自的高潮
留下一朵朵翠莲昭示熙攘的人间

走进佛灵湖

一

青山碧水，草木叠绿
蓝天白云，明净致远
鸟鸣蝶舞，佛印天池
松涛阵阵，风月无边
融入佛灵湖光山色深处
被温婉的水体滋养包围
而后，于陶醉中重生
想是返璞归真之旅
最为曼妙的开花与结果

二

高天的星辰也在注视
人在佛灵博大的胸怀里
徜徉，遨游，流连忘返
渐入佳境不单单是个修辞
甚至，奢想就这样一直追寻

越来越深邃的诗画意境
最好，融成其中美的一部分
与百鸟同歌，谱一曲天籁
与蝴蝶共舞，化一眼音乐泉
把最美妙的和弦传向远方

三

潺潺流水集百鸟弹奏
刷新每一天清晨与黄昏
阳光也注定在午后沸腾
情绪高涨，心潮澎湃
佛灵湖原来也是爱的源泉
经历千辛万苦荟萃而成
有多少人间情与心血共融
智慧的眼睛超越沧海桑田
仍不知有多少美好祈愿
在芳心中酝酿，深藏不露

四

问前世，人从何处
一双腿被深深地吸引着

魂牵梦萦，百转千回
从喧嚣与疲惫中脱胎换骨
华南，东莞，寮步，佛灵湖
一片郁郁葱葱之林越来越近
一方碧水蓝天越来越近
快节奏的城市生活抛在脑后
呈现在眼前的是无尽的遐思
闭上双眸，同样，精彩纷呈

五

水面上，尽情舒展触角
若烟云袅袅，若鱼跃鸟飞
曾笨拙的身姿也灵巧起来
是此间仙霞带来了灵感
也默许一朵心花儿怒放
而后，向林中一棵树看齐
它或许就是心中的菩提
而后，朝水中一条鱼欢呼
它或许就是穿龙鳞的锦鲤
而后，将蓝天一只燕追逐
它或许连接着琼楼和玉宇

六

遨游于赏心悦目之圣境
感叹所有的精工杰作
尽显寮步人的创造力
禅只不过是灵感的一种
从中吸取更多的养分
饮佛灵湖水而思接千载
此后，越来越多的美妙
从水中来，从林中来
从天上来，从手中出

七

从如梦如幻的仙境中
折返出来的人很无奈
向四面八方散去
而后，苦修，积攒佛光
同样也以佛灵湖为鉴
审视心中一棵树的成长
等待心中一朵莲的盛开
瞩目心中一团火的热烈

而后，菩提、莲、朱雀
在风雨阳光交错的季节
也与人的灵魂神奇同在

雪落银川

西夏王朝的旧梦
悄无声息地凋落
一个转身便是千年
塞上江南今还在
可是秋叶如此匆匆

凤凰在昨夜涅槃
遗留下一座古城
李元昊和他的马队
穿过无数春夏秋
带起一路漫漫烟尘

凤凰在何处安居
西夏在何处安息
一卷历史格外斑驳
一起斑驳的还有
一抹被遗忘的夕阳

千年后一颗凡心

也悄然游荡至此
这里真的还叫银川
季节也还是秋天
可一场雪不期而至

裹紧单薄的衣衫
车水马龙的街角
谁许漂泊的心安然
林立的高楼之间
潇潇洒洒的雪在飘

当　涂

当涂有灵、有仙
有让人看不够的
青山、碧水……以及
圣洁的莲花倾情盛开
此中，诗情画意
此中，盖世华章
引芸芸众生如痴如醉
引思绪无穷无尽追去

七度回还，脚步
指向梦寐以求的仙乡
冥冥之中，徜徉当涂
寻觅侠影与仙踪
或登青云袅袅去
或踏黄鹤振翅飞
偶听天籁声声慢
依依环抱千古太白楼

多劫的命运如是

困顿的青莲居士
终于，放下骨与肉
化一条赤裸的鱼
穿上金色的龙鳞
举莲蓬为清幽的华盖
横渡尘世苍茫海
一朵云格外超然洒脱

汨罗江上（组诗）

篇一：那一年五月

那一年五月，热潮汹涌澎湃
一轮艳阳从苍茫地平线下升起
并在世界东方——诗意中国
登上荣誉之巅。挣脱漫漫长夜
扫荡喧嚣的尘埃——光芒神箭
一支支射向熙熙攘攘的人间
好多路上奔走的过客挥汗如雨
内心热辣滚烫，似有芒刺在背

那一年五月，汨罗江的衷肠
才被诗神奇妙地发现，玄奥
超出所有世俗人等的惯性思维
很多年默默无闻，起伏跌宕
很多年曲折坎坷，爱恨悲喜
终于找到一个爆发的出气口
伴随雷霆和闪电一起疯狂撒野
张开恐怖的大嘴巴，不管不顾

那一年五月，好多的花和叶
提前凋零伴随泥沙滚滚而下
人间几度春秋，岁月几度荣枯
都在火热的阳光下暴露出来
天空正与邪两种力量在交锋
争夺屈子——很久，相持不下
他的诗词、他的肉体、他的情
也都是鱼虾们狂热争夺的事物

篇二：一条鱼的逆行

冥冥中有荣誉的光环落下来
选中一条格外幸运的鱼和五月
从洞庭湖出发，甩开绵绵春愁
逆行两千年，赶到楚国郢都
避开刀斧刑法，避开那张大网
避开沿途人与人间的血腥杀伐
与诗人际遇，看舞者杜若子
也在沿途的某个村庄翩翩起舞

一直向春天的源头执着迈进
一些雪白又从二月开始筹划

一场盛宴，慰藉饥饿的鱼虾
想鱼虾们其实也都是龙的子孙
一些箬叶，悠悠地敞开怀抱
抱紧这些从寒冬过来的少年
用阳光为他们镀上一层金色
给他们穿上玉带以及华服锦衣

而后，开始鼓噪着闯荡江湖
举起拳头，再大的风浪和雨点
也不能熄灭壮怀激烈的誓言
他们都是些有血性的好汉子
纵横江湖，苍茫云烟纷纷让路
在原乡重建一城的富丽繁华
那些很短也很美的记忆在人间
也像倔强的格桑花在高原盛开

篇三：他是江河的化身

沸腾的除了江涛，还有热血
只是先后仿佛又有些不一样
说书人讲首先沸腾是汨罗江
而汨罗江沸腾的理由，在春天
不是因为江岸那些柳绿花红

也不是因为惊蛰，有阵阵雷声
提前从美丽的人间轰鸣而过
也不仅是江岸一场精彩故事会

把世俗人的情绪带到了高潮
天下英雄也为一个诗人侧目
的确，那人，很酷，有诗有剑
姓屈，名原——人如其名，他
一个王眼中并不重要的散官
心中多少委屈都自己默默吞下
而后，胸怀一如既往博大宽广
于是，他能容下很多善恶美丑

他本身就是一条河流的化身
荡气回肠是其中一个动名词
磅礴无畏是其中一个形容词
天神将最卓越的智慧给了他
到人间，歌唱着，他也是神灵
带着拯救和扶危济困的侠客心
把破败的江山一遍又一遍审视
季节也在他的审视中充满希望

篇四：汨罗江，最后的柔肠

局势急转直下，滚滚汨罗江
给自己也匆忙打下一个死结
最后的勇士被犒赏而饮下毒酒
最后的天使被遗弃而坠下高楼
醉生梦死的场景继续排演下去
丑与恶在屈子背后张牙舞爪
慈悲与正气再无力拯救任何人
这一刻，诗神已不能完成自救

秦国的战车，一路长驱直入
楚国的城墙和王的意志颓废
竟然不堪一击，无情地毁灭
摧枯拉朽的声音使得泥沙滂沱
这一切也都出现在屈子的身后
流离失所的蚁民们四散逃亡
离开，去苦海中熄灭满腔愤怒
诗人们也在逃亡路上越走越远

一条大江不能保持温文尔雅
像一场剧烈的肠胃病突然发生
这原本属于楚的最后的衷肠

在饥饿的折磨和鱼虾的怂恿下
终于犯下了一项不可饶恕的罪
它未能用一个个巨浪将他退回
岸边的野草也犯下不可饶的错
都没能抓住他飘飘荡荡的衣角

篇五：放歌

歌声被重唱，离骚或者天问
或者是很难下咽的神符咒语
从道貌岸然的人们口里出来了
无知的嘲笑声将它们推下江涛
诗人——屈子——龙的子孙
英雄——屈子——天之骄子
只有汨罗江才是最好的归宿
汨罗江——生命的源泉在里头

汨罗江，把最后的坚强融化
汨罗江，把最后的悲愤消融
屈子踏上了另一条回归之路
追寻梦想的起点，一往无前
肉体凡身，走下去，顺江而下
过了洞庭湖接着就是茫茫东海

多么博大精深的诗和远方哦
太阳也从那里缓缓地升腾起来

高贵的灵魂化身一条锦鲤鱼
在自己的奋斗史中激流勇进
龙门在山中，在一片雪的心里
五彩斑斓的繁花都归于平淡
一条江的脉络也在小小身躯内
藏得越来越隐秘，越来越高深
日月星辰——巍峨的高原群峰
都在那一颗跳动的雪的收藏夹

在西塘，积攒善良（组诗）

篇一：美在西塘

西塘美，仙境一样
引人无休无止地追寻
西塘美，她是
一个内外兼修的女子
不
这仅说对了一点
因为品鉴一直在继续

物宝天华
人杰地灵
太湖，展开诗画江南
积攒雨水，荟萃江河
化尽暴戾作柔情
慈悲与善良是心中
最重的使命传承

上善若水

七爷和他的子孙
被西塘，养育
源源不断的精华倾注
他们，他们，他们
越发明白积善的意义
点滴时光都堪收集

真善美的起点
从善言善心善行出发
把最纯真的一面
把最热诚的一面
用具体的事展现出来
譬如廊棚天涯
譬如风来桥柳绿花红

篇二：风来桥

轻轻一笔勾勒
一座小桥，彩虹一般
便将西塘的伤痕愈合
鸿沟不再是鸿沟
此岸与彼岸，相融
准许有情的人们

有幸，从桥面上走过

千里有缘一线牵
或许，这个成就
过程并不如诗画演绎
那般轻松
智慧与汗水的结晶
到了杀青在即
突然间才举重若轻了

也在落成时刻
西塘，万花来朝
一只彩色凤凰
也刚好做了最炫一笔
父老乡亲的热情
恰是激越的火焰
而涅槃也被人群高呼

篇三：七老爷

七爷的传奇种种
怎样来讲述
或许，用心来铭记

来自星星的嘱托
因为来自人间的仰望
感念落成温情的眼泪
梅雨一样，遍布西塘
总将困顿的春天唤醒

七爷是从荷叶里
新生的
再跟乡民们一起成长
所以，他将他们热爱
所以，他将他们护佑
所以，他们将他推崇
所以，他们将他仰望
所以，他们将他讲述

将他仰望
神坛在上
安宁与幸福在下
在熙攘的人群
在虔诚的眼眸深深处
他——民间神
与大家同在的神
一直都将西塘守护

而西塘是很多人
梦寐以求的原乡
而他们也都是
七老爷疼爱的子民
为七老爷庆生
他们总要赶回来
卸掉千万里风尘
换一身节日的盛装

篇四：吴越大融合

水体相融
血脉也相融
吴根越角
千年以后
界限和概念一起
越来越模糊

西塘，西塘
人间天堂
那么，所有争议
都彻底放下

亲如一体
融合成一个家园

恰如众神所向
没有谁是谁的边
没有谁是谁的界
善良与慈悲
从水的温存中
发散开来

他们，你们
还有我们
都在西塘的胸怀
作为美的一部分
同样被欢歌
同样被书写

篇五：廊棚有梦

浪迹天涯的诗者
抵达西塘一角
潦倒的心被夜色包围
风雨来袭
寒凉加身

这时候，温暖的目光
从寄身的屋檐内部
掌灯而出

一个遮雨棚搭起
一个港湾让心停靠
更安稳一些
更妥帖一些
似曾相识的面孔
恍如曾经旧相识
那么，用爱做灯油
或许照穿黑夜
以及，炎凉的世态
只需那么一点微光

点亮天空
也从一朵微光开始
构筑避风港
也从一个廊棚开始
天亮了
廊棚连城一片云
诗墨也欣然落下了
一阵迷人的芳华

醉在杏花村

一

精纯发酵，四千年
红红的高粱金石为开
热烈的火焰千锤百炼
终于，涌泉以报
终于，人神合体杏花村
而在后来芳华悠远的春天
一只牧笛说出其中的秘密
众生所向，逍遥自在
一坛酒将肉体与灵魂
一并催化与提升
迷离间，不知今夕是何年

二

一条河的飘逸
也起于刀锋断水的那一刻
阳光荏苒，一如既往

热情填充一口古井的寂寞
于是，每一口老井
都要诗情如泉如酒
仿佛这是一种经年的感恩
恍若琼浆玉液
简约而不简单
最具体的表现：汾酒
心血汗水提纯不止慰浮生
四千年风华分外迷人
此后，还要继续精进

三

足履踏响春天的路
像血脉，像神经
悄然牵动世俗的心
化尽人间离合悲欢
用一场悠然自得的醉
衣衫褴褛的醉汉悄然成仙
口吐芳华，他登上大雅堂
琼楼玉宇恰是这乡村
早春二月也给熏着了
粉红红的少男女探出脑袋

望村外，纷至沓来的路人
在歪歪斜斜的诗行中
走出了凌波微步的潇洒

四

看客疲惫的心情
也在骤然间解脱
遥望倾情一笑的春天
怒放花朵——热泪盈眶
痴情的时光被爱点亮
每一刻都格外珍贵
在烈火中凤凰般上升
在清澈中锦鲤般觉悟
铭刻英雄的名字
一生无怨无悔地过来
把一滴水的五彩斑斓
演绎得淋漓酣畅

泾 河

泾河悠悠，一卷长梦
人们之所以记住这条河
是因为西游记里的描述
违抗天意的泾河老龙
它用它的血向黎民赎罪
它用它的血化作甘霖
以柔软的方式滋润苍生

华丽唐朝，一首长歌
被一部悠远的梵唱代替
也是因为泾河老龙的孽
变为高僧修行的起点
缘起缘灭竟然如此奇妙
而泾河由来已久的神秘
注定与巍巍六盘山有关

想那蜿蜒曲折的泾河
也不过是巍巍六盘山
一根格外柔软的热心肠

沿途，奇峰峻岭林立
沿途，飞禽走兽狂奔
沿途，花草树木瑰丽
抚育无数天仙子走出来

走在悠悠岁月长卷里
白茫茫的雪隐去悲伤
欢声笑语叩响阳春三月
放下数千年的苦与痛
天南地北的人追寻而来
沿河而上的妙境如云
而云霭纵深真的有天堂

虹霓飞渡澄江夏

澄江
抵达红水之前
同样
也是彩云之南
惊现金色的光环
再一次告诉世中人
天圆地方
仰望长空，肉眼所见
不过是其中一小部分
一小部分也就够了
2020 年夏天
横渡苍茫的风景
突然，变得特立独行

雨后虹霓
阳光穿过雾霭
多重折射
不是七彩斑斓的样子
那么，澄江

想要给予大家
什么样的昭示
或许，耐人寻味
或许，长龙飞过
仅此而已
仅此而已
修辞之外
那是天地简单的真实

然后，有人
开始温习
遗落的自然课
关于这一年夏天
一场犀利的风雨之后
那个金色的虹霓
在为谁加冕
澄江悠悠，彩云之南
太阳神抵达北极
再缓步回还
从风雨中来
每一步都不轻松
每一步都热辣滚烫

寻根葫芦河

高举火炬，踏歌回溯
激情穿透漫漫长夜
寻找一颗沉醉的红苹果
寻找一株铿锵的苹果树
寻找自己更加遥远的根脉
千万里长途跋涉何足兮
五千年光影交错何足兮
梦里还有更洪荒的过去式
一众神话，上古传说
层层叠叠，传颂不绝
一同构筑我们久违的故园

我们原本来自小部落
小河流滋养土生土长的人
而且，小河流没有诗中
描写的那样惬意和浪漫
承受了很多的曲折和坎坷
河道以及柔肠摆在那里
昔日刻骨铭心的爱情

曾经茹毛饮血的原生态
等待着我们从黄海归来
踏着长堤一直苦苦寻觅
峥嵘路上，阳光汹涌涨潮

背心被身后的利箭刺痛
一条大河的惊涛迎面而来
过了那个巨型几字弯
再解读泾渭分明的含义
黄土高坡垫起思想的海拔
继续走，去渭河的上游
谁的葫芦丢在了人间
且，源泉悠悠，涌水相报
从眼眸穿过的这些细软
是酒还是水？是梦还是真
是人还是仙？是近还是远

伏羲女娲在河最上游
相遇——一见如故，深爱
补天，造人……和五彩泥
我们的身体被泥重塑
水是我们的血肉和根脉
突然，从卑微中站起来

开怀大笑——太阳照耀
我们一身漂亮的龙鳞
我们拥有大神一样的祖先
荣誉的光环从神话里出来
也不吝惜加在了我们身上

在静宁，种一些树

种一些树，以黄土高原为支点
厚重的文化底蕴盘根错节
河流的精血丰富春天的梦想
同样经历风雨洗礼的夏天
同样抱紧火热的阳光入秋
树上照例挂满红红的果子
此刻，热情地喊一句：苹果
整个世界都变得又脆又甜
此刻，一个苹果就是一句祝福
此刻，一个苹果就是一次妙恋
自远古的传说中走出凤凰
自凤凰的家乡腾起金龙
自金龙的眼眸走出两大神祖
伏羲和女娲也种苹果树
他们饮水的葫芦倒了
变成一条悠远曲折的河
河水呢，让后来人热泪盈眶

爱的结晶

长河两岸，两个人偶遇
但在望见彼此的那一刻
情不自禁，怦然心动
爱意深深地牵引少男少女
共弹起一曲优美的天籁
凤凰和鸣，感天动地
彩虹架起一座温情的桥
而后，他们跨过浩瀚水面
而后，所有的曲折放开
她仰起红红的脸庞
像极了一个陶醉的苹果
他仰起红红的脸庞
像极了另一个痴心的苹果
她是女娲，他是伏羲
她的身后长出很多树
它们每一棵都张灯结彩
他的身后也长出很多树
它们每一棵都硕果累累
她和他合二为一缔造神话

造人也只是计划的一部分
他们的子孙遍种同一种树
后来人叫：苹果；喊出来
磁性的声音尽都又甜又脆
于是，长河两岸岁月静好
于是，华夏儿女福寿康宁

安化春来早

一

穿过黑夜，像一颗流星
划出漂亮的生命轨迹
播撒一路芳菲的祈愿
从湖南安化带着悠悠茶香
去诗意的远方。季节葱茏
从阳光灿烂的黎明开始
万里迢迢，意象高过群山
九曲回肠的山路跌下高原
脉络清晰地在二月蜿蜒行进
奇异的黑茶树们奋勇抽芽
迎着一阵阵乍暖还寒的风
极力展现茶姑娘的精气神
一些鱼儿亮出鲜明的龙鳞
一条山溪从云端欢歌而下
带着白色的雪和白色的沙
一同驱赶着慵懒的春天
奔走在路上的人猛然喊一声

白沙溪！思念便汹涌而出
四面八方的人们纷至沓来
从悲苦中奋力挣脱，去湖南
去安化！黑茶树举起红灯笼
落寞的桃林不禁心血来潮
红润了一张张粉嫩的小脸蛋

二

一组荡气回肠的歌鸣
从湖南安化的土地上唱响
一些种茶人为世界倾情巨献
一首波澜壮阔的自由诗
一条月光般柔软的山溪
一场刻骨铭心的爱恋
也用晶莹的春雪来烘托
阳光来临，炫舞斑斓
热辣的火花在茶碗里怒放
怀抱五千年繁华走过大唐
美妙的人间，不知天上宫阙
那是谁富丽堂皇的城郭
生命沉浮，漂泊的愁和苦
在一棵黑茶树看来并不复杂

回味悠长的茶韵可以疗伤
治愈顽疾，安抚人的五脏庙
降血糖、降血脂、降血压
抚慰情绪紊乱的肠和胃
还幸福安康予寻常百姓家
于是，茶乡让人心驰神往
脱胎换骨的洗礼在人间流行
袅袅婷婷的闲云在原乡升华

三

从巍巍高原下来的仙子
不紧不慢地走向湖南安化
茶马古道的铃铛声声致远
送茶上山的人们与高山流水
在某个路口相遇，百感交集
一片茶叶的脉络清晰可见
自湖南安化汇集再散发开去
神与人也在陌路上不期而遇
他们一见如故，侃侃而谈
叙说一场大雪的潇潇而落
讲述一场遥远的倾城绝恋
畅聊一碗黑茶在人间的功效

很多种体验，熟悉又陌生
以一棵黑茶为中心展开话题
人间方圆在黑白之间演绎
简单、纯粹，博大精深
光影交错间，常常能看见
一些文人墨客放纵奇思妙想
把神的意图描画得淋漓尽致
万里茶道牵动故乡与天堂
一端是衣锦还乡的无上荣耀
一端是诗意远方的无尽追寻
而这路上的行者皆神采奕奕

泉涌如酒

一

一路向西，高僧的脚步
踏过河西走廊
缓缓走进一片氤氲的仙霞
祁连山、阿尔金山、马鬃山
纷纷敞开广阔的胸怀
新石器时代发迹的文明在觉醒
四坝，彩陶与青铜的融合在加深
一条丝绸之路被阳光炫耀
何其斑斓！何其美妙！
带荡气回肠的歌声从梦乡穿过
回旋，巍巍万里长城将她守望
嘉峪关是终点也是起点
因为早春来临的二月，踏雪归
总有人摆出龙马精神，腾跃欢叫

二

洪荒的记忆若云烟在退却

爱的血汗浇灌了深情的土地
乱世烟尘中抽出久经磨砺的剑锋
扫荡一切卑微与丑陋，酣畅淋漓
化一尊英雄的石像峭立
不！还是立地成佛，举起青莲花
退到莫高窟，从此，安居下来
不！还是展开羽翼
排出最是潇洒的姿势放纵逍遥
向天空，向日月，亮出图腾
圣洁的山顶奔下桀骜不驯的河流
疏勒河、黑河、哈尔腾河
给予这神秘的土地无穷的灵感
喷发出来，不是诗，只是酒
每一滴都是古道热肠的琼浆玉液

三

万灵花怒放的天空下
山盟海誓，精彩纷呈
痴念热烈，感慨万千
在清梦复苏的那个春晨
睁开眼睛便欣然看见光华万丈
尽情搜寻这厚土的粗犷与柔美

雄壮的山脉，广袤的地场
迎来岁月沧桑太多的恩泽加持
譬如风雨霜雪以及甘露
于是，献给纷至沓来的后人
她只有一次次热辣滚烫的涌泉
其状如莲，绽放精纯的火焰
或者，一次次撑起苍劲的华盖

四

飞翔的渴望带着诗心
起飞
太白，瑞光惊呆了盛唐
黑夜里，蛰伏，伺机而动
数千年的华丽被人采集
在现代，集成一颗颗小行星
一次次轰轰烈烈
一次次剑指苍穹
向宏远的太空，画出
画出一条条漂亮的弧线

龙栖地，想起包拯

龙栖地，想起包拯
因为一些莲花开了
耀动一段新的繁华
而这之前有一条鲤鱼
穿过泥沙俱下的河流
穿过如火如荼的天空

龙栖地，想起包拯
一些人从四面八方来
一些人来自现代
一些人来自宋朝
一些人来自其他王国
他们绝大多数是百姓

龙栖地，想起包拯
想起他的称谓中有龙
以才学赢得天下爱戴
以正气赢得万世称颂
好个龙图阁大学士

然而，他并不是状元

龙栖地，想起包拯
想他不是钦点的状元
却从泥沼中蓬勃崛起
如虹的气势撑起青天
令一切贪官污吏胆寒
令一切牛鬼蛇神畏惧

龙栖地，想起包拯
想起他的清廉与正直
想他或许是莲花一朵
想他身前身后的人物
多少不可一世的豪杰
情不自禁地顶礼膜拜

龙栖地，想起包拯
想起他额上的月牙印
想起他端坐开封大堂
想起他堂前的龙虎狗
想起他头顶的四个字
想起他的铿锵他的善

龙栖地，想起包拯
时间悄然逾越千余年
季节是又一年的盛夏
很多人追到了龙栖地
他们想看看包青天
不朽的神魂是否安在

龙栖地，想起包拯
悠悠时空能留下来的
抑或只有无尽的遐想
抑或还有更多的追忆
此刻，龙神已然安睡
此刻，开封已成古迹

龙栖地，想起包拯
观音也在莲池里笑了
赐予品鉴神韵的游人
一人一朵粉红的花
一人一座高贵的莲台
一人一个美妙的远方

阿尔塔什

——致阿尔塔什水利大坝枢纽封顶

阿尔塔什，注定
被一群卓越的电建人树立
英雄的丰碑
不！雄伟壮阔的胸怀
将一条喜怒无常的河流
深情地拥抱
心血与汗水缔造
一座水坝，功业千秋
混凝土的坚韧与硬度
成就了它的恢宏与慈祥
而今，没有一个形容词
能抵达它豪气干云的纬度

三峡大坝？对！也不对
远征阿尔塔什
曾经缔造出三峡大坝的
头顶红蓝徽标闪烁的
电建人——水利铁血军团

在昆仑大山深处
陆续赢得极限挑战
新疆——南疆——叶尔羌
“三高一深”，爱恨纠葛
千百年的痛苦与磨难
他们用夜以继日的顽强
拼搏——治愈！喜极而泣

宏伟蓝图胜利杀青
2020 年如火如荼的夏天
一部当代版创业史剧情
也如众人所愿，美梦成真
隆重开启新纪元
荒漠变绿洲
四百多万人民
命运，从此，改写
向着绿草如茵的江南迈进
如花的希望绽放南疆
幸福的欢笑将成新常态
丰沛水源将干涸地带滋养

阿尔塔什
万众欢呼，瞩目

六月的阳光褒奖人间
挥汗如雨的电建人
威武雄壮，继续前行
爱祖国，爱人民
爱着这多情的山川河流
或许，阿尔塔什不会忘记
那样一群可爱又坚实的人
历数智慧与血汗的结晶
细品一座宏伟的水坝
光彩与荣耀啊，无处不在

九华山下，一朵莲的禅修（组诗）

篇一：九华山下，举莲而行

一个人举起了莲蓬
一群人举起了莲蓬
越来越多的人举起了
心中清新脱俗的莲蓬
虔诚且喧闹的队列中
有你、有我、有他
有太多不知名的信徒
男女老少、文人墨客
看得见的花草树木
看不见的蛇虫蝼蚁
看得见的日月星辰
看不见的萤火之光
看得见的飞禽走兽
看不见的鱼虾种种
都向巍巍九华山汇集
并且寻得一颗甘露
将自己的形骸深藏

随众多菩提子一起
深藏在九华山的身后
深藏在茫茫云海之间
英雄的王者之气至此
也欣然藏起了锋芒
遁入清幽的青通河
然后，迎来一次转身
然后，某一个小镇
从此闻名于五湖四海
朱备，卧虎藏龙之地
想来的确是实至名归

篇二：像莲子一样坐下来

气度非凡的朱备镇
的确让人费尽思量
为几乎同一个主题
越来越多的人坐下来
借助一缕氤氲的茶香
借助一片美妙的云霞
借助一朵圣洁的雪花
悠然坐下来，坐下来
像莲子一样坐下来

这一坐下来便是百年
这一坐下来便是千年
这一坐下来便是万年
回眸平凡的肉身在哪
抑或身在黄山之中
抑或身在华山之巅
冥冥中仿佛是一场梦
这样的梦缘起九华山
被举起的一朵朵莲蓬
首先照亮的是自己
然后，以星星的光彩
穿越犀利的春夏秋冬
照亮七布泉的眼睛
照亮天华峰的头颅
照亮八方游子的内心
引领他们不远万里
探寻圣境纵深的奥秘
膜拜顶礼，自然而然
深藏不露，自然而然
宁静祥和，自然而然

篇三：诗心的际遇

仙子举着漂亮的伞
走过了诗意的唐朝
一只孔雀从瑶池冲下
一条金鱼从水面跃起
同指险峻的天华峰
从盛唐开出了两朵莲
一朵美其名曰刘禹锡
一朵美其名曰李太白
他们都以诗的名义
傲放于某一年盛夏
他们都以莲的名义
跨越时空的界限相遇
在九华山的身后某处
画出七布泉的飘逸
画出天华峰的神采
并在同一片诗境里
构成美妙的一部分
而后，他们一起感叹
都说黄山归来不看山
缘和众人又信步至此
都说九寨归来不看水

缘和众人又追寻至此
都说登临华山人为峰
缘和众人还有新的仰望
铭刻在九华山的身后
莫非是天籁般的泉水
激荡了疲惫不堪的灵魂

篇四：在朱备做个最平凡的人

欣然放下王者的霸气
欣然放下珠玉的宝光
重新以淡泊的姿态面对
一次清新悠远的禅修
在朱备吸收天地精华
看一朵干净的莲花盛开
听一眼活跃的山泉歌唱
在此，禅修是一种享受
无须金碧辉煌的圣殿
无须香火鼎盛的陪衬
一座草庐或许已经足够
一碗山茗或许已经足够
在此，做最平凡的人
也是一件无比惬意的事

青　田

那一年的江南并不美
一反常态的烟尘迭起
因为蒙古铁骑
残暴地践踏着梦里水乡
青田，自然也不能幸免
那一年的青田遭逢奇遇
一颗星宿带着预言飞行
辗转了数百年
途经千山万水找到憩园
同一时间，一个孩子
用哭声喊疼了元朝的胃
刘基，字伯温，号青田
他是一株什么样的庄稼
他是一棵什么样的树苗
跟着鲜为人知的预言
茁壮成长，发奋读书
他是天神下凡
他的肉体里有龙的骨血
一柄斩仙剑赋予他神奇

九条龙都听他号令
他是谁？平定天下以后
他是个清瘦的老头
一点官架子也没有
他脑海有的是文韬武略
他手中有的是诗词歌赋
他心头有的是父老乡亲

枕上书·当代文人情怀

履痕青川

LV HEN QING CHUAN

杨晓波 著

华龄出版社
HUALING PRESS

图书在版编目（CIP）数据

履痕青川 / 杨晓波著 . -- 北京 : 华龄出版社，2022.1
（枕上书 · 当代文人情怀）
ISBN 978-7-5169-2180-7

Ⅰ . ①履… Ⅱ . ①杨… Ⅲ . ①诗集－中国－当代
Ⅳ . ① I227

中国版本图书馆 CIP 数据核字 (2022) 第 030069 号

策划编辑	冯　雪	**责任印制**	李未圻
责任编辑	高志红	**装帧设计**	张　佳

书　名	履痕青川	**作　者**	杨晓波
出　版 **发　行**	华龄出版社 HUALING PRESS		
社　址	北京市东城区安定门外大街甲 57 号	**邮　编**	100011
发　行	（010）58122255	**传　真**	（010）84049572
承　印	三河市龙大印装有限公司		
版　次	2023 年 1 月第 1 版	**印　次**	2023 年 1 月第 1 次印刷
规　格	880mm × 1230mm	**开　本**	1/32
印　张	6.5	**字　数**	130 千字
书　号	ISBN 978-7-5169-2180-7		
定　价	498.00 元（全十册）		

作者简介

LV HEN QING CHUAN

作者简介：杨晓波，男，大学文化（法律），四川省青川县人。四川省诗词协会、四川省楹联学会、广元市作家协会、广元市诗词楹联学会、青川县作家协会、散文学会会员。

内容简介

LV HEN QING CHUAN

这是一本作者几十年创作生涯的作品选。作者选用各种词牌名创作新时代的诗歌，用传统的韵律模式，传递新时代诗人的人文情怀和生活感悟。

作者呕心沥血，采用中国传统的诗、词、赋、对联来赞美作者的故乡——青川。是对故乡美好风景的赞叹，是对故乡一草一木的思念，更是对内心之情的诠释。

无限风光是青川 序

LV HEN QING CHUAN

人生几何，写诗填词而当歌。吾之利用其悠闲时间，抒发一下对故乡小县——青川的情感，犹如其人操琴而乐之。放歌而置入其绿色环抱之大山，顿时，山和水有万般的默契，纯粹是静和动的搭配。繁乱与精彩的结合，组成了碧落的风景。在青山间穿行，泉水叮咚之下浏览大自然的馈赠，完全印证了一位到过青川县的大学教授描绘的那样“环山花雨是青川”。《龙安府志》载：“青川古属‘禹贡梁州之城，周秦氏地’。秦灭巴蜀后，地入秦疆。西汉高帝六年，分巴、蜀郡。是时青川县境为白水县、刚氐道分辖。”从秦汉到一九五零年，再到如今，青川人类历史已有几千年，固若干世纪而雄，文明之花遍布山川野岭，而今，日新月异而安态之。

清风轻拂，烟霏云稠。青川的山山水水泛出川北崔嵬高峻、峥嵘峭壁的地方绝色。踩着满是林荫遮盖的山路，发出簌簌的声响，顿让我有一种“丰草绿缛而争茂，佳木葱茏而可悦”之感。每当翻山越岭，眺目仰卧在涧谷里澄亮而又飞檐的村庄、民宅，展现出的一派现代化的新农村景象时，自己对故乡的情感也在心中冉冉升起。于是，就萌生了用诗词来释怀对青川的热爱和颂扬。青川，四季的景色和天文非常分明，山影和田野交织在一起，就是陶渊明笔下的“世外桃源”。漫步在青川大地，脑海深处的彩蝶翩跹，群燕飞舞、草木葱茏，在风和日丽里都成了我心中、眼瞳里一帧一画的热爱和憧憬。

伫立于故乡的土地上，天蓝云稠，峰黛水晶，禾苗、树枝皆为描绘青川的大笔。记忆里已经消失了童年无数的严寒和酷暑轮番肆虐的相片。故乡依然挺立的山川，让我情不自禁地产生了一种崇敬和爱戴。然而，把她写出来，将青川的局部纳入大众的视野。掬一捧青川的山泉，把她注入情思的砚台，顿时，天之绝美映入灵动的思维。如本人拙笔《高阳台·前进情思》那“青竹江风，沙滩晓月，花开曲岸娇妍……”一般地拓展青川风景。徜徉在青川，就是徜徉在童话世界里。抚摸着沃土，凝望山峦，觉得自己有了一双飞翔的翅膀，与阳光、飞鸟一道遨游，用一种骄傲的气息飞到最高处，伸出双臂，尽情地呐喊“珍重芳姿湖岸柳，顾怜陌影地间根。”

青川的山峰，那是龙门山脉跳跃的音符。有远古的气势，有当今的元素，更有古今人文沉淀、地理文化的综合因素而构成青川文明时代的谐音。围绕着青川人而回响，逐一洗涤人们心中的精神污垢。过去的牛歌、薅草锣鼓声，回荡在乡亲们耕耘的那种场面里，饱含着高亢激情，和着川北“下里巴人”的乡音。固有一种激励人们“锄禾日当午，汗滴禾下土”之斗志。在曲折无穷的农事韵律里，山歌子的抒情放唱。那具有吆喝声和辽远的嗓门，一句承接着下一句，一段接着下一段，一曲接着下一曲，碰在大山壁头，叩击着大地和低头的游云，是那么尽情尽意地涌进人们的心坎，呐喊着在朴实无华的岁月里，给予人们带来了快乐和希望。所以，在我有生的人生旅途半路上，我尽量地捕捉一些，用古体诗把乡风乡情零碎地记录下来，世世代代能把青川之情传承下去，是吾之夙愿。给以我铭心的感受：能把青川推荐于热爱故土的读者，唯之最大幸福也。

青川的水是森林和岩石的眼泪，明净清澈。雪山孕育着原始森林，也就有了世界上为数不多而仍保持着原始静态环境的原始森林腹地，给珍稀动植物的生存繁衍奠定了优质的环境基础。为之，我在本集中以少量的篇幅描绘了4A国家级自然保护区——唐家河。“泉眼清流水响声，尖山浑雾树摇鸣。藤如挽臂长条暗，叶似伸怀短片晶。小鸟细虫生有地，猛禽巨兽死无茔。风光陶醉酣中梦，景色痴迷忘路行。”当人们漫步在青川的泥泞路、青石板上，行走的脚步声磕磕碰碰中有一种灵性的触动，带出的声响，虽然不是那么很强烈，但仍然能体现出青川有青川的巴蜀风韵和边缘固有的本土气息。

青川，也曾有过伤痕。5·12汶川大地震给青川带来了人类历史上的一次大灾难。但也给青川带来了前所未有的发展机遇。大地震过后，青川，略去了远古的洪荒。留下了山明水秀、负氧笼罩、整洁清奇的神姿。青川的奋起，是在全国人民的无畏援助之下，从废墟上走出来，建成提前50年进入现代化的城乡模式之新县典范。

青川，古文化的传承也给这块不毛之地涂上了浓郁的色彩。在这块土地上，人们如植物般的成长。时时刻刻都有梦想在缭绕、沸腾。对故土的依恋太多，甚至到了狂热的地步。在青川，走过闪烁的年华，同样能享受到现代文明的熏陶。人们幡然醒悟时，才觉得，只有踏踏实实地在故乡的沃土上尽职尽责，才无愧是青川儿女。我彻底地认识了青川扑朔迷离的山水，像首首使人感慨万千、扬眉吐气的赞歌，弘扬着时代主旋律，频频向世界展示着人们的聪明智慧和自然的无限风光。

每当夜阑人静，坐在小溪流水边，弯月和星星同时出现的时候，给青川大地镀上金箔。一幢幢的楼房仿佛就是那箔上的光点。随着月光慢慢移动，从月下山影中露出瓦砾来。仿佛，房顶也抬起了头，参差不齐地裸露在夜色中，填满时光的空缺。城池和马路像岁月的笔记本，年复一年地记录着青川每一步发展的印迹。四面耸立的大山，仿佛像青川深潜坚韧倔强的精神。被严寒和酷暑轮番折腾的山区县民众，铸就了青川人民的艰苦奋斗、执着强悍的自信观、创业观、热爱观。这时，才更能体会到：青川有青川不同于外面世界的另一面。

杨晓波拙笔于青川县城

2021（辛丑年）

目录

LV HEN QING CHUAN

满江红·青川吟

秦汉宏川，风沉静，日明月落。咏故土、蓼高云白，灌林深壑。三国风云留蜀史，尽分村野千年朔。魏晋来，成汉败前程，青川陌。

新时代，兴域扩，奔四化，民生握。先忧而后乐，莺歌鱼跃。代代承传英烈事，小康中县朝安作。看今朝，正确领前人，民无弱。

沁园春·青川朝霞

缕缕飞霞，破雾穿云，逼近坝心。看群山返绿，岭峰叠翠，涧中滴水，谷里无霖。寸草萌芽，樱花白蕊，弯路行同曲径岑。轻风浴，对着晴空咏，喜悦谐音。

城池横纵通嵚，窄溪响声听来入琴。有桥连对岸，栏排堤上，农家尽染，院落皆愔。白鹭双飞，鲤鱼翻滚，对着朝阳情恋浔。晨曦里，似酒翁沉醉，满目琅琳。

苏幕遮·建设中的广平高速

四川天，三省地，铁马轰声，古道阴平喜。横贯秦兴连武抵，高速飞穿，骑马青溪比。

岫绵延，岩断隧。日月同新，标段从头起。苦战年年人不退，志在山河，报捷何时启？

苏幕遮·青川春景

草生坡，花上树。流水轻弹，河浅凫相遇。翠竹青松杉醒暮，遍地蜂嗡，扇响金黄处。

柳摇风，梅弄趣。昼夜晴天，无雨行人路。明月当空家国煦，喜看山川，一派朝阳虑。

江城子·青川看超级月亮

橙黄颜色挂城东。射晴空，静无风。嫦娥妩媚，再现影阴蒙。隐蔽云藏难见露，圆不劣，满仙宫。

闲来幽梦念儿童，少时瞳，望苍穹。吴刚伐桂，久久叹哀中。帘卷窗前浮想起，明月夜，恋无穷。

念奴娇·广坪高速青川段掠影[①]

晨曦杨柳[②]，月牙留梢后，行无春沐。新土斜坡光影走，黄背披肩男筑。大道穿山，罐车来去，铁马声声覆。乡村如画，美中禽鸟望陆。

我自路过三锅[③]，纵然拍手，抒笔青川腹。环线广平通九寨，今夕山河忙碌。感慨千千，不毛之地，旧貌成新幅。艳阳天里，噪音崖断沟谷。

① 四川省广元市至绵阳市平武县高速公路正在建设之中。

② 杨柳，四川省青川县三锅镇杨柳村。

③ 三锅，青川县三锅镇。

渔家傲·青川第一场春雨①

凉夜雨稀朝来细，路边杨树晨烟里。寸草野花爬地洗，看春季，望穿双眼溪流此。

柳叶芳青正月几，农时不误耕田起。躲避疫情闲闹市，门关闭，而今只有人人卫。

喝火令·青川岭上春夜思

傍晚晴天睹，云稀湛色空。绿坡苗嫩岭如葱。分线晰明清影，南面远朦胧。

近处黄昏见，遐思万物丰。只愁天雨不来融，夜现平安，夜现月升穹，夜现画中低墨，点缀在芳丛。

① 2020 年 3 月 2 日新冠疫情期间青川立春后第一场雨水。

踏莎行·远客来青川

绿草镶茵，菜花嵌羽。青川尽是迷人处，风姿靓女笑农田，恰如白鹭斜飞去。

发后巾红，胸前衣素。远行来客休闲渡。青山耸立倚庄边，引来蝴蝶招蜂住。

乱花疏雨，湖面轻风，阴平古道山色绝。
从树密云，峪间重雾，蜀北青川水清幽。

白鹭伫晴天，乔庄水连木鱼文武岸。
野猪穿夜晚，石坝山接新顺老溪沟。

摩天岭上，银装叶草珙桐雪。
白水湖边，绿扮藤花茶树风。

古镇春风，遥看摩天岭雪峰美。
县城夜雨，遍尝大小沟锅里肴。

青竹江岸，路桥连古道，
白龙水中，舟影接阴平。

走进桥楼，苏阳柿子腾山驾雾。
来回木鱼，上马莲花落水生根。

热烈庆祝中国共产党成立一百周年

南湖掀浪红船运筹，奋扬百年，暗夜初觉醒，传播星火燃，洒先驱血，终将破国开天纪。

北京劈波新华帷幄，经历多载，光明始康兴，促催燎原亮，挥后继功，誓让神州唱颂章。

念奴娇·举国欢腾

山河烂漫，乐中华百庆，版图明晰。十亿欢腾千手击，热闹一年神雳。大地飘红，东西来去，民众心似蜜。山河如画，望中原固社稷。

天下起舞欢歌，换新百姓，水笑江河激。内外联防瘟疫熄，试看天安门集。四海承风，立竿见影，华夏鹰鹏力。方圆疆域，九州军号嘹国。

沁园春·百年迎夏

大鹏翩翩，扇响神州，破岭翔滨。正阳春拂面，夏天揉脸，山青日旧，水碧年新。四海攻坚，小康迈进，民众安居乐业论。情思注，万马奔腾急，华夏无贫。

峥嵘岁月人勤，有奋发图强之韧魂。幸炎黄后裔，中华根脉，铲除血耻，扭转乾坤。咤叱风云。长城盘踞，恰似雄狮耸巨身。今年庆，疫魔消入泯，不负人民。

沁园春·百年党旗红

举国辽天，万众奔鸣，致敬党旗。念五湖华夏，九州方境，人民作主，百姓坚岿。江对长城，明山秀水，无数英雄功绩碑。须今日，看中华崛起，世界穷追。

高瞻远瞩千锤，伟人料如前程大希。幸民强国富，政通人健，目标远景，挺进雄伟。舵手扬航，承前启后，试目将来业绩辉。星星闪，太空舱里瞰，祖国腾飞。

满江红·庆祝中国共产党成立一百周年

烽火年华，天地庆，神州鼓乐。昔岁月、顺人民意，运筹帷幄。扭转乾坤船上起，镰刀斧子刀枪搏。扫黑暗，锤锁救工农，方圆扩。

成新国，除匪恶。奔四化，扶贫卓。看江山社稷，永牢功获。边境安全民众跃，风云世界三军握。一带路、强大后来居，千年作。

青川县城之赋

秦武二年，皆立建置。乃有战国木牍，郝家坪之墓群，为史物之佐证。西汉东汉，治地变迁。历朝历代迁移，辖制多分多合，更名郡县之繁。三国魏时，仍沿蜀直。西晋白水县置，乃城府更消之，清水源出平武。西魏时期，废帝二年。建阳郡秦兴县，治地今乔庄镇，北周仍秦兴县。隋文帝朝，开皇三年。秦兴更名方维，有景谷县之更，治地可有移变。一九五一，新中国后。县府由青溪离，搬至乔庄至今，曾绵阳今广元。

新兴县城，四周岭围。环山花雨而著，崔嵬高峻之峰，峥嵘而守护神。略去洪荒，灵秀含蓄。生态环境之美，涧谷深邃莫测，负氧笼罩之奇。恬静舒安，宜人之居。四季如画之享，神韵之飘飘逸，让人揣摩之深。峰愈奇峭，城愈幽静。淡淡云岚雨雾，听泉流如弹筝，月落水底镀银。

景绝惬意，园林小城。王复善清秀才，题有八景之曰，描绘栩栩如生。“天榜东挂，雄狮西卧。”城周围狮子梁，貌似雄关而耸，直上云天之雄。“黄岩关上，青坡晴雨。”楼子垭过黄岩，一夫把守之险，万夫难犯之入，屏障皆林之雨。“凤阳晚照，龙泉朝雾。”高家梁之鸟瞰，晨曦熹微之美，阳光入水之画。“三台观秀，花果园林。”禹王宫之四望，满城绿荫遮掩，粉花蝶飞蜂鸣。

清风徐来，音响迭起。人之饮酒食香，雅入于大堤岸，享受天伦之乐。静坐廊桥，面朝城河。诵县城之美韵，歌山青之大川，其乐而融入浮。月明弯圆，鸟归树巢。出于东山之边，思城池之理想，而其情不自禁。交错相缪，仰望苍穹。遐想故而升之，念美城之养性，难舍人世初衷。

七律·县城风光

山透路陡雾淹枫，水曲田平绿叶葱。
燕舞风清音透彻，莺飞月朗色朦胧。
春天柳絮依前岸，冬季松枝靠后丛。
锦绣城池多负氧，珠玑滚坝晚来虹。

七律·青川县城晚霞咏

丘峰驼背醉霞红，缓水青苔厚积绒。
蓝静天明涂晚照，碧流地暗洗晴空。
花馨飘逸闻如乱，草影婆沙嗅似蓬。
堤上逍遥人脚慢，一心唯念此时穹。

浪淘沙令·县城公园荷塘

踢脚小荷塘，草乱蚊狂。闻声听去有姑娘。柳叶眉弯如亮月，满腹昌良。

菡萏夜芬芳，蛙唱莲香。晚来暗下更乘凉。今夏花开多出露，依暑开妆。

清平乐·禹王宫随想

远望枯草，静谧山梯道。松柏夹杉樱茂早，久旱晴天无潦。

向晚坐享童心，仰头独倚情深。梦幻半空弯月，木鱼敲棒如琴。

忆秦娥·县城鸡鸣

鸡声咽，晴天落去弯弯月。弯弯月，晚间淡色，苒星离别。

时光刚过元宵节，阴平古道樱花绝。樱花绝，凉风霞照，鸟声亲悦。

眼儿媚·县城傍晚

欣赏滨河夜朦胧，此景注人瞳。彩灯绚烂，亮灯星落，都是清风。

多勤散步天天事，脚印叩霓虹，月圆旧地，星明何日？常乐悠中。

七律·县城感恩墙吟

浮雕壁上众英融。夜火燃烧画不同。
远眺山峰藏暗处。近观水影露明丛。
新墙耸立沉思起，旧地坍崩往事终。
纵看人文光照面，联翩梦想在初衷。

七律·县城东山农家乐

晨霞染尽地无烟，暮色掀开画面鲜。
浅水一湾朝坝去，深山几座向坡延。
扬花绿道行人看，桂叶农家过客牵。
往昔移迁城廓少，如今稳定小康篇。

江城子·县城晨望

松林坡起县城东，半晴空，树无风。遍山密雾，绿叶草青中。河水栏前波浪起，花似雪，影蒙蒙。

梢头晨鸟歇如翁，对长穹，觅食匆。飞翔起落，不受雀笼笼。风雨只为生计苦，扇翅膀，四方冲。

木兰花·县城东山公园

伫倚画廊风景赋，堤上白杨遮盖路。人不断，乐声欢，浅草竹梢坡遍布。

放眼落花檐后处，楼阁树林相映趣，青山大写小城今，晴里鸟声鸣舞步。

鹧鸪天·县城廊桥下木瓜树

玉白桥头一树红，高低深浅扭朝东。蜂来平地收春蜜，蝶去空中放蕊绒。

绿叶紧，簇花蓬。迷人娇媚色如枫。争芳斗艳晴天烂，鹤立鸡群试看丛。

水调歌头·乔庄河咏

夹岸一河碧，晨涧映轻幽。夏天葱丽繁芜，杨柳舞明眸。叶扇风鸣苔带，菡萏公园花盖，白鹭翅飞洲。日出染如梦，唤醒鲤鱼游。

人迈步，足下绿，浅溪头。微凉拂面，心境留下悟时休。回首燕声响黍，转瞬龟头伸渚，岫水解新愁。晴勉看禾瘦，悦尽浪来飕。

七律·惊蛰的县城早晨

天街梁上雾缭烟，地面河中水起涟。
大院廊桥朱染柱，城池马路白镶边。
清风钻袖飕声冷，旭日封衣缕角嫣。
狮子峦峰明树影，乔庄涧谷暗苔藓。

七律·县城雨趣

细雨通宵落地休，密云昼夜铺天稠。
轻敲棚顶如音脆，漫洒城池似霁悠。
鸟雀停飞望柳翠，瘦虫入土享松柔。
抬头雾绕山中去，放眼烟笼径上收。

七律·廊桥夜景

风平夜暗看天乌，浪静灯明赏地糊。
水浅雕栏连两岸，山深石坎断单衢。
霓虹折射飞檐画，河影涟漪拱下图。
人过脚声轻道细，情留忘返裸砂粗。

七律·县城观洪水

晨昏雨滴似帘珠，满目河咆未见凫。
脚后房边寻旧景，身前绿道看新图。
一溪浑水声音鬼。四面青山雾绕巫。
人欲城池行漫步，夏天幻影变醍醐。

七律·战国墓坑[1]

艳阳高照射青川，墓葬坑深僻壤连。
碧草蓬松生万古，苍苔萎乱灭当年。
秦时政令施纲要，战国风云说律田。
冷土穴中清水静，史沉勾起忆荒烟。

七律·县城东山农家晨烟

乳烟袅娜冒前山，白雾扬丝出后弯。
一片松杉涂上彩，几方桦柏画成斑。
晨曦渐降催人去，旭日东升促鸟还。
涧谷宽河翻野畜，堤坡窄道滚家殷。

① 四川省青川县郝家坪战国墓葬群，已发掘的七十二座墓葬共出土文物四百余件，其中最具有影响的为秦田律木牍。

七律·乔庄河畔见闻

爽风幽谷响如涓，脚下游鱼戏耍涟。
褐鸟双飞河面过，黑猫单行路边穿。
黄花良莠翻重影，绿草参差展现芊。
树柳稀疏遮不住，裸岩坂上有苔沿。

踏莎行·春旺县城

野草山头，乱花坡露。凉风总在森林住。城池眺望少行人，时时车辆沿河去。

低面春然，高台晴注。眼中入画滨河路。桃花弄媚逗云天，流连忘返街边处。

风入松·县城高家梁情思

高家烟雨白云游，弯路通幽，林深牌匾看城角，峰峦处，云海浮楼。俯仰逍遥心在，话谈当处劳酬。

凭林佳景思悠悠，静看沉浮。陶然山水欢情共，继先辈，历史千秋。抒发胸中意气，兴来笔下风收。

破阵子·万众大桥

夜里斜灯迷彩，眼中宽面连城。万众徙迁桥已旧，几代风光更起名，青川为了兵。

世纪风云突变，深山三线人惊。有道人知天下事，赢得和平有圣嵘，新桥念旧程。

县城七十载，栉风沐雨沧桑久。
新镇名千秋，阳和春明地变宽。

岁月如潮，励精图治阴平树奇迹。
流年似火，时代改天古道添颂歌。

灾大变新，老县城前去年五十。
脱贫无旧，乔庄镇后来岁千秋。

万众齐心战贫穷，乔庄巨变。
官民努力朝富裕，小县安康。

高家梁上，一弯青翠牵陡岭。
滚水坝中，千朵白花入平潭。

蜀北青川，艰难岁月织成康庄梦。
边缘小县，奋斗年程趋向幸福春。

乔庄镇赋

秦汉明月，西魏置郡。二千四百年前，无牧之地繁盛，春秋战国民兴。历史演变，蜀山巴岭。西魏废帝二年，治地秦兴县城，嘉庆于置乡团。民国二年，称团练所。旧制其济萧条，谓乔孔黄联保，麻衣粗粝民生。人类生息，茅棚篱窝。且吏治而定辖，天然屏障护之，故今县城而设。沿革旧也，形成中心。四面置关戍守，城关复为乔庄，县城回归旧郡。

风云变幻，其史富也。城南郝家坪冢，战国墓群出牍，刻铭公元前律。田亩交通，水利农耕。始渐进以律行，粮屯垦而源荒，果蔬葱茏皆悦。

山川寂寥，流泉叮咚。烟岚环绕齿峰，花草绿植争茂，树木黛韵娜参。东方一画，笔架山亘。楼子垭一将挡，士勇万夫莫开，固若金汤之御。黄岩关峙，壁立如门。易守难攻山陡，坚一地之雄也，而今国道通途。望西而远，麒麟关耸。阴平古道必经，曲径出城古今，森林蓝天一体。黄平关南，两河交汇。大坝河于此入，汉德阳亭要经，今有广平高速。北入大沟，出省窄峡。接壤甘肃文县，李子坝望穹苍，村有茶农箫者。

翻阅史志，城池之章。隋开皇十八年，秦兴为方维县，乃治于今乔庄。贞观元年，唐朝更名。县取消而建镇之，唐大历十四年，吐蕃入侵镇毁。嘉庆四年，白莲教占。清军、民团败退，烧毁重建反复，生机日渐萧条。

一九五一，青川县立。县城由马盘郡，迁入旧方维镇，旧镇更换门庭。政治、经济、文化中心。平安所得盛世，而县域无可摧，延续时至今日。地震撼山，城池垮塌。重建扩大城域，山明水秀负氧，旅游兴起强县。歌舞升平，酒香入韵。天然森林城市，神往桃源仙境，固川北之美也！

七律·乔庄镇茶树村吟

竹溪翠碧映朝霞，响水深沟有百家。
心旷神怡人动步，风和日丽鸟飞桠。
门前绿叶摇茎络，屋后青苗吐嫩芽。
最爱清晨新鲜气，常思夜静地边笆。

七律·乔庄镇石元村

晨曦草尾闪晶珠，坝上禾苗早复苏。
豇豆伸天横竖吊，芋头埋地纵深铺。
遥望岭里麒麟观，试目河中水磨图。
骋脚山边成片树。闻声木业建村途。

七律·乔庄镇大坝村

僻乡称坝道栽楠，炎夏神游把景探。
林野山头铺绿甸，街心堂上挂灰龛。
岩穿马路南溪瀑，水顶平桥大屋潭。
腹背携琴明月夜，行程惬意兴犹酣。

七律·瓦砾柴家坝

山体轻伤瓦砾乡，绿摇绽蕊送幽香。
起飞兽鸟林间啄，落地猪鸡圈里忙。
前面小楼原旧址，后期政府搬乔庄。
柴家坝岸茶中品，更惜瓷杯水作章。

青玉案·乔庄镇大沟村

艳荷亭角朱檐墅，大沟进、弯长路。两面青山峰绕雾。河心晶石，积堆成趣，思念砂边叙。

望江楼上看朝暮，岩下农家酒和卤。明镜山庄猪脚煮。价廉食美，客人会聚，生意忙中序。

菩萨蛮·乔庄填张家村

黛山红瓦窗明净，小鱼戏水楼台影。油菜圃田盈，壁边门角庭。

沐春临栅所，浅草迎人路。隔岸看农家，随风摘下花。

眼儿媚·乔庄镇孔溪

恬静无声水相柔，街径向河沟。平畴兴旺，工商聚集，呈亮房稠。

依稀演变乡风在，此处杰人留。锦霞以染，满天云絮，一片新楼。

江城子·乔庄镇三盘村脆红李

三盘鲜艳树梢低。雨淋漓，任风欺。枝头密叶，集结在花飞。小径幽幽蓬草乱，偿味道，果成时。

望收多李土间围。地相依，施来肥。盘根错节，甜脆在枝离。年岁光阴寻觅处，田坎走，踏黄泥。

苏幕遮·瓦砾吟

水流悠，山静照。一坝平畴，屋下鸡鸣早。四处香风清懊恼。翻越溪边，憧憬阳光晓。

圈中猪，田里稻。往事由来，今日收成好。明月楼间休过绕。守住家园，试目秋天笑。

踏莎行·大坝南溪

斑竹常青，李桃还姣。穿行谷涧南溪潦，鸡鸣篱圈响尖声，门头群燕窝中闹。

原始风光，垦开景耀。旧楼木屋烟熏燎，农家院里有耕牛，犁铧高挂墙头倒。

一剪梅·黄坪明镜山

休转黄坪一线游，明镜山兮，传远神留。通明有窍亮园幽。似碟悬明，穿透望畴。

古有凡夫话语流。漏米扶收，若众升兜。苦情无尽可消除，陈旧烟云，今享斑啾。

鹧鸪天·乔庄镇酒家垭风光

飞骋黄坪听鸟鸠，酒家垭上见黄牛。列峰盘踞阳如血，泉水流经岚似绸。

朝后颈，向前头。青山风景断然优。葵花吸引游人去，窄道坡弯桤木稠。

画堂春·漫步感恩桥下

彩灯铺径水流听，晚晴人过稍停。感恩桥下有鱼腥，头望花形。

脚印画楼之下，古香古色雕庭。夜来无语对山暝，思绪难平。

风入松·张家村月季花

张家旷野粉花阡，月季花连。轻车缓驶山间路，亭台过、朱色楼前。四面青山围住，柳杨树下红嫣。

艳阳天里水流涓。气象风偏。人行题上情怀满，与蜂飞、联想缠绵。画里重扶新梦，田园更有金钱。

清平乐·乔庄镇枣树村

翠屏环绕，茶坝过津要。墙白民房沟边造，又见高桥横道。

枣树汗水如金，标语天下有吟。牵挂中央总理，汶川震后亲临。

鹧鸪天·山谷原舍[①]

五月轻风吹舍松，贵商人面进村踪，水低桥影游鱼浅，岸上楼盘银杏封。

声似坠，响如钟。广元骚客晚来逢，夜灯暂把山庄照，唯有银行扶梦浓。

① 山谷原舍，位于四川省青川县乔庄镇张家村的一处农家乐。

孔溪烟雨，工业园区追远梦。
瓦砾日辉，水田坝里话初心。

春风拂面，黄坪枣树窗明几净。
燕泥固巢，大坝南溪屋亮檐新。

黄坪腹地宽桥笔直连青剑。
大坝深渊窄路透迤接广平。

乔庄城后面山陡披日出。
李子坝前方水平淌黄昏。

瓦砾寒天千树冬梨子。
乔庄夏季一街玉白花。

乔庄雾罩城池一面听水唱。
大坝云遮小镇四方应山歌。

青溪镇赋

峰峦逶迤，山明水秀林翠；平畴开阔，人杰地灵稻黄；青平相邻，路镶岩嵌花岗；蜀北西垂，旅游产业兴旺；古韵浓郁，历史沉淀厚重。

阴平古道，重要关隘要冲；东风西烈，兵家必争之地。建兴七年，《华阳国志》之载：析阴平道，刚氐道辖于故；新置广武，委孔明之参军，促廖化督其地；屯田戎守，防御外敌难入。

东汉以来，王室未息，土豪纷争，与其地方刀刃。明清风云，筑墙建郭，糯米灰浆砌之；吊桥钩连，石条镶拱，有瓮靴称谓呼。翘檐飞楼，兵戎红缨，常御戍守嘹望。

旧时四街，呈十字口。另下东街，下南街设。“阴平古道”“北方锁钥”“紫微高照”“南山聚秀”四匾悬门，逼真城貌。

八景之说：石牛寺，马鞍山，高桥寺，玉花泉，鱼洞砣，关虎石，醍醐塘，九龙包，晚清人袁汝萃，描绘出八景诗。

龙安府辖，已载志史。古梁州域，设县治地，蜀汉广武，平武、马盘。唐朝、五代，宋、元初为：清川县治。红军入川，赤水县筹，苏维埃也。后青川县城，迁乔庄至今。

汶川地震，百废俱兴，浙江予以援建；凤凰涅槃，浴火重生，乡镇日新月异；城池复古，雕梁画栋，吸中外游子行；木栏花窗，小桥流水，曲径通幽至户；三国遗风，人文典故，大为墨客挥笔。

战略眼光，高瞻远瞩，产业链接旅游；乡村富裕，生态平衡，贯有人闲往返；远道而来，画中行轱，觅动物之逸趣；入宿农家，宾至如归，品尝美味佳肴；溪边纳凉，涓涓如歌，恍若隔世无尘。

置身于斯，浮想联翩，撼动人生感悟；离弃难舍，移情别恋，难以忘却酣醉；提笔抒发，搁着情涌，倾心吐出赞颂。

满江红·青溪

古镇青溪，声誉起、旅游日复。封示范、地灵山酷，草香花馥。产业兴农多跃进，金唐一线连巴蜀。脱贫后、窄道念回程，民新屋。

居家好，人有蓄。生计尚，风光绿。水明天蓝旭，雀飞鱼逐。其境身临成感事，户门况有寻常福。脚印留、浮想缕如丝，阴平腹。

蝶恋花·闫家坝

明月清风春雨舞。旧样田边，芍药花飞路。小道缓溪前有树，农家大院香如故。

突遇几声黄雀语。每到春来，都是清闲主。准备暑天游客住，整房添被无空户。

七律·唐家河

泉眼清流水响声，尖山浑雾树摇鸣。
藤如挽臂长条暗，叶似伸怀短片晶。
小鸟细虫生有地，猛禽巨兽死无茔。
风光陶醉酣中梦，景色痴迷忘路行。

蝶恋花·贺唐家河紫荆花节启幕

喜看唐家河美透，今又春来，峡谷朱红绣。色染紫荆花蕊厚，官方启幕游人受。

古道摩天峰下岫。脚步轻盈，笑靥同风逅。猴舞鸟鸣凉入袖，乐音响满阴平口。

凤凰台上忆吹箫·落衣沟

三国风云，魏军破蜀，阴平古道缨挥。毡裹事，从头喻晓，众说分回。衣落深沟跌马，枪刀纵、荒野撑帏。飕风凛、曲径陡骑，破竹如雷。

今朝，农家乐起，山明镜，飞檐斗拱窗窥。水墨画，铺斯媲美，喜看煌辉。辛苦夏炎暑后，人往走、忙碌钱宜。石桥在，旧地面目全非。

临江仙·小东街

道窄城边花鸟近，一桥连着街房。回民集聚阁楼洋。穆斯风貌，柱壁换新装。

弯月繁星争入户，明灯照亮厅堂。雕梁画栋角飞昂。人间别墅，此处写成煌。

临江仙·金桥

岚锁溪山乌鹊闹，石桥自古荒凉。田坡路道接民房。清风扑地，阡陌看麻桑。

高速凌空河上绕，岩头栈道风伤。悠闲自得月光望。乡情遍地，更是满村镶。

八声甘州·景观桥

纵清清浅咏过堤边，白浪洁如银。渐凉飕习习，石头冷落，夕照波鳞。四处民房相衬，托出古风津。惟有醍醐水，悄语村邻。

常去城头观景，看长流曲径，依旧氲氤。小桥通平武，墩柱木撑身。盖檐飞、阁楼朱色，有画屏、筑建与乡循。睛回首、倚阑干伫，渺邈思恩。

浣溪沙·古街衢

古镇街衢一水流，小桥磨子眼中收。繁花似锦赏无休。

遥望源头何处是？近相渠尾在城周。无烟芳草细缠楼。

水调歌头·城墙

凭目眺黑垛，高大厚墉封。青溪场镇，北门街道紧依东。一缕斜阳横挂，照亮刀枪闪烁，人物塑枭雄。回首槛戈处，沉淀古兵戎。

阴平险，秦汉固，马盘钟。时空去也，阡陌田野变无穷。岁月惶惶反复，时代悠悠交替，都在革新中。今有墙围住，往事照跟踪。

满庭芳·官帽山

彻玉云山，堆银雾海，土寒蔓错藤芗。陡弯叠坎，泉水草同凉，树露松风暖日，岩藏霰、稠雨冰霜。多禽兽，鸣天撼地，野性胜于狼。

奇冈，宏壮丽，嶙峋似剑，蒿物如枪。眺峰峦层林，冬季茫荒。夜入西霞吐月，晴出北、桔焰生煌。天然滑，人前草雪，处处有芊芳。

风入松·金桥古栈道遗址

石头开眼凿圆粗，三国人奴。阴平栈道青溪陡，魏将军、邓艾行鹕。劲旅逢山开路，旌旗绚目惊呼！

狼烟年月不毛区，战火征途。金桥遗址经风雨，后来者，探古前驱。试看今朝岩壁，洞方更会成书。

踏莎行·阴平村

绿柳摇风，红花飞燕。晴天旭日青山绚。步行路道脚稀疏，田间小径通门院。

低矮居楼，巍峨峦甸，云稠鸟瞰农家恋。白杨秀水惹清风，客来沉醉樱桃遍。

鹧鸪天·石牛寺

重雾轻烟缠庙宫，梯台院落色飞红，翘檐鸟瞰前头草，屋角相望后面松。

竹窈窕，树弯胸，虔诚膜拜众人衷。晨钟暮鼓明灯照，叩拜祈声香客中。

鹧鸪天·马鞍山

迷雾高岩耸碧空，蝉鸣枝上现杉松。野猪四起林间吼，蛇毒穿梭草上弓。

明月照，太阳彤，泉喧水涌壁中咚。山花摇落随风去，唯有深秋枫叶红。

临江仙·高桥寺

高桥霜染冬如雪，层峦涂色浓妆。丽姿绒草美中望，想飞檐菊盖长廊。

漫步幽深岩下径，绮栏相看禅房。人烟已断寂无墙，情思连一片生粮。

临江仙·鱼洞砭

山深流水清风处，石头夹岸无炊。月明晴照晚来弥，有鱼游入狭中栖。

今古传奇风景著，洞砭还看溪宜。依稀百梦在其斯，阴平曦里有醍兮。

念奴娇·关虎石

贾家坝后，看森林幽远，云飘岩谷。鸟雀飞来房顶处，哑语响空深伏。住宅暄楼，游人来去，身在清凉麓。山川如画，岭中风振耳目。

昔日关虎乡垠，年华岁月，永去无存幅。观景唐家河此入，道路通延伸瀑。民往青溪，翻然定宿，故土呈新夙。细流声里，水边明镜如曲。

念奴娇·醍醐塘

逆风远看，溅流堤下滚，响声欢乐。古道飞来弯曲蔚，凉在田园边角。波映层楼，涟漪漩起，云里山峰朔。连绵如画，望醍醐水神掠。

颜色迷醉狂多，岸前赏景，浮想联翩却。漫步索桥轻脚下，朝暮谁知村廓？柳舞摇风，鸟鸣隐处，老树晴天啄。情思埋在，路边花蕾零落。

踏莎行·九龙包

树叶摇烟，草芽扇雾，九龙人自勾魂去。壁高山峭景前姝，野花四季如绸舞。

驳驳岩岖，斑斑岫固，凉风不厌蚕虫路。邻峰嫉妒恨苍山，平分五岭无言语。

踏莎行·玉花泉

山里扬花，水中喷树，泉明玉白收睛处。阴平古道景深深，日晖洒尽朝霞注。

鸟乱欢歌，蝶飞成趣，细流不绕弯弯路。北风只顾涧边来，源头至尾凉飕缕。

清平乐·索桥下

索桥宽路，风吹云飞絮。清水拍堤涟漪露，早晚红霞染趣。

脚步跟着游鱼，激情洒在沟渠。梦觉花前赏月，置身古道无虚。

日照东桥，街巷艳阳映流水。
风鸣石玉，路边明月封静山。

名府声誉久远，从前四面风光秀美。
古街厚望当今，此后三方绝色鸿篇。

古镇风光官帽山，高峰裹素。
青江绝色堰平水，矮谷呈晶。

老城广武，再现繁荣回古貌。
新镇青溪，重温质朴复民风。

身临古镇，后看摩天岭飘瑞雪。
脚踏阴平，前观大鼓楼入祥风。

官帽山顶夕照明，霞飞闪烁。
金桥水边灯光亮，月影朦胧。

唐家河景区（楹联三副）

写字崖前，水秀流声惊野兔。
毛香坝后，山青静寂歇鸱鸮。

峰峰猎隼，渔鸮夜吼暗云下。
涧涧酋猴，小麂晨玩明雨中。

摩天岭里，连香片片风撼树。
古镇周遭，菜籽行行水浇苗。

三锅石镇赋

青川西部，三锅石镇，盘古恩赐灵地，化东、西阳二水，长流沃土不息。“上下相习，五兵犀利”，魏将邓艾屯军，耸三石皆为灶，埋锅造饭于斯。耳濡目染，典故得名，秦蜀间禁要地，蜀丞相诸葛屯田，民曰家喻户晓。

杲阳关隘，天堑通途，群峰朝拱骏奔，渠水昼夜咏唱，翠竹夹道墙垛。女儿坟茔，小庙镶嵌，诉说古今悲欢，蚕虫道延五台，白杨荷塘益彰。瞭望两坝，鱼米粮仓，岭上撑天雕塑，形似菌之响亮，产业声誉四方。

东、西阳沟，晶珠溅射。雪山桦松伴随，熊猫牛羚野猪，奇花异草天堂。保护区内，村民移搬。生态日趋修复，森林自生自灭，回归原始风光。

东阳坝头，溪流涓涓。政治经济文化，学校店铺农场，促成镇府要素。金唐国道，纵穿街心。楼房鳞次栉比，桥梁两座飞跨，连接新旧集市。杨柳沟入，高速绕梁。营盘梁望远景，五台山云里昂，鸟瞰东阳日月。

西阳坝阔，犹如湖泊。民楼屋影如舟，大小柏树命名，井田遗迹处处。“到了西阳，忘了爹娘。”旧有民言戏说，今存传统农作，产业大棚绵延。世外桃源，倾听牛歌。毛家河流千里，绕过映山田坡，如画入诗奏乐。

桥楼境内，青石坝沃。苏阳柿子红遍，寨坪田径垒埂，八角电站水鸣。移民新居，错落有序。山川纵横交错，铜矿石英密布，高速设服务区。

三锅地域，旅游胜地。山珍琳琅满目，风光屈指一数，人文历史厚重。黄水木耳，历史悠久。后起之食用菌，誉为中国之乡，桂冠皆名同实。稻谷飘香，猪牛肥壮。试与城镇媲美，乐哉悠哉共享，万峰着色千重。

永遇乐·三锅石镇

鸡叫东阳，石头三顶，奇耸粮址。美酒飘香，流连忘返，日逛悠闲地。常来游步，桥横两岸，菜市与摊同累。卷门帘、商人客影，共消费到灯闭。

莲花叶大，田畴荷占，傍道爽风凉意。凭仗风光，分明到旖，中有桃园醉。杲阳关下，平川大坝，新镇露霞披瑞。往回首、青峰晓月，不嫌旧水。

苏幕遮·苏阳柿子红

雨帘飘，风罩舞。红踞枝头，裸露虬弯树。灌木丛中山里睹。横纵斜坡，尽是橙黄趣。

鸟飞来，牛返去。叶落秋天，土里当年腐。柿饼成霜皆入户。庄主乡愁，期望多销路。

念奴娇·西阳坝产业园

杲阳眺远，见晴空洗碧，云丝西缕。山后霞游惊飓雾，平坝一河春絮。黑色横斜，蜜蜂来去，人在凉棚处。晨曦如画，有黄金历史故。

瞭望台上相思，青松和我，牵手成情愫。风舞徘徊关口下，眼看耳菇储库。常是驱车，驰行熟路，何用闲情渡？公司农户，有连龙接商贾。

苏幕遮·五台山

庙连天，香接地。壁石尖峰，峰上云烟汇。路陡行人难聚会。只有虔诚，膜拜斜阳坠。

鸟飞头，蛇摆尾。美在秋天，红叶枝枝醉。明月山高人算几？唯有梁空，静夜荒坡对。

念奴娇·黄水山

翻山过口，岭边黄水走，青杠林路。百鸟鸣喧哗引语，旷野荒坡斑土。人徙空房，轻风摇竹，茅草丝丝舞。谷深岩陡，浴云烟下景暮。

咤叱女性支书，当年劳苦，“三八”红旗竖。全国表彰风采录，木耳万斤高数。事物昙花，萎枝叶落，时代风光去。如今村取，并东阳入新户。

忆秦娥·关垭山[1]

三国阅，旌旗浩荡山风烈。山风烈，长戈战马，鼓声如碣。

古关狭路东西截，而今大道飞垭辙。飞垭辙，双边冲岭，两头挑雪。

① 关垭山，三国时古关，位于三锅石镇境内。

少年游·杲阳关[1]

阴平古道[2]水凉凉，密雾乱山梁。三锅细雨，漫天飘荡，喷彩画屏镶。

横关城垛渠流上，灰色暗浓妆。翠竹摇风，顿生演义[3]，烽火月难忘！

念奴娇·青石坝

登山眺远，库民迁移地，楼房新筑。田垄分行茶叶树，一片绿油连屋。绿草花香，鹭双来去，居在清凉谷。清风明月，望河边守苗木。

伫立青石人亲，坝中赏景，分外成仙夙。脚步徘徊杉树下，缺乐可歌乡曲。喜欲乘凉，周边幻影，无奈黄昏逐。鱼塘恬静，路人轻唱回宿。

---

① 杲阳关，三国时古关。

② 阴平古道，《三国志》有载，魏将邓艾攻克江油关伐蜀，回军景谷道，到达阴平郡而行军的小道。

③ 演义，指《三国演义》。

齐天乐·桥楼

金唐国道中间路，风鸣水花晶处。浅草油油，春秋映景，纵看山深云雾。河堤柳树，有楼在桥边，一村农墅，尚有新添，犬声对岸吼江鹭。

田灵地窄有序，听鸡鸣舍户，尖嗓歌叶。阵阵清凉，飘来入缝，拓起飞檐立柱。凭睛眺府，正迁徙三锅[①]，故人全去。剩下空房，旧街还目睹。

眼儿媚·东阳沟

青草丝丝逆春柔，人去不回头。咆风哮雨，寒天泼雪，畜牧冬休。

山花流水林深兽，鸟语吵空楼。野猪夜出，黑熊跟后，顽命崖头。

① 原青川县桥楼乡已撤销，并入三锅镇。

七律·西阳沟

陡峭山崖大佛窥，溪流水底石头锥。
民居瓦架无踪影，场部楼房有口碑。
破坏自然年岁去。整修生态劲风吹，
荒坡植树工人动，保护森林任务追。

七律·三锅石

日照东阳绿树葱，月明黄水峻峰嵩。
五台岭上香烟袅，倒角田中早稻蓬。
大堰流来经石圈，小渠淌去过唯鸿。
关垭道口风吹坝，楼子街边雨点濛。

小镇春秋，遥看五台耸栖凤。
新街四季，眼随三锅如卧龙。

寂静东阳沟，采药归来庶民者。
喧哗八角庙，淘金入去钱富人。

莲花叶浮塘，东阳晚照红万丈。
稻谷苗插垅，八角祥云白千层。

五台岭雄，旧庙迎晖鸟鸣唱。
青石田秀，新房拂晓花静香。

东阳旭日，朝霞醉入梁中景。
黄水熙风，晚色弥漫谷下泉。

清风拂过西阳，坝里宽平，农家一派春光好。
明月升来倒角，弯中狭窄，电站千流夏景安。

关庄镇赋

青江水幽，绿山存焉。月出固井之上，风哮于林之巅，边有苇之所茅。陶龙观下。红石河顺。镇境纳原红光，东河口之丧地，苏河接壤于桥。江风簌簌，水色接岩。窸窸窣窣所响，凌碧波之茫然，趋势于惊涛也。铁索横跨，扣崖绝壁。新华村之蚕道，弯曲而通宽之，行其路便民也。

月明星稀，霞罩山脉。渺渺兮予边周，四季如茵有之，果园连粮草兮。山川寂静，风鸣为声。农作物而争茂，白叶一号种植，佳叶葱茏而宠。昔往日也，雄鹰计划。春种秋收之常，惟万物之灵乎，天之获物在勤。

东望远景，西收千峰。斑块郁乎茫茫，雾霭之远近也，击长空之云然。鸟雀玩飞，穿林击枝。倚歌而有韵之，舞幽壑之而灵，论其景色之绝。

东河口土，无辜长存。地震之天翻也，河流而沉覆之，幸存者难归宿。哀冢于底，地下百米。固尸骨于深埋，瞬间即逝平民，宿命于大灾兮。后人祭奠，建园仰之。南来北往游客，进入肃穆哀之，泪如雨滴倾盆。

养生潭岸，庙宇朱楼。香火袅袅娜娜，划然长啸呼之，掠无舟而望江。屯田寺坝，楼影成叠。人畜在游移之，青江之鲤品乎，酒香油飘吸之。对岸之睹，地震馆耸。灰壁斜倾之宏，竹翠掩其室之，仰天而诉苍穹。抗震救灾，兵民之本。岁月流着血泪，而故土恢复兮，人民安居乐乎！

雨霖铃·青川县关庄镇吟

清风明日，对江亭榭，庙宇朱漆。和霞柳叶天染，芳村悦处，樱花催白。自主相看寺坝，美生角边陌。景色宜、乡土居家，可有游人往来客？

轻盈面目看穿必，对河亲、数落深秋逸。前来酒醉场镇，迁水岸、透凉图画。旧地成新，应是良辰美景同获。即纵有、山里风情，更像城池息。

高阳台·关庄地震博物馆遐思

岁月沧桑，知今忆故，世间一大遭殃。地震当年，山摇地动人殇。艳阳高照晴天下，蓦然慌、滴血仓皇。汶川丧、举国牵肠，音讯无吭。

伤痕岂在高楼上，地天昏昏暗，老少无床。灾系中央，神州四海抢帮。浙江援建青川县，筑新房、民本牢强。馆中来、实物相思，泪满厅堂。

苏幕遮·关庄养生潭

褐鱼游，麻白鹭。庙角朱檐，一面锌栏护。陡壁岩垂江里固。如此深潭，遥看关庄处。

水浑时，山净素。香火无烟，叶绿纷纷暮。花被新房全挡住。寺坝田湾，风响苗儿趣。

临江仙·东河口堰塞湖

雾绕东河荒草静，车箱遮挡蒿丛。峡冲岭色绿如葱。微风轻奏，泪水伴睛瞳。

岁月不知天地变，庶民深葬湖中。松杉相向野花绒。汶川地震，省道与塘终。

苏幕遮·东河口

草涂山，花画水。晨雾轻烟，缭绕河边尾。昔日丹霞黄土祭。再看今朝，碑垒凉中泪。

涧鸣声，溪响唳。岭上飞禽，湖面双双媲。风静千枝依鸟骑。脚步前行，涕泗尸埋地。

临江仙·关庄看青竹江

草树云烟相涌近，小楼冷对晴空。一江景色远濛濛。潺潺流去，镜面浪如弓。

八月秋凉人浴爽，画中黄里呈葱。涟漪泛起水花冲，如歌如唱，堤影伴轻风。

清平乐·关庄夜色

幕帘挂岸，寺坝霓虹伴。晓月含羞辰星灿，有着绝颜清扮。

桥上灯火横竿，清河曲水微欢。闭户开门常乐，小场半夜平安。

水调歌头·关庄镇陶龙观

悠久陶龙观，灰瓦庙楼房。飞檐雕落，花藏回古有厢廊。流水门前响过，问道从来无客，风物焕然昌。斜日照村下，归路觅粗粮。

小房子，对河岸，坝中秧。炊烟鸟语，幽草芳径少牛羊。高亮民居墙白，低暗鸡窝篱黑，故地酒香望。年岁依然去，刮目看今强。

西江月·关庄镇固井村

江水岩前飞过，尖山固井连绵，青砖黛瓦柏林边，缠绕白茶一片。

站在篱笆背后，凭栏回顾当年，登高不忍日西偏，绿处牛羊踏遍。

行香子·苏河上马墩

三凤[①]春秋，路陡岩镶。沐春风、上马墩望。撞怀绿野，放眼山昂。看林真美，崖真峭，水真凉。

冬天在此，西风成冻。默凭栏，无限思量。飞扬文字，跌宕馨香。睹壁峰峻，青峰悦，顶峰苍。

① 三凤，原苏河乡三凤村。

东河口闻鸟哭，高山涌水存痛切。
青竹江掩鸡鸣，静月清风悼哀思。

昔当年过往东河口柳绿飞烟多吾辈。
今此日来游地震区荒芜落月少后生。

岭上望天空，石板沟云层北涌，涧谷蜿蜒呈起伏。
溪间行地面，东河口雨滴南飘，斜川陡峭现梯阶。

面对天书陡壁，峰峦尽处，云开鸟唱咏流水。
头朝地震园区，谷坝边缘，雾散蜂鸣吟静山。

夜雨秋凉爽陶龙，楼前响声脆。
晨风夏热炎寺坝，岭后鸣语轻。

一缕阳光，樟河秀水皆欢唱。
千丝细雨，寺坝青山壁出辉。

乐安镇赋

古有义军，落鞍于河。乃建落鞍寺庙，香门大石山存，谐音名乐安寺。

场镇船形，二面夹水。后坝河蒿溪来，寨子河地坪源。

风光旖旎，道路通畅。通坝田畴平旷，小道交汇无阻，常年绿茵如毡。寨子平缓，麦苗相间。闻有声山来者，百鸟啼鸣春秋，而牛歌近溪之。后坝流韵，水拍草甸。曲径而过往也，常与轻风细雨，翠柳摇岸和声。沿乐水行，四公里也。古城沟大河幽，白鹭伸翅而翔，江中碧蓝而黛，沙滩多呈棱角。

夜半猫头，鹰鸣两岸。百鸟却静栖乎，林草暗影摇曳，有悚然而听之。江水击岩，浪花轻触。呈音乐之美韵，伫立而又享其，波涛夜破寂寞。春秋更替，风雨盛夏。江水陡然瞬变，大河怒吼古城，洪流滚滚远之。

放眼周遭，红霞四溅。近山皆绿呈韵，闻人车流行声，有微风伴蝉鸣。雨雾其壮，烟绕云游。四季如油画乎，太平乡镇秀之，人处故地乐乎！

七律·乐安镇

泉浅溪湾谷涧流，峰深几岭石桥沟。
新居屋角花香引，旧镇街头酒味勾。
通坝茹棚遮四季，水平耳棒盖春秋。
船形地纵河间径，褶皱山横寨子幽。①

七律·通坝村

倚仗金黄满岭扬，靠岩嫩绿遍坡昂。
桂花十里山中稳，白果三门省道傍。
蔬菜大棚杆入地，生猪圈舍栅镶场。
一湾秀水楼前过，几垄田畴下院疆。②

---

① 本诗中的石桥、通坝、水平、寨子均为地名（村、组名）。
② 诗中所提的桂花、白果、下院均为地名。

风入松·乐安镇即景

石桥[1]涓水曲流阡，穿过农田。风和日丽乡间路，人来去、忙碌房前。油菜花稀凋谢，粗苗排列枝连。

浅风通坝[2]湛蓝天，白色云迁。群峰含黛依依旧，鸟飞林、鸣在崖边。虽是春来无雨，漫山四处花嫣。

鹧鸪天·乐安镇晨雨

漆色黎明鸡唱先，叠川密雾锁坡田。天晴子夜山平静，更雨寅时水起涟。

灯照路，暗笼阡，几回梦醒坐床前。埋头案上微光外，词尽开门横看烟。

① 石桥，原石桥村。

② 通坝，现通坝村。

齐天乐·古城沟[1]

古城宽有凉唐路，江边又逢春雨。陡峭崖前，花开校舍，铁索链桥杳去。岩松映户，对天应河寒，岸边摇树。脚着轻鞋，踏青常是看樵侣。

原依留处设府，旧人多在住，居撤乡举。马路西风，林深入梦，拓出飞檐如弩。凭高眺墅，看明月空来，话论今故，绝色香余，犬声鸡闹曙。

苏幕遮·乐安寺镇

陡观音，平小庙。寨子河流，康乐桥边少。船镇春天人去悄。车过街心，拥挤奔前噪。

落鞍传，升调号。马滚连塘，众说纷纭早。高速花坛岩接峭。咏古颂今，喜看飞山鹞。

① 古城沟，原青川县前进乡，已撤，并入乐安寺镇。

东风第一枝·康坝

岸上扬花，河堤露草，轻风近路稍暖。望天空白茫沉，深处雾云一片。炊烟缠柳，袅袅过、依依偏软。造访它、旧地重游，约觅远南来燕。

临春晓、牛羊渐远。窄路重、蜂声零乱。心思潜入深宵，畜禽多香大院。粮农无瘦，看去后、富华穿眼。想往日、绿水青塘。有触嫩蛙游遍。

高阳台·前进①情思

青竹江风，沙滩晓月，花开曲岸娇妍。乱石望空，长流迂势连边。艳阳紧送斜晖下，正金辉、洒满河峦。看朝霞、年岁如梭，旧事成烟。

而今撤并开新局，听林中鸟语，歌唱河山。前进无留，取消入并迁安②。历年过去新重拾，感太平、振奋容颜。尽头望、一别相融，共与巅连。

---

① 前进，原青川县前进乡。

② 迁安，迁入乐安。

鹧鸪天·后溪拱北咏

后坝高岩映浅滩，大桥隧洞裹云烟，塔车惊起林中鸟，拱北迎来宁夏员。

楼阁卧，木头连。风喧影涌墓茔间。樱花摇落轻吹去，斯守回郎探秘渊。

鹊踏枝·滴水岩

江水无泥岩上树。杨柳呈青，石步过河路。野草满围新屋处，核桃伸向旁边户。

窄径楼台还久住。大雨祥云，人面闲情语。院落花前墙没堵，轻风半是农家阻。

水调歌头·向阳茶山

岭上布葱绿，还看向阳庄。惊叹岩壁千仞，峰在白云藏。方恋田梯茶树，露湿游人衣袖，微雨更还凉。曲道下分路，四面望村乡。

听清流，叶翻浪，柳飞扬。成行排队，四季风景绕坡梁。落日西边四溅，朝暮东方亮闪，圆月顶间煌。基地贡茶种，神韵有如桑。

扬州慢·后坝

桤木油油，水流冲动，使风拽着头摇。看王家院里，尽有马牛猫。橱烟起、香浓菜炒，响声清脆，锅灶柴烧。路平间、秧麦升田，都在邻郊。

坝宽地坦，至而今，高速伸腰。浅草盖房前，红花点缀，风景撩妖。四季伴春秋色，山明秀、彩蝶飞迢。恋桥边青翠，人来深处吹箫。

后溪高速出石川，北向平武连九寨。
前进国道穿通坝，南来竹园接江油。

寨子田畴，产业依新栽木耳。
向阳陡地，农耕照旧种天麻。

乐安秋月，影落高山明井子。
前进艳阳，光浮浅水射沟坪。

绿树成荫，乐安船镇千载梦。
红花粉饰，前进古城一江桥。

乐安人醉，两岸流水风景美。
场口酒香，千回走来灌壶装。

镇里高桥，雨落沟平谱新韵。
村头矮屋，风鸣寨子谈旧情。

姚渡镇赋

鸡鸣三省，犬吼龙江。东连陕西广平，西邻甘肃中庙，纳团鱼河入湖。北高南低，山水相映。鹰嘴山二千余，六斗河五百低，昼夜乳水击岸。

嘉庆年间，称姚家渡。白龙湖东岸耸，汉道团鱼二河，交汇称双河场。地理依旧，历史变迁。几度世纪风云，几经属地变迁，乃今姚渡镇之柿平、柳田，姚渡社区。村、社皆风景秀，街面古色古香，遥相呼应陇南。

兰渝铁路，国道省道。穿越于镇境内，平原火车月台，其名为姚渡站。水上扁舟，偶尔相见。轮渡由桥而替，连通甘肃省缘，沿湖延青木川。

黄金土地，沙金蕴藏。次储藏铁铀矿，水晶煤炭磷矿，密布白龙江下。柏木漆树，多油橄榄。珍禽异兽遍布，桃艳李花染春，平阳大棚蔬果。

毛寨风光，层林绝色。鸟语涧水相融，莺歌燕舞四季，野猪黑熊狂闯。山花烂漫，森林覆盖。原始净土风凉，陡壁断崖褶皱，蓝天白云苍山。

杜家大院，徐家大院。民清建筑别具，穿窦结构深巷，灰瓦吊脚木房。姚渡老街，飞檐斗拱。青石板垫街面，花窗镶嵌门槛，烟熏火燎木板。

农业主镇，耕地宽广。水稻瓜果优良，山地玉米熟黄，擅小麦及大豆。家禽家畜，黄羊生猪。多种经营，齐头并进。蜜蜂寻觅田间，药材栽植荒山，菜花随风郁香。

边镇姚渡，经济特区。素有川北深圳，三省商贾交往，经济兴镇更强。青川东方，珠海模式。人民生活富裕，经济总量提升，渐向小康之裕。

水调歌头·姚渡

文县有来水，姚渡坝连田。一桥牵省，隔岸楼阁画中悬。古色玲珑窗户，随着阴天半闭，湖影柳枝连。无雨日难出，凉到袖衣边。

清明节，高速免，去游闲。余家湾看新镇，平地万花鲜。借问人间烟火，能否神仙食宴？趁乐赋文篇。古旧多留恋，回看路弯阡。

水调歌头·毛寨风光

飞鸟戏弹唱，绝处树撑天。龙神山陡，烟云缭绕路迷巅。泉眼溪湾挡道，朽木同人叹遍，顽石看流涓。细雨瞬间散，冷到脚前边。

陋房褐，毛寨字，壁雕镌。眼睛四闪，场部何地望深渊？岩下凉潭幽静。岫上悬崖含黛，油菜晃坡间。春雪残封顶，寂寞草花妍。

苏幕遮·姚渡火车站

汉河天，姚渡地。橙色楼台，景浴微风细。百顷桑田坡麓弃。更看徐家，院落鸣声替。

客人稀，飞鸟谊。敞坝红花，与草同相蒂。欲静阳光灯后睨。候等驰来，踏上无忧扺。

苏幕遮·姚渡汉河农庄

草莓红，青菜素。不见花开，只有葡萄絮。行在当门人欲住。蝴蝶飞来，又被蜂鸣误。

大棚连，桥面固。雕像河边，广告墙边塑。我自回头睛不顾，远看农家，情结留无数。

破阵子·姚渡柳田

径窄直冲峰顶，陡坡曲线连烟。几十里风光旖旎，遍野农家未见田，草花橄榄妍。

院落老翁笑面，忧心顿处欣然。受惯喧嚣愁厌倦，此地祥和脚手虔，几曾梦绕牵。

蝶恋花·雨中姚渡

云起风来滩上雨，浅润湖边，嫩草连山黍。沟壑层林烟嶂户，朦胧更阻鸡鸣处。

纵目桥横双面护，水岸幽深，柳在砂中趣。独倚篱笆新镇注，郁香低首人怀愫。

水调歌头·姚渡白龙湖尾段

滚滚白龙水，文县境来冲。万峰重壑叠嶂，烟雾正濛濛。一派涛声白浪，直下轰鸣三省，击水上桥东。晨日晚霞里，浩荡势无穷。

中庙来，余家过，似蛟龙。陇南流出，纵横稻麦尽葱茏。从此江分两道，成就砂埝孤岛，猛势自从容。柳草依然立，堪比地间松。

虞美人·姚渡掠影

柳田汉道风摇绿，村镇如镶玉。伫街远眺大江桥，伸在斜曦晖里、两边挑。

草弯树曲砂深处，泥影成堆注。白龙湖岸野花开，恰似一群红粉、见新鞋。

七律·姚渡鸡鸣雕塑前

千山鸟瞰白云低，茅地行人绿水迷。
倾唱濯鸡姚渡北，咏诗叱马陕南西。
曾经军匪交锋霸，过往平民自主栖。
目睹晴空风景好，寒衣雨伞不须携。

七律·情留姚渡

情游姚渡雨中衢，小镇飞檐赏古图。
水面流来甘肃浪，山间停住四川湖。
团鱼浑浊鸣声汉，鹰嘴清峰静似巫。
眼里风光须动笔，耳边醉唱我诗乎。

川北山秀，姚渡商贾云集。
陕南水清，宁强马帮散开。

吟诗汉道河，云烟晚去田地暗。
绘画姚家渡，雨水朝来旧街明。

鸡鸣三省地，宁强景色北边雾。
马吼四川天，姚渡风光南面霜。

碧口镇风光美，陇南山秀连川北。
余家湾景色葩，姚渡水明接陕西。

王家山陡，毛寨峰高飞鸟叫。
汉道水平，市坪谷矮鲤鱼惊。

脚踏乡村，汉河农庄大棚敞。
身临古镇，姚渡饭馆门店开。

沙州镇赋

水岸花镇，台州茗苑。苟家垭之新址，清风徐来之悦，湖面泛舟之愉。置身于栖，酒舞起之。诵移民之迁入，百姓安居之乐，兴致予街衢乎。对眼营盘，影廓即望。多船行湖心渡，游于四环山下，水光接天茫茫。

西汉至宋，于此置府。州、县、郡建治地，北宋咸平四年，省景谷县为镇。风云历史，析葭萌地。广汉、益州兴郡，管辖年代多变，今隶属青川县。

宝电库区，移民新镇。白龙湖水清幽，碧连波光粼粼，深湛而纯净之。扣舷而遥，极目蔚蓝。翡翠而甩落之，旖旎而柔软乎，神话而皆传其。晶莹透彻，棹兮摇桨。追逐于阳光间，涟漪漩起轻溅，而存自然丽止。水平如镜，倒映晴天。青山绿树围之，纵有美不胜收，入歌入诗之韵。

舟影穿梭，撒网而鱼。划船而皆多之，形如龙江之捕，鱼死而刀剖腹。削去鳞片，食其鲜肉。头骨其不可留，晒干抹其调味，凉其之屋檐乎。予舟而拴，须臾回宿。食酒皆为自制，欲待宾客之道，或尝香味而喜。

水色潋滟，山色空濛。人之生存福地，村镇杨柳叠烟，霞如彩色绘之。桥如大笔，版图如纸。青墙岱瓦之盖，水墨川北之州，湖光映翠绚之。岛屿连镇，陆上起楼。民以食为天之，勤劳于苦乐乎，顾安所得幸福。

七律·游白龙湖吟

轮渡宽湖十里湾，纵情逸兴马鸣还。
黍麻往昔丰收丽，茶叶今朝就获颁。
北面高村无旧迹，南边矮土有新斑。
沙州远古红缨过，历尽沧桑白水关。

七律·沙州镇行吟

木沙大道向梁奔，观景梯边橄榄吞。
珍重芳姿湖岸柳，顾怜陌影地间根。
波开碧浪分连岛，霞映云团合接村。
步履高台吟秀水，心情百畅入闲魂。

七律·漫步苟家垭

湖岸墙头十字丁，公园脊背蕴风亭。
远望桐影笼丹桂，近看杨姿罩歇庭。
饭馆油香烟去绘，居家色腻肉来馨。
正宜玩景街边处，饮下沙州米酒惺。

七律·沙州双桥

沙州目睹锁湖桥，通向端头日寂寥。
矮旧曾经风景现，高新今有用途超。
卧虹地动痕缝出，横彩山摇岿自骄。
伫立双边睛在望，不牵气贯逐年消。

青玉案·走进营盘梁

随晴步入沙州路，远望涧、营盘去。水上新船横着渡。鸟飞头顶，周遭飘雾，湖线黄边露。

香风湿土看乡寓，旧地人烟少闲趣。走马观花梯石步。凉风来院，薄衣起舞，落叶青杉处。

苏幕遮·白龙湖

益州山，陀国水。碧翠川甘，晨里风光旖。帆影轻舟蓝下缀。听瑟湖边，可否人前醉？

白银鱼，黄麦穗。橄榄云端，更有清风戏。倾听晴天蛙语起。身在水乡，情注神仙地。

清平乐·沙州行

木沙大道，飞看湖中岛。日落黄昏车不少，景色迷人倾倒。

绿树片霭封林，岸边宰着家禽，湖面一船晚照，居民收拾街寻。

风入松·幸福岛

晴中叠翠陆黄垣，梯纵横田。游人如织披霞聚，晨曦里、车马源源。米酒香红花艳，草间蝴蝶翩翩。

周遭青树岛前连，钓者竿虔。孤船映水年年泊，等君翁、湖上消钱。指日风平湖静，可寻陌上炊烟。

鹧鸪天·沙州白叶一号茶

白叶茶苗落户村，青坪田土植于民。浙江援助忠心越，蜀北无贫赤胆真。

山似画，水如纹。细根密集正缤纷。谈恩感激过三岭，便是知情江浙人。

鹧鸪天·白龙湖畔

一派清蓝碧水幽，鸟啼柳浪草苗柔。白龙湖上轻舟瘦，走马山中瓦屋留。

同赏桂，共修沟。晴天雨季鲤鱼收。水乡誓把明灯照，唯有新场楼外楼。

碧水连金牛，四面湖边栽橄榄。
雄关接景谷，三方岛屿养银鱼。

景谷春风，遥想沙陀卧虎栖凤。
金牛夏雨，梦求白水藏娇住婵。

湖上大桥有双，远迎来往商客。
镇中街路成直，邻送去留务工。

白水千秋旧地标，风云起伏。
沙州一座新城镇，四季平安。

百里平湖，碧水虾鱼同起舞。
千程陡岭，清风雀鸟共鸣声。

晚照多霞，青山静止连景谷。
晴空少雾，碧水涟漪接三堆。

房石镇赋

同治八年，建禹王官，挖掘石板。取名曰大石坝，辖石坝大房子，取大石之石曰，石坝之大房曰，而得名之房石。

青川之西，外壤平武，内临曲河。境内沟壑纵横，锣鼓顶最高峰，鱼洞坝最低点。老溪沟窄，绝壁峭崖，泉水叮咚。大有一夫当关，两人固守沟口，万夫难进之险。

坝子沟内，森林覆盖，野花飘荡。属亚热带气候，一年四季分明，多有野生动物。大松林荫，群山环抱，鸟瞰深涧。步自深崖狭谷，予过锋刃之坂，抬头悼帽之望。黎家山峻，霜雪露盖，柴烟飞袅。前有药山之植，多种经营基地，辉煌一时则失。

河石之大，花岗岩布，水影在游。月白风清之韵，流水犹如古筝，竟然良宵夜唱。

烈士陵园，下场口立，终年绿翠。众人来此祭奠，肃穆哀悼英烈，泪水流入河心。草木低头，山默谷悲，水鸣祈祷。曾岁月过去也，英雄与斯长存，而小镇常哀之！

县域边镇，日月交替，五谷丰登。举耕而得之获，山歌相对回应，农夫而享乐之。泉流有声，风鸣鸟唱，山高月明。凛冽而不寒冰，春来桃李争妍，开门见之其欢。

满江红·房石镇新姿

大石铺河，堤上垒，新街村落。墙白逸、小桥流水，烈园燕啄。旧镇明颜楼矮晰，百家灯火朝天朔。重建地，党的惠民多，情深确。

衣食好，人民乐。华住宅，莺歌着。不愁穿和酒，院门花阁。路道村通车笛略，常来集市如相约。商贸栖、四面八方人，亲亲握。

眼儿媚·房石①独白

迷雾丝丝绕峰柔，缕缕使人愁，泼天大雨，群山灌水，顽石横休。

如今小镇双新貌，乡梦在河楼。时光三十，重来旧地，熟陌摇头。

① 房石，四川省青川县房石镇。

青玉案·房石烈士陵园前

亲临房石陵园路①。脚步重，哀思去。英烈长眠杉下度。雕花青院，铁门关户，唯有安宁处。

秋天多少稠云暮，伫立坟前鸟声句。忠骨英魂埋几许？五星滴血，满园梢絮，再看黄昏雨。

苏幕遮·锣鼓顶②

白铺天，蓝盖地。雾后阳光，喷在高山翠。林黛风平泉水泪。暴雨齐边，洗净秋尘类。

绿苗清，黄土媚。眺望连峰，陡壁同崖睡。地动山摇天盖峙。乱石无情，夺命尸魂坠。

① 房石烈士陵园，位于四川省青川县房石镇下场口。这里长眠着 1950 年房石（大石坝）剿匪战斗中牺牲的解放军英烈。

② 锣鼓顶，四川省青川县房石镇境内最高山峰，海拔 2949 米。

踏莎行·房石镇老溪沟

夜月溪边，晨霞壁下。终年景色深如画。野花簌簌落无声，人如跑兔逃惊怕。

鸟雀穿林，牛羊移胯。嗖嗖风刮凉行者。往来都是老溪人，赶场出入须经跨。

浣溪沙·房石镇鱼洞坝

半壁轻云半壁花，旁边鱼洞有人家。长年流水浪淘沙。

朝梦留来堤下雨，暮思若去岭头霞。闲情消得胜于蛙。

临江仙·房石镇龙头寺吟

浮香屋旧烟飞寂，红花竹影重重。几回寻庙亦宫彤，寺堂人过有愁浓。

心与自然何不共？历经年代同融。莺歌绿树则穿枫，农家居地雾蒙蒙。

鹧鸪天·房石镇匪首贾应坤旧居

室外萧空无一花，凉风吹瓦木头疤。院中冷落人都老，愁里光阴鬓角爬。

檐板板，篾笆笆。晚来夜色罩如鸦。此时若看烟熏处，土落墙垮漏水家。

沁园春·房石镇万丈岩

坡陡扬花，谷涧飞瀑，万丈峭幽。看参差含黛，嶙峋叠绿，暗香长嗅，明闻其优。缕缕烟云，飘然回转，舞遍山头静水悠。阳光照，月明晴过后，地上悬楼。

浮生若梦情柔。更岂是欢潮夜不休。觅红霞顽石，绿蒙褐土，云烟袅袅，乳雾游游。亘古农家，春秋冷雨，世代耕耘不说愁，空长叹，听猪牛击圈，人再回头。

浪淘沙令·房石镇天井村

山野旧楼房，蝶乱蜂狂。松林来过董姑娘。植树青桥千百次，明代名扬。

晚暮夜笼庄，黄豆浆香。逐年囤积有余粮。举目檀楠望入夏，难免思乡。

锣鼓山高，一缕晨曦连岭上。
陵园水矮，千团雾霭断河心。

寂静老溪沟，岩上往来背柴汉。
喧哗鱼洞坝，路边过渡驮货牲。

兴福峰高，雪落深山旧址柴烟断。
理河涧矮，霜升浅水新居电气连。

大石街中，春寒已荐风调梦。
兴桥岭上，凛雪更留雨顺情。

烈园听水，河里清泉石中滚。
柴柏观山，岭头浊雾崖上飞。

轻风漫遍，新桥碧绿如幅画。
旭日高升，大石幽蓝似银屏。

蒿溪回族乡赋

贴之太阳，离之喧嚣。地坪沟森林覆，溪源于王家坝，滋润而岸生灵。牛羚之魁，野猪之猛。晨曦之朝霞涌，暮色之云游浮，民已迁徙之外。子夜风嚎，有声之闻。毛骨悚然而抖，岩鸡鸣而惧之，风揭房上瓦砾。水脆碰壁，黑影移动。初渐以后劲之，此何物而怕乎，乃静谧无人也。

街上幽静，依山傍水。青光村回民居，其牛羊皆吼之，穆斯林食其肉。清真寺耸，月标朝天。朗诵礼拜经文，回民净身入之，其信仰虔诚也。风雨无惧，商店门张。过往行人购之，回汉皆聚其地，三六九逢场也。山凹斯处，拱北之雄。省外回族来者，以瞻仰实玛利，而其募捐扩之。

茶农行之，生态享其。碳河茶场远传，仙雾其命名乎，神来之峰高也。山川梯田，茶园起伏。其触景生情乎，云盖之大美也，而流连忘返之。顺其山道，逶迤曲折。春来嫩芽发之，妇女之灵巧手，笆篼斜挎采之。

光辉之村，树之茂密。鸟雀绕山而翔，泉水叮咚曲之，娃娃鱼户养也。马尿水来，林场出之。郁乎之苍翠入，岩狭道而窄之，常有中药采之。

蒿溪之美，民族和谐。与日月同行之，安定之所相处，团结为之根本。

七律·蒿溪地坪村新姿

秀水源头陇上连，青山绵亘蜀边悬。
金黄装点溪分坝，油绿图颜岭合巅。
村道通幽庄户处，白墙闪烁院中延。
茶园产业成条链，旱稻尘封不种田。

八声甘州·蒿溪炭河风光

望连绵仙雾岭茫茫，路窄柏松苍。涧风晴吹烂，承然目睹，岩石成梁。念祖先来耕种，令后辈魂昂。扬我青川志，小县辉煌。

一往岭峰突变，看山民垦土，历史行昌。问民夫健壮，往日就窗望。想前人、掘山从种，为粮纲、垦者植麻桑。今欣愿，情怀人去，永远高亢。

喝火令·蒿溪乡上游村吟

种植新苗遍，坡头有旧痕。吹凉杉柏更安神。高坎沓拖烟绿，闲着是呈纷。

便入村游路，来寻草径晨。有时携手共为亲。进里荒芜，进里几氤氲，进里粉红扇翠，趁此作君仁。

七律·蒿溪马尿水林场吟

恰似山峰洗断腰，清泉百丈望云飘。
深沟石壁看花朵，浅谷坡坪闻草苗。
行影流波非马溅，动姿溢彩是风摇。
世间保护原生态，罩下阳光既可骄。

曲河乡赋

大石河经，张马二院。黄家院与井平，大岩泉水叮咚，蛇皮沟汇入溪。良田桑麻，平旷村落。流域土地肥沃，五谷丰登之地，犬吼鸡鸣乐音。三纂山高，鞍子坪低。亚热带之特征，清竹江来桥楼，窑岭上筑大堤。境内平坝，沿袭耕田。入吊索岩前行，关东坝之稻香，村民之集中居。

煌煌旧乡，亘亘不变。双桥并肩于江，逶迤金公堂下，曲河水库拦腰。境内山雄，江岸巉岩。滔滔江水宏之，冲击猛撞银洞，大有削平之势。狭路出境，曲折阴森。汽笛震鸣壁岩，回音碰山入耳，犹生恐惧之惊。

梅花山下，古木苍劲。怪石嶙峋于野，吸引朝霞夜雾，炊烟袅袅稀存。大道通幽，连接桥楼。水库坝基入岩，肩挑两岸群峰，阻挡江水肆虐。回望夜间，灯火映水，粼粼波光泛黄，石缝争露枝丫，如夜魔法戏之。

陈家坪也，街景崛起。有政府学校设，灯儿山下之旷，万姿气象争艳。乡民来往，寥寥稀稀。商铺赶场仍旧，双龙老街存也，腹地人气有之。乡美田旷，草木茂盛。细雨浸润之沃，粮丰而仓储之，风和日丽美乎。

水调歌头·曲河

三纂登峰处，云下尽清晖。空山凉雾环涌。看远近风吹。张马平围宽院，鲵殖生存腹地，岸上有房犁。心驰已飞坝，看景似家回。

陈家坪，乡政府，校园斯。留春在此，明媚人气有花姿。如彼晴蓝阳出，似比翳云阴伏，造化择时机。勤劳有高尚，旧地美方窥。

青玉案·曲河水库

蜿蜒流去青江雾，涧深处、风光素。有道曲河乡下步。峡峰拦水，沿湖筑路，斩断农田亩。

梅花村陡今春趣，换了人间坝高固。昼夜施工难入户。九年成就，工程目睹，试看山新巨。

苏幕遮·曲河出平湖

曲河山，青竹水。黛色窑林，同享惊天喜。高峡平湖峰下垒。试目梅村，积满蓝清蔚。

鹭飞前，鱼跃尾。机器隆隆，震醉人心底。渔业轻舟歌唱起。梦做乡间，晚景来年丽。

浣溪沙·曲河梅花山

青竹江蓝碧浪流，梅花村景眼前收。库堤高峡断河鸠。

水浅裸砂铺坝底，山深盖石展岩沟。轻烟草树岭中休。

观音店乡赋

平溪河源，贾壳山本。有风自利州也，泉眼轻唱流之，云雾缭绕美乎。老街亦然，新居楼耸。乡域宽之而延，山高则陡峭也，云烟缭绕既望。风鸣山应，腾而澎湃。渺远而黛色乎，迷蒙之眼睛也，河水萦怀角落。

生态有佳，红豆衫古。抱以几人合围，实属树木化石，长势倚天地也。枝繁叶茂，鹤立鸡群。笑看万山灌丛，唯有独树和寡，量其沧海一粟。固地方傲，今安在也。吸引人去观之，赢旅者前往也，而尝试辛苦之。

兰海穿山，靠场而飞。车辆如轿抬之，客亦窗外目也，风景如画绣之。马观路来，曲折逶迤。方其入境盘之，其声笛笛然也，鸣之观长空兮。水文纵横，无霜期长。平溪河源于北，由黄连坪而下，东南经廖家河。双水磨过，柏树坝至。观音纳杨家河，荷家河而曲之，罗家河东南也。竹林河坝，至两河口。纳埋里头沟也，白家梁沟翻之，药铺头向利州。

清光绪年，曾建寺庙。名曰观音殿也，取其谐观音店，沿袭若干年之。恣意行走，青翠点点。鸟语花香之盛，山中蝉唱莺啭，更有野花成阵。绿草如茵，云天霞彩。溪谷白鹭伫立，有望长空远穹，安详于石头间。万山丛中，参差茅蒿。峰头灿如云锦，置身于观音店，令人浩叹于斯。乡村小道，地势迥异。峰峦俱于山水，奇哉妙乎是也，人有其乐享之。

水调歌头·观音店乡

观音店新岁，淡伫透春寒。岚云深处，烟雾环绕近芳阡。高速长桥直曲，浅草轻风萌绿，寥廓有山拦。明月照弯路，溪畔看流滩。

小场镇，当下盛，不无闲。阁楼鸽影，逐鸟振羽赶房燕。昔日荒芜旧地，今日欣荣新景，瘠土变田斑。创业在乡故，前进看明天。

鹧鸪天·过观音店

四面青幽似画廊，飞云丽景接粮桑。平溪狭谷香花秀，洞水湖中韵味长。

台上阁，涧中房，乘车路过诵新章。追随高速山边去，一派痴情过此乡。

菩萨蛮·观音店奇石吟

暗红过面琉璃净，亮光荡曲前飞影。底座入云千，斜边空可怜。

玉阶同面所，角处迷纹路。何处落人家？墨台连白花。

七律·观音店秋色

秋风舞动满街吹，白菊挑开百户宜。
晚照云来山里看，晴空雾去水中窥。
新房夜雨惊深处，旧屋红霞染早曦。
故土观音香绕袅，小乡日月共分熙。

茶坝乡赋

山川秀丽，月明星亮。古有茶坝径道，今之通途客车，常日茶坝岖行。乡名已旧，风景照新。清朝有茶集散，骡马前往驮之。故名茶坝是也。溪流纵横，郭家河主。北部泉水汇聚，南去两河口也，九百米老张沟。杨家对河，纳黎家沟。付家坪纳铁厂，茶园至艾蒿坪，井地沟过草坝。其声呜咽，清脆而韵。水光接天而净，沿途蜿蜒曲折，向利州白朝也。

老鹰茶也，茶坝名片。味苦涩已成香，入胃之而醒神，清新浓烈而著。咖啡之色，野茶郁香。鹰之茶性温柔，原生无污染也，夜来品味人生。修平常心，养静之身。笑看世间繁华，安闲之而乐乎，余生平淡是也。

韩家大院，省级文物。逝者如斯安息，而未居住栖也，乃至保护设立。飞檐斗拱，穿窦其榫。具川北清朝风，木栏雕琢是也，近似土豪之门。室内烟熏，群板火燎。梁上蜘蛛网蒙，地上门槛高横，有窗格之粗糙。篱笆影去，缺口甚至。树梢叶落瓦背，青翠欲滴之竹，有泥歪斜于墙。青瓦木椽，檩沟瓦口。继川北之传统，凝工匠之巧艺，古朴而怀旧之。

芥菜花开，马鞍山春。粉红相间密乎，白云游过覆之，绿里透出草嗅。情思万种，红尘淹之。置身于清凉界，万事之忘乎也，休性养身之乐。茶马古道，犹如昔矣。碧川雾霭缠绕，头扬苍穹之垠，马鞍驮着茶坝。山风如剑，亘古险峻。天上人间来仙，牛郎织女影兮，驻足之忘返也。茶坝行之，逶迤崎岖。看景皆人文也，民俗民风浓郁，实难脑后弃之。

烛影摇红·茶坝马鞍山

雾绕悬岩，纵然眺目天空阔。万丛苍翠簇枫红，百鸟扇间穴。

峰顶参差有缺。寡闲吟、清风吹月。啸声曼妙，磕壁情仍，芥花粉绝。

点绛唇·茶坝韩家大院

韩宅残年，厢房瓦口霞飞照。旧人已杳，倾听风呼啸。

曾几何时，庄子香烟绕。酒肉笑，年晨昏脑，百眷人亲孝。

一枝春·茶坝马鞍山芥菜花

岭上春风，望峰头，姹紫嫣红坡路。森林遍野，窄径简装乘雾。追花彩趣，行中步，艳阳和煦。松柏素，烟雾缭峰，莫让地天虚露。

弯道凛凉起舞。慢游来，不忘当年苗黍。轻风拂面，润物漫山呵护。芬芳馥郁，丛林静处莺声吐。芳草处，诗意天然，赞声几许？

大院回族乡赋

年岁春月，大院之行。步自场头小桥，将归于穆斯林，有亭玉立风格。来客俱其。食饮简陋。靠其台而步之，立场口而寻觅，无其黄泥之坂。回民居地，禁忌猪肉。远有牛羊声咩，鸡鸭群集于圈，人行在此仰之。停之片刻，顾而乐之。行路相答叹曰：清真之净而喜，日温风清爽之。

峰峦叠重，沟谷纵横。峰连脉还延伸，菩台山脉最高，猫儿岭低七百。大院河流，花街河去。酒家垭源于之，三坑坝诸而去，入凉水青竹江。

灌子坝也，粮油之村。弯道行车慎之，小溪之美而视，误入世外桃源。山歌迭起，女儿相答。农家乐兴趣然，入座之丰盛也，备酒略呈醉之。山风拂面，如此舒坦。良宵夜过客之，灯火忽闪烁也，顾安所得眠乎。茶道清香，善解客意。远来之热情乎，朴素于村民也，归而其念之。樱桃树下，望花繁白。纵有履痕千里，不如此处一行，其景于园之巅。

竹坝民风，古屋幽静。四周于山围之，而平地之空旷，民其宅仍清朝。石墩厚重，门槛雕镂。藏其山而隐之，古墓桃园九栋，立于边界之争。后者其慕，久徊思之。惜古人之大力，叹今孙之远飞，曾勇气之失传。腊肉炊烟，携酒与鸡。环游于竹坝间，顿生念古之情，复梦于林荫也。山高月明，竹林滴翠。风流既有声也，断崖千尺无危，而其身陶醉也！

暗香·大院回族乡

斜街暮色，正山风吹啸，谷中乡习。大院回民，漫把茶芽为亲摘。逢路而今返至，自难忘、粮田挥笔。抬碗处，可念来人，未得穆斯席。

过客，自怨寂。对壁打黄昏，往事堆积。径溪百石，村落清闲使相忆。李树桃花妆靓，竞相放，一沟泉碧。叹地方、非我有，几回难得？

清平乐·探幽大院竹坝村

红花翠草，小鸟飞弯道。锯齿山峰仙境浩，头上蓝天遮燥。

悠静度假幽林，晴空梦幻思寻。竹坝村深涧狭，隐藏泉水如琴。

鹧鸪天·大院乡灌子坝

灌子村中满地花，斜阳归处小农家。凉风习习溪中梦，霜雾濛濛涧里笆。

弯后路，直前爬。一腔思绪在清茶。深情厚意君知否？随去风尘是我划。

七律·大院乡竹坝村

千年竹坝峰头涌，万亩森林曲径开。
靓女偏那歌唱去，壮男这里牧箫来。
清泉戏弄炊烟袅，浑水沉香古墓台。
木椅茶魂杯盏酒，倚窗看地诵勤孩。

七佛乡赋

清竹江水，碧绿有韵。沿凉水而急流，穿百里大峡谷，咆哮而吼声之。闻有其声，悚然而听。碰撞于褶皱岩，大有虎狼之猛，吞噬魔力妄为。洪峰期间，汹涌澎湃。肆无忌惮纵贯，晴天霹雳有之，浪花喷溅射也。涛声怒惊，风雨交加。其拍岸而狂之，两岸群山夹击，如拴缰而顺也。

七佛老街，年久其萧。倚山而险峻之，傍水而大堤固，街道狭窄阻也。置身于此，犹如窄巷。寂寥无声是也，安静其祥穆之，月如流水撒也。堤下水纹，碰岸而呼。青雾浮起岸之，其气凉冽有之，砭人之肌骨也。新街迁徙，七岔口前。土地平旷略之，丰粮即仓归乎，叶花笼罩轻纱。满月覆盖，如梦如幻。街衢宽敞行之，看绿化之葱茏，一酣眠固是也。夜色浓稠，门户闭之。初静人寐眠之，其街寂寞无声，闻有家犬而吼。

七岔口之，大佛滩也。旧时建乡之地，岁月变迁万化，故弃而留名也。今乃得名，七佛乡曰。因两地名而缩，其融入乡称也，地震后之迁址。

七佛贡茶，古敬朝廷。实为皇帝饮品，历史悠久而远，千里迢迢送之。国之女皇，则天大帝。出生于古利州，今广元市区也，常轿行索取之。新年贡茶，沁人心脾。水之浸泡舒缓，如绿衣起舞之，音乐渐入佳境。茶之饮雅，亦也俗物。进入世俗社会，熏得几份烟火，焉能随方入俗。

七佛花香，江水碧也。置于斯连珠佛，时看茶农手巧，乍见鱼鳞之欢。风疑带雨，山恐烟翠。贡茶一称绝品，前往游人停念，流连忘返思也！

最高楼·七佛乡

常游去，山陡雾藏梁，名气在茶强。繁花花湿春中睹，树枝零乱后春阳。望天晴，蜂与蝶，尽飞乡。

路顺向、竹林姿飒绝。路顺向、树荫辜负穴。清静里，总成芳。蛙鸣莫怕无人晓，名声也要众人扬。笑常中，云白绕，有鱼香。

七律·七佛鱼庄吟

风吹堤岸道弯围，柳静乡烟主妇归。
背靠山坡泉水潋，怀依青竹石崖巍。
佳肴美馔迷宾驻，淡饭粗茶吸客饥。
楼阁鱼庄人面处，飞檐之下酒香几？

浣溪沙·七佛采茶乐

靓女山间闪浅花，纤纤玉手舞风霞。梁头沃土惹人夸。

山有热情云散去，地无冷淡笑声琶。兴高时节在农家。

画堂春·过七佛

江声青竹水流驰，恰如大雨漪漪。绣园鱼煮品尝奇，檐下春怡。

傍岸车流出进，客宾手触虬枝，绒花无语向谁姿？此景人痴。

木鱼镇赋

山之土丘，形似目鱼。取谐音而名之，东望木鱼河也，白龙湖皆尾之。地图如脚，绿茵皆有。纵一湖之茫然，牵一路之风光，顺流由西向东。兰海出口，皆为木鱼。三线建设重地，新光电子军工，实为川北之名。日月如梭，岁月流也。红砖瓦屋之弃，人烟随之稀也，闻有声而消之。

新型集镇，人居乐之。辛丑之春而行，入镇之既望也，游伫立街前者。山风徐来，微弱拂面。餐馆小吃喷香，浓郁之辣喘也，黄酒酌量小饮。泛晕小楼，玻窗反射。民之栖于息之，集市之喧闹也，歌舞乐起之美。日出高丘，朝霞横山。烟云飘逸轻行，雾绕峰涧袅娜，凌平坝之茫然。

湖尾滩涂，乱草蓬生。白龙湖蓄其也，浅草植被而茂，春冬水而退之。地势平坦，夹岸峰下。远处微微起之，滩上翠色欲滴，凌长谷之茫然。牛之食之，马之驰骋。有牧人之盘也，霞披岚飞之巅，温馨之挥洒也。日出木鱼，徘徊于滩，金鸡皆鸣。其容晴朗之下，享其新闻其香，顿消寂寥之氛。

春雨轻洒，树叶发之。平坝之心旷也，小镇青绿一色，人群来往忙也。草木有情，水流合韵。其色呈艳丽之，涌小而顺溪也，入湖皆有蛇如。黎明之美，其为乐乎。闻人马之行也，其触于晨曦之，亦何不念想之？

岁月之望，步自木鱼。将归程之停留，顺从国道之路，有致欣欣向荣，行之缓也，戛然而止。与山水谈心之，取之精华馈赠，顾安所得收益。风起涧谷，划然长啸。应木鱼之风情，而享其秀煌之绝，拍手称赞是也！

念奴娇·木鱼镇

木鱼新镇，正秋高气爽，来凉时节。桂树飞来香一片，此处宜消炎热。湖水蓝晶，奇峰百态，尾涧凉溪澈。碧山如韵，静听人唱鸽咽。

兰海穿过无阶，农庄醪酒，接客潜家悦。高速延伸坡面下，疑见云霄花绝。便欲轻风，临开眼界，顿解千分结，白云飘处，孰知村梦乡月。

西江月·漫步木鱼坝

鸟语窗前高唱，鸡鸣楼后低昂。木鱼红日上梁黄，唤醒街边瞭望。

人过伴随晨亮，喝声流住难忘。乐哉漫步脚无踉，旧事同晴齐放。

七律·木鱼情

嫩枝吐叶山青素，畴角花香满眼侵。
踏脚木鱼迷鸟语，慢行半岛享幽林。
峰峦注目留人意，水岸收芳解客心。
盛看高巅停旭日，相思咫尺闻佳音。

临江仙·游木鱼镇

小镇风情新苑静，明窗望对溪空。繁华一去旧无踪。群楼风吹，鸡犬已弯弓。

故地恰逢天日暖，夜灯还照街虹。木鱼相向白龙中。举头天渺，指点水边通。

凉水镇赋

龙门山南，亚热带温。青竹江流经之，大院河由上入，茅坝河之入江。古有凉水，岩下一井。其水冬暖夏凉，神秘之莫非也，得名而因此乎。剑青国道，金唐游线。均过凉水之境，曾日月之年久，大桥飞空清江。小镇耸立，基于岩上。远看孤岛之峻，有栈道沿江之，实因连山而固。撤乡并镇，实至名归。纳茅坝乡入辖，并苏河五组之，挑大梁之凉水。

大院之入，忽逢小桥。将通之于场镇，店铺鳞次栉比，错落有致亮也。江风拂地，清凉仙居。入场之盛情也，弯曲镇之街面，固有酒旗风格。麻辣烫也，镇皆有之。酌量小酒饮其，食客喜而乐之，故忘情之返也。

江水时清，雨季浑浊。有夫者潜入江，举竿而得鱼之，辛勤于搏斗乎。夜之难眠，睡蓬之岸。简食而拒饿乎，望江竿摇摆乎，状如猎守之勇。鱼误上钓，夫之大喜。不惜弃约大众，保护野生鱼类，勇夫惭愧于匹。

风流有声，峭壁千尺。凉水近有良田，桑麻皆为有之，农乐于耕田也。禾之出露，民之持锄。玉米行间影动，草帽之上烈日，汗之浸透薄衫。急促喘息，挥汗如雨。埋头于田间也，施肥于禾苗根，薅之于杂草除。

江水绕之，浪滚之下。于大堤之前沿，刷岸而涌动之，急乎不可其涉。水花飞溅，迂回于岩。泛起玉绿之韵，流唱之乡情乐，勾人神魂去也。关庄而来，金鳞巨蟒。千万次犹如雪，呜吼之雷声乎，撞击鹅卵石也。冲破峡谷，划开凉水。浩荡之汹涌兮，映着日光明月，一往七佛驰也！

苏幕遮·凉水镇

画中游，诗里步。秋色连桥，桥面垂栏护。江水潺潺堤下路，顺看农家，点点黄花素。

菊开时，香闭户。栈道攀岩，线柳青无絮。风向斜阳霞隔住，行遍弯街，只见油烟醋。

临江仙·凉水镇掠影

飞雾峡门山岭静，临街楼阁望空。石台栈道岸边通。倚桥顺去，陡峭入睛瞳。

堤坝临江如固垒，民居鸟瞰沙中。白墙青瓦影重重。悉闻古井，傍路庙香风。

沁园春·凉水镇云雾寺

云雾巍峨，峭壁危崖，岭上绝空。看岿然挺秀，峻峰参伏，陡川横纵，峦嶂湾弓。沟壑千寻，险崎万丈，缝隙阶墀一线瞳。人攀处，目奇姿胜景，宏伟无穷。

霞光倾注云中，岚袅缭绕高莽索踪。听鸟啼回荡，流泉轻唱，林涛呼啸，洞窟藏风。论草荒芜，兽行足迹，乱石残垣与道同。惊人是，日月凉此处，不逊龙宫。

青玉案·凉水行

凉飔轻点黄坪路，过大院、前行处。眼眺透迤峰密雾。笛惊飞鸟，春花尽絮，心旷神怡助。

崎岖岭上看深树，四面新芽透油趣。嫩草青葱边上护。情丝犹是，敞开胸注，纳万山风雨。

建峰镇赋

辛丑夏日，之行建峰。青川之边缘南，白家乡之并也，两乡为建峰镇。青峰社区，属中心之。镇之清流曲之。屋面新饰粉也，风拍镇之踏步。小溪间咏，胸怀敞扉。与日低声细语，曲径通田硬之，薄而衫飘美也。山环水流，清脆弹琴。润泽之建峰也，地以菜铺垫乎，玩其心而悦之。

白墙灰瓦，耸立于斯。楼居参差不齐，明窗角檐新之，有客来远方乎。水秀山明，蜀北风景。地域之起伏也，绵亘于交界处，流域其泉溪分布。东南毗邻，剑阁下寺。与竹园镇切壤，白家乡入之也，其镇辛丑设置。建峰之名，上世纪命。五十年代之初，因改土而显著，获国务院锦旗。“建峰”名曰，源合作社。久用其名未变，享誉之崇敬也，沿袭用之今日。

白家并入，地域宽广。据《昭化县志》载：“有古松一株”也，“大树围”记有之，“亭亭如盖”故名。迁白家沟，后松盖坝。而其论诺日月，今之松盖社区，铭记原白家乡。

建峰之望，山水相缪。因其而必果之，绿郁葱葱之享，美其名曰建峰。乡名演绎，不离其本，青青之川而曰，神秘与传奇也，沧桑岁月去之。有幸驻足，实收荣盛。乡间孕毓灵秀，舒逸装点辛丑，浮想联翩情之。沐浴轻风，人间无尘。依稀斑驳印痕，濛洄裸土荒州，热爱而赞誉之！

永遇乐·建峰镇吟

细雾亭台，水流花木，葛底乡处。畴径穿阡，似融满坝，缕缕风来去。群山漠漠，浅潭霜锁，寂寞黄沙凉否？夜风微，萤灯亮火，一村草凝晶露。

三郎若思，农田花涌，一派茫茫伸路。美镇丰年，良辰再现，偏又逢盛谱。岁时呈景，现时造化，潜幻人间详睹。长相看，朝气升起，啸天撼鼓。

蝶恋花·白家菜花吟

田道菜花抛蕊馥，金染云低，正是风稍速。麻柳溪边还未熟，景优更是晴天蓄。

河畔草青堤上伏，相映桃花，油画成篇幅。明媚早晨春色郁，美中二月多差竹。

小重山·做客葛底坝

屋外桃红墙内杷。蔷薇伸馥郁、醉农家。檐头喜鹊闹人娃。远来客、斟酒泡新茶。

谈说好年华。农民田地里、种粮瓜。和谐共睹令人夸。意未尽、不觉月来爬。

西江月·建峰春

连界边前滟潋，建峰处处开妍。晴空霞色罩平川，麻雀绕房频羡。

酣梦随风做去，楼群乡坝相连，一春三月艳阳天，耕种泥田亦选。

竹园镇赋

斑竹丛茂，名久竹园。灾后重建之雄，方格团状连线，镇区主构架宏。县城功能，少部转移。位置显赫之要，交通发达通衢，繁荣而竹园也。工业兴县，多为矿产。酿造之风行也，建筑建材之盛，税占率首屈指。大镇风范，超前意识。如火如荼之往，民之全脱贫也，小康生活入心。

宝成铁路，竹园站曰。东北至西南越，现为四等站也，人行货物之捷。西成高铁，金子山站。站场规模之宏，一台二线卧之，高速动车停也。京昆高速，金字山出。连接中华神州，南来北往之繁，车流量之臃也。汽笛回振，斯鸣山缘。有其车如被抬，驰之昼夜奔跑，堵而所之震撼。

黎渊石雕，非遗名录。雄之花岗石也，雕琢之工艺品，供人们享其之。勤劳之所，获之扬名。须臾客商惠顾，不辞辛之劳顿，慕名而来有之。石雕文化，今人传承。为不失之传统，锤凿而常敲之，留下久远誉之。利用资源，改善民生。竹园毫不迟疑，合理开发其源，保护生态环境。

产业链条，镇内循环。农耕其主导也，种植三木药材，集散于坡地也。粮之民本，莫让地荒。退耕还林除之，拥有栽培果蔬，农产品之原汁。多种经营，齐头并进。民之丰收有余，剩余劳力奉之，其地盈利之喜。茶之丰硕，蚕桑于田。兼有其核桃也，木耳油桐甚多，银杏之化石也。

竹园老镇，实力雄厚。纳马鹿金子山，青川开发区也，试与剑阁媲美。青川南门，名副其实。工业重镇聚之，商家产之丰馈，医疗环境之尚。网络发达，基础俱前。以民生为本者，构建和谐竹园，教育之领先也。行政区域，岁月变更。但竹园固其基，稳步向前行也，现代化路上也！

天香·竹园镇

江水升花，轻烟绕柳，纵目周遭飞鹭。满地高楼，楼边车笛，又见河心摇树。不眠之驻，披暮色、油香若许。黄菊身边入景，秋风满庭芳去。

当年县城移处，记那时，竹园鸣鼓。其后然而依旧，梦留新路。回首红尘醉语，看今趣、曾知故情誉。惟借东风，吟诗作赋。

七律·金字山青川高铁站[1]

铁龙电掣撼山梁，蜀道秦川轨枕藏。
千仞峭崖长岭笑，万流涓水短坡望。
黄花叶绿盈双眼，芳草茵蓝咫尺香。
弯路月台人少见，站楼晴里艳阳煌。

① 西成（西安—成都）高铁青川站，位于四川省境内的青川县竹园镇金子山。

七律·竹园镇马鹿坝

大桥曲径水流淙，马鹿层云冒劲松。
街面清幽洵静处，村头郁美醉情浓。
老龙相望乡音熟，麦积交连野吼钟。
燕过留声檐下近，此间自有好民农。

清平乐·竹园黄昏掠影

牡丹映水，无月花相美。细柳农家堤上旖，迈步大桥甚喜。

远处日落同晖，霞光朱壁依围。视觉河床低浅，鱼翔风触蜂飞。

画堂春·竹园秋水

洪峰退去水平浪，天晴无雨河凉。镜明蓝色醉人肠，鱼鸟同翔。

树下响声入耳，蝉鸣山地莺洋。凋花寡语静思乡，此景谁忘？

七律·竹园浴秋

鸡鸣菜市脆晨曦，夜雨收回雾绕弥。
水色飞花堤隙石，山光落草树间崖。
群人密聚街边路，散鸟分开岭上枝。
冷意前飕钻衣袖，热情后背脖头脂。

骑马乡赋

龙池坪峻，红庙子美。清嘉庆置乡团，几经沿革变置，蜞蚂谐音骑马。白龙滚滚，尾水镶场，旧地民楼爬起，新居山环湖绕，舟影涟漪相切。水流丰富，湿润秀川。无数泉眼涌珠，乔庄河西入境，瓮家坝流木鱼。群山披绿，村道幽深。霞飞岚影叠嶂，草木春秋奇馨，街衢依山傍水。

霜寒露起，水面镜像。月出青山之魂，银裹五脉之峰，水光接天所如。西望瓦砾，东连金洞。河川相缪其也，地势南东倾斜，郁郁葱葱苍乎。渔舟唱晚，白雾横山。晚霞与天接湖，蓝蓝乎如墨染，烟波浩渺之秀。

高桥飞跨，兰海过境。彩虹接其霓虹，水影映之弧路，昼夜风浪拍桥。壮阔奇丽，雄阔之山。顺流而山之边，帆影孤点其航，均有路边笛声。

低中山区，风情入画。白龙湖尾俊美，莽苍林海之衬，旭日东升之明。万点金鳞，湖光返照。龙门山之延脉，生态平衡之善，水域广阔之清。彩霞满天，气势纳宏。湖中泛舟心悦，岸上逛街舒坦，离去流连忘返。

菩萨蛮·青川骑马漫步

朝行欲望溪流去，朝霞欲截风流住。湖岸闹春稠，街边花少头。

水堤翻鸟落，戏耍金黄泊，禽舞不闲湖，挽留风响余。

满江红·码头

舟影回收，湖面静、祥云如烙。临暮色、眺晴天箔，岸边无阁。车驻空无人去也，入乡渔火檐前落，色暗淡、傍晚日归西，风轻朔。

朝霞烁，凉作乐，浮似染，深同壑。草绿花潜脚，鸟飞相鹤。水域库区风景趣，夏炎暑热游人约。船停下，寂寞似婵楼，清闲泊。

一剪梅·骑马朝霞吟

一览晴空顶上蓝，骑马风轻，黛色清潭。岭中谁画彩图来？铁塔挥毫，湖水牵岚。

高速桥横通向南。放眼青山，树影花添。此情唯有日霞时，云上梢头，瓦片如簪。

踏莎行·骑马山居

房上飞烟，岩前悬雾。木头立架林深处。天蓝灰瓦院无人，朱红柱子民风素。

杂草围松，乱花藏树。陡崖峭壁行无路。飞来巨石立峰昂，几回盘古开天住？

苏幕遮·骑马看日出

蔚蓝天，油墨地。旭日镶峰，暮色苍茫旖。笑看新春晴似洗，草树催青，装扮千山逦。

静幽情，凡径谊。风虑阳光，南北泥丸峙。云下层峦重叠簪。画里明边，轮廓圈圆璀。

钗头凤·骑马湖边悟

湖边路，花飞渡，道中行步头回数。西山近，东梁喷，暂时心守，悦情人顺。尽，尽，尽。

天蓝处，风声具。此情明景人难语。光阴讯，乡场镇。一怀情笃，有无音韵？问，问，问。

石坝乡赋

石坝乡故，青川南面。连关庄临江油，西接平武房石，北与曲河接壤。旧称大房，木建小楼。马桑树造椽梁，因火烧而毁之，后名曰烧房里。

群山巍峨，层峦叠嶂。北鸡公嘴最高，东北两河口低，属中山区地域。

场镇环山，街面整洁。浙江丽水援建，山谷桃园雅称，木红垭风光丽。亭台楼榭，河水绕流。经廊桥而响之，顺龙应山而去，画桥遗梦于此。

森林覆盖，原始生态。滴翠于马公河，两岸猴声啼叫，窄狭子连枫顺。

学校临桑，古树参天。一览众山如丸，赵家河幽静处，麻柳王与天比。

地震重灾，马公窝前。整社人畜埋没，惨不忍睹之地，尸骨百余成鬼。青龙滑坡，车毁人亡。堰塞湖形梯间，泥石流堵塞斯，常年疏通返顾。

自然资源，丰富多品。玉米小麦大豆，核桃板栗生漆，杜仲黄柏银杏。铁矿锰矿，石英煤炭。三大矿石存储，品位高居领先，有待开发振兴。

灾后重建，学校新楼。街道两面河堤，农贸市场成楼，科教文化卫生。供水供电，配套俱全。乡下风光，指点群山。青岗坪民居点，高山民宅集聚，五一新村更亮。滑坡加固，农家新起。三江农耕文化，引人入胜之情，展示古今锄犁。

石坝人文，神幻离奇，旧有红军路过，今有解放军栖，兵民胜利之本。历史沉淀，极为厚重。烽火狼烟曾迷，发展最是根本，未来一遍新颖。

苏幕遮·石坝

水前淙，山后岌，古旧烧房，今日窗明晰。近看楼台千百逸。年少顽童，石踏轻行必。

晚霞南，朝露北。街窄人稀，景色春花密。场镇风光无限积。一派新姿，四面连天碧。

苏幕遮·樱花盛开的石坝

白封天，黄闭地。细雨纷纷，透在芳香弃。山峭崖尖峰翠旎。小路悠长，曲径蚕丛比。

草遮溪，林盖泥。唯有虬枝，如雪交叉丽。缓步荒坡思故址，已断人烟，孤赏樱花绮。

木兰花令·强家茶园①

独上强家天欲暮，遥望大山春草露。云散半，道弯弯，绿树浅茶人影步。

坐看野花行里处，摇动嫩芽风扫路，三江②秀水醉心田，魂梦小康村里赋。

蝶恋花·回老家有感

山道逶迤离弃久。秋季归来，涧水源源陡。旧地门前山下吼，无人回应汪汪狗。

昔日炊烟飞上柳。闲问乡愁，动物天天有。地震毁村人徙走，森林孤老携同守。

① 强（jiāng）家茶园，位于四川省青川县石坝乡三江村。

② 三江，石坝乡三江村村名。

苏幕遮·老家腊月雪

霭遮天，银盖地。腊月琼芳，洒落南山泥。草树冬天枝萎靡。棕叶青青，寒冷还痴旎。

岫坡霏，岩茂翠。陡峭山村，依旧思人涕。往事如烟年月记。毛鬓姿眉，畅想书文励。

苏幕遮·石坝现野猪

树伸条，花展絮。遍地金黄，油菜蜂飞处。茅草摇头风响户。天气优良，亲眷人行去。

旧民村，新脚步。云下丛林，遇野猪双露。惊恐一间全不顾，巾帼英姿，摄入山中趣。

蝶恋花·马公[1]

人面封尘同日影。雾散云消，车往边缘顶。北择垭晴峰入景，飞花谷涧林中静。

峡窄山高连两境。平武江油，蚕路人人行。脚下水流枫顺听，窝前震后人烟冷。

木兰花令·马公窝前

地震塌山人入土，全组命消无冢墓。悲惨事，地中隆，绝户断代流血路。

近在眼边思恐怖，衣带湿斑流泪睹。窝前寂静雀鸟飞，山崩地裂空旷雾。

① 马公，原为马公乡，现并入石坝乡。

八声甘州·三江村农耕文化展厅

对飒潇细雨洒三江，淅淅洗村房。渐春风拂面，飞檐台阁，晚照楼墙。坡地层层石板，建木屋椽梁。唯有山泉水，弯曲流浪。

不去攀高望远，也获收入眼，展出丰藏。看农耕文化，存百件厅堂。有镰刀、蓑衣犁具，大风车、铁器桶装仓。身临此、感知良久，浮想多长？

小重山·青岗坪

错落楼层坡上庄，马鞍山下仰，雪中望。小溪、屋脊徙民房[①]。新建处，宽路与灰墙。

风吹顶边凉，炊烟飞乱乳，紧门窗。地边菜叶冻如殇。高峰冷，炉火旺中堂。

---

① 高山移民新居是石坝乡政府在特困村建设中将五一村原生活在高寒山区的小溪山、屋脊坪两社村民统一搬迁至青岗坪。

三台马滚塘，水岸猴声啼不住。
北择牛牵涧，山坡鸟语响无边。

青龙堰塞湖，塘中水茵绿。
五一宽河坝，涧里砂褐黄。

马公锅坛，绿树成荫陡山路。
石坝大房，清风入画平水桥。

鸡公嘴下，三江茶叶产业富成片。
坝子溪边，石峰獭兔零星贫困先。

虚楼瓦屋，布家山里烟火旺。
石柱砖墙，花子园头灶香升。

南山栽杜仲，地角岩边树千记。
北择种柴胡，墙头泥土苗万株。

心言碎语赋

人至耆年，事业已休。闲暇之余醒脑，有助健康益乎，偶尔握笔写之。填词诗赋，故成零碎。今借成集之时，整理成册而罢，向读者讨教之。年少读书，生不逢时。才疏学浅皆贫，通常基础不牢，词意诗境缺之。今有兴趣，展现于集。因而以文发声，献之于热衷者，乃其了确心愿。

游山玩水，睹物思人。其间闻声而感，景画而抒发之，情流露而涌之。乘兴而去，满载而归。提笔灵魂活之，诵山水之美韵，歌乡土之情章。惜英雄烈，叹生命焉。讴歌其风华之，颂扬其精神曰，尽在少量篇幅。新冠病毒，祸害人类。白衣天使之苦，军警之神守护，全民抗疫之气。生活碎语，有感而发。纵一览物之情，横一词之所言，倾万般之肺腑。清风明月，花鸟虫鱼。日出于峰岭头，月落于谷涧之，留在少量词阕。

方夜笔耕，入心入神。激情而澎湃之，灵魂思路宽也，犹如赴临境之。曾几回合，安得叙之。饮茶而取乐乎，扣桌而思其也，流入笔墨痕迹。

草木有情，人即撷句。有道薄发其音，难抒景情完美，促往后学习之。触感其心，必动其神。遐思与实物存，念何以行往之，后续更向优质。

四川省巴中行（十首）

诉衷情·巴中行

伏山碧黛鸟低飞，河浪石成堆。微雨轻涤川北，情悦尽开眉。

行两岸，绿相随，畅心扉。凭远欲望，田野私窥，稻谷风追。

江城子·恩阳掠影

风轻街静岸边行，白云升，树梢停。桥头起风，恩水映边亭。低妙乐声关不住，篱篾外，码头平。

位临摇曳小花灯，脑心诚，道前情。劳燕成对，桌上酒开瓶。檐下游人三五个，青石板，旧门庭。

七律·巴中红军碑林

长廊碑石嵌如田，顿觉英雄马上乾。
韶岁蹉跎年月去，流光辗转好时延。
回眸只有枪林起，对面唯余弹雨煎。
肃穆飞檐随影处，行人投地敬豪千。

七绝·在党旗下宣誓

右拳握紧腕平肩，旗面鲜红我一员。
牢记初心终入腑，铿锵震撼传千年。

七律·永远的女红军

依然光彩旧人娟，戎马生涯万古篇。
三面红军齐上北，几方白匪乱中颠。
纤尘不染寒风后，颜色从新雷雨乾。
巾帼枭雄平暗世，迎来天地舞翩跹。

七律·巴中南龛石窟

隋唐古木绿荫凉，石窟雕梁气势煌。
浅沼飞檐如鸟起，深龛伸柱若云藏。
瓷砂彩绘神姿现，铀料涂鸦状态扬。
环目满山心荡漾。沧桑凿塑远情翔。

七律·参观川陕革命根据地博物馆有感

腥味那时社会萧，国民政府暗无朝。
大旗舞动神州灿，战马嘶鸣蜀地嘹。
标语石雕皮纸许，油灯刀刃布衣娇。
红军北上巴中过，唤起工农革命潮。

卜算子·张国焘塑像前感

壮志举红旗，身挺初心强。欲向江山讨道义，一大功劳响。

分道又扬镳，蜕变离开党。国破家亡不肯归，罪过从源酿。

七律·游恩阳古镇

恩阳古镇貌风悠，红色传奇往事留。
吊脚楼前人动步，凤桥底下鸟鸣鸥。
乱花扑地镶门户，浅草望天嵌屋周。
醉恋此行情不止，咏诗两水放歌喉。

沁园春·红军石刻标语前之感

血火交融，奋勇搏浪，党来村庄。有红军历历，征尘滚滚，烟云奇暮，日月同煌。旧岁流芳，山河魂魄，乱世纷纭川北霜。风声紧，地主和匪首，悉闻逃亡。

乡亲衣褛无粮，根据地、穷人闹饿荒。仰祛邪扶正，荣家报国，识时悟理，举义施良。田地民分，土豪嚣灭，石刻宣传布满镶。巴州土，让田畴染色，刀舞锋芒。

七绝·杂咏（十六首）

惊蛰（一）

云稀散尽洗晴空，路面桃花几处红。
寸草沿途怨鸟闹，幽香浓郁醉春风。

惊蛰（二）

云稠聚会晓风轻，水秀涓流道路明。
柳树新芽花下曳，窗前夜雨蛰虫惊。

春　图

地草虬枝绿上茵，红梅喜笑欲争春。
清风拂下花哨露，好景千图气象新。

南　河

南河乍起水淘沙，两岸颜开似放花。
沐浴阳光人遇暖，笙歌唱晚泛浮渣。

成都沙河夜景

沙河夜醉晚来轻，远望长空月不明。
路道樱花人配丽，春风拍地乐音惊。

君子兰

胭脂一点粉眉腮，诱惑朱红顶上开。
寂寞阳台帘子闭，清香满地室中来。

二零二零年植树节

春来昔日幼苗抬，植树晴天柳与槐。
瘟疫宅家人不晓，艳阳之下有无栽？

赏桃花

春风绿水映晴空，踏径幽间向岸终。
柳絮青梢人面去，桃花不语色依红。

菜市鸡鸣

窗前拍打细风声，菜市雄鸡道阁鸣。
冷意多从西岭过，东边旭日色如橙。

知音相聚

春风柳岸草青绒，翠碧人家食色同。
乐趣赢来常客喜，年轻与老共相融。

孔溪采风感

贵商引路孔溪威，两朵鲜花笑口微。
墨客骚人前面有，鞠躬致敬礼多归。

廖米酿

迷人景色是东阳，古道清风酒味香。
廖米公司同日月，八方顾客聚山梁。

乡村夜

闭窗独自晚风轻，眼望长空夜不明。
车过门前雷地响，忽然灯影对山惊。

青蛙图

青蛙一对树藤珑，水滴横间墨色瞳。
坐看风来无所谓，淡妆画下绿相融。

杲阳关[①]

飞烟景色妙东阳，古道清风野菊香。
渠水潺流同涧地，栖身过客恋山望。

县城观洪水

桥下飞流断雾烟，坝提翻滚水浑连。
腾嚣文县溪来猛，路道人稀看破天。

① 杲阳关，位于四川省青川县三锅镇境内。

哀思集（十三首）

钗头凤·沉痛悼念灭火英雄[1]

春风毒，凉山触，野花香草哀声曲。西昌廓，峰头着，火燃林烧，灭门人雀。恶，恶，恶。

消防扑，民兵伏。脚痕山印英雄族。风来壑，身然弱，年轻人丧，地天魂落。噩，噩，噩。

寿楼春[2]·沉痛悼念袁隆平院士

晴天衷情伤，巨星天下响，臣落回湘。泪触袁公遗像，八方哀丧，人念起，丰功扬。社会中、人人为粮。院士者挑灯，终生奉献，留下美名扬。

长沙去，湖南乡。柩车开大道，民众封堂，更是花松镶满，翠芳灵廊。魂魄注，无思量。下半旗、全民中央。穗苗与田畴，先生绝身容入仓。

---

① 2020年3月30日，四川省凉山州西昌市泸山发生森林火灾，造成18名扑火队员和一名工人牺牲。故含泪写下这首《钗头凤》悼念英烈们。

② 《寿楼春》词牌，古词里殆是悼亡之填，不宜用于其他。

寿楼春·悼念米文诗[①]老先生

秋风扇河凉，米先生寿满，星月同伤。几度人生风雨，日年肩扛。谁念起，夸长腔。社会煌、磨磨成长。地下党人强，平生奉献，留下众人扬。

飞云去，晴天苍。有哀鸣奏乐，金号锵扬，更看亲朋人像，地堂花箱。宾是客，方为丧。子女忙、成天奔踉。与穿孝人家，相安慰言平入乡。

① 米老先生，中共地下党员。

沉痛悼念李雨阗组词（十首）

踏莎行

枯草含烟，鲜花嵌露。灵堂设在东城处[1]。市民落泪静低头，声声哀乐飞檐素。

纸奠青衣，香祈蜡炷。英雄走好黄泉路。自前民众祷秋风，雨阗[2]安得天堂住！

浣溪沙

恶水奔流满地烟，秋风日月泪相连，嘉陵汹涌卷英阗。

警盾男儿魂系住，平民女子魄归天。苍溪噩梦断肠篇。

---

① 东城，指李雨阗生前的东城派出所。

② 雨阗，李雨阗，男，汉族，生于 1989 年 3 月 24 日。中共预备党员。生前系四川省苍溪县公安局东城派出所民警。2020 年 10 月 8 日出警营救轻生女孩而壮烈牺牲，故含泪悼念。

一斛珠

陵江不堵，秋风扫过东城路。楼盘如洗街中讣，白菊黄花，铺满宽厅处。

警烈遗容前穆故，男儿豪气人前举。老天无眼魂飞去，命断江河，剩下英雄母。

酷相思

十月嘉陵朝雾缕，水洪渺，东流去。雨阗逝、山哀人祭墓。众警也、稍微步，众匹也、稍微步。

挽纸飞花如白絮，醒是泪、追思睹。烛光火、燃烧魂几许？心急也、声声堵，心静也、声声堵。

菩萨蛮

苍溪亘亘江流去，嘉陵滚滚风鸣住。日日看江愁，英雄不调头。

秋风黄叶落，湾面无船泊。明暗找寻裾，尸横阡冷躯？

卜算子

惊浪向东流，淑女轻江别。只恨嘉陵水路长，夺命人夭折。

警盾铸灵魂，戎马披风雪。星缀双双烈骨忠，死亦为豪杰。

忆秦娥

苍溪阔，东城望断陵江月。陵江月，父咽挥泪，母声流血。

八零独子风华歇，倾听眷属伤愁烈。伤愁烈，呼天唤地，影无踪绝。

眼儿媚

秋雨飞花雾朦胧，噩耗与江同。人殇天泣，命殇地祭，都是川风。

救人溺水伤心事，擦泪祷斜红。哀思遍地，烛光燃夜，人处悲中。

鹧鸪天

院静街凉脚步迟，远来网络耗传时。乡连霖雨山头树，城带晴天河下枝。

思旧事，念新辞。雨阒离世众人悲。今宵话语望天少，隔岭苍溪泪眼痴。

桂殿秋

秋色里，雾朦胧，嘉陵水恶噬英雄。苍溪里外哀声起，草树低头送葬隆。

鱼目小集（三十首）

蝶恋花·题照剑阁桃花

君子兰亭春面去。斜看桃连，人在花深处。红粉枝头开几许？情融交景阳明午。

晴日道边香馥缕。脚步如牵，铭记相思绪。午昃赏春双不误，剑门留得芳心路。

喝火令·鱼

久旱天无雨，飘扬水面风。瞬时游在浅潭中。常聚自由安态，无处不难同。

觅水苔虫近，群亲种类融。不愁尘世有贫穷。早也游先，早也伴天空。早也逆行横竖。只盼午餐丰。

苏幕遮·奇石

画飞阡，斑落路。赤色镶边，边上凌云赋。乳白相间黄有虑。如此奇葩，点点花前去。

立盘时，斜面处，意境深深，如月明无数。入梦心魂非隔住。色尽遥前，难以情怀阻。

喝火令·晚霞

傍晚晴依旧，山头黛色明，彩云如火沁人行。漫步瞬间前望，仙境远方屏。

昨夜桥边面，双双影子经。有谁天上眺黄星？暮色融融，暮色向西升。暮色与微风并，浅水奏轻声。

七律·纪念“七七事变”八十四周年

和平岁旅忆烽烟，战火燃烧惨八年。
倭寇刀枪吞血肉，华人土炮护桑田。
神州大地山河碎，四海云天日月坚。
抗击英雄填破国，炎黄后裔著新篇。

凤凰台上忆吹箫·和田玉赞

方寸微云，白中秀净，盐晶纯色无层。肉眼吸、灵魂注定，磨打留楞。如画盈盈绿与，分别是、羡慕还精。和田玉，非她想贞，入梦来瞑。

名萦，响声大火，千万遍，神州鼓噪悠铭。念欲望，商人盛竞，惟有幽诚，宣主动传颂肯，飞扬处，回溯凭称。喜丰集，行远涌入门庭。

七律·倒春寒

高山夜暗岭头氤，低水晨清谷里粼。
遍地白花缠绿树，满坡翠草绕河滨。
朝明风响溪流远，暮色泉声石静邻。
天象降温寒意注，倒春升暖艳阳轮。

苏幕遮·风铃木

后观条，前看絮。斜见花开，更有虬伸处。南粤春天金色住。满树橙黄，将被风吹去。

莞中村，园里路。飞上枝头，总是蜂辛渡。待有晴空蓝不顾。落地轻轻，惜惋言无数。

苏幕遮·秋分

水中清，山里淡。秋季平分，岭上飞烟占。横看朝霞东起焰，依旧无边，还有斜阳艳。

雨前明，晴后暗。柳色连风，摇动梢梢瞰。八月爽高人渐念，故里情思，随去潺潺澹。

喝火令·祝贺罗永峰先生加入中国书法家协会

砚墨情怀旧，功夫日久钦。月磨常累笔尖心。疯练数年追梦，成绩可来临。

榜上辉煌见，文房入悦琴。白晴长夜很难禁。不懈耕耘，不懈舞毫吟，不懈纸张横皱，硕果满佳音。

卜算子·火烧云

晴起烧云辽，叶绿青山老。游子回乡更倚楼，霜鬓添多少？

杯盏已擎香，此处风声笑。一种相思几处情，远近谁知晓？

踏莎行·水沟河老家

杉树飞针，野花露姣。吾家总是山峰抱。渐年逐月我思情，人生岁晚天阍笑。

旧影依依，炊烟袅袅。吊檐老屋房凉了。平梁吐月几人观？孤间柴少空无灶。

破阵子·“九一八”，警报鸣

警报冲天心碎，县城街角惊鸣。愤怒涌腔烽火忆，血染河山尸八茔，神州埋我兵。

日寇枪声炮起，奉天事变摧城。华夏英躯填旧国，鸿振江山自有擎，复兴梦共赢。

七律·谷雨节

高山遮目日升东，秀水长流浅处通。
无雨早莺天气暖，有晴飞燕地边风。
春花凋谢青枝露，嫩草生机叶脉蓬。
农节浇淋人盼望，朝霞染色岭中红。

醉花阴·警钟

旭日浓云鸣警奏，城廓人哀逗。惨节是朝阳，山水听声，风景依然旧。

草花夹柳晴明秀，往事消愁昼。远望汶川天，隔岭捎音，日子翻天富。

画堂春·夜雨

牛毛天水夜来霏，楼前棚顶栏围。地间春和燕回归，无奈淋飞。

居外喑楼重影，凭窗思念心依。陋房无语对茶几，此举文陪。

唐多令·晴天升红旗

高耸挂红旗，蓝天浮白丝。密叶间、绿树分枝。浅草爬坡无影去。看晴日，不存私。

楼顶吻天离，少人踏地皮。静如空、圣景真宜。弯道石头同望去，抱幻想，作亲词。

鹊桥仙·贺欧阳泽凡、艳妹婚喜

粤湘叙述，双收获悉，燕侣莺俦结匹。春风杨柳祝鸳鸯，父与母、神怡笑吉。

佳期良日，笃情升起。双拜新婚甜蜜。洞房天地喜相逢，伉与俪、生平乐逸。

沁园春·走进阆中地矿博物馆

阴雨绵绵，路道风蹝，鸟语导驱。看阆中地矿，中华一绝，水晶奇石，五彩红乌。云母金名，珍稀藏品，试与山河共比姝。琳琅目，馆中迷返路，痴醉人愚。

玻璃镶柜图如，镜中虎龙翻滚似荼。有夜明球体，蓝铜矿石，文莹孔雀，珍宝肤粗。走马观花，略稍饱眼，浮想联翩脚步愉。吾难舍，不知嘉陵夜，离别归途。

蝶恋花·画家、书法家赞

轻雾凉飕春意薄。景色天成，画笔行山壑。霜鬓素衣风采绰，犹如少壮平凡琢。

偏是黄昏花不落，茹苦含辛，眼里神情烁。右臂舞来生雅璞，寒窗岁月勤劳作。

七律·大暑

晴空万里火疯狂，头顶光芒行夏踉。
蝉叫懒声音贯耳，鸟鸣尖气乐匀肠。
寻阴躲去园中树，避暑由来岸下塘。
小雨何时归地候？清凉缓至细纹浪。

卜算子·白鹭

涉脚水伸头，恬静多伸羽。不见同亲独自悠，幽境安然否？

柳在上边摇，鱼在身边舞。旁似无人望野山，只是求来雨。

风入松·琴韵

晴天爽月有红妆，影靠边凉，阁楼裙衩声声醉，如花玉、倾诉衷肠。竹翠湖边招展，乳烟绕过清塘。

飞檐之下丽人芳，有老翁康。画中一点长蒿露，深情望、过去难忘。日日相思空白，来寻旧恋惶惶。

画堂春·烤鱼庄

友人喜笑烤鱼庄，激情四处昂扬。角檐飞下曲悠吭，酒肉喷香。

杨柳小楼画上，歌声飞出门墙。和风细雨对房凉，米酿传乡。

鹧鸪天·思乡曲

院静厨烟炊不迟，对楼人起灌花时，城连金穗新区树，乡断居家旧地基。

思往事，念今宜。胸怀童梦日分离。悉知泉水常流在？野雀桃花和簸箕。

喝火令·散步

暗晚云依旧，斜窥水不深。路宽人少免烦心。移步踏轻弥梦，前日景何寻？

绿道模糊见，堤栏地上襟。便愁春雨适来今？置夜星稀，置夜冷峰沉。置夜静安任踱，不会怨乡岑。

苏幕遮·樱花

旧枝条，新蕾絮。早见繁开，绿岭山飞处。傍道参差无欲数，雀鸟盘旋，又被香收住。

野偏村，家院户。影子骚头，总是心花露。冷看今春瘟疫顾，有你轻痴，惆怅然而去。

苏幕遮·沙河①夜景

夜中行，灯下步。绿沥亭虚，面面虬枝护。地顷明宽人越户，入景良宵，美在花哨度。

柳垂时，樱笑处。放眼周遭，春草生无数。却被春天全压住，水暗曲弯，不见浮萍露。

虞美人·“三八”致巾帼

春芽一片香开了，忧事天天少。幽居昨夜浴轻风，户外色浓仍是月明中。

深情既往平时在，只是时间改。帼中颜女祝多稠，心底咏词节日向花流。

① 沙河，位于成都市东郊记忆。

临江仙·青川地震[①]

地震阴平山不静，倚窗惊对晴空。闭门抬脚影无踪。厨烟旋转，抖动已随风。

岁月不知瘟疫在？斜摇颤我家凶。樱花祈祷野山中。莫伤祖国，再想九州雄。

① 2020 年 3 月 6 日小地震时。

后记

LV HEN QING CHUAN

《履痕青川》暂告一段落。由于客观上的因素和自己的才疏学浅，本集子还未将青川县行政区域内的山水之大美较系统地奉献于读者，实在是遗憾。

青川，是我的故乡，一辈子的人生光阴都消磨在这块土地之上了。生于斯长于斯，我对故土的感情是十分深厚的。所以，就萌发了把青川的部分风土人情用古诗词记录下来，展现给读者。

本集子所拙笔的律诗，都是按照《106 平水韵》而撰。词是按《词林正韵》而填。对古诗词而言，我只是一个初学者，难免有很多缺陷和错误，不足之处，还望读者包涵与指教。

这部集子是近两年来的零碎即兴、即景、即情而从心中迸发出的音韵。在满怀激情的“写作冲动”下，纯属自我欣赏的范围。

本集共辑录了诗词二百六十五首，楹联七十副，文赋二十二篇。值此拙作面世之时，我衷心感谢四川省楹联学会、广元市作家协会、广元市诗词楹联学会、青川县作家协会、青川县诗词楹联学会的各位领导及老师们的关心、指教、鼓励，众多文朋诗友的点拨和斧正。尤其是要感谢广元市诗词楹联学会常务副会长黄芝龙先生的指教、关心、鼓励。同时，更要感谢我的家人及妻子的支持，才有这部《屐痕青川》的出炉。

限于初学水平，一个不成熟的幼稚集子，敬请诗词大师和读者批评指教。

杨晓波拙笔于青川县城

2021（辛丑年）

枕上书·当代文人情怀

一个人的丝绸之路

YI GE REN DE SI CHOU ZHI LU

辛增路 著

华龄出版社
HUALING PRESS

图书在版编目（CIP）数据

一个人的丝绸之路 / 辛增路著 . -- 北京 : 华龄出版社 , 2022.1
（枕上书 . 当代文人情怀）
ISBN 978-7-5169-2180-7

Ⅰ . ①一… Ⅱ . ①辛… Ⅲ . ①诗集—中国—当代
Ⅳ . ① I227

中国版本图书馆 CIP 数据核字（2022）第 028449 号

策划编辑	冯　雪	责任印制	李未圻
责任编辑	高志红	装帧设计	张　佳

书　　名	一个人的丝绸之路	作　者	辛增路
出　　版 发　　行	华龄出版社 HUALING PRESS		
社　　址	北京市东城区安定门外大街甲 57 号	邮　编	100011
发　　行	（010）58122255	传　真	（010）84049572
承　　印	三河市龙大印装有限公司		
版　　次	2023 年 1 月第 1 版	印　次	2023 年 1 月第 1 次印刷
规　　格	880mm × 1230mm	开　本	1/32
印　　张	9.25	字　数	184 千字
书　　号	ISBN 978-7-5169-2180-7		
定　　价	498.00 元（全十册）		

作者简介

YI GE REN DE SI CHOU ZHI LU

辛增路，1982 年 3 月生，籍贯陕西省蓝田县，毕业于西北政法大学。曾担任中国诗歌网《散文诗苑》版块编辑，中国诗歌流派网《西部诗人》群主。2000 年开始创作，有小说、诗歌散见于各类报刊，杂志、网站，出版有长篇小说《秋水湖畔的白鸟》。曾获得《青春年华 · 中国梦》诗词大赛三等奖；首届《安徽诗人》金种子诗歌奖新锐诗人奖；香溪书院杯全国诗词大赛二等奖，有作品入选《中国乡村诗歌选集》等丛书。

内容简介

YI GE REN DE SI CHOU ZHI LU

本书收入作者2010年至今创作的诗歌作品，诗歌题材广泛，视角独特，语言凝练，既有对自然的描写，也有对生活的感叹；既有对历史的追思，也有对时空的感悟，是作者感情的抒发和思想的沉淀。本书是作者多年的诗歌结集，既是作者创作生涯中的阶段性总结，也是作者创作成果的集中展现，更是诗人之间相互学习交流的一个范本。全书诗歌创作风格独特，思想性强，对语言的把握极其精准，有着冷静、凝练、深邃的语言魅力。作者通过对历史、现实和时空的描写，贯通古今，俯仰天地，力图挖掘出雕塑般的语言美感，营造出宗教般的精神氛围。

诗歌是语言的雕塑 代序

辛增路

在中国的象形文字里，“诗”从“言”，从“寺”，也就是说“诗”字由“言”字和“寺”字组成。单从字面来看，“诗”字最起码反映出诗歌艺术有以下三个方面的特征：第一是语言属性，也就是说诗歌是一门语言的艺术，通过语言文字来表达；第二是结构属性，也就是说诗歌是语言的一种特殊组合，具有内在的结构美感；三是精神属性，也就是说诗歌是一种表达精神的艺术，是人类精神的外化形式，如宗教一样承载着人与神的某种联系。基于以上认识，形成了人类最初对诗歌的概念，即诗歌是一种表达人类精神的，具有特殊结构的语言艺术。

在接触诗歌的十多年来，我逐渐形成了自己对诗歌的认识：第一，必须坚持诗歌的结构属性。诗歌不同与小说、散文等其他文学形式，主要取决于诗歌语言的特殊结构形式。这种结构形式除去传统诗歌的押韵、对仗和西方诗歌的音步、音节等固有特征，现代白话诗最基本的形式特征包括意象和断句。写诗不是讲故事，也不是漫无目的地敲回车键，而是意象在意识间的流动与转化，即诗人在创作过程中根据表达需求的不同恰当地选择意象并在合适的地方断句。意象不是简单的词语，而是“一种在一刹那间表现出来的理性与感性的集合体”（庞德语），也即客观物象经过创作主体独特的情感活动而创造出来的一种艺术形象。断句在现代诗歌中仅指行与行之间的转折，它是主体意识在语言上的延续和转换。断句不是对意象的破坏，而是体现了诗歌形式的丰富与多变。诗歌中的意象和断句就像房屋的雕梁画栋和卯榫衔接，二者共同构成了诗歌这一特殊结构体的壮美与坚固。第二，必须坚持诗歌的精神属性。诗评家叶橹认为：“一首好诗歌，得让它回味无穷、发人深省，最重要的是它在现实中有其精神价值，值得传承”。海德格尔晚年十分看重诗，他把诗置于哲学之上，在他看来，诗人以直觉经验，心灵的语言敞开存在的本质，将精神引向澄明。他把诗歌精神同现实存在直接联系起来，由此确定文学的特性，也指出诗歌应有的精神内核：诗的本质是一种宇宙真理，诗的理想就是在最大程度和范围内表现这种真理的存在。无论是诗的架构还是诗的内容和形式都是宇宙规律的再现。里尔克甚至认为：诗人是神在人间的传话者，诗人只是说出了神的声音。“神性写作”以为，一切的诗意是对绝对宇宙精神的追加模仿，或者切入，由此产生诗意。（蝼冢《神性写作·诗歌的三驾马车》）。不管诗歌的内在精神是人的精神还是神的意志，精神作为诗歌的内核是毋庸置疑的。对诗歌来说，结构是形式，精神是内容，两者统一于诗歌的完整性之中。

在甘肃生活的这十年，是我诗歌创作观念形成的时期。在游历了西部广袤的山河，参观了敦煌莫高窟等一大批名胜古迹之后，我形成了自己的诗歌创作观念：诗歌的语言不是开在枝头的一朵花，而是嵌在石头里的一颗钻石，不因春风吹拂而开放，而是自带光芒，在哪里都会发光。诗歌语言的色彩不是妖娆的，而是清澈的，一望见底又深不可测；诗歌语言不是柔情似水的，而是坚硬的、锋利的，如钻石的表面。如我在诗歌《秋天从水晶剖面复活》中追求的那样：

秋天从水晶剖面复活，蓝色的风
将候鸟的翅膀压低
云朵挤出多余的水分
在蓝色的画布上被重新诠释
……

秋天最适合躲在一枚坚果中思考
究竟是发芽，还是死去
连那唯一的孤独也是透明的，在秋天的
视网膜上，太阳并不反射任何情绪

写诗不是个人感情的宣泄，而是面向内心的自省和救赎，是倾听大地深处的声音，朝向天空的仰望。一首好的诗歌不仅使诗人精神得到清洗和升华，更是诗人实现与内心和诸神的交流。如在《法门寺》中写道：

在菩提树下，我冥思苦想
昨天的我是不是今天的我
今天的我是不是明天的我
或者说，我就是你

我逐渐意识到诗歌创作是对语言千锤百炼的打磨和对精神永无止境的追求，要求匠人般的一丝不苟和苦行僧般的坚韧执着。

那些工匠们，日日夜夜
用铁杵、木料、泥土与颜料
将神与人的形体呈现在墙上

——《敦煌》

手中的法杖是我唯一的信仰
脚踩大地，让脚印为我们指引
这世间唯一的出路

——《一个人的丝绸之路》

本书收录的作品，集中展示河西走廊的壮阔之美、边塞诗的激烈豪情以及冷静、凝练、深邃的语言魅力。既有对历史的追忆，如长诗《一个人的丝绸之路》，又有对时空的感悟，如组诗《额尔济纳的胡杨》，还有对人性的悲悯，如为死在黑海岸边的叙利亚男孩而作的《他死在离天堂不远的地方》，思想纵横上下两千年、东西两万里。题材涵盖了农村主题，如表现农村苦难的《土豆》；城市题材，如《兰州》《过中山桥》；故乡题材，如《老屋》《我被流放在文字荒芜的故乡》；死亡题材，如《大学飘过桦林坪》《穆斯林的葬礼》《乡村葬礼》等。最主要的还是描写河西走廊的系列诗篇，从《夜过乌鞘岭》到《过阳关》，从《黑河》到《敦煌》，力图再造边塞诗的辉煌与影响。

恰逢“一带一路”建设的关键时期。本书名为《一个人的丝绸之路》，旨在从个人角度审视丝绸之路的过去与现在，落寞与辉煌，区别于历史的视角、政治的考量，避免高大全的空洞，而真实再现一个人的心路历程。面对茫茫大漠、巍巍群山，我既感叹天地的博大，又叹息生活的艰辛；既受累于物质的贫乏，又受益于精神之充盈。雪山与大漠形成强烈的视觉反差，绝望与求索造成深刻的精神煎熬，如此丰富的素材和内涵共同构成了一幅壮美的自然画卷和精神史诗。

目录

YI GE REN DE SI CHOU ZHI LU

丝绸群雕[1]

路在何方？他的目光
迷茫而坚定。前面牵马
的那一个像是一个向导
他将带领大队人马穿越黄沙

路在脚下。后面一个立即回答
他比座下的骆驼更加沉着
紧随其后的是准备好的干粮和淡水
可以看出他们此行绝非漂泊

他们之中还有西域人、亚细亚人
甚至罗马人。如果一生只呆在一个地方
他们可以享受一个帝国子民的荣耀
但是永远不会知道世界还有其他的梦想

① 丝绸群雕在陕西省西安市大庆路，建于 1987 年，为纪念丝绸之路开通 2100 周年。

所以他们决定启程，奔向远方
队伍的最后一位还在向送行的人道别
但是别忘了归来啊，使者们！
故园的大门一直都会为你们敞开

我在一枚桑叶上等你羽化

从卵到蛹到茧再到破壳而出
我在一枚桑叶上等你羽化
整整二十五天
青丝染上了霜白
我的宝贝，快快长大

为了给你汲取一天的第一滴露水
我踏破清晨的寂静
翻遍所有的叶子
只为掬一捧留在你的嘴边
那时候，你还在睡觉

催青、收蚁、蜕皮、吐丝
每一步我都小心翼翼
只怕小小的你不幸夭折
或者长得太快
张开翅膀早早飞走

经年累月

我的手指长出了蚕茧的模样
那时你早已离我而去
我会时常摸摸自己的手指
就像在抚摸小时候的你

深秋游天水玉佛寺

大地干涩，容不下一滴眼泪
两山合抱，状如神龛
玉佛寺如一个木鱼
盛放在经案之上
几只鸽子，停留在灰色的翘檐上
目光透过圆门，注视红墙内
身着白色僧袍的小沙弥在做午祷
深沉的钟声落下
墙角有几棵松树，叶子微微颤抖

在这片贫瘠的土地上
信仰不但是稀缺的，而且分布不均
就如阳光和雨水
无法均匀地滋润每片土壤
功德箱内，有人豪掷千金
寺院之外，乞丐们的碗里
看不见有几个硬币

纵使落叶满天

也无法遮挡佛慈悲的眼神
阳光从云缝间照射下来
恰好能覆盖到玉佛寺周围的几棵小树
几亩薄田，几栋旧房子
那几户农家因为玉佛寺的香火
得以维持生计
佛不仅给了他们心灵的慰藉
还有现实的关照

秋天从水晶剖面复活

秋天从水晶剖面复活，蓝色的风
将候鸟的翅膀压低
云朵挤出多余的水分
在蓝色的画布上被重新诠释

在秋天，一切都太迟，但还来得及
没开花的抓紧时间开花
没结果的就不要结果
把剩余的营养留给绿色

一片落叶是秋天的侧脸
它冷静、自由，毫不眷恋
面对我们自以为是的哀伤
它选择燃烧，以逃避赞扬

秋天最适合躲在一枚坚果中思考
究竟是发芽，还是死去
连那唯一的孤独也是透明的，在秋天的
视网膜上，太阳并不反射任何情绪

一路向西

一路向西，车辆与车辆环环相扣
拥堵的高速如逆行的河流
我们不是旅行
我们只是等待旅行的结束

大漠的风吹醒十月的荒凉
多刺的太阳成熟、迸裂
露出鲜红的胎衣
把时间凝结成一颗颗果实

向西、向西。逆风而行
走向季节的深处
把灵魂压缩成一枚落叶
埋在生命的根部

期待在那里燃烧一场大火
把我彻底烧成一张元素周期表
再被风重新排列组合
在沙漠中长出一棵小草

兰州　兰州

（一）

冬天，停滞的黄河就像
堵在马路上的长龙
满腹牢骚，却挪不出半步
灰色的天空扯开大衣
把城市包裹。空气中弥漫着
一种夹杂着汽油味的暧昧

一个中年的汉子，躺在五泉山下
灰腾腾的断墙边
享受阳光。啃着腾格里的囊
喝着中石油的补贴奶
他的笑容慵懒
而满足。目光定在铁路桥下
黑黝黝的水泥墩上
很久没有滚动

打开中国地图，他站在地理的中心

在国民眼里，他处在世界的边缘
北斗卫星睁大眼睛
还是无法看清他脸上的皱纹

（二）

五泉山，披着灰色军大衣
在夏天，他也会短暂换上一身绿军装
人们在东方红广场上
歌唱祖国，谈论梦想和苯污染
跳完广场舞然后去吃牛肉面
并没有觉得这其中的味道
有什么不同

军区占了这个城市的三分之一
还有铁路局、中石油
占了另外的三分之一
剩下的人们挤在三分之一的旮旯里
争吵、打架、吹牛皮
谈论政治——
某地的高官落马了，兰州啥时候
才出一个——
正午的太阳越过五泉山
渐渐西去。长长的影子覆盖全城

咚的一声钟响
大家全都闭嘴

（三）

白塔寺摇摇晃晃
将影子落在沥青般黏稠的河流上
祈祷犹如掷骰子。你闭上眼睛，双手合十
心中也许会蹦出一枚硬币

信仰如一年生的藤本植物
从黄土中拔尖，却无法直达天空
稀薄的土壤长不出参天的枝干
只能把它细小的身躯附着在岩石上往高爬

街道是多足的软体动物
它们的吸盘吸附着车轮、脚步和钟表的指针
城市的鼻腔充满油烟和灰尘
打一个喷嚏，就得了感冒

习惯于观望，抱着长辈的故事睡觉
白塔山于他们，就是个不错的枕头
做不做梦不要紧
反正山外是山，明天还是天

过中山桥

风声呼啸，中山桥此刻空无一人
黑色的钢筋穿过我的身体
天空上冻，凝结的黄河
早已从狂野转入冬眠

一百年来黄河的水位线下降了一米
而中山桥却被人工抬高了两米
这巨大的落差
在冬天，显得更为明显

大多数时候，它沉默、厚重
朴实得像黄河岸边的汉子
上工、喝酒，忙于自己的本分
对身边经过的新鲜事物并不在意

到最后，它不可避免地退化成了一个摆设
放在历史的玻璃柜里供人观赏
既不实用，也并不美观
如一具生锈的骨架

黄河母亲像[①]

从你裸露的肩膀上望去
你背后的山峦更加裸露
黄沙堆满头发、眼角渗出盐
因此从一出生
我便已习惯你粗糙的爱

尽管如此，你依旧贫瘠
掺杂石油和黄土的乳汁只在八月泛滥
只够哺育一个季度的儿女
和两个夜晚的马

但是我们依然爱你
就像你对这贫瘠的高原不离不弃
记得每当我淘气时，你用粗大的巴掌打我
我依然扑到你的怀里哭泣

① 黄河母亲像位于兰州市黄河南岸的滨河路中段、小西湖公园北侧，是全国诸多表现中华民族的母亲河——黄河的雕塑艺术品中最漂亮的一尊。

因此我只能抓紧时间成长
变得像石头一样坚强
即使有一天你将我抛在沙滩
我也不会因为没有你而轻易受伤

大雪飘过桦林坪[1]

大雪飘过桦林坪
就像无数纸钱飞过冬天的墓地
雪压断树枝的声音
如压断森森的白骨，咯咯作响

冰冻三尺，青蛙和蛇早已冬眠
老鼠和麻雀还在荒草间失魂落魄
谁的手指带着刀片
在墓碑上刻画着自己的名字

那些无法投胎转世的鬼魂
辗转徘徊，企图给自己
寻找一处安身之地
夜归的行人在此停留
拥堵的车辆如透明的水晶棺材

① 兰州市桦林坪烈士陵园，坐落在甘肃省兰州市七里河区华林坪以南、沈家岭北麓。

盛殓着几十张苍白的脸
也许在某一瞬间，当你从疲惫中睁开睡眼
就能在结霜的玻璃窗上看见自己的灵魂

夜过乌鞘岭[①]

夜过乌鞘岭，一条蛇
突然从黑色的群山中窜出
安静的车厢一声惊叫
窗外的树木，如毛发般向后倒立

火车开足马力，试图摆脱这恐惧
但前有追兵，后有堵截
雪山从地平线上露出白牙
等着吞噬尾随的夜色

远处山脚的点点灯火
像夏天乱坟堆中的点点磷火
心中的鬼在神经上舞蹈
它们的尖叫相映成趣

每一次，当我在梦中出行

---

① 乌鞘岭位于甘肃省武威市天祝藏族自治县中部，属祁连山脉北支冷龙岭的东南端，为陇中高原和河西走廊的天然分界。

都会被车窗上自己的影子吓醒
在乌鞘岭，当我试图挣脱内心的引力
却把一层皮留在了群山之中

凉州词

比天空更高的是鹰
比大地更大的是荒凉
石头被时间风干，如钙化的骨头
被阳光晒得惨白
沙漠泛滥，淹没了绿色
沙棘显现红色，排泄多余的盐
骆驼喘着粗气缓慢前行
当它们蹲下休息，脊背化作沙丘和山峦

在这样宏大的背景下
人显得微不足道，就连城也变得渺小
春风来与不来都无关紧要
羌笛一直吹着，如无尽的西风
想不想家也不再重要
反正黄河在百里之外
干涸的河床，露出内心的伤
挂在头顶的月亮
如更夫的铜磬，整夜敲打

马踏飞燕[①]

轻与重，动与静
在时间的天平上达到惊人的平衡
属马还是属燕，这是个问题
但是在这里，它们合二为一

前方是唯一的方向
就连千年的黄沙也不能掩埋你的美
拭去岁月的蚀痕，你的躯体
还透着汉代的目光

这不是一个纯粹的物件
你的骨髓里还浸着十几个民族的血
但是我要寻找一个目光，一个中心
把对你的注视引向一门学问

① 马超龙雀，别称马踏飞燕、铜奔马、马袭乌鸦、鹰掠马、马踏飞隼、凌云奔马等，为东汉青铜器，1969 年 10 月出土于甘肃省武威市雷台汉墓，现藏于甘肃省博物馆。

我不知道，真的不知道
就像我不知道千年前的人如何把你融合
就像是飞与走，本不是一个频率
但是在这里，它们合二为一

石羊河[1]

把羊赶进河里
把石头赶上山
让上帝的归上帝
撒旦的归撒旦
但是这里没有羊，也没有石头
只有细碎的骨灰铺满河床
奔腾的冰块一路向北
消失在腾格里炽热的怀抱里

这里只有风
撕扯着骷髅的头发
这里只有火
燃烧着魔鬼的身材
这里的羊啃食石头又拉出石头
这里的石头披着羊皮又被做成羊皮筏子
这河流把灵魂与恶魔交易

① 石羊河是甘肃省河西走廊内流水系的第三大河，古名谷水。发源于祁连山脉东段冷龙岭北侧的大雪山，全长 250 公里。

我看见鱼游进沙漠里
水草长进煤炭，水滴在沙粒之间凝聚
我看见生命如影子般萎缩
祁连山把最后的眼泪
滴在祖国落满灰尘的衣襟上
沙哑的河床哭不出声
石头碰撞着石头，骨头碰撞着骨头

手执一根橹槁，向黄沙更黄处漫溯
寻找我失踪的羊群、风化的石头
石筏沉没在波涛汹涌的沙海
我坐在巴比伦河边，一追想锡安就哭了[①]
我把琴挂在那里的柳树上
唱着耶和华的歌，看着以东人说
拆毁、拆毁，直拆到根基
拿你的婴孩摔在岩石上的人，以同样的方式
把羊群赶进石头里

① 出自《圣经·旧约》之希伯来人哀歌第 137。

祁连山日出

突然，晨阳
从铺满褐色岩石的山谷中迸出
陶罐破裂，金色的蜜汁
沿着地平线蔓延开来

策马，启程
那白色的帆指向金色的羊毛
饥渴的暗涌终将
把鱼群驱赶到风暴的另一边

七彩丹霞[1]

我眉眼之间的手术刀剖开了你的孤寂
层叠的年轮暴露了你的年龄
皮肤粗糙，骨骼虬结
风干的肌肉保存着旧日的色彩
红色的心脏，紫色的肝
绿蓝相间的胆汁顺着山石的裂隙蔓延
还有黄色的脂肪满溢
灰色的白色的脑子贮藏回忆

雨水不来，风吹不开地质编年史
史前生物的标本夹在书页之间
鸟儿不飞，鱼儿不游
蘑菇柱也不生长。从西域来的骆驼
站在那里，望着东方的太阳
怎样通过石柱顶端的圆孔
把自身的影子投射进它干瘪的眼窝里

① 七彩丹霞地貌群位于甘肃省张掖市临泽县倪家营乡南台村，平均海拔1850米，东西长约45公里，南北宽约10公里。

宫殿的石柱上刻着壁画、音符
或者象形文字。我们看不懂
大地的经文，也听不懂
风吹过石林之间的声音
琴的乐曲在马的体内弹奏
灵魂消散，眼泪只能落在骨头上

幸好，有一场雪落在干裂的嘴唇
如同干净的画布被泼上油墨
爱人从石头的身体中苏醒
轻拨竖琴，把对生命的赞颂
印在海螺壳壁的纹路里

黑水河[1]

在冬季，低潮期的水浅而透明
赤裸的河岸被硬生生切开
灰白色断裂的骨骼，突出且刺目
皮筏搁浅，木桨干如火柴
成群的鱼骨游上岸，抗议死亡
粗砺的石头重见天日
背靠背拥挤着，相互取暖
河水不浇灌任何东西，它只负责流淌和蒸发
找个人烟稀少的地方销声匿迹

河流冲出群山，俯首于命运的平坦
漫无边际的平原容易迷失方向
沙漠吸收它，却不给予
金色的毛毯善于覆盖
在沙漠地带，土地宽阔而贫瘠
鹰隼在高空徘徊，孤单而绝望
成群的红嘴鸥啄食盐碱

① 黑水河为内陆河，发源于祁连山区，终于内蒙古额济纳旗。

在我看来，它们带血的爪子不是站在水面
而是站在天空，站在一切
不切实际的事物之上
挖掘机的声音日夜不绝，工人们筛选
夹杂黄金的沙粒
他们是这片土地唯一的音符

在夜晚，我听见河流哭泣的声音
那些石头碰撞着石头
在干燥的河床上横冲直撞
还有什么比一匹马的沉默更为孤独
黑色的马蹄陷在古国的遗址里
牙齿冰冷，咀嚼月光
一条蛇的温度，足以让
冰点之下的身体感到慰藉

静止的沙丘如露出水面的鱼鳍
切割着这浑然天成的网
褐色的圆形草冠像干燥的海绵
附着在船舷上，吸收水汽和月光
一根长长的桅杆孤零零地杵在那里
白色的帆在寒风中如烈烈的旗帜
在那里，挂着古老的弓箭
鱼叉和生锈的火枪

沿着河岸，建在土崖上的房子
如沙鸡的巢穴一字排开
从刚刚经过的沙尘暴中露出头来
年迈的农民给牛羊添加草料
收拾农具。叮叮当当
古老的生活方式从新一天的
劳作开始。缓慢而快乐

胡杨

路边低矮的胡杨，把根埋藏在沙漠里
把梦想种在骨头里
它们的谦卑，如无数西部的人民
坚韧、沉默，沾满灰尘

秋天，胡杨的叶子变黄、变红
如无数张燃烧的脸
时间在它们的根部成熟，在茎部变老
终于在叶子上变成火焰

在民勤，我给妻子逝去的外公上坟
他的坟墓其实就是一个沙堆，上面插着一根枯树枝
没有墓碑，没有铭文
去年新建的坟，今年快被夷为平地

风沙逐渐猛烈起来，那些纸钱燃烧
终于化为灰烬。由黄变红，由红变灰
如胡杨的叶子，一眨眼
就被时间吹走

扁都口[①]

鹰的钩爪，把天空拉到满弦
将身体缩成一支箭，射向远方
脚挂铃铛的鹿腾空而起
消失于林间。如遁隐的骑士

我预感到一场战争隐藏在密林之中
在树叶下、草丛中，那些阳光
水滴和冰块常年厮杀
雪线，在坚守着最后的阵地

由此向北，便是河西走廊
向南，则是青藏高原
我坐在祁连山的马背上左右观望
不知何去何从

从印度洋飘来的季风带着最后的柔情

① 扁都口位于祁连山中段，民乐县城以南30公里处，自古以来都是中原通往西域的交通要道。

抚摸裸露的雪山那原始的硬度
冰川融化，冰与火的撞击如牦牛的嘶吼
裹挟着愤怒洪水般冲下山去

疏勒河[①]

没有干涸的河流不是河流
正如没有流干的眼泪不是眼泪
在西域，疏勒河是用马鞭来丈量的，而不是脚步
它拒绝雨水，正如沙漠拒绝灌溉
在干旱的土地上，有水已经足够，哪怕是泪水
河水飞奔起来，惊动了羊群和马匹
草原的战士披甲执锐
他们的歌声能唤醒古代的辉煌吗
疏勒河水，自天上来
带来福音也带来惩罚
带来水也带来盐
正如眼泪。当人们流泪时
你不知道他是在哭还是在笑
所有的感情凝聚在一滴水
所有的事物凝结在一枚琥珀

① 疏勒河是甘肃省河西走廊内流水系的第二大河，是中国河西走廊三大内陆河流之一，古名籍端水。

一个谜：我们在其中安放

天上的水在大地上流
正如神的眼泪为人而流
从天上流到地下，从祁连山
流到哈拉湖。不介意圣洁或者肮脏
不介意雪山融水、雨水与地下水
不介意被用来饮马还是用来洗菜
不区分清浊，不问去留
不问为谁的眼睛在流，为我而流
还是为别人而流

有时，河流也会被自己的安静打扰
如挂在眼角的泪水不知所措
无论苦乐，人都会流泪
但是，人不论流多少眼泪，在擦去之后
生活重新开始。而河水长流
却终有枯竭的一天。当河水干涸
剩下的只有河床、砂石和白色的鱼骨
河流如无数条鱼尾纹
纠结于空洞的眼窝。那里眼珠被盗
如一个词被掏空了意义
河流在大地之外流淌
哭声在歌声之外流淌

词语在意义之外流淌
影像在事物之外流淌
神在人的肉体之外流淌

地上的河流最终流到了天上
眼泪被咽进肚子里
意像枯萎，语言荒芜
文字如沙粒被随风扬起
空洞的头脑需要被思想填充
正如干渴的嘴唇期待河水的滋润
于是人们重新祈祷、求雨
举起圣杯祈求血祭
在茹毛饮血的时代高唱诗歌

天上的河流与地上的河流是同一条河流
正如咽下的眼泪与流出的眼泪是同一种眼泪
这种带着咸味的液体在身体里流淌
在大地上流淌，在心里流淌
在古战场上流淌，在伤口上流淌
在离别的手指上流淌，在思念的信纸流淌
在婴儿的哭泣声中流淌，在僧人的祈祷声中流淌
在裸露的河床上流淌，在传唱的民歌中流淌
在西域的沙漠里，河流是一种记忆
隐藏着这片土地的辉煌与没落，欢乐与伤痛

如今却凝结成了水晶、玛瑙、琥珀和盐
被串成一条条项链，挂在人们的脖子上
向太阳炫耀。以便在夜深人静时
从干涩的表面渗出眼泪

月牙泉[①]

一弯清泉，从沙丘后升起
它的忧郁罕为人知
沙粒呜咽着从耳边飞过
如风在马背上拨动丝弦

它把根扎进沙漠深处，汲取大地
最深的奥义。酒杯在黑夜中闪闪发光
泪点高而笑点很低
眼睛清澈见底，泛动青色鱼纹

在风暴的中心，它的生命岌岌可危
仿佛一闭眼，就不会再有明天
但是风，时间的风，来自梦的尽头
却总能把死亡从坟墓吹向天空

如沉重的马蹄落在燕子的翅膀

① 月牙泉，位于甘肃省敦煌市城南 5 公里处。

这微妙的平衡将我们的影子留在了水面上
阳光的微粒从潭底折射
在我们心中，聚焦成永恒的月亮

过阳关[①]

风煽动黄沙，掀起一场新的暴乱
进攻石头的城堡
草木背叛大地
却向天空缴械投降

我们路过阳关，像路过一匹
垂死的骆驼。风吹过双峰之间的豁口
无数个战士刀兵相见
无数个商旅响起号角

沙抱紧风，要回到那早已迷失的过去
回到大地，回到石质的核心
那时候它们还是长城上的一块石头
武判官还没归京，烽火台上还有乡愁

但这毕竟是一场彼此伤害的消磨

① 阳关是中国古代陆路对外交通咽喉之地，是丝绸之路南路必经的关隘，位于甘肃省敦煌市西南的古董滩附近。

它们消瘦的身躯日渐消瘦
风累了，终究会停下
沙走了，留下一片金色的空白

出阳关

一出阳关，就像到了月球的背面
巨大的环形山消失，视野开阔
褐色的土地因为缺乏光照
而变得坚硬。星光战栗着
生怕因过度遥远而消失在月晷的视网膜上

一出阳关，灵魂就脱离了身体
铁轨如同命运把我流放
但乡愁却像一根无形的线
当我离家越远，就绷得越紧

如今，阳关只剩下一个土堆
长城也变成了脚底下疏松的沙粒
我想怀古，却找不到一个古物
我想抒情，却找不到一个可以倾诉的人
在阳关之外，我成了一个失重的人
既回不了家园，也望不到远方

在敦煌[1]

在敦煌
所有的沙丘朝着一个方向跪拜
所有的树长成双手合十的姿态
莫高窟是一枚钉子
将东方和西方
古代和现代
钉在了文明的中心
月牙泉空悬在那里
如一柄弯刀
把世俗和欲望剔除干净
只剩下历史的骨架
宗教和神学坚守最后的净土
每一尊塑像都带光环
每一幅壁画都在讲经
人们操着不同的口音
念诵着共同的信仰

① 敦煌位于甘肃省西北部，历来为丝绸之路上的重镇，是国家历史文化名城。

边关月

深蓝色的海，把白碜碜的盐
塞满干瘪的眼窝
弦月挂在城墙上，像匈奴的腰刀
照得我的脖子隐隐作痛

午夜十二点，塞外的边城
寂静似鼓。古老的梆子细如游丝
将满腔的孤独传得更远
城门还没关，守门人守着酒缸
空旷的街道比梦更加空旷
人们早已入睡，只有月亮
还挂在天上，越来越低
忍受着这寂寞的心慌

我们不看时间，只看月亮
看它转过北斗七星，慢慢变成
罗盘上的勺子
一头是家
另一头是远方

我把头靠在祖国的肺部

我把头靠在祖国的肺部
去倾听大地深处的呼吸
肺叶鼓动，如同蝉翼
风电机的叶片敲打着沙粒
那里没有温暖，没有欢笑
只有肆虐的沙尘暴揭竿而起
我以尘洗面，以盐喂马
将干枯的树根捣碎扔进火堆
木与火点起炊烟
刀与枪点起狼烟

马在马厩中踢着蹄子
老鼠在木头里磨着牙齿
在夜里，我听见母亲咳嗽的声音
多年以前
她就到了肺癌的晚期

德令哈[①]

在德令哈，我想起海子
想起《圣经》和《瓦尔登湖》
笔直的铁路一直向西
铁轨上有他留下的足迹

在德令哈，天空是冷的
大地炽热。裸露的岩石如滴血的心脏
日光和雨水锻炼它
蛇与鹰轮番啄食它

我想起姐姐，想起另一个早夭的人
她的死与你无关
夜晚的德令哈空无一人
德令哈只属于你，不属于其他任何人

① “德令哈”是蒙古语，意为“金色的世界”。德令哈市建政于1988年，是青海省海西蒙古族藏族自治州州府所在地。著名诗人海子曾在此写下诗歌《日记》。

就连我也只是一个过客，匆匆而来
又匆匆而去。没有人会认得我
就如同人们只记得了你的诗歌
却没有人记得你曾经来过

岗则吾结[①]

我沉迷于你职业的笑、高贵的冷漠
那高级面料[②]尽显你的冰洁
肩襟棱角分明，不带一丝羞涩
简约的水线[③]从肩部下坠，在腰部收缩
到胯部分散开来
将你的身体束缚得更加奔放

领子的设计最为考究
精致的月牙映衬出你洁白的脸庞
小翻领[④]从脖子后面延伸过来
绕过你多肉的胸部
在肚脐上方交叉成一点
那纽扣[⑤]闪闪发光，沁着体香

① 指祁连山主峰。
② 指覆盖在山上的终年积雪。
③ 指瀑布。
④ 指冰川。
⑤ 指高山湖泊。

及膝的短裙[1]不宽不窄，刚好裹住你的臀部
淡淡的三角线[2]在山谷中隐约可见
冬眠的狐狸，蠢蠢欲动

哒、哒、哒，疑似高跟鞋的声音[3]
一阵香水味，将我从非非的梦中惊醒

① 指树林、草原等植被。
② 指冰川与植被的分界线。
③ 指水流冲击岩石的声音。

他死在离天堂很近的地方[1]

他死在离天堂很近的地方
九月的爱琴海充满忧郁
海水很浅，不能将他掩埋
天堂很近，不能将他接纳

他死在离天堂很近的地方
离我们很远，隔着数重镜头
我甚至不知道他的名字
他嘴唇紧闭，生怕惊醒对岸的公牛[2]
丽达们四散飞去，不愿直视——
他们生产他，却抛弃他
但是他脸部朝下，仿佛羞于见人

① 2015 年 9 月 3 日，一名叙利亚 3 岁男童和家人要偷渡到希腊，结果不幸沉船，一家四口只有 1 人存活，男童的尸体被冲到土耳其一处沙滩上。

② 根据古希腊神话：宙斯化身公牛，与天鹅丽达交合，生下欧罗巴，便是欧洲的起源。

高原上的草

在高原上，那些草低矮、枯黄
无精打采，从不开花
相互排挤，争取水分
它们有着与生俱来的本能

——仿佛不是植物，而是动物
它们蚕食尸体的嘴角带着冷笑
而讨好牛羊的眼神
则带着讪笑

有的农夫将它们收割，编成草帽
戴在头上。有的则干脆一把火
把它们变成灰烬
它们干瘦的身躯没有眼泪

不管早晚，好日子都不会太长
一到秋天，沙尘暴一来
它们都会和这里所有生命的命运一样
成为滚滚浓烟中的尘埃

一树梨花

太阳从它的眉间升起
贫血、安静、悄无声息
四月的清晨带着雨
它们一样属于本性偏寒的植物

没有香气、没有蜜蜂和蝴蝶
它一身的白似乎还沁着中药味
甚至连咳嗽都捂着腰
一阵风就散落一地

它的气质不适合春天——
这个万物复苏、急于交配的季节
我倒是希望它的花季赶快结束
结出果实，与叶子更为般配

——即便是结不出果实，也无所谓
它患有先天性心脏病。独自躲在
偏僻的一隅享受随时都会结束的生命
没有希望，也不会失望

我被流放在文字荒芜的故乡

多年以后，当我打开一本叫作故乡的书
泛黄的童年，斑驳的老屋
父母坟上的草爬满扉页
那些有关家人的记忆只剩下黑白
模糊的字迹找不出血缘

我拿出放大镜、扫描仪
在一大堆古籍中寻找曾经存在的证明
我的乳名早已忘记
出生的村庄，也已更名

我哭着烧掉这本书，就像烧掉
父亲的责骂母亲的哭泣
当初一切背井离乡的理由
都被刻意删除，加上罪名

从此以后我成了一个没有籍贯的人
在故乡，我被唤作客人

在异乡，却操着老家口音
没有人能够证明我的身份
我被流放在文字荒芜的故乡

老屋

老屋很老了，青瓦脱落
墙头长满茅草
犹如父亲花白的头发
在秋风中稀稀拉拉

父亲的背早已驼了
他背着泥巴上房去修屋顶
他蹒跚的脚步
如墙上的青苔缓慢移动

我在城里买了房，请父亲搬来同住
父亲说，老了，走不动了
黄土已经爬上了脖子
梗在身体里的骨头也钙化成了棺材
在老屋的墓穴里静静等死

乡村葬礼

多年以后，你终于可以和祖先相认
在老家的祠堂里找到自己的位置
冬月的天气很应景，淅沥沥的风
吹得雨夹雪哗啦啦作响
像是专门为你准备的引路幡

几十年背井离乡
只为最后能在故乡获得这半个坟堆
那边上的另一半
你的妻子早就在里面等着你
孩子们听说你死了
才知道赶回来尽他们最后的义务

那些送葬的人吹拉弹唱
用棺椁和泪水为你送最后的一程
八抬大轿、十六个人轮流抬着
像极了早年你荣归故里
我在他们脸上看到的自豪并不比
悲伤更少。仿佛不是为你送葬

而是抬着你到天堂赴任

他们之中有你的亲戚、朋友、被你提拔过的人
也有被你伤害过的你的敌人——
他们的名字在花圈上都有落款
此刻都彼此和解，一哭泯恩仇
那统一的哭声比你的儿女们更加真诚

执事一丝不苟，孝子齐心协力
一起将你埋进土里。盖棺定论
从此你就正式成为一个传说
大家用脚投票，都说你是个好人
为国为家做出了巨大贡献
你棺材上的土加了又加，还用脚踩实
生怕你会爬出来，向他们讨债

打桩

父亲在门前的地里打桩
我在窗下看书
他用铁锤将木桩一下一下
往泥土里砸，像是在将一根根骨刺
砸进自己的脊椎

我将书一页一页翻过
妄想把那些生硬的知识一点一点
塞进自己的脑子里
这时父亲已经打好了一根桩
正在给另一根木桩削尖

我合上书，出去帮父亲打桩
父亲说：不用了
你应当去看书
就像我应该自己打桩一样

这时，父亲已经削尖了一根木桩

插在地里继续捶打
我也回到屋里用书敲打自己的脑袋
就像是父亲独自打桩一样

积木游戏

一整天，我都在陪儿子
玩积木游戏。看着他
把一块块积木垒起、拆散、又垒起
建起一座座不成形的高楼、城堡和变形金刚
我的愧疚感潮汐般泛滥
淹没了自尊

我试图去提醒他，这一块
应该这样放；那一块应该那样搁
甚至想动手帮他完成作业
但是他的小手一挥
一切夷为平地
孩子自有孩子的海市蜃楼

重新和解，我们大手小手
终于完成最后的模型
当我说停，他颤巍巍的手
还是加上了多余的一块
我过分的雄心
成了压垮他的最后一根稻草

谋杀

我从未如此接近一场谋杀，从未
通过一堆案卷接近死亡
你的刀子，带着夜的黑暗
刺进我的心脏，没有回声
那种铁的冰冷如闪电传遍我的周身
我的身体如泄了气的皮球
慢慢变软，摊在地上如一张纸
灵魂跟随渐渐微弱的呼吸
从身体逃走，没了踪影

我的眼睛还睁着，仿佛死不瞑目
并且见证你最后的残暴
它看着你怎样砍下我的四肢
怎样把我大卸八块，装进
事先准备好的编织袋。它看着你
脸上的表情由紧张变为亢奋
再变得麻木，最后变成松弛
仿佛一位大师最终完成一件艺术品

你终于忍不住那种目光，就像日光
欲将你的罪行大白于天下
一刀下去，给两只眼睛放了水
两条刀痕，如两个空洞的刀鞘
在日后的每个梦中留下
两把尖刀

裁剪生活

我把生活对折，再对折
重复了五六遍
原本一张干净平整的白纸
就变成了一本厚厚的书籍
我打算用它剪出我想要的生活

我先剪了一栋房屋
我的身边立刻出现了好几栋别墅
我再剪出汽车、元宝
以及我想要的一切
中间唯独没有我

于是我又剪出了我自己
藏在物质森林的枝叶背后
脸色苍白，目光怯懦而呆滞
感觉像一个被遗弃的稻草人
没有灵魂

于是我想奋力剪出灵魂，我剪呀剪

不小心剪到了指头，鲜血渗出
生活被弄得一塌糊涂
我急忙把自己从纷繁图案中裁出
才发现，它轻快如风，单纯如水

诗人之死

海子选择卧轨
因为他找不到通向未来的路
戈麦选择投河
因为他相信河水可以带他到南方
许立志选择跳楼
因为那里离天空很近
凯歌选择悬树
因为他想活得像树一样笔直

每个人都有属于自己的死亡方式
这独一无二的死
诗人们把它写成了诗
夹在了遗书里

爸爸的纸牌屋

爸爸在外打工了一辈子
为我建了一间纸牌屋
代价是汗水、伤病和长久的分离
当然还有老家被征用的土地

这屋子，爸爸没有舍得住
自己一个人背着棺材进了老家的坟墓
我又用了很长的时间把它装修
材料是青春、爱情和一辈子的自由

有一天，它突然倒塌
在我还没有走完半生的时候它却走完了一生
我又成了无产阶级
剩下的时间为银行拼命

我欲哭无泪，申诉无门。人家说这就是命
毕竟这房子是我们建的，材料是我们产的
就连盖房子的地也是我们祖传的
才知道一开始，我们就为自己挖好了陷阱

杀鸡

人们说，杀鸡焉用牛刀
今天，我却专门找了一把大斧
害怕如果刀小了
我会下不去手

我挽袖、操刀，手起、刀落
小鸡还没有来得及惨叫一声
便立刻身首异处
然后是拔毛、冲洗、清除内脏
整个过程我都小心翼翼
担心小鸡突然活了过来

而那只落在不远处的鸡头
带着血，瞪大了眼睛
一直在注视着我的每个动作
仿佛是位耐心的观众
生怕错过了每个细节

麻雀

我们来说说麻雀：它——
体形虽小，但五脏俱全
如同人一样，拥有心、肝、脾、肺、肾
它悲伤的时候也会哭
受伤的时候也会叫

我们曾经企图消灭它们
也叫除“四害”
但是它们的数量今天比人类还多
它们吃我们的庄稼
我们吃它们的肉

历史总是这么的耐人寻味
当年，我们把它们关在笼子里
当作玩具
现在它们飞翔在城市的上空
对着关在钢筋笼子里的我们，嘲笑

蜜蜂

多么决绝的艳遇——当时
我只是一个人从繁盛的花下经过
——你却给我一个突然的吻
然后转身离去，死在不知名的叶子下
只留下我在春天黄昏
茫然不知所措
暖风吹得花朵四处飘散
你爱的毒液在我的体内四处扩散
我紧紧咬住你留给我的刺
在眩晕的脑海中苦苦思索
这个肿胀的下午到底发生了什么

黄昏

一千个太阳在树梢上燃烧
一千只乌鸦从摩天大楼破碎
的玻璃墙里逃脱
整个天空不是我的
它是某个镜子落满灰尘的背面
爬满扭曲的奇形怪状的脸

整个夏天与我无关
它是制造欲望、垃圾与火灾的熔炉
金色的眼睛带不来雨
如同黑色的羽毛带不来风

在泛滥的河流上，万家灯火
整个城市与我无关
它的喧嚣与安宁有人陪伴
我只是一颗冷却的子弹
在更加冰冷的体内取暖

我与晨鸟

早晨，一只鸟飞进了我的梦
它朝我的内心叫了一声
——没有回音
东瞅瞅，西瞧瞧
便又啾地一声
——飞走了

我从梦中醒来
对着窗口喊了一声
屋子里空荡荡的，没有回声
我掐了一下自己的手指
怀疑这灰色的天空
是否真的有鸟来过

我喜欢一切细小的事物

我喜欢一切细小的事物
蚂蚁、尘埃，爬山虎的脚何时爬上
秋天阳光的蛛网
蜗牛爬回了自己的小屋准备睡觉
秋风如缕，抚摸着它的触须
金龟子从窗缝里钻了进来
把一个下午的故事留在了书桌上

我喜欢一切细微的变化
翠绿的叶子渐渐变黄、变红
最后飘落。秋天的脉搏渐渐平息
有一种倾听叫凝视，当雨
把它花白的头发挂上梳背
我看见那些稀疏的光阴在一粒粒掉落
而有一种凝视叫述说，当大雁
飞过云际，西风正在悄悄告诉我
冰霜已经从每一条根须的冰冷中爬了上来

阳台上的牵牛花

它怯怯地探出身子
在窗外的秋天打了一个冷战
这是第几个秋了
呆在室内习惯性地忘了时间

它好奇地东瞅瞅西望望
把脸朝向天空，太阳很刺眼
楼下的人们穿上了厚厚的衣服
有必要吗？屋里的人穿的从来都是单睡衣

突然，来了一阵秋风。它感觉到冷
想缩回窗内，却发现叶子已经长大
紧接着是一阵秋雨，打落了花瓣
它爬在冰冷的窗台上哭泣

看着自己的下半身翠绿，上半身
慢慢变得枯黄，它感觉到像是被倒着活埋的人
眼睁睁看着自己的头一点点被岁月侵蚀
而腿和脚会重新长出新芽

雀斑

一群苍蝇飞来，落在我的脸上
停留了一会儿，然后飞走了
于是我的脸上便长上了一片密密麻麻的小黑点
从此成为我生命中的污点

小时候上学经常被别的孩子嘲笑
像一群苍蝇一样对我围追堵截
老师不疼，同学不爱
我像一只麻雀，被除了“四害”

长大后它们又印在了我的身份证上
每次过安检，都要被扫描很久
受伤太多也会成为案底
藏在心中，总怕被人问起

不得已我整了容，从此
我的脸变成了一面光洁无瑕的镜子
对着我笑的人他看到了哭
对着我哭的人说他认不清他自己

纸船

一想起你无法驶向大海
我的心中突然升起莫名的悲凉
就像是有一天，我对你说
即使你再怎么努力
你终究成不了一个城里人一样

在干燥的河流上
我一颗颗默数自己的眼泪
希望它会变成一滴滴水，汇成一条条河流
把你推向更远的地方
纸船的梦是轻的
它有纸的帆，纸的舱
哪怕只有一小缕风，一小朵浪
都能让它驶向远方

但是黄河的水却是黏稠的
既没有风，也没有浪
它能冲出唐古拉山，冲出黄土高原
却不能把你送到海平面

就像是我粗笨的大手
能开山辟地，种收庄稼
却不能给你在城里垒砌一块儿砖瓦

然而你还是要成长
生活还要继续。纸船
还要在泥沙上开始它的航程
我们祖祖辈辈
都是沙漠里的一棵骆驼刺
紧紧抓住每一寸尚存的土地
争夺每一分阳光、水分和盐
努力开出花朵，长出果实——
那伞形的果实，盼望着终有一天
一阵风，会把我们带到
海的另一边

我撑着油纸伞穿过雾霾灿烂的城市

我撑着油纸伞
穿过雾霾灿烂的城市
上午九点的街道还没有睡醒
汽车、行人、路边的树、高楼大厦……一切的一切
都被棉花包裹，犹如梦境

在城市的另一端，我的情人
正望眼欲穿。她的美丽无法形容
但我更喜欢戴着防毒口罩与她做爱
我知道，她没有性病
安全套并不比口罩更为安全

我撑着油纸伞，大步向前
庆幸头顶这层绛紫色的布掩盖了我心中的不安
迎面而来的也许是个熟人，戴着面具
我们假装互不认识。再远一点的直接罩着面纱
难道他们也有着和我一样不可告人的目的？

——我们亲热、缠绵，不开灯也不拉窗帘

室内温度刚好，光线也足够暧昧
我们谈论股市、PM2.5 和红色预警
唯独不谈性——那多不好意思。尤其是
当她的处女膜和钱一样脆薄的时候

在高原　遇见

在高原，连鲜花
都散发着牛粪的味道
牧民劈柴、喂马
在草场里周游世界
帐篷上的炊烟是回家的信号
有女人的睡女人
没女人的睡牛羊

在四月，空气中弥漫着荷尔蒙
牲畜大腿间的睾丸
晃动得像两只铃铛
东山头上一头母牛的嚎叫
便在西山头上引发一场暴动
牛有牛的爱情
人有人的战争

在路上，我遇见一个孩子
棕色的皮肤棕色的头发
我问他叫什么名字

他满怀恐惧地亮出了腰间的刀
并向我投出一颗石子
跑开了。那种狠劲
比发情的牦牛更加野性

郎木寺[①]

一只鹰落在寺庙的金顶上
那些错落的僧房，是它凌乱的窝

我们从郎木镇的街头拾阶而上
仰视它，就像仰视天边的云

转经的人转了一圈又一圈
他们不是在转经桶，他们是在转着自己

一个喇嘛给我们讲解佛殿里的故事
他的藏语，比一世活佛的身世更加陌生

人们跪拜、祈祷，雪落在我们身上
整个世界都在下沉，沉入那低矮的钟声里

① 郎木寺，位于甘肃省甘南藏族自治州碌曲县，为著名藏传佛教寺院。

拉卜楞寺[①]

寺院的钟声是真的，还有那些木鱼声
大夏河的水声，鹰的叫声
以及时间流逝的声音
风吹草低牛羊清晰可见
手指拨动佛珠，虔诚的嘴唇
把这里的每个细节
都能转化为生命的元素

相反，这里的每块石头就像是假的
就连红色的墙，贴金的瓦
彩绘的雕像，镂刻的经轮
以及身穿藏袍的僧侣
仿佛来自古代或者神话
金色的屋顶把太阳反射成佛光
将拉卜楞寺幻化为抽象的唐卡

① 拉卜楞寺，位于甘肃省甘南藏族自治州夏河县，是藏传佛教格鲁派六大寺院之一，被世界誉为“世界藏学府”。

在青藏高原，人们用膝盖丈量距离
比严谨的卡尺更为精确
俯下身就能亲近大地
仰起头就能看见神明
念经的速度是每秒钟一个字
不早不晚，总能在开悟
的时刻抵达圆满

尕海[1]

那片遥远的玻璃是透明的
透过它，可以看见
水底的水草、石头和鱼
冬天的手掌使劲往袖子里面缩
因为寒冷，它的美
过于保守

它是敏感的，不管是风、云
还是鲁莽的牲畜
都会在它的脸上留下情绪
但它从不说，白净的脸蛋
隐藏了太多的心事

到了谈婚论嫁的年龄
它在草原上撑起白色的帐篷

---

① 尕海位于甘肃省碌曲县西南的尕海乡境内，距县城53公里，海拔3479.7米，自然保护区总面积16.2万亩，野生动植物资源丰富，水草茂盛，是许多珍稀鸟类南迁北返的落脚点和繁殖基地。

夜晚　在临潭

夜晚，在临潭，我被山峦围困
如同被困在一口大钟
天空如此迫近，月亮巨大的阴影
压得我无法呼吸

我只能听见自己的心跳
像金属的撞锤，撞击我的胸壁
一次、两次、三次、九万次。孤独扩散开去
一整夜，我都睁着眼睛
等待那神圣的时刻的到来
钟声冲破钟罩，万物被重新唤醒

拥抱桦树

我拥抱一棵桦树
就像抱着我自己
它脱落的树皮
就像我脱落的年轮

我越抱越紧
它却越长越粗
总有一天，它会撑破我的束缚
在伤口处长出新的骨骼

在一整片桦树林，我显得如此渺小
那些白色的墓碑记载着我的失败
最后，我终于张开双臂
放开了它，也放开了我自己

蘑菇

一朵蘑菇与另一朵蘑菇其实
并不是同一种蘑菇
它们之间的区别也许只有吃蘑菇的人
才能分辨清楚：一种是生
就像蘑菇本身，变得新鲜肥美
另一种是死，也像蘑菇一样
烂在土里，成为肥料

但是事实上我们更相信自己的眼睛
当我们看见一朵色彩鲜艳的蘑菇
我们会很自然地流出口水
丝毫不会去想，这种美丽
也许是对方给我们的警告
手和舌头一旦伸出，便无法收回
其中的味道只有自己知道

当我们遇见一个人或者其他
表面美好的事物，我们也会犯同样的错误
欲望是一个诅咒
它使我们生长，也会把我们灭亡

山谷

我躺在一块青石板上睡觉
一朵白云从远方飘来点缀我的梦
风在树叶间默默诵经
山谷成了它们的道场

我的梦并没有醒
我与青石板融为了一体
风继续吹着
山谷成了我的道场

我在梦中诵经
青石板变得轻了
风安静下来
山谷成了我的梦

我在山谷中做梦
青石板落下
风也停了下来
我在山谷中诵经

墙边的老妪

她靠在墙边，孑然一身
年龄比身边的土墙更加古老
皱纹从眼角向整个面部蔓延
它们的脚在斑驳的裂隙中愈扎愈深

她的眼球因吸收太多的时光
而干瘪。瞳孔塌陷
如深渊——注视着这个以同样的目光
注视着她的世界

她身体佝偻，腿脚僵硬
需要扶着墙才能勉强站立
她活着是一座墓碑
死了，是一堆黄土

但是我分明听见一个声音
从她的喉咙发出。那张干涩的嘴唇
因没有牙齿而黯哑，太多的呼唤
在她的胸腔徘徊，最终在腹部归于平静

玛曲草原

夜幕降临玛曲草原，就像
一只鹰落在雪山之上
终年的积雪变得柔软，白色的岩石
把自己的棱角藏起，此刻
甘愿做一只温润的卵

高原的夜是安静的，如同一个梦
能够听见自己的心跳
高海拔和缺氧，使得气压更低
人的身体变轻，轻到就像是一块海绵
漂浮在死海的水面上

我与天空对视，也与自己对视
天空就像是一面凹凸镜
将夜色无限扩大，却将我无限缩小
我感觉自己快要低到尘埃里
变成了草原上的一棵草

舟曲民居

它建在半山腰，就像
挂在叶尖的一滴露珠
仿佛随时一场暴雨
都能将它淹没

向上几百米是天，向下几百米是水
他们生活在云端
悬崖上没有筋斗云
只有危若天梯的小道

我们夜宿民居，内心忐忑
如悬在半空中的一块儿巨石
害怕任何的风吹草动
都会将我们的生命收回

洮河

你在向我讲述遥远的故事
像一个导游，身着民族服饰
操着一口略带藏族口音
的普通话娓娓道来

你是神的女儿，从雪山走来
如白色的经幡连接天空与大地
光滑的玛尼石上镌刻着你的历史
碌碌转动的水车流淌着你的传说

走在你身边，我能感受到雪山的纯净
高原的狂野，以及深山峡谷孤独的沉默
手捧哈达迎接每一个异乡的宾客
高声歌唱流向每一个可能的渡口

捧起一掬水，就像捧起一块玉石
那种彻骨的清凉瞬间洗涤了灵魂
当我松开手指，从我指尖落下的不止是水滴
更像是时光落在玉盘上叮咚的木鱼声

青稞

我要有你毕露的锋芒
敢于刺向天空，如炙热的闪电
我要有你笔直的腰杆
不臣服于天地，只遵循于季节

我要有你的肤色，你的骨骼
磨成面粉都带着石头的味道
我要有你的勇敢，你的坦诚
无论何时何地都不掩饰自己的棱角

我要你的豪情壮志
生是一杆枪，死是一团火
我要你的似水柔情
酿成一壶酒，醉了整个高原

我把自己献给你
做河流中的一滴水，土地里的一颗肥
我要和你生长为一体
脚踏最深的土，头顶最高的天

冶海[①]

仿佛在向我讲述一个故事
你的情节徐徐展开
清风不能打扰你的宁静，我也不能
我们手牵手走过嫩绿的青苔
九只天鹅——
我之所以把它们叫做天鹅
仅仅是因为它们离天很近——
在湖中嬉戏
你说这里曾经留下你的足迹
我深信不疑
因为我觉得你的声音很近
如眼前的湖水般逼真
但是我发现你的笑容很远
当你看着我的时候
你的眼神仿佛远在云端
我们手牵手走过铺满碎石

① 冶海，位于甘肃省临潭县八角乡与冶力关镇交界处海拔2610米的山顶峡谷中，为高山堰塞湖泊。

和鱼骨的湖边
我感到你的手很冰冷
似乎你的血液来自于近处的冰川
一阵暴雨突如其来
我知道，那不是你的愤怒
你的平静是令人绝望的美
但是，毕竟有什么发生了
你的脸如同镜子般破碎
回忆的鱼儿在跳
我沉下去，脚缠住了水草
仿佛沉在了你的心里
我以为这只不过是一场梦
我以为我会在这梦里一直睡去
日拨云开，天空依旧透明
一道阳光仿佛你的嘲笑
一道阳光是上天和我们开的一个玩笑
我的眼泪还未干
你已经投入另一个怀抱
但是每个故事的最后
都得有一个言不由衷的句号
我睁大了眼睛，做最后的一次回眸
想把你的美景尽收
你不要笑我的自私
请问你的美究竟谁能够真正带走

石头剪刀布

当我们喊出一声：石头
并狠狠地握紧拳头
给这个世界愤怒的一击
我们是否意识到在另一个地方
另一个人也有同样的想法

当我们伸出两根手指
并喊出一声尖锐的：剪刀
黑暗中刺的一声，瞬间
世界一分为二

当我们掏出一块布
试图包扎流血的伤口
却发现指尖有疼痛渗出
那块刚刚凝结的疤
只不过敷衍了更多的毒

石头、剪刀、布，这些平常的事物
每一个都能独当一面顶天立地

当它们陷入一场猜拳的游戏
便如同五根手，谁也逃不出掌心

黑雪

裂变首先从一块布的边缘开始
雨水在温度计的玻璃管中收缩
一颗尘埃碰撞另一颗尘埃
雾霾的蘑菇云从城市顶上的烟囱扩散开来

接着雪，如黑天鹅的羽毛纷纷坠落
忧伤的风吹动夜的头发，挨家挨户
张贴死亡通告。在平安夜似乎
一切都很平安，昏暗的路灯如死神

的笑容，落在树上，窗户上
圣诞老人的礼物，带着辐射的味道
将诅咒装在裹尸布般冗长的袜子中
投进我们变异的基因里

而孩子们是无辜的。他们打雪仗
堆雪人。用他们的天真堆砌童话世界
用骨灰浇铸健康的身体，如同用
二氧化碳和水生成他们纯洁的灵魂

黄河船夫

此刻，河面归于宁静
晚归的白鹭踩着自己的影子站立
从他古铜色的烟斗上
托出另一个夕阳

和大多数匆匆回家的人不同
他坐在船头，不慌不忙
他要抽完一袋烟，凉干衣襟
就像白鹭凉干它的翅

夜色终于降临，他收拾船具
背起羊皮筏子走回家
赤裸的双脚浸满浪花的白
和他背上的筏子一样爬满清晰的脉络

在这条河上漂了五十多年
早该退休，如今很少有人坐他的筏子
唯一让他放不下的不是生计
而是一摸到橹，便不由得唱起的船调

穆斯林的墓地

暮色滑过宣化岗
给那些坟墓披上悲伤的外衣
落叶以抛物线的方式
切入时间二次元的函数

那些哲赫忍耶派的教主们就埋在这里
连同他们一起埋葬的还有
三丈白布，一方薄棺和所有
生前的功业。干净得如同
被阳光冲洗的石碑
甚至不会留下他们的名字

一颗晶莹的葡萄，盛在银色的盘中
饱受阳光和雨露，在自身之中成熟
而把绿荫献给真主安拉
献给山河，献给从四面八方前来朝拜的人们
我们把灵魂埋在黄土岗上
用双手捧起耳朵，用心去聆听
这晚风刮过林间的声音

牛肉面

我们已经习惯了这样的日子
从凌晨开始，揉搓，拉扯，和自己过不去
被放在一个大盆中沉淀
有时候还要加一点硼灰
让自己坚韧，以便被时间拉长

然后和别人一起脱光衣服
跳进黄河水中游泳
不管他是牛肉、萝卜，还是味精和胡椒面
都被混在一起熬成一种味道
有着兰州人特有的浓烈与浑厚

万事俱备只等天亮，一声吆喝
大宽，韭叶，二细，三细，毛细
兰州人之间的差别只在体量
而不是别的什么。一人一碗一个凳子
便是此生最大的幸福

圈养的马

在山丹马场，这些马从小
被配种，挑选，培育，训练
刻意打造成贵族气质
为各地土豪们遴选的宠物

以至于它们竟然忘了自己
真正的贵族血统。那是来自于雪山
草原，如风一样奔腾的血液
如今只能吃专供的草料，望着
远处的雪山，在栅栏里
争夺自己的战场

石头泛白，月亮长出新芽
它们还在槽边咀嚼食盐
风从一个山头吹到另一个山头
咸涩凉意痛彻心扉

有时候，它们会从梦中跑出来
在月光上肆意驰骋

只有在这个时候
它才会原谅整个季节的荒凉

水管

早晨，父亲拧开
冻结的水管
结冰的旋钮咯咯吱吱
如他老迈的关节

滴滴答答，黄色的液体
从生锈的龙头滴出
他的血管严重堵塞
半个身子僵硬，头歪向一边

父亲站在水管旁看着
忘了自己要干什么
那些点点滴滴的水
如同他渐渐稀疏的时日

我找来一块破布
把出水口堵上
那些水还是渗了出来
就像我无法用手堵住自己的眼泪

土豆

他们把土豆洗净
不去皮，直接放进锅里
温火煮上一夜
早晨从吃土豆开始

剥皮，撒盐
松脆的感觉如同春天的土地
一口一个坑
三口一顿饭

有的干瘪，发芽
内部溃烂
百病缠身
但还得吃

或者被挑选，切块
埋进土里
生一堆孩子
才会觉得死得其所

过年

新年的钟声一响，我们都又老了一岁
春晚的欢喜让我们暂时忘了悲伤
以团圆的名义我们欢聚一堂
彼此拜年，问候，发红包
好像新的一年就是新的一生
我们都会洗新革面，重新做人

然后短暂的沉默，尴尬的傻笑
各自拿起手机刷自己的朋友圈
除夕夜的饺子堆积在盘中
如人心隔着肚皮
我不是你肚子里的蛔虫，自然不懂
你的悲喜。拜年的问候是多余的
除非你要在这个空虚的夜晚
打发多余的时间

幸好我们还要拜年送礼，在剩下来的假期
走亲访友。沉甸甸的礼品可以填充
我们空虚的内心。感情浅了

喝一场酒，也许就可以加深
关系断了，拉一拉家长
似乎就能弥补。这是通常的幻想
古老的风俗，如祖传的老酸菜
没人吃了，总得往桌面上摆

余下的事情，就是吃饭，睡觉，打麻将
孩子大了，没人再想打灯笼
烟花放的要一个比一个响
其实我们都知道，却都不愿说
我们早晚会从这个伪造的梦中醒来
生命如烟花般短暂
它有多灿烂，就有多孤单

新年致辞

所谓新的一年，其实是没有的
时间只不过是表盘上永不停歇的脚步
昨天连着今天，明天连着后天
就像山峦连着山峦
河流接着河流

今天，我们一如往常
读书、吃饭、做白日梦
用并不璀璨的烟火
打发这同样不璀璨的日子

但是，元旦——这个名字响亮
却性情温柔的日子——注定要发生什么
或者说我们必须为它赋予新的意义
以使这根上紧了的发条
不会因持久的运行而突然折断：
一个新的生命诞生了
一段往事成了回忆
一根绳子重新打了个结……

我对着天空大声喊出长长的一声
然后慢慢停下来，换一口气
再呼出一个更大更长的感叹号！！！

我爱这粗粝的山河

我爱这粗粝的山河，就像
爱父亲的大手
关节裸露，皮肤开裂
我爱这狂烈的沙尘暴如同热爱火
自父亲的肺部流出
咳嗽声多了一些空旷
我爱干旱也爱水，爱那些干涸的河流
如何把石头运往远方
我爱生也爱死，爱这里的草木
怎样在自己的尸体上长出新芽
泪水从它流出的那一刻就变成了汗水
盐，只有盐。这清白的灵魂
洗尽所有的柔情，才会坚如水晶

枪

我的体内藏着一把枪
每当我愤怒时，它就走火
伤害的不止我自己
还有亲人、朋友，周围的一切人

到了晚上，我会把它取出
擦拭，填弹，然后重新放好
白天带着它防身，若无其事地过安检
微笑面对每一个人

终于有一天，我忍无可忍
拔枪自杀。从枪膛里射出的却是一枚哑弹
如我结石的胆囊一样
长在怂人的腹腔里

煤的进化史

煤炉子里噼噼啪啪
那是十年前老王
在山西折断的骨头
接着窜出蓝焰，像燃烧的灵魂
从去年大王起火的卡车上喷出
逐渐变红，如鲜血
从埋着小王的泥土中渗出

我看着一个煤球由黑变红
由红转白
就像看着一个家族的进化史
自从煤改气
我再也没有见过他们
只好把那一堆炉灰装进陶罐
埋进早已为他们准备好的墓地

电线之间的麻雀

在电线与电线之间，两只麻雀
相对而立，保持着生与死的距离
在电杆与电杆之间，几个工人
进行维修，打通光明与黑暗的界限

他们绑着保险绳，身着防护服
看似安全，实则岌岌可危
争夺生命的不只是大地
也有高压的引力

偶尔闪动一个火星。我知道
谁家的灯又亮了。电流就像一声欢呼
从神经末梢传向大脑，安全帽
内的头发瞬间竖了起来

在几十米的高空，他们如同鸟雀
累了就借助某个电线杆子休息片刻
电线被风吹得左右摇晃
生命如烛火般摇摆不定

路灯

路灯亮了，道路延伸得更远
有影子陪着
路人就不觉得孤单

昆虫趁着灯光赶集
它们都是趋光性的动物
抱团取暖，落入陷阱

路灯亮了，照亮远处的星星
每个路灯都是一颗星
照亮别人，燃烧自身

在灯下，我们会感到眩晕
眉毛遮住了眼睛
看得清远方，看不清自己

乞巧节

请给我灵巧的双手，让我绣出银河的星辰
给我妖冶的眼神，让我勾住男人的心
给我丰满的乳房，让我哺育更多的孩子
给我一座鹊桥，让我走进他的梦

我只是一个村姑，只喜欢大山的狂野
七月的雨水充沛，池塘溢满
白龙江的船号子响起
如激烈的夜雨，敲打我的门窗

阿哥在大山外打工至今未归
原本一天见一次面
到现在一年也见不到一次
他的手是不是已经牵上了别人的手

准备好的铜针，有谁为我穿上丝线
成熟的果实，有谁前来采摘
请给我灵巧的双手，让我捧起半圆的月亮
就像喜鹊捧起自身献给神灵

生日

生日那天，我与镜子里的自己
相视而笑
狡黠的鱼尾纹从眼角爬出
嘲笑我的无能为力

我们却都不说话，相对于反驳
我们更善于隐忍与合谋
偷偷拔掉鬓边的银丝，涂点防皱霜
换上年轻的时装参加宴会

致词时只谈感激不谈回忆
蜡烛的数量只取个位数
用英文唱生日歌，假装听不懂
戴上王冠，做一回王子或公主

切蛋糕时把最小的一份留给自己
害怕多糖，连笑容也尽量矜持
过了今天我便向自己投降
卸下面具和包袱，让生命伸直

崆峒山[1]

这里有山，有水，有众神的福祉
这里不只是一座山，一条河
就像这里不只供奉着释迦牟尼
观音菩萨，还有玉皇大帝，张天师和关公

山风骤起，一只苍鹰飞去
兀立而起的还有悬崖上的屋檐
我双手合十，向上天祈祷
无奈却被游人拽住灵魂的双脚

一声，两声……是木鱼的清脆
或是磬铃的激越。檀香缭绕
谁能看清前生今世的幻影
一支竹签怎能把人的一生定格

当信仰背上命运的十字架

① 崆峒山，位于甘肃省平凉市西3公里处，是丝绸之路西出关中之要塞，自古就有“中华道教第一山”之美誉。

谁还会得到上帝的启示

买一条红绫，抛向空中，飘向远方

那里是不是我要去的方向

山鹰

它来自比时间更为遥远的古代
目光比天空深邃
蹲在那里如一尊雕像
用尖爪钩住岩石，以免被孤独吞没

它掠过草原、雪山和裸露的戈壁
为大地揭开衣被
惊颤的生命无处逃遁
干枯的荒草分开道路，为死神引路

旋即。有一个猎物被捕捉
如电子的碰撞毫无规律
弧形的天空向外凸起如眼球
把一个黑点投影在褐色的视网膜上

独坐五泉山[1]

五泉山，我把你的每座山峰
都看作是一尊佛
在自身之中打坐
山中的每一眼泉，都是一声祈祷
盛开莲花，吐气如兰
泉边的每一株树，都是一炷香
燃烧着生命的葱郁
把青春献给神

我坐在你的身边，品一杯清茶
细数时光的河流如何在你身上留下痕迹
思想从冬眠的根须中长出嫩芽
在夏天开花，秋天结果
又在另一个冬天归于宁静

三台阁的钟声飘来，忽远忽近
我在木鱼声与诵经声、蝉声和鸟鸣

---

① 五泉山，位于兰州市区南侧的皋兰山北麓，为陇上名山。

组成的交响乐里打坐
斑驳的阳光把树荫覆盖在我的身上
平静的风从远处吹来
把我的和五泉山的思绪
吹向更远的远处

西天的云朵

那些毛色纯白的绵羊
正在啃食天空的蓝。缓慢、淡定、闲庭信步
它们的牙齿如鲸须般张开
过滤多余的词语，把意义凝结成冰
诗如同白色的晶体
常年沉淀在雪山之巅，遥远而神秘

如果它们沿着山峦继续向西行
那么它们一定是从我的内心奔腾而出的
虔诚的晚祷。追逐日光
此时，除了风，没有人关心
在我身边一起走向落日的那个人是谁
我们相谈甚欢，却又默不作声
其实更像两个打马归来的牧人
怀着某种怜悯，朝着某个幸福的远方

每个不朝向神的日子都是对时间的浪费
每个不通向美的文字都是对语言的辜负

黄河早春

你比鸭子更早地发现了我
躺在三月坚硬的砾石滩里
无声无息，如散落一地的阳光
春汛在干涸与解冻之间

柳树还没醒，杂草也只是刚刚露出头
有三两株的迎春花还是假的
季节比时间慢了半个节拍
我比你的脚步慢了半个节拍

这种缓慢的爬行，似乎并不存在
记得当年，游弋于你眼眉之间的木船
长成了大树，它木讷的脾性
像极了你的从容

要不是你的提醒，我还以为
自身的冲动仅仅是因为血压升高
对于你的行踪我并不确定
因为我的脸上从未染上你的颜色

还乡书

我鞍马劳顿，衣锦还乡
笔尖的马达在信纸的横格上嗒嗒作响
故乡很近，山水飘着墨香
故乡很远，花草还留在回忆里

我泪水涟涟，抚摸父亲
花白的胡子，在照片里
他的脸庞冰冷，沙哑的声音
更加苍老，如腐朽的木桶

跪在母亲的坟头
荒草爬上她的遗像。我梳理它们
就像小时候给她梳理头发
久违的春天爬上枝头

我踉踉跄跄，深一脚浅一脚
一个跟头栽进回忆的陷阱
信纸破了，墨水洒了一地
我想把信寄出，却忘了地址

一朵花的死亡

我看见一朵花被拦腰折断
娇艳不再，半截花梗杵在那里
做出投降的姿态
仍然无法幸免
人类的好奇比蜜蜂的毒刺
更加善于传播死亡

它死于春天
死于自己的美丽
死于同类的嫉妒和自私的占有
绿叶把它举向高处
充当可怜的替死鬼
平静的花丛整日上演
这无声的生死大战

逆生长

从我光秃秃的脑袋上长出黑发
如黑夜的枝条从半沉的夕阳上生出
面带红光，皱纹消失
混沌的声音如同咿呀的婴儿语

我的脑子一半是水，另一半
被黑白不分的灰质脑髓占据
不会思考，人云亦云
粗笨的舌头像鹦鹉一样只会模仿

缺钙的骨头千疮百孔。多喝酸奶
却不想得了软骨症，佝偻和畸形
多年的风雨只是把我皮肤锻炼得粗糙
但内心软弱，如烂熟的西瓜

面对批评和嘲笑我只能哭喊着跑回家
抱着妈妈的牌位说我不想长大
母亲的坟墓塌陷成坑，荒草如被
我蜷缩成一团，游向她的子宫

冬至

冬至未至，草木被判死刑
缓期两年执行。下弦月挂在半山腰
夜归的人摇摇晃晃
他手执拐杖，把黄土堆到脖子上

说好的落叶归根，说好的秋后问斩呢
命运只回答了他上半句
却没说下半句。当他半生漂泊
回归故里，剩下的时日无处安放

南去的大雁杳无音讯，北归的燕子
遥遥无期。这泥作的旧巢装满风雪
感情家徒四壁，记忆如透风的墙
撕扯着旧时的年画哗啦啦作响

他是村里的最后一代和城里的第一代
却不得不回到家乡注销户口
看着斑驳的族谱，摸着陈旧的棺材
他叹了口气睡了进去并为自己盖上被子

兰州的秋天

秋天，阳光压低翅膀
将裸露的河床孵出铜锈
水平线下降，白色的石头露出头
在芦苇丛中乱窜

秋天，风里带着咸味
盐巴将谷粒炒熟
阳光把树叶的灵魂抽走
只留下血色和脉络

秋天适合离别
适合一切悲伤的字眼
但是兰州的秋天却是冷静的
如眼泪被风吹干

挥动的手臂伸进树干
河水静止不动，它沉淀着泥沙
仿佛要卸下心中的杂念
在时光中坐定成佛

一叶障目

一片叶子在手中，就像是握着一个面具
我看不见叶子背面的世界
那个世界也看不见我

一片叶子如一坛酒，酒壮㞞人胆
发酵我心中所有龌龊的想法
我还以为别人都不知道

叶子总会枯萎、变黄，等到秋天
从树上落下。那暴起的青筋
如干尸的骨架

我从一片干枯的叶子上看见了整片森林的真相
那些生命用身体直接掩饰的
却最早暴露在我的面前

掏鸟蛋

我自小手抖，据说
是因为小时候掏了鸟蛋
那些还没有来得及出生的灵魂
向我索命

现在我用颤抖的手握笔写字
总是不能工整
我想我前世是不是秦始皇
焚书坑儒

如今我又写诗，胡乱涂鸦
写了又改，改了又写
我不是诗人
我欠诗歌一条命

在华池参观马锡五审判方式陈列馆

云走后，留下一片月色如水
你走后，留下一份宁静似秋
夜色如酒，把所有
黑白分明的大脑浇灌成梦
夜归的人似秋虫般
将最后的控诉藏进羽翼
石阶上印满青苔，那些来自尘世的脚印
最终化为尘土，被风吹走

你不是法官，你只是法律的守夜人
围着炉火悼念一个逝去的时代
在田间地头，你目送娜娜离去
在另一个地方改名叫刘巧儿
你叫乌鸦来告状，用人们的目光从枯井
打捞上来一具尸体
于是真相大白，善恶得报
人们四散离去，返回一座座窑洞
如高原上的庄稼相安无事

南梁[1]

九月，成熟的玉米姿态挺拔
排成一行行如待检阅的士兵
你会想到母亲、劳动和遍地的刀枪

但是这里的历史更为久远
他们的暴动源于一次玉米的集体死亡
一干人上山游击，落草为寇
仅仅是因为到了收获的季节两手空空
到了该上学的年纪头脑空空
老天不给减灾，国家不给减税

如今这里土地肥沃，草木旺盛
成熟的庄稼拒绝饥荒
我走进玉米地，想拥抱这幸福的和平年月
不料却被玉米叶子的刺划伤

① 南梁，位于甘肃省庆阳市华池县，是陕甘革命根据地之一。

白露

看到白露这两个字
我想到了雪，想到一片片鹅毛覆盖大地
我想到了冷，想到叶尖的水珠凝结成冰
我还想到了一种鸟
它们长长的颈扎进湖水
把自身的皎洁，嵌入更深的白

其实他只是一个节气
与其他二十三个日子一样平常
只不过在生活的标尺上
时间的刻度又向前推进了一小节

早上我照常起床，上班，开始一天的忙碌
偶尔抬起头看看天空，看看那里的云
是不是比别的日子更加洁白
风确实凉了一些
阳光也不再那么刺眼
路边的树比建筑物瘦了一圈
建筑物比天空也瘦了一圈

白露之后，立志做一个节俭的人
写简洁的诗。晚上睡觉知道加厚了被子
生怕那些越来越白的月色
会浸入愈加寒冷的梦里

我不只从一件秋衣联想到秋天

思念导致霜降。窗外
谷物燃烧的大火越过密集的栅栏
大雁看得清沙地，翅膀收起
年迈的高原一夜白头

你穿上秋衣秋裤，如落霜的大地
牛羊回栏，裸露的河床遍布歌声
嘴角上的笑容沉甸甸的
头顶的忧郁，在你眼里扩散

我不只从一件秋衣想到秋天
还能从日渐稀少的雨水和干燥的空气
我终于可以静下心来细数心事
那些心灵最微小的部分，都落地成诗

我沉湎于自己的冥想，沉湎于眺望
光秃的枝丫承接你最后的一瞥
轻盈的风绊住了我的脚步
我想逃回夏天，却在秋天的洞穴里安眠

医学院的春天

墙角那棵腊梅花又活了过来
换了人造根系，连花也是假的
冬眠的小动物们还未醒
淡黄色的梦，带着福尔马林的气味
穿白大褂戴眼镜的教授抬头看天
他注视着云，就像检查一具尸体
黄色的太阳如一枚破裂的肿瘤
癌细胞早已扩散，只留空壳在干扰仪器
学生们好像长在对方脸上的青春痘
相互憎恨，用针头互扎
干净的路面像是被消过毒
只有从裂缝的地方才能长出青草
没有风雨，花朵在花房中开得很顺利
如在容器中跳动的红色小心脏

天门山[①]

我们沿着索道，乘风而上
轻盈得像一根根羽毛
跟随我们的还有更多的羽毛
我们共同构成一对翅膀

云雾拉低了天空的边际
我们站在玻璃栈道上，仿佛置身仙境
坚硬的岩石不再沉重，更像是
沾在翅羽上的一枚水珠

太阳没有出来，天门洞如一面
灰色镜子，照出人类的缈小
未知的山顶增加了它的高度。站在中间
向上看或向下看都是一样的茫然

我们不是神仙，只是游客

① 天门山古称云梦山、嵩梁山，是张家界永定区海拔最高的山，北距城区 8 公里，因自然奇观天门洞而得名。

过高的海拔会产生缺氧、恐高等症状
险峻的山路不适合攀登
我们坐缆车下来，如一滴雨的下落

袁家界[1]

没有什么比一座浮在雾中的山更轻
没有什么比一团压在山下的雾更重

站在玻璃栈道上，脚下的雾
将数百米的高空填满。我们似乎不是身处险境
而仅仅是躺在巨大的棉花糖上玩耍

一阵风吹来，悬浮的山摇摇晃晃
如一个醉汉走错了家门
雨中的袁家界酒意正浓

如果我一失足，掉下山去
我的生并不比一座浮在雾中的山更轻
我的死也不比一团压在山下的雾更重

① 袁家界位于张家界国家森林公园北面，是一方山台地，背依岩峰山峦，面临幽谷群峰，自东向西延伸。

爱晚亭①

傍晚，岳麓山的影子从头顶盖过了爱晚亭
它在翠绿色的襁褓中似乎睡着了
山泉汩汩，从繁密的树叶间落下的蝉声
将青石上的夜色加厚了一层

水是静止的，仿佛三百年来从未流动
密封在岳麓山的酒杯中更加醇香
晚风偷偷开启一丝瓶盖，白云深处
枫叶在秋天的氤氲中依次披上红妆

连同水一起停下的，还有游人的脚步
文人的墨宝和伟人的故事
人们坐下来与山水唱和，与虫鸟共鸣
让鹿蹄在苔藓上书写细碎的心事

---

① 爱晚亭，原名红叶亭，位于岳麓山下清风峡中，亭坐西向东，三面环山。该亭始建于清代乾隆年间，取杜牧诗句“停车坐爱枫林晚，霜叶红于二月花”之意命名。

此时，我的心也变成了一块石头
把梦压在爱晚亭下沉睡千年
放生池中的一朵莲花开了
那是我，或许是你，前世的娇颜

304 路公交车

从文化宫到桦林路
是它生命的长度
伴随着深沉的叹息，每天早晨
它嘟囔着起床，匆匆上班
把早餐和牢骚塞进拥挤的腹部

常年超负荷的运转
使得它身体老化，发动机疲软
车皮掉色，锈迹斑斑
走起路来咯咯吱吱，仿佛缺钙的骨头

每过一站，它都会离终点
更进一步。但是它却不知道自己能不能
等到回程。终点那个坟场越来越堵
不知何时，它将成为那里的一员
没有人会在清明节为它流泪

与花为邻

与一朵花为邻，久而久之
便具有了花的秉性
喜欢花的安静，洋溢花的芬芳
一个人经历风吹雨打也不觉得有多孤单

我也学会了用花的眼睛观察世界
阳光是用来吃的，露水可以点灯
蝴蝶和蜜蜂不再是毫不相干的物种
它们竟然可以说媒，传播爱情

它和我有同样的志趣
允许我有时不经意地走近又不经意地离开
喜欢独处，把心事隐藏
当我翻开书页，它会借着月光把影子留在纸上

就这样，我们之间达成了无言的契约
它不凋谢，我不老去
它若凋谢，我亦不老
静静地看着它化作春泥，明年再开

水培植物

我惊讶于你的绿，一簇细叶
如瀑布般从玻璃容器的边缘倾泻下来
高挑的躯体如此轻盈，以至于
那些细长的茎秆浮在水面上

也并没有觉得失重。相反
那些脱离了泥土的根系更加发达
将透明的液体转化为绿色
使整个悬浮的身体更加茁壮

甚至不需要阳光，全凭水
也只有水能让它们在透明的容器中
更加洁白。生命如同一个梦
在物质的真空中悄然起舞

甚至不需要风，不需要雨
它们的存在的确配得上一个赞美
身体向所有目光敞开着，灵魂却隐退
如同白纸上一个孤独的词等待被定义

青黄不接

这梅雨季太多的惆怅
使还未成熟的麦子错过了收割
烂在地里
等待腐败
也许再多几天它就会发芽
在瑟瑟的秋风中二次发育

我的父亲在麦地里踩了踩
索性将它未成熟的身躯当作来年的肥料
我爷爷去世时二十七岁
那年我父亲七岁
如今父亲二十四岁
我四岁

我们都错过了合适的时令
便再也跟不上趟
在别人收获的季节成长
在别人成长的季节毁灭

三岔口

如你所见，在我的面前有两条路
左边通向群山
右边通向平原
后边那条才是我的来处

虽然我有两条腿
但是我却无法同时走上这两条路
我只能选择走上其中一条路
然后在心里想着另一条路

或者，我只能躺在三岔口
头和双脚指向不同的道路
此时我成了路标
对于迷路的人却没有任何用处

正如给我的一生两次以上的机会
我也无法同时踏进同一条河流
那条我们披荆斩棘开拓的唯一的路
却是命运无情地拍打和盲目地游走

古墓

一座古墓，几个盗洞
古老的墓碑记录了它的辉煌
而出没的耗子
则证明了它的虚妄

按照久远的习俗：人死了
就要有一座墓，安放无所适从的躯体
最好还要有陪葬：人、牲口和金银玉器
梦想能在天国继续人间的生活

但到最后，墓被盗了，或者考古挖掘
人的尸骨被像垃圾一样弃之荒野
人们只关心那些身外之物
和那个与他们毫不相关的世界

这一切终究会化作尘土，归还给大地
只有大地不需要隐藏
它张开双臂接纳所有事物
能承载所有，却无比空旷

墓碑

两块墓碑，高于地面
只不过是证明它们的名字
比泥土底下的躯体
更加孤独

两块墓碑面向同一个方向
视线没有交集
仿佛活着的时候习惯了家长里短
而对彼此的漠视

两块墓碑隔得并不远
却像牛郎织女隔着银河
他们的思念只留在心里
从不让对方听见

两块墓碑站在那里
上面的字迹已经模糊
只要他们还被活着的人记得
他们就不曾真正死掉

下水道

走在路上，我听见
脚下有人打洞的声音
我的心为之一震
那种黑暗无人知晓

城市干净，路面一尘不染
人类制造的垃圾被放置到了隐蔽的位置
污水进了下水道
垃圾进了垃圾箱
罪犯进了监狱

总有人在黑暗中为我们掌灯
总有人在背后为我们负重前行

行走的秋天

正直的秋天不是法官
一场秋雨毁灭不了世界
肃杀的秋风不是刽子手
扫得了落叶却扫不去回忆

透明的秋天不是水
折射不出人间的光怪陆离
金色的阳光不是魔镜
看不透一个人的前生今世

行走的秋天是一列开往时间深处的火车
前半段是白色，后半段是绿色
留在中间的一段恰好被云缝中的阳光看见
于是五谷丰登，瓜果飘香

蜘蛛

躲在路灯后面的蜘蛛有可能是假的
它能编织网络，亦可能编织谎言
黑色的皮肤善于伪装
细长的八足善于捕捉

它躲在光亮后面，像极了我们的
欲望，躲在灵魂深处
那里阴暗、潮湿，而且有毒
能够抓住每一个不小心犯错的机会

我的眼里只有光，看不见蜘蛛
就像面对一个拿着灯的人
他的表情不可捉摸
他的存在却无比强大

我觉得自己就是那张网上被粘住的飞蛾
除了束手就擒，别无它法
那片灯光就是它红色的眼睛
在暗中监视，随时都会把我吃掉

飞蛾

一声叮咚，惊醒
整个房间
以及房间外面的整个夜晚

关于生死
关于内外
关于从一个生命变成另一个生命
有时很容易
中间只隔着一层薄薄的玻璃

但有时却很难
需要勇气
需要运气
需要技巧和时间
冲出那坚固的黑暗

白杨

先是被这个词的颜色吸引
再就是它的声音
然后是它的挺拔
最后就剩孤独

孤零零的那么一棵
像一根旗杆
守着一轮月亮
在荒无人烟的大地上
生长了许多年

秋天的树

它站在那里，一身喧闹
与旁边的衰草形成鲜明对比
天气凉了，雨水少了
本该褪色的脸却异常欢喜

顶着一树繁华，似春天的花
身穿红妆待字闺中
蜜蜂不来，蝴蝶不问
孤单的样子好像走错了时空

霜降的夜晚总是特别孤寂
月光见证了它悄悄的变化
由黄变红，由红变紫
最后化作秋风如离人的头发

多过一日，叶子就会少几片
最后终于落光露出鸟的巢穴
是时候了，该睡觉了
再做一个梦就到了另一个季节

银杏叶

比蝴蝶多情，比花朵红艳
这些银杏叶开始
以你我为对象虚构爱情故事
塑造它坚贞不渝的角色
没有任何生离死别，能比它善于凋谢
生前胆小怯懦，对爱沉默
死后还带着遗憾，在秋风中用黄金铺就
一条通向天国的路，让人们去捡拾
在时间之书中逐渐泛黄的记忆

这剧情简单，脉络清晰
台前幕后呈现一样的风景
淡如描白的折扇预留了续集
这种凋谢意味着，它们把自身埋伏成为泥土
在来年春天按时开放；只有春风知道
那朵干枯的虫茧之内暗藏了怎样的梦想
一对美丽的翅膀，一会儿轻轻打开
一会儿又迅速合上。直至爱神
从半掩的幕后跳出，告诉我们自然如此
我们从未被命运的判词饶恕过

冬夜

冬夜，寂静
寒冷从水管
向
低
处
蔓
延

流水像梆子
越来越小
滴
滴
答
答
凝结成一片回忆

雪落草原

雪落草原，就像一个梦
突然变成现实
蛰伏的雪莲纷纷开放
膘肥的羊群纷纷出栏
轻柔的经幡从雪山顶上向下蔓延
为迷失方向的灵魂
指引回家的方向

一不小心就白了头
一不小心就忘记了年龄
一不小心把脚伸进雪里，打一个冷颤
就忘记了前生走过的痕迹
一不小心就忘了草原的颜色
一不小心就忘了河流的声响
一不小心碰到转动的经轮，停下来想一想
就忘记了来世该如何轮回

冬天的黄河

冬天的黄河有夜的宽度
一些回忆被冻成冰
静静地躺在枯黄的芦苇丛中
季节适合流动，却在此地被暂时搁浅

也许还有一些没有回应的对话
说出去了就无法收回
如岸边五泉山上的钟声
尽管没有人听，还是每日准时响起

它把岸边的柳树变成了水仙
顾影自怜，让冬日的黄河更加深邃
一次低头足以把一生堕入凝望
在想象中冬眠，与自身约会

漫长的蜜月，如同一个瞬间
从时间的河流中逃逸，躲在水晶的
横切面中获得源源不断的能量
因此便有了光的纯度，和永恒

落叶小记

进入十月，秋风很难触及事物的内心
阳光掠过高山的边际
把过期的腮红涂在树叶的表面
叶脉清晰，皱纹暴露了它的年龄

随处可见的落叶，记录山河细碎的故事
野草枯萎，山林变得更加消瘦
河水下落，石头变得更加坚硬
一只白鹭飞过，影子显得更加孤单

在低洼处，一只蚂蚁正在啃食腐败的叶片
如果你不俯下身子，你很难发现还有生命在成长
季节的更替给了树叶不同的颜色
求生的欲望在细微处此消彼长

不要解读落叶的心事，假如你不曾经受风霜
不要责怪我没有笑容，假如你不曾历尽沧桑

饺子

冬至这天，我一边吃饺子
一边看新闻。一则新闻：
一个煤矿发生事故
十几个人被困在井下，暂时失联
我的手抖了一下，手上的饺子
连皮带馅一同掉进了碗里

那里有大肉、虾仁和白菜
抱着团在碗里瑟瑟发抖
我能感受到它们的恐惧
和对光明与空气的渴望

我不敢再吃饺子
生怕那些脆弱的生命
进入我的食道就再也无法出来

雪落塞外

雪落塞外，大漠一夜之间回到大唐
羊群变成了绿水上的鹅毛
帐篷盛开成一树梨花
就连金顶的寺院和圆顶的清真教堂
都淹没在白色的帐幔里
只露出秦砖汉瓦

那时候武判官还没有归京
李白还没有被流放
王昌龄还能醉卧沙场喝葡萄酒
崔颢还能乘着春风去玉门
头顶的天空挂着的还是秦时明月
脚下的泥土还可以叫汉时关
马上相逢的时候还可以用汉语
往家乡报一声平安

塞外的雪做了一个梦
梦里的塞外没有异域风情

白鸥

生命的意义有时会以一种炫目的瞬间
呈现在你面前，以至于你常常
被想象吸引而忽略它的本质
比如这只白鸥，当它潜入水中觅食
它的眼里只有鱼、虾或者其他
能够充饥的食物而对阳光留在水面上的
它的影子视而不见。有时它会
一只脚站在水里，张开翅膀晾晒
它的羽毛。有时它会在空中滑翔
丝毫不会因为人们的尖叫，或者照相机
的闪光灯闪烁产生惊惧而迅速藏匿
当它的羽毛散开，露出红色的屁股
黄色的喙发出咕咕的求偶声，足以
吸引远处异性的目光。它的生命
并不会被赋予太多的隐喻，就连
那枚在芦苇丛中即将被孵出的蛋
也可能只是一个线性的延续
白鸥们会冒险，甚至不惜付出生命
将它们的幼鸟抛向空中，用以证明
在水面上掠过的并非仅仅只是一个幻影

冬日河岸

冬日的河岸，天空与杨柳交织
如一张废弃的破鱼网
以至于被困在河滩乱石间的水
像搁浅的鱼在原地打转
渡船还在，荒草丛生的渡口
却再也找不到离别时的痕迹
记忆如河水，在冬天变低
却更加清澈，把众多伤疤留在了河岸上
贝壳、树枝和塑料瓶混在一起
演绎着后现代的精神分析
没到年终，一切都还没有结束
没有冰封，真相还没有被遮蔽
一只白鹭从沉默的水面飞出
它的身影具有某种启示性，像一把刀
切开冬天的表象，把时间的真相
呈现在我们面前：那些在我们记忆中
依次呈现的事物，有可能只是
河流的上下游，抑或是河与岸
一瞬间在左右眼的交替投影

两只狗

广场上，两只狗在竞相追逐
为了一块沾满灰土的骨头
广场外人来人往，行色匆匆
没有人注意到它们到底谁胜谁负

一只狗强壮一些，率先抢到了骨头
得意洋洋，叼着骨头口水直流
另一只狗瘦弱一些，明显落败
可怜巴巴地看着，心有不甘或有所祈求

广场外人来人往，行色匆匆
没有人注意到它们到底谁胜谁负
直到瘦弱的那只狗因为饥饿殊死一搏
才纷纷躲避，怕伤及无辜

终于有一辆车开来，把两只流浪狗带走
明天或许把它们做成了香肠热狗
广场外依旧人来人往，行色匆匆
没有人注意到它们到底谁胜谁负

煤

恐龙埋在地下的样子
煤最清楚
煤在炉中燃烧的样子
火最知道
我没有见过恐龙
却见过煤被火一点点燃尽
由黑变红，由红变白
逐渐失去血色
犹如无数个挖煤工被困在井底
模糊而绝望的脸
我没有机会再看见他们的脸
就如同，我无法听见
地层下恐龙的叫声
他们的生命煤最清楚
他们的愤怒火最知道

流水与石头

水从石头旁边流过
丝毫不在意它的感受
就像我早上起床穿衣离开
不会回头看一眼那个只睡了一晚上的女人

石头呆呆地站在水里
并不理解远方的意义
有时候它们也会被水搬着走
走着走着就变成了沙子

它们完全是两个世界的事物
但往往被安排在一条河里
相互折磨

春节

当春节遇上立春
喜鹊在花枝上鸣叫
人们把一枚叫做时间的硬币
包进饺子。试图把青春和阅历
金钱与荣誉集于一身
在新的一年里万事如意

就像那些我们给别人拜年时的祝福
整齐划一，体面而美好
完全不见冬天的寒冷，岁月的流逝
以及躲藏在手机后面的感情
那些因亲近而产生的敌意
距离而产生的误解都被暂时搁置
在这个双喜临门的日子
人们的眼里只有喜鹊和春花
红包和祝福，如同这一页红色的日历
简单而直接，微笑成了人民币的样子

元宵节

天空的瓷碗里，十五的月亮
如同巨大的元宵散发着思念
红色灯笼的影子本身就是一个谜
把生活的谜底藏进了日常

人们碾米、和面、搅拌馅料
将最后的年味裹进一个包袱
今夜吃完之后明天就是别离
糯米维系团结，红糖虚构甜蜜
花生、核桃和芝麻点缀着欢声笑语
这新年的最后一个夜晚，团圆
犹如这多汁的元宵，在繁华落尽
之后，仍然令人意犹未尽

每个人都是一个花生、核桃或者芝麻
需要被温暖，在多糖的腹腔中散发香气
每一个家庭都是一个元宵，一个汤圆
聚集香味，把流浪的孩子拥入怀中

万象洞

万象洞是一座巨大的博物馆
陈列了陇南所有的珍奇
有远古的大象，热带的猴子
天上的飞禽，海底的珊瑚
还有盛开的石花，参天大树
小孩子手拉手做着游戏
白胡子的老人蹲在地上思考人生

五彩的灯光让所有事物复活
大幕拉开，马戏上演
人们从洞口鱼贯而入
在洞内的每个角落驻足欣赏
拍照留念。每个人的脸上
都洋溢着惊讶的表情
面对亿万年前的石笋、石柱
和钟乳石，我们成了匆匆时光
和底下暗河中一闪而过的幻影

白龙江

在武都，我绑架了白龙江
把她藏在袖口一路潜逃
囚禁在空洞如初的笔记本里
而浓重的夜色恰好掩盖了我的罪行

她不哭、不闹，恰如泼辣的陇南妹子
白皙的脸上充满挑衅和不屑
这让我无所适从，失去尊严
心中的大火被一阵细浪瞬间浇灭

我绞尽脑汁，想找到降服她的方法
在她的身体刻上我的名字
我以笔杆挑开她薄如晨雾的外衣
在语言的尽头赋予她全新的意义

但是多么徒劳，水的力量无处不在
以排山倒海的姿势把我压在了她的身下
我以爱之名劫掠了她的身体
她以诗之义霸占了我的灵魂

碧口古镇

人在车中坐，车在水中游
静止的江水像一面镜子
照出两岸的春色
也照出天空的孤单

那些建筑是古代的，仿佛
被时间遗忘在了三省交界的山谷
络绎的商旅带走了茶叶和山珍
却带不走吊脚楼里浓重的乡音

在碧口，鱼是灵动的词
在一本诗集中欢蹦乱跳
争先恐后跃向封面
试做诗人优雅的签名

江水往南走，春天往北走
春风把甘肃最早的春天写在了碧口
碧口把甘肃人最后的乡愁留在了春天
从此天南海北，永不再见

响水泉

那山间雕琢的玉工是奢侈的
他们每次抡起铁锤
就有无数的美化作碎屑
散落人间

那林间弹奏的乐师是快乐的
他们每一次拨动琴弦
都能使树木寂静，花鸟同鸣
叮叮咚咚

偶尔，路过的我却是忧伤的
即使我有幸捕捉到她们的裙角
那透明的白纱也会飘散如水珠
瞬间在我的指尖消失

幽梦谷

那两只落在花上的蝴蝶似乎睡着了
而花是安静的
石头上的一只蜥蜴还在追逐着另外一只
它们的眼中充满爱恋
河水仿佛停住，听不到声响
慵懒的竹子在水中欣赏自己的倒影

每一条道路通向一种可能
每一棵树后面都藏着一张面孔
每一片叶子都有自己独特的形状
每一个梦都将你带到不同的地方
布谷，一声鸟鸣把我惊醒
于是，你所有的美都被揉碎在我惺忪的睫毛上

请不要怪我太残忍
是你的美让我感到绝望

烟雨徽州

数日阴雨不断，阻断回程
我迷失在烟雨的徽州
青山隐隐，露不出头
江水上涨，漫过了古码头
也漫过了我的心头
冷风裹着细雨打湿了我的衣服
也浸湿了我的乡愁
桃花不开，燕子不来
水墨画里的徽州还停留在
明末清初的年代

入夜，华灯初上
打更的锣声梆梆作响
撑着油纸伞，走在冷清的古巷
找不见出口，也忘了来路
我一个人走在青石板的路上
留下我的影子，孤单而凄凉

宏村

在宏村，一切都是安静的
烟雾缭绕，湖水如镜
就连雨水落在地上都不溅起
一点声响。桃花开在院子里
仿佛羞于见人；杨柳把嫩芽藏了起来
留给水面的，依然只是一副枯容

精致的茶饼无需叫卖，躲在门后
就足以让人闻到它的清香
作古的读书先生，把严慈的家训
刻在厅堂的墙上。晴耕雨读
诗书传家，在每一扇镂空的门窗
雕琢的梁柱或者焚香的案几上默默延续

在这里，一切都显得低调
如低矮的老屋温文尔雅
无论是富商巨贾、达官贵人
都得在村口下马，低头穿过牌坊
在半月池感受生命的盈亏

屯溪老街

雪后，白色的宣纸铺开
雨滴蘸着徽墨，在初春时节
勾勒一幅江南水墨画

湿漉漉的街道向四周延伸
如樟树的根部，填满石板的缝隙
青瓦白墙的房子，像一个个俄罗斯方块
彼此错落，却井然有序
褐色的木门后面隐藏着古老的法则
操控着温度与光线，如画家手中的笔
浓淡相宜，线条匀称

巷子深处的米酒、毛豆腐和臭鳜鱼
不需要吆喝，也能闻到
雨水从空中落下，流进水渠
汇入水塘，最后不知道在什么时候
又慢慢蒸发回到云里

迎客松

——赠淮上诸友

你站立的姿态，是一面旗帜
指引着诗歌的方向
迎着风，把根扎进现实的裂隙
向太阳吹响战斗的号角

你伸出手，将我拉上山顶
怀里揣着酒罐，在云端畅饮
光明顶上泛出红晕
白云谷底溪水飘香

我们都是人间的过客，却甘愿
把自己活成一棵顶天立地的大树
在贫瘠的花岗岩上绽放生命的绿色
雪压不折，雨打不倒
只为让人们知道，在这个商品杂芜的世界上
还有一种叫做诗的珍惜物种

斗鸟大赛

笼子打开，两只画眉鸟
同时进入一个笼子
一只生性好斗，拼命追逐
一只脾气温和，爱理不理

围观的人群从满心期待
到嘘声四起，最后扫兴而散
主人气急败坏，摔碎了笼子
两只鸟比翼双飞，重获自由

笼里笼外，何其相似
也不知道究竟是谁戏耍了谁

龙首山[1]

但凡有人的地方必然有神
但有神的地方未必有人
就像在夏日的龙首山
树林寂静，幽径空灵
清净的寺庙如同去年遗忘在
山顶被时间风干的空心萝卜
神龛一尘不染
香火更无从谈起
古铜色的神像因缺少膜拜
而面色泛绿，神情沮丧
神祉如同阳光，善于恩泽
却并不太会引人注意
当阳光隐去，大地干旱
庄稼和人类一样停止繁殖
人们才会一边抱怨一边敬神
但它知道人们的崇拜
不是因为信仰
而是因为绝望

① 龙首山，位于甘肃省临夏县庙山镇。

围场天池[①]

所有光鲜亮丽的表面
都有一个浑浊不堪的底板
就像天池不深，却看不到水底的鱼
湖面不大，却长满芦苇和睡莲
白云的倒影更白，蓝天更蓝
阳光反射在湖面上也会金光闪闪

我站在池边，像面对一面镜子
它把我粗犷的五官照得更加柔美
幸好有风从天边来
刨开玻璃的表面进入内里
那些黑色的水草、黄色的淤泥
像极了我的衣冠之下的骨肉纹理
我对着湖面喊一声：魔镜
就能看到我的灵魂和尸体分离
它们一个在天空，一个在水底
隔着镜子的临界点四目相对，默默哭泣

① 围场天池，位于甘肃省临夏县刁祁镇围场村。

无数个正午

白杨树把正午的阳光
分成无数个光点撒在地上
如无数颗黄金。蚂蚁忙着搬运
在暴雨来临之前，一切显得那么和谐
风不紧不慢，云聚了又散
花静静开着，草不赶时间
鸟儿在林间发出啾啾声
把时间推向停滞的梦境

我走过正午的树林，看阳光
把斑驳的虎皮披在我身上
它给我某种暗示：在梦里
我就是森林之王
仿佛我一声吼就能呼风唤雨
我一回头就能百花盛开
我一奔跑就跑过了整个世界
我一打盹就过了几个世纪
我怀疑这个世界就是一个梦
这辈子只不过是打了一个盹

我穿过阳光鳞次的树林

就像穿过无数个阳光灿烂的正午

大树下

大树下，总有阳光照不到的地方
一丛野蘑菇悄悄生长
土地并不肥沃
它们的贫困清晰可见
花儿掩盖不了叶子的清瘦
果实又青又小
还未成熟
一只甲壳虫翻过身来休息
两只天牛在打架斗殴
一群蚂蚁来往于树上树下
异常忙碌
搬运着它们的食物
也搬运着它们的命运

布谷鸟

一声布谷鸟叫，如一束灯光
刺破这里平静而黑暗的夜
给这个孤寂的荒村带来一丝生机
好久不见布谷叫了
听说它只在麦子黄了的季节出现

布谷叫时麦子黄了
麦子黄了却不见收割的人
收割麦子的人就像布谷鸟
回来叫一两声就走了
动人的夏天呼啸而过

布谷鸟知道，鸣叫是必须的
它们为了唤回收麦子的人
在外漂泊的人知道离开家乡也是必须的
这些瘦小的麦子
不足以维持他们一整年的鸣叫

大夏河

一只白鹭飞来落在河中央
它看着河面
那里是它来生的幻想
它再看看天空
那里有它前世的留白
它站在石头上就像是一个省略号中的一点
大夏河流淌着它的过往

逆光

阳光是逆着河水照过来的
照着水面的波纹、石头和沙滩
沙滩上零星的荒草。说是河
其实是一条时断时续的小溪
如一条花蛇在草丛里出没
没有河的喧嚣，也没有一条河的长远
反而更加安静踏实了
像一面镜子能照亮自身
也能照亮周围的事物

喊山

我对着大山喊：有没有人
结果大山回了我三声：
有没有人
有没有人
有没有人

山里空无一人

其实我不是在喊人
我是在喊山

人总是隐匿他的踪迹
而山，却报我以数倍的热情

雨中游太子山[①]

我无法确认，白茫茫的大雾
是从哪一个方向涌来
雨中的太子山如一个蒸笼
包子熟透，在皱褶处开花
路边的花草陷入狂欢
灌木、树枝，和褐色的山石
沉醉，散发着酒气
几米开外，白色的虚无中
窜出鸟鸣，却无踪迹
迎接我的，只有从同伴眼中
折射回的孤单。此刻
亭台是一座梦境中的孤岛
只有我们，才变得真实
很多时候，就是这样
我们行走在未知的路上
前途渺茫，后路无踪
只有风的来处
提示我们跋涉的方向

① 太子山，位于甘肃省临夏州与甘南州交界处，山顶终年积雪。

抽纸

生前，它是一棵大树
死后，它是一团垃圾
夹杂在中间这薄薄的一生
又太过委屈
仿佛这个世界所有的肮脏
都要交给它小小的肩膀

每天早晨，我们都被从床上拉起
面色苍白
——嗖，每抽一张
我的心都犹如那越来越空
的纸盒，颤抖一下
仿佛抽掉的
是我单薄的灵魂

在积石峡[①]

高峡出平湖，水
总是在大坝最薄弱的地方寻求突破
以每秒 2300 立方米的速度
俯冲下 100 米的落差，在半空中遗散

此情此景，像极了命运
总是在最低谷的时候给人致命一击
总会在最失落的时候给人带来绝望
以千万吨的压力
将你脆弱纤细的脊梁瞬间压断

而生命，绝不退缩
如一座大坝横亘在两山之间
报之以万马的嘶吼
和雷霆的愤怒
让自身在这被世人遗忘的角落
绽放出花朵

① 积石峡，别名孟达峡，位于青海省循化县撒拉族自治县。

喇家遗址[①]

如果时光可以倒流
所有生命都值得被拯救
那一刻刚刚天亮，孩子们刚刚开始早课
男人们还未出门，女人们还在做饭
年轻的母亲还有时间给孩子喂奶
灶膛上的水还在冒着热气……

如果时光可以倒流
一切是否完美如初
那时候罐子还未破碎，碗里还剩着几根面条
炕洞里的石头还叫做磬
孩子们拿着古老的玉环当普通的玩具
大人们枕着先人的遗骨不会做噩梦

如果时光可以倒流
我愿是一只鸟为你守护

① 喇家遗址，位于青海省民和县官亭镇喇家村，是一处新石器时代的大型聚落遗址，被称为“东方庞贝”。

现在的人们也不用修建多余的馆舍，仿古的建筑
将伪造的古董夹杂在文物之间
我不会对着先人的遗迹伤心流泪
也不会看着今人的做法痛心疾首

东公馆[①]

捡一个核桃，把东公馆的秋天
塞进它黄色的壳里
于是这里所有的院落、阁楼
以及青松翠柏、牡丹菊花
都卷缩成了一个个小小的房间

那些墙上的砖雕，屋顶的彩绘
像极了核桃壳上的纹路
经历了岁月的琢蚀
终于坚硬成型，无惧风雨
包裹着那些玉器字画
家具泥塑，使其
免于战乱火灾

我们阅读文字说明，听导游讲解
仍然不能详解那些图案的含义
更无从得知这些屋子里

① 东公馆，1945 年落成，位于甘肃临夏，是座由青马家族修建的公馆。

曾经发生过怎样的故事
随处标记的“游客止步”
让我想起了手中的核桃
密不透风，完整而孤独

树上的鸟巢

冬日的村庄，夕阳
编织着黄昏的图景
风吹着树枝，光秃秃
留不住见底的光阴
一只黑鸟在树枝上叫了几声
就飞走了，增加了天空的寂静
剩下一个废弃的鸟巢
像一座破旧的房子
既捂不住香火，也关不住亲情
孤零零地随风摇摆
感觉随时都可能掉下来

立冬

节气如提前预设好的闹钟
准时抵达，丝毫不差
冬天是一个迫不及待的动词
嘴一念，雪便落了下来

风像一支毛笔，既会勾勒
也会涂鸦。在白色的宣纸上
画出村庄、河流及零星的人
太过写意让人猜不着主题

时间之手太过性急，忘记着色、修边
甚至忘了给这一幅画装上画框
太阳一出来，墨色立刻扩散
那些枯树、荒草和墓碑重新复活

夕阳

黄昏的时候，夕阳将落未落
挂在树梢上如同秋天里
一个孤零零的柿子
雾霭氤氲，如故乡的炊烟
在它的表面铺满霜花
我想起年迈的父亲
他花白的头发，紫红色的脸庞
此刻一定也在山坳里张望

夕阳不应该落下山，不应该
落下地平线，不应该沉入海底
夕阳应该落在故乡的院子里
如一盏灯，把黑夜照亮
如一块炭，把火炕烧热
如一颗糖，带给人甜蜜
太阳不只高高在上，普照大地
更是把它的光和热洒在最细小的地方

雪地

走进森林，麻雀如同巫师
用尾巴在沙地上写下冬天的秘密
草木萧瑟，落叶凌乱
山羊和麋鹿前来聚会
松鼠把橡子藏进干燥的树洞
旋即忘了它们的数目
锦鸡和野雉举着火把
在草丛中寻找秋天的宝藏
当我靠近，它们如落叶
遇见了风，四散逃窜

夜里，下了一场雪
隐去了地上所有的痕迹
它们的坠落比我的脚步更轻

人到中年

人到中年，把自己活成了一座山
风吹不动，雨打不倒
只为保护岩石下的
那一株小花

人到中年，把心沉淀成了一片海
无论表面如何澎湃
内部总是风平浪静
任凭你投掷再多石头
都不会产生一丝回声

人到中年更像是一棵秋天的树
挂满果实，却枝叶稀疏
硬挺着树干不敢弯腰
生怕那枝丫上的鸟窝
瞬间崩塌

夜空

我触摸你的空虚，以不可见的部位
相互交流。星空浩瀚
如江河湖海
在吞噬意义的骨头

我乘着单桅的帆船驶出去
远离没有边界的银河
那些可见的部分总是试图把我固定
在一个概念之下
彗星和红树林相互缠绕
为我编织一张逻辑的大网

但想象，能够逃逸引力的边际
乘着它我能超越光
超越意识的范畴，抵达本质
甚至本质的背面

残雪

仿佛一根神经受到电击
它的触手迅速收缩
从向阳的山坡、林地
以及羊群经过的地方

太阳来的正是时候
它在枝间抖落所有的羽毛
去除生命的伪装
让世界显得更加澄明

雪把多余的水分挤出
还给大地，和草木
每一个生命都有源头
就像每一片雪都有出处

水会在来不及渗透的地方结冰
如同羊群找不到羊圈
并不是每一次回归都能找到故乡
并不是每一个残缺都能得到圆满

砍树

他们用绳索和铁链
把一棵棵树五花大绑
像一个个将赴刑场的死囚

一顿砍伐过后
那些裸露的树桩上流出的液体
比血液更加鲜艳

被砍伐过后的林地显得空旷
如同墓地。几根树桩挺在那里
标记着死者的年龄

在空地上，几个村民提着篮子
捡拾身首异地的树冠和树枝
如同在菜市场上捡拾人血馒头

玉米秆

它们把躯干压低，再压低
生怕今年仅有的收获
被秋风吹走
鸟雀来过
老鼠来过
都不能夺走半粒
最后不出所料
它们的果实
颗粒归仓

冬天，它们被收割
绑成草人堆在房前屋后
一个六七十岁的老人
蹲在它们面前
抽烟，晒太阳
除了眺望
他和它们之间并无不同

我常常对生命深感歉意

我常常对生命深感歉意
比如吃饭时，夹起一粒米
想起一棵水稻因此而绝种
吞下一口肉，仿佛那只鸡
就惨死在我的面前
躺在床上生怕浪费了时间
出去走走担心挡了别人的道
想高歌一曲
怕惊动树上的雪
低下头沉思
怕被上帝取笑
想想还是不活了，但是死
也无颜面对列祖列宗
身体发肤，受之父母
我只能背着这具皮囊战战兢兢地活着
上有愧于天
下有愧于地

冬天的芦苇

它们蜷缩着，把自己抱紧
好像一群在冰面上行军的士兵
对于我这个入侵者
没有表示出任何的警惕

时光流转，风呼呼地吹
但它们并没有移动半步
雪将它们变成了一座座雕塑
既没有生命，也没有思想

我折下其中的一支
做成芦笛。吹出悠扬的声音
我不知道，这个声音
是我的，还是芦苇的

石家河[①]

冬天，河流凝滞
冰冻的大地如同铁板一块
分不清彼此。树木
因寒冷而相互疏远
飞鸟远遁，把孤独的背影
留给更加孤独的叫声

沿河两岸，在高出冰面的部分
依次埋葬着古生代、中生代
和现代生物的遗迹
它们相隔数米，却永远
无法沟通。空洞的眼窝
因陌生而充满惊恐

在这里，千里无人烟
在这里，千年无歌声
如今，我来了，仍然孤身一人

① 石家河，位于甘肃省临夏县。

只有巴掌大的雪花
如寂寞的雪莲
开了又谢，谢了又开

雪盲症

我们习惯了一切单纯的颜色
比如白色，比如雪
却看不见被雪覆盖的污秽
比如红色，比如花
却害怕看见血
比如空气，比如水
却忽略了其中的沙尘和细菌

我们学会了一切美好的词语
学会了赞美和微笑
却不知道雪崩，隐藏的冰刀
我们幻想人性都如雪一样单纯
却忘了雪夜里的犯罪，雪山上的战争

我们选择沉默，或者视而不见
在这纯洁如童话般的世界上
患上了雪盲症

秋收

秋天来了，风亮出锋利的刀子
让该归仓的归仓
该埋葬的埋葬
人们打土豪，分田地
商量着历史的租子
如何返还

屋檐下挂着金灿灿的玉米
像是在炫耀一年的战利品
失落的人提起斧头
奔向城市，妄图
在想象的丛林里开辟
一片新的田地

秋收过后，饥饿的嘴唇
暂时得以填饱
人们心满意足，抱头沉睡
田野里空荡荡的
风又将一个锋利的问题
留给了大地

惊蛰

一声惊雷
所有的牛鬼蛇神倾巢而出
如洪水泛滥
人们祭白虎，吃豆子
为的是在今年
躲过所有的明枪暗箭

此后一月
桃花次第盛开
此后一年
风雨接踵而来
生命的成长伴随着阳光
也伴随着伤害

乌鸦

(一)

在它拱起的脊背上
黑夜变得更黑
但它的眼睛是明亮的
能在黑暗中明察秋毫

它的翅膀擦过山际
树梢弹向东天，落叶纷飞
森林都恢复寂静
整片大山都笼罩着死亡的气息

老鼠在洞里舔食自己的脚趾
螃蟹在沙地踩出曲谱
风吹口哨，野兔壮胆
猎狗在身后，追赶尖叫的鬼魂

树洞下蚂蚁倾巢而出
像一个人未愈合的伤口

流出污血。一只乌鸦飞过
整个天空都暗了下来

（二）

树枝折断的时候
乌鸦叫了一声

覆巢之下没有卵
只有惊魂未定
风在草丛中扒了又扒
试图在泥土中寻找
树枝断裂的根源

在另一棵树上，乌鸦
瞪大着双眼紧盯着这一切
仿佛置身事外
许久，没有答案
它张开翅膀飞走了
黑夜，很快将天空覆盖

（三）

黑色的鸦群布满天空

如某种变幻的文字
暗示着神秘的仪式

它们时而编织成一张网
时而拼成一幅画
它们不像大雁那样具有方向性
而更像无数盲目的树叶
在空中随风飘荡

有时候，它们也会疲惫
一窝蜂似的冲向地面
那里有粮食、垃圾或者死去的动物
饥饿使它们阵型大乱
但即便是死亡
也不能令它们丢失优雅

独坐山坡

独坐山坡，俯仰天地
我把自己活成了一株草
不敢想象白云的自由
就连蚂蚱
都跳得比我都高

风吹来，我会弯腰
雨落下，我会低头
为的是在众生之间
争取一点点生存的权利
虽背倚南山
面向黄河
依然不敢自称是个隐者
那五斗米的压力
始终压得我直不起腰
植物的本性在于坚韧，在于忍耐
这是大地付于它们的天赋
也是大地向它们索要的代价

群山浮世绘

远处的山峦是蓝色的海洋
烟雾缭绕，深沉而平静
海面与天空的界限逐渐模糊
一只孤鸿，如远去的帆

近处的山丘是绿色的河流
奔流不息，欢快而蜿蜒
浪花把它的每一次绽放都举过头顶
仿佛看见太阳，就是一次重生

脚下的山坡是一汪泉水
清澈见底，不动声色
花草树木把它们的影子印在水面上
一只蝴蝶扇动翅膀，从画上飞出

松林

冰雪消融，松树显得更加青翠
隐藏在林间的鸟鸣
近在咫尺
我伸出手，试图抓住一缕风
就像抓住一只鸟
却不曾想手指碰到了松针
本能地缩回
松林以它整体的庄严与我保持距离
如一片塔林，萦绕着梵音

每一个事物都不应该被占有
每一颗心都不应该突破审美的边界

月夜

月亮在夜间走动，如同猫
带着它的影子
无声无息
大地在月色里变成一张白毛毯

月光穿过枝丫编织的网
那颗熟透了的柿子
在光秃秃的枝上
闪闪发光

我需要时间，屏住呼吸
去捕捉一片月光
没想到它不知道在什么时候
将一只爪子搭在了我的肩上

一个人的丝绸之路

1

整个冬天，季风没有带来一滴雨水
天空患上扁桃体炎。无名的地火
从帝国的宫殿燃烧到寺庙
趁着夜色
我的船偷偷驶向结冰的河面

天空宵禁，宇殿掌灯
佛祖的掌心空着——我不知道，我是
站在他旁边的哪一个
干裂的木鱼瞪大眼睛
在街上漂浮。风干的马拉动滚轴，夜在等
而我要启程

凌晨三更，长安城中空无一人
人们如城墙上的石头
抱团取暖。我从午夜的缝隙中出逃
在凌晨的更声中跌落成冰

我醒来，发现自己赤裸如婴，驮在一匹马上
漂流在荆棘丛生的沙海中
眼睛因贫血而失明。寒颤——忐忑的马达
——把未知的恐惧从心脏
推向四肢和发梢。我听见往昔死者的呼吸
如地底的寒气在冻结我的步履

一月，没有雪。干燥的大地收纳
荒芜和死亡。孤独如寒气从指尖流出
在贫瘠的荒漠上狩猎
远处，骆驼的骨架冻结在路边，如白色的路标

空间紧缩
天空如盖，把视线压平
思想的谷粒在平整的河床上被碾碎
我看见光秃的树杈上山鹰正在撕扯月亮，它羽毛脱落
爪喙折断，像一个乞丐在偷食最后的怜悯

我是谁，该去何方
迷失的罗盘打碎在玉门关外
寒风密谋，准备夺取我最后的信念
远处，地平线上——
天狼正在吞食鱼腹

2

时光从玻璃的裂缝射入
在城市的瞳孔中编织它的网。我不知道
山那边是什么城市？在战火中焚毁、爆裂、重建
敦煌、楼兰、那烂陀、耶路撒冷、罗马，海市蜃楼……
我不知道哪一座才是我的圣城

寺庙的废墟后面，机械的手臂
将落日托住。不是千手观音，是怪兽的翅翼
人们操着不同的语言，喋喋不休地讨论
如何建成一座通天的高塔
眼睛和耳朵之间，冰与火的缠斗

这里是三月，春风未到，柳枝未发
没有足够的泪水汇成一条恒河
没有足够的沙粒堆成一座佛像
这里只有骨头，那些碎成灰的骨头
生命的尊严被埋到尘埃里
恐惧如同诅咒，在某个未知的夜晚
从盛满酒浆的头颅中爬出

在西域的闹市，我是一个怪物
一个瞎子和聋子

我试图理解他们的风俗，从他们的葬礼中
就像是从争吵中学习他们的语言

我只能祈祷，用那些海浪般陌生的词
向着未曾谋面的神灵
祈求和平在早晨分娩的哭声中降临

3

四月，沙漠不生长树和草
却滋生淫念和病毒
在颅骨的一侧，冰凉的蛆虫在爬
一滩蓝色的毒水
溅在妓女多痣的脸上

上帝之鞭，抽打地球的半边脸
这里不但交易丝绸还交易头颅
老鼠在僧袍中啮食阴茎
它们进军的速度比匈奴铁骑更快

午夜十二点，每一刹那的鬼魂
不断下潜进窒息的泉水
叫喊着的树冠，在阳光里受刑
此刻它们跳下深渊

就越过每一个生命

树木有毒，直到风寂静
荆棘，刺入黑夜的心脏
为不祥的痛苦
擎出你的睡眠
死亡是你的子宫

树木听见了石头的呼喊
钙化的鱼和山水相濡以沫
候鸟把尸骨抵押给流浪
把梦，寄托给飞翔
一个人面对满天的星星
与自己对弈

生是谜，死并非谜底谜
欲望接着欲望
生存拒绝解释
沙丘上，烽火舔舐着嘴唇
灾难默默穿行
死亡到来。清晨，废墟

4

满地的贝叶，无人捡拾
在贫瘠的土地上，生命如带血的玫瑰
开在干瘪的子宫里
我握住自己的灵魂就像握住一个棘手的词
内心彷徨，却无处安放

星辰坠落，大地沦陷
我在沙漠的罗盘中迷失
无头的风折断我的船舵和桅杆
只剩一片破碎的甲板
在汹涌的大海中四处漂泊

我看见波斯布鲁斯海峡蓝色的眼睛、黑色的瞳仁
腓尼基的水手在岸边装载另一个自己
来吧，塞壬们在召唤
乳白色的蜡封不住我的耳朵
我身体僵硬，但心在奔跑……

我躺在拜占庭的妇女挺着的
伊斯兰的肚子上，像一个初生的婴儿
第一眼看见自己的母亲喊出的第一个词
然而这黄皮肤黑眼睛的孩子

并没有因为稚嫩的哭泣
而成为这应许之地的宠儿

我不知道谁才是我的神，就像是不知道
我曾经从哪一个这石头中蹦出
各色经幡，随风飘荡
幻化的云要将我引向何方……
在黑色的河流上，我们饮残余的阳寿
撒开头发编织的网，捕捞我自己

5

我们需要阳光，就像鱼儿需要水
灵魂需要信仰
七月流火，那些疯狂的木头
在太阳下燃烧自身
风插上金色的翅膀，与时间赛跑
它比时间更为长久
火，生命之火，生长自身
也燃烧自身
火不但来自天上也来自地下
液化的石头在地胎中咆哮
果壳崩裂
蹦出种子和花朵

火的巨人大跨步向西走去，追逐太阳
没有蝴蝶和鲜花，唯一的背景
标志性的孤烟或者冒气的湖泊
恐惧蜷缩地底
裸露的山脊升张，天空挥汗如雨
目光越过云层
一个只有气泡和伤口的远方

摘一颗太阳，放在手心，把世界照亮
真理，这纯粹的光
在你之中，手持火把者是唯一的黑暗
永恒的灯，蕴含着金属的疑问
当我们将审视变成仰视
天使的蜡脱落
大师被钉在图书馆的火刑柱上

大脑是烙铁，心是水蜜桃
系在神经的两端相互撕扯
湖水的声音近在咫尺
时钟却突然停止
生命之火熄灭，石头冷却
山峦坍塌成平原、灰烬
一枚桃核，在散落的骨架下发芽生长

6

从生到死，从 D 到 C
生命音调的转换只需一秒
命运的小船，驶过汹涌的大海
如蜉蝣寄居在两个黑夜之间
我的笑声拍打蝴蝶的翅膀
却不料惊动了大海脆弱的神经

一声尖叫（千里之外的父亲心头一紧
除此之外没有任何人听见）
海面裂开，大地的碎片向我砸来
我的手本能地伸向太阳
却来不及抓住一盏烛光
死亡的水银注满我的身体
天空的棺材板重新合上，大地填满新的泥土

鸟的声音，鱼的眼泪，火的记忆
在大海的冷漠中堆积成珊瑚
我以淬火的指爪，在钙化的龟甲上
写下对那私刑水葬的控诉
大海假装失聪，半掩脸面
太阳在乌云后隐去了行踪
只有大地，这贫瘠的大地

以单薄的坟茔
收纳这无处安放的游魂

捡一颗石子，是否可以填满大海
滴一颗眼泪，是否可以浇灌沙漠
这荒凉的绝望，如昆仑山般崛起
如塔克拉玛干沙漠般扩张
季风为我插上翅膀，衔一颗石子
年复一年，从西向东
去填满那深不见底的仇恨

几千年后，九月的爱琴海充满忧郁
一个小男孩死在离天堂很近的地方
他嘴唇紧闭，就像我
不敢呼唤遥远的父亲

最终，我以一只鸟的姿势扑向大海
以另一种方式完成救赎
黄河，再一次冲破命运的轨迹
将满腔愤怒喷向
这水晶之下的血盆大口

7

月亮落在水里，比挂在天上
更为真实
柔情似水，明眸善睐
就连咯咯的笑声
也能使平静的水面
泛起涟漪
赤裸的月亮头戴月桂[①]
以免被阳光灼伤，在夜里哭泣

夜幕降临，如潮汐的泛滥
潮水所到之处，无数条触手合力
冲刷它白色的身体
是它，这黑海之中唯一的帆，磨亮自己
迸裂这不断膨胀的肉

而嫦娥从海面升起，一下、两下、三下……
试图挣脱大海的束缚
但是徒劳。他凭借射杀太阳的蛮力
将她收服。这野蛮的独裁者

① 根据古希腊神话：月神达芙妮因为躲避阿波罗的纠缠而变身为月桂。

以无形之手将名状之物清除
他安眠于诅咒，也像沉船
安眠于暗红色的珊瑚
浪尖的碰撞安静于钟摆的中心

终于，象牙的弯刀，从折断的肋骨边缘伸出
割断大地黑色的脐带
当你奔月之后，时间成了唯一的毒药
夜夜在你的心头发作
吴刚的斧头把伤口切开
玉兔又用舌头把伤口舔干
美如此真实，又如此残忍
当我们伸手想要抓住镜子背面的想象
却抓破了自己的脸

因此你终于得见自己的残缺
半掩着脸，躲在实体的背后
发光的词语并不能显现美的真谛
而只是在它神秘的脸上
又蒙上一层诗意的面纱

这永久的徒劳无有回报
如嫦娥在月亮周围日复一日地萦绕
但毕竟，宇宙还是向她敞开一扇门

纯粹的光辉把她引向绝对的澄明

8

阳关以西，便是西域
向东还看不见大海
楼兰姑娘胎死腹中，紧紧抓住紫色的脐带
面容似新月般纯净
生命很短
而死亡很长

那些盘旋在麦田之上的乌鸦
以神圣的名义
驱使众生赶赴那虚无的死亡之约
神的面目变化不定，何其高远
我们望其项背，只能将生命之巢的卵
擎给头顶的闪电

西风狂野，在马背上驰骋
将群山和关隘系在棕色的马鞭上
我阅读那些刀刃上的词，阅读每一次
都能感受到它们刺在皮肤上的疼痛
天堂与地狱如此之近，以至于
我每一次的挣扎

都会将带血的吻
留在它们生锈的门环上

钙化的双手，高举头颅
就像干涸的圣杯需要琼浆
沉睡的灵魂，如指尖的琴弦
需要被确认、唤醒
我不收集神话、经文和信仰
我只收集水、食物和马匹
收集眼睛、嘴唇和可以转动的脑袋
给每一朵花起一个温暖的名字
给每一片翅膀一次心跳的震动
我不是神
我只是诗的囚徒

……被流放在这黑暗中的不毛之地
风，是我唯一的伴侣
我的绝望犹如冰刀
在这冰冷的大地上写下自己的名字
但是，流浪、流浪，纯粹的流浪
这诗意的大地，并没有
因为神的缺席而失去它原有的温度
我心疲惫，双腿僵如铅笔
在时间铺开的书页上

写下匿名的诗篇

9

没有答案，没有经文，甚至没有神
我拖着疲惫的身躯在荒漠中前行
没有传说中的天国
就连西天的蜃景也隐匿了踪迹
大地像空白的书页
天空有鹰在盘旋

我质问这命运之绳的末端
是谁的手在那看不见的契约上
签下我们的名字
花开一瞬，蝶变须臾
面对这漫长的黑暗，谁的渴望
不会在第一缕曙光来临之前
悄然枯萎
在万分之一的蜕变中变成石头

终点——一颗传说中的梅子
当我们历经艰险，取到的只不过
是一个画在饼上的微笑
这神圣的徒劳是否值得我们去追求

当我们，用脚去丈量数十万里的距离
用心去感悟数十万年的时光
两者之间，是否毫无分别

但佛的形象，依然在云端显现
……如同蜃景，描绘出极乐世界的经变
迷失的心期待被梵音点醒
穿上沙漏，口袋装满风
手中的法杖是我唯一的信仰
脚踩大地，让脚印为我们指引
这世间唯一的出路

额济纳的胡杨

（一）

时间的树，从沙丘后的夕阳里升起
像一团团火焰，燃烧着天空
也燃烧着自身。这些胡杨
是沙漠中的路标。古老的商队
燃起火把，用它们火红的树冠
点亮西天的云
时间即是否定。当我们说出
“时间”这个词，它已经死去
当我们去想“树”这个字
它却尚未诞生
时间永远活在上一秒
或者下一秒。“现在”从来
都未曾存在过
我何曾存在过
当我进入这片胡杨林
眼前只有胡杨
世界只剩下胡杨

我们只是活在回忆与希望的变换中
只有它们真正活在当下
任时间流逝，岿然不动

（二）

时间之树常青。这些胡杨
将每一片枝叶伸展开去
拥抱天空、阳光；将长长的根
扎进深深的沙土，汲取水
养分和盐。从它们腐烂的根部
长出新芽。永恒的轮回
当每一片叶子落下
那鲜红的叶脉深入地底
便会有一群蝴蝶飘然升起
当我抚摸那些粗糙的树干
像是在触摸裸露的河床
时间之水从我的手上流过
留下千百年前的温度
猛犸象的牙齿在咀嚼胡杨的根
骆驼的血在苍鹰的骨骸上开花
每一片叶子就是一片化石
每一棵树干都是一具骨骼
我抚摸历史就像在抚摸未来

我追逐时间就像是追逐阳光

（三）

时间的隧道，树的迷宫
没有一片树叶可以为我指引方向
汉字、蒙古文、回鹘文的山峦
藏文、梵文、阿拉伯文的海洋
它们没有增加我的知识
反而使我的内心更加困惑
每一棵树都是孤独的，它们枝叶伸展
却并不相连。唯一的共鸣
——风吹树叶的沙沙声
也显得那样孤单
黑色的树干从沼泽中升起
像从大地深处钻出来的幽灵
我看不清它的年轮
却在它们磁性的罗盘中打转
它们用根丈量大地，用树枝探索天空
用树皮记录时间的刻度
但对我们保持沉默
像对待草原上的风
它们只是树，只专注站立的姿态

（四）

细数时间的脚步，看影子多久
能将黄昏留在水面上
这些胡杨并不焦急
十月的风点燃北国的黄沙
红色的马匹在草原上哒哒踱步
这时，你，我，或者时间已经消失
胡杨，只有胡杨，用它们
细瘦的枝条填写边塞的诗章
面对喧闹的世界，胡杨
更显庄严和沉静
在高倍聚焦镜头的后面
它们若无其事，淡定自如
仿佛补天时遗落的石像
在接受永恒时间的审判
天空在它们后面拉起幕布
太阳、月亮与星星的戏剧轮番上演
这些心不在焉的观众
紧闭双眼，呼吸匀畅
好像生怕错过梦在某个不经意的夜晚
从浓密枝叶后钻出来

（五）

时间的翅膀，从云层的缝隙掠过
从大雁的黑色尾翼掠过
没人知道它从何而来，去向何方
当秋天的脚步临近
万物萧瑟，而胡杨才真正
迎来生命中的辉煌
它们火红的树冠向人们宣示
太阳的足迹从未离开
在每一片火红的阳光上舞蹈
恣肆的枝叶探索生命的边界
走失骆驼的骸骨，被时间遗忘在沙滩上
只有胡杨知道它们的悲伤
当咸涩的眼泪带走它们最后的哀鸣
胡杨的叶子落了一地
它们如年迈的老人守护已逝的伴侣
太阳在那里偷偷潜入黑夜
无数星星坠落在弱水河谷
此后，一万个太阳从居延海
升起又下沉。时间荒芜

（六）

时间带走风、云和雨水
却把阳光、骨头和胡杨留在了沙滩上
它们把根埋在沙堆里
不是为了送葬，而是为了重生
那些裸露在地面上的
不是尸骨，是沉默的头颅
从它们关节的断裂处
流出多盐的汁液
骨骼钙化成石头，皮肤粗糙如铁
同时间搏斗，必须具备
狼的智慧、鹰的利爪
和骆驼的忍耐。就算最后尸横遍野
只剩下一柄残剑撑着一副铠甲
也要将手指指向天空
永恒的丰碑，新叶汇聚成伞
护佑着赶路的人们
去他们想去的地方

（七）

永恒即是瞬间，瞬间即是永恒
当时间的河流奔涌不息

那一粒粒飞溅的水珠转瞬即逝
为下一粒让出空间
胡杨在河边守望交替的晨昏
它们不朽的生命
正是由无数个个体的牺牲组成
当我们看见一片叶子坠落
它的死亡就在瞬间
但也许在下一瞬间，从它鲜红的叶脉
会长出绿色的嫩芽
旅人来过，骆驼来过
在它们身边留下尸骨、足迹或者
传说。相对于浩瀚的星空
无垠的大地，它们都是匆匆过客
只有胡杨是这里的主人
它们在这里生生不息，但看起来
似乎从未改变过

（八）

时间带来生，也带来死，或者重生
这永恒的轮回——轮盘上的游戏
在四季变换中重复
时针指向十二点钟方向
胡杨的影子指向三点或者九点

没有人分得清此时
是清晨还是黄昏
古老的匈奴人升起金帐，载歌载舞
堆起高高的石堆向昆仑神祈祷
祭司们从死去的战马体内
取出小马驹。马蹄铁带着余温
箭矢飞向黎明
然而胡杨比凌晨更加寂静
默默地注视着这一切，像是
为死者守灵的巫师
把落叶还给尘土，新芽还给天空
生与死同样神圣
在胡杨干燥的子宫内，被时间
分解的元素，正在孕育着新的生命

（九）

时间如胡杨坚硬的树干，最终
分解成一片片细小的日子
装点着多变的天空，大地的荒凉
旅人的行李和我的诗篇
清晨，叽叽喳喳的鸟叫
把我们从梦中叫醒
晨风吹过骆驼多毛的脊背

胡杨在山丘上枝叶招展，像在为我送行
但这并没有什么大不了
没有谁能打扰这里的宁静
牧民们像往常一样赶着牛羊去草场
帐篷上升起炊烟，女人们
开始准备早餐……一如往常
阳光穿过胡杨林稠密的缝隙
落在地上，碎成无数滚动的光子
一如往常。当风停后
胡杨又会恢复平常的样子
淡定自如，若无其事
弱水河谷日出日落
居延海上风平浪静

（十）

在大多数时间，我再也没有见过胡杨
和大多数人一样，喝茶、聊天
忙于生计。关于胡杨的记忆
如同那些放在电脑或者镜框里的照片
轻易就被遗忘
直到有一天，一片胡杨的叶子
从一个叫胡杨的诗人的诗集中滑落
我才又想起胡杨斑驳的脸孔

大漠、孤烟，蛛丝缠绕斜阳
赤裸的骨架，燃烧的头发
血液从心脏向叶脉扩散，四肢与躯干
扭曲成黑色的麻花……
也许它们中的某一个已经不在
归于尘土，进入永恒的轮回
我只能任波浪在心中翻滚
骏马在笔尖上奔驰不休
盐，洗白牙齿；血，染红王冠
沉默的胡杨坚守太阳的誓言
我只是一个过客，来了又走
它们才是真正的主人，如石头的灵魂

敦煌

时间之外的时间
空间之外的空间
梦，之外的梦
一条条山脉，一条条
河流，一条条道路曲折迂回
消失、显现、消逝又重现
但总能把人们带到想去的地方
阳光的城，水晶的城
时间在沙粒之中静静流淌
绿色在消退
黄金在蔓延
沙海的潮，一浪接一浪
将太阳的足迹抹去
但时间的风，一阵又一阵
将大地的记忆重新唤回
沙漠主宰世界，希望永不破灭
绿色像一面旗帜
坚守着最后的阵地

鸟儿在荆棘上鸣叫
血液在沙粒中燃烧
诸神背叛了天空
眼睛迷失了自我
土地龟裂，湖水结晶成盐
无数张干渴的嘴唇像无数个
干燥的火山口，等待雨水浇灌
在死者的葬礼上，那些波斯商人们
载歌载舞。用歌声和祈祷
祭奠亡灵。不被超度的亡魂
在沙丘之间哀嚎，无法归去
心灵之泉枯竭
灵魂飘摇不定
失去信仰的人们
在温饱与生殖的泥潭中挣扎
等待神灵的降临

在空虚的时光
和无边的大地上
旅行像一条没有四肢的蛇
用它的每一个感官
去丈量大地的每一寸肌肤
蜿蜒的街道，迂回的廊郭
声音在颓圮之间飘荡却没有回音

我在梦幻般的迷宫中前进
犹如一个盲人在时光的隧道中游行
一道道风帆在眼前闪现
一座座村庄又在远处消失[①]
带血的箭镞，钙化的骆驼
水中翱翔的鹰，岩石中奔跑的马
白骨的路标，沙子的驿站
我在你明亮的身躯上前行
没有道路
我在你光滑的额头上跌倒
摔得粉碎
我没有躯体却能行走
我没有方向却能寻找
我像一粒沙在你的躯体内寻找出口
一粒沙就是一个世界
我在沙里看见了你也看见了我
一粒沙是我同时也是你

我沿着世界的边缘前行
不畏艰难险阻
我沿着你的身体前行

① 指沙漠中的海市蜃楼现象。

遇到妖魔鬼怪
我头戴你思想的桂冠
我身披你欲望的色彩
太阳的色彩，沙漠的色彩，梦幻的色彩
奔跑的鹿群，沉睡的骆驼
愤怒的老虎，斑驳的蟒蛇
我抚摸着胡杨如同抚摸你的眼睑
那里有两汪清泉涌动
我亲吻着绿洲如同亲吻你的嘴唇
它整夜将情歌吟唱
当我累了，躺在沙丘上休息
我能听到你脉动的心跳
当我迷路了，踌躇不前
你的脚总能为我指引前进的方向
我沿着忽明忽暗的光的通道
进入太阳纯净的广场

一个形象宛若你的目光
把世界的广场照亮
风在空气中歌唱
胡杨在风中燃烧
佛光从沙丘后升起
像一团火、一棵树的梦想

燃烧着自身，也锻炼着自身[1]
一个佛、两个佛、三个佛……千万个佛
又瞬间变化成万千朵莲花
一张张出现又消失的脸庞
一个个消失又重现的身躯
佛的脸、佛的手指、佛的身躯
如莲花的开落，缤纷绚烂
你有一切佛却不是任何佛的形象
你出现在所有时辰却不在任何时辰
你是光的形体或云的形象
你像天空一样博大、彩虹一样遥远
水晶的躯体、沙的躯体、盐的躯体
像一个梦，瞬间的变换，永恒的轮回
向现实显现自身又隐藏着自身

风的语言，火的文字
沙的鸣叫[2]，水的月亮[3]
血的遗嘱、神的启示
写在大地上沙的诗篇
山鹰啄食着峭壁

① 以下是乐尊和尚在三危山下看到的幻象。
② 指鸣沙山。
③ 指月牙泉。

鱼儿钙化成石头
夏夜，一个旅人[1]
孤独的行者、绝望的取经人
被云缝中射出的光点亮了双眼
他用手指和铁锹去开凿
深如眼窝的洞窟
他如一枚眼珠，在自身之中悟道

一扇扇门打开，一尊尊神复活
一幅幅经变说话[2]
天国的舞蹈、涅槃的佛
回鹘人的婚礼、波斯人的商队
丰收的葡萄园、凯旋的将士
我走进你就像走进迷宫
我穿越你就是穿越历史
我把双手合十、双膝下跪
佛，在我的心中慢慢升起
诸神向我走来
飞天们在我的周围翩翩起舞
我躺下，与这里的
僧人、工匠同眠

① 指乐尊和尚。
② 以下三行描述莫高窟壁画上的情景。

你打开时间的隧道
带领我走进千年前的时光

你的头颅高过所有人的头颅
你的眼睛汇聚所有人的目光
你的声音无比洪亮，却寂然无声——
它在所有人的心中传颂
阳光穿过九层楼[①]的门窗
照在你宽阔的前额上，光芒四溅
如同真理透过你的双眼
照进人们的心里
你的躯体笔直、额头前倾
你的眼睛饱含秋水，脸颊沾满春光
你的手指轻捻一朵花
用福音和雨露
滋润着大地、岩石、胡杨
和沙漠中骆驼的尸骨
一粒沙子，包含一个世界
一句谶语，唤醒一片森林
你高大的背影后面，光
从它巨大的空虚的源头

① 指莫高窟的第96窟。

诞生一个宇宙
就像从你巨大的头颅中
产生的一个幻象
菩提树从它巨大的根部向天空蔓延
世界在它的阴影中陷入沉思
时间停止、空间无限
鸟的震动和蝉的叫声
都不能使它从梦中醒来

我该如何把握这个梦
像佛一样思想
而当我们开始思考
疑惑就像树影一样爬上了我们的脚
问题的枝叶
总是比答案的根繁盛
我该如何走出阴影
通过光之门，抵达那虚无的根部
就像地球
通过月蚀的轮廓
认识了自己
世界是神秘的
如同我们自身的神秘
对于未知的事物
我们只能保持沉默

就像沉默的天空、大地
山川与河流
佛是安静的。他的眼睛
俯视一切却不看任何人
他只专注于自己的内心
而我们只是朝圣者和流浪者
双膝跪地，双手合十
向天空聆听闪电的声音①

但是天空也是安静的
众神沉默不语
荆棘不会燃烧②
海水不会倒流③
夕阳下的山顶上再也不会出现佛的面容
流云来了又走
没有留下一丝痕迹
只有呼呼的风声，日日夜夜
重复着单调的歌曲
所谓神启，是没有的
道，只源于我们内心

---

① 指神的声音。

② 指《圣经·旧约·出埃及记》中摩西在燃烧荆棘上看见耶和华的故事。

③ 指《圣经·旧约·出埃及记》中摩西带领以色列人逃出埃及，耶和华令海水分开倒流的故事。

停下来吧，求经的人们
看那些洞窟中的僧人
双手合十、双目微闭
清空内心，使精神澄明
世界的星图，包括你自身
自然会呈现在漆黑的苍穹[1]上

“美”的精灵，化身为九色鹿[2]
穿梭在林间，受世人赞叹
你步履轻快，走过林间青苔
只留下哒哒的蹄音
谁曾真正见过你？没有
你是一个梦，从沉睡中的人们床前经过
一旦醒来，我们就死去
或者是一个幻象，只有在显现时
才会在每一片树叶上露出脸
抑或是一只老虎，一条蛇
一群乞丐中最平常的一个
不要做负心的汉子[3]，因自己的
自私与贪婪，葬送性命

① 指大脑。
② 指佛教中九色鹿的故事。
③ 指佛教中九色鹿的故事。

那些工匠们[①]，日日夜夜
用铁杵、木料、泥土与颜料
将神与人的形体呈现在墙上

美是神秘的，它隐藏于九层壁画
的色彩之后。如神一样注视着我们
而我们却无法找到它的所在
如何才能像那些掌握梦境的巫师一样
用带着花瓣与果实的树枝
将它唤到我们眼前
隔着重叠的色彩，我们静静聆听
飞天们的窃窃私语
伟大的约会，灵魂与神的舞蹈
通过她们，我们终得以抬起头
面对面，展开与神的对话

美包含在所有色彩之中，包含在
元素、光与影的转换里
那些画匠们是伟大的指挥家
他们挥动画笔，灯光骤亮、音乐响起
众神从昏暗的壁画中走出

① 指在莫高窟开凿洞窟、塑造神像、创作壁画的工匠。

十二种色彩，各种线条
就像盛装的戏剧演员
从徐徐拉开的幕布后登场
于是一切沉默下来。但即使沉默
事物仍有新的发展、暗示和变化现出
寂静的人们，来自寺庙和民居
来自背后高耸入云的宫殿
他们不是由于欲望
不是由于恐惧使自己如此狂热
而是由于崇敬。金钱、权力、名誉
在它们心里微不足道。那里几乎没有
一间茅屋可把这些接纳
却给最模糊的信仰提供一个避难所

在那里，有一个中心
佛祖坐在神坛上传播福音
其他人神色各异，但他们的脸
都始终朝向佛的方向
是什么福音能有如此魔力
神啊，请告诉我。人怎能通过
狭窄的光线跟他走
你的感官是沉默的。心
却在万众的祈求上建起浮屠
正如你教导的，诵经不是欲望

不是争取一件永远不会得到的东西
祈祷就是存在。对于神倒是很容易
但对于我们谈何容易
我们将如何存在？将如何把
地球和星辰的信息传递给世人
大师们[①]，这可不是恋人的眼睛
当他们一对视，便可知晓
其中的甜言蜜语
面对佛祖的沉默
只有那些用心聆听的人
才能得到佛祖的眷顾
只有那些和死者一起
并且蒙受过他们尘埃的人
才不会重新丧失
那把握最细微神态的能力
即使池中的倒影，常在我们眼前时隐时现
暴虐的风沙模糊了我们的眼睛
也要使心境澄明、画笔圆润
认识并呈现这个映像
正是在这双重镜像里
佛祖才显示出他慈祥的灵光

① 指工匠们。

天使们[1]，愿你们得到永生
从千年的壁画上，众神脚下
盛开的莲花中
涌出一个个幻象
她们几乎个个是少女，从琵琶与歌唱
这和谐的梦境中走出来
通过春之面纱闪现了光彩
并在我们的耳中为自己建造一个居所
睡在我体内。于是一切是她们的梦
那永远令我向往的仙境
那可聆听的远方，音乐的森林
撞击在我身上激起一次次惊叹
哦，歌唱的神，你何如
使她们如此优雅，以致能够完美地
展现你的纯粹？看哪，她们飞起又降落
她们将在何处安身？你可听得出
她们的心声，就在你的歌声消逝之前
她们从我体内慢慢升起……

就像是某个夏日的夜晚
一个盛唐的女子，怀抱胡琴

① 指飞天。

在沙漠边缘、帐篷外的火堆旁
从容地弹奏异域的歌曲
她可能来自于千里之外的皇宫内
三千梨园弟子中的一个
曾经因为表演《霓裳》而被
皇帝垂青。也可能曾经流落
浔阳江畔，与失意的诗人[①]不期而遇
演绎一段千古绝唱
但此刻，她淡定如初
双目紧闭，随心而弹
纤细的手指不再有波澜
万物竖起耳朵，大漠寂静无声
如水的月光随着渐熄的火苗
沉入无边的黑暗里

不必知道她的名字。在那里
她可能是她们之中的任何一个
不必担心她可能不会长久
就让花朵为她再开一次
假如她的歌声永存
那么我们怎会抱怨

① 指唐代诗人白居易。

她的灵魂比一朵花上的露珠还短暂
千万不要回头，倘若你要
把她从幽冥的黑暗中救回
就不要让你的歌声
长眠在她的雕像之中[①]
赞美吧，姑娘们！她们注定是
从事歌唱的人，有如风对于沙
花朵对于太阳。她们的嘴
犹如斟饮美酒的夜光杯
手指在风中摇曳如柳枝
当她们感动于神的启示
一切变成葡萄酒，一切变成春风
在夏日的夜空中飘香
安静的佛，沉默的佛，不会因为
她的袅袅仙音而心生不悦
也不会责怪诸神为世间
投下了极乐的阴影
她们是一群守夜人，让沉睡的灵魂
不被打扰。打开黑暗之后的门
使神明的光辉重见天日
敦煌的女儿们，带领我们飞升

① 指古希腊神话中俄尔普斯与欧律狄刻的故事。

此刻，诗人们，无需歌唱
诗人应该是沉默的，一如佛的沉默
诗人不适合歌唱
而是用纸和笔
来丈量这个世界
不要窥视佛祖的面容
不要追问神在何处
倾听，用心倾听，神的声音
在你内心，倾听天空和大地的声音
那剧烈的风暴
是生命无尽的源泉
诗人是神的使者，语言的奴仆
语言，只有语言、文字
才是我们到达彼岸唯一的舟楫
佛祖无所不在却无所在
诸神无限却无名
你们，诗人们，只有你们
得以听见并传达他们的声音
你们通过语言和指示
来给世界命名
使人们知晓神的旨意

诗人，我的同类，我的朋友[1]，是孤独的
语言的权杖，使我们突兀
既不待见于神，也不取悦于人
当我们赞美一朵花
佛说：这仅仅是一朵花而已
人说：这不仅仅是一朵花
在大多数时候
我们会被误解。于是，他说
我们如牧神的神圣祭司，在长长的黑夜里
到处迁徙，流浪四方[2]

但是诗人何为？当诸神隐去
沉沉的黑夜笼罩大地
如何使佛的光芒重现
使神的声音传播人间
流言四起，泛滥的信息如沙漠般
迅速占领大地
侵蚀佛的殿堂
信徒们纷纷背叛，人们渐渐失聪
佛祖的真正弟子却泰然自若
以手手相传的技艺再现了神的尊容

① 语出波德莱尔《恶之花·致读者》。
② 语出荷尔德林《面包与酒》。

这些工匠们，来自民间
他们曾是小贩、艺人、苦行僧
甚至奴隶。但当他们面对佛
他们以自身弱小的身躯
承担了建造佛国的重任
他们用最平凡的原料：泥土、水
稻草、木材、蓝矾、朱砂、铜绿……
塑造了佛的形体
如今他们已经变为尘土
枯骨比沙粒更为细小
在他们建造的千万尊塑像中
没有一张可以辨认出他们的脸
甚至在浩瀚如烟的经卷中
也难觅他们的踪迹
无需任何纪念碑。这些无名的大师们
早已用自己的笔和刀
把自己的名字
刻在了神的衣襟上
那些僧侣们，用细小的刀笔
在贝叶纸上一遍遍抄写经卷
语言的炼金士、精神的守护者
诗人们，在词语之中探险

佛啊，你在宣扬什么

你又在坚守什么
当僧人们把一卷卷佛经
封进藏经洞，他们是否预知
在若干年后，一阵风
吹倒佛前的明灯就可以使之全部焚毁
或者一只老鼠通过蚕食
来满足它们啮齿疯长的欲望
那些佛经、天文、历法
历史、地理、方志、图经、医书
民俗、名籍、账册、诗文、辞曲
方言、游记、杂写、习书
那些汉文、吐蕃文、回鹘文、西夏文
蒙古文、粟特文、突厥文、于阗文
梵文、吐火罗文、希伯来文的典籍
饱含佛的智慧，浸透人的心血
无知的人们啊，在你们眼里
却只是毫无价值，弃如敝履
如黄沙般散落世界各地
佛祖啊，是谁以主人般的轻慢
亵渎了你的威仪？又是谁
以掠夺者的贪婪
窃取了你的荣光
而对此，你却视而不见……

伦敦，1900，一个小偷
在大英博物馆叫卖他东方的窃获
巴黎，1908，一个强盗
在凡尔赛宫炫耀他惊世的“收藏”
施坦因、伯希和
橘瑞超、吉川小一郎
鄂登堡、华尔纳……[1]
探险家和奸商
汉学家或马贼
一个个空手而来，满载而归
用碎银或子弹
掠夺诸神的荣光

对于目睹的佛祖，一切皆有因果
对于沉睡的人们，一切似未发生
我们又怎能仅仅责怪
一个无知而虔诚的道士[2]
当诸神的背影远去
佛的印迹只剩下洞窟中的塑像
我们是否该将这仅留的圣物
公之于众，送给那些不属于

① 以上均为掠夺敦煌莫高窟文物的外国人。
② 指当时看守莫高窟的道士王圆禄。

它们的人们？还是把它们
深埋沙底，与佛一同长眠
美，是该隐藏，还是该传播
如果我们将它隐藏
谁又能了解它的价值？而它
是否真的存在过？
而如果我们将它呈现在世人面前
接受人们的赞美或者批评
谁又能保证它不被人们奚落
扭曲、掠夺、据为己有
如果神圣的福音需要传播四海
佛的精神需要通过这些法器
向人们启示
那么他愚昧的行为是否
通过一种背叛的方式
忠实践行了佛的旨意
那么我们又该如何评价这个人
当佛窟前的道士塔如石头般沉默
坟墓上没有碑文，也找不到
任何后人的评述
我们该如何对待那个身形瘦小
目光呆滞，而又希望恢复
神的荣光的卑微的灵魂

一扇扇门关闭，一座座墙后退
一尊尊佛像转过脸去，投入到时光
太阳从我的头顶掠过
翻开我紧闭的双眼
把我的灵魂从生命中剥离
又还回。黄沙的故乡
神的家园、美的家园
千年前那一瞬间的梦想
在千年后被同样一抹夕阳实现
沙丘后的夕阳里
重新出现佛的灵光
瞬间是千年
千年是一瞬间
在这千年一瞬的时间里
生命像是一粒沙子
镶嵌在沙漠绵延的地毯上
如何在它露出地面的一瞬间
被佛光照亮
坚实而渺小的身躯，要在黑暗中
挣扎千年

我将继续前行，朝着更远的远方
谁能在生命中停留？
当我驻足凝视

这个瞬间已经滑向另一个瞬间
时间之流生生不息
生命之树常青
佛的声音召唤我们
向下一个地点进发
时空之门，请打开，迎接
这短暂而又永恒轮回的生命
佛的光辉指引我们
朝着那绝对的存在——
时间之外的时间
空间之外的空间
梦，之外的梦

法门寺

我来到这里，是为了
和一个举着灯
在我身上看到自己的人相遇

——［瑞典］特朗斯特罗姆

在我的手心是你的真心
一束阳光
穿过十指合拢的树林
推开这石头中的门
一朵朵莲花盛开在夏天
澄明的眼睛里
“佛光”把它的印迹
刻在水底的匾额上
如果我低下头，可以看见我的脸
清晰如初生时的面容
“杂念”会在瞬间蒸发
留下一颗心，如清澈的湖

我穿过玻璃折断的缝隙

进入这片幽暗的光
“昨天”的景象那么熟悉
在菩提树下，我冥思苦想
昨天的我是不是今天的我
今天的我是不是明天的我
或者说，我就是你
我就是今天的你
我就是昨天的你所无法成为的今天的你
我就是昨天的我
你也会成为明天的我
我和你处于同一个时间之中
那天在菩提树下出生的人有可能是你
也有可能是我
那个抛弃妻子的王子有可能是我
也有可能是你
你和我处于同一个世界之中

但是，我该如何成为你
我该如何理解你的沉默
我该如何说出你要说的话
当我穿过这条幽深的长廊，黑色的小火车
像一串没有逻辑的文字
把我引入这第一个问题
青色的地面上留下长长的菩提树的影子

青色的地面上留下长长的我的影子
我们的影子是如此接近，却如此孤独
这种孤独何其相似，又无法言说
而对于无法言说的
我们只能保持沉默

每个人都有一个影子
每棵树都有一个影子
有光的地方就有影子
我们的影子在光的世界里多么孤单
你的影子就像菩提树
你在菩提树的阴影中思考世界
你的思想中没有影子
你的思想中没有你自己

我如何才能成为一棵树
一棵没有影子的树
我们不是树
我们只是影子
我们的影子是我们的全部
我们是光投射在这个世界上的一个斑点
如菩提树的一片叶子
然而，即便是这最渺小、最卑微
落在地上最不显眼的一片

却是不可替代的
独一无二的一片叶子

这独一无二的生命我们该如何度过
走上二十六级的台阶
在高高的台子上舞女们翩翩起舞
她们跃起、舒张，然后转身
指尖的振动牵引天边的云
而此时六月清晨的荷花刚刚绽放
绿色的蜻蜓划过湖面
在她们的身后是一座刚刚建成的寺院
大唐的天子亲自为它剪彩
而她们所做的全部意义
也仅仅是这个盛大仪式的小小插曲
但就是这短短的一瞬，她们
即使是其中最小的一个——似乎还未发育
——依然释放出自己最大的热情
专注的眼神，嘴角的微笑
以及哪怕是一根头发的律动
都向人们展现了她们的美
而美是短暂的，它就像一阵闪电
使人眩晕
她们会在眩晕中死去

死，是多么可怕
却是我们唯一的希望
它如同一个向导
带领我们来到另一座门前
在那里神圣的光辉隐隐可见
但只要我们进入
旅途就此结束
“来生”是一个令人捧腹的玩笑
只有你知道
它让人向往，又使人绝望
一个永远无法证实的命题
就像某个夜晚
我们闭上眼睛就会有一个梦
那是我们打碎了自家的镜子
却看见了从未见过的别人的脸

醒来，在另外一个时辰
那个人可能是你
但绝对不会是我
我看见别人眼中的你的形象
与我心中的并非一致
这是真的吗？你真的
值得我们去信仰
我该拿什么证据去证实

在我面前唯一能看见的
就是三千年前你的一截趾骨
在巨型的玻璃柜中
钙化成了一个意象
你的微笑是一个永恒的谜
那些信徒们
他们虔诚地作揖、跪拜
坚定的眼神毋庸置疑

我转身离去，把你留给你
我终究不是你
也不想成为你
我只是一个无知的旅人，偶尔一次走神
与你相遇
你的光辉净化我的灵魂
但更多的疑问
如同湖水，涌向湖面
莲花仍旧盛开
在夏天的眼睛里
关上石头的大门
一道阳光
穿过十指合拢的树林
在你的手心是我的真心

后记

丝绸之路不但是贸易往来之路，也是文化交流之路，更是思想探索之路。两千多年来，在这条漫长的国际通道上不仅诞生了张骞、马可·波罗等著名外交家，也诞生了李白、岑参、高适等著名诗人。新世纪以来，在丝绸之路沿岸也活跃着许多有影响力的诗人，形成了具有明显地域特色的边塞诗群、西域诗群，创作了大量具有西域特色的诗歌，对我的诗歌创作产生了重要影响。

2010年对我来说是具有关键意义的一年。这一年，我因工作原因告别了温暖湿润、景色宜人的汉中盆地，来到干燥荒凉、广袤无垠的甘肃兰州。从精神上来说，我也逐渐脱离了那种追求世外桃源，渴望做一名山林隐士的文人情怀，而变成一个直面风沙、苦苦追寻精神升华的苦行僧。由于生活环境的变化，我的审美观念和创作观点也发生了深刻变化：以前，我深受欧洲浪漫主义和中国80年代朦胧诗的影响，创作了大量感情哀伤、语言柔美、情意缠绵的抒情诗。来到甘肃以后，面对莽莽戈壁、巍巍高原，我突然意识到自己以前那种只注重个人感情抒发的小情调诗歌是多么的局限。我开始向外学习，力图在其他诗人身上找到自己的创作路径。我先后学习了中外诗歌名著，订阅诗歌刊物，熟读当代中国诗坛名家作品。在如饥似渴的学习中，我没有找到自己的方向，反而深感绝望：当今中国诗坛原来如此混乱，各种流派学说充斥诗坛。诸如垃圾派、自白派、下半身主义等各种团体派别明争暗斗，攻击与谩骂甚嚣尘上，却没有一种学说或主张能够提供创作经典诗歌的方法与路径，反而是各种“口水诗”“老干体”占领主流诗歌媒体和各大颁奖仪式。

在残酷的现实面前，我感到绝望，甚至产生搁笔从此不再写诗的念头。幸好，当地严酷的环境锻炼了我的意志，诗友们也给了我很多的鼓励和支持。在与甘肃本地诗人的交流中，我被他们对诗歌的执着追求和默默坚守所感动，也被他们极具地域特色的创作风格所感染。我渐渐形成了自己的诗歌风格，即：坚实厚重的语言结构、洞穿千年的宏大叙事、参悟天地的精神求索。

在诗歌创作过程中我特别讲究语言的锤炼和对诗歌精神的提炼，挤出多余的感情水分，塑造硬朗、凝练、直接的诗歌语言。坚持宏大叙述与细节处理兼顾，精神追求与人文关怀并重，既有对绝对美的追求，又有对现实的批判；既有对西部人文景观的描写，也有对宗教历史的追忆，力求形成独具一格又多元并包的创作体系。

从 2000 年我写第一首诗歌开始，我的创作历程已有 20 余年，从 2010 年我探索西部诗歌创作也有 10 余年，期间尝试创作了大量不同风格不同形式的诗歌，因各种原因未曾出版。幸得北京人文在线文化艺术有限公司与华龄出版社的大力支持，我能够精选其中的一部分结集成书，取名《一个人的丝绸之路》与大家分享。希望我的诗歌创作能够给新诗发展提供一种新的尝试，能够为广大读者提供一种不一样的阅读体验。

辛增路

2021 年 5 月于兰州

枕上书·当代文人情怀

印迹

YIN JI

杨晓波 著

华龄出版社
HUALING PRESS

图书在版编目（CIP）数据

印迹 / 杨晓波著 . -- 北京 : 华龄出版社，
2022.1
（枕上书·当代文人情怀）
ISBN 978-7-5169-2180-7

Ⅰ . ①印… Ⅱ . ①杨… Ⅲ . ①诗集－中国－当代
Ⅳ . ① I227

中国版本图书馆 CIP 数据核字 (2022) 第 030072 号

策划编辑 冯 雪　　责任印制 李未圻
责任编辑 高志红　　装帧设计 张 佳

书　名	印迹	作　者	杨晓波
出　版 发　行	华龄出版社 HUALING PRESS		
社　址	北京市东城区安定门外大街甲 57 号	邮　编	100011
发　行	（010）58122255	传　真	（010）84049572
承　印	三河市龙大印装有限公司		
版　次	2023 年 1 月第 1 版	印　次	2023 年 1 月第 1 次印刷
规　格	880mm×1230mm	开　本	1/32
印　张	10	字　数	190 千字
书　号	ISBN 978-7-5169-2180-7		
定　价	498.00 元（全十册）		

作者简介

YIN JI

作者简介：杨晓波，男，大学文化（法律），四川省青川县人。四川省诗词协会、四川省楹联学会、广元市作家协会、广元市诗词楹联学会、青川县作家协会、散文学会会员。

内容简介

YIN JI

对于中国汉语文学中的一束花——现代诗的写作，我犹如一个幼童，很多方面的修饰和表述，达不到读者所渴望的艺术水平和审美情趣，以及启迪思想境界的文学效应所产生的的无形意识和对世界观的熏陶。

本诗集所载的诗歌，都是自己在生活中的感悟，更多的是以喃喃自语的形式出现，以静谧的形态和沉静的语言畅想生活中的美好。多在山水风景、自然地理与人物形象之间徘徊，存储积极向上的正面影响力。把读者引入到一个特别怡人的梦想、美丽的情景之中，孕育出生活的鲜艳花朵。

本书《印迹》也是自身心灵畅通和精神自娱的人生舞台。以别具的艺术魅力，以求开拓思想和陶冶性情，在生命的航程里以文字的形式告慰自己的灵魂。

代序

YIN JI

商海如台风一样地掀起巨浪，席卷着华夏神州，社会的发展已进入商品时代，不管是上层领域，还是社会底层，一个目标，那就是夯实经济基础，在物质文明领域里共摘硕果。在经济腾飞的商品社会，利益驱动的链条传动着人们的脚步，经济效益占了上风，能够安下心来写诗作文的人寥寥无几。总人口十四亿的泱泱大国，又有多少人在动笔呢？比例显得十分不协调，在文学普遍贬值的今天，人们所向往的是“实惠”，除了专业作家、诗人以外，再也没有更多的人“投身文学创作”。

文学创作和爱好、学习不是所有的人都能做到的，在这五彩缤纷的时代，谁也不愿意去“享受”这份清静和寂寞。

在我提前退休后的生活里，日子也是不那么平静。参与了商海里的战争，最终是碰得头破血流，造成心灵上的创伤，留下了不可弥补的遗憾。但我这一颗酷爱文学，爱好写作的心依然年轻，坚持练笔，不停地写着，终于开出了几朵小花。我的人生道路也是非常曲折的，但不管怎样，文学创作她是我久旱的心田，遇上的一场甘霖，时时刻刻滋润着我，丰富着我的生活，我对她的热爱几乎占有了我生命的一半。自少年起，我非常酷爱诗歌、散文，儿时的幻想，今生今世不需要荣华富贵，只想写出几本耐人寻味、意味深长、意境宽广、朗朗上口、激励感情，深受读者喜爱的诗歌、散文出来奉献于社会。然而，生活的道路把我误入了歧途，这一宏愿未能实现，也就搁置下来了。

自魏晋以来到现在，诗人们写出了无计其数的诗歌，可以说成是一个诗的海洋。这些因素重重地感染着我，熏陶着我，把我从一个狭小的封闭式环境引入一个开阔的新天地，所以我就和诗、词联姻上来了。灵感和生活的二重因素，吸引了我的写作热情，所以在闲暇之余，我就咏诗作赋了。

在耆甲之年，终于圆了我这个梦，我把平时的生活点滴整理出来，就有了今天的果实，也算是一种弥补吧，虽然过去的梦没有能实现，但我也很知足，我写出了若干散文，长篇小说，和若干诗歌的初稿，成了我人生中的一处亮点，把自己的生活品位提高了许多。自己所走过的道路，我无怨无悔，只是有这微弱的收获，我也很知足。就诗歌而言，我是潜心地学习和研究，闲暇之余，熟读《唐诗》《宋词》和现代文学名著名篇，从中受益匪浅，于是，我把生活和经历锤炼了一下，也就有了这本《印迹》奉献于读者。

我走着、写着，写山、写水、写人物、写感受……终于把我的心声融化在文字里了。这是我十分高兴的事情，一种自然而然的精神享受，顿觉得十分坦然。我想，今天文字能与读者见面，那也是修炼的结果吧，“冰冻三尺，非一日之寒”的哲理也就体现出来了。

从前，我们隐约地有过许多的感叹，说什么在静静的夜晚，万籁俱寂，窗外有无影无踪的追寻，体现在煤油灯下读书人的心境。而今，可不一样了，读书人要体验生活，要融入社会，要观察事物的本质，我正是这样做了，我所写的作品贯穿了一根主线，那就是思想、生活、艺术全部体现在文字中，诗是要让读者去读的，要让读者去领会的，要让读者联想和深思动情的。如果你的作品能使读者哭了、笑了、愤怒了、感动了、气愤了……那你的作品就有艺术感染力了，就成功了。如果读者读了以后是麻木的，不知是咋回事，那你就失败了，也许是一纸废品。

诗，是一种高雅的文学艺术，也是启发人们思想的正能量，作诗就要有承担诗的职责，要引起读者的共鸣，不要只是一瓶紫药水，往时代的身体上乱画涂抹，不分有无需要都去抹一下，那就不是诗了。诗，既然称之为诗，就要具备诗的要素、思想、韵律、文字、意境，这就是诗的性格，如果没有深刻的含蓄，那也不叫诗。比如说：打油诗就是很直白的，没有一点含蓄和营养，只起到昙花一现的作用，没有更好地回味之余。

诗，更不能变作酵母片，快速地消化在读者的胃囊里。要变化食物，让读者吸收不能陡然消化着饥饿。她是一种力量，是一种节拍，也是时代的音符，更是催人奋进的强者。一旦扯掉罩在诗身上的那一种神秘莫测的面纱，她如同一把手术刀，还在解剖读者的生活内容。

诗也同时体现了人们的思想意志，我体会到：生活终究是创作的出发点，生活是取之不尽，用之不竭的源泉。时代的委托，她象征着一个时代的强音，着眼于时代的变故，也就把时代的诗刀紧紧握住。我们的新诗，要把握着时代的脉搏，要歌颂祖国和日新月异的大好时代，要像春天般的温暖，夏天般的炎热，拿起手中的拙笔，向棘刺丛生的道理迈进。

目录

YIN JI

烟雨唐家河

漫游的脚印与云同步
轮轱把细风碾得如凹地行履
萧风轻摇着九月的柳梢
草丛也为暗色扩展摆头扬绿

耳边传来尽是秋风与河水细啸
曲径的山道已迷茫着灰雾
头上还有不甘心死亡的绒花
眼睛里贴满了峡谷的雨幕

孤单身影看着孤单的山影
像是游子离开母亲那样苦楚
清风扑着凉爽的涧沟
仿佛是轻音乐在回旋中拍打着耳鼓

无形的声音碰在山崖
岩壁犹如利刃削切的残骨
岚烟覆盖了那陡峭和参差的植被
白天已看不见牛羚和野猪

山横连川是一幅硕大立体纯画
那枚石的裸露就是画中的传说典故
水墨似的大自然喷笔
把山色调剂得如同二月的春素

模型是山水制作的样板
承载着蓄积起的动、植物宝库
晴天风靡着大山的娇子
雨中却蕴藏了秋色与夏日的过渡

那从山中流出的泉水
闹闹嚷嚷地横竖闯过关虎[①]
两岸弯着腰的草艾和枝枯树叶
仿佛是在细雨中诉说告别秋色的痛苦

走着行着那是对秋的评价
置身其间仿佛是热烈已止住了沸度
只有鸟语在雨中啼鸣
那已是太厌恶烟雾的浓储

夹带着的是夏天休闲的情思
可眼神却填满了烟雨锁住的山瀑

① 关虎：最早唐家河是青川县关虎乡。

在遐想缠绵的一瞬
那奔流的不只是朝霞浸润的深处

风烟不存有迷漫的尽头
滴滴细雨打湿了通往林中的长路
密雾障住了观望的眼睛
遮遮掩掩的是那白绸似的碎暮

我在烟雨中把草叶捋捋
指尖上是一往情深的原始衷潽
曾有过的是携带的秋恋
在烟雨中已化成了赞颂的情愫

与烟雨接吻，我也无心反复表露
唐家河，你盛名已久如享誉世界的大鼓
虽然宁静里是岚呈蒙蒙
秋色里会搅翻人们心中向往的积虑……

男人的狂欢

桥面斜身躺在山间
送走了月亮，迎来了山泉
赤裸裸地戏耍涧水
浅雾也躲得很远，很远

一沟沟的山花，没有谁把她轻易践踏
轻轻地飘过去柔柔地问候
粗壮大汉的臂膀
撑起了云雾中的紫霞

风啸、水鸣、鸟喳
游客在此地分享美霞
云霞如火点燃山的清明
太阳和月亮早已分家

流泉飞出峡口
古铜色的人面已是井底之蛙
叮咚响声打扰了树叶
劝你洗尽尘世上的铅华

它把熏风送进你的肺腑
装满了比神话更美的音符
从那泉眼里流出的是
一串串银色的珍珠……

人间仙境

烟云缭绕的仙境
山间腾起浅色的飞云
峭峰飞跨过天眼
令人面在温泉里沸腾

山中弥漫的雾气
满翠日丽罩着涧水格外爽心
泉水喜着艳装
山峦吐彩染色林径

荒野寂寥所向林暗
势如淋雨斜浇东西南倾
晨风盘旋于逶迤曲路
涧水铮铮响似竖琴

流云从顶上沉落
瀑布集合恰似无数蚯蚓
半山日暮催促美景留客
峰壁接吻山中夏夜

路畔美女情所向往

细水浸肤如同擦抹胭脂

花笑草欢人影依依

沐浴涧边醉翁可知柔情

红与白

白色的幻想虽然盖满了天地
躲不过的是冬天那未消失的印痕
天公难以禁锢的手脚
终于抛在那大地的耳门

高过一些轻岚的白色
仍不甘心与春天来抗争
白云和浅雾
拉近了与泥土的距离

它唯恐红色无限的展望
用白肌压住了那质朴的脸唇
可是，一切都是白费
红色如心一样在寒冷中沸腾……

白龙湖

长久没人理睬的山岭
“沉溺”邀我视野巡开了大门
阳光轻轻地落下
恍惚间置身于人间仙境

突兀而立的巉岩
被碧水切断了腰身
远远地让开了一条去路
躺在那里是绿色的灵魂

绿萌顾不得秋的阻止
在岸边仍然有夏天的花魂
正如初恋的热土长满陌生的枝条
留恋着夏天那狂热的风情

水中孤独的轻舟
载着幸福浸润的女人
双足踩灭了所有的顾忌
像岸边秋天里延伸的葛藤

眼睛不停地朝前望去
抑不住生命力在中年的旺盛
那仙女般的一派自由
与碧绿一同享受着世间仙境

悄声悄语有水声伴奏
纵然是大自然赋予的沉浸
无染的世界里有歌的感动
洁净的天地间有福的传情

花枝俏

北国冰封的世界已入零
我所看到的是蜂与花的亲近
那一种震撼突现在眼前
可是，南边的花在腊月里“飞雪”

朝霞染红的是天眼
曙光却带来冬天的明媚
深情，从心中淌过的时候
鸟语与太阳一道释放温馨

冬天不可企及的一派花烂
仿佛是被阳光击碎的一场舞会
我在阳光下尽情地沐浴
流露着盼望春天的热忱

绒花耐心地守候
那是不能离开南方的日月
能寻觅到多彩世界的风光
全由流水弹唱出美韵

在不厌倦的岁月土壤
花蕾太像一种憧憬的表情
春花秋月的梦想
在阳光中与冬天一道升起

赠你心香

窗外的阳光在明媚的路上
笑脸已走出往事的羁绊
燥热的烦闷化去夏天的孤寂
米兰的馨香释放了许多惆怅

仔细分辨自然中的昼夜
时间会允许你展现人生的光芒
高温里也许在梳理湿漉漉的秀发
你会与时代一同奋进前往

想说就大声说吧
我多想倾听你道出的衷肠
与太阳晕眩的那一瞬间
你会把表白镶成图画的镜框

茫茫无际掩饰不住自然的欢颜
孤独的心灵难抹去煎熬的缠绵
只有送给你的那缕缕馨香
才能把你旧的观念改变

怀　念

我伸手捕捉春风
它从前给予了我多少的吟颂
回忆那泉水边的清凉
我像一个如痴如醉的孩童

啊！春风，春雨
你就是那样把我捉弄
多想留住花的梦境
突然间吹来一阵妖风

我是一个痴情的人儿
总想美美地看见一个身影
一时间的情绪骚动
仿佛天平失去了平衡

我并非是柔弱的小草
经得起狂风大雨的折腾
太阳和月亮对我有无限的关爱
周围才引来有一帮艳羡的眸神

月，在大江南北

这就是你吗？中秋月
文苑中仿佛是叶的斑斓
云蒸霞蔚，簪花流绿的秋天
你始终是连着我们的心

我赞美，文学的力量
是对人生与世界观的挑战
近在咫尺，又在天边
那是心灵积蓄很久的希望

形态随着绚丽世界变化
多需要文字的喷突，秋的感染
激励和热情涌来在日月
文人墨客拥有哲学与思辨的呼唤

牧归

夕阳下的一头老牛
鼻腔发出了声声的长留
蹄步似人匆匆前行
渴望着夜间不再忧愁

它披着夕阳的面纱
瞪大眼睛等待着人赐的享受

晴天与大地亲近
雨里把人的愿望截留

有凉风吹拂的田埂
赶牛人把它的蹄印看着浅溜
天上的彩虹不会避让
地面上蛙声也未止休

希望人们不再甩棍
慢节奏使老牛不会消瘦
也许肩上消失了犁铧
等待着的命运是人类餐桌的陪酒……

晨　曦

太阳露出了地平线
绿树与它竟然是试比高低
它们之间挽着胳膊
双双都把阳光捧起

沉睡了一夜的虬枝、绿叶
醒来便是小鸟的欢喜
抚摸着大树扇着夏天的热风
静谧之处无人的影子伫立

彩霞射过楼前的小路
小草已恋上了黎明后的新栖
无怨无悔地做高大的陪衬
把忍受留给了自己

颜色由深绿渐渐变为金黄
早晨都是与你为命相依
大自然给你关了前门
太阳就会让你展示美的奇迹

顶端你本应是参差的叶片
恰恰太阳像一颗成熟的果实
嵌在你枝丫缝里
促使你把它的恩赐牢牢铭记……

爱情的扉页（组诗）

篇一：南疆

这就是你吗，南疆
天山脚下的一叶江南
羊的跃，鸟的唱，戈壁的橙黄
云蒸霞蔚，绿洲处处有姑娘……
翻着雪花似的孔雀河流水
也卷不走思念着的故乡
我看东方，每天都是朝霞
川北有初恋的人儿
于是，我要把心中的私话托鸿雁捎回秦岭以南
心中的歌儿唱给你
冬之温馨，春之渴望

哦，喜欢你
积蓄喷出的笔芒
看到一弯新月
仿佛是你同影子一道闪亮
我伫立于隐约的矮屋角落

夜色里我仿佛是凝固的呆板
睁开飞沙迷过的眼睛
只盯着戈壁犹如是爱情的温床
柔和的夜风拂来
我差点伸手去抚摸你的脸庞
似乎听见传来婉转歌喉
去哼爱情的曲调
燃烧着的初恋火花
铸成了在梦里消耗……

篇二：致杏树

你在那天山脚下盛开着小花
含着南北人儿的脉脉钟情
透过叶片看季节变换
仿佛伸出来的头是我追求的人
在有你生长的地方
我却默默地爱着你
初蕾绽放的时候
倾心和情感已是爱的起程

我要用诗揉进你每一根脉络
我要用汗水为你补充养分

用情涂上鲜艳的颜色
用心去保护好花瓣
如有蜜蜂来蕊上跳舞
那爱情有采蜜的白天
就会有酿蜜的黑夜……

篇三：沙枣花开

沙枣花开，沙枣花开
伴着白杨萧萧走进巴仑台
花味香醉了山沟、草场……
战士们都在花香中写情书
我也写一篇寄给远方的心爱
告诉她，心上人在花香中筑长虹
日月都是花的梦、花的白天

牛皮纸的土黄色信封
夹带着沙枣花的色彩
挑灯是在那有马群的地方
邮戳却是巴仑台
眼里关不住真诚的思念
信笺上标注了无数的挚爱
字里行间是花一般的梦想
愿情侣收获爱情的果实也在花开

十月印象（组诗）

篇一：国庆

东方披着殷红的朝霞
太阳在天边初露火影
中华人民共和国
七十一年普天同庆
天安门
一个玫瑰色的黎明
国歌从广场奏响
有一队英姿勃发的中国军人
扛着祖国强盛的大旗
铿锵有力地用正步在金水河畔敲击

人们昂起中国复兴梦的头颅
把目光投向一带一路的朝夕
天安门广场硕大的花篮
那正是象征祖国的日新月异
秋天北京的天空一派晴合
古城、故宫、现代楼群

都承受着阳光的爱抚
和平的光焰
照在人民的理想里

孙中山先生的巨幅画像
阐述着从辛亥革命到小康社会的历史进程
国歌沉郁地奏响
音符全是用先烈鲜血谱成
蓝天下最好的见证
那就是人民英雄纪念碑

人民踏着朝霞行进
虔诚地向共和国敬礼
目光聚焦在国旗上
无数只眼睛开始流着热泪
泪水汇聚到了金水河
玉石栏杆上澎湃着“不愿做奴隶”的声音

画面在太阳升高下的位置闪烁
枪刺被刷得雪亮
步枪连着航空母舰
侵略者的阴影在国门外逐渐缩短
如果敢来犯我国土

那就是二战日本投降的下场

响声从历史的回音壁传来
人民有维护祖国尊严的力量
改革、改革、再改革
让世界上刮目相看
把今天华夏儿女的功绩
更有力地献给国歌和五星红旗

篇二：霖秋

大山如同胸腔里的双肺
叹息着庚子年的一缕缕秋色
嘘嘘发出的谐调
倾诉对象是褪色的草木树叶
不隔日地连连横来竖去
少了星星，少了月色
一直不停的霖雨
那是秋天流下的眼泪
从雾里挣扎出来的太阳
没有见它给秋天一些温暖的分配

雾绕着的险峰如海市蜃楼

松柏下飞云如海潮澎湃
夏天那美丽和热衷
也随着秋风渐渐消失
多雨而潮湿的秋天
使土地变得异常脆弱
稍有瞬间的脾气
就和山洪一道泛滥成为灾情
恩赐而又残暴的大自然
有时人类更显得无能为力

山，仍然是这些山
可还有一些野花在与霖雨抗争
我之所以敬佩
那是野花并没有失去芬芳和妩媚
在她们的身边
山腰处，泉水喷银撒玉
山涧里，溪水流韵行风
弯弯曲曲的小道
从谷底向山峰延伸
奇怪的是：多了些野兽的脚印

记忆里的秋天
可有袅袅的炊烟

如今时代变了
动物占据了人类的领地
往昔是山里人在挥舞画笔
而今野猪、黑熊、猴子……在横行
无法多去埋怨秋天
只能随着秋雨
尽快结束一个季节的随想

但是，不休息的霖雨
阻挡不住人们的辛勤
白天搅泥泞画画
夜间点灯撵野猪归林
五花八门的吼声
宣泄着人类的本能
没有挂满滞缓的山绣
更会助长人们警觉的灵魂

假如天上冒出个星星
许是它会延长凉夜的寒冷
你听，夜莺在山林里歌唱
秋雨更加惭愧不已
尽管是这样
秋天依然是紫铜色的太阳

射线一天天地
会把霖秋晒成秋霜

篇三：婚礼

秋色下的田野
农民收获着大地的馈赠
那里有缤纷的梦幻
更有十月迷人的诱惑
溪流吹来轻盈的河风
撞响树叶绿色的簧片
碰碎了泥土的固然
太阳升起一竹竿的时候
愈来愈像
乡村人儿闪烁的爱情眼睛

九零后的乡村小伙
头发如燃烧的火炬
顶着男儿精神的光晕
埋在心头的爱情
已向众人泄露
只有在坦率、真诚的时候
才获取了被爱者的真实感情

如花似玉的乡村姑娘
已被时代染上了时髦的印痕
没有区别，没有差距
一枝泥土岁月里
鲜鲜艳艳开放的花儿
就这样步入了新婚的人生

从山乡走向城市
从城市回到乡村
亲亲吻吻的隆重场面
书写了青年人的喜庆
遮风挡雨的彩条布
仿佛是阡陌交织的小路
在婚礼现场畅饮
如同走进大地深邃的意蕴
婚纱在台上摆动
裙裾下飘出柔云般的歌声
他们采摘十月的烂漫
采摘自己成熟的爱情

篇四：乡村

香甜的酣梦里
驶出一辆辆拖拉机
古老、迷幻里的山道
隆隆的节奏掀开了早晨
唯有那流动着的小四轮
唤醒着秋天的山神

甩掉昨夜的美梦
卸掉自我满足的包袱
把秋收的喜悦
托付给等待秋雨歇下来的月色
人们悠闲地闭着双眼
心上却惦记着没干完的活计
新型的农业产业园
清除了返乡农民工的荒芜
一幢幢的农家小楼
在秋色里鹤立鸡群

十月，我拉住季节的衣角
走进湿漉漉的乡村

童话般的世界
突兀着一片片神奇的黄土地
绣上茂密的森林
大山已还给了动物
生态链维持着自然平衡

于是，背负辽阔的蓝天
有了乡村振兴的发展动力
我的眼神紧贴在大地上
多么羡慕弥漫着负氧的乡村
我的胸口暖烘烘的
揣着从汗水里打捞出的
一叠叠欢悦的爱
走进乡村，又走出乡村
来回都在活灵灵的故事里

朝霞

千条万条云絮的臂啊
擎起长空的深邃
阳光像挥舞的鞭子
也撕不破那上天的馈赠

感情从地面上升起
万物梦幻般地望着你
萎蔫叩击着秋风的季节
一株孤树与霞色已点燃火星

大地怎能不仰首迎接你
因为你与丰收并辔而行
在大山和深谷的那边
是人们通向小康的路径

赤黄的“彩桥”连着峰岭
透过岚烟是联想的瞄准
你与山河悄然对视
含笑的却是那苍天温柔的眼睛

我已不愿往前再走

那般红就是最美的风景

不希望它悄然逝去

渴望在江山画面里飞速图腾

冬天扬起的尘

林荫下的山间曲道
水泥罐车在面上飞奔
车轮甩起的山风
卷起缕缕褐色的飘云

嗬，好大的尘
白杨树多半是愤恨
那人呢
就有更多的欢欣

建设中的广平高速公路
已经筑成了蓝图的雏形
前面挖掘机啃下的山脉
晨曦里，桥面在朝霞中延伸……

早上，天地如画
川北未来将是交通发达的前景
我们的祖先
甩“火腿”时就没有嫌弃过灰尘

待通车的时候
省道上少了拥挤的车群
路在桥下穿过
只有笛声在耳边荡音

有雨的季节
水把路面冲洗得透亮如镜
蓦然回首，尘土飞扬那时
比起辉煌的事业只不过是短暂的一瞬

镰刀下的爱情

夜，随炎热匆匆而去
山林扑来霞飞的黎明
新时代稀罕少有的恋事
在山里，像故事一样编得如此感人
姑娘手拿一把镰刀
割下一把青草兴奋地：等

长裤缀满了夏天的草籽
颈脖上汗珠像是串起的水晶
蝴蝶送来山野的浪漫
碰醉了姑娘脸上的红晕

一家长毛兔养殖大户
主人是九零后的山里后生
不图大城市的十色光芒
创业天地竟然是在幽静山村

爱情是充满活力的色调
牵着双手走上勤劳致富的路径
那一捆捆的青草
是情感音符在与金钱婚姻观挑战抗衡

县城边遐想

傍晚，炎热渐渐躲远
剩下是不眠的山峦
熏蒸了一天的林子里
鸟雀也该去歇歇凉

黄昏快要留在梦里
它弥漫着彩色的旋转
浓妆艳抹的大地
它是夏天的替身和模样

我在河边上徘徊
抒发对七月的畅想
岁月与时代的同步
都在山下深深地凝望

街边飞来的鸣笛声
那是催眠着小城的曲调
冒着热气的县城
已奔跑在旅游业的大道上……

天　空

断断续续的秋雨
把天空刷洗得并未惺忪
那厚厚的云层遮住天穹
阳光流动着金属般的景虹

闪电的巨型长剑
已掣回无形的匣中
雷霆的硕大车轮
早驰入无声的宇空

啊！同是一片蔚蓝
白天有辉煌的太阳
夜晚有皎洁的月亮
彩绘着城市和村镇

秋天里正是骤雨初歇
清风掠过一片滚动的绿茵
人们由夏衫慢慢变为秋装
那时才感觉到秋的井然

早起是一层层的迷雾
遐思里情绪也在高昂
平如静面的秋水
也在抬头把秋的天空高望

夜幕中开启了所有的电钮
看着上班的星星和灯光
你在那时才会觉得
天上人间都在创造热气腾腾的光明

早晨的树枝

撑着绿叶护伞的树枝
好像是昨天的记忆
它摇曳在我的头顶
留给我晴天的晨昏

又好像是温柔的手指
在明媚中划来划去
呼唤着急促的夏风
引来玫瑰色的流云

在我怀念的时候
它会进入我甜甜的梦境
在我纠结的时候
它会给我散开胸中的疑云

也许是明天、后天
它会抛弃干枯的叶片
如像人们忘掉旧事
在新的一天又重新展现

眼前还是滋润着的夏伏
没有它生活就没有色彩
我双手搭在它的身上
却系着对故乡的眷恋

我愿……

我愿是飕飕的凉风
吹开你那紧锁的眉头
一阵笑脸露在外面
我才觉得自己欢乐

我愿是一棵青青的小草
在高大的树木下不卑不嶷
大树为我挡住大风
我才觉得自己四季如歌

我愿是一条清澈的小河
每天荡起哗哗的涟波
我挚爱的朋友在那里盥洗
我才觉得人情犹如剥壳

我愿是一条勤劳的春蚕
生命终止也毫不足惜
只要他人能够快乐
像蜡烛一样燃悼自己

我愿是一只快乐的黄莺
每天啁啾向他人报告信息
只要把心声吐露出来
我才感到人间还有情寄

我愿是童心不老的自己
永远保持年少的活力
我再继续笔耕下去
每天多为大家送上美丽

我愿朋友维持这个家庭
这是一处黄昏取乐的园地
朋友大家都视为兄弟姐妹
为缠紧友谊都须努力

我愿是一朵带刺的蔷薇
告诉人们生命的宝贵
时空是广阔无垠
而时间分分秒秒地前进

我的愿望确实太多太多
写不尽语言流不尽的水
仿佛我像一个少女
不怕别人笑话我太痴迷……

女排的大笑

她们用奥运的画笔
蘸着那里约的原料
创造了女排十二年后的大笑
她们用中国的河水、泥土
和着中国的颜料
创造了奥运领奖台上的群雕

一个个高大的身材
像拔地而起的松涛
国歌响在巴西
举国上下都在骄傲
顽强拼搏
最后迎来了欢笑

她们不愿看见
结果的烽燧沉掩
她们不愿听见
异国的国歌回旋
赛场上的拼杀和惊叫

拼出了五洲山欢水笑

国人由衷惊叹
那一群创造奇迹的姑娘
屹立在世界排球巅峰
那是华夏子孙的形象
呕心沥血的春夏秋冬
终于炼成了一炉好钢

大笑的中国女排
永远是世界的强将
中国人在扬眉吐气
世界在刮目相看
笑晕了霸气十足的西方
笑垮了看不起中国人的列强

里约结局的大笑
笑得精神和骄傲
胸前的那一枚金牌
是中国梦、中华魂的铸造
她们是当今的蒙娜丽莎
传承着永久的名牌名笑

北京的太阳，里约的太阳
一同在她们身上燃烧
越烧越是通红
红透了的火焰在升高
这是一群久经磨砺的人精
大笑就是狂涌的怒涛

我在寻觅
我在寻觅
压缩于心底的呼吸
鞠躬在早晨的原野
眼光恨不得射入地底

我在寻觅
踏着秋天的土地
拨开乱麻似的草丛
掀开松软软的浮泥

我在寻觅

一颗黄昏跳动的心呵
好像一块磁石
敏感地朝着沃土粘吸

我在寻觅
眼神好像被秋风刷洗
望着大山
热泪仿佛像初秋的雨滴

我在寻觅
寻觅秋天的晶体
一个弥漫着收获的时候
寻觅如草如花的痕迹

我在寻觅
寻觅着秋风萧瑟的时段
那将是群山环抱着红叶
我的思绪会沉醉在朝霞普照的甜甜梦里

石　潭

经过夏天洪水的狂突
秋天便恢复了你的平静
没有多少忧虑和积怨
终于找回了自己的平衡

没有谁能和你比赛秋天的美丽
你那泛起的鱼鳞细波
在秋天的旷野里
犹如维纳斯的眼神

紊乱和浑浊一旦沉淀
接踵而来的是异常的明净
山和水睦邻相处
潭水中就是它们美丽的合影

一年四季变化多端
可改变不了神圣的眼睛
只要对大自然表现执着
洪水过后也有甜美憧憬

石潭没有怨恨

更多的是缠绵的山情

在这成熟的秋季

它也变得睿智而聪颖

秋

天空的密云遮住了蔚蓝
仿佛醉汉还未恢复正常
大街上只有听雄鸡歌唱
但被秋凉笼罩一层肃静

一整个夏季雨水多么紊乱
不管是南方还是在那北方
它过去的狂想不断在扩张
给大地城市乡村带来灾难

秋天来了秩序又回归井然
江河湖海收敛了往日野蛮
可是人们却还在医治创伤
自然舒了一口气还我清凉

死亡的尸骨还未尽寒
夏天那没有逝去狂妄
秋来了也是一个结局
人间立刻会变得安然

晨 雨

一缕灯光照进孤影的小屋
窗外昨夜是通宵的秋雨
吵醒了我正香甜的酣梦
我不禁地写上早晨的寄语

近处犹如弹着钢琴
发出一阵阵清脆的音符
森林包围着的城市
即将要拉开秋风中的晨幕

我轻轻地走进阳台
听见那雨点在敲着木鱼
这童话般的世界
远山也许笼罩着轻雾

我打开思念的匣子
只轻轻一弹会使早晨复苏
久别的朋友是心中的惦记
立刻便开始拟订心底的烁语

歌唱的细雨还是在继续
只觉情思在手上流注
人活着就是为了要奋斗
枯竭的生命是无本之木

山中，月光明亮

月晖
亮在山中的秋夜
点燃星斗和街灯
她像弯弯的扁舟
四周尽是“海水”
一闪，一闪
漂浮在无语的林涧

绵绵而浓郁的乡情呵
如小道在山中蜿蜒
像蚕丛似的没有尽头
一缕缕地在脑海中缠绵
吉他的颤音
仿佛是心壁的回声
编织出夜间的奏鸣

那月啊
淡黄淡黄的热烈

给热秋涂上凉韵

望着她亮晶亮晶的柔光

仿佛是传来音符

交汇在天空和大地上

如带着流萤的梦

一闪，一闪

洒露在我梦的花芯

快乐的小溪

是杂草的山路引着我的心
不免要在我的行进中烙上迷恋的情
这突兀而立的峪沟
仿佛是梦中的情人

那叮叮咚咚的响声
敲开了秋晨的心门
虽然暑热还未褪尽
但那阻止的符号已刻在早晨

我已不愿再往前走
这水流是最美的风景
夏季把它冲洗得如此干净
时间的推移它也有时在飘零

双足踩灭了我的顾忌
双手抓住崖边的葛藤
游鱼在伸头告诉我
不要打破这绚丽的宁静

忘情地站立着吧

这里有寻梦的声音

没有任何即使正当的奢想

只有那季节留下的感恩之心

细　雾

细雾丝丝缕缕
像拧紧的蚕锦
谱首早晨的乐章
音符漫浸着山野、大地

在那往往被眼神忽视的角落
夏草应和着画屏漾起了绿意
竟是一派白色茫茫
可没有忘记把晨曲咏起

在枝条交错的丛林
也张开大嘴啜饮着昨天的雨滴
那是你的一次次变幻
蓝天也随时变脸哭泣

不甘寂寞的阳雀
一大早就从你的翼下飞起
伴着鸡鸣的乐声
把脆亮的歌喉向大地撞击

啊！最引人注意的是东边的游烟
在清凉、静谧的早晨伸向天际
一幅幅雨后的水墨画图
每条丝纹里都洋溢着诗情画意

纽　带

是阴平古道的溪水
洗涤了我们尘封的记忆
有朋自远方来到青川
故乡的初秋张开笑脸欢迎着你

穿过乔庄大街的喧嚷
我们走进青川宾馆的幽巷
看着一张张陌生而熟悉的面孔
彩霞落在我们焦灼的脸庞

网络让我们找回了从前
梦里思念的你回到了故乡
那迎风摇曳的柳梢呵
她就是你离开脱去的衣裳

今天我们可以品味乡土的气息
犹如那跳不完的锅庄
思念成了片片羽毛
紧紧贴在游子的身上

最有凝聚力的是那拥抱和握手
化成了相聚的曲曲音响
那扣人心弦的舞姿啊
笑绽了那山间铃响和山花烂漫

读懂了同学、朋友聚会的意义
那仿佛是生活中撑起的花伞
随时在身边出现都是你美丽的幻影
飘来的是我们的黄昏充满阳光

你，我，他（她）于千里之外
相见时难别去更难
聚会的曲调有了终止
可是友谊不是凋谢的花瓣

曾经有过百般的设想
终于有一篇完整的清样
那浪漫多彩的谈笑和调侃
释放于朋友们的心坎和腑上

走过熟悉的秋天
那大聚会的影像在脑海中忽闪
看着如诗如歌的画面
我们更要牵手走进明天的希望……

青江两岸

秋花，如象染红的彩云
释放出收获的年景
青山压不住她的诱惑
日夜遥望着璀璨的星星

云雾山中的雨滴
打湿了秋天的温馨
在成熟的包谷地里
游动着稀稀拉拉的花影

青江如像一条锦绣的彩带
夜以继日地在夹谷中奏鸣
庄稼人在它身边拨开云雾
凉风摇曳着它浑身的眼睛

秋鸟在枫林里拍翅
野猪却在山野中闹腾
秋水拍打着岸边的峭壁
吵闹着沿江两岸的乡村

青江之畔的秋天呵
给人们是花的喜悦
每一天都送来新的祝福
秋夜里人们枕着花的梦境

辛苦犹如陈年的窖酒
越品越散发着浓的滋味
农人收获了一片秋之喜悦
那流着的热汗也就固然缅垂

不怕江波冲上堤岸
不怕江风扑向花林
秋色染下的青江两岸
都有可喜的丰收如蜜甜样在黄昏

霖 秋

烟水云密扑来眼底
雄鸡追逐着白鹤的羽翼……
这就是你吗，我的故乡
为什么秋深总是悼着泪滴

年幼不懂得故园的美丽
幻想着外面的世界是仙地
由此奔波于大漠戈壁
与你拜手青春离别了你……

耆老的我步履蹒跚
左看右看你是让我惊喜
特别是在这金色的秋天
我歌颂这山林平坝的霖季

忆往，人生失去美的栖息
那些缥缈的理想和豪语
曾经是一段荒唐的经历
都丢在这秋浓的土地

如今，你清晰明亮的熟悉
使我重新懂得对岁月的珍惜
每天向故乡亲热的一个吻
我仿佛是你泉眼的一滴

小 路

青川的小路曲曲弯弯
秋雨绵绵在不停地滴荡
这一个秋季它总是在发怒
没有哪一日是晴天太阳

秋叶覆盖的那山林
一节一节地褪去夏装
小路两边差参的蒿草
伴着秋雨在发出重唱

蚕虫似的那条小路
在霖雨里不卑不亢
虽然也在发出呻吟
那是对霖秋的呐喊

呵，弯弯小路越伸越远
缕缕青烟风吹不断
小路延伸到哪里
哪里初冬来就有红枫的希望

假如我是一颗雨滴

假如我是一颗雨滴
我要在秋天不停喘泣
我把绿叶当作知音
扑在她的上面格外清晰

我不愿求上苍的怜惜
也不愿求凉飕的天地
我只想为那秋水更亮
因为那是众志成就的力

秋天有我的存在
就有那枫叶染红的惊喜
我细腻地向她倾诉
我在准备每天的歌寄

我是那样温温顺顺
我是那样无微地心细
为迎接东方的日出
之所以我的眉头要紧闭

我不愿被人们遗弃
我也适当地学嘀嗒声起
早晨好，朋友们
我笑着发出真诚的吱声

我愿作汇聚秋水的一滴
跳跃在秋的绿叶中
为早起的人们
献上凉透了的秋意

假如我是一颗雨滴
决不沉醉在温馨的梦里
要用音乐敲响秋的旋律
亲切问候早间心旷的人们

无月的夜晚

本是金箔洒满的夜晚
可惜是叆叇厚厚的遮挡
昨夜我漫步那浑浊的街头
凉夜披着轻纱般的云裳

我幻想着拨开笼罩的迷雾
亲吻下掩映着的粼粼波光
久违的绿色涵养的小河哦
我多么希望看见那一轮橙黄的月亮

凉风总是那么恼人
街头总是那么平淡
没有丝丝的月辉气息
那盼望亮月的心境顿时全散

没有月的夜晚人心总是淡然
回到房间独自抱怨无月的夜晚
床边遥望窗外仍然是昏暗
静静的城里没有沉重的负担

多少的期盼，多少的遐想
照在镜子里我是两鬓白霜
故乡月啊！我在问你
你何时照耀你脚下的心房

那是因为你在明亮的时候
我已不是当年的少郎
我在美美地回忆过去
是你一轮明月送我起航

无月的夜晚觉着也没什么异样
我在喃喃低语故乡的善酿
那不由自主的寥寥短句
让月色和酒香倾入衷肠

水　面

碎浪，像翻滚的珠玉
轻波，像一圈圈涟漪
蜿蜒的乔庄河水啊
像一盘盘绿音的磁带

唱的是小城的秋色
唱的是收获的年景
歌是从浪花里飞出
像琴弦弹在岸边

朝阳，昨天出了今早又缩回
夜雨又敲打在岸边
唯有东山上垂下的柳叶
她才不觉得讨厌

野草丛生的沙滩
它才没有沉重的负担
只有纤丝般的白鹭
它在寻觅着零散的早餐

那堤岸下的野花
不畏霜降的狂妄
在水边摇曳着脑袋
默默地等待着冬的寻常

水面，流翠飞玉的水面
来自文县李子坝深山
那裸露的砂砾顽石
也被刷洗得处处亮光……

夜雨打在她的上面
流着的是大山的情感
我把早晨的颂歌
奉献于那抱城流的水湾……

银 杏

当夜幕拉开环宇的时候
你就在窗前幻影
那扇形一样的叶片
仿佛是秋天伤了它的心

枯黄是它枯萎的脸面
在这个季节里数它最熏
装扮着如画的秋韵
如像那叹息的孑身

它在秋天是鹤立鸡群
最能分享是秋天的萧静
小鸟儿在枝头上跳来跳去
寻找的是它那缠绵的秋魂

棵棵装饰城市的银杏
顶住了多雨的秋霖
你这远古时代的活化石呀
可还在陪伴现代人的小城

你撒落在地上是铺的黄金
身上却响起无数的脚步声
秋风中淡淡的花儿
同你一道释放出秋末的灵魂

秋雨，在滴泣

密云海浪似的布满天际
山谷中雨水在哭泣
太阳看不惯秋的泼野
索性闭上眼睛

我没有更好的语言
愁眉如像布上了清冷
秋凉如此肆意
那是对狂热的讽弃

秋雨并没有停顿
一路撒下怨息的凄零
轻轻地敲着大地
如像天柜泄漏了机密

徒步行进在雨中
仿佛像丢失了的车轮
雨帘飘如弯弯曲曲
我也如同那雨中的轻雾

雨　夜

河水拍着长长的堤岸
道旁的银杏在灯下泛黄
一幅金色的夜帘雨图
映衬得小城也成了江南

秋色总是那么肆虐
几乎都是雨水包揽
多么希望有一个晴天
可那密云总是遮住太阳

河边一排排的细柳
也没有脱去夏的衣裳
白扬耐不住秋的洗刷
叶片板着脸落在地上

总想盼着有一个晴夜
可它总是挡住月光
月亮却发出憎恨的愤怒
下吧！看你有多少的狂妄

虽然你那么任性
可谁没有怕你骄横
串串灯火亮在丛林深处
小城抹不去灯塔的照映

何处流来一缕笛音
小曲悠悠伴着乡音
是菊花的郁香醉了城市
还是人们恋着雨夜的幽静

雨打绿树声声清脆
浪花如琴筝筝入韵
细雨中小城也有雨的故事
伴着夜雨人们梦也在升腾……

晨 歌

有雾没霾的早上
窗外是一片黛色的昏暗
菜市传来了雄鸡的啼鸣
门缝里突然有乐声飞扬

走出门槛小院是一派空旷
头顶悬着半轮月光
可就在这非常巧合的时候
亚萍传来珠海全圆的月亮

醒来，门外花坛里的秋菊
醒来，那睡过一夜的群山
期望着朝霞从东方射出
半秋的霖雨望你收住脚杆

我们不需要什么馈赠
我们需要的是常有月光
好呵，你西方的一天云烟
把我带入梦幻般的遐想

哦，朋友们都在相互问好
披衣起来，我去碎步街上
只有那鸡鸣和车声
去接吻那天上的半轮月亮

快走的秋

难怪霖雨这么肆虐
它的寿命已到了末数
凉意从窗缝里挤进来
妄想要把它驱逐

太阳每天都是遮住脸面
中秋过后就没有长舒
就连树林里飞着的鸟雀
每天的叫声都是那样愤怒

人们还在秋的念想里奔忙
可大地就是那躲躲闪闪
从黎明到收起的傍晚
都是那雨水在喧嚷

暖风抓起秋叶逃走
这细雨就变得格外疯狂
没雨哪天是阳光明媚
仿真总看不到天晴的希望

妈　妈

妈妈，再喊我一声吧
那听惯了的乳名
总是那么亲切、豁达
那时，我就像一张白纸
您知道吗
我要在纸上面绘一张美丽的画

那是在您给我的
一张很白很白的纸上
我用人生的大笔
画路径、画朝霞
我摇起了人生向前的桨
我在努力地丰富那张画

已经很久很久了
我像一个遥远的童话
我已进入了黄旨的耆年
可我的笔还未停留
还在磨着墨淀

努力地描绘着那幅画

妈妈再给我一张纸吧
可妈妈微笑不予回答
却把心窗推开了
天空又布满了新的朝霞
我面向那湛蓝和银白色的世界
我又重新呼唤着妈妈
妈妈呀我的好妈妈
我看着您微笑的面靥
我还要继续绘制人生的画
昨夜的歌
像蜜一样，循环在我的屋
金色的奖章紧贴着胸脯
雪山上隔不断的思念
“七夕”时送给妻子的礼物

现代的“牛郎织女”
也展现在中央电视台的屏幕
那闪烁着泪花的眼神
拥抱着军功章是鹊桥上的珍珠

她珍爱人民给他的荣誉
抚摸着军功章却忘了分离的痛苦
在柴油机房里的噪音下
大呼着：婴儿是爸爸的礼物

十四年的光阴虽然不是久远
为的是人民幸福安康、祖国完整的领土
那一身威武的戎装
闪射着民族的尊严、真理的光束……

你为祖国站岗放哨
却没有勇气把爱向妻子吐露
因为，祖国把重托挂在你的胸前
在演播大厅姑娘把对他的爱和忠贞向全国人民倾诉……

赠你心香一瓣

窗外的迷雾遮挡了你的笑脸
深邃的山林像是走不出往事的如烟
清凉的早晨洗浴着过去了的烦恼
一缕紫荆花的馨香又重新驻入心田

永久的回忆才别具一番滋味
朋友们谈天说地处处是欢欣一片
如今这种气氛好像隐藏在无言的深处
激情唱响的时候有可能是冬天

等到失去以后才懂得珍惜可贵
等到离别时才探摸出爱河的深浅
爱心人人都有一颗在闪闪发光
就不知道谁先填在自己的胸前

想说就大声说出来吧
暮春的村庄可没有多少顾忌的小店
这里是一块最好倾诉心声乐土
枕着你的膝头，写下你的美言

每天看见温暖的问候
就像一杯清茶轻沾在你的唇边
互道珍重，互道思念……
任何形式都在刻画你的欢颜

动动脑筋试图潇洒告别过去在生活的五颜
黄昏的心灵难抹去一生的缠绵
我为你，你为他（她）多献上一些菊花和玫瑰
企盼着，企盼着大路上能找回我们的从前

落 叶

从秋的身旁走过
最怜惜的是那曾经有光彩的落叶
她萎缩的细小身体
没有人注意她失去的意义

春天她从母亲身上含苞露起
她的命运就是奉献的淅沥
吸尽大自然中的废气
生命的光环就是释放的豪义

她躺在秋风萧萧的时段里
也在向苍天发出叹息
曾经有过的辉煌
那都是生命鲜活时的意义

如今她已是风烛残年
落在地上无人想起
她的悲哀是光彩走了
却没有养老金和葬礼

我在地上拾起一片脉叶
我才明白人生的道理
青春时代并没有多少亮点
远不如那春夏秋的片叶

遗憾和叹息是我的渐进
怎能埋怨我们的黄昏
我们并不像那落叶
老了没有分文的养老金

我非常珍惜我们的黄昏
它仿佛是人生存在的象征
生活在有五味的时空里
愉快地享受着生命的图腾

鞋

是陆地上的轻舟
是自然里的车辆
不需要公路和码头
也能自由地穿行

无声的生命就是为承载
它的作用在创造奇迹
可以使大地更新
使人们登上喜马拉雅

穿上它人们走出黑暗
前赴后继地迈向光明
走出了一个崭新世界
促进了人类社会文明

接触着冰雪
面临着高温
粗糙和光滑磨砺着花纹
却没有发出伤痛的呻吟

总是那么无怨无悔
紧贴着春秋四季
没有任何回报
只有一天天磨悼自己

向往的不是陈列的橱窗
那是存在的标样
不停地彩绘着人们路线
那才是价值和希望

“千里之行始于足下”
这美丽的世界中
无论山高水长
我都在默默闪光

我对人们没有沉重负担
只是奉献着的常常
纵然是荆刺丛生的道路
我也是你脚下奔跑的车辆

思　念

许多次无星无月的夜晚
思念情不自禁地奔出小窗
激情流淌在这秋的小巷里
凉夜中的灯火仿佛是花伞

手中的笔提起又放下
在纸上画下了不少的凌乱
隐隐约约地看见那菊花
仿佛是我心中的偶像

我虽然离去了一段时间
那心却是拴在群上
一分钟未见手机的嘀嗒
灯下的孤影总是忐忑不安

离开群的那一瞬间
矛盾的心境总是在摇晃
我如鲁滨逊漂泊到那座孤岛
黑夜中找不到回头的彼岸

隔墙的圈里朋友在惦记
引起了一系列的猜想
那是神经的一时短路
秘密只能在心底埋藏

思念的镜头无处不在身旁
盼望着总有一天能回到“故乡”
时时刻刻都是内疚
离开朋友仿佛是脱去的衣裳

等待月圆走过的那个晚上
几经周折找到了“回家”的方向
进门就是朋友们的握手
我再也不出去独自流浪

今早细雨又打在刚醒的花上
我又升起思念的风帆
从心底挤出几句简语
谢谢朋友对我的谦让

丈 量

想用年轻的脚步
丈量人生的跨度
听着晨曦中的雨点
引起我久久地回顾

早晨紧锁的轻雾
缠绕着我零乱的思绪
少时的梦想
都在黄昏中结束

一枕源源的浮想
流着回忆的碎步
总是那么一团乱麻
理不开的或许多处

人生的每一个符号
堆满了凝重的坚固
改变不了的个性
前进道路上总是拦路

当我们结束追求的心态
已是白发爬满了眉处
如同站在十字路口
被风速与空间深深鼓舞

季节走来深秋
情思流淌和着飘洒的秋雨
人的一生好像那流水
流过就再也没有回头的路

山间之晨

暮色隐在山林深处
鸡鸣犹如撬开天盖之曲
静寂交织在泉水一沿
细雨响过人却醒悟

独自踏步乡间小路
草叶爬地洒满露珠
小鸟已从巢穴飞出
一道享受清晨细雾

忙碌的是乡间的土狗
几声狂叫划破了天幕
东方此刻慢慢挺起鱼肚
轻烟乱窜犹如仙女的裙布

情思在手尖上流淌
画从那山垭口起伏
谁把水墨泼在林间
构思这美妙的早图

凉风悄悄走来了

身旁才领略到秋的祷语

我在自语问着狭长山谷

这情这景是否激励生命的延续……

街　巷

听着窗外雄鸡的喧嚷
我的心飞进朋友们的街巷
秋雨已收起它那哭泣的脸
没有了那像敲锣的雨点

想起去年微凉的秋天
朋友们脚印画在故乡的街巷
那张张陌生的面孔
印在我焦灼的脸庞

暮色中我张望小城的街巷
天空仍然是一片迷茫
扫帚早在哼着晨曲
“我们的生活充满阳光……”

朦胧中绘画着早晨是一位洁娘
街巷里看她美处是旁边的花伞
撑起小城晨曦的天空
是黄色在街巷中摇晃

生活的风云如像那晨雾
每个人都在忙碌中闯荡
这时我想起微信中的你
也许在你的高楼下也有同样的花伞

银川[①]雪

朋友从网络上下了一场新雪
我的爱，溶进了不舍的昼夜
这还是丙申年的秋天
可它就急急促促地扬着追尾

亲吻着落叶飞舞的大地
在一萎萎衰竭的秋草里
那萧瑟的秋风阵阵
也难挡住它的肆虐

谁不感到晚秋的躁动
在今天的季节里的一场新雪
它从半空中一点点地跳动
仿佛秋末也变得如此凄冷

我一颗颤颤抖抖的心啊
在视频下跳动得如此之频
想必北方的秋天如此残酷

① 银川，宁夏回族自治区首府。

我也随着它刺着热乎的心

我秋天的热情呵
仿佛顷刻间也变得冰冷
意识到这是一个不寻常的秋天
仿佛对着大地张不开声

网络上传的银川新雪
那是季节在告诉降温
我用心底呼唤和惦记
传递给我心中所爱的友人

好想告诉你

好想告诉你
和你们在一起
生活总是那么幸福
生命才有那么美丽
在风轻雨停的日子里
总是用
行云流水的笔迹
书写浓浓的思念
欢呼雀跃的歌喉
咏唱着诗的韵律

好想告诉你
和你们在一起
我不知道什么是疲惫
那袅袅的舞姿
像是升腾的烟云
我不知道什么是孤寂
那是因为
欢乐已把我沉醉……

我，夕阳下的春

像柴火燃起了烟
像腰鼓敲响了韵
我梳理着纷乱的思绪
重新拾着枯萎的叶茎

曾丢失了的过去
又摇晃着我的黄昏
堆积在我的身上
我又重新认识了自己

我看见多雾的秋天
如像人生解不开的秘
一只鸟儿从林中窜出
我又重新认识了自己

此刻，我才觉醒
像落叶抛进湍急的小溪
总是冲不出那个旋涡
高昂的学费至今未领“毕业证”

穿过星群就是新一天的晨曦
思绪涨起让我动笔
六十岁才是一个起点
找回失落的梦，更要找回自己

秋的山野

丝毫没有多愁善感
连雾都带着银色
清风一大早就唱着晨曲
花蕊上仍然扑满了蝴蝶

除了宁静还是宁静
翻开早晨书页看看
山路幽径只有鸡鸣
朗诵着秋天的抒情

绿色依然到了晚年
可她还是忘不了夏天
秋老虎确实厉害
云蒸霞蔚烤着山原

农人的脚步和小路窃窃私语
山坡上只有背篼在跳舞
平地间是新的产业园
和秋一道不再有很多忧郁

发疯的新一代农民
挥动着那秋收的大臂
不顾什么是秋的老虎
捆绑着收获的田间

银发在老农的额头飞舞
秋光在大棚里闪烁
吸引人的不是秋色的情趣
而是汗水谱写出来的秋歌

山道与农家

绿林山道曲曲折折
路旁小草密密匝匝
为什么叶片上还有细珠
那是农家人流的热汗

小路仿佛像一条丝带
把大山捆得结结实实
野猪可不那么好惹
夜间就在这里横行四方

林中小屋像一座孤岛
小路就是上岸的小船
那飞出的一缕缕炊烟
也许就是划船的摇桨

呵，弯弯羊肠越伸越远
那彩条布像是海面上升起的帆
小路延伸到哪里
炊烟就是它亲密的侣伴

晨 鸟

窗外低飞着黑夜中窜出的小鸟
没有单翔，而是一双双地相互比姣
它们用双翅拨开早晨的轻雾
哗啦一下昨天的燥热也逃之夭夭

依然是夏季的风云莫测
这一切都动摇不了早起的小鸟
它们是那样风雨同舟
“夫唱妇随”酿着爱情的“麦当劳”

清风慢慢地洗刷着乔庄河岸①
早晨的露珠打湿了它们的“衣襟”
它们却是不离不弃
坚贞地守护着风雨中结下的爱情

夏天的大雨和酷热
它们没有感到有什么不妙
扇动着那顶风冒雨的羽翅
它们却不诧异地天天发出嘤叫

① 乔庄河，四川省青川县第二大河流。

照　片

陈旧的记忆
远去的日子
它像一艘漂泊的帆船
又从对面驶向彼岸
同在“海”里沉浮
同在骇浪里升帆
昨天钩起的回忆
曦来已经消亡
朋友啊
相逢的汽笛声
很短很短

那风风雨雨的时光
像是一团团的雾罩
给人有多少的思索
给人有无穷的遐想
映出一双深蓄的眼睛
映出一副有力的肩膀
支撑起生活的担子

同在“大海”中搏击

朋友啊

也许再见的时候

都是生活强者的闪光

牵　手

是川北的雨水
刷洗尽了我尘封的记忆
梦里环绕来去
思念尽在晨曦
在绿萌轻抚的时候
飞向天涯海角的都是你

梦里所有幻想
如何与你牵手
可那些遥远的影子
没有和设想脱离
梦就在看见你的笑脸
情意结在这川北的雨季

踱步那熟悉的街头
早间的凉爽让人羡慕
掀开堵情的闸门
分流着祈祷的心绪
只想我们再有一次牵手
岭上更会卷一层轻雾

乡间的早晨

野花在画屏的山坡摇着粉白的头
凉意随绿叶带来一阵阵夏伏的波
追思夏日残酷的高温
心中突然想起那流动的小河

薄薄环绕在山间的迷雾
它像是一首百读不厌的诗歌
一会儿成团，一会儿散坡
讲述着那无穷尽的泉说

我知道这是心中的夏季
无能何时都能接受
独自行走在心旷神怡的大地
周围仿佛是编织的快乐

品味我们足够的空间和光阴
更加珍惜快要燃完的黄昏
我们会坐下来冷静地思索
该在哪条路上漫步人生尾句上的时辰

故里的影子

我的心在轻声地问
问那广场上鲜粉的花朵
问那花朵上飞舞的蝶蛾
问那蝶蛾晚霞中咏唱的歌……

啊，那消逝了足音的小城
那笑醒了背影的山林
可映下一个美人的靓丽
在那个大雨滂沱的早晨

她离开了，养育她的山岭
又匆匆踏上她的归程
此刻，看着那漂亮的相册
心的天宇，敞开了一泓新晴……

又相逢

荡起陈旧的小船
在黎明中又看到新的希望
每天都在这个时刻
驾着它奔向友谊的彼岸

这平常的交流小舟
载着群友升起问候的风帆
晨曦中低吟的鸟语
也跟着小舟一同闯进心房

同在一个天地里呼吸
同在一个群里歌唱
随时拉响朋友情缘的汽笛
互道尊重一起进入梦想

每天看惯了的熟悉语言
就像那风帆下的甲板
同在心海中得到静化
同在前进中得到洗刷

我紧握驶向情海的舵柄
稳稳地升起早晨的风帆
我珍惜这载舟的海水
把朋友们集合在一起共享时光

我伸出苍老的臂膀
紧紧握着友谊的标杆
把爱写在这联络的微信上
在心海中拾起秋天的曙光

寄　语

梦影曲流于我的枕边
天已醒来
望窗我在寻找空谈的归趣
我在对穹苍呼吸

我掀开被窝而梦不休止
仿佛是天亮盛开的夜合花
把这花的种子
撒向朋友们所在的天涯

有怀乡情的人面常在窗前独倚
坐一个无虹的早晨
坐一个无月的傍晚
静静地看着那隐约的远方……

致诗友

您用
攒蓄了青春年华的力量
拱穿烦事的禁锢
给朋友
撬开一个翠绿的晨光

您把华丽的诗句
写在心灵上
向人们展示
一个强者的生活哲理

拥有一片诗情的天地
读着漫山遍野的启迪
分享后
浮想了许久，许久……

秋雨不停

滴滴答答的雨声
挤进我这起来的早晨
像我思念的竹梆
敲在我这陈旧的心灵

朋友呵！感谢您的信任
您托付给我的赞语
粗手描绘着这秋的山岭
彩化着这葱绿的路径

我的日子过得充实
每天有不同的心声
探求着耆年生活的意义
丰富着枯燥的结尾人生

感谢你，朋友的信任
我有了勇气在群里探寻
诗是装饰我们在一起的秋色
装满了友谊和激情的沸腾

秋雨还在不停地摇晃
我的手指在屏幕上沙沙地响
突然群里出现滴答一声
那好似前进中的一道笛音……

秋雨绵绵

西边拥挤了不少的秋云
绸缎般地遮盖了星星的眼睛
太阳看不惯秋风的泼野
就让你去给大地洒下密霖

我在这凉风中寻景
飕飕中我的思绪无法停顿
窗前有我多少的欲望
美的心情在雨中诞生

一夜都是细微的哒声
搅乱我那平静的心灵
幻想总是弥漫在梦间
看到你的影子仍在前行

左右行走的是幻影
道路仿佛是交叉的小径
引起不少的忐忑
那是无怨无悔的青春

头上悬挂的卧室灯光
那就是向导和光明
那曾有过蜷缩的过去
只不过是一阵秋雨的漫行

一阵阵潮涨潮落的思念
不停地在胸中升腾
虽说没有秋雨那样缠绵
可却还能把人带进浮想的早晨

鲁冰花

夏雨趁人们未起又重归
熏风在早上又送走暑热
萦绕在头脑中的影子
仍然是鲁冰花的娇媚

那一首充满童趣的歌儿
鲁冰花向我披露她的胸襟
但从未见过她的真容
梅花发的艳照让我犹如爽风啸吟……

鲁冰花真谓花中之俏
身裹着七彩分明的霞韵
莫非是花仙子的转世
夺走了人们心中的许多疑问

她像是万花绽放的引路
也许馨香香醉了旧人
仿佛又是万花集合的坐标
在大千世界中燃放激情

人们只有牡丹花的赞歌
还少有鲁冰花的浅咏
昨夜瞬间夺开眼睛的视野
鲁冰花也能登上大雅之堂的殿庭

她的美丽令人牵动向往
鹤立鸡群的绽放更令人崇敬
许多不平凡的往事和烦恼
统统被她的美丽洗得干干净净

鲁冰花的丽质不同常影
她的暗香和妩媚更楚楚动人
她们虽然都是年过“花甲”
但却能拴住一颗飘荡的心

潜意识地去观赏鲁冰花
她会猛烈地与你唤起热忱
任凭风吹雨打、浊水浸吞
鲁冰花哟！你永远的自然属性敲击我无染的灵魂……

不厌的黄昏

你们虽然戴着了老花镜
但能首先看见东方的第一缕黎明
你们能听见小鸟在清晨的浅咏歌唱
分辨得出绿山清水编织的起伏的花纹

发达的网络，在诱惑着你们平静的生活
你们却能面对现实，敢于裸露自己的灵魂
动人的肺言总是放射出情感的焰火
难道暮年就不能当众捧出一颗灼热的心

我们的头发是岁月的流水染白
我们的脚步随着时间的推移也很迟缓
人的丰姿，谁也经不起自然规律的砂轮
再有很能干、前景、地位、漂亮聪慧也要在时间老人
面前全新磨光

网络上简单的聊天
会知道一个人个性的光芒
虽然每天都是短暂的交流

那字里行间曾布满了您人品、信仰、知识和涵养……

我仿佛觉得就像在一间屋子
轻点的手指仿佛如是人生的投枪
把不顺心的事儿和烦恼猛削猛砍

我们曾有过短暂的相聚
时间和思想都很匆忙
促膝也只是昙花一现
互相把胸怀敞开，犹如大豆撒在地上

谁不畅言呢？因为我们走过的路十分埼坎
各自心中都埋下的有忧愁和欣喜
思绪零乱的犹如无线电波的波长
激情与诉说同山花一样锦簇烂漫

我们在和时间赛跑
黄昏之路也并非是那么平坦
家事、国事、是非曲直、天下事
也同样在头脑中荡荡漾漾

我们的眼已经花了，腰已经酸了……
我们仍然坚持为群友摇旗呐喊、点赞鼓掌……

每天的一声问候，那是为您消烦解忧……
老耆无所之求，但愿江头江尾情谊长久……

我们合着时代的节怕
把春夏秋冬画得十分乐幽
不要停留在老有所止的小径上
那将不是人生最后驿站的笼囚……

啊！黎明

从南国吹来的海风
那是香江掺杂的鱼腥
“一国两制”的红旗
犹如烈火烧红的土地

从殖民统治的焦土
一下子回归到紫荆花灿烂的“九七”
香港曾是瘦弱的儿女
从火里锻炼了刚毅

像海啸里临潮起的灯影
光芒笼罩之下全是资本主义
像月雾里航着的点点帆影
做了百年英国的殖民米旗

列强占据了的土壤
竟然是一包泥土就作为侵略的标义
耻辱柱上的中华民族啊
眼睁睁地看着自己门上枪炮林立

本来就是自己的家园
而把一条咫尺的街道划为“中英”
拴着铁链的独角兽呵
眼泪填满了过往“境外人”的鉴证

虽然是“世界贸易”的中心
一条哨卡却挡住了炎黄的子孙
对面虽是灯红酒绿
却发现眼前仿佛是万里长城

一整个世纪的岁月
中华民族都是那么含辛
屈辱的历史像是乌云遮海
黄帝的后裔像是断了线的风筝

一九九七终于迎来了凯旋
离家一百年的游子终于找到了母亲
一位伟人吐着烟圈的铿锵四川方言
撒切尔夫人也败倒在那历史的转瞬

军号和马嘶消灭了彭定康的噩梦
英国人沮丧地腾出了军营

升了一百年的“米字”条旗
仿佛像丧家犬一样滚出了中华的“南门”

中华儿女出了一口长气
压抑了一百年的愤怒一下子溅起了火星
阴霾的日子终于过去
那屈辱的欺驱的日子已被抛弃

一块富裕的海滨沃土
从此赶走了列强的铁蹄
我们用无比的热情和勇敢
站在家门口向香江瞭望

二十年的大变突变
振奋了港人自治的信念
把一个日益崛起的国际都市
推向了历史、经济、文化……速猛发展的地缘

二十周年的大庆之时
母亲为你撑腰的是“航空母舰”
你不用担惊受怕
英国人已离得很远，很远，很远……

路　灯

夜色啃噬着它的眼神
孜孜不倦地送往光明的夜魂
太阳西下它就上了夜班
哦，它像一个坚守岗位的哨兵

交叉着的橘黄火焰
静静地保持着平衡
那是它的忠诚在燃烧呀
像花一样掀开一颗颗灿灿的心

灯下，梳理着生活的理想
同时也在梳理纷乱的感情
它像一团缠绕的蜘蛛网膜
在夜色中补衲破碎的梦境

在这暑期如蒸的夏夜
路灯使绿岭染上如暇的碎银
多少暮色中的眉睫
零零星星地画着迫切的斑痕

暑热浸透了窗帘
路灯承担起来消疲的责任
它把局部的夜海包揽
光明哦，你究竟有多深

夜间，它走出了无边的暗色
飞蛾也在寻找光明的转瞬
如果没有强烈的辉煌
哪能把人心的褶皱去烫平

乔庄东山掠影

迈过小区的大门
鸟语把我送往水滨
夏天道旁的绿树
像是一排排昨夜守护的哨兵

轻轻踏在地上的脚步
悠闲地敲着大地的耳心
看着天边刚出的朝霞
染在东山农家的后门

映在早晨的眼帘
一片绿荫掩映着“小寨”
正像我今早的心情
犹如那陪衬的绒花盛开

我在堤岸上思索，徘徊
只听见林间晨鸟奏出乐章
仿佛它们都是“作曲家”
正在谱写一曲大青川的“山籁”

柳叶下抚摸着的棕榈
像是农家人夏天的情怀
招手远来近道的客人
这里的风情和凉意足够你爽快

石榴花在早晨微笑
吸引着早晨散步人的青睐
一树独放得漂亮
已满足了夏天人们的神采

天空仍然迷漫着晨雾
朝霞还是勾勒起夏早的画图
我把这绝妙的晨景
摄在我永久记忆的深处……

又是一场夜雨

昨晚的一阵猛烈夜雨
把青川带进凉爽的 23 摄氏度
人们已进入了自然空调
“抗日”的时间已进入了埋伏

窗外只听小溪歌唱
夜雨又收住了缓慢的脚步
只敢骂鹅卵石的“圆滑”
不敢说那波涛的洗刷

山林中隐约地一缕缕叹息
也被乌云压在清凉的谷底
从远方游过来的晨雾
悄悄地紧锁着夜雨打湿的绿意

乘着早晨的凉爽
我的脚步会去敲响大地
俯耳听不见野鸟的亮嗓
暗雾下往日的喧嚷也停止了呼吸

论待遇这里不愁清凉和风雨
与都市相比这里今早却是静得出奇
我情不自禁地想起秋天
它可能离这大暑已没有遥远的距离

多少个黎明，多少个黄昏
被绑在这炎热的山村
今早仿佛是割断了绳子
滚蛋吧！那被毒焰熏烫的夏令

太阳这时已是大醒
但它穿不过密匝的雾层
我看天公它含着压制很久的泪水
说不定哪天又是大雨倾盆

人们已熬过酷暑的夏炎
绿色的森林会容纳长住的主宾
待走完夏季的最后一站
透迤山水的秋色会拱手送给这里的山民

夏天里的蝴蝶

峰连峰的山里夏天
不怕炙热的还是那蝴蝶
一簇簇蝶类的彩幻家族
总是追逐夕阳疲惫的身影

没有蜜蜂响亮的名字
可它们却有同工异曲
嬉戏于山间的野花
却不破坏大自然的情脉

你奔波于深涧沟壑
告诉大山夏天的信息
一幅自然形成的油画
你就是那画上的彩色

你在绿林中穿梭
滑翔于“海”的波涛重叠
你是夏季的使者
维护生态的精力更加充沛

在你翅翼的扇动下
朝霞加浓了烟云的色彩
在你的游弋生涯里
暮云游荡于雨后的清悦

快告诉我呀，蝴蝶
今夜你身居何处栖息
明朝你能不能带领我们
探寻生态平衡的许多秘密

心 语

看久了琼华的《早安心语》
仿佛是讲述做人的故事
犹如坐在人生的船上
把握住航行的方向

对岸一定是开满鲜花的四季
人生的哲学，那是铸就处事的秘方
心中的勇气激起生命的活力
流出的真言是强有力的呼唤

人生的存在并不是有所贪图
融入到这个社会就有许多惆怅
如果把持不住自己的准则
就会像断线的风筝一样

亲情，友情，爱情装满了人的一生
听起来仿佛像安徒生的童话
旅行中没有不散的晚宴
收缩着脚步寻求生活中的花环

内心的光亮以阳光的方式
犹如融化了的冰封的雪山
眼睛是人生敞开的大门
真善丑恶都是一目了然

是命运安排我们守住人生的土地
各种收获希望能在土地上丰满
人生不需要泡沫式的虚伪
一定要脚踏实地地攀爬鲜花盛开的理想

梦幻乡间

唆使的童音和无羁的嬉笑
弥漫着乡间的傍晚暗影
一台川音版的草根演出
打破了小溪秋阳后的宁静

临时搭建的简易影棚
彩灯旋转的七色分明
只消夜风轻轻一扇
寂寞的乡间立刻乐声四起

看惯了电视上的“阳春白雪”
人们已是无倦动心
亲吻着你草根演艺的滋味
恍惚间掀起狂笑还是这“下里巴人”

舞台上扭扭顺顺的腰肢
与灯光一道在夜色中十分靓颖
让梦的脚步跨过蛙声
村庄也难睡得安稳

热风熏烤着演员的肌肤
台前台后埋伏着许多酸辛
锅灶、道具、床褥地上混卷
台上却给人们了许多笑脸

一阵狂欢的捧腹大笑
但不知他们受了多少熬煎
野山雀一样的山里姑娘
溢出来的是甜美滑稽的眼现

夜被这稠乎乎的秋色染得漆黑
可是人心被这演绎颤抖了夙愿
这样的盛满着秋色的欢乐
久久滞留在这梦幻的大山中间

雨后的乌云

假如，我是一只山鹰
一定要飞上太空和乌云接吻
我在追逐七月的雨后
定会把厌烦乌云扇过重新

在大地开始起飞的时候
就准备鼓足勇气去太空耍横
扯乱变色龙似的乌云
希望它给大地撒下斜风雨顺

我那湿润的蒿草覆盖的小路
常常是被夏风重重地拍打着表土
我蹿进倦怠在密林深处
扇动着山峦里参差的翠绿

大风大雨是猛烈的暴君
无论也改变不了大山巍峨的脸谱
纵是平息了狂啸的悲伤
乌云遮盖彩霞让人加深愤怒

天边火烧的颜色渐渐退去
想来可能也许连着暴雨
我展翅托起天穹间的云路
希望它到人间迈着轻脚缓步

消除天空凝聚的团絮
夜色与它相处得非常和睦
时时刻刻有一片晴朗的领域
夏天里人们会是没有更多的苦诉……

心中的夏季

夏季，如悬念般地望着您
炎热里，夏风给人忘情地鼓励
鬓边又多了几根霜发
眼角又悄悄地爬上了一条皱纹

年轮的法则我们难以抗拒
回首的是总惦记着年少的青春
尽管我们失去得太多太多
崎岖的路上留下艰难的履痕

然而，谁也没有自怨自艾
拼搏总是与我们同行
用不着谁来廉价地怜悯
也没有救世主改变命运

人生的夏季如一团火焰
从入学就开始燃烧自己
直到你已失去了闪光的价值
火焰也许还在微微升腾

我们与幸运都是擦肩而过
从来有很多愿望在心中萌生
即使我们真的濒临迟暮
勃发的激情也在潜移中动心

把心里埋藏许久的秘密
在朋友和知音面前一吐为快
他们人生路上的许多精彩
足能让人终生解读和歌咏

不该抹去的就不要抹去
应该永存的就应该永存
假如你还是一颗拳拳童心
在夏季就能挽留流逝的青春

一生中所要追求的目标
未能达到岁月的封顶
才有了人生不断的求索
心中的夏季才有更新更美的追寻……

曾经……

西北，沐着料峭的寒风
在新疆和静沟口看蒙古人并辔而行
马碲叩击着戈壁上的碎石
闪过通信兵部队营门口的五星

抖缰扬鞭，俨然是巴伦台沟内的骑士
昂首挺胸，驱赶着转移草场的羊群
半是仗着牧马人的豪气
风刀霜剑已在他们心中刻骨铭心

驮着全部家当的骆驼
似乎在互相殷殷叮咛
我们可是主人的依赖
前面还有很远很远的路程

我不安于军营的过分拘谨
马蹄响起我会奔出营门
眼睛摄下羊皮袄的长久镜头
古铜色的脸庞围在羊毛翻上的衣领

我把冰雪作为白纸
我把胡杨作为画笔
构思着一幅戈壁、草场、盐碱和大坂的图画
长久地珍藏在我的记忆

军营那暖烘烘的土屋
关不住我那热情沸腾的初心
我一双被捆绑的双翅
渐渐地萌发了放飞旷野的“野性”

西北少数民族格外地强悍
深奥地是那双双幽蓝的眼睛
读懂了牧民三餐的奶茶
从此你会知道什么是草原上的艰辛

我默默地和西风分手了
在迢遥的人生长河中航行
常常怀念那年轻的瞬息时光
跋涉中永远惦记着四十年前的和静……

青城山

一幢幢别具一格的小楼
生动地描绘着青城山的形象
它把影子投向大地
屹立着并不左右摇晃

在有鹧鸪的啼叫声里
秋风刷洗着它的衣裳
假如一遇到秋雨
花草也被它淋得更加芬芳

游人寄居的馆所
都是雕梁画栋的外装
道教所传出的清音
在青石的缝隙间弹唱

青城山是一种精神象征
稳固里蓄满力量
怜爱山中发出的声音
勃发着谐美与粗犷

来去匆匆的日子
脚下是一片秋色编织的花环
人们通晓了山的语言
把激情注入了山的胸膛

它把秋天分成两半
一半留给夏韵，一半送给冬天
平分秋色的日子
谁享受谁都希望贪恋

爽意渐渐地摇撼
云雾不再扭曲
夜深人静我与你接吻
仿佛像碎梦中的絮语

从变化起来的城乡隐匿
仿佛一切都由简单走向深邃
分开秋天的日历
那是收获已见到分晓

这是一个温馨的时刻
城市，乡村都睡得十分安稳

苍山发声千声万声齐进
那是给秋天装饰的谐音

你来得十分缓慢
夜晚到天明我已有足够的耐心
我实在没为你准备什么
只有一双踏秋的诚实脚印

我与你结成伴侣
丢弃惆怅寻得开心
只消凉风轻轻摇起扇子
仿佛忐忑的心里处处都变幻为光明

远方的祝福

悉闻潘（荣英）因车祸骨折
慈祥的面容也许变得憔悴
躺在医院的骨科病房
同样能呈现昔日的妩媚

虽然是萍水相逢的朋友
一个群中相处三年共享晚晖
曾得几次涪城相见
和蔼可亲是一位资深的大姐

今知外力引起的痛苦
身在远方的朋友疚如芳碎
望断山水无能送去心意和礼物
只有一句发自肺腑的素语

朋友圈中的既然是朋友
就要体现汉语修辞的养修
部分群友都送上祝语
不冤枉在本群呆了三秋

人在“青年”时的末期
相互没有之间利用的奢求
那为的是一种朴素的感情
在翻篇的友谊路上更充实的长久

身在川北故土的愚弟
利用网络送给潘姐一首发自于内心的歌
那就是多少的祝愿
祝您早日康复徜徉友谊的长河

静夜之音

犹如春天来到夜间
仿佛我看到了梨花似雪
一曲悠扬的二胡弦音
勾起我对往事的思恋

那演奏者的表情
犹如挤出石缝的雪莲
沉醉于柔情编织着一张大网
罩住了我的心，我的眉颜

夜间发出的清脆音符
就像淌在脚下的山泉
我仿佛漫步在梨花丛中
摘下来许多春天的叶片

然而这是在一个凉爽的秋夜
乐音响彻在快要酣睡的耳边
那柔软的操琴右手
演奏着沉甸甸的缠绵

玫瑰色的灯光里
秋风把美的旋律送到床前
仿佛是掬起的一捧泉水
从大脑中灌入抛锚的心田

就是这样的瞬息夜间
弦音就是浸入心脾的甘甜
把多少生活中曲折的故事
被琴声的音符倾诉着成了记忆中的遮掩

新桥村咏

溪水劈出一条山道
削开了两山之间的陡峭
蜿蜒曲折的沟谷涧水
在乱石中发出咄咄的惊叫

走过一线天的草丛
野花围绕着脸笑
漫山遍野的翠竹
掩映着青石板下的老桥

蓝天白云下的山野
被峡谷紧紧地包抄
消失了昔日的锣鼓薅草
保留着黄牛耕地的老调

如今穿透结构的瓦屋
也变戏法地格外眼耀
金黄色的秋天
黄澄澄的包谷望着山笑

杨家坪贾应坤的旧居
已在恢复着原本的风貌
一段土匪生活的历史
倾诉着愚昧落后的困扰

新农村建设在这里闪亮
两个文明一起熏陶
传统观念已是杳如黄鹤
时尚生活已是新潮

掀开的是新桥今秋的书页
农村艺术在阳光下有了新招
歌颂自己崇拜的农事
朝霞与黄昏分外妖娆

秋在心头

假如，我是一只喜鹊
我愿在秋雨中展翅回溯
把秋的颜色染上
衔着秋天结出的硕果

舞动尾巴，剪出山峦的枯叶
歇着眷恋夏天的脚步
携手相伴的是斜风细雨
穿飞在雾烟紧锁的山路

愁愁的，是没完没了的秋雨
款款的，是这萧瑟了的秋风
每天我同你呼吸
仿佛是连上了你的衣裙

我为思念种植的月季
在秋雨中也少了许多姿色
我不为惋惜而烫平心中的忐忑
朋友的微笑，占据了我心中的慰藉

也许，这埋在心中的秋雨
就是与朋友聊天的话题
但愿这路子走得长久
释放内心的力量我说愿意

开启暮色的钥匙

稍停了昨晚的夜雨
地上已消失了人行的脚印
更衣走上静穆的阳台
远处传来声声的鸡鸣

忘却了昨日的疲惫
孤影欣赏着乡村的早晨
轻雾缭绕继续锁着黛山
仿佛是似醒未醒的马群

萧瑟的秋风已掀开帘幕
伴着鸡鸣的是那涓涓的水声
一溪清凉给早晨送来了惬意
仿佛像如椽之笔画着晨韵

一颗渴求的心为之颤动
犹如昨夜梦中的虚幻倩影
秋色如此地来回泼墨
每一笔都会清楚地绘画着山村

早雨与鸡鸣混成交响
天边这时有了鱼肚似的光明
那被秋雨洗刷过的颜色呵
柔柔弱弱地扑入我的眼睛

路旁的银杏

秋色慢慢溜进山林
但还是没有与夏天平分
岚烟锁住的险峰
一半还在留恋夏色的痴情

道路一旁的银杏
被秋雨伤透了全身
齐刷刷地在那里列队
问，你看我像不像秋天的美人

只有白杨作了回答
你才是秋天中的精灵
羞愧地低着脸面
不敢正面去看那金黄的扇形

金箔与金箔牵着双手
由浅入深地抒发着秋天的画魂
不要说秋色来得太慢
家族内有谁能像我这样倾心

你们都说秋色是层林尽染
可大山还没有卸下夏色的绿韵
唯一能使秋天完全替换
那就要等待着朝霞浸润枫林

银杏已做好季节的响应
因为时间已过了秋分
还有谁在默默地准备
那秋的激情撒在月光下的秋魂

起来吧，朋友

起来吧，朋友
起来享受这美丽的秋
伸开那已有收获的双手
不要让美好的心情从指缝间滑走

起来吧，朋友
我们都是在黄昏的湖边行走
过去的路程有不少的风风雨雨
让我们再找回已飘走的小舟

起来吧，朋友
起来看那天边的游云
它仿佛像您童年的衣袖
那样纯洁，那样无纠……

起来吧，朋友
厨房里拧着油香
该你正是拴着围裙再走
你的职责还没有到头

起来吧，朋友
穿过秋，就到了冬的这头
你还放心不下的是
那乖巧的孙辈和市场上的酱油……

真　挚

亲人的絮语
热烈而赤诚
敲开春苗的心门
把爱的炽焰燃烧在躯情

她依偎在他的怀抱
享受着港湾的平静
最伟大的父爱
像是披着玫瑰色的围巾

童年的纯真是希望的小溪流
他用梦幻般的轻纱覆盖她的全身
施展着父母养育的长袖
摇篮里是成长的毕升

对女儿的希望是霞云
像白雪那么纯净
倾注的是琼楼玉宇里的甘霖
送给那命脉相依的生命

女儿是他最亲密的组成
全部父爱都洒在成长的前程万里
常常都在春暖花开的时候
献上的都是一颗滚烫的心

向往的山野

快来吧，朋友
徜徉在这金色的秋
伸开您那双布满皱纹的手
多少的遗憾从指缝间滑走

天空射出的第一缕朝霞
就像朋友您释放的夜话
有多少的祝福与问候
都在那云层里结下繁花

秋天扑来的缕缕爽风
就像朋友那丝丝鬓发
我在呼吸着清新中的香气
我在感悟友谊结下的果瓜

一种思念停顿了所有的幻想
友谊的路上情意绵绵
仿佛到了一个干涸的湖边
秋雨滴答注入了心田

快来吧，朋友
你看秋天天边那朵白云
像是腾飞的人生梦想
已在跨越本该被遗弃的交叉点

秋天染色山川平原
我们的心境也随着开艳
这里有一片心灵耕耘的土地
快撒下心中还没有死去的种子和奉缘

月下街头

本是月圆的夜空
月亮却收入了怀抱
走在泼墨的街头
仿佛置身造化的晶宫

举头仰望头顶
夜空露出条条丝缝
只有星斗零零星星
我眯起沉思的眼睛

凉气凝着水珠
仿佛是秋已走出了头
我伸出双手乱舞
摸着的是无月的空库

远山是一派漆黑
唯有树梢在云团下模糊
我不甘寂寞的逍遥
把夜化成早间的秋哨……

“九一八”抒怀

“我的家在东北松花江上……”
这首歌是“九一八”后的悲惨
那是日本侵略了中华
东北已成了沦陷的地方

一片美丽的土地
摇曳着侵略者的刀枪
人民处于水深火热
不断地向关内流亡

腐朽没落的中华民国
兵荒马乱却无力抵抗
小日本的侵略铁蹄
肆无忌惮地践踏那富饶的平旷

人民在痛苦和血泪中挣扎
日本人在马上却是趾高气扬
惨不忍睹的是悲怆的场面
“三光”却遮住了东北的太阳

“满洲国”是日军扶起的傀儡
目的是让中华和东北灭亡
“朱门酒肉臭，路有冻死骨”
血肉之躯是喂不饱的豺狼

那一段耻辱柱上的历史
华夏儿女怎能遗忘
亡我之心的小日本
而今和美帝联手挑起事端

“九一八”的教训是血的流淌
中日友好下处处罩着阴暗
如果不认识日本侵略的本性
中华就会惨遭二次侵略的重创

居安思危是每个中国人的觉悟
时刻警惕着小日本再次挥舞刀枪
沉思和醒悟勾起那美丽的林海之雪
随时防备日本帝国主义再来蹂躏松花江……

梦中的老营

你曾有过这样的遐想
总有一天，向春风借一双翅膀
沿着彩虹铺设的道路
向绿草织成的草原飞翔

去踏寻青年时期的光源
探测孕育成长时的热量
草原是你辉煌过的舞台
今天你又把“战友情”重唱

今天，当集宁的雄姿矗立眼前
你再向它倾吐士兵的衷肠
多年的夙愿终于偿还
啊，你终于能和战友欢聚一堂

过去，草原像是无边的境地
浮沉在云絮下的海洋
牛羊那是军营周围的护卫
和战士一道放哨站岗

祖国呼唤着热血青年
千山万水都敢平身一闯
人人羡慕的军绿
朝朝暮暮与你为伴

纯真的时代没有任何私欲
只是每天与朝霞在饭前合唱
太阳从草原的尽头升起
刺刀在阳光下咄咄逼寒

那时你鲜红领章的胸前
别着毛主席“为人民服务”的像章
每天的早操里高呼的口号
打倒美帝！打倒苏修！誓死保卫江山

驶过岁月的历程与浅滩
始终忘不了那大草原的风光
此行想必是把几十年心中的心声和情绪
全部倾泻于光芒万丈的军营故乡……

起床号

一声嘹亮的起床号
把我带入军旅的岁月
风光旖旎的大巴山
常是映山红开在窗前

光荣下岗的铁道兵
这起床号像是又回到天险
已被尘封的岁月
仿佛又触到草绿色的披肩

大巴山留下的坟茔
那都是一张张青春的笑脸
冰大坂上的开山炮声
就是铁道兵威武的发言

怎能忘记参军的那一天
稚嫩的身影告别山间
挂在胸前的红花
就成了人生的一个起点

盼望着到海防、边防前线
结果徒步行军未能如愿
宿营在大巴山中的草屋
起床号响起后便是走上铁路线

没有杀声震撼的场面
只有炸药轰炸着大巴山的天
陪伴着铁道兵修路的大营
便是映山红似的四川平昌县的女子民兵连

她们也听着同样的起床号
把青春也写在大巴山的夏天
美丽漂亮的四川妹子哟
有的也长留在大巴山的烈士陵园

朝思暮盼地想去一趟大巴山
那是我人生踏入社会的第一处家园
别后四十多年的现实生活里
总是忘不了大巴山中那映山红飘出的一簇簇火焰……

晨　雾

和朝霞接吻
何以如此虚无缥缈
与晨风拥抱
何以这般神奇玄奥

你从夏天里姗姗而来
大地的热风在你的身上轻摇
你仿佛是一匹美丽的锦缎
落在那翠绿色的树梢

美美地催醒夏天的早晨
你用笑靥消化了我的烦恼
面对你即将离开的影子
我叉腰接受你给我孤独的欢笑

昔日的留恋像是你清楚的莎袍
你仿佛像是一摇大橹把我送往云霄
多少雾里遐思的幻想
仿佛像船坞抛下了铁锚

我迷恋这早晨的轻雾
去那酝酿欢笑的心海停靠
提升了的新希望和追求
勇气会像轻雾一样不惧怕天阔路遥

催眠的夜

下午一个惊雷
炸响了瞬息的雨声
几分钟的时间
阵雨也就远离开了我们

唯有傍晚的迷雾
仍然离不开绿莹
扰乱了的思绪
随着夜色也变得深沉

深奥的浓墨般的夜色
留下了无声的印痕
但能使我欢欣的是
溪边如拨弦的水声

苗乡风情

我虽然没有踏遍祖国的山水
但每天都在诗画中穿行
朋友双足刻下的脚印
犹现在绚丽的彩丝编织的花环

苗乡风情在眼前晃悠
那就是旅游者留下的印痕
一支支轻柔、迷人的苗歌
在心灵的回音壁上回响

独具民族风情的苗寨
已演绎成了苗人姑娘小伙的舞台
那欢快而活泼的苗舞
在秋色里翻腾着苗家的曙色

满身银饰装饰的花衣
像少女入睡的眼睛那样妩媚
那脚杆穿着贴肉的袜套
又像苗家翩翩起舞的彩蝶

飞檐斗拱的仿古建筑
在歌声中化成了苗家人的性格
古朴而典雅的苗家情调
呵护着苗家自己心爱的姐妹

一幅绚丽的苗家图画
她是重庆土地上的一颗翡翠
没有苗家那记忆中的竹楼
而只有那鼓乐在秋色中猛吹

细 雨

黄昏，乌云撞击了晚霞
脚下，流淌着明亮的小溪

炎热已变得并不陌生
无言的漫步被雨水搅行

穿过茫茫的夜色
街灯替代了往日的星星

静谧中鼓起了夏季的勇气
怕就怕你肆无忌惮地横行……

立　秋

已是人们久久地渴望
解下了夏天炎热的铃铛
秋天一路乘热走来
孤鸣的享受还是那天亮后的树蝉

季节真是个怪人
到了它一点都不偷懒
摇响咫尺的河水
流淌的是秋天里的畅想

当大地沉睡于夏炎的时候
万物都在搜寻季节的清凉
月光浮起你的飞絮似的落英
蓝天下希望秋天成一匹吉祥的软缎

缓慢的脚步在追索秋的正面
陈旧的绿色猝然代替刚刚变脸的图案
连水声亦以立体的裸形在奔跑
视线已有转移依然处处是在前望

金灿灿的秋天阳光
仿佛是天公给大地裁剪的衣裳
织成的秋雾凉咏着风的语言
雾疏密雨地涌进投入了许多缠绵

秋天，你伸出最温柔的大手
捧出蜜一样的收获送给人间
没有闯入沉重里的风景迟疑
而只有愿望和遐想又和人们闪烁回旋……

秋 雨

一串串期盼凉爽的日子
终于来到立秋后的身边。
密密匝匝的第一场秋雨
降落在三伏天的尾间

它是心中的甘霖
浇着仿佛是久旱的心田
如像灌满了的音乐
滴滴哒哒敲在窗前

雨水清洗着云雾山中
我在睡梦中也笑得多甜
清凉犹如回归春早
梦见满山都是盛开的杜鹃
再见了，夏天的炎热
高温给了人许多的烦绵
浸着汗水的床上被褥
曾有多少个难入眠的夜间

感谢立秋后的天公
消除了热浪熏蒸的火焰
我把清凉寄给远方
与朋友们一道着实分享

放歌一群群飞旋的音符
爽风传递秋天的花蕊
只有那永恒的太阳
才不怜惜秋天大地上的凉爽

秋雨是一个强烈的信息
它把伏天的尾声斩断
沐浴着每个心旷神怡的秋晨
心神自然也会变得格外年轻

葵花下的情思

它就是葵花地里的葵花
籽粒饱满时溅起的泥巴
被夏风熏蒸得快要成熟
沉重的脑袋也趴在地上

和它一起贴身大地的
便是那野草开的小花
仿佛是瓣瓣馨香的玫瑰
散发着夏炎的迷霞

随着夏日的慢慢逝去
太阳也不再有多毒辣
一团团嬉闹周旋的云雾
每天都要把它来回洗刷

山里人有意地把土地刻化
种植了一大片大片的向阳花
每逢季节性的天雨
滋润着那黄棕壤的地下

湿漉漉的歌声把它染黄
引来无数人们好奇心遐
他们把演唱会开在这里
一榻草屋便是飞出的话

哦，山凹没有孤独的遭遇
诠释的是永远久住的农家
他们把汗水洒在夏炎
秋天便有收获的喜悦与分暇

岁 月

不长脚的岁月
从立春一直撵到立冬
稍有一些怠慢
被踏在脚下便是碾碎的日晨

人们没有一天停止劳作
智慧和体力相互依存
日子被拴在铃铛上
摇响的是春天和秋天

十二个月的日子交替更换
回忆一年中有不少欢乐愁烦
千百种花开都有花期
岁月的起伏像火一样流淌

夜里多是美好的梦境
白天多是劳累的辛酸
夏天的阳光照耀双肩
冬天领略的多是酷寒

雨季的云霞在天空飘过
热风的季节却是一派巍然
检索拾起的是串串莫名的情绪
扬起的是追逐收获的狂想

岁月仿佛是一位时间老人
走过的步伐仿佛是那样蹒跚
有说不完的感叹和遗憾
都诠释在那人们眼神变化的颖样

古城街衢

脚下是流水的幻影
头顶是密集的白云
街衢里传来的是鸽哨
铺面上显示着古色的幽静

徜徉的步伐是轻敲的鼓点
分明的节奏像柔柔的歌咏
杏黄旗帜诉说着古城夏炎
街心绿树只能默默地陪衬

看着古城门上人们摇着扇子
仿佛《茶馆》再现了古城
脍炙人口的小调
也在檐下哼得分明

没有引人入胜的风光
那古色更能勾起人遐想的意境
得天独厚的地理优势
古代的枭雄在此扎营

家喻户晓的《三国演义》
邓艾大军偷渡阴平
摩天岭上裹毡而下
势如破竹攻下绵州纵深

如今街衢里已没有硝烟
可城墙上的鼓角震动四倾
把千年前的佳话
留在了街衢里的门庭……

老路在我心中

和太阳一起赛跑
我又走上那条老路
路旁摇曳的树枝
像是在夏天拾起的夙愿

泉水窜在山涧
悬崖峭壁横挡在眼前
孤独地望穿群山
青烟画出更美的天舰

绿萌遮住了过去的老路
小草在一旁也没有抱怨
我那敏感的神经
也和老路一道接受三伏的考验

我和座驾一同爬行在老路
心中便消灭了不少杂念
绝不辜负老路的凉爽
把许多的烦恼甩在路旁

曾经的你有沉重的负担
每天抬着过往的车辆
给你碾压成许多伤痕
你不吭声地在那里仰天长叹

如今你已是苍老斑斑
谁也记不起从前的模样
我稍稍地亲临你的旧迹
惆怅更是在心头缭乱……

雾

弥漫在云的脚下
凝结在峰的山尖
爽快多了的一个夜晚
醒来更是清风掠影

朦朦胧胧地存凝
仿佛是天空和大地的纽带
稍微停下来的炎热
使人感觉像是丢弃了烦躁

我和黎明长久地对视
思绪开始变得沉淀凝重
经历过高温的熏蒸
快乐就像晴朗的春早

纱幕慢慢地移动
仿佛是群山成了岛耸
我与早晨相互暗示
犹如春秋带来的画梦

看不见太阳的微笑
轻易间细雨淅淅沥沥
把那高温烤烘的大地
给它退一下连续的高烧

早晨的迷雾是凉意的前奏
也许今天不会被炎热困扰
把这惬意之中的惬意
抒发在今天的画牛拂晓

由《敖包相会》想到的

一夜细雨淅淅沥沥
醒来轻雾罩住了小路
我听见不远处有小鸟晨咏
仿佛是莺鸣传来了草原的夜魂

一首老歌旋律唤起人的思绪
经典中的故事让人痛心
为了这份爱的坚守
从少年等待到白发翁翁的黄昏

逝去的生命是无可挽留的苦楚
草原上升起的是永久的思恋之情
梦中的羊鞭轻拍得那样欢悦
可是心爱的姑娘已成了枪下的幽魂

给花朵以艳丽，给草叶以青春
草原上留下了千古执着的爱情
姑娘你不会死去
你仿佛像茂密而又葱茏的草……

暴徒的枪口可以夺去你的生命
可他永远夺不去你的那份忠贞
没有任何一次海誓山盟
可我的深情连着你那彩色的衣裙

你的灵魂已深入天堂
爱情的根基深深地扎在科尔沁
我梦中想与你一道放羊
望穿双眼总不见你的身影

滴血的爱情让我垒成敖包
策马扬鞭我在寻找你的灵魂
双眼已经辨别不了方向
可我天天都能听见你撕心裂肺的呼声……

乡村姑娘

一朵朵妩媚的山花
游移过夏雨洗刷过的小巷
淅沥淅沥的雨点
滴滴滑过她手中的花伞

姑娘，你的去向何处
我在细雨中张望
视野跟着花伞行走
一直跟着进了那近处的棚房

花伞突然消失了影子
唯有蔬菜大棚里的笑声爽朗
收住的是雨点，释放的是嘹亮
“我们的生活充满阳光……”

左右挪动的脚步如旋转的舞姿
靓丽的身段裹着夏日的薄衫
不毛之地的川谷
孵化出来的美女犹如凤凰

撑起这蔚蓝下的乡间
如今这花哨也是非常稀罕
青川的土地养育了她们
成人后都展开了飞翔的翅膀

偶然间地浮出一朵
她就有月季一般的灼亮
犹如一阵彩色的凉风
轻轻拍打着路旁的白杨

单调与寂寞踩在脚下
微笑与纯朴一道闪光
那不消逝的青春与活力
身与心默契地贴在土上

这就是花伞下的姑娘
她何尝没有大城市的向往
可是她有人生的追求和选择
绿色中潜移着更多人生价值的曙光……

感 觉

不要把昨日的狂热
作为对今早的警告
幽幽的夜雨遮住了星星
夜半歌声在凉爽中萦绕

总想盼着一弯新月
和这歌声一道美妙
可是美女的悠扬已落在枕边
惋惜那弯月亮还躲在九霄

莉在人静时刻突遇“儿女情长”
梅的嗓音在“吻和泪”中与绵柔之情来去串绕
那婉转莺鸣的入迷歌喉
感动了山苍也把细雨叩敲

如像山恋水迷时的声音
欣喜着林中小鸟的夜巢
一大早随凉风吹来
煽动着我心中钦佩的羽毛

重温二靓的婉转歌喉
仿真是催眠的贴身曲调
勾起年轻春风满面的渴望
收获的喜悦一点点地在梦中消耗……

我的一颗仰慕之心呵
迸发出睡梦中的热渺
总是想拴牵着两只唱歌的燕子
望她们在屋檐下飞向又一个新潮

失落的月亮

灼热的黄昏捧出了一弯月亮
我的心也随着傍晚在期盼
可是夜色被乌云遮盖
雷神在天地间炸响

妖风吹过了绵延的山岭
大雨也开始肆虐地狂妄
变电站也拉下了电闸
任意由风雨掀腾着夜晚

月亮也怕它们那种狂劲
惹不起时只好去躲藏
它收起了泛黄的眼睛
不想去碰触雷霆的莽撞

月亮把一个长夜的积郁
都托付给星海里的长廊
它说雷神这么嚣张
我怎么能和它们去为虎作伥

雷雨的狂轰滥炸
月亮只能叹息和惆怅
暴怒的力量即使能砍断高山
但也摧垮不了月光对大地的一派痴情

月光不是你炸飞的尸骸
它是天体中坚强的灵魂
亮，是太阳照耀下的无穷力量
暗，那是雷神和乌云打架时才把它去秘密隐藏

震后九寨沟的遐想

昔日的诺日朗大瀑布
大地震已给它改变了模样
那种威严的力量仿佛是神的翅膀
已残缺了它部分的光环

雪山上的雪现在不是雪
而它瞬间化成九寨沟的眼泪
仿佛像一位漂亮的姑娘
突遇横祸遭到了满身创伤

具备了速度和动作的地震
刹那就停顿了它闪烁的光环
峰峦与峰峦之间的山色
雷霆之怒般地猛烈作孽

曾是海内外的一度辉煌
它的荣耀仿佛是手掌捧起的雪山
灿烂了若干年的历史
没有谁愿意让它在今天腐烂

虽然身体经受了 7 级地震的创伤
但是山还是那么绿，水还是那么秀，天还是那么蓝……
朝霞与黄昏仍然透着灵气
都被玫瑰的光亮锁在“海”面上

它没有移动脚步，没有卸下铠甲
只是需要安静的调养
它以妖娆的风姿卧在榻上
它以祥云舞动恍惚飘逸的长袍

在艰辛和勇气的摧征之处
精密的阳光会遮盖撕裂的外表
如果水面上重新浮起昔日的花朵
那正是山和大地在为它重新祈祷

雪山聚集起的苍茫，浩渺和肃穆
那是对大地伤痛的悲切哀悼
雪山还在天空下站立
可是人们已与它保持惊心动魄的距离……

流泪的眼睛

昨晚网上的全部刷屏
都是九寨沟流泪的眼睛
旅游的欢乐与痛苦
像魔影一样在瞬间呻吟

风光如画的山水
大地震发出强烈的撕心
人们疲惫不堪地奔跑
惶惶不安中也有消逝的生命

没体验过那么强烈的震撼
你不会知道大自然是怎样地绝情
山神爷心中爆发的愤怒
往往是在你不知道里狂奔

也许，追逐比秋天更为寥廓
灾害是不遇期而临
大自然，你的野蛮搅动一次
都要吞淹无辜的性命

想象这魔力势不可挡
昏暗中天地变得更为昏暗
那心绪的晴朗变得无一丝云影
祸害连天是止不住的泪水汪汪

那从大山中震落的石块
密密匝匝地堆积在路旁
标明震级的强烈符号
人们心中是忐忑的忧伤

那每一声焦虑的喇叭
都是人们躲避的求生的希望
那惊恐失措的暮色眼泪
揪心着五湖四海的救援队伍的心坎……

相　约

没有醇香的烈酒
没有气派的餐饮
浓缩的朋友真情
弥漫在农家小院的黄昏

朴素而真挚的交流
思维具有了某种声音
当它碰撞到爽风与树叶之间
那种声音没有别扭的拘谨

文字交织成的纽带
燃烧成巩固友谊的火焰
推心置腹的传递
不仅仅是为了一时的瞬间

不需用虚幻的一面作掩饰
句句吐露的都是真言
没有两肋插刀的豪言壮语
是渊源，是寻找真实的方式

当圣音般的耳语慢慢浮来
丰盈了清澈如水的傍晚
绿荫下没有喧嚷的气氛
而只有茶水凝聚的深情

相约所有的语言都会成为诗句
刻骨铭心地嵌入胸间
没有醉意后的许诺
而只有文字化成我们的箴言

这就是网络架起的桥梁
烙下的正面向上的影响
无须要去刻意雕琢
友情会延续到理智的日久天长

这一艘“帆船”

虽然是一艘陈旧的帆船
可是一路驶来竟然风平静浪
这船上的每一个“海员”
在浩瀚中都收获了益昌

原本是一叶小舟
迎着朝霞日月都在升起风帆
到了每个靠岸的码头
都有朋友上下港湾

船行人生的旅途
相逢是晴朗的缘范
多少的家事、国事、朋友事
都收录在前行的驿站

同在“海”里航行
不同的座位辨别着不同的方向
拉响了的汽笛惊鸣着不同的追求
朋友啊，肩并肩的时间很短，很短

那转着时间的舵轮
逆水和顺流都充满能量
声声的问候和交流
都是伸出沾满友情的臂膀

帆船在随着时间飘逸
岁月已在船员的脸上画着横杠
常用着有形手指的凸肉
支撑起摇摇动荡的旧帆

同在心海中搏击
朋友啊！每天都是全新的模样
如果哪一天你下了船舷
还能记得住一路遥遥的久违伙伴……

寄边防军

你们握枪的地方
是万物都不愿生长的僻壤
只有雄鹰才能久住
甘心忍受高山的寂寞与严寒

你们的军衣是裁自皎洁的雪光
它的颜色已都失去了橄榄的原装
在炎热的夏日里
驻守中印边境仍然是冬天的严寒

你们的心扉是一片开阔的蓝天
你们的心灵仿佛是纯净的雪亮
周围完全是一片银装素裹
没有一点尘埃，但也没有一点温暖

为了祖国你们如此微笑
一座界碑像是神圣的碉堡
你们擦亮了雪亮的眼睛
严守祖国的坚固大门

你们避开了尘世的扰攘
在那里磨砺着青春梦幻
谁都想居住在世外桃源
可是外来侵犯者不让你安详

你们走进冷热具备的地域
脸面贴在离月光最近的山上
也有离家的痛苦
也有严阵以待的诚然

你们虽然身处雪域高原
但心里却装着黄河、长江……
常与狂风和冰霜共舞
胸中盛满了海浪与江水似的情感

无名花

你从绿野中冒出
引得过往行人注目
弄不清楚你们的“芳名”
只有那美不胜收的绒花

贴在大山的胸脯
仿佛是诗画中的流霞
和蝴蝶接吻着每天的晨曦
组成一个烂漫的盛夏

热浪把你熏蒸
夏雨把你鞭挞
你始终微笑合不拢的小嘴
歪着脖儿，调皮地和夏天对话

有了你，山野不再寂寞
夏天里生机不再贫乏
一串串钩沉的人文故事
在你身边讲述一茬又一茬

你顶着夏天的雨点
把微笑送给爱美的人家
看那晚归村姑头上的辫梢
就会想起农民背负太阳的生涯

她们就是山中的小花
撑着夏季姗姗来迟的“歇架”
没有谁知道你们的名字
只知道你们的奉献是为社会、为家庭付出花的代价

采撷明珠的人

大山把一颗灿烂的明珠
缀在自己群山环抱的胸脯
高寿而苍老的岁月老人
却把明珠修饰得反反复复

微小的盆地魔术般地变幻
夏草茂盛，祥云密布
山峰鸟啼夹着农夫的辛劳
风花雪月中处处是晨歌

2009 年，旗尖划破了乔庄的天
迷彩服里夹带着民兵队伍
车笛鸣叫，人声鼎沸
要在废墟上采撷重建的明珠

挖掘机伸进了残楼的皮肤
马达声吼起了漫天的云雾
那满载水泥的车辆
却被浙江援建者乖乖地驯服

浙江人抡着一把前所未有的铁镐
挖掘了盖在废墟上的尘土
一座新型旅游小城在古道上闪烁
富氧和明珠在大山中顿时有了光束

于是，无偿奉献的采珠人
向着老家发出胜利的欢呼
铅笔在青川地界上画了一个圆圈
从此，大山的声誉也就飞越着世界地图

炎热下的蝉鸣

一声声雄性的“知了”
打破了绿林里的幽静
已经烦死了的炎热
却被夏蝉闹得更加蒸腾

不打算休息的太阳
一声也不吭地坐在身旁
你讨厌我在夏天的猛烈
可你知道更为愤怒的还是夏蝉

溪水为它伴奏
夏天里流淌得更是艰难
无所事事地绕过顽石
夏蝉却贴在它的岸上

阳光越是毒辣
夏蝉它闹得更为寡欢
鸟语都收起去睡“午觉”
可它的叫声惹怒了水鸟的翅膀

扑扑地猛打水面
撵得乱叫如像逃荒
而我也注意到爱和痛苦
迫使你携着“妻子”把吼声中断

烤焦的土地仍然还是金箔
雄蝉却是那么昂然
扯大嗓子“知了，知了”地嚎叫
雌蝉不离不弃地在一旁观望

多是幸福的伴侣
它们对生存没有过高的奢望
艰辛地走完夏秋
冬天也就入土为安

世界上万物都是自然的瑰宝
昆虫们也有“男欢女爱”的情感
为了延续生命不能断了“香火”
即使是冰冷的血液也有时候发烫

我没有想过许多的从前
炎热下我步入了堤岸
听见“知了”在夏日里放歌
只觉得所有生命在地球上充满了这些玩笑……

夜色 · 心颤

秋风伴着麻辣香的烤鱼
棕榈下染上了真情的梦幻
朋友相聚在霓虹灯下
一串串汗珠闪烁在鱼庄

乔庄，是一个“酒逢知己”的摇篮
多少的情感在干杯中闪光
朋友们的少年梦从这里摇走
黄昏时又从这里拾起丢掉的恋乡

秋色中不再有淅淅沥沥的泪点
织一张笼罩友谊的大网
它用肺腑中绵密的情丝
编一幅握手的画图挂在心上

埋藏在心里的友谊种子
是一处蓄积里的欲望
一旦拨开那层叠的面纱
犹如蜜蜂采到鲜蕊一样

敞怀不羁的痛饮
仿佛是要倒出心中的秘密
像掌盘一样放在桌上
任由朋友们来选择话题

美美乐乐地前后踱步
都在寻找碰杯的时机
不分年龄和眉头的鬓霜
相互祝愿都是善解的诚意

金秋浪漫的荫下相聚
如同徜徉在退潮的海岸
我们是过去年青的延续
更是握手后新增的力量

啊，到处是抑制不住的激动
醉意中淹没了不少的惆怅
毕竟只能借助酒话来满足心愿
乱麻的思绪从天黑理到天亮……

再梦新疆

白云飘飘，天空长久驻着蔚蓝
戈壁几乎享受不到有雨的希望
唯有雪山融化的雪水
长线穿越把绿洲浇灌
如果遇上一场细雨
仿佛是醉汉已恢复了正常
白杨捆绑的绿洲是一派喧嚣
绿洲之外到处是尘土飞扬
进入秋天树荫出现很多紊乱
大街上已进入快要萌发的塑像
人在秋色里陷入沉思
所有的狂想都在落叶里扩张
田野的收获已成为一年的符号
棉花、大豆、包谷已在陆续归仓
平旷的土地已把债务还清
已快进入冬眠的休息
唯有那移动的牧群
从春天一直漫漫游动到冬晴
粮食进仓了，牛羊进圈了

大自然才舒展了一口长气

冬天的严寒还未降临

一切都准备得那么精心

流过的白云与草原、戈壁、沙漠谈心

你要准备着，冬天的大雪会使进入零下的负温……

向阳山·向日雾

清风掀开山崖上的雾纱
眼前犹如裹着一层绸暇
别有洞天那远处的峰峦
参差不齐地把骏马奔跨

向阳山中的花卉
与茶叶一道看着朝霞
轻轻挪动着早晨的脚步
仿佛山岭犹如青蛙

朝霞染红的是夜色抢来的浮云
格桑花笑对远处的乳纱
犹如雾灯一样的没有升空的云团
来回在山间翻滚着落差

天公挥动着早晨的大笔
给向阳山中绘着早晨的图画
摘片茶叶当宣纸
撕下云雾涂朱砂

千山万水总是思念之情
向阳山中是游子的“居家”
傍晚披上日落的外衣
早晨便穿上观霞的薄袈

掀开山门仿佛是拉开的幕布
脚下踏着秋天的泥巴
掏出心窝中久藏的激情
把诗与歌曲贴在山顶的日下

山中桥

像映在水中的半轮月亮
又像一匹染色的锦缎
横跨在山间沟谷
那是腾跃在黛色中的蛟龙

仿佛是一条条悠短的拉链
缝补着大山的口袋
早晨迎着那初升的日出
白天送来迎往的是脚步和轮胎

每当我的脚步踏上
就像被桥面搂着情怀
我恋恋不舍的原因
那是因为桥映水面的风采

这里留下的是有大山的启迪
摄入眼睛是久思的气喘
把许多浮想联翩的故事
谱成一曲凝固的音乐

我在桥上来回踱步
听河水咏唱仿佛是一曲天籁
缭绕的思绪已成了桥下的野草
自由哼出的是对故乡热爱的钟爱

秋天的感觉

山林环绕着白雾
鸟语闯进我的小屋
昨夜敞开了门窗
早起凉意贴在醒来的胸脯

脑里关不住真挚的思念
远方的朋友你是否有了秋的感悟
我在尽情地享受着山风
凉爽跟着脚步行走

已经走过的炎夏
给秋天送来了珍贵的礼物
集结在天空的厚云
隔三差五地送来雨珠

最让人触动心弦的秋色
还在夏天的困扰里没有走出
只有流淌不停的小溪
从晚霞一直唱到天东呈现的鱼肚

清晨没有沉重的负担

心旷神怡地浴着雨露

借一股秋天山野草香的气息

送给远方的朋友，让你体验故乡的凉爽在倾诉……

水涨小溪

落了满地的灰尘
被夜雨刷洗得十分干净
秋天的太阳时出时藏
偶尔出来也显得十分淡定

屋檐上掉下的晶亮
那是秋天一大早的哭泣
东方出现了一丝红颜
昙花一现就已消失

天公大清早就变了脸面
我关上早灯又开启早灯
今天可许是一场暴雨
“夜色”仿佛降临在天明

天空已消失了蔚蓝
山岭涌动着团团乌云
太阳仿佛去了他乡
犹如影子进入了黄昏

马上快要进入处暑
我第一次赏识到这暗色的早晨
小街上无人喧嚷
居家还紧闭着门窗

呵，清亮的小溪此刻也变得浑浊
秋水的膨胀在我心里扩散
却见山洪也许递来挑战秋天的战书
人们趁早要巩固躲避灾难的港湾

柳　丝

淋在大雨中的柳丝呵
牵挂着秋水膨胀的波澜
像一个泪人儿
眼泪从早晨流到傍晚

世间没有无谓的同情
柳丝和洪水接吻摇晃
只有那单薄的叶片
洪水拿它无奈，无比坚强

它像一枚时间的秒摆
来回划动着水面
即或是被洪水淹没
也像旅行一样不存在悲哀

它在堤埂千思万虑
对于秋水有着忐忑的敏感
从夏天来都有准备
时刻应对秋雨的狂妄

秋风秋雨把它揉搓摇荡
但根牢牢地扎在浇灌的土壤
如同孩儿打湿了的衣袖
万般折腾也离不开故乡

新疆的山

白垩纪造出来的产物
枯瘦地向大唐展望
经历过了若干地质年代的变迁
仍然穿一派荒凉的衣裳

头上戴的是银色的铠甲
裸露的身体和大漠、戈壁无声地对话
把许多人类尚未发现的私密
隐藏在云霞身体的胯下

历经风霜雪夜的熬煎
罗布泊也成了它忠实的部下
日出日落染红的山脉
犹如躬耕过的新榻

绵亘于南北疆域之限
逶迤于草原、戈壁……之迁
顶着蓝天对大漠疾呼
造山运动是无形中的谎言

少有植被的雄伟臂膀

那是固守疆土的彪悍

在它身上我们仿佛看到了

祖国的寸土都是那么赫赫耀眼……

处暑的朝霞

连续几天的瓢泼大雨
洗净了山岭与平川
雨后天晴的第一缕朝霞
拨开了纠缠不休的云团

秋色渐渐地浓抹
山泉还没有回到原样
那是群友加入的太多
昼夜向江河实施分流

举头遥望黛色般的山脉
晨雾还在那里奔波
处暑早间的第一缕阳光
已把它的狂妄打破

朝霞虽然不很艳丽
但它能告诉暑天的结果
从今天开始分享
该是秋凉的许多快活

走上乔庄河的大堤

没有短袖衫着县城的偏颇

唯有秋天里的爽惬

一同与河水唱着早歌

充满雾色的早晨

空气中带着甜味
小溪飘来阵阵清香
今早是充满雾色的晨曦
远处竹丛掩映在路旁

山岭像未梳理过的头发
外衣上紧紧地扣着纽扣
秋雨把夏日的尘埃刷洗
它的胸襟上还留着往日的印痕

大山已从夜色中醒来
惺忪的眼睛布满了晨韵
瞳孔里释放出秋的气息
也许还夹带着夏天的迷惘

今晨我起得更早
披着凉飕脚步迈出门槛
远处还是一片模糊
但还是透露着沉寂的芬芳

孤影在晨雾下遐思

独自领略着秋晨的感想

季节已是夏冬的间隙

伸手捕捉顿觉心花怒放

广场听鸟语

远处，近处传来了美声
在广场四周的墙壁上醉鸣
大自然培养的歌唱家
免费给这里的人们聆听

树叶是它们跃动的舞台
朝霞是它们歌唱的背景
没有旋转多的七彩光环
而只有天空密布的秋云

那一曲曲的天籁音符
高音，低音都醉入人心
是大山为它们作的歌词
是绿树为它们谱的谐音

没有出场费的歌唱
句句唱词是那么委婉动听
唱出大自然绚丽的色彩
唱出人世间的多少深情

我在仔细倾听，我在沉浸
山水与人间就是这么神静
那歌声中有古代的梁山伯，另还有现实生活中的婉君

听鸟语仿佛是在寻觅欢欣
爽风是它们歌喉灵气的图腾
在这孤影非常惬意的空间
再没有烦恼紧锁着复杂的心门……

马蹄声醉

边疆的草原连着白云
凉风从早一直吹到黄昏
那秋色萧萧的浅草
承受着秋天的压力是那马群

没有缰绳套住的宝马
在草原上奔跑使人惊魂
在哈萨克牧马人的鞭下
它们又是一群乖乖的斑景

成群结队的汗血宝骏
自古就是马中精英
汉朝公主与国王成婚
宝马献给皇上就为黄腾

宝马声誉皆为人知
那是大自然赏赐给草原的福分
牧民心中祈祷的上帝
降临给草原的是马蹄声声

目睹宝马驰骋疆场
往昔马背上呈现的是刀光剑影
如今硝烟早已散去
马蹄碾过的是世界是盛世太平

但在岁月的悠悠深处
这宝马的种族还在繁殖延伸
目的不是去那烽火狼烟的沙场
而那赛马的场面更加激励冲锋的精神

七夕早韵

“真的好想你”
那是一曲含着热衷的泪泣
每到这个季节时刻
成群结队的喜鹊就来铺历

神话中有牛郎织女
长相厮守在银河两地
每年的这个时候
能在鹊桥上见面施礼

那忠贞不渝的爱情
遭受了天公的电闪雷劈
可它们始终没有动摇
为了心中的爱而穹苍迈立

地上也有牛郎织女
那就是四零加五零乘以六零
从进入洞房那天起
就苦苦地坚守这片土地

哪怕是山高路远

望穿秋水都在等待七夕

没有改变婚姻的信念

一路风尘一路情谊

雨后的半轮月亮

享受了昨夜雨后的清新
乱云中挤出几颗宝石似的凉星
傍晚露出微弱的缕缕霰光
捧出了七夕夜幕上的半轮月亮

峰峰如洗的山岭
都在争夺那若隐若现的昏暗
夜色的挂图展在眼前
一颗渴求的心为它缠绵

吴刚砍伐的桂树
常被嫦娥引起思念
若不是吴刚放荡不羁
定会在七夕与嫦娥相缘

天云已撒散了鹊桥
月亮也露出了少半脸面
唯独不见吴刚砍倒的桂树
借着夜风尽力为他许愿

路旁拾起了一片秋叶
用手指把它撕成半圆
眯着斜乜的眼睛
和月亮比着轮廓的界线

相思曾经的花前月夜
躇踌的脚步在月光下轻颠
最为叹息的是那吴刚
你怎会为爱那么莽撞

听着流水哼出的夜唱
月亮和七夕都是昙花一现
思维和遐虑消失在街影
醉人的时光已远去在无垠的天边

听　雨

屋檐下的雨声是那么动听
仿佛是秋天在夜色里刷屏
节奏明快而又清晰
那阳台上的音乐暗中惊魂

院子里花坛里的丝草
那是夏天遗留下浓缩的迹痕
秋雨洗过的希望
等待在秋天里成为黄金

雨中夹带着秋天的情怀
仿佛像阑无人迹的紫藤
可有厌倦的气象
光顾着秋天的路径

秋雨没有任何选择
送走了清晨又送走了黄昏
倘若有一线好的晚霞
都被它的“热情”给充实浇淋

天在夏末蓝得极为真实
刚脱离处暑就铺满了原云
唯一可以兑换的色彩
那就是被秋雨洗刷的山林

我的心随手放在窗内
听着雨声朦朦胧胧地进入酣眠
当一觉醒来的时候
天边已看不见夜间的凉星

由《天边》想到的

《天边》缀满了北方的星星
彩霞云集在大兴安岭
辽阔的内蒙古大草原
马背上驼着一对对情人

牛羊随着季节轮转
骆驼是他们搬家的模范
背负苍茫的草原
歇下疲惫不堪的脚杆

临时撑起的毡房
清晨飘出酥油的奶香
只愿它那温烫的乳汁
亲手送给隔毡的儿郎

松枝是摇动的手帕
一次次地朝毡房探望
袅袅升起的草原炊烟
掀起草原成熟的笑浪

捧起天蓝色的哈达
祈祷着游牧生活的平安
轻轻敲着邻近的毡门
唤醒心中熟睡的姑娘

为了同她一起放牧
辗转遥远也是情愿心甘
只有她的身影
能让春天走到白雪茫茫

拖着蒙袍的长摆
挥舞着手里的套马杆
不是去为了套住马驹
而是要去套住心上的姑娘

秋天的日子

不长脚的秋天
跑得还比马快
眨眼就过了七月半
山林渐渐进入秋黄

入秋以来的雨水
引起人们的惆怅
没有完整的几个晴天
厚云总是遮住了太阳

白天看见小溪涨水
夜间听着雨水叮当
打破了的酣梦
把往事丢弃在床上

高高在上的太阳
再努力也是枉然
大有大的难处
雨点虽小却很猖狂

雨季的云霞在天空走过
大多时候显得暗淡
夜里美好的梦境
被秋雨洗刷得一扫而光

这就是秋天的日子
来去都很匆忙
行动搞不赢她的套路
弯腰拾起一串莫名的情绪……

青海湖

这就是你吗，青海湖
雪域高原的一叶江南
那乳白色的湖水
鱼的跃，鸟的唱，秋的斑斓

秋风萧萧，秋色绵延
可你还是簪花流绿的水面……
我把秦岭南边的秋色邮寄给你
与你一道暂作秋的侣伴

云蒸霞蔚的时光已在消逝
但你的身上没有塞外的惆怅
一副苍茫浮肿的脸面
准备迎接冬天的挑战

你会钻时间和季节的空子
要解读你的内涵是多么的困难
仿佛你在补充雪域高原的虚位
季节的走势已给你期限

水面上没有狂澜，没有吼声
可你心中藏有突喷
没有把沉默当作静止
涌来的是大漠深处的沸腾

一块巨石是青海湖的背影
上面雕刻着的是青海湖的恋情
当人们置身于你的身上
即或是有冬的封锁也不觉得寒冷

夜色中的树叶

凉风徐徐的昨晚
雨水暂行选择了回避
喜出望外的半轮月亮
照在窗前的那丛树叶

夜晚的婚纱把它罩着
没有什么不平静的喜悦
花草把它簇拥
它却很晚地进入酣睡

耐心地等待让人起敬
守望在那里做着秋的使者
我看它平平淡淡的无语
每天只是伸臂接力雨水

也许有许多对秋的承诺
想在中秋里对山做出解释
终于有了半轮月光
可以完全敞开闭塞的心扉

秋叶中的许多心事

没有谁能猜测

它们准备迎接秋冬交替的挑战

有的沉眠，有的却想到了粉碎

小溪和大江

明如镜面的是温柔的小溪
浑浊卷尘的是粗暴的大江
大江鄙夷过小溪的怯懦
小溪责备过大江的鲁莽

小溪常是温温馨馨地度日
大江则是勇勇猛猛地掀浪
小溪过惯了自己的淡定
大江却耐得住雨雪风霜

大江能有今天的波澜壮阔
那都是无数小溪汇成的力量
小溪没有躲闪，没有提防
孜孜不倦地闯过无数屏障

小溪是在百川中悄声呻吟
大江是在贯穿中咆哮喧嚷
而小溪潜伏的那一股激流
有时也渗透着大江的渴望

蓦然，天公如果卷来炽烈的飓风
小溪发怒时也会壮观成了大江
等闲已久风平浪静的浊水
这是涨满了小溪带来的悲惨

呵，大江所有的力量源泉
都是来自无数小溪的细浪
铸成了太久太久的期待
酿成了过长过长的彷徨

长期形成的自然与概念
大江已构成人们眼中的风光
旋即在一派颂扬的赞誉声中
小溪忍受着跌碎在水底的礁石之上……

山

常把自己的形象
与云雾一起调侃
然而只有云雾变幻周旋
只有地震时自己才能摇晃

一年四季只穿两种衣裳
秋天过后大部脱光
袒露着健壮的胸肌
霜雪里更是坚强

鹧鸪常与黄鹂啼叫
山却每天都有美妙
细濛濛的雨丝飘下
石头缝隙会发出轻骚

山是一种象征
性格不倔也不开朗
稳固里蓄满的量能
不到时候才不会爆发

山民长期在山中生活
最通晓山的语言
一旦与它碰触
释放出来更多的是恋山的情怀

桂花芳香

还是那首歌谣
把人拖入九月的“长岛”
《八月桂花遍地开》时
而青川的桂花正是在七月妖娆

县城的大街花坛
桂花树占据了休闲的广场
那飘出的闷人的郁香
醉晕了人们秋天的脸庞

角角落落都是散发的香气
沿着泛黄的银杏瞭望
浸入人们秋天的心田
灯火下还同样香醉了月亮

谁在傍晚轻敲着石磡
那里桂花树撒落的花瓣
人们散步在她的面下
小心翼翼地把她避让

带着月光的轻抚和腼腆的微笑
她却讥讽着月宫里的吴刚
感觉的味道是嫦娥丢下的香粉
在秋天里和凉爽一道把人拖入芬芳馥香……

晚　镜

黑龙潭的潭水
浇灌着仁寿县人们的心田
流在池塘的小库
如一方照耀天地的宝镜

撕下一片川西平原的云雾
像是撕下了一片纯洁的轻纱
拉来盖在轻风拂过的塘面
此地顿觉得人间充满神话

平静无纹的水面
安详地在秋风拂面的农家
那潜游的尾尾鲤鱼
在水中戏弄倒影的云霞

脚步轻踏在塘边
像游子找到了居家
垂钓者已收起了鱼竿
生怕搅乱了恬静的晚纱

我重新理顺思维的头绪
抒发着对川西平原的缪洒
掬一捧黑龙潭远来的清水
把情思在塘边有限地夸大

成都的一天

清凉的钥匙打开了秋的锁链
阴云的天下城市与往昔同现
窥视公交车的窗外
废墟上全盖着绿色的地帘

高低起伏的塑料大网
把建筑垃圾统统覆盖
凡是已拆的楼盘
全部扎上了金属的围墙

城市和汽车不断地摩擦
红灯绿灯是指挥的大棒
在有稍微空隙的地方
凌乱和整齐的是单车、汽车共享

城市中几乎找不到恬静的闲适
只有在学梅住的居所有桂花芳香
曲径通幽与草坪绿水
那才是城市人居的理想天堂

弥漫西式风格的雅居
浓酒散发着迷人的醉香
热情和友谊举起双杯
里面盛馔着多少年的友尚

一桌出自于真诚的家筵
都是出自朋友的亲手炒办
并非友人出自于应酬
那一铲一瓢都是满满的情颤

匆匆忙忙地离开
心里填充了谢意荡漾
在公交车上闪过的镜头
总是朋友那笑容可掬的脸庞

秋天的成都已显得凉爽
朋友的内心却热得滚烫
席座面对的交流
共同携手走进诗的汪洋……

巴尔虎部落

乌云和刀枪较量
铸就了一个民族的强悍
蒙古族人的游牧生涯
炼成了那草原上的辉煌

在远古的洪荒时代
巴尔虎部落就能把世界观怀
骏马与他们相依为伴
从此就有马背上民族的缅甸

与风沙搏斗的是那毡房
疼痛结束了心头的漂泊
创造出一个个草原上的文化
北风擦洗了皮肤上的黑暗

狼呈现着草原上的图腾
蒙古族人把它们驱赶到了惊慌
一个近乎灭绝的物种
劫持了生存下来的深刻的凝望

巴尔虎部落的子民
演绎着历史给他们带来的兴旺
延续着后来的血统
已是强大占据了草原江山

长调和呼麦的谐音
奏出了草原上的高亢
贯穿了民族的马靴和蒙袍
把真实生活撰写在风雪沙搏的草原上

夜鸟美声

在宁静而闪光的夜间
浮起团团黑箭般的游云
我带着不解的疑惑
去问那爽香带来的温馨

辨别不了夜鸟唱歌的方向
那声声却感动了我的灵魂
把白天一整日的劳累
被夜鸣淡化得无踪无影

秋意弥漫的夜晚
醉人之处就在于美丽的鸟咏
做一个完整的酣梦
那就是惦记着山鸟的多情

踏着心旷神怡的节奏
朦胧里没有贪婪的眼睛
和谐从夜间起飞
像鸟翅擦过了梦中的喜讯

那安息的万物生灵
夜间也同样收获了鸟唱的轻音
在众星睽睽之下接纳享受
那才是惊醒的沉思砸出不息的呻吟

做月饼的小店

日子拴在秋的铃铛上
摇响肃静的乡村
缓步路过幽静的小街
思绪串起莫名的联想

平常做饼干酥松的小店
此时内堂是一派繁忙
手不停留地糅合饼馅
那面团喷射出腻人的油香

潜意识的心灵反馈
季节快要走近中秋的月亮
倒计时虽然还有二十来天
可月饼信号给人的是茫然

不长脚的年岁
真是跑得如此流畅
秋色还处在夏天的长梦里
可你却马上就要走过了一半

看那小店做月饼人的手舞
遐想中串起秋思的兴趣
蓝天辽阔地如一匹软绸
心境却在恋秋的漩涡里打睹

秋风躲在黛墨似的山林
秋雨也慢慢地收住了脚步
窥视着琳琅满目的小店
我是这样想：人们在中秋定会寄物相思着远方的亲属！

早起看人间

湿漉漉的秋雨湿漉漉的雾
我在早间的堤岸迈着碎步
大地仿佛还在沉睡
看得清晰的只是那条道路

溪边飘来阵阵泥腥
我才知道昨晚不停地夜雨
虽然是清晨大地还罩着暮色
天地相连是看不清的远处

眼前飞过一只早鸟
双翅兀开像是寻找故土
我看着它的掠翔
眼前也不觉得有了孤独

矗立在晨雾中的铁塔
仿佛在那里和我对话
虽然没有发出声响
在我的眼神里是早上的伴暇

小屋里的一缕炊烟
和细雾缭绕一同交织在山峡
道路上仍然没有人迹
只有那翠竹和柳杉

秋的凉意与雨水共鸣
人们已在不再起早的门前闲踏
唯独只有我这睡不着的单人
在溪边耐心地等待早起的人们手握朝霞

秋　菊

常温随秋雨渐渐退去
凉爽中盛开着惊诧的秋菊
一股闷人的郁香
从道旁飘入陋居的小屋

枝头呵护着身旁的浅草
你那花蕊吸着秋天的霎雨
莫为秋雨连绵而烦恼
湿漉伴随你装点秋色的鲜素

颜色象征着秋已走过半路
和云霞一同织着秋景
没有什么可值得摇曳牵扯
只是让典稚送给秋天的馈赠

不离不弃，情同姐妹
忘情地舞动头上的芬芳
借助秋风秋雨的蒲扇
把无声的美意送给大地

衰老的生命最后还在奔放

像玫瑰一样搅动着人的心灵

你是代表秋天的性格

在你的身上看到了

秋天，仍然有花香缤纷的缩影……

秋田的那些事

山野里秋收时分
镰刀变成了推子
田地里的成熟和等待
被奔撞的秋丝刺疼了眼睛

它们静静地等待发凉的夜
回忆在春夏里的呼声
沉陷于雨水的浇灌
山里的庄稼是靠上天恩赐

种子入土便是走进寂寞
耐心地等待夏天的高温
庄稼汉的日出日落
都在那幼苗长高里封存

希望看到一个鲜艳的世界
在夏天的热风里储存
立秋后就有了希望
像时间一样接近这种分明

这不可企及的秋光
给人们带来了秋获得厚望
劫持了农民一生中的夙愿
盼的就是五谷丰登，六畜兴旺

快要结束了的秋天收入
农民和土地悄悄对话
多少秋的田地中那些事儿
在秋雨过后的凉风中飘洒

大云古洞

根根朱红的柱子
撑起斗拱的脊梁
云在顶上缭绕
情在洞外飞翔

那泥土铸成的瓦片
盖住古洞的门槛
一张漂亮的脸面
同古洞一起吸引前方

秋天的阳光照耀双肩
如同照在起伏的山岗
古洞前的石壁
凸凹得像块块砚盘

从洞开扑来的凉气
足以让人心旷
你攫取灵魂的双手
古洞仿佛不再空荡

悬崖峭壁的洞门
是向人们敞开的心扉
能容纳百川大海的胸襟
人在此仿佛它撑着一把护伞

弯弯曲曲的护栏
保护着一个人的孤影
待到黄昏离开时
执意倾听你归来的足音

田野瞬间

排箫的气息绕过我的身后
溪水围着脆红李成熟的秋天
那些路旁静默的草坪
与绿树纤枝织成锦绣的画面

在太阳偏西的时候
正是祥云遮盖的花样蓝天
梦寐里伸手采摘脆李的指头
犹如给果实添着加深的红颜

在油绿油绿的沙地埂上
我仿佛看到这是绿色的湖面
只有一种自我陶醉的冲动
一直涌浪到从田间到离开

其实，我是一个倦怠的行人
像时间一样接近这田间的一瞬
当我脚步朝前进和退步方向移动时
留恋这香脆已到畅咏的深处

这不可企及的自然奢望
它是否真的擦亮我皮肤上的黑斑
田野正是静化人们远离污染
它劫持了我忧虑中最深情的凝望

摘下许多朝暮渴望的收获
归来还印在脑海中的是红李的模样
久久不能消逝的走过的田野
那里的人们和脆红李在秋色里更着迷，更闪光

草丛耐心地守候失落在萎谢里
可是脆红李引起路人的馋涎
河水流着大山里的谐音
来往都在告诉这里是一片收获的梦景

友谊的津梁

仿佛是一群稚气未脱的娃娃
涌在 2016 夏天的宾馆
一股股相逢的热泪
都融化在朋友们拥抱和握手的门槛

去年 7.20 的聚会
是抹不去的尘封的记忆
那是一种缓慢的让人欢快的节奏
友情在《我们来相会》的旋律中升起

热浪中演绎着热烈
相逢时就在恣意里狂欢
一声声的问候仿佛是幸福的诺言
它在“相见时难别亦难”的醉梦中摇晃

不仅限是一台丰富的演出
它的欢乐一会儿浅露，一会儿深湛
致力潜心于自己分享的时空
朋友之间承载着真诚与友善

谈笑是跟着太阳起落
舞步也招惹了星星和月亮
依然体会到的是一种豪迈的欢愉
晨昏界线因相约与邀请而在炎热里旋转

乔庄之夏温存于四十多年后的友谊
相依相伴少了生活中的许多惆怅
时钟摆动着的吉日良辰
仿佛是朋友们走上婚礼的殿堂

快活轻柔的如意在脚尖上跳动
澎湃奔放的欢乐已触摸到少年的同窗而默然
编排着过去曾有的感受和体验
招待所成了盛满欢乐的库房

聚会中有说不完的过去与现实
狂欢哟，狂欢哟，狂欢的激情在荡漾
曾经的你我不知道什么是“约会”
通过去年的今天才知道
友情比爱情如此能久久地扩散……

护士的琴弦

撕开夜幕的纤细小手
捣腾着的是医生处方的药笺
那雪白而又瘦腰的长褂
像朵朵盛开在病房周围的水仙

手捧着的药盘盛满的是温馨的黎明
推开病房门的美姿犹如那温度计和空针
亲切的称呼恰似轻柔的歌喉
第一时间的呼唤便是跃出的救音

横揉着夜班之后的睡意
换班来的正是昨天下午的亮裙
一个轻盈而美丽的步伐
撬开了紧锁的眉头和安抚着痛苦的呻吟

吊针，药盒，心电监测仪
仿佛是病房中白天升起的朝阳
推车，轮椅，病员记录簿
仿佛又是黑夜中升起的月亮

护士站里呼叫器仿佛是琴弦
一天到晚室内都在释放笛声
为公桌上摆着厚厚的医案
面面相觑的是穿着白衣的靓影

换药室里医钳器械跳跃着街舞
大输液仿佛是勺子舀起的清泉
年纪轻轻的白衣姑娘呵
就是这样来回丈量着如花似玉的貌美春天

凉爽的早晨

在窗帘的细绳上
凉爽趴在那里偷听
拖着昨夜雨滴的浅温
挽救老不退热的后腿

今早太阳刚刚冒出
对面的楼房墙面像挂了一方彩布
塌缩的朝霞围着墙面旋转
我的神情犹如散开的迷雾

连续的几天高温
就差点没有把人烤熟
昨晚的一阵阵凉风
吹走了人们最愤恨的酷暑

坐在玻璃窗前的案头
静听着夜雨过后晨曦送来的早歌
把小城鲜为人知的故事
归纳起来在头脑中整齐地集合

晴空漂浮着少量的游云
那是暑天里勾画的彩锦
犹豫弹着三弦的乔庄清早
愉悦的心情在雨后写成

能不能附上我手指的抽象
那就要问清楚天上的流云
暑气逼人走上忐忑的闰月
没有彷徨而耐心地换心境

乘着今早雨后的凉意
在惬意中长久地睁开眼皮
我把这爽朗的旷野
谱上像五线谱一样跳跃的中音……

归 宿

我们像从风浪里归来的小船
驶入安静平浅的港湾
“退休”二字就是那沉重的铁锚
紧紧地抓住我们心底的幻想

风华正茂的过去
鼓起的全是理想的风帆
我们像生长在水里的芦苇
忍受着风浪的摇撼

为了振翅飞翔
在人海中不停地寻求光芒
可是天有不测风云
探索的脚印处处都是沙滩

彼此都在等待时间
随时用形象作为追求和发言
为了寻得更高的职位
人见人都是委曲求全

强咽着自己心中的泪花
家中丧气，出门便是笑脸
多少根本不是情愿的场合
撑着身体去陪奉顶头要员

曾想把自己当作一根火柴
去点燃被窒息了的火焰
似乎是在不平静的水面上
总想把上下处得左右逢源

事物总是变得令人担忧
梦毕总是一场黄粱再现
曾想用一鸣惊人的脚步
去捅开被淤塞了的航线

一切都是风风摇摇
退休后犹如弃笔搁腕
失去了那多少年保存的虚伪光环
远远地离开了你曾经有过的很多辉煌
呆在家中天天望着儿孙狂欢

人世间就是这样虚虚晃晃
看待事物就想到平平凡凡
昙花一现的那只是缥缈
生命中你根本没有理想的彼岸……

向日葵

撒上了的片片金黄
点缀着夏日里的青川
当我惊诧地仰望着，仰望
我能想象着你便是我心中的榜样

看你集合在青川的大田
这不禁使我想起你北方的爹娘
它们如同戈壁、草原包围的内海
热浪里起伏的都是“汪洋”

微笑是你的语言
然而大自然回答你却不全是晴朗
时有风沙在你身边卷过
你的脸随时转动跟着太阳

袒露的胸脯在灼灼的炎热中
急促地注满盼雨的渴望
从朝霞升起你就睁着眼睛
把彩画描在肥沃的土地上

用娇羞和憧憬绣成铺垫
霍霍喷溅出大地上的金颜
漂亮女郎抚摸着它的脸庞
犹如嫁妆倒回了百年

夏天为大地涂抹着幻想
敢与玉米一道呐喊
仿佛是颗颗金色圆蚌
被群山的绿海反复颂扬

微笑同蓝天共鸣
微不足道是一派欲望
当你失去魅力的那时
有谁还能记得住你那默默里包含的负担

红草莓

走过菜市商贩的果摊
草莓像红心堆积在画上
聚集起来的赤裸啊
仿佛就是凝在一起的情感

夏天森林中跳出来的阳光
照不化我，也照不化你
那是因为有一个相沫的特点
我们对生活都有一份赤胆

你来自平地上的大棚
献身于蓬草萌发的绿川
从不怕夏天的火辣
像喜欢穿一件红袖衫的姑娘

也许是耐不过暖色的凝重
就像现代人格外喜欢跳荡
跳荡的是红红的火焰
鲜红的是不安分的幻想

哦！红袖衫，夏季里的渴望
你甩去了大棚家族里的亲友
像一只扇着翅膀的火鸟
飞越融化你的叠水祟山

你在凉檐下任人挑选
亮闪的身子从不会拐弯
连你与果摊当冠冕的姊妹
也渗透了魅力无穷的鲜样

结构成德语的草莓字母
穿越植物音波的平常
你不仅仅是颗颗草莓的称呼
羡慕你的是：你给夏天奉献了凉韵的清凉

未来家庭

人们的心神像烛火一样飘摇
智能机器人已在家庭靠牢
落后的思维已是一块包袱
随时都在前进中抛锚

学习确实没有止境
从电脑到智能化是一个质的飞跃
如果没有与时俱进的思维
将是一个富足的乞丐把自己困扰

这是面临新的危机
人们对生活要重新思考
假如禁不住智能化的考验
你的生活就会有新的烦恼

社会发展进步得太快
将来的人会在浪尖上煎熬
你若在那里坐享其成
随时都有可能像烛火一样熄掉

我感觉自身增添许多压力
这个黄昏年代撵得人不知春早
如果这样快速发展下去
我们会是一具能说话的僵尸

我们不能只图守望
要煅烧出一副自我强有力的翅膀
即使日常生活千变万化
我们也要有趟越泥泞和泽沼那勇敢的力量……

大山夜雨

在晒得懒洋洋的门槛前
围着一堆摇着扇子的老孺
诅咒这燥热的白天
盼着何时高温才能消除

我步入仿佛是不透气的小街
未寻见有丝丝凉意的去处
脚步犹如瘙痒的挠手
给街面均匀地抠扑

被暴热惹怒了的夜蝉
还贴在近处“知了，知了”地乱喊
躲起来想避开大热的烦恼
可它们还是飞不过藏热的山岗

索性回到陋室
关闭了夜间通明的灯光
静坐在掀开帘布的窗前
寻思着如何才能进入梦乡

朦朦胧胧的床上躺去
有心变幻成无心的咒晚
滚着汗珠的皮肤
浸透了床上的薄单……

不知入睡到什么时候
窗外却有了雨点的拨弹
脑海的一阵阵惊喜
凉凉爽爽地又把薄被盖上

美滋滋地睡了一夜
像秋风扫过这安静的乡巷
没有忐忑和蚊虫搔挠
醒来已是东方霞光冲破雾罩

连续不断的高温
青川也成了火乡的模样
突遇一场降温的夜雨
心身合一顿时觉得人又找回了丢失许久许久的清凉……

七　月

大山凝住了多情的微笑
绿林中伸出生凉的树梢
一个云蒸霞蔚的七月
归巢的鸣鸟唱着怕热的歌谣

七月，是一弩射出的弓箭
又如一絮融合的火烧
击中大自然炎热的靶心
燃烧着人们繁忙的夏晓

我巡回在七月的乡间
夏热是一团火焰炙人心怀
揽不完的阳光下的仪态
画不完的是七月斑斓的色彩

七月，是一匹五彩的锦缎
挂在晨曦里格外地耀眼
远山的黛黑镶嵌着锦缎的边际
近草的明媚是绣在缎上的色颜

高天的蔚蓝抚慰着大地
艳阳下大地涂抹着油签
雨水改变了过去的肆虐
平稳地浇淋七月的悦变

七月的太阳含蓄地狂笑
黄昏的云彩积攒雨的危险
酝酿着如何报复久旱的大地
可是人们随时都在面临灾害的考验……

有阳光的早晨

郁郁葱葱的县城
我沐浴在秋色的温馨里
今天秋雨已放了小假
陪伴我的是墨绿的松韵

伸开纤长的双臂
拥抱着节日里清爽的早晨
深深地吸着一口粗气
自由地向深秋传递我的惋惜

我望着起伏的山岭
一动也不动地在原地着笔
来回跳跃的晶亮透明呵
仿佛是山野之间交换的神情

秋意自由向大地传播，弥漫
随处都让你掀开欢乐的心门
拨开轻雾缭绕的溪涧、脊岭
联想就会将梦儿网定

秋天黄叶在草绿中低垂
浩淼的烟波也是静柔不兴
五彩缤纷的山趣世界
在我眼目中不断贯神

青山绿茵的概述
秋水在平稳中倾听
那鹤立鸡群的秋花
像挂着成串剔透的银铃

节日的早晨一览舒心
从无形到有形，无声到有声
虽然是秋没有刻意写在脸上
可还是舍不得丢掉联想构成的悟性

烦乱和迷惘得到澄清
那是因为秋色的一份热情
天空密云虽然没有隐退
惆怅完全消失在这霞光染色的清晨

后记

YIN JI

功夫不负有心人，我这本诗集终于落下了帷幕。不管内容是深是浅，有无品位或收藏价值，但她还是像春天的幼苗终于出土了。这株柔嫩的幼苗，几经施肥，倒也成长起来了。可是，结下的果实不一定都是硕果，但我总能品尝到她的甘甜和酸辣。

说句心里话，少年时期的梦想就是想写书，但由于我自身的毅力不够，没有潜下心来认真地学习和钻研，一心为了找饭碗和光宗耀祖而搁置下来，浪费了文学青春。后来参加了工作，受社会的影响又去干了“旁门左道”，到头来，落得一个鸡飞蛋打，成了一个名副其实的“负翁”。看来，我这一生中没有多少财运，正应了民间那句话“命中只有八颗米，走尽天下不满升”。已是耆甲之年了，我仿佛像一个重获生命的新生儿，在人生的温泉里，又重新沐浴了一次。洗掉身上的淤泥脏垢，金盆洗手似的又把自己重新改造了一次。端正了思想，理清了头绪，重新又拿起笔来圆我儿时的梦。初次赏识出书的欢欣，我像一个慈母一样，生下了这个婴儿——《印迹》，她一呱呱坠地，我的心情便是松弛下来了，安安心心地“坐月子”。

2015 年一个偶然的机会，邂逅了我一位相隔四十多年的老同学，侃侃而谈起，她就把我拉进微信朋友群，看着朋友们每天都有五花八门、五彩缤纷的消息发在群里，我一颗文学创作之心就开始萌动了。我做点什么呢？我在思考着一个问题……少时写作品的梦想一下子把我的思想盖子揭开了，那我就来写诗吧！以来弥补我心灵的创伤。

于是，我就在微信群里“公开发表”了我的第一首诗，没想到，还真有一点娱乐启发的文学效应，而且也受到文学爱好者的好评和欢迎，在这个文化群里，大家的点赞和掌声给予我创作力量，我就这样坚持下来，笔耕不辍了。我把这些文字记录和整理出来，便有了这一集绽放的激情，用文学语言表述出来的思想更加形象了，也就成为了诗。于是，通过出版社评审后出版，便就奉献于广大读者了。

我所创作的诗和词，都是经过精工细磨而孕育出来的，绝非“打油诗”。而是心灵碰撞的火花在黄昏之年迸发出的彩色，也是精神食粮馈赠于读者的文化小餐。在这个时代里，人们享受着丰厚的物质生活，我想精神上的营养一点也不能少吧！由于有了这样一个梦想，所以就生出这样一个“婴儿”。

在创作过程中，由于时间匆忙，可能会出现很多错误，有很多不尽人意的地方，望读者谅解和海涵。

现在这个版本，也是来之不易的，都是我本人的生活体验，也是我对大自然和事物的联想和褒奖。我想，那奔放的思想和作品的意境，应能引起读者的共鸣！

既然她诞生了，我也就不怕各种褒贬的评说。在我的构思中，只有前进提高而不能退缩降低，真正把我的思想赤裸裸地展现于读者。

值此拙作付梓之际，我衷心感谢我的文朋诗友对我的关爱和支持，感谢我的家人及相濡以沫的妻子一生为我付出的辛劳，也感谢家人对我的理解和支持，再次向你们鞠躬了，让我这朵小花，在大千世界里有一点点小的亮光，我也就知足了。

杨晓波于青川县城

2022 年 12 月

枕上书·当代文人情怀

时光有痕迹

SHI GUANG YOU HEN JI

何玉平 著

华龄出版社
HUALING PRESS

图书在版编目（CIP）数据

时光有痕迹 / 何玉平著 . -- 北京 : 华龄出版社，2022.1
（枕上书 · 当代文人情怀）
ISBN 978-7-5169-2180-7

Ⅰ . ①时… Ⅱ . ①何… Ⅲ . ①诗集—中国—当代 Ⅳ . ① I227

中国版本图书馆 CIP 数据核字 (2022) 第 028418 号

策划编辑 冯 雪　　责任印制 李未圻
责任编辑 高志红　　装帧设计 张 佳

书　名	时光有痕迹	作　者	何玉平
出　版 发　行	华龄出版社 HUALING PRESS		
社　址	北京市东城区安定门外大街甲 57 号	邮　编	100011
发　行	（010）58122255	传　真	（010）84049572
承　印	三河市龙大印装有限公司		
版　次	2023 年 1 月第 1 版	印　次	2023 年 1 月第 1 次印刷
规　格	880mm × 1230mm	开　本	1/32
印　张	14.75	字　数	294 千字
书　号	ISBN 978-7-5169-2180-7		
定　价	498.00 元（全十册）		

作者简介

SHI GUANG YOU HEN JI

何玉平，笔名为何，1964年出生，四川南充人。自学诗歌，书法，国画。干过泥瓦匠、烧瓦师，炉火炼过钢铁，打过杂，下过煤井，水泥厂干过装卸工。文学爱好断断续续30年。“非常梦想”——四川省第三届农民工原创文艺作品大赛三等奖获得者。

内容简介

SHI GUANG YOU HEN JI

本书是作者浓缩了自己人生几十年的经历撰写而成，有他做农民工的心酸和感慨，也有诗人特有的人文情怀。这是一本接地气、有筋骨、有温度的诗歌作品。说它接地气，因为每一篇都来自作者的亲生经历，或代表读者的亲生经历，带着作者切身的体会和感受，有浓厚的乡土气息和烟火气息，有作者真实背景。说它有筋骨，是作者苦难生活的追求与理想，有淡淡向善向上的情愫，有自强不息和豪情壮志一直前往的姿态，有悲伤而不强化悲伤，有苦难却更有生存的意志，有大气大度和细小细节的人生哲理，有饱经沧桑的人生。有温度，是作者在作品中充满了感恩之情，对生命著有敬畏之心，显示作者不凡的才气和娴熟的诗艺、技艺、才艺，有些诗品作品题目很怪，却很传神、传力、著有久远生命力的张力，艺术含金量极高，拥有高质量高标准的灵魂。

序言

当下诗艺作品，文山文海有诗文，花式花样有诗词歌赋。100 年以来，从“五花八门”到万花亿门地绽放孕育了一座座群山高山。在五四新文化运动的大力推动下，在鲁迅、郭沫若、胡适、等推动之下，白话诗文掀起了翻天覆地的高潮，解放了千年来老婆婆尖尖脚、穿小鞋、绑小脚的封建思想。从文艺到文艺，从传统到传统，从唐宋元明清的次序，又孕育了新的次序新的江山，开辟了新纪元新篇章，树立了未来永恒的江山。

诗文作品不计其数。作者始终以“文章合为时而著，歌诗合为事而作”，以不生锈的思想，高举了纯文学的旗帜，建立了纯文学诗学的高峰，以与时俱进的生活，与时俱进的思想，解放全人类思想，以雅俗共赏、共识、共鸣，形成了契合，以民俗民语的现实存在，方言方语的现实存在，达成了共识共鸣，以借物抒情，借境抒情，和万事万物创造了伟大的诗篇，以拟人法、拟物法的手写法，在经营天地万物复苏，诗歌一直在经营天地万物轮回，激活神灵，激活生命。

新时代诗歌作品，是新时代的文化遗产，也是新时代酝酿的文学产物，拥有了前所未有的众多发表平台。诗歌既能在图书、报纸杂志上发表，也可以在微信公众号和QQ及微博上发表，网上到处都可以看到诗歌的身影，闻到诗歌的气息。那些历史回顾，那些游记，那些日常抒怀，那些心灵鸡汤……拿起手机，打开微信，每天都面对那种“心灵鸡汤”，其实，“心灵鸡汤”就是散文诗的一种文体，“心灵鸡汤”也有营养性、养生性。白话诗文，散文诗受众最为广泛，随时可以对身边的时事发表看法，随时用日记诗记录，故事诗记录，关注百姓春夏秋冬的生活变化，冬天来了发表冬天的感怀，春天来了欢呼春天的到来，它浸润到人们生活的每个角落，大家纷纷陶醉在诗文的海洋里。

随着中国诗歌的繁荣与发展，新秀不断地涌现，为全面反映当代诗歌在繁荣社会主义文学事业方面做出的努力及贡献，集中展示当代文学家及文学创作的整体阵营和整体水平，继续推出新人、新作，壮大诗歌创作队伍，进一步推进当代诗歌的研讨、交流和发展，我们组织了名人、名家和作者本人投入了巨大财力、物力及巨大的时间编撰了此书。

中国诗歌地域上大江南北并蓄，时间上侧重现代。内容几乎涵盖了中华人民共和国成立70多年来的波澜壮阔和风云变幻，在这一波澜壮阔的历史画面回放中，作者把目光拉向了更悠远的历史深处，把目光投入到天心地心深处，从更深处挖掘了中国的巨大变化，挥毫描绘了岁月峥嵘的往昔，讴歌了许许多多令人鼓舞的优秀人物和光荣事迹，用诗意描述了沧海桑田的巨变，表白了舒心惬意的情怀。作者饱含激情用手中的笔描绘勾勒出一段段“不平凡人的平凡事，平凡人的不平凡事”，还原了一段段鲜为人知的历史事件和人物命运，从中挖掘出人生百态、世纪风流，供公众品读，纪录片式的人物和事件回忆，旧闻轶事，自是纳尽悲欢离合、坎坷曲折，重现一幕幕真实的历史场景。

这是一本接地气、有筋骨、有温度的诗歌作品。有民族性、思想性、艺术性、人民性、个性、天性、神性、诗性、人性、自然性的大作。说它接地气，因为每一篇都来自作者的亲生经历，或代表读者的亲身经历，带着作者切身的体会和感受，有浓厚的乡土气息和烟火气息，有作者真实背景。说它有筋骨，是作者苦难生活的追求与理想，有淡淡向善向上的情愫，有自强不息和豪情壮志一直前往的姿态，有悲伤而不强化悲伤，有苦难却更有生存的意志，有大气大度和细小细节的人生哲理，有饱经沧桑的人生，几乎没有所谓小资似的心理和言行。有温度，是作者在作品中充满了感恩之情，对生命著有敬畏之心，显示作者不凡的才气和娴熟的诗艺、技艺、才艺，有些诗品作品题目很怪，却很传神、传力，有着久远生命力的张力，艺术含金量极高，拥有高质量高标准的灵魂。

本书的诗文作品，不仅有亲情爱情的生活性，还有生死离别的残酷性、正常性，这是文学永恒的题材。诗文更是表达了怀念和感恩，直抒胸臆、畅叙情感的首选文体。这些诗意人生的作品，写得亲情炙热，灼灼感人，情感生动，具备打动人心和天心、地心的穿透力。文学本身是人学，文学始终是与人为伴。本书作者是社会最底层的小人物，亲历了各个鲜活、有血有肉，与万千读者类似的人生。

现代诗即新诗的题材很广泛。从宇宙万物，天地万物的灵魂，到万事万物的灵魂，是作家们最热衷的饭菜，从生活到生活的循环，从古到今的循环，醉古醉今的循环，孕古孕今的循环，敹古敹今的循环，种古种今和荛古荛今的循环，始终与土地中的灵魂有关，文学诗学始终要回到土地中去，文货诗货始终要还给土地，去孵化出新的灵魂，孵化出新文学的江山。诗歌的旗帜，古老的大纛旗，始终是插在土地的背脊上成长的，营养来源于土地，灵魂来源于土地，土地始终是人生存的坐标，与土地不离不弃的魂灵，才是伟大的良诗。作为文学作品，文字始终要躺在纸质上才好品读，也有收藏资源的价值。发布在网上的那些作品一晃而过了，如风过似的，人们永远收藏不了风，装不住风，揣不住风，握不住风，只能握书。

本书的诗歌作品，作者写出了独特的味道。诗歌的美食就是食文字，咀嚼文字，回味文字，用文字下酒品酒，但要写出深刻的思想，写出独一无二的诗文，极其不易。只有在历史中叩问历史，在生活中叩问生活，在万物中叩问万物，然后沉醉自然，思索文化延绵，醒悟人生观、世界观、价值观，是每个作家失眠的印痕。

本书的诗文作品，大多是大地之下之上的灵魂作品，大多是新工业文学作品和老工业文学作品，还有工匠精神的作品，更有矿井下的作品，也有炉火纯青的钢铁作品，烟火气息的灵魂作品，天地万物的灵魂精品。

仔细品读这些作品，有现实，有虚无，有励志，有激情，有跳跃不饿的文字，有风情万种的浪漫，有花天酒地的人生。具有可读性、精神性、美学性、共性、特性等韵味，意味深长，回味无穷，拥有多层性的人生和历史性的沧桑。品读人生五味杂陈，栩栩如生，如同活生生在读者面前，让人久久难忘。

写生活情趣，人生嗜好的题材，是众多作家挖掘不尽的创作源泉，童年生活的故乡热土是作家漂泊人生中永难忘却温馨的港湾，是诗歌诗艺最为擅长的。本书中，写故乡的作品情感真挚，特色鲜明，读来都能给人以精神滋养，给人启迪，慰藉心灵。

品读这些作品，思绪万千，可读性的美学特征的韵味跃然纸上，澎湃于脑海之中，荡漾起心血来潮，丰富的原汁原味资源是诗歌区别于其他文学作品的重要依托，直击历史与时代的瞬间，注重亲历、亲见、亲闻，兼具轻松阅读和史料收藏双重价值。本书具有以下持点：

一是形散神聚。这是本书诗文散文的第一个特点。所谓“形散”是题材广泛，写法多样，结构自由，世界上没有人给风规定方向，形成不拘一格的灵魂自由、人身自由。所谓“神聚”是指既中心集中，又诗意贯穿，前后连贯，上下连贯，是诗艺突出的特色特性，同时又表现出对人和事的认知和感受。

二是意境深邃。这是本书诗文的第二个特点。本书抒情性强，情感真挚。能借助想象与联想，由此及彼，由浅入深，由实而虚依次而出。既融情于景，亦可寄情于事，还可以寓情于物，托物言志，物托人表达了真情实感，实现物我统一，展现出了深远的思想，让读者领会了更深的道理。

三是语言优美。这是本书的第三个特点。本书语言优美，清新明丽，生动活泼，富于乐感。行文如涓涓流水，叮咚有声。如娓娓而谈，情真意切。简洁质朴，自然流畅，寥寥数语就描绘出了朴素生活的情境，诗文不仅生动形象，还勾勒出了动人的场景，显示出深远的意境。写景如在眼前，写情沁人心脾。

总而言之，本书的诗艺，行文如风花雪月，行文如风雨畅通无阻，或有阻，诗文如三月之花在绽放，诗文如四月之境在眼前，诗文如五月之繁华在歌唱，诗文如六月之茂盛在观赏，诗文如难舍难分的七月之炙情，诗文如八月之秋的丰硕。总而言之，诗意是解剖生活的工具神具，诗意是解剖宇宙万物的灵魂，诗意是解剖天地万物的多功能文学体裁，让天地万物复苏的文学体裁。人世的美妙都如在诗情画意的万千意境之中，挥洒得千姿百态，淋漓尽致，不似画卷，却在心中展览山水和花鸟，在脑海里展览江山，尽展画卷之神采，使人摒神定息，叹为观止……书中有很多优秀作品，在朴实的文风中，有美的发现，诗情的抒发，情景交融，精神抖擞，值得千读万读。

作者出版这本诗集，主要是给美好时代一个交代，给社会一个交代，同时也是给自己一生的交代，团结各界人士，以“心灵鸡汤”交流思想。

生活无止境，生命无止境，写作无止境，艺术无止境，高度竖在前。让我们携手时代，让我们立志传唱，向着诗歌的高度，生活的高度，文学的高度，灵魂的高度，再创作最高的高度，高质量的文学精品以飨读者。不惧坎坷，甘于寂寞，以诗歌爱好，慰藉时间不孤独，以文学爱好，慰藉时间不寂寞，再坚忍不拔地继续努力，不断反省，不断面向新目标勇往直前。让我们持之以恒，滴水穿石，臻于完善，写出更好、更美、更优秀的作品，获得更大的成就，更大的丰收。

是为序。

2022 年 3 月

目录

SHI GUANG YOU HEN JI

站 立

当我们在工地上竖立钢管钢筋
钢筋的血管站立起来了
高楼林立的血管永恒站立
当我站在山腰山顶
我便是那座永恒的山
群山的血脉永恒站立
当我站在花草树木中
我便是永恒的花草树木
草木的血管永恒站立
当我躺在江河中
我便是江河
当我一斧子劈在柴骨上
一锤子砸在钢铁上
一锤子砸在岩石上
从我肉体里流出来的血
是红太阳的红血
没流出来的血
是黑暗里存活的黑血……

——1993 年重返北京

展览星星

你好，永恒的日月星星
请不要在我眼汪里游泳
请不要淹死在银河的天上
更不要日月漂浮于天边的沙滩
我捡到从天上掉下的贝壳了

哟！你们为何被卡在黑暗与深渊的夜空了
为何石头都挤在人间与天堂的地狱
我想听每一颗星星发一句言
我问星星是不是冰雹冰糖
我问星星是不是鸡蛋、鸟蛋、虱蛋
啊！星星们都是哑石

请问那是不是天石天星哟
请问那是不是光骨头
请问星星是不是平起平坐的星座
哟！石头都在想石头的心事
在空中亲密无间地挨着坐着

当我饮下一壶浊酒后
从翻天倒海的倒影中耳闻目睹

原来天上有三颗星星
一颗星星是我父亲
一颗星星是我母亲
一颗星星就是儿子我
兄弟姐妹们都在天上展览星星
和白云乌云过着幸福美好的爱情生活

人们一生，半生有日月，半生有星星
有时星星就是月亮就是太阳
在那阴晴圆缺的天空
你们从不缺席流泪光

——1988 年 7 月 6 日于北京原稿
2006 年 5 月 1 日成都改稿

风的考验

稻草人在田埂上吹倒了
风一生把我们推倒无数回
这是风对我的考验

记得小时候上学的时候
风一路跟着我去上学

儿童的体重是一块石头的体重
风的体重不知是多少？
风吹一口气，飞沙走石
我一下子掉下山沟沟撞伤了石头
石头站起来又跟风去上学堂

风每天晚上来吹熄油灯
风说我喜欢黑暗
不喜欢灯光刺眼
不知是不是风开的玩笑

后来，风把我吹到北方下煤井
我是洞外坝子上一坨黑煤
在风中翻滚，在翻中翻身

——1989 年 11 月 26 日于北京

永恒的白天黑夜

懂得自然法则的那些人
总是把黑暗交给永恒的白天黑夜
但风拒绝寂静无声的交易
这个世界也躲不过风的眼睛

一声声雷声大作
闪电一下子告诉了大地
让大地交出了永恒的黎明
永恒的烟火烟花，和永恒的风
这个世界谁也灭不了谁

——1993 年 8 月 20 日于广州工地

大风大舞（组诗）

篇一：来吧

来吧！轻风，洗我的头
来吧！微风，梳我的头
来吧！香风，吻我的体肤
来吧！阳光，沐浴我更衣
来吧！大风，与山河共舞
来吧！大风，大树不后悔牵你的手
来吧！大风，带着鲜花送我最后一程
来吧！大风，将我五马分尸
来吧！大风，将剥我的皮
来吧！大风，将我粉身碎骨
来吧！大风，饕餮我的灵魂

啊！我喝了大西北风
我便是大风了

篇二：起风前

万事万物，有呼必有应
我通知燕鸟归巢，燕鸟就归了巢
我通知群山坐好，群山就坐好了
我通知读天书的天鸟和朗诵的乖乖阳
叫它们收拾好声音回家，它们就回了家
黄昏喊太阳回大地，黎明把太阳喊出来
再通知小草，收拾好文草文稿
再通知树类，把握花叶不落
再通知千家万户的茅屋，不要哭
这是起风之前，风和我的沟通交流
风和我打了招呼的，风和我商量好了的
自然法则都听风暴的话，听闪电的话
雨不听话从天上摔落下来，泪流成河
国王生前不入农，肥了大地
种子腐烂于天空

篇三：起风后

起风停风后，我们出门遥望
田野的稻草人，顺应了自然法则

一地苞谷夭折后，躺于泥地没命了
风把大地的诗篇，像翻了个遍
风把天翻成海，风把海翻成天
风把大树连头翻身，翻天倒海，翻天覆地
奔跑的路，站起来投降
无语的石头，跑不动的山，低头认罪
树，横躺于大地流白血，默默呻吟发芽
风后的悲伤，莫怪风前我没有宣传
让我们把风的骨灰种于蓝天
让烟雨壮实大地

——1999 年 7 月 10 日于南充

煤——从不炫耀自己

煤——甘愿躺于地下，黑黑的心脏内
而世界偏偏不放过煤的一生黑
因为人们需要黑暗绽放无限光芒
但煤从不张牙舞爪，也不炫耀自己
煤说我过于顶尖拔萃，会被世界深挖
搞得煤——头破血流，粉身碎骨

人生所有苦历都与煤一样
辉煌一生，却被深深埋下了功名

煎熬过的日子只不过是古往今来的常规
流淌过的血路只不过是向上的天路
你历经沧桑，再回首岁月
那惊涛骇浪，也只不过是浮尘过往
所以，我的苦难辉煌不值得炫耀
因为功成名就经不住雷声点赞就泪雨滂沱
但苦难使我不屈服的自己永远可敬

我就像一块永恒的黑煤一样
我选择远离人世，躺于地层是我的理想
但八辈子不与世往来，也脱不了干系
因为人们喜欢我永恒的光色，才深挖
因为世界喜欢我绽放永恒的光芒

我就像一块永恒的黑煤一样
我深藏地下永不露面，有我的原因
而世界偏要把我弄出来见面
偏要把我弄出来曝光
我越是有光亮，越是有光热
人间就要挖掘我，搞得我不宁静
所以，我永远躺于地下了
最后千万不要把我挖出来见天

——1991年4月8日于北京周口店

辉煌的乡村（组诗）

篇一：刨火棒

乡村有无数根刨火棒
你棒、我棒、都是骨棒棒
木棒、铁棒、刨火棒真棒
木棒会燃，铁棒铁骨意志强
我们从灶火内，伸进伸出
用火柴棒，刨出耳朵里的遗产
用刨火棒，刨出火红的太阳飞上天
刨出红月亮的火光燃烧自己
把草木灰刨出世界一双双眼睛
刨出土灶里的文化知识，刨根问底
把余下的生活刨出炉膛灶膛
把光灰刨出灶孔、灶门、耳门
然后架柴，燃烧太阳的日子和岁月
让火苗、柴火的理想伸直腰
让烟火、烟尘、烟花，把诗歌升入云霄
呀！拐杖，刨火棒，草木灰
和每个人同命运、同身份

篇二：火篼子

火篼子呀！你温暖每一个冬天
呀！火篼子燃了乡村的房子
燃了娃片、铺盖、裤裆
燃了五千年的传统文化历史
燃了月亮公公的胡须
乡村用篾皮像人皮，编织火篼子
编制铁饭碗，燃烧火炉子
编制土饭碗，燃烧火炭木炭
故乡在土碗里装满树木、树骨、木炭
呀！两腿挟火炭，燃了小草
两腿挟火红的太阳，挟落黄昏
两腿挟火篼子，挟古今挟未来
两腿挟土饭碗，炭火文火燃起了
两腿挟土饭碗，挟着千年的古董
火篼子挟老祖宗，挟了亿万年
呀！炭灰是奢侈高档的取暖器
炭灰是乡村永远的专利
炭灰是原始的知识产权

篇三：火钳

火钳有两条腿通手臂
两条腿是两根筷子

两条腿挟着江山，挟着柴火
火钳挟着“稻草人”喂进土灶
火钳挟着铁骨，锤打铁匠
夹道欢迎，燃烧东西
燃烧唐诗宋词元曲吱吱吱响
我捏住火钳，燃烧梦想
火钳捏住我燃烧生活

篇四：土灶

乡村打土灶，讲究风水
祈祷日月星辰，添火添柴
祈祷灶王爷，烧钱化纸
祭拜、跪求、祈祷烟火给熟食
坐西烧东，烧太阳升高火焰
坐东、坐太阳、我越燃越火旺
火门、灶门，是东南西北门
灶孔是孔孟思想，孔孟文化
对灶王爷不得非礼非德，仁义道德
打灶头的石头不是骨头
加稻草人，加头发，加棉麻
和泥和水，再加匠心的精湛艺术
土灶才有千年不垮塌的筋骨
土灶取之于大地，用之于大地
土灶的血液是先人板板的文脉

篇五：烟囱

你是故乡那根不倒的烟囱
岁月挺立于天地
你在天和地的契合中感悟人道主义
恪守信仰，恪守每一个故乡
烟囱在人世间堂堂正正
不像乌烟喜迎阿谀，顺势上升
乌烟升上天越离越远，吹散看不见
而烟囱永恒存在，离我近
看太阳离我近，看月亮离我近
烟子从烟囱冒出，熏得日月星辰不安逸
熏得生活流泪光
升上天的青烟、白烟、乌烟
进化成青云、白云、乌云
而青云白云乌云，是一堆堆草木灰灰烬
而烟囱在风雪风雨中，傲立人间
我立竿见影在大地

篇六：灰仓

草木灰在我眼睛里，湿破灰尘
一下子滚出亮晶晶的泪珠、泪光
故乡一双双眼眶，是草木灰的仓库

故乡的灰仓，是土灶下的粮仓

稻草长谷子又长稻草，种族相同
麦草长麦子又长麦草，同祖同宗
苞谷草长苞谷又长苞谷草，同文化基因
树木长果子又长树木，同血脉
花生长花生草又长花生，同大地的灵魂

草木灰的身体，就是五谷的血缘
灰仓专积土灶燃烧的草木灰、灰烬
灰仓在土灶门口的下方，在故乡
灰仓在千家万户，在唐诗宋词元曲的土灶下
灰仓在炉膛之下，飞越时空的殿堂
灰仓是世界文化遗产，五千年文化积淀
草木灰是碱性，人性，是国王剩下的骨头
故乡用灰面炕月亮馍馍，嚼烂苦涩生活
我饮下万古风尘，与灵魂飘舞

篇七：木炭

我儿时用的笔，是火炭炭块
用火炭炭块写诗，越写越火
呀！暗火燃烧诗歌的五指山了
看吧！石板上有火炭画的东西
看吧！门板上有火炭，记的陈年旧账

树木虽然倒了，木炭炭块依然亮着
佛陀涅槃了，万千弟子虔诚在世界上
永存佛祖遗留的火炭炭块
风一吹，照亮万古宗教佛教
哟！故乡用草木灰装历史的枕头
我在火篼子里烤熟一个个词语
火炭永远忠于人间生活

——1998年11月27日于深圳

我的老师是时间

我的老师是时间
我的老师是白天和黑夜
我的老师是风
我的老师是月光
写作业，我用风点亮了时间
时间教会我怎样生活
风教会我过风的生活……

无　题

在秋收后的田野上
风与一排排站立的稻草人牵手
风与升高的炊烟牵手
炊烟一下子牵到白云的手

风永远吹不灭
稻草人永恒的生活
稻草人是烟火永恒的血液……

——1999 年 9 月 3 日于南充

无　题

天上一颗颗星星
好像世界上一颗颗牙齿
你们的牙齿掉不光
后代又从天空长出星星

我们说话不关风
是把风关在门外了

听　风

我听了一辈子的风
有歪风，逆风，顺风，狂风，轻风，微风
海风，飓风，台风，北风，大风
每个风的身份都不同

我听了一辈子的风
耳朵装不下了
风没有安身之处
才钻进我的耳缝
我从耳缝里刨出风
世界便有了风……

还我的文血

一根根细长的针管
钻入了墙的肉体
钻入了我的肉体
钻入了世界的肉体
针管没有钻入古代的肉体

抽光了牛羊马群的饿血
抽光了花草树木的饿血
抽光了大地的饿血
抽光了星球的饿血
抽光了地球的饿血
我看见我的文血在流
河流的文血流向了远方

哦！抽吧！
抽不尽的长江水
抽不尽的黄河水
抽不尽的嘉陵江水

哦！流吧！
流不尽的江水

哟！一条血管站立起来了
我的文血顶天立地……

——2014 年 5 月 7 日

理 想

太阳是家乡的金脚盆
我们每晚都用太阳洗脚
大地还开了一个太阳浴足店

月亮是家乡的金脸盆
我们每晚都用月亮洗脸
大地还开了一个月亮美容院

星星是一串串金项链
抬头一看
戴在花草树木的脖子上了……

——2007 年 10 月 9 日于成都

铁　骨

那片地不荒，黄昏
牛吆喝牛不停地犁
踩着落日犁
犁着犁着
一块白骨卡住犁铧的脖子
咬铁的骨头
像落在铧上的月牙
于是
我用月牙篆刻诗章……

农民工

农民工用自己的血液
酝酿世界上一座座钢铁城市
酝酿一片新天地，新江山
农民工用铁骨
垫起不生锈的江山

——2019 年 1 月 30 日于成都

相亲梦

锄脸上的草
松身上的土
土气的土
给禾苗相亲减轻压力
叫乌云的眼泪给大地美容
滋润万物的理想
再等太阳煮金秋那壶烈酒
再等太阳煮蓝天白云那壶茶
从天上倒下来的不是雨水
从天上倒下来的是酒水，茶水
天醉，地醉，吾没醉
当月亮从窗户进来的时候
我问月亮进来干嘛
她说和我相亲
陪诗歌睡觉

——2016 年 10 月 8 日

重　生

风里面，有灰尘
空筒骨里面，有泥土
摇响空筒骨的是风

蚯蚓在土壤里，织江山
我宁愿把字刻在骨头上
也不把字写在纸上
看不见字的灰

所有的归去
发出新的草芽，梦芽
阳光带来不生锈的未来

——2017 年 5 月 5 日

六零后诗人

我的六零后
六零后开天辟地
六零后兴风作浪

六零后漂泊天涯海角
六零后光芒万丈
六零后不落后
六零后无后
六零后前无古人
后无来者
六零后铺天盖地
七零后，八零后
九零后，零零后
都是六零后的背后
我之后无后顾之忧
墓后垂帘听政

——2019年6月4日

冰　骨

白雪纷纷扬扬，铺天盖地
把地球星球，凝固成了冰球
白雪落在我身上不见雪
只见我裂缝的白骨

纸白的骨头，纸白的月亮
好像坚硬雪白的冰骨

我的骨头，不是骨头
是冰条，冰棍，冰柱，冰骨，铁骨
每天支撑天地修行，行路

世界啊！拒绝五谷杂粮酝酿白酒
改用月亮星星和冰雪作原料
提取落日的血液，猛兽的血液
冰骨和冰雪的血液
才是酝酿白酒的天然资源
让猛兽品尝猛兽的血酒
至于味道，诗歌的味道飞上天

——1989 年 12 月 7 日于北京

宽　窄

一条眼缝，不宽不窄
却装下了天地万物
装下了日月星辰的光芒

一根面，不宽不窄
一棍面来自于大地的营养
一棍面来自于大地的身份
蜗牛牵着时光在宽窄旅行

一根头发丝，不宽不窄
一根头发丝上篆刻了你的名字
一条长江的血液在头发丝里流淌

一棵树，不宽不窄
太阳神鸟从树缝里，啄出昆虫飞翔
月亮从夜晚，钻进窄缝里读书

一双筷子，不宽不窄
一双筷子夹古，夹今，夹未来
一双筷子夹起碗里的月影

一个鼻孔，不宽不窄
警犬的鼻孔，嗅到远方的气味

一个针孔，不宽不窄
生活从针孔来回穿梭亿万年

一条耳缝，不宽不窄
掏耳师从耳缝的深处
掏出地球的文化遗产
我从耳缝里掏出雷的声音
在宽里窄里闷响

宽，往窄里修行
窄，往宽里修道
窄，一条丝线穿过针孔
穿过成都平原
宽，一双筷子宽住了游客

心宽宽住了天地
宽住了江山
心窄是非多

——2017 年 1 月 19 日于成都

守护神

乡村的留守儿童
留守老人
留守妇女
她们是土地的血液
他们是江山的守护神
牛羊马群和犬只
在守护乡村，守护家园
一草一木是大地最忠诚的儿子
花花草草是大地的血液
日月星宿是天地的守护神

我替月亮守每一个夜晚
我守夜是我的天职
巡逻，打更，蟋蟀向我打招呼
保安是世界上每一座城市的守护神
我手握电筒是手握月亮
电光弥补月光不亮
诗守边疆，是我们的海子
诗守边疆，是一草一木
诗守领土，是神圣的边防部队
诗守墓园，是一草一木……

拾　荒

废弃的东西
是废弃的拾荒者

当我拾起地上一个空瓶子
空瓶子拾到我

当我拾垃圾箱的知识
风来跟我抢

当我摇摇晃晃在大地
世界在摇晃……

无　题

每棵树的血液是站立的
每个人的血液是站立的
每座山的血液是站立的

风的赞扬

这个世界都得到风的赞扬了
天地万物也得到风的礼品
天地万物不仅得到风的赞扬
还得到风的培训，风的培养
我的乡愁也得到风充分的肯定和赞扬
花草树木永恒地得到风怀抱苍生
无数故乡得到风的篆刻
就连生锈的苍天，生锈的日月星辰
也得到风的吹捧，风的抛光扫光
风把我的尘埃吹得比天高
甚至吹到太阳月亮的脸上
就连烧烤鱼尸的烟火，也获得风的赞扬
就连丑陋的乞丐与光叉叉的疯子
风都舔了乞丐和疯子的屁股

就连坟墓也获得风永恒的赞扬
无论经得住和经不住风赞扬的那些东西
尘埃永远都是风最忠实的好朋友
风也是尘埃永恒的兄弟姐妹
就连夹缝中的苍生与低处的小草
也得到风和她们牵手跳舞
还有石头是风的好兄弟
风把石头举得多高
每个人的血液是风的血液……

——2006 年 2 月 9 日

叛　逆

风向世界指手画脚
世界向风指手画脚

棺材叫大地躺下
大地叫棺材躺下

水在河里流
河在水里流

——1988 年 9 月 17 日于北京

诗江山

嘉陵江水流到天边站起来了
一条条河流站起来了
我的血液里流淌着群山江山

——1999年8月31日于南充

钢铁的脖子

我在武钢燃烧岁月，日月
与火焰为舞，钢火为伴
没日没夜在火中修行
轧钢机是老虎机机器、器材、钢材

你切器材钢材的脖子，是切药材
咔嚓咔嚓的声音在向世界呻吟
机器也在苦诉这个荒谬的世界
江河也在流涕、哭泣、呐喊、呻吟

民工用月牙咬生活
石头咬舌头
咬不断钢铁长城永恒的脖子

咬不断五指山的脖子

他的五指一下子断了
五根钢筋的脖子也断了
热血沸腾，血液酝酿钢铁城市

轧钢机是老虎机机器、器材、钢材
你切钢材器材，切断筋骨
我用接骨木接上虎骨复活

呀！他的一条腿断了
一条钢材的脖子也断了
似乎断了一条长江的脖子
一条河流的脖子

你是一台切割机机器
你在夜黑中摸暗光，摸到电源
我启动电老虎的时候
轧钢机痛得惊叫唤，流血不止

于是
我一下子关闭了闪电
一下子关闭了哗啦啦的雷声
轧钢机一下子闭住了嘴

——1987 年 5 月 1 日于武汉

向生活致敬

我们向你致敬
牛羊马群是人间的奴仆
柴，米，油，盐，是龙头大哥
狗狗是生活的守护神
烟火是一盏明亮的天灯
我们向大海，河流，高山致敬
大海给了营养的东西
大海储存了贝螺，扇贝，海盐，海参
河流给了我流淌的血液，生命
高山给了五谷杂粮酝酿的生活
高山给了坚强的意志，理想，高度
群山在眼睛里一浪一浪的跳跃
河流奔流复回又复活
同时，我也向黑暗致敬
黑黑的煤绽放了生活的光芒……

——2007 年 3 月 19 日

写给世界的诗画

月色写诗画，夜不孤独
我从水月的身上抽出一支水笔
从墨水里流出一串串星星，卫星

我握着月光在右手，手机在左手
上眼皮撑起天，下眼皮撑起地
速写屏幕上歌星的相片

当我在宣纸上流淌血液的时候
用萤火虫弥补灯光，用电光弥补月亮
然后用影子在大地上盖下一坨黑影章

当我一笔一笔绘人物
画着画着的女神天神
若隐若现钻进天空星云
猛戳屏幕戳到太阳，戳落落日
抬头观星像，月牙钩缺美比圆美
我们的岁月一脚在黑暗，一脚在光明
煤矿的黑笔，瓦窑子的烟火，炉火的武钢
武钢的铁骨，泪光随着天亮，泪花随着天黑
从烟火身上，砖瓦身上，大地上借血液
从暴风雨中，闪电中，酝酿生活

我想去世界收回，记忆的痕迹
去水里捞鱼尸，捞月牙钩挂在天上
去炉火炼熟钢铁的骨头，再支撑江山

再用石灰水泥凝固江山的喉咙
再用血液孵化一座座钢铁城市
把理想的生活挂在云空

——2016 年 11 月 15 日于成都

嘉陵江的倒影

嘉陵江水，有天地万物的倒影
太阳儿，月亮儿，星星儿在水里游泳
嘉陵江水，是蓝天大海的身份
百牛渡江，渡天海，牛群在天上游泳
嘉陵江水，有天地万物的倒影
群山的美体，高楼林立的建筑体
都在水里的天空，巍然屹立
月牙船的躯体，在水里的天空划船
牛羊马群的倒影，在江边的天空吃草
舌头舔江水，荡漾起涟漪的水浪
波光粼粼的旖旎，是美丽壮阔的嘉陵江

血液流域太平洋，全世界的版图
一条金腰带，好像大地的金领带……

炉火炼太阳

炉火呀！你炼吧！
用太阳的血液炼吧！
炼铁石，炼出日月星辰补天
炼出无数钢铁长城，炼出江山社稷
那一条条钢筋，宛如每一条筋骨
炉火炼太阳，越炼越火

你们炼出天地，炼出江山
你们把血液炼成一座座钢铁城市
升高大地，升高红火的旗帜
一座座桥梁把钢铁囚锢了，把大地囚锢了
一条条血管，一条条钢管，一条条铁轨
通向世界，通向天边

我们的大地没有骨肉
石头、骨头，泥土、皮肉
一苗苗小草如须发，长发，毛发，汗毛
我用长发捆绑钢筋，像捆绑甘蔗的甜
钢铁向我弯腰，钢铁向我低头

火苗向我低头，火苗向我弯腰
火向风弯腰，风不向火光低头

我们的主心骨是钢骨，铁骨，钢火
你们的皮肉不是水泥
石头不是石头，泥土不是泥土
炉火呀！你炼熟无数青春，无数岁月
炼熟红太阳，炼熟红月亮
从炼钢炉飞出一条条火凤凰、金凤凰

钢铁挤压钢铁，钢铁丝毫不动
你们把手脚烫熟了，地球烫熟了
我祖坟上冒出一缕诗烟
你们的胳膊大腿，裂开的伤口是山口
钢铁坚硬，没有我的血液坚硬
握铁有痕，见火有光
意志擦亮日月星辰，擦亮天地，擦亮钢枪
血液凝固一座座江山不变色
血液凝固一座座钢铁城市立天地
钢铁与烈焰永不褪色
青春意志永不褪色

呀！嗖嗖嗖飞出一条条火
头发丝，我们的诗燃起来了
钢丝情丝越理越乱，生活乱，神经乱

慢速、快速、风速，赶不上天高的生活
流水线，流出唐宋元明清，更替朝代
炉火钢火，喷出青春无限光芒
一团团铁火、心火、钢火，炼出祖国

一条条钢筋躺在我梦里睡着了
他们没日没夜躺在厂房里，累得无奈
分管钢筋的马凯宏，不管马，专管钢筋
马一下撩开白雪铺盖，扔工人的铺盖
于是，白雪与棉花在雪地流泪花
阳光把雪花化为水后，大地饮下啤酒花
然后，我们抱着钢火钢筋取暖
却没有诗歌的丝毫温暖

炉火呀！你炼吧！
用太阳的血液炼吧！
用我的血液炼吧！
你们没日没夜拖着钢火阴火的尾巴
拖住太阳的尾巴
拖住武汉长江大桥火车的尾巴
她没拖住时间的尾巴就跳了
长江啊！跳下夫君，跳下婆媳
一跳三跳啊！跳古跳今，跳了多少跳啊！

炉火呀！你炼吧！

用太阳的血液炼吧！
我们没日没夜拖着钢火阴火的尾巴
不等冷却，不准太阳断红
炼熟太阳，烫熟诗歌的肩膀翅膀
炉火呀！烫得他们双脚发跳，双脚跳舞
脚上的皮鞋冒出火花、烟花、胶味
呀！我踩着一坨火，踩着一坨太阳

炉火呀！你炼吧！
用太阳的血液炼吧！
炼出无数米长的钢筋，包在世界的肉体里
炼出亿万吨钢铁，包在世界的肉体里
压得地球惊叫唤，压缩石头骨头开花
我们的身体增高了世界的高度，天的高度

再搬运大卡车，通往世界一条条轨道
山海关的轨道啊！欠一名诗人的生命
面朝大海，春暖花开，铁脸开花
世界啊！把钢骨包在房子里了，不许露骨
你们的伤口露骨，是月亮的白骨

炉火呀！你炼吧！
用太阳的血液炼吧！
炼出圆钢，角钢，轨钢，把麻花钢包在我们的肉体里
你们炼狱，炼黑暗，炼出光芒的世界

我用轧钢机（老虎机）咔嚓咔嚓轧痛梦
我们没日没夜拖着长短不齐的尾巴
宰下黑夜的尾巴接上阳光

他们没日没夜摁住钢火的头，钢筋的头
像蛇山、龟山的头
把伪寇的头喂进轧钢机，齐齐斩首
呀！十个手指，十个兄弟
英雄的血液染红太阳，染红天河，染红长江
你们和太阳的血液染红了天地
黄鹤楼的上空，红云红旗在飘飞

来吧！用炉火炼出一条血路……

——2016 年 10 月 17 日于成都

烟云会（组诗）

篇一：与风握手

竹叶生来就是茶叶
煮茶叶本生就是煮汤药
炊烟把手伸上天
与云握手，与月光星光拥抱

我和风握手，握到我自己
竹叶和风握手，瞬间落一地
天地万物和风握手，不敢
一场相会也是一场误会

篇二：邀约

邀约鱼儿在水里开会
邀约鸟儿在树上开会
邀约蜜蜂在天空开会
邀约蚂蚁在大地开会
邀约星星在天空开会
风没得哪个邀约
独行独断，独来独往
麦草燃烧自己的身体噼里啪啦响
炊烟和风在天空牵手
牵着牵着，分散了
时间不听话，一晃就过了
炊烟受乌云邀约
去天上召开秘密会议
鸡杀后，一地鸡毛会
依然绽放思想之花
昆虫涅槃后，自生自灭自然会
由蚂蚁开追悼会，追诗会
无论什么会我都喜欢

篇三：邂逅

与风擦肩而过
我喜欢它的背影
与日光月光擦肩而过
我闻到光味
而且擦亮了石头
同坐落于大地，享受泥土气息
无论你看到那些残缺的山口
万物事物，和残缺的世界
以及躺着流血的江河，冰凌
那是走兽鸟虫或鹰蛇的辛勤劳动
与其邂逅，风得一口果实
天眼在上，光眼看
无论烟云怎么遮盖掩饰
我都喜欢人间的烟火味
与烟火相会是我们生活的理想

篇四：风会

清明那天，拜山拜地
车流如水流，与风云会，与车会
每年这一天，都是阴阳相会
每年这一天，烧钱化纸的烟子

与云在天空相会了
我祖父与地球同系一根腰带
他和世界同穿一条底裤
风会把树扒光，赤裸裸的
穿越时空，与火光结缘
狂风问话：全世界吱吱响

篇五：尘埃

云和烟是双胞胎姐妹
风与世界流着同颜色的血液
风把烟尘吹上天，与云融合一体
我和尘埃在天空俯瞰世界
你和尘埃在风中谈不完的话
他那灵魂是风尘，在呼应
尘埃的翅膀撞向阳光的胳膊
风牵着尘埃的手飘舞

——1999 年 1 月 7 日于南充

为太阳添把火

在天空，住着太阳和上帝
晨曦，上帝叫太阳出来干农活

叫太阳每天释放多余的阳光
洒在大地的脸上，洒在五谷的身上
洒在她希望的田野上，牛羊奔腾
人们看不见上帝长啥模样啊

她每天抚养一粒粒虫子，给虫子喂奶
用树叶桑叶的乳汁，哺育蚕桑文化
她每天给地球按摩，抚摸大地的筋骨
希望从土里长出理想，长出石头

一年四季，我们要感恩乌云的泪水
浇灌未来一个个梦想，能有一口鼠粮
她在山村挑着沉重的担子唱山歌
一桶水里装着太阳，一桶水里装着月亮
她能给风雨把脉，她的手能预报天气
早晨、中午、傍晚，温差各异

一年四季，时间在土里生长
时间在发芽，乡村一个个梦想在发芽
她懂太阳在黎明的时间，营养最高
于是，她大把大把给太阳添火
升高旭日，为天地贡献阳光

黄昏，大地把太阳喊回家
捧上一杯美酒，放松疲惫的身子

与大地交配后，太阳精疲力尽
无力回天，于是大地的她，一夜怀上种子
另一个太阳复活，反复如此
便有了第二天的东方不败

——1999 年 8 月 27 日

那一天，这一天

那一天很长很短，这一天很短很长
把这一天留住活好
这一天不会留住你活
把今天活够，活巴适，活光彩
活不够，可以借来活
借天地万物来活
把明天明年的时光都借来活
借不到昨天往年的岁月
向太阳月亮借光亮，借笑脸
向星星借灯，向乌云借伞
向老虎借身上的皮来穿
向雄鹰借翅膀，借爪子
向风借方向，与风流浪
向天借高度，向大海借深度
向黄河长江的河流借水

向大海借船只捞尸，捞鱼尸

那一天很长很短，这一天很短很长
借不到时间，借空间、借太平间
向诸葛亮借书，借智慧
向乞丐王子借书
向佛菩萨借经书
向大地借粮食
向地沟油借肥猪的油
向老鼠借粮
向火焰借火光
向大自然借柴
向树枝、骨枝，借站立
向树上的花儿借笑脸
向萤火虫借亮光、借微光
向瞎子借眼睛，你是瞎子
如果什么都借不到，就借棺材
如果什么都借不到，就讨
如果什么都讨不到，拖住太阳讨
拖住这一天讨，拖住每一天讨
向花园墓园叩首、跪求
向石佛拜，向石佛讨，石佛向你讨
讨不到的太阳，太阳钻进了墓地
第二天，每一天，每一年
太阳都从我的墓地高高升起

那一天，每一天，你的天，我的天
我们是火窑子的瓦，铺天盖地
你迷途在墓地，与鬼睡觉，与鬼喝酒
读鬼书，与鬼做梦在古墓里
那一天，每一天，我们的天
我们在炼钢炉里炼青天、炼钢火、文火
文火把衣裳烫出无数只瞎眼
你把烫熟的肉，献给了晋文公
你用铁骨垫起这一天的高楼林立

那一天不会湮灭那一天，每一天
拉一矿车煤，拉出一座山，一只蜗牛拉动地球
纤夫拉动一座座码头、一座座桥梁
眼睛拉动一条条船只、停泊在眼睛里
号子拉动一条长江、声音拉动山河
声音荡起千层的浪花、声音开花
长江水在你的号子里歌唱、流唱

那一天很长很短，这一天很短很长
你如果不想活这一天
叫大地帮你活这一天
落日帮我活了一晚，土埋了一晚
煤井里埋了一晚、两晚、七晚
一晚我活成了黎明的太阳

你晚了，你迟了，迟了一天一晚
挖土机一下子挖出月亮的白骨头

那一天，你的天，我的天，大家的天
被白云乌云和日月星辰霸占了天，霸占了高峰
花草树木一下子撑起了天的高度
盘古的高度撑起了文学的高度
要不然，天的文学高峰早就塌了
要不然，取出金字塔底层的金砖，就会倒
取出高楼林立底层的基石基因
高楼林立的高峰，自然会倒塌

那一天很长很短，这一天很短很长
乌云活得愁眉苦脸的样子
乌云活得长年累月都掉泪
想把太阳月亮摘下来充饥
想把太阳月亮摘下来下酒
想把白云乌云摘下来盖在身上
遮盖流浪狗的裸身
想把白云摘下来包饺子，切面条
你一下子切断五根钢筋的手指
想把日月星辰摘下来熬药，添加药引子
想把乌云摘下来熬药、敷药、包扎
想把星星摘下来搓麻将
再用星星和月亮下棋

星星是每一粒西药、每一粒粮食
星星没有粮食吃，每天吃西药
星星的脸色雪白，是白血病的颜色

那一天很长很短，这一天很短很长
活一天，少一天，这个混沌混账的天
天外有天，活到天外、活到寺外诗外
活出鬼名堂，鬼的名堂在天堂
上帝在天堂掌握魑魅魍魉的头颅
万物的头颅都掌握在上帝的手里
掌握在天神的手里，众神的手里
风神的手里，火神的手里
星辰的手里，自然的手里

骨头骨骸的时间，是太阳月亮的时间
活好这一天的时间，活好每一天的时间
借不到时间活，与时间痛苦的活
借老虎的影子活在你的影子里，世界都相同
我的影子活在世界的影子里
你欠世界无数的债啊
世界欠你两万多天的时间
太阳天天都在活，我们天天也要活

那一天很长很短，这一天很短很长
那一天的屈原不是屈原，是青藏高原

那一天的霸王不是霸王，是天王地王
那一天的崇祯不是崇祯，历史有假有真
那一天的三毛不是三毛，是矛盾的矛
那一天的老舍不是老舍，是舍得的舍
那一天的海子没有卧轨，他是饿鬼
那一天的许立志与高楼跳舞，跳动富士山
那一天的凯歌不是凯歌，是诗人的生命
那一夜不是孟姜女哭倒长城，是逆风相思雨雨
雨雨下凡到人间，开口500万、闭口800万

当你准备用诗歌了结那一天、那一夜
当你准备用酒药了结那一夜，生命、灵魂
哟！那一刻的逆风吹倒卓子，吹倒酒杯
那一夜分不清雨水，泪水，酒水
反正都是天水，墨水，山水
那一夜分不清雨珠泪珠，反正都是露珠金珠
从我的泪珠里滚出一轮红日，在黎明

那一天很长很短，这一天很短很长
外面的风也在向天借天衣寒衣
外面的风也在向疯子借风衣
风也在向疯子复述这个荒谬的世界
风也在向疯子叙述荒唐的历史、天史

那一天，这一天，你的天，我的天

白天晚上给风染颜色，染出白风、黑风
白风黑风在大自然旋转

风在找那一天算账，找天算账

——2019 年 8 月 27 日草
2020 年 9 月 11 日更正

天　气

早穿皮袄
午穿纱
夜晚围着炉子吃西瓜

土里土气不要气
气死天，气死地
有大声武气
有打伙的伙气
有阴晴圆缺的天气
还有声势浩大的人气

——1995 年 6 月 20 日于辽宁新民工地

猴儿庙小学

山顶有一座猴儿庙
是猴儿们启蒙的知识源泉
猴儿再也看不见它的面貌
听不见加减乘除的声音

山顶有一座猴儿庙
岁月把它改成了学校
岁月又把它还原了寺庙
那是我童时光向往的知识殿堂

山顶有一座猴儿庙
传说主人吊死一棵树复活
猴子吊死一棵树复活
两棵苍天大的菩提树哟

我爬过的黄桷树哟
却被惊雷闪电要了风水树的命哟

山顶有一座猴儿庙
猴儿早已下山出家了
苦行僧修行于远方……

——2014 年 7 月 5 日草
2016 年 10 月 3 日更正

无　奈

眼花缭乱眼不明
远山遥望模糊行
天地万物不认吾
岁月老来无奈何

——2019 年 12 月 2 日

茅　斯

家乡的老井，也叫活水井
它坐落在人畜共用的茅斯底下
血液血脉相通，骨肉相连

水井和茅斯都是大地的身份
水井和茅斯是上下邻居
水井和茅斯同血缘
它们为五谷杂粮做出无数贡献
它们为世界贡献奢侈营养的五粮酒

家乡一排排敞茅斯的粪水，浸入了水井
丰富营养的生活，辉煌的乡村

阳光月光在茅斯里生活
蛆虫，孑孓在水井里生活
死老鼠在水井里游泳
茅斯喂养了一代代人

我记得小时候内急的时候
黑狗与白狗抢食
我一下子栽进两米深的茅斯
隔壁子救起了隔壁子的生命

当岁月从黑暗中长大后
我从茅斯挑出一担担香饽饽的粪水
我每天挑着日月星辰浇灌梦想
浇灌家乡那本厚厚的书籍，厚厚的土地
浇灌一苗苗土里土气的文字
桶子里的粪水，清香扑鼻
好像茶水酒水的味道

当我从梦中挑一担担粪水
桶子里的波浪，涟漪
荡漾起旖旎的风景
从桶子里发出波浪的笑声
我挑着生活奔跑在美丽的山间
数着一步一步的步子
踏歌前行，斑鸠咕咕咕咕

茅斯呀！土青了，山青了
茅斯呀！土绿了，山绿了
是你向大地输入了贡献
孑孓红红的血液壮肥了五谷……

——1995年7月5日于南充

待　遇

风给故乡的待遇
风给世界上每一角落的待遇
风侍候我一辈子
还有阳光月光每天辅左辅右……

刷　牙

我每天都在刷牙
世界每天都在刷牙
把月牙涮白了
把月亮涮亮了

——2007年2月6日

天　井

家乡那口水井是天井
月亮泡在水井里
星星泡在水井里
我喝一口天井水
有月亮味，有星星味

——1987 年 2 月 6 日于南充

悼念流沙河先生

流星陨落，星光轮回
可惜！可惜！断了一条流沙河啊
我听过你的讲座，你讲贾岛没有倒
我没有找你签流沙河的名，因时间不答应
你把流沙河签署在一条长龙背上
你把流沙河的名字签署在天书上
当时我生怕累倒流沙河，扬长而去
如今流沙河把自己签署在大地上
如今流沙河是一条天河银河
你在翻天覆地的词语里长眠不醒

你去天上培养星星们
你的时代走了，时代一去不复返了
而我们媲美的这个美好时代
一座座江山悲痛欲绝
可悲！可泣！天地默哀
太阳默哀，月亮默哀，星星默哀
斯人已去，流沙河依然站立
请你不要抛下我们这个孤独的时代
呜呼，天地垂泪
呜呼，山河垂泪

——2019 年 11 月 23 日于成都

螺丝骨

机器的脖子扭了
机器的尾脊骨松了
机器的腰杆断了
机器的背脊骨松了
机器的颈椎骨松了
机器的膝关节脱节了
老虎机的尾巴骨断了
机器的腊八骨松了
机器的血管堵塞了

机器的嘴巴歪了
机器的眼睛歪了
机器患高血压了
机器断肋骨了
机器断腿骨了
机器的螺丝骨松了
机器在哭泣
机器发出呻吟声
我给我的骨头上锁了
你给你的身体上螺丝
他给他的头骨上螺丝帽

——1987年6月2日于武汉

故事下酒

忠犬食方便，我食方便下酒
再用落日的血液和大地酝酿诗歌
你的肉体，灵魂，躯壳是酝酿江山
造血存活的复活原料
工具，圣具，永恒地相辅相成
生育哺育伟大祖国的未来

让我把风流浪的故事装在酒里了

让故事在酒中，人人都喝到高峰
让故事与风味，醉摇天地

来吧！把家事国事天下事交给风朗诵
把大地上的坟墓交给花草树木绽放
把白天黑夜交给我们守护神
把钢枪、炮火、地雷、炸药包交给英雄
点爆肉体开花，点响天雷呻吟
噼里啪啦地歌唱几句：我的中国心

英雄失血不失志，骨气长存
你的生命就是我的生命
凡是生命都有生存权，无论小草与昆虫
无论缝隙里的沧桑、森林、大海、黑暗
凡是生命都有权绽放
让风情和花朵相互亲吻

来吧！用喝浊酒的嘴唇，酒气
亲吻照片上的美女，不孤寂
吻手机，吻出一架飞机，穿破脑壳
吻屏幕上的脸花，吻开云花天花
我一下子吻到垂帘听政的星星，在云花身后

星星说雨雨是我们天上的仙女
不许老天爷食嫩草，不许继承传统

所以把雨雨从天界下凡到人界

当雨雨来到人界后，我网恋雨雨
她在夜幕的屏幕上说：500 万即可
继承苏轼三妻四妾，皇帝的传统
再延续人类写诗的根本，成本
让伟大的生命，延续祖国的生命
但雨雨张口闭口 500 万
封死瓶口、长江口、黄河口、港口

当我痛饮烈酒后，欲自尽黑夜
不知不觉哭泣感动了天
天空飘下美丽细腰的雨雨
仿佛我流下的泪雨

世界啊！为何用酒泪雨浇灌江山
为何用泪花泪珠，滚动车轮，滚动大都市
请把雨水，酒水，洒向大地
再用闪电的仪式，庆贺祝贺花草树木的功劳

雨雨啊！美丽细腰的雨雨
你在翻天覆地的词语里复活
你的灵身灵魂，是天花，脸花，月亮花
秒隐秒现在夜幕天空的脑海里

当我和相思床饮下几杯浓酒后
相思床嘎嘎作响，辗转反侧
我更加相思雨雨，相思美女，长夜失眠

喂！别把美酒囚锢在牢瓶里
锁住长江黄河口的喉咙干嘛
把酒装进世界的血液里，让诗液活起来
再在酒缸里装天地，让世界咽下天地

世界啊！分一杯羹给我吧
不然诗人相思诗人，相思雨雨

为何苦酒把自己囚锢在牢瓶里
为何锁住酒瓶口的语言
哦！风为公益不献身，送去了冷暖

蚯蚓专食泥土，它的生命壮实了江山
我用泥土下酒，一寸一土出诗歌
你用鱼尸下酒，进化成一条美人鱼
牛羊马群食野草，春天在我们的肠胃里开花
我用野草配酒饮酒，春花开在我的心里
我用蛆下酒，是月亮的高蛋白，高营养

雨夜，我向往月光星光，向往阳光

雨雨那美丽的声音荡漾在梦里
滴答滴答的声音滴亮了天

——2018 年 12 月 28 日于成都

消　防

你的两个耳朵里没有火
但是，是未病大病小病的预防
必须利用时间，不许时间生锈
因为耳朵是承担无数生命的工具

你的天职，每时每刻在承担无数生命

火，是人间生活的工具
烟火是生活永恒的矛盾
火，永远不懂肉体和房屋的痛苦
你的痛苦，黑暗为你分忧

风灭不了火，越燃越大，相生相克
火灭不了风，相生相克在嘶叫
风在火中哭泣，火在风中哭泣

你们的忠诚，是一种信仰
鸡犬没日没夜的歌唱
从声音里飞出黎明的曙光
救出生命之花复活

——2017 年 10 月 19 日

合租屋

蜷缩在三尺阳台上的光阴
你我独享阳光月光的抚摸

太阳睡在上床不保险
落日从天上一下子落到地上
月亮睡下床爬到上床的天空

我们爬上爬下的日月
日月轮换，床币交换
从梦里爬到窗外的天外

窗外的大地上，爬行坐卧的蜗牛
有亿万平方公里的客厅

窗内是漂泊天涯海角的销售者
落足于一个不知足的阳台……

——2018年3月13日于成都

文 火

世界上的人物，事物
实矣，非矣
非矣，实矣

火光在火焰中挣扎
我双手举起永恒的文火

膏 药

太阳是白天的脸上
贴的一片膏药
月亮是黑天的脸上
贴的一片膏药

乡　思

山穷水尽喜欢我的梦
空山空影，飞进我的梦里

生命的天机

水的温度冻不坏日月的时光
冰冷的田野，下着冰雪
季节的工具在水里，哗哗地歌唱
高过布谷鸟的天空
老牛哞的一个字，叫来春天
种下鸟的语言，种下梦想

在田里苦欢笑的秋天
不是秋天，是冰雪天
天上掉下一颗颗无味的冰糖
不是冰糖，是亮星星
大的大，小的小
不是天机，是天鸡
鸡蛋的冰雹，砸响打谷机
不是飞机坠海，是天鸡坠下了天空

生命去了看不见的远方

气压机，压钢机，轧钢机在歌唱
万马分撕我们的心脏
火不是火，是钢铁
铁匠不是铁匠，是火
每天燃烧太阳的身体
太阳从炉火里修行，修生，养生
不是钢铁唱歌，是骨头唱歌

人类给地球与宠物穿上衣服
树上的花鸟被囚禁在地毯与宣纸上
踩来踩去，踩同类的同影和尘埃
没有鸟影的山村，天空仍在飞

你用汗水清洗地毯，机器流出泪花
酒店没有酒喝的机器，喝水喝药
词语的生命，31 楼跳高的男女
玫瑰花跟着粉身碎骨的词语到了远方

我不是手握机器旋转
而是手握地球旋转，骨头旋转
大地的原料，尘土跟着风在飞扬

——2017 年 5 月 7 日

相思酒

你在孤寂的月夜
手捧手机上美女的照片
亲吻照片饮酒

美女的照片是我的下酒菜
在手机的屏幕上
与夜幕的星空相隔
看得见，摸不着

我一口口亲吻照片上的脸花天花
一咕噜饮下一壶浊酒
你那圆圆白白的脸花天花
是月亮花萌芽生长在天空

白酒，是一粒粒文字酝酿的
让我饮下无数乡愁吧
再饮下万古情愁
饮下月光和光合作用的光影
饮下日月星辰，饮下蓝天大海

来吧！与大海一起相思

水吞万里河山永不倒

我不醉，天地醉
一壶浊酒摇动天地……

——2018年11月27日于成都

永恒的生命

小草和小树，向上帝作揖
它们一心一意祈祷死亡
阳光拉扯小草小树的脖子
在永生中长生，在死亡中永生

石头向大地开口，祈祷生理
石头把生理奉还大地生育器官
石头向天作揖，祈祷生命的种子
天上撒下一粒粒雪花的种子

树木今生是火树银花的天料
来生也是火光的天生原料
与火光呻吟，一声一声在开花

花朵与雄风，在讨论雄雌
阳光与月光，在争论性别
落日葳蕤在泥地，一夜发芽

小鸟在夜晚做梦
一下子坠入万丈深渊的天空
黄昏，我走进太阳的肉体
黎明，我从太阳的肉体里复活

地 火

当火山喷发
岩浆喷发
是脑浆喷发
呀！我踩住火了
在武钢
从炉火飞出来的火凤凰
是地火，煤火，在地下
火在钢骨上燃烧
火焰在尸体上绽放美丽的花朵
火住在海底的水里
一座座火山是金山银山
一条条火是一条条血浆

红红的钢铁是太阳的血液

——1987年6月17日于武汉

声音回家

嘶哑苍老，带声音的眼泪
从几千里外流进远方的耳朵
那是耄耋的声音教诲电话的声音
那是没有燃完的灯草，灯光，烛光
儿子，是谁造的手机在说话
听不见你的声音呀
妈妈，挂在耳朵上听话
你从小就不听话
按免提的声音很大哩
对了，这下听见了
汪汪听见你的声音也来了
儿子，你妈的腿骨，爬不动山呀
乡村卫生院，痛在山外山
儿子，借两千元医疗费和生活费嘛
妈死后在梦里还给你
你的身子回不来
电话的声音一定要回到梦里哈

儿子，你回不回家都一样
黑夜看墙上的东西就看见你了
妈的影子和你的影子都是一坨黑影子
儿子，你用一点时间给草纸写信哈
派轻风微风给妈捎个信
记得用火光的温度，以后温暖大地
话音未落的当时
一阵汪汪汪的声音与电话对话
妈妈，你不识字写什么信嘛

儿子的声音一秒钟就回家了
听见声音就看见儿子了
一阵汪汪汪的声音又和电话对话
其实狗狗也接到了远方的声音
传遍整个村庄的耳朵
儿子你在忙什么呢扫地球吗
妈想看你一眼啊
我听见掉泪的声音流进电话里

——2014 年 11 月 20 日

民歌（组诗）

篇一：燕子

燕子来，要发财
燕子走，要讨口

篇二：秃子

秃子秃，油绿绿
牵到街上卖不脱
牵回来拴在床脚脚
耗子啃得哭

篇三：鸦雀

鸦雀窝，板板梭
杨二嫂蒸馍馍
吃一夹，搁一夹
狗儿捞得院坝边
鸦雀捞得巅巅巅
我去问道鸦雀要
鸦雀给我淋泡尿
把我淋得被逼跳

篇四：娃娃

推磨磨，赶晌午
娃娃不吃菜豆腐
罐罐煨，罐罐煮
罐罐打烂牛屎鼓
黄牛棍，刷屁股
刷得舞舞舞舞舞

篇五：师生

青冈岭，背背红
背起书包上书房
书包搁在条桌上
守倒先生哭一场
先生问我哭啥子
我要回去栽茄子
茄子不开花
我要回去栽冬瓜
冬瓜不长毛
我要回去栽红苕
红苕不牵藤
气死一家人

篇六：割麦子

一个姐，长得白
过河去，砍大麦
过河来，砍小麦
一身晒得躯墨黑
一盆水，洗不白
二盆水，洗不白
关倒门门哭起黑

篇七：裹脚

老婆婆，尖尖脚
狗狗撵来，跑不脱

篇八：捡柴

弯搂弯搂去
弯搂弯搂来
你在弯搂搞啥子
我在弯搂挎柴
哈有哪些人
就是我两块
啃在石包上
浓都啃出来

篇九：民歌

猪来穷，狗来富
猫儿来披孝布

篇十：喊

爪子，喊啥子
喊锤子

篇十一：放牛

洞门山山一副磨
放牛娃儿不敢坐

篇十二：月亮公公

月亮弯弯
捞把锄头
锄头落了
月亮公公捡到

篇十三：烟袋

帽子歪歪戴

出门偷口袋
大舅看得起
啄你两烟袋

篇十四：狗儿

狗儿狗儿不哭了
霸个窝窝困倒

篇十五：斗笠

天不灵，雨不灵
太阳叫我戴斗笠淋

篇十六：打草鞋

你不来，打不来
我晚上和月亮打草鞋

篇十七：果果

坐排排
吃果果
果果香
果果甜

果果圆
不要钱

篇十八：丢手巾

丢手巾，丢手巾
亲亲的朋友
哪个掉的手巾
大家不要告诉他
快点快点捡起来
快点快点藏起来

篇十九：捉迷藏

答个歌，你在哪儿
歌歌儿，我在这儿

篇二十：送蟒蟆

蟒蟆公，蟒蟆婆
把你蟒包卵送下河

篇二十一：十四夜

十四夜，摇嫩竹

你野长，我野长
我长高了，你才长

篇二十二：月亮婆婆

月亮婆婆
不割娃儿的耳朵
我要吃天上的干馍馍

——1987年1月2日于南充

黄土地

这片土地，无尽头的疮疤，沧桑
这片云天，满天疮脓，疮痍满目
哟！挤一声雷响，挤出脓水雨水
从此，人间在大地的身上
翻天覆地地耕种诗歌，收获梦想
请以后别在我身上翻了
请别在我身上种了
也别在国王身上犁田犁地
布谷鸟说这片天地是用来种粮食的
不是用来种一具具尸体开花的
什么皇天后土？只有黄脸皮，厚脸皮

请别在我身上开荒，请别种下骨种
上帝在土地的伤疤上已种下阳光
苍天给大地的伤口种下一粒粒雪花
呀！断了头的小草一下子复活了

——2003 年 4 月 25 日

跪　求

当你举着太阳花
向爱情跪求的时候
太阳光线也向我下跪
爱情加双膝却很卑微啊
在人世间万事万物中
无人无事不跪求
我膝下跪着一万个国王
我膝下跪着一万吨黄金
大地跪在死亡的身上
火焰跪在钢铁身上
唯独不跪求的是意志
树的尊严，站着生
风从不向人间讨一口浊酒……

——1996 年 11 月 26 日于深圳

敲 歌

敲钢铁的语言，朗诵
敲钢铁的歌声，传播
敲雷的声音，闪电开花
敲锣的声音，回荡天空
敲鼓的声音，升高宇宙
敲碗的声音，流浪地球
敲钟的声音，敲落太阳
敲木鱼的声音，风敲门
敲窗户的声音，月光敲窗
敲石头，点燃理想
敲火石，点燃生命
敲砂锅，生活越敲越破
敲脑子，出问题
敲大地，敲到千年国王的骨头与灵魂
点击拐杖，点动地球响

——2007 年 2 月 16 日

皓　月

白雪，白骨与白云同身份
与月亮呈洁白的颜色

哦！天空又飘下雪片了
飘下一片片碎片骨片

那是风揉碎了白云
那是风揉碎了皓月

——1990 年 1 月 7 日于北京

吐舌头（组诗）

篇一：桃花

我去看桃花发言
它不嫌弃世界，无歧视
从骨枝上吐出残缺的舌头
从芽苞吐出带血的舌头
依然向春天吐露真情

那些闲言乱语的风言
有舌无舌霸占春天

篇二：草芽

大地裂开一丝丝缝
小草从小缝供出芽尖
向天空吐舌头表态
向阳光求助
渴望上帝施舍一滴雨滴
滋润一下干燥断裂的舌头
蛇吐出那条
不但没毒，反而有营养
它用舌头吻花朵，交配
呀！青蛙把生命奉献给了蛇
草芽吓得吐舌头

篇三：红梅

红梅腊梅瞧不起夏天
它们喜欢在冰雪天开花
不喜欢在温暖的阳光下发芽
即便砍断树的脖子倒下
依然发出生命的信号
从冰骨里吐露信息

篇四：天狗

军犬是英雄豪杰
执行任务，东飞西飞
天狗用鼻息气息，闻风暴
天狗追风，跑不赢风
天狗追日月，追不上日月
天狗跑累了，坐在那里
吐出流口水的舌头
向世界表示无奈
向世人表示莫法
也露出饥渴的表情
言情示意，无法无天

篇五：豆芽

发豆芽是技术活
水也能发芽
火也能发芽
石头骨头也能发芽
春风也能发芽
它向天空吐舌头舔风
舔到苦涩的月光
呀！风割了它的舌头

篇六：微信

我写的诗请不要笑
发你微信请不要笑
请你读完别发火气
回复的表情符号是吐舌头

篇七：花椒

花椒和辣椒
一个是麻的身份
一个是辣的身份
麻童时光，麻世界
麻风，麻价格
他们在火锅里哈哈大笑
花椒，辣椒从树骨上表情
吐出火辣辣的火舌
花椒的血液
让世界的血液流通
让世界饕餮自己
他们一生奉献于人们的生活

——2016年11月23日

雨　雨

雨雨好美，好醉人
雨雨一点都不自私
雨雨把身体贡献给天地万物
滋润生物植物的生命
看吧！它从高高的天上落下
把奢侈摔得粉身碎骨
低调地流淌自己的血液
江河，大地，花草树木不懂得感恩
回忆那干旱，没雨水的季节
一滴雨滴，是多么的珍贵
雨雨啊！我亲爱的雨雨
求你落到我身上
我们为诗歌做贡献

——2020 年 1 月 27 日

与风聊天

昨夜与风聊天
风的话特别多
我问风多少岁了
风说与天地同岁
我问风的身高多少
风说没有身高
我问风的体重多少
风说没有体重
我问风有没有老婆
风说天地万物都是风的老婆
我问风有没有子女
风说没有子女
我问风的文化程度
风说我是文盲
我问风的地址
风说没有地址
我问风家住哪里
风说和我一样没有家
……

飞鸟的姓名

天空一群鸟在飞
没有姓名的鸟
我们只能说是一群鸟
根本叫不出每只鸟的姓名
哑巴都是手势比划太阳月亮

都说字是仓颉发明的
仓颉不发明字
孔子教锤子
连孔子二字都没有
原始社会之前有锤子字

汉字与汉字的纷争
取消汉字就没有姓名功名罪名
每个汉字和姓名都是工具
每个姓名都用的是汉字
不许用汉字雕刻名字，雕刻章
我的名字被刻出了血
不用的时候被冷落
石头搬来搬去
泥土搬来搬去

世界上每只鸟都没有姓名
天让它高高飞，远远飞
而人类被自己的名字囚禁了
被汉字囚禁了

人类造工具灭人类
炉火在燃烧，烟尘在飞舞
风没有姓名，来去自由

秤称风

我在半空中挂口袋装风
然后用天平秤称量风的体重
风的体重和我的体重相等
我在半空中挂口袋装光
然后用天平秤称量光的体重
光的体重和我的体重相等
岁月几斤几两哟？大地知道
时间的重量是多少哟？问时间
风光的重量是多少哟？问风光

风的事业

风的事业
经营天地万物
培训培养天地万物
风的事业一场空
太阳月亮没有交税
我的事业经营日月星宿
经营阳光月光不熄火
经营天地万物的存在
储存天地万物的诗歌
我的事业经营风雨
风的事业经营尘埃飞舞
与风交流，与风交易
不是让你倒闭
就是让你破产

——2007 年 2 月 1 日于成都

花　椒

麻呀！麻世界
麻古，麻今，麻未来
不分青红皂白的麻
麻瞎子，麻不倒老子
麻辣烫麻不倒麻婆豆腐
麻将麻不倒江山
人活着太麻烦

——2006 年 3 月 2 日

纪念 5·12

10 年前的老朋友
偏要约我去汶川流泪

老北川，涅槃还生
新北川，璀璨星光

那歪歪倒倒跳舞的楼房
和扭断脖子的山河，生命

仿佛被老天咳一声闷嗽
骨肉血的三字经
瞬间深埋大地

灵魂撑起要倒不倒的建筑
呼吁全人类流泪参观……

——2018 年 5 月 12 日于成都

时光有痕迹

我从瓦窑看文火
我从炼钢炉看炉火
火有伤口，火在流血

你看了多年的天书
眼睛有伤疤
眼睛有痕迹

再用锈耳闻世界
风的声音裂口了
世界上的声音都是灰尘

世界上的光都是火

再听山羊啼哭
大自然的声音有伤口
大自然的声音在流血

用光线缝补世界吧

——1990 年 3 月 17 日于北京

关闭天地

天上的眼睛
偷看河里的鱼洗澡
地上的眼睛
偷看天宫怀孕
谁能关闭世界的眼睛
哦！只有晚上才能关闭天地

——1990 年 7 月 24 日于北京
2006 年 12 月 3 日于成都更正

火锅摆在川西坝子

红红火火的辣椒，是太阳的血液
星星每天邀约夜晚的月亮
苍蝇邀约的贵宾是蚊子
风每天迎送黑云白云姑娘

天是一个平坦的大坝子，坐满星辰
大地是蓝天白云，坐满花草树木
群鸟在树上咽口水
寒蝉把声音加在火锅里，吱吱吱鸣叫
火辣辣的火姑娘
把火锅摆在天坝子，锅里装着天地万物
肠胃里装满春、夏、秋、冬
客人把桌上摆不完的龙门阵装包，打包
把万事万物带回家消化

火锅煮天地，火里有酒，酒里有火
轻风、强风、微风，也来品尝火锅
醉得火焰，摇摇晃晃，翩翩起舞
太阳每晚醉倒在大地上，打呼噜
天亮又回归天位
明月落在青水锅里，钻进世界的肚里

生育无数月牙儿

三伏天的辣椒，能治日月星辰的寒湿
暑寒天的辣椒，能治世界的风湿
以克相克，内外兼修，火里修行
连牛羊马群也来火锅修生养生
品尝阳光月光酝酿的美食主义
品尝风花雪月酝酿的美酒

火锅里煮天地，煮日头，煮石头
锅里煮着国际主义的粮食蔬菜
煮着员工的梦想，煮着辛勤的汗水
世界上的汗珠泪珠都一样
世界把方言加在锅里冒泡，代言
英语外语在锅里谈笑风生
一群鱼儿围绕酒鬼，跳锅庄舞

红酒是太阳的血液
白酒是白月亮的血液
麻辣烫麻不倒世界上的麻子
一个饱嗝儿
风云在我的肠胃里翻天倒海……

——2018 年 9 月 19 日于成都

在旗帜上镶嵌书籍

我想把书籍镶嵌在一朵朵旗帜上
我想把诗集镶嵌在一朵朵旗帜上

那旗帜上的镰刀，是一本金书
那旗帜上的锤子，是一本金书

让风读一面面旗帜吧
风在翻一片片树叶，翻一篇篇书页
旗帜飘飘，是先烈洒的血花在飘

我们的镰刀锤子与书籍同重量
书籍和钢铁同重量
而粮食却没有风重

其实，我们的镰刀锤子也是武器
镰刀锤子也是书籍
书籍更是秘密武器

而旗帜承载了无数时空
旗帜承载了先烈的鲜血
书籍承载了英雄的故事
书籍承载了天地万物

书籍承载了历史与时空
书籍承载了无数生命

看吧
祖国把寂寞的镰刀挂在旗帜上
让英雄收割天空的天敌

看吧
工人把锤子挂在旗帜上了
让锤子一声声敲响天空的太阳

——2019 年 10 月 16 日于成都

无 题

我国出自人道主义为非洲打井
非洲是华夏大地的血液
华夏大地是非洲的血液
而龙的传人没有喝鱼尸水，泥浆水
从茅斯渗透井水的身体，比酒香
蛆虫，孑孓，在水井里游泳
死老鼠葬身于井水，荡起涟漪
蚁群的乡愁，不是无尽头的国愁
从旖旎壮阔的风景，绽放灿烂辉煌的忧伤

锤　子

锤子努力一辈子
收获一个锤子敲响星球地球

高　考

我那年高考的时候
墨水在肚子里憋不住
时间一点不争气

于是
我带着笔杆出了考室
当我内急的时候
风雨一下子验证了

一个内急的时间
害得时间漂泊天涯海角……

——2018 年 6 月 8 日于成都

火树银花

火树银花是生活之花，生命之花
世界上每一棵树，每一棵草
每一块石头，每一块煤
都有绽放烟火的权力，生命的权力

当森林遇一场山火的时候
没有逆风是顺风的天敌
没有顺风是逆风的天敌
在无数场战火中，是自相矛盾
在无数黑暗中，是生活的矛盾

其实，逆风为世界做出无数公益
大树，小树，小草都在服从逆风的命令
它们为世界绽放了生活的权力

我们的血液在逆风顺风中流淌
在烟火的血液中流淌
逆风顺风本身是诗歌一条血液
天地万物都是诗歌一条血液
烟火，尘埃也是诗歌一条血液

世界都说风和光，没心没肺没眼睛
其实没心没肺的，是世界上的眼睛
眼睛被遮羞布遮住了阳光，月光，天光

世界都说大风的官最大
大风吹捧大树，吹倒了大树的生命
一张张树叶好像书叶，飘落一地
像无数只手掌，向大地按下了手印

即便大风不吹倒大树与森林的生命
大自然的规律，归自然
若干年后，从大自然的身体里挖出
一堆闪光的黑煤，燃放生活的光芒
若干年后，从大自然的身体里挖出
无数黑暗的光芒

大地上每一株树，生来就是火树
灵魂归火树银花，循环的火花，血花
若干年后，人们挖到一只天笔
那是翻天覆地后的灵魂……

青　椒

你把青春献给了大地
又从土里生长知音
一生悬吊在天空的悬崖

啊！我的青椒
这个世界不等你走红
把你青春的颜色传遍了世界
你披着青衣走进火锅开花

啊！我的青椒
辣古，辣今，辣未来
小英雄滚出一串泪珠砸向星球……

鸟语的收获

春天的翅膀又飞回来了
鸟儿等不得半生半熟的月亮成熟
每天在树上乱唱歌
苞谷干馍，苞谷干馍

平时人们戴着白云的草帽
披着乌云的蓑衣
背着有眼睛的背篼
挑着太阳月亮的粪桶，箩筐
满载而归的苞谷，却是空谷

当剃掉头发，刮去胡子
剥掉苞谷一层层外衣
只剩下几粒星星在天空
只剩下光滑的牙床
还有一颗闪亮的露珠
不是寄生虫深藏牙缝
就是猫头鹰与乌鸦的光临

春天的翅膀又飞回来了
鸟儿等不得半生半熟的月亮成熟
每天在树上乱唱歌
苞谷干馍，苞谷干馍
听起来是好兆头，也是坏兆头
这个世界谁能翻译鸟类的语言

问神农吧！神农也不知哑鸟的秘密
问太阳吧！问月亮吧
扁担挑着太阳月亮
挑了五千年的光环

鸳鸯鸭

鸳鸯鸭水上坐
驾着白云天上坐
鸳鸯鸭水上漂
驾着白云天上飘
母鸭嘎嘎嘎
公鸭悄悄话
蓝天白云鸳鸯鸭
水上夫妻一对鸭
一对鸭
水里扎
长颈脖子水里插
连翻跟斗云里扎
船头船尾它掌舵
双桨脚下水上坐
母鸭在下公鸭坐
公鸭说它毫无错
逗得光棍不好过

玩

我从小玩蜗牛
蜗牛把我从小玩大

我从小玩风筝飞
风筝不跟我飞
我玩跑了风
坚信风留下的痕迹

我从小玩水
玩转太阳
玩转月亮
玩到我自己

我从小玩水
玩水里的云花天花
玩水里的月亮
玩着玩着
玩下天上的雨
玩出了墨水

我从小在水里玩太阳
玩着玩着

太阳回家了……

——2006 年 2 月 1 日于成都

行　销

哦
风一会儿在诗歌之都的成都
哇
风一会儿在科技之星的绵阳
风　一会儿在大唐李白的故里
风一会儿去了广元的青川

风把江油拉到绵阳拉到小溪坝
我们坐在乌龟车的肚子里奔驰蜀地
满载而归的空思梦想……

——2017 年 11 月 18 日于绵阳

野　人

窝窝里的狗狗哟
不但有温暖的主人宠爱
还有小狗儿的撒娇

我睡我

在泥田劳作滚爬的我
水里一个我
天上一个我
我看我，凝视我
在屋里喝酒的我
杯中一个我
杯外一个我
我对视我，喝下我
在灯影下补残月的我
墙上一个我
地上一个我
我看我，扎痛了黑影子
在村庄孤寂的黑夜里
你睡你，打蚊虫打自己

你跟你无话说
你跟自己过意不去

在村庄孤寂的黑夜里
我睡我，打蚊虫打自己
我跟我无话说
我跟自己过意不去

你和你，睡的是活棺材
我和我，睡的是活棺材
星星都睡在天空

雪

天上下发白大米
一夜之间化成水
天上下发棉花被
一夜不知哪里去

老还小

父亲瘫痪了
拐棍走不得路了
牙齿掉光成光板板
是婴幼儿的口腔
是天上星星的牙齿

父亲瘫痪了
影子从小走到大
影子从大走到小
影子牵着影子学走路

父亲瘫痪了
老鸟由小鸟喂食
小时候的小鸟是老鸟喂食
影子给影子喂食

老鸟每天流口水，口若悬河
老鸟墙壁上的光影在缩小
慢慢退稿给大地读

灵魂又酿出天空的小星斗

大　地

大地呀！你痛不痛呀
每天踩在你的身上
你痛也为我的脚开花

——2002 年 2 月 3 日

哞的回音

在幽暗深渊的峡谷中
不知谁隐埋了鸟声，虫鸣

我骑在牛儿壮实的脊梁上
吹响竹笛为牛儿壮胆

笛声弥补了鸟声
笛声弥补了虫鸣
笛声弥补了空谷
笛声竖起了牛儿的耳朵

突然哞的一声吼叫

与幽谷对话
竹笛一下子飞向天空
竹笛一下子坠下牛背

哞声的尾巴在扫荡天空
哞的余音在回响山谷
哞的舌头舔起了它的朋友
寻找知音主人

活　影

李白酒醉后
下水捉月亮
月亮把李白带到天上
我在水里捉到天上一条鱼

杜甫漂泊成都
一苗茅草收养了杜甫的影子

我在月光下捉我的影子
走进大地一堵墙
又走出大地的门
一下子碰响黎明的阳光

英　姿

风的态度不端正
天地万物都服从风的指挥
世界任风摆布
茅屋瓦屋不要哭

——2017 年 3 月 1 日

尽　孝

野泊工归惆怅父
瘫痪数年无方治
雪上加霜母又躺
双孝难为存责担
自生难保儿今痪
肤痒手麻颈椎痛
过敏东西误入口
过期药物误入喉
月薪不够三人药
长恨病魔袭肉身
慢性顽疾治无效

尔后捐躯贡医学
生老病死规律化
原始基因进化论
牛羊马群归大地
鸟类长寿破长空

——2011 年

壁 虎

向上爬的欲望
不是在树上
就是在墙上
到了树顶
自己摔落下地

有的说壁虎是名贵药材
有的说壁虎身藏剧毒
有的说那是魔鬼
有的说那是神
有的说那是生命

有的说狗咬猫，猫咬鼠
狗咬老鼠咬不到壁虎

它拖着尾巴能飞檐走壁
穿越时空交给了尘世

有的说人影是鬼影
有的说鬼影是人影
捕风捉影的词语捉不到风
风一下子捉到壁虎的词语
还给大自然轮回死亡
风牵着我的尘埃飞

——2015 年 9 月 2 日

风　情

春夏秋冬的风
无论古风今风
都是一个风一个人

——2015 年 8 月 7 日

魅　力

你把一滴水珠
让给生命

你把一寸之地
让给拐棍
割下太阳月亮
安给盲人的眼睛
不够，不够

——2006 年 10 月 6 日

独眼龙

独眼龙看太阳
把太阳看成了自己

独眼龙看月亮
把月亮看成了自己

独眼龙
我们都有相同的共识
内急流水花像泪花

在阳光下晒的裤子被风吹到远方

——2010 年 2 月 2 日

阴阳花

天是雄激素有阳光
地是雌激素有阴沟
天地在阴阳的密切配合下
生育无数生物，植物，动物，人物
不知树，是雄树？还是雌树

阳山的阳光好，阳气重，出五谷
阴山的湿气潮，阴气重，出空壳
阴阳不平衡，天地从不吵闹
不知风，是公风？还是母风

鸟类，人类，兽类都有雄雌之分
请问天上谁是公星星，谁是母星星
太阳月亮好像没有性别

——1993年7月7日于广州

烟花香

从暗夜飞来一阵阵暗香
不知是烟囱的工业味，还是人体味
不知何方花蕊被风火吹裂了口子
不知是风味香，还是花蕊的芳香

我在夕阳吹阳尘，吹不灭风，吹落夕阳
吹落落日燃烧黄昏，燃烧月亮
仿佛太阳月亮共同的体味
烟花跟着风风流一辈子，热恋人间的气息
脆弱的灵魂在天空，聚散又离别

我看那炉火，世界都在用火焰煎鱼，烹饪鱼
请问是鱼尸香，还是草木之香
灵魂从火光散发一道道体味香味美味

再看春节或平时，人们燃放烟花爆竹
也及开采矿山，或猎人捕风捉影
火药炸药毒药的烟味，滚滚飘香
山花，茶花，烟花，飘香天地
我用五谷酒泡人体，泡云花，缤纷亿万年

再看清明，一朵朵花香从坟墓绽放

燃烧一捆捆草纸，烟花在荡漾
灵魂飘古今，飘未来的天空

再看乡村，人们一口口吹气
吹柴火烟火，吹古今，吹人生
一口口气，气退风云八万里
一口口气，气退日月星宿在天上
气浪，海浪，气退天地的海水

再看黎明，炊烟燃烧稻草人
烟花又升高了故乡的太阳

——2009 年 3 月 16 日

月亮的老家

月亮不在天上，不在树上
月亮不在云里，不在水里
月亮在我的眼睛里和我一起入眠
当我睁开双眼，月亮从眼眶里飞到天上
当我闭上双眼，月亮回到我的眼睛
我的眼睛是月亮的老家

——1992 年 9 月 2 日

五　谷

用无数黑暗酝酿的液体
兵马壮不壮，看粮草，看五谷
粮草行不行，看泥土肥不肥
碗里好不好，知锅里、田里、山里
默默无闻在世界的肚子里
撑起一条条骨头的江山

——2013 年 4 月 16 日

夜　香

老祖宗留给我们的梦想
是一只桶子的梦想
装天上的泪水
桶子的左右有两只耳朵

没鼻子也能闻到香味醇味
腊味，香味，从家乡的桶子绽放
一夜香了五千年

我每天弹奏笔杆，流水叮咚响
一滴墨水滴起浪花
对影二人一线天
母亲父亲身瘫坐过它
兄弟姐妹坐过它
故乡坐过它
我们的半张脸坐过它
太阳月亮漏下来坐过它

桶子孤寂在黑夜等一口水喝
桶子的生活喝黑夜的尿液
是雨水，是泪水
是天水，是山山水水，更是墨水

——2015 年 12 月 18 日

春　语

蛙声在田野
鸟语歌春风
童影飞蜻蜓
乳燕盼爹娘

早　春

乘风穿天地
腾空升月夜
燕语报春早
草泥风光好

无　题

水在水中游
光在光中流
我在我中影
风在风中品

野　生

风来张口填肠胃
光凉遮丑饮月醉
落日同地升东方
浴影通体多轻松

日　食

日落装口
风来遮丑
沐浴阳光
同体落地

春　耕

山中一田油
月光夜水留
黎明披风衣
犁云归东西

虔　诚

花儿对大自然的虔诚
说春天开，准时开
说秋天落，准时落
说冰雪天开
不在温暖的季节开

树枝生来就是一根拐棍
骨头支撑天地行程
没有起点，没有终点

万物的影子都一样
在阳光的时光下挣扎
在月光的零乱中与风起舞

——2018 年 3 月 12 日于成都

你好！老师

天下诗人一家人
网上什么都看得见
我和格非老师年轮相同
白月亮是我们的白头发
满头白银白发，闪闪发光

老师的眼睛没有老
我的眼睛燃烧出一窑窑砖瓦
我的眼睛原是武钢的炉火
我的眼睛戴了一副枷锁
我的眼睛是无数老师的眼睛

老师好，你好，我好，大家好
我们在墙壁上的影子是唐诗的影子
每个人的影子都是诗歌的影子
永恒的颜色是世界上的眼睛

时光和岁月没有老
光影穿越无数时空
天不浑，地不浑，日月不浑

——2020 年 1 月 3 日于成都

火光金光

柴有柴的思想理想
从火光中绽放
放飞轻轻的烟云红云
我是那天边镀金的红云
我是那镀金的火光
过去哟！
乱七八糟的人生
未来
风雷向我召唤……

回 答

黑猪儿说
我是黑夜酿造的
白猪儿说
我是白天生下的
黄猪儿呢

——2017 年 9 月 2 日

皇城老妈

风漂泊天涯海角找活路，找工作
从皇城食府破产，到皇城老妈洗碗
风没有找到皇城老妈
没有看见皇城老妈的影子
只看见科技养生的火锅，流水线生产火锅

皇城老妈的影子与世界的影子都一样
影子在梦里大声说
风之子，龟之子，瓜娃子，咋跑来洗碗
洗着洗着，洗到川西坝子，洗亮了天

夜幕，我把文血献给了饥渴的蚊子
打杂兼守夜，守护神替月亮守夜
扫帚，拖把，抹布，是我的文具
保安保洁是我的知心知己
马桶涮是我最好的文朋诗友
拖布，抹布，擦天地的脸，洗天地的脸
垃圾箱是沉甸甸的海洋知识
东西每天把我东搬西搬
是蚂蚁和风儿的活儿
蚊子不知我的眼睛，为何戴一副枷锁
尺寸，距离，与远方的痛苦

那流水线上一口口火锅，一口口碗
流进世界的肠胃，流进长江黄河
那些大碗小碗，大杯小杯都在排队
星星从云层身后也在排队
我一个碗为无数口碗精心服务
一个碗活得太累太累

哟！霓虹灯光下排着一条长龙
日月习惯了尾巴主义的夜生活
孔明灯把信号高挂月儿钩，高挂夜空
等刘关张三兄弟回城喝酒
我等风领导捎一句话
树等乌云白云，送太阳伞

酒鬼等鸟儿一声声祝福

那摆满皇城的小黄车是一条黄龙
黄龙不会骑电瓶车单车
我用大脑和眼睛走路，穿过唐诗唐朝
走着走着，我的脚步迟到了
我把我走掉在白夜
时间迷途在辽阔平原的成都坝子

因为树的脚，树的腰，无缘无故的疼痛
因为大树小树被囚禁在大地上莫法开步
那树被风暴刮倒后，内心依然挺立
依然服务于江山不倒
服务于大千世界的大石头小石头
站立在东南西北的门口风口，大口小口

飞机说在飞机上开火锅最好
可以伸手摘云朵，摘星星，摘月亮下锅
船只说在船上开火锅最好
可以伸手夹大海里的龙虾龙王来养生
然后披着阳光的光膀子，一起腾飞

汉字说请你不用汉字写诗歌了
把一粒粒汉字放进火锅吧
自由放生，自由生活

从天空的空肚子里再萌芽生长
惊雷，闪电，风雨，会告诉答案

——2018 年 9 月 23 日于成都

情　系

我们是大地的血脉，根脉
阳光月光和大地舍不得我们的影子
太阳月亮用宽大的翅膀怀抱苍生
怀抱江山，怀抱我的影子长大
怀抱生物万物的生命循环开花

你用你的影子给墙壁喂奶
给日月星球地球喂奶
被吸尽吸干的影子
只剩下一张黑皮

影子敲门的声音
敲大地的声音
唤醒万物的生命吃奶
喂养江山长大……

——2007 年 9 月 16 日于成都更正

黄昏一杯羹

黄昏，我用落日
加风花雪月的词语做烹饪

我在黄昏举杯的时候
落日也落到酒杯了
一饮而尽，血液暴涨
阳气冲天，夕阳红光

黄昏，我用日月星辰做烹饪
让你醉黑夜，醉到天光亮
让故乡品尝日月星光的烛光味

黄昏，我用太阳的词语做烹饪
加枸杞子，加红枣，加风尘做调料
让树的一指阳功顶天立地

我用黄昏才有时间
没有利益的黑夜才有时间
每天把落日加在油灯上添光
再加时光的影子做烹饪

人生一杯羹
是黄昏一盏油灯
点燃血液照亮人生前进的道路

祖 坟

祖坟在天空，不在大地
祖坟是星球，月球，不是地球
祖坟在翻天覆地地变化进化
祖坟在秃鹫秃鹰的身上
祖坟是风尘，祖坟是花草树木
祖坟是江河，祖坟是天海
墓园花园在云花中绽放
从祖坟上长出日月星辰

翅膀自由

鸟儿在鸟笼里叽叽喳喳地说
我吃喝拉撒在天地，在大自然
别把我框制在框框里不自由
让我的翅膀与天地比大小
让我的歌声飞向远方开花

——2019 年 6 月 9 日

乳 名

百家姓，千家姓，万家姓中
有一对双胞胎兄弟
一个叫左奶，一个叫右奶
左奶右奶都读小学二年级
开家长会那天
老师问孩子的母亲
你怎么给孩子取怪姓怪名
母亲说孩子随父姓很正常
两个儿子生下来就有牙齿
左奶小时候吃奶
总是咬左边的乳头
右奶小时候吃奶
总是咬右边的乳头
我的两个乳头被咬出了血
留下深深的痕迹
才取的这个名字
是让儿子永远不忘记
世界是吃奶长大的

火花飞

英雄在火里飞
火窑子的火飞出来了
炼钢炉的火飞出来了
火在家乡飞
火在炉灶烟囱上飞
火在煤炭里飞
火在钢铁里飞
火在我的眼睛里飞
火在我的神经里飞
火在梦里飞
太阳火在天上飞
火在鞭炮里飞
火在子弹里飞
火在飞行员的身上飞
消防员在火里飞
火箭在天上飞
摩擦起火火在飞
火在灵魂里飞
火的翅膀是萤火虫
火的翅膀在飞机上
火在血液里沸腾奔腾

阴火，阳火，地火，雷火看不见
明火跟着风向飞
火山喷出火在飞
闪电花的电火在飞
电焊开花火在飞
火种让生活飞
文火在文字里飞

——2019 年 4 月 6 日

散　光

黑夜太多的理想在黑夜
白天太多的阳光
却装不住一点阳光

——2017 年 7 月 5 日

似　乎

押不押韵
青春不受押
平不平仄

人生不以评
对不对仗
文字不打仗
汉字在拄着一根根拐棍修行

——1998 年 9 月 5 日

光　影

白日昼夜的光影
影响白日昼夜的生活
墙上一坨
地上一坨
凝视那一坨
举刀去砍那一坨，流下黑血
那一坨跟着我生活不孤寂

月夜，他给墙壁上的影子喂药
灯光下，她给墙壁上的影子喂乳汁
油灯下，我给墙壁上的影子灌酒

当我站着不动，凝视那条尾巴
是连接天地的脐带

她牵着太阳月亮的时光，流浪天地
与阳光亲吻，与地球亲吻
每个人的黑影子是皇帝的黑影子
你的黑影子，他的黑影子，世界上的黑影子
儒家道家佛家都是统一的黑影子，黑血
人类好像是墙地上的影子进化来的
墙地上那坨影子好像是胎盘
石头，剪刀，布
镰刀割稻谷
指甲掐不断，连接母子的天心地心
工具与工具齐上阵
怎么处置的呀
扔掉的胎盘
进化成墙地上的影子了

老人说胎盘有营养
自己消化自己
我也想消化自己
问母亲要胎盘
母亲说长成花果粮食蔬菜了
于是伸出牙咬，一口一口啃
咬掉一口牙，咬完自己，走了
留下永恒的光影不褪色

——2006 年 7 月 3 日

替　身

水是万物万影的替身
喝水的时候，我被水喝下去了
我在水的肚子里
我在姜太公的肚子里钓鱼

——2002 年 2 月 3 日

得　失

得到的
和没得到的
都得到大地了

留住的
和没留住的
都留给大地开花了

竹　家

竹林怀抱东倒西歪的家乡
竹林抱着故乡长大

黄昏砍一根竹子
晚上和月亮一起做作业
制作千家万户的日用品
用竹篮，竹筐，装太阳月亮
编辑摇篮，篾席，晒席的生活

娃哈哈在摇篮里织梦，织江山
醒了哭的摇篮
哭着哭着，飞出鸟窝

黄昏我背着书包赶鸭子
竹竿把我和鸭子赶回家做作业
黎明一起朗诵，嘎嘎嘎
在乡村的田埂上
我和鸭子一起打盹
做错的作业，写错的字
得了一个委员状

竹筷进入千家万户，双双成家
用一根筷子，也能夹起地球
用一根筷子，也能夹起鸡蛋
我用筷子，夹起酒碗里的影子
夹起酒碗里的月亮抛向天

——2012 年 3 月 27 日

生　日

农历生日是国历生日
阴间的生日是清明节
阳间的生日是传统节
传统的生日真可怜
只有三个字十八子

——1989 年 8 月 7 日

独　酌

酌酒的一瞬间
风跑来品尝一滴酒
没闻到香味醇味
风一下子吹倒杯子就跑了
风叫黑夜不要自尽，要自信

哈哈哈
疯狂地笑
狂风笑
笑掉树叶，笑动树
笑动乌云翻滚
黑夜哭动天流泪水
春天笑开了花
秋天笑落了果
果在肉体里发芽，果落，果长
果的眼睛一天天长大
婴儿一天天笑长

田地与田地离婚
挖掉田地的生命，哭笑不得

火锅在锅里哈哈笑
风在垃圾箱里找不到食物
跑去闻烟气香气的味道
向每家每户吹风道谢

夜笑，夜不笑，孤独笑
举头对月，仰天大笑
笑落明月在酒杯
饮月醉渡嘉陵江
天笑露出星星一颗颗白牙
月牙儿在肚里划船

乘风破浪到天上
梦里笑，梦里哭，夜猫子哭
黑夜感恩鸡犬啼鸣的声音
叫来黎明的光明

——2015 年 6 月 7 日

红辣椒

你披着红红的血衣
是太阳的血液
也是我的血液
你脱下青衣披红衣
扮演人间的角色
走向世界暗黑的肠胃
你在火树上开花
驮着火的血液
阳光的血液
笑弯月亮的眼角
你在火锅里开花
辣遍世界
辣出一个美食主义
国际主义思想

观

星星在天上向我眨眼
我从眼睛里挤出一句话
一句话惊退风云
世界上的窟窿会说话

——2006年6月9日

大　爱

我最爱南方的山山水水
历史好像没有记录
江山齐全，山水没有疾病
因老天的刀不开南方的大地
山石的意志最坚强
蚁虫，昆虫，顶起泥土的江山

我不厌倦家乡的方言艺术
我最喜欢异乡的鸟语，虫语
不会说白话的鸟儿
粤诗粤想南方
……

安　牙

我用阳光月光做面膜
用天上的星星安牙齿
老天爷都跟大地签了字的

光　鲜

抬头眺望蓝天
乌云白云是一堆堆草木灰
时光从云层里吐出金舌头

当风暴、雷雨、闪电一出场
天空干净如新，日月光鲜

墓影

你影子的颜色，也是我影子的颜色
你在地球上，我也在地球上
你的日月星辰，也是我的日月星辰
你的太阳月亮，也是我的太阳月亮
你的白天黑夜，也是我的白天黑夜
你的日光月光，也是我的日光月光
你呼吸的空气，也是我呼吸的空气
你的蓝天大海，也是我的蓝天大海
你的天地万物，也是我的天地万物
你眼睛里装的，也是我眼睛里装的
你的名字，也是我的名字
我的名字，也是你的名字
你的墓志铭，也是我的墓志铭
你的金字塔，也是我的金字塔
你的花草树木，也是我的花草树木
你的山穷水尽，也是我的山穷水尽
你的火树银花，也是我的火树银花
你的黄土高坡，也是我的黄土高坡
你的墓影碑影，也是我的墓影碑影
你的花儿鸟儿，也是我的花儿鸟儿
你骨头的颜色，也是我骨头的颜色

你的灵魂，也是我的灵魂
你的大地，也是我的大地
你的风花雪月，也是我的风花雪月
你的尘埃飞舞，也是我的尘埃飞舞
你的炊烟散了，也是我的炊烟散了
你的天空，也是我的天空
世界什么都不是，我不是我，是地球
你不是你，他不是他
我们都是一颗星球
你在里外头，我在里外头，他在里外头
有风和春光给我们扫雪，扫墓
有月光来缝隙亲吻灵魂

——2019 年 4 月 5 日

刁 食

蚯蚓不食人间烟火
食地球壮身
与大地比大小
小鸟不食母鸟的奶
母鸟飞呀飞
从天上啄下一粒星星

衔接在小鸟的嘴里

天生的汪汪汪
不啃骨头，不食肉
喜欢吃丰富营养的屎

天蓬元帅猪八戒
没钱食饲料，食野草
天上没有草原

我小时候舀锅里的稀粥
母亲说，秋后才有
你脱掉裤子下锅捞，海底捞
我捞到我的影子
又捞到锅里的月亮

——2005年3月2日

再　曰

向日葵长大了
一日一日开花了
一天一天结葵花籽了
蜜蜂一下子失业了
它没日没夜地找工作

想找太阳找个天上的工作

日前不爱日
日后最爱日
夸父追日找工作
与落日一起暮归

——1998 年 9 月 3 日

都一样

你的白天
也是我的白天
你的阳光
也是我的阳光
你的黑夜
也是我的黑夜
你的坟墓开花
也是我的坟墓开花
世界，同天同地，同色同影
世界，同一个地球墓运营而生

又　曰

曰只有一个曰
晚上没曰
白天曰
整天整日喝酒，喝风
整天吸烟云，吸自己
日月没有老婆管，自由
苏轼：日远当日忘

——1998 年 9 月 3 日

独　白

你修建房子一辈子
收获一个锤子

我不炫耀黑暗不行
因为鸟儿们都在炫耀自己的歌声

我不炒作黑暗不行
因为鸟儿们都在树上炒作自己

听那狗狗的声音
狗狗也在汪汪汪地宣传自己
雄鸡也在白日昼夜里宣传光明

来吧！与抖音的视频合拍
单身狗身临其境不孤寂

——2020 年 7 月 5 日

茶　花

最早品尝茶花的人是风
阳光白天品尝茶花
月光夜晚品尝茶花
天上的云花不知是不是处子

最早品尝茶花的人不是神农
最早品尝人的是小草
最早品尝茶花的人是蝴蝶，蜜蜂

臣 服

我在大地给灵魂浇灌梦想，浇灌阳光
又在田里撰写一行行诗文，秧苗
大山，小山，大树，小树，是我的观众
群山万山，高楼林立，是我的听众
长江黄河，唐宋元明清，是我的门外汉
每一滴汗珠，每一片落叶，是我的生活
太阳月亮是我白天晚上的奴仆
星星是亿万精兵的兵马俑
风是我的过客，飞鸟是我的贵宾
云花天花万花，向我和世界献花
狂风暴雨和闪电是交响曲
摇滚天地万物的灵魂摇滚大海

——2016 年 10 月 5 日

大地的基因

我们是大地的基因
大地的骨头
大地的儿子

大地的祖宗
世界都是大地的儿子

同色同影的人类物类
同色同影的世界
同血色，同肉体
同基因，同光影
石头同五官器官
我孤独地看光影
认识了世界的黑

——2019 年 9 月 1 日

孩　子

白天出生的孩子是太阳
夜晚出生的孩子是月亮
翻天覆地出生的孩子是星星

——2019 年 9 月 7 日

在人间

一条条江河溪流，是一条条大肠小肠
人间的喜苦哀乐，进入肠子，流出肠子
汇聚于天地间的大海，翻天倒海
大海的肚子里盛着丰富的词语
营养，善恶，大海永远消化不完
于是乎，流向远方，流向天边
流向蓝天草原浇灌云花，浇灌日月星辰
在天上长出膘肥体壮的五花肉，天肉
白云乌云在天上，浮胖浮肿，营养过激
于是乎，排泄成雨水，树木花草得救
而乌云反复排泄，营养从何而来
只剩下空空的天空、空肚、空肠、饥肠
树木花草向往天上的排泄物

——2013 年 4 月 2 日于成都

倒　影

西施的倒影在浣花溪
她观赏鱼儿游泳，浣纱
鱼儿看见西施媲美天仙
看见美女，鱼儿居然忘记游泳
游着游着，游到云雾里
西施走着走着，走入云天

我细看江水里的倒影
一番凝视，对视
再往江底深水底，仔细观察
我在万丈深渊的天空
她在天上坐着云朵飘浮

江水，源于天上的雨水
当天空下着一条条雨柱
人们的倒影在雨柱里

摸　黑

小时候
与时间摸爬打滚
当风吹灭油灯
你在岁月里摸黑，摸光，摸时间

长大后
你推着一副石磨转
石磨推着你转
我在岁月里磨时间，磨光阴

在后来
你在煤井里摸黑，摸煤炭，摸时间
摸一身一脸的黑煤炭
洗脸、摸脸，洗身、摸身

再后来
当躯壳缩小后
身体弯曲，光线弯曲
你走路摸路摸墙，摸拐棍，摸时间
我们摸完时间，摸完自己后
到了诗的远方

飙　泪

一场疯狂的飙车
一场风雨中的飙泪
事故总是比明天先到
连环撞车，由大地买单

一瓶瓶酒水，一眶眶泪水
自己没为自己买单
羊毛终究出在自己身上

你的故事就是未知的事故
你存一辈子的泪水，没有薪水
结果输给了未来的故事

无须在殡仪馆飙泪
无须在葬地飙泪
留一滴泪光养眼吧
然后把泪水埋进风水

静 享

你一个人孤独才不挤
每天欣赏自己
和自己快乐
阳光依然洒在你身上
月光依然欣赏你的美体

天生天养

天上的白云，乌云
是白鱼，美人鱼，大鲸鱼
它们不是海生海养，是天生天养
世界上每天都在太阳炉里烧烤美人鱼
世界上每天用火光煲鱼尸汤
把白云乌云养得太胖，太虚胖
日月星辰是天收养的，却养不起
因他们有头无尾，没身躯身形……

天种天生

我在想：太阳月亮
是不是天种天生
人们常说
天外天，山外山，楼外楼
那么天外天就是两个天，两重天
一个雄性天
和一个雌性天，产生爱情
于是我用天人合一的词语
孵化出太阳月亮

而他俩重度残疾，难养
只长脸和脑壳，长不出身子身形
月亮也是天种天生
先长一只耳朵挂在天空
又慢慢长出重度残疾的脸形
但长不出身子身形，难活，难养
于是我用雪花没日没夜补
圆满月亮的脸形

我在想：星星是不是
太阳月亮的产物

他们只长萤火虫的小脑壳
只长小脸儿，长不出身子身形
重度残疾的太阳，有头无身
似乎是星星的父亲
自身难保，难养，天养
重度残疾的月亮，有头无身
似乎是星星的母亲
自身难保，难养，天养

当然，是什么鸟，就生什么蛋
是什么树，就开什么花，结什么果
父母都是重度残疾
生下的星星也是重度残疾
他们在永远的黑暗中，永远长不大

当翻天覆地的时候
我翻开天地之书的时候
他们在翻天覆地的词语里
寻找什么光渗透身体

——2013 年 8 月 22 日于成都

相信明天

食指的诗《相信未来》
诗内，物中有我，我中有物
是众多诗人们穷困潦倒的生活
诗外，是花草树木向往爱情的生活

未来是无穷无尽的远方
食指预言了未来，包罗万千
预言了地震、风暴、海啸、山火、瘟疫
花叶和雪花覆盖坟土腐烂后
从坟土吐出舌头
吐出草芽、草苞、树苞、花苞在打抿嘴的笑

我们相信食指的未来吗？
反正我相信永恒的烟火烟云
永恒的自然法则生老病死
永恒的天光，永恒的白雪白骨
但不相信永恒的矛盾

一夜之后，相信黑暗变成了光明
相信未来翻天覆地的变化
老汶川生育一个新汶川

天空修复后，日月和星云填补了空缺
惊雷和闪电，又亮瞎石佛的眼
风雨又给万物喂饱奶

天堂在展览日月星星的白骨
秃鹫秃鹰驮着死神的肉体变成太阳
大地生长新的草木，新的统治者
风雨培养我摇摇晃晃的笔杆
骨头竖立于墙体内

——2020 年 5 月 12 日

熊猫飞

鸟群飞往熊猫基地看熊猫
家猫在家里飞来飞去
与老鼠捉迷藏
我看报纸看见一只熊猫
熊猫身上有一幅太极八卦图
熊猫坐飞机飞来飞去，往返旅游
我看熊猫的时候，熊猫也看我
它在我眼睛里团团打滚
我的影子包容在它的眼睛里

它飞，也代表我飞了
熊猫穿白天黑夜的皮
不在树上爬，就在树上飞
国宝在世界上飞来飞去
与风花雪月交流

——2005 年 10 月 13 日于成都

夏 至

从夏至这一天起
一株株秧苗在水里的天空怀胎
一粒粒星星在秧苗的肚子里萌芽
我的倒影在天空游泳

从夏至这一天起
一天短一天，阳光短一根线
我想节省每天的日月时光
用时光多干活，把剩下的时光寄给诗人活
而我留不住夏至，奔流的分分秒秒

从夏至这一天起
一天短一天，阳光短一根线

岁月在增，岁月在减
世界的影子在长大
世界的影子在缩小

太阳月亮缩头缩脑在乌云里
若隐若现的阳光月光
向我吐舌头，表示无奈

——2019 年 6 月 21 日

拐　棍

与其说她是一根木拐棍
不如说她是一个木头人
每天艰难地扶着拐棍修行
从黑暗的伤口中飞出美丽的翅膀
单拐像一条单腿，独腿
单拐如一株站立的树木
一株树如一条单腿
是的，树向天空伸出乞讨的手
天空只给树空空的生活
从影子中度过风蚀的年华
从时光中虚度日月
还是苍蝇蚊子收养了苍生……

表　哥

我接到表哥去世的消息后
立马放下手上的活儿
又冒着风雨前去办理死神的后事

摆灵堂那天，阳光光临驾到
风雨和日月星辰也来参加仪式
夜晚的星光布置得整整齐齐

第二天，由蚂蚁抬死神上山坡
由阳光开道，由风吹唢呐
由雷噼里啪啦放鞭炮

当把礼品送给大地一瞬间
我看见表嫂与孩子呜呜呜哭泣
从她们沟壑的眼角里流下一条溪流……

——1999 年 7 月 3 日

矛盾万岁

为何太阳每天起落
为何星月迷于夜晚的生活
为何花开花落又花开
为何天上落水
为何天上不落钱
为何有光影
为何人不像鸟那样飞
我们的理想不矛盾
我想把月球割了
安装我的脑球
我想把脑球割了
安装月球
我想给太阳上锁
我想用月亮做金碗，金耳环
再给太阳月亮测量体温
我想给老虎按摩，调理
理想的东西都不现实
人类都是自相矛盾
我们的理想不矛盾
生老病死向死而生的矛盾
古今矛盾，永远的思想矛盾

永远的生活矛盾
不可缺一的矛盾万岁
英雄一心一意想扑灭火
而没有烟火就没有人间的生活
看那太阳喜欢住在白天
看那星月喜欢住在黑夜的黑暗
这个世界存在永恒的矛盾
天不是天，地不是地
风不是风，水不是水
咽下空气最后一口气浪
自己与自己相认了
在大地进化开花，重生新生物种
人的长短永远拉不到一样齐
山的高矮永远拉不到一样齐
十根手指脚趾永远拉不到一样齐
树木的高矮永远拉不到一样齐
我一下子把江河拉齐了
我一下子把风握住了
我一下子把天地拉开，不打架了
……

——1991年11月1日于北京

看电影

记得那时月看电影
我们打着灯笼火把去看露天电影
披着月光星光看电影
摸黑看坝坝电影
行走几十里看乡村电影
在风雨中看电影
踮起脚尖看电影
那时月看电影
电影中的人看我
风在泥泞的路上摔过跤……

——2020 年 8 月 17 日

酒醉的风

花草树木没有喝醉
而是风喝醉了，对世界发疯
我把风喝多了，就吹动了万物

天在转动，地在转动

树在转动，房屋在转动
摇摇晃晃的群山也在转动

原来我是一粒酒醉的尘埃
原来我是酒醉的风

——2020年8月9日

盼月亮

灯草燃烧自己的身体
萤火虫燃烧自己的身体
太阳燃烧自己的身体
红月亮燃烧自己的身体
它们为天地，为人间
贡献无限风光时光
夜色朦胧，明月皎洁
月光为我节省N盏灯油

——1999年7月11日于南充

公风，母风

既然有雄风，那就有雌风
既然有雄鸡、母鸡、雄兔、雌兔
那就有雄竹、雌竹
生育了竹子竹孙
竹风入云天问天，问日月星辰
天不仅有公天，还有母天
才诞生了日月星辰
所以，日月星辰也有公母之分……

——2020 年 8 月 25 日

还给天

我们把土豆和五谷还给天
进化成天上一粒粒星星
那太阳是天上长的红南瓜
那月亮是天上长的灰冬瓜
在翻天覆地的词语里
摘下来切了炒

——1995 年 4 月 7 日于南充

瞎忙

风一辈子都瞎忙
人们看不见风的影子
风看见我的影子

——2017 年 12 月 8 日

甘愿

草木和烟火，早已沟通语言
自然奉献自己的生命
小山羊，早已和自然沟通语言
自然奉献自己的生命
鸡犬牛羊，甘愿为自然奉献生命
猛兽，早已和自然协商好了
猛兽甘愿奉献自己的尸骨
巨石，早已与烈火沟通语言
石头甘愿奉献自己的生命
鸟虫鹰蛇，早已与大地沟通语言
花朵，鱼虾，蛙声，早已认知
苦蝉蜕皮褪壳，蚕子进化成飞蝶

它们甘愿把一切奉献于自然
与残阳回归天地运转
了解自然，循环轮回于火光
唯有钢骨铁骨，不畏烈火俱焚
山与水，早已沟通语言沟通世界
从翻天覆地词语的灵魂中
太阳月亮的血液渗透我们的肉体……

——2020 年 1 月 5 日

矛盾的世界

世界上每个人都是用脑袋走路
你看那地上行走的影子
每个人都会踩到自己的身子
为何风吹不灭瞎灯瞎火
为何吹不灭每一个夜晚
为何吹不灭萤火虫身上那点光亮
为何吹不灭我喜欢的夜色黑色
黑色也有光，不伤眼睛
那刺眼的阳光使我流出一串泪珠
为何生命的血色都是红颜色
为何世界上的影子都是黑色的影子
我还是喜欢黑元素，黑石，黑种人

也许黑种人是黑夜造的黑光
也许白种人是白天造的白光
而我们黄种人是黄天造的黄光
所以我喜欢黑狗身上的夜色
当理发师剪去黑发长发
我叫理发师剪去黑色元素
拒绝在我们头上发黑芽
他无奈地说：自然黑
谁也剪不掉夜黑天黑的颜色
只有火能点燃黑煤的光芒

——1994 年 11 月 3 日

和

同呼吸空气的生命
同行走的天地
同眼睛里的世界
同地球的脑壳
同地球星球的血缘
混合混装于大地

我

我血液里有祖国的山水
我欠祖国一个媳妇
我欠祖国一个家
我把我嫁给了祖国
我没有家，我依然爱国
我和阳光同血脉
我和月亮同骨头
我嫁给大地永恒地开花……

醉　吐

江山喝醉了
江山摇摇晃晃
山谷吐出泉水
上天吐出雨水
吐，快吐
一吐为快
吐出来轻松
必须吐

——2002 年 8 月 13 日

无　题

我想去蓝天草原牧牛羊
与美丽的卓玛姑娘牧歌声

弹响马头琴的声音
绽放一朵朵涟漪的云花
用我的歌声养活草原

再与风同饮同醉一壶高原烈酒
和时光，风尘轻轻地飘飞

与秃鹰飞舞的翅膀
驮着高原上灿烂的天光
黄昏与日月星宿相约于天涯……

——2020 年 7 月 8 日与抖音视频合拍

最低最低

无论与巨人站在一起
还是与高人站在一起
或与高山站在一起
或与高楼大厦站在一起
或与大山大树站在一起
看平地上的影子最低最低
你们的影子是我的影子
他们的影子也是我的影子
世界上的影子都是我的影子
最低也是最高
最高也是最低
他们高，我也高
他们低，我也低
他们大，我也大
他们小，我也小
眼睛是一把明亮的心尺
不信问墙地上的影子

做　瓦

做瓦先做人，做人先做瓦
太阳出来的瓦匠
我用太阳做瓦做人的工程
不能在下雨天做
只有太阳出来才能做
所以，太阳是一名瓦匠
世界上都用水做人，用水做瓦
我做一辈子瓦，却没做出一个人
师父说做人是女娲的绝活
我用地下的唐诗做瓦，烧瓦
盖天盖地将盖亿万年
火葬场是烧太阳，不是烧泥烧瓦
我做瓦溅一身一脸的泥浆，泥浆飞进眼睛
泥的身份是世界上所有的灵魂
泥是唐诗的身份，唐诗的灵魂
泥是世界上所有人的户籍，肉体，血液
泥是千年国王的魂魄
我每天展览几百个瓦桶子
做瓦是做人，做世界上的泥人
水和泥，来源于天水，天泥
我用天水墨水抹天的脸，抹瓦子云

用阳光月光抹泥瓦，把天抹得溜溜光
我低头 ，太阳月亮在低头
一弯腰，弯下阳光的光线曲线
一直腰，天空在上升，大地在上升
左脚在白天，右脚在夜晚
一只是黄昏，一只是黎明
师父摸油灯，摸到萤火虫的火光
摸到日光月光的光轮年轮
我用亿万年的阳光月光打磨泥天
打磨模具上的瓦艺文艺
再用布围裙瞒住眼睛踩泥
再用黑暗瞒住眼睛踩泥
才不会踩到相同的脚印，相同的词语
牛蹄人蹄在泥塘踩泥、调泥、和泥
踩着踩着，踩到神的骨头
双脚盖血印，把印章盖在泥巴上了
踩熟的泥是灰面，食之，咽一口浊酒
踩呀踩，调呀调，和呀和
左脚踩下落日，右脚抬高月亮
用钢丝绑的弯弓，弹飞天石，天星
割泥条，刀切腐断，像割一条肉
左手转模具，转车盘，转天地
转动太阳月亮的眼珠子，斗转星移
右手舞弯板，蜻蜓点水，拍打泥皮的声音
模具的声音，是锣鼓和地球的呻吟声

做瓦抹泥，抹不掉天上的乌泥乌云
抹不掉天上的老年斑
抹呀！抹岁月，抹掉一颗白牙像星星
泥皮上的小石子，像一颗颗天石
抹掉一颗天石不补，就会漏光，漏泪水
抹呀！抹我的脸，抹世界的脸，抹大地的脸
像美容师给老天爷做面膜，打磨老年斑
我从天的脸皮上，一张张泥皮上
抠出小石子，抠出小星星，抠出玻璃
抹呀！抹不掉乡愁脸上的沟壑，沧桑
抹呀！一笔抹出高楼林立
土瓦匠的精神失业，凸凹的瓦和风
形成两面或多面派
你做一辈子瓦，抹一辈子泥
抹不掉自己的光影
……

——2015 年 9 月 27 日回忆

你写一辈子没关系（组诗）

篇一：牛

姓牛的把大牯牛关进牛圈
姓牛的把大牯牛从牛圈放出来
牛吃了半块地的麦子
麦子关进牛的肚子
牛消化了诗歌的营养

篇二：连着

我是有关系的人
我是嘉陵江水的儿子
连着长江黄河的血液
连着苍穹与大地的肚脐
连着山连山的血脉
连着小树大树的骨血
连着世界每一条沟壑与河流
连着石头的骨头
连着天地间每一条生命
连着白天黑夜的时间
连着太阳月亮的光影
我是风的骨头，呼呼响

我和水永远是血缘亲戚
我和花开富贵的大地同血缘
我与火树银花绽放烟花火花
我的眼球，是星球地球的兄弟
感谢大地收回我的稿子
埋下铁骨，尘埃牵着大风飞舞

篇三：财狗

我家的财狗在秋天生病了
我去给财狗请来了医生
医生给财狗的屁股追了一针
没收财狗一分文，转身就走了
于是我把财狗关进屋里
锁上柴门，上学去了
当我放学回来，眼睛告诉我
公狗和母狗在外面玩耍

篇四：鼓舞

我们写作一辈子没关系
笔又累不死的，如果没墨水了
还有永恒的长江水和嘉陵江水
我们写作一辈子没关系
但生命和我们有关系

我和我有关系
诗和时代有关系
诗和社会有关系
诗和所有生命有关系
诗咬断每一条脐带又复活
诗掐断每一条河流奔流复回
天地万物和我的眼睛有关系
煤井里瞎灯瞎火和你有关系
黑影子是相同颜色的血色
日月和我们有关系
时光和我们有关系
生活和我们有关系
生老病死和我们有关系
风与我们同血缘，同基因
大地与我们同血缘，同基因
黄土地和我们同气色，货色
他乡异乡是我故乡的山水
烟火是我的灵魂
武钢是我的钢骨
我在太阳炉里炼天
炼出太阳的语言誓言
炼吧！炼不死上天
翻天倒火海地炼吧
死神颠倒了神权
岁月炼出新的日月星辰
炼吧！炼不死永恒的黑铁

红火暗火烫熟我们的青春
啊！风云变幻莫测，人生坎坷无穷
我把我从煤井里刨出来燃烧
绽放光芒，煤块发出吱吱吱的悲痛声
哦！尘埃经不起风的鼓舞了
乌云经不起雷声的赞扬了
乌云激动得泪流天下

篇四：招呼

风每天给我打了招呼的
雷在天上给乌云打了招呼的
明月给我的双脚铺开一条条明路
太阳把阳光从缝隙送进我的屋角
月光从后门从窗户送进我的眼睛
春天把花朵送进我的眼睛
秋天把饱满的果实送进我的肠胃
我每天从前门送进食物
我每天从后门走排泄物
我肥了我大地的身体

篇五：食堂

风雪风雨，是露天食堂的常客
天堂是日月星辰的食堂
大地是鸟类人类兽类的伙食团

他们与他们，相互饕餮，相互进化
我便是他们于大地的血统，直系亲属
天堂是白云乌云的食堂
日月星辰是白云乌云的下酒菜
雷鸣不定时敲响古老的钟声
云朵有时也要咬云朵，云朵绽放
雨水像酒水进入大地的肚子了
大地孕育无限的生命
其中一排排树
每天都在站队排队
铁树掌管了铁勺子
我和铁树在大地同祖同宗
我不站龙头，只站龙尾
太阳月亮的龙肉，也在我身上
这时，工地上的铁匠在啃铁
工地上的泥瓦匠在吃泥
工地上的石匠在啃石头
工地上的木匠在啃木头
工地上的砖匠在啃砖头
工地上的食堂在饕餮露天坝坝
饕餮日月星辰，饕餮风雪
露天坝坝好像是天地万物的食堂
我把自然法则装进肠道消化了

——2019年9月22日深夜

给自己算命

与生俱来的血不是红血
是煤的黑血，树的白血

一棵树，永恒地站着
一棵树是守护神
守护一寸一土的神圣领土
像保家卫国的士兵

树，八辈子都是站的命
树，大概就是我的观众了

一座座山，永恒地坐着
一座座山，永远是坐的命
一座座山，大概就是我的学生
一座座山，大概就是我的听众了
水，懂得进退，潮起潮落

然而
风的命很轻、很薄，也很重
风也在给荒谬的世道让路

最后的结果，无须诠释
答卷很白，笔墨封尘

——1990年2月1日于北京周口店

雷　雨

那些夜晚
神在一声声呐喊
神的声音划破长空
神也流下一串串泪珠

那些夜晚
我打开天窗的瞬间
哦！那幸福的闪电
是黑暗中一道道裂痕

——1996年7月2日
于内蒙古科尔沁左翼后旗工地

一幅画

万里长城的铁骨太长了
长江黄河的身体太长了
把群山山脉卷起来
我便握住了江山

——2014 年 2 月 3 日

落　空

用风调和面粉
不加水，只加风
再用风的双手去抱羽毛
哦！只剩下风的结果

——1991 年 4 月 3 日于北京

石头洗澡

那年夏日一个傍晚时分
明月等不得天黑，就出来亮相
我和一个疯子跳进河里洗澡
月亮也在河里洗澡
清水里还有些石头也在洗澡
那鹅卵石，大一块小一块的
那圆圆的白石头像躺在天上一样
一会儿，疯子净身上岸
我也跟着上岸
而水里还一块光屁股的石头

——1994 年 7 月 8 日

给生活请个假

抖音有个美女很能干
她在忙收割秋天

她好像有点文学文艺
却被时代埋没了人才人口

我看到她发表了一句
好想跟世界请个假

哦！我想给我请个假
给时间请个假
可是生活不答应

——2020 年 9 月 15 日

声音开花

我们站在海边大声呐喊
大海，大海
从嘴里流出飞出一个大海
声音在一波波扩散
声音扩开一浪浪海水
声音扩开一圈圈浪花
声音扩开一卷卷水花
声音推开了天地
声音在翱翔
声音在奔腾……

是否（组诗）

篇一：生与死

掐断每一条脐带那一瞬间
不知每一条河流能否存活
血泊，停泊于两岸
干涸的河流，喂养神长大了

经过日月洗礼，岁月流光
活生生的生龙活虎形成风尘了
再到鹰的眼，鱼的肉，蚁的嘴，蛇的牙
泥土的血液进化成无数条蚯蚓了

生是一种光芒的诱惑
死亡也是一种光芒的诱惑
就像美人鱼在水里怀胎、彷徨、迷途
最后成了餐桌上一道风景

落日落地那一时光
天狗吃了月亮
盘古挥刀给天地开膛破肚
天空却剩下空气

篇二：认同

天的脸色，随时有变化
乌云给月亮画两道眉
风给太阳画龙点睛
世界给事物画蛇添脚

可把白天，做成白衬衣
可把白衬衣，做成白天
可把黑夜，做成黑布衫
可把黑布衫，做成黑夜

天石与天星咬文嚼字，嚼响雷
同行不说同行行不行
只看血色是黑色，去辨认
雨衣天衣，汗衣泪衣
与大海一道味

篇三：兽医

人类有大夫
飞禽走兽也有医生
宠物猫狗也有“妇科病”
农民也是医生

专治土地的饿病
人民警察也是医生
治疗社会疑难杂症
一块块黑煤炭
守护江山的心脏不腐烂
有时也要给狗狗打疫苗针
猎鹰的天职，专治轮回

篇四：大大小小

星星虽小，容下了天
蚂蚁虽小，能把山石啃起洞
天地虽大，大中取小，小中取大

我把一坨五花肉，一片一片切小
我把一块骨柴，一块一块砍小
我把大山的煤，一镐一镐掘小
大东西成了小东西

馒头从小长大
看见草籽长成参天大树了
小东西成了大东西
大东西也成了小东西

黑煤燃烧大太阳

大太阳燃烧我，绽放青春
献给火光后，绽放烟花火花
一切归于自然法则，烟云飘飘
再牵着风尘跳舞，飘行万里

我与大风相认了，逆行于人间
我与大海翻腾，与海子同歌
等吧！等到大地脱胎换骨
等到青春万岁

篇五：否定

火光是金光
金光也是火光
火光是太阳光
大阳光也是火光
石佛是石头骨头
天上挤石头挤出蛋
天上挤蛋挤出石头
黑暗最有营养
连星星也选择了夜黑
连月亮也来抢黑夜的暗光
天是地，地是天，翻天覆地
只有蚂蚁能统治死亡的世界
能啃日月星辰的骨骸

这世界上什么都不是你们的
只有泥土气息才是你们的
向死而生的矛盾万岁

篇六：平生

当我从平地站起
感觉天地在上升
当我蹲下，躺于地上
感觉天矮下来了

太阳从晨曦起立
于黄昏落地，下跪
它与小草小树
平起平坐于天地间

小草披星戴月与风和光握手
却握不住风与光，握住了自己
死神和大地平起平坐

上天把水流入裸露的土地
孕育每一角落的花儿树儿长大
缝隙也能享受死神的平等待遇

至于树木倒于人间

只有瞎子才能扶起树木
只有狗狗才是一条拐杖

至于花开富贵行走于人间
只有大风与地球的万引力
随时向死神发出召唤
自然法则人人平等

看似平平坦坦的天
看似平平坦坦的大地
却是不平凡的黑暗人生

——1991年10月16日于北京

尘 世

风——看破尘世
殡仪馆在展览美人鱼
柴草——归于烟火
种子——归于大地
把石头还给大地吧
还给天空归于风
感恩大地收回铁骨开花

我听见春风慰藉花朵
听见花朵慰藉春风

——1988年4月7日于北京

站 位

大地是起点站也是终点站
大地是终点站也是起点站

我占风位，在风中扬曳亿万年
因死神占了政权的位子

人生第一站是进口的牙门站
奢侈的东西都往那里进入

第二站是喉咙
容易被刺卡住

第三站是黑暗的胃站
吃多了消化不良
容易患食道癌，胃癌

再从胃部进入大肚子腐烂

再从大肚子进入黑暗的肠子
再从肠子到肛门出口最后一站

人生把握不住岁月的衰老
人生占不住日月的时光
夕阳西下归泥土气息

地球墓是统一思想
我将飞向天空留下尘埃的痕迹

——1993年7月10日于广州

风　火

风——在火中燃烧
风——痛得嚎啕大哭
风——也在悲痛中复苏荒谬的火
而火被风熄灭后又复活
风——为何无法熄灭火
火——为何无法烧不死风
就像太阳永远管不了黑夜的月亮
月亮永远管不了白天的太阳
也许相生相克就是相辅相成
风火是人类生活中永恒的矛盾

来吧！把大树小树交给火光
再把草木灰交给大地盖章
最后还是还给了风火
在世界上横冲直撞到永远
谁也破不了自然法则

——2020年4月11日

生 死

煤的血是红色的
人的血是黑色的
那些荒谬的指鹿为马
黑也是白，白也是黑
白也是夜，夜也是白
人也是鬼，鬼也是人
天也是地，地也是天
男也是女，女也是男
这样把世界颠倒才不会倒

——1991年4月20日于北京

汉口的宾馆

人间灭不了永恒的烟火
烟火灭不了永恒的人间
太平间收获了展览美人鱼

住殡仪馆也是住宾馆
与其进化成风尘看不见
不如烹食营养健康
食之最忠孝

大地领到了最大权力
大风领导也领到了最大权力
死神领到了通知书
自然法则领到了死神
矛盾万岁领到了向死而生

蚂蚁排队等什么
它说没有三六九等
在蚂蚁的口里人人平等
小小的盒子里有美食
然后和风饕餮盛宴

花开花落腐烂于泥土

与泥土同气色，同颜色
火树银花轮回开花，循环落

春风领到了什么
领到了生死轮回死亡，循环领
我们轻而易举与天空的尘埃飘舞

——2020 年 3 月 31 日

海子沉睡亿万年

海子，你醒来吧
不要沉睡了
风来喊你来了
鸟群也来喊你来了
大雁展翅驮你到天堂见上帝了吗
雷，敲锣打鼓也来迎接你了
阳光给你的脚铺下一条红地毯
你却拒绝摆设日月星辰的仪式
啊！你是大海的儿子
你是翻天倒海后的日月星辰
安息吧！沉睡亿万年亿万岁
每个人都获得死神奢侈的待遇

——1990 年 3 月 26 日于北京

寂寞的天空

我把翻天覆地的词语分给你们
我把寂寞的天空分给你们
把月亮送给每一角落的人
把风寄给世界上每个人
把跟月星，北斗星，仙女星，白虎星
以及每一粒星宿都分给你们
再把天裁剪后，做成无数件衣裳
分给每一粒尘埃，每一棵树
等翻天覆地后，我们在宇宙养鱼
把锅里每一颗星球，每一颗丸子
用来和大家一口口下酒
再把上帝的肉体分给每个人
再把神分给每个人养精神
再把阳光月光分给每粒尘埃沐浴
让每棵草，每棵树伸手洗手
最后在翻天覆地的词语里种上
日月星辰，我用石头泡汤

——2007 年 11 月 25 日于成都

一个人的夜

一盏灯，属于每一个夜
一盏灯，属于每一个人
一个人的夜晚，光泽明亮
但人多了就看不见光明

因为大部分人喜欢于黑暗中长眠
吹灭灯的不是风，而是那些人
风，它喜欢永恒的黑天黑夜
人，讨厌人间聪明的灯光

那就让自由神
点燃雷电点燃黑暗
雷电才是永恒的天然资源
敢于拦截闪电的只有英雄
敢于拦截烈火的只有英雄
那就让英雄点燃信念的火花吧

人，没有先天的人
也没有后天的人
一个天属于每一个人

但黑暗不属于每一个人
黑暗不是光明永远承包的
光明也不是黑暗永远承包的
神把天包了，不会塌
我把地球包了，不会灭

——1997 年 9 月 13 日
于深圳南山临时废品站

背锅侠

你锅，哪有我锅多
土灶，背了一辈子黑锅
你背黑锅，像背着天上一片黑天
在身体上展览黑锅，卖黑锅
生活烂了，却找不到一个补锅匠
你把它补好后，却是天大一口黑锅
补黑锅，补故乡，补白天，补晚上
越补越漏的黑天黑夜
人们不知补了多少个夜晚啊！
补星星，补月亮，补亮了晨曦
望那窟窿，我望穿了光明

——2020 年 7 月 3 日

聋哑人

闺女，太阳和月亮都是聋哑人
我们听不见它们说话
也喊不答应太阳月亮
它们都是石头……
孩子，您就是月亮
您就是太阳……

——2020 年 7 月 8 日

影子牵影子

盲人牵盲人，瞎天瞎地
看那驮着阳光的躯壳
牵着人类同色同影的身影
他们将走向深远的远方

交给大地，交给风尘
大地收到了无数石头的退稿
风收到了无数灵魂的尘埃
风呜呜呜的声音哭泣了亿万年

——2020 年 7 月 9 日与抖音视频合拍

无 题

风没有“资格证书”
全世界都听风的
风没有“资格证书”
天地万物都听风的

——2020年7月11日与抖音视频合拍

五月五

农历先历的五月五
是你的祭日
壮阔的江河
是你奔流的血液
苍茫的大地
是你宽广的胸膛
一顶皇冠，你埋上了天空
一片艾叶情，驱散病魔
一把菖蒲剑，辟邪避凶
一壶雄黄老酒泡月影
是千家万户子民的信仰

一包肉香粽子
是太阳和月亮的肉骨
倘若五月五的天流泪
天地万物为你垂涕
风雨用声音为你唱壮歌悲歌

——1985 年端阳于贵州遵义牛蹄公社

收藏声音

一个人的声音有多少斤
一个人的声音有多重
虽然声音永远排泄不完
但唱歌失去的声音太可惜了
我想把我的声音喊回来
我想给我的声音做记号
我的声音有胎记
我想把我的声音装在瓶子里泡酒
我想把风装在瓶子里泡酒
再用秤称量声音的重量
我的声音是风的声音风的重量
声音有颜色，是风和空气的颜色
雷的声音是英雄的声音

声音有时有杀伤力
声音有时被封杀
声音有时有罪，声音有时无罪
北风向四面八方宣传声音
世界收藏了声音
谁能把声音收得回来
谁能把声音装在口袋里不飞
谁能储存声音，不许声音飞跑
历史遗留的声音永恒存在

——1995 年 11 月 1 日于南充

家

这是鼠耗们的家，蚁群的家
也是你的家，我的家，他的家
也是青蛇，白蛇，花蛇的家
每一角落都是昆虫们的家
这是天下所有鸟的家
儒家，道家，佛家的家
燕鸟春天归巢忘不了的家
满目疮痍还邂逅日光月光了
这是风的家，单身狗的家

风每天修修补补自己的家
感恩黑夜的黑暗绽放光明了
黎明飞过一只没瞎眼的太阳鸟

声　浪

川江号子把声音落在地上
撞向大地的门
溅起一浪浪的声音
托起天空一朵朵白云乌云
星辰在声音波里游泳

——2017年10月7日

生命有标志

世界什么时候结束
生命什么时候不是生命
地球什么时候不是脑球
日月什么时候不是日月
江山什么时候不是江山
昆虫鸟兽什么时候不是昆虫鸟兽

花草树木什么时候不是花草树木
泥土石头什么时候不是泥土石头
人什么时候不是人

生命没有句号完号
诗歌没有句号
小圈圈被圈住了人生
地球没有一个逗号外号
空大大的天空没有一个顿号
水没有一个分号
地久天长没有一个问号
高山寒舍没有双引号单引号是小蝌蚪
断气没气没有一个惊叹号
一串串星星是省略号
没日没夜循环写作没有停顿号
统一的白雪白骨没一个记号

砍掉锯掉咀嚼地球
诗歌慢咽细咽
痛并哀乐苦海笑
从你身体里冒出一个冒号
一滴血花一滴精花

——2016 年 12 月 16 日

大世面

雕刻在海面的诗文、波纹、沟壑脸纹
民间常说：经常唱歌的鸟儿，必掉肉
经常唱歌的鸟儿在炒作自己，不作不死
当鸟枪一响，血光之灾，凶险无疑

树上不声不响的鸟儿，不歌唱的鸟儿
好的文学诗歌，不炫耀
在天上飞鸟的肚子里，永恒
在大地的肚子里，永恒

海底，江底，是国王营养的尸体
文学的营养在海底江底天底，深不可测
海面，水面，是未来的鱼尸尸体
海啸，战争，雷电，飓风的封杀

底面其实是版面封面，封面其实是底面
海底和海面相同，盐质水质同质
鱼尸在水里没第一和倒数第一

果汁包在中间，诗歌的营养质最高
表面，封面，是果皮垃圾皮

海面又是一头披着羊皮的狼
文学拒绝不了翻天覆地的词语
地下埋藏的文物，也得挖出来见大世面
诗沉大海，是潜水艇沉在大海
也得浮出水面见天面

海面海底的文学，水质盐质同质
海面是水鸟，日月星光，文学风光
海底是日月星辰及乌云白云的倒影文学
珍珠在海底的黑暗，媲美海面的光面
书面、版面、封面、底面，都是同质化的草纸
也是天火的原料天料

海面最容易起战争，战火烟火
日月星辰摆在天面桌面，是我和风云的下酒菜
小星星站在月亮头上最高，似乎身份最高
看不见秒隐秒现的小星星，它的文化最高
海面版面那些不好的东西
必遭飓风，海啸，漩涡饥饿的吞噬
我不去海面版面出风头，石头不掉脑壳

海浪一浪翻一浪，狂风翻破天浪天书
在翻天倒海的词语里
水草小草的文学，翻到天上了
在翻天倒海的词语里

我和乌云的理想，翻到天面封面了
在排山倒海排挤的挤压下，挤出风

呀！你们的诗文波纹
还在海面水面相互残杀
贝螺扇贝的诗歌，在海底永恒宝藏
诗沉大海，沉在海底的诗才是最好的诗
沉在海底的文学才是天上的好文学
海参，海带，海贝，默契在海底

嘿嘿！我用风一声声吹响海螺
空筒骨咯咯咯响
一只汉字，一只草虫，一首首诗
在排山倒海的挤压下复活
一块黑煤的眼睛，见到光面大世面

——1990 年 7 月 17 日于北京

国　风

我们用血染的风采，血染的旗帜
飘动嘉陵江水，飘动蓝天大海
让风，高举我们伟大的梦想
高举亿万颗红心的高度，天度
让日月星斗在浩瀚的天空游泳

再把亿万朵红花，云花天花万花
开放在辽阔无边的蓝天大海
与红云彩云，口含风，飘扬颂扬
我们用花草树木，用风言风语念经
飘动一面万面，像星光闪烁的袈裟

来呀！解开大地上牛羊马群脖子上的绳索
让炊烟的梦想升高，自由自在地生活
让我们用柴米油盐，举高旗帜的梦想
再在白云乌云的脖子上，戴上红领巾
再把炊烟升高，亲吻阳光月光星光
再给蓝天大海，盖一枚红色的印章
让我们用风高举祖国的灵魂飘扬

——2018 年 7 月 16 日于成都

母 天

天上还有一个天，两个天
我们常说，天外天
一个雄性天，一个雌性天
生育双胞胎兄弟，太阳月亮
太阳月亮怀抱在母天的怀里
星星怀抱在母天的怀里
白云乌云也怀抱在母天的怀里

唯独小草树叶，昆虫，山石
被冷落在地上，冰雪流泪花
树叶躺在地上冒大汗
母天一会儿热汗水，冷汗水
用虚汗水的泪雨，滋养前世，今生，未来

母天敞开一层层乌云的外衣内衣
露出天色，银白色的乳房
哺育大树儿小树儿和黑夜儿喂奶
母天喂奶，喂到月亮，喂到太阳
不懂事的天儿，月儿
不得不承认，母天是他们的母亲
山石没尝透母天的雨水，奶水，墨水

母天把乳汁喂进白云的肚子里了
风在此时不要脸
也来抢一口母天的乳汁
山石的心哟！干干燥燥

看吧！母天的乳汁
被天儿月儿，星儿云儿风儿，吸干吸尽
天儿只长脸，不长身子，不认母亲的账
月儿只长脸，不长身子，不认母亲的账
风既不长脸，不长身子，不长影子
更不认母亲的账
被气死的母亲倒下后，进化成天
母亲大得无比
不计天人、仙人、星人、凡人之过……

——2016 年 5 月 13 日于成都

填　空

风把故乡掏空了
不知谁把天空掏空了
我把星星种在天上，填空
我把太阳月亮种在天上，填空

再把白云乌云种在天上，填空
让牛羊马群不空

——2017 年 12 月 8 日

门……

门说话不关风，牙掉了
门关不住温暖的阳光月光
门关不住酒味，酒气，香气
从门里生育一代代新人的江山
从门里飞出漂亮的歌声
从门里流出一条长江，一条黄河
从门内流出无数朵红花的旗帜
从耳门闻世界，闻是非
从鼻门出气，呼气，排气
从门进五谷，青草，果实
从门吐出方言方语落地
从口里飞出声音的翅膀

——2014 年 7 月 17 日

世界在颠倒

当我看石头的时候
石头看我是木头
当我看棺材的时候
棺材看我是树
你看天，天看你
你看地，地看你
你看水，水看你
你看镜子，镜子看你
你看驴，驴看你
你看牛，牛看你
你看羊，羊看你
你看马，马看你
你看狗狗，狗狗看你
你看小草，小草看你
你看花朵，花朵看你
你看树，树看你
你看鸟，鸟看你
你看猫，猫看你
你看太阳，太阳看你
你看月亮，月亮看你
你看星星，星星看你

你看墙壁，墙壁看你
你看影子，影子看你
你看我，我看你
你中有我，我中有你
我的影子在你的眼睛里
你的影子在我的眼睛里
你是我，我是你
你我都是跳蚤的血液
你我都是跳蚤在跳舞
你看老鼠，老鼠看你
你吃死老鼠，死老鼠吃你
你看老虎凳，老虎凳看你
彼此关在黑暗的身体里
囚死在泥地，逆生长

——1990年8月6日于北京

清　明

爷爷爱抽烟
等这口烟等了一年
我给他烧了两斤叶子烟

从小看见爷爷的坟头上
长出一株笔直挺立的桂花树
桂花树和我一起长大
父亲爱喝酒
等这口牢骚酒等了一年
我给他撒了两斤高粱酒
然后用火光寄给父亲的大地
梦影里熟悉的声音
我跟着声音去万壑蜀山
见坟头开出的花，是啤酒花
一股清风醇香，扑面而来
我在成都平原遥望无尽头的大地
一座座墓园花园躺在天边
一排排石碑矗立天上
一行行碑文，忽隐忽现
就像忽远忽近的星光
石碑的后裔们

有的远在北方南方
有的远在另一个世界的远方
石碑终于等到这一天
清明说，等阳光明朗
谷雨说，等阳光淋响
清明后，大菩萨小菩萨们
各归各的光位，原位

而蚁群依然爬向天边
爬向山峰的云雾天
爬出月亮和太阳

——2016年4月8日

诗沉大海

沉在海底的扇贝、贝螺、干贝
沉在海底的野生文学诗学
沉在海底的营养珍珠、海参、海带
沉在海底的太阳月亮的骨头
水葬，海葬，翻天倒海的词语
沉在海底的生物、植物、动物、人物
沉在海底的水龙王的令牌、箭牌、盾牌
沉在海底的古骨头、古化石、陨石

沉在海底的村庄、古城、船只、文物
沉在海底的金石，天石，石破惊天
沉在海底的生命，囚牢在海底的天书
沉在海底的甲骨文、天文、石文、金文、诗文翻天倒海
沉在海底的文学艺术、天学、人学
沉在海底的日月星辰，倒影的秘密
沉在海底的蓝天白云在游泳
沉在海底的东西才是好东西呀
海底是我们你们他们的心血呀

——1990 年 3 月 17 日于北京

声音掉了

他孤寂一辈子
他的声音生锈了
把声音打磨一下

我在远方说了一句话
那句话掉在远方了……

人体，机械

人体有部件，零件，铁块，螺丝钉
机器有空心骨，空筒骨，肋骨，筋骨
把一部机器拆散，不如人体的机构多
把人体拆散，不如机器的机构多
把牙齿组装在每一部机器上
上下咀嚼天地，咀嚼世界
来吧！用我的血液也能发动发动机
用我的油脂也能作润滑油
用你的心，肝，肺，也能装置世界的心脏
用你的每根血管，也能做输油管
用你的大肠小肠，通向世界
用我的肛门，也能做阀门，油门
气压机的声音，气得奔向远方

天　海

我抬头望海
低头望天
天在水里
海在天上
对影对换

青少年才是祖国

祖国属于未来的青少年
阳光在呼唤青少年快速发芽
未来的祖国，从青年人的血液酝酿
祖国要靠青年人生育江山
老时光把祖国带不走
我们要把祖国留给青少年

祖　籍

一群飞鸟在空中寻找什么
难道天空是飞鸟的祖籍
一群鱼儿在江河里寻找什么
难道水是鱼儿的祖籍

兔子跑三弯，离不开老窝
燕鸟永恒在瓦檐下孵化长大
瓦檐似乎是燕鸟的祖籍

长江黄河，万里长城
永远是祖国祖籍的密码

阳光好像是天地灵物的祖籍
黑夜好像是月光星光的祖籍

太阳月亮的祖籍在天空
落日和我们的祖籍在大地

火烧的锤子

锤子非锤子
火烧铁打的锤子
火硬，没有锤子的血液硬
锤子打铁，铁打铁
锤子硬，铁骨硬，没有火硬
锤子是我的拐杖
龙头拐杖，能屈能伸
伸长缩短，阴阳配合
锤子举头望明月，低头掉泪光
锤子几斤几两
月亮几斤几两
太阳几斤几两
一锤子猛砸钢铁
一锤子砸下落日

——2019 年 6 月 1 日

贝　壳

我从海滩捡贝壳
贝壳捡到我
人生就是贝壳，蜗牛，螺丝壳
魂魄永恒在大地，人间
问贝壳里的每一个上帝
日月星辰的尸体，在脱胎换骨

空空的天空，是庞大一个贝壳
七彩风云呈现在贝壳上，石头上
生如重石，死如风云飞舞
空空的贝壳包容了魂灵，泥尘，风沙
空空的天空包容了万物的尘埃细胞
信仰贝壳，就是信仰宗教佛教
佛祖空心、空壳、空天、轻如风云

我说你涅槃后，把你煎了吃了下酒
或喂养鸟群，或扔入黄河，大海
或喂养鱼虾，贝螺，你根本不晓得
把你扔到任何一旮旯
喂养苍蝇，昆虫，蚂蚁，你晓得锤子
但细菌，细胞，尘埃，依然在飘舞
阳光依然在温暖贝壳，化石

大地与水是相通的，山水的骨肉是相连的
风和水是无孔不入的，渗透贝壳的沙尘
渗透泥土的灵魂，灵壳，空心空壳
所以我的血液里有风水的血液

天上的日月星辰，是贝壳的身份
鹅卵石的身份，大海的血液
美人鱼的户籍，棺材的贝壳
与天地万物同血缘
它们在天空永恒的漂浮

当翻开大地后，螺丝壳依然面对阳光
贝壳躺在河床上，与天光对视

——2005 年 10 月 9 日于成都

飞机在天上游泳

飞机不在天上飞，在水里飞
鱼儿不在水里，鱼儿在天上游泳
垂钓的仙翁不是钓鱼，是鱼钓人
我凝视水里的我，倒影在天上凝视我
在天上垂钓，一个我，两个我

亿万个我的光影，世界相同的颜色
相同的火光，火花，灵魂

抬头望飞机在天上游泳
太阳在天上游泳
月亮在天上游泳
星星在天上游泳
白云乌云在天上游泳
高楼林立的倒影不在水里
高楼林立在天上生活，天上游泳
水天一色，天地融合

飞机上的钢铁是炉火的钢火
火凤凰飞进我的肉体飞进太阳
从炉火里飞到天上的钢铁
烫熟黑夜的肉体、生命、灵魂
飞机在水里飞行，撞伤云花水花

低头一看，水里的东西不是东西
我把我喊不答应，在高空的水里，在远方，在天上
淹不死的倒影万影，黑影子与世界相同
与岁月的时光，大地，纠缠不休
脑壳发明的飞机天机，穿破脑壳

用飞鸟造的飞机，飞鸟在天上游泳

钢铁从炉火飞到天空呻吟
世界上用铁骨建立的一座座钢铁城市
包进世界的身体撑起天地

——2013 年 5 月 22 日

最高最高

我站位占得越高，看得越远
好像看到千年前唐诗的江山
其实，最高最高的天空是空的
最深最深的东西是看不见的

死神把政权的位子占不完
死神没有把天空的位子占到
我要把天空空着的位子留给所有人
留给无家可归的鸟虫飞翔
我要把日月星宿的位子留给死神复活

你 50 年前都没有搞出啥名堂
我 50 年后搞到天堂的星辰
我就是那颗若隐若现
站在月亮头上最高最高的星星

——2016 年 11 月 1 日于成都

纸包住了黑暗

天黑了，夜暗下来了
我只有在宣纸上浪费时光
用墨汁加水泼在宣纸上，蔓延
感觉无尽头的黑天越来越大

然后一笔一笔勾、涂沫、染色
感觉天越染越黑，染黑了夜
而一幅壮丽的山水画栩栩如生

当我画好装裱后，卷起来
把黑和暗卷在里面了
一张纸包住了流淌的水
外面只是形势而已
卷筒内的暗光也没外面的光亮

当我在工地上看图纸施工
人们的房子只是一张纸
一张纸包住了一座座房子
一张纸包住了无数人的心血

无论包饺子，肉包子和汤圆
或包月饼，打完包装后

好东西都包在里面了

——2014 年 6 月 9 日

声音会（组诗）

篇一：鸭会

嘎嘎嘎的声音拈花惹草
嘎嘎嘎唤醒，世界的兄弟姐妹
只要一只欢乐，全世界都欢乐
它们在冰冷的水里约会
它们坐在冰冷的水里开联欢晚会
只要一只发言，全世界都发言
鸭子唱歌的声音，清脆响亮
天地在听，世界在听
声音无尽头，声音无国界
水也在听鸭子唱歌

篇二：驴歌

毛驴从不喊冤
毛驴生死也要歌颂主人
毛驴用嘶哑吐血的声音在歌唱

只要一头毛驴在撕裂自己的声音
全世界都在撕裂自己的声音
但我来世依然做一头毛驴
毛驴的声音也有生存权
生生死死转石磨，转日月
毛驴的声音铺天盖地
声音拉动无数石碾
声音拉动无数车轮
毛驴一声一声拉二胡
毛驴一声一声弹钢琴
节奏跳跃，血液跳跃
群山偏着头倾听

篇三：犬歌

我们去邻里化缘
哟！狗狗唱起国际歌曲
汪汪汪的声音像欢呼声
汪汪汪的声音像诅咒声
汪汪汪的声音咬伤了世界
汪汪汪的声音在世界哭泣
汪汪汪的声音在流浪
汪汪汪的声音铺天盖地
汪汪汪的声音与风声会合了
狗狗用声音送走了客人及陌生人

篇四：马会

古栈道上，一嘶长鸣
各路英雄豪杰，万马相会
马上将军，马上元帅
马上皇帝，马上富贵
我愿意下辈子依然做马
我骑马，我便是马，马便是我
千军万马，谁是伯乐，谁是英雄
疾风飞驰，风云聚会，马云翻滚
哟！从马背上摔下了国王
草民驯马驯服了国王
草原上一嘶长鸣，万马奔腾
铁蹄声飞扬，铁蹄声相会
马一嘶长鸣，全世界长鸣
马一嘶长鸣，歌颂英雄
马一声呼唤，唤出日月星辰
马一声呼唤，唤出群山
马一嘶长鸣，天地在听
马一嘶长鸣，山河在听
马向世界宣言：我的声音没老
我的声音永不褪色

篇五：蝉会

一只寒蝉叫了
整个夏天伏天都叫了
全世界都叫了
听蝉蜕的声音有温度沸度
40 度高烧也在高唱
苦蝉永远为大自然贡献声音
它们在太阳炉里燃烧声音
它们把声音集会在炉火里
吱吱吱叫唤亿万年

篇六：交响曲

川江号子的声音拉动一条江
江水在欢呼，江水在歌唱
江水在退让，江水在咆哮
一阵阵号子声，吼响一阵雷
一阵阵雷声是号子声
一阵阵风声是号子声
一阵阵波涛声是号子声
云海翻滚，交响曲推波助澜
哟！风箱的声音与打铁的声音相会了
风的声音与雷声雨声相交了

驴子的声音与马的声音交配了
哟！声音也有性别之分
雄声音不同，雌声音不同
男音不同，女音不同
声音无尽头，声波荡开天地
交响曲像民妇那吵架声
与声音相会，碰出火花

篇七：会合

哟！雷声和锣鼓声混合了
雷声和飞机声混合了
我们点鞭炮，一下点响雷声
雷声和歌声风声混合了
大会场拍巴掌，拍响春雷
爆破工点火线，点响雷电
哟！雷声和火车的声音混合了
声音无尽头，声音无边界
声波向四面八方扩散
我朗读的声音和鸟声重叠了
声音飞出教室，声音与天地会合

——1990 年 10 月 22 日于北京

号子歌

码头工人用呻吟声拉船
一声声号子：哟哦！哟哦
世界替声音让开一条路
他们的声音拉动一条条船

先民用呻吟声修筑万里长城
一声声号子：哦嘿！哦嘿
天地让开一条路

我们用呻吟声修筑水库和桥梁
把理想建成宽广的高速路
工匠用呻吟声修建高楼大厦
你们用呻吟声建设祖国
一声声号子：哟嘿！哟嘿
哟嘿的声音山摇地动

我们用呻吟声抬石头抬基石
你们用呻吟声抬钢铁拖钢铁
一声声号子：哟嘿！哟嘿
把机场建成通向天空的广场
把理想建成了幸福

铁路工人用呻吟声修建铁路
一声声号子：嘿哟！嘿哟
火车通过一条条脉搏

——1998 年 4 月 20 日

纤　夫

纤夫在我泪珠里拉船
拉呀！声音拉动一颗星球
拉呀！我拉开天地的距离

——1993 年 7 月 8 日于重庆

叠　恋

芙蓉花没户籍，为天地开花
倒挂在成都悬崖的天空
它收养流浪的蝴蝶，蜜蜂，孤鸟
怀抱日光月光，开出肉花
一小小芽苞孵化出诗歌开花

一粒粒文字孵化出一座座城市

芙蓉花层层叠恋辽阔的平原，江山
轮回开花，天地旋转在花中
车水马龙穿越芙蓉花的心脏
电灯光邀约月光，摇滚锦江奔流
摇落孔明灯的灯花，掉泪花

冬天你把骨枝借给春天萌芽
从阳光的血液里开出鲜花
虫鸟拥抱，春风亲吻
晚秋你在水里，生育云花天花
与天地万物共枕共眠共梦想

——2006 年 9 月 22 日于成都

变

木头想变石头
不被锯齿分离分割
不被斧头一刀一刀砍
不被烟火气燃烧
而石头不答应木头的条件

山石也被烈火焚烧成白灰了
石头说：我想变木头
木头说：我想变石头
不许人间雕刻虚弱的肉身
不许作地下的基石基因
不许作石碑，因为光阴和风不认
不许作石佛，因被人间拜得不好意思了
然而，骨头拜石头，石头拜骨头
黄昏的日头，已在向坟头低头下跪
抬头低头，已是亿万年的世俗
只有山头的思想永远是山头
斧头淬炼，本质留给人间
灵魂依然在天上飞翔

——2020 年 4 月 19 日

遗　弃

在那硝烟弥漫的战火中
太阳遗弃自己的孩子
月亮收养孩子后
在黑暗中抚养成长

——1986 年

匠　人

我是瓦匠
我握住一坨泥巴
就握住了大地
握住了国王的灵魂
握住了所有灵魂
从天翻地覆的词语里
我握住了星火
我握住了太阳阳光
我握住了理想
我握住了我

——1987 年于贵州

养　风

江河把群山喂养大了
大地把花草树木喂养大了
天空把云朵和日月星辰喂养大了
海洋把蓝天草原喂养大了
风喂养我一生一世
我喂养风一生一世

——2016 年

无　题

一个诗人养不活一个字
一苗小草收养了杜甫
在字里行间修行

月光曲

弹一曲月光，奏人生圆缺
弹一声笑容，感动日月星辰
弹一曲灵魂，振动天地的血脉
弹一滴眼泪，天空飞下雨滴
吹一口仙气，吹灭风又复活
舞一条光线，舞动河流奔流
用一束时光，玩耍一会儿时间
敲一声响雷，敲破天又重合
弹一曲月光，荡起海浪水浪天浪
弹一曲清风，弹退群山站立
拨一条心弦，剥动天心地心
举一具灵魂，举高太阳月亮
举一束鲜花，迷醉风情万种
看乌云亲太阳的脖子，色胆包天

看风云吻月亮的脸庞，一道口子
看黄昏埋藏落日，飞出月光
捡一块白骨，捡起自己

——2005 年 12 月 9 日

风的生命

风的脾气不大不小
和雷神闪电的脾气差不多
风雪交加，相互厮杀
乌云遭殃，无辜啊
乌云痛得流下泪水

是的，风与雷突然大发脾气
风和雷相互砍了一刀
风和雷痛得大声大哭
风从不流泪流血，也许流干了
闪电划破乌云及天的脸，太多的无奈
风和雷也有生命
天地万物都有生命
听呀！风也在痛骂这个善恶的世界

看吧！白云姑娘在包扎天边

一道道伤口缺口
我给风口包住了伤口
风的伤口有点大啊
我一下子止住叛逆的流血

——1994 月 7 月 21 日于广州

小宝宝

当我有了这部手机
时间的精神就不孤独了
网络时代，知道整个世界
好多宝宝的视频慰藉我孤寂的灵魂
看吧！他们在我手掌心翻身
手舞足蹈

——2020 年 5 月 22 日

凑数的工具

每一棵花草树木
每一只牛羊马群
每一只老鸟，小鸟
每一只鸡犬，虫豸
每一棍残缺的拐棍
每一个疯子，乞丐
和四像四不像的走兽
都在为世界凑数字
我来人间是凑数的工具

问爱情

我问光影，你依恋我多少年了
一个没有爱人的人，有没有爱情
这是现实中的虚无，也是事物之外
也是事物的本生，更是天外之物

有人问我，你的爱人是哪个
我说我的爱人是上帝
我的爱人是佛菩萨，是石头

我的爱人是你，这时
啪啪啪两耳光扇掉两颗白牙
从此，再也不敢信口开河

又有网友问我，你的爱人是哪个
我说我的爱人是风，亲过脸
我的爱人是太阳，每天温暖我的身子
我的爱人是月亮，枕着月亮入梦
我的爱人是诗歌，使我不孤独

还有网友问我，你收获爱情了吗
你的爱情是什么？你有没有爱情呀
我说草原的爱情是牛羊马群
单身狗的爱情是狗狗
老虎的爱情是老虎的闺女
小山、小草、小树爱上大树了
已长成了参天大树

动物在黑暗中做爱，翻天覆地
在月光中做爱，光明正大
风还帮造物主吹熄了油灯
风也去偷窥，偷情
风也羡慕这个荒谬的世界

而我只爱我的影子罢了

我的爱人是大地
我的爱人是花草树木……

——2016 年 5 月 3 日原稿
2017 年 9 月 11 日改稿

占　卜

她在集市上看见一个卜卦的
大声喊：算命先生
请你给我鸟儿卜一卦
瞎子说：把风的生日时辰报上来
先生，我鸟儿是捡来的没有生日时辰

那还有哪些猪儿牛儿，羊儿狗儿要算命的？
还有哪些虎儿猫儿、兔儿风儿要算命的？
连鼠儿的生日时辰，一个个都报上来

噢！我家有一条单身牛
还有一条单身狗
还有一个疯子不知流浪到哪儿去了
你给风算命，要算多少年呢？

——2006 年 9 月 17 日

连体人

山连山
水连水
血脉相连的山水

——2020 年 5 月 20 日

宝　贝

她给石头打针
石头睡着了
石头醒了
石头哭了
宝贝太可爱了

——2020 年 5 月 21 日

吹　吧

我从不出风头
因是一粒尘埃飘浮不定
看破烟尘，步入云天
我不参加风的活动
风也要把我吹得万丈之高

——2020 年 6 月 3 日

会所厕所

花开富贵上厕所
蚊子苍蝇吻屁股
文状元史出入处
皇帝臣相也脱裤
日常生活不可少
月亮公公夜里找

无　题

用花叶装饰瘦弱的枝条
是美容树木的外表和形式
当花叶随风雪飘落大地后
以及被阳光刺激枯萎后
它们依然相辅相成腐烂发酵
石头，花草树木的血脉
依然与大地同血缘

无　题

白纸黑字好漂亮
像白天包容了黑暗
也像黑暗包容了白天
和谐相处的世界

送

送给风神拒绝了
风神撕了
送给火神得了
火神欢唱欢唱
送给大地收藏了
世界上每个人都要焚稿
绽放的烟花是云花
风得到自然的灵魂……

——2020 年 8 月 23 日

死爱面子

永远的生存法则
永远的形式主义传统
野兽不穿衣物就不是形式主义

人类都是高等动物的东西
把自己弄得死去活来的
爱面子，爱形象，爱肉体工程

以及美容工程的抛光打蜡和打磨

万物用风，是永远遮不住丑陋的东西的
风反而钻入底内，也许弄个底朝天

疯子的遮羞布，是遮不住风的，刮下后
只给疯子留下一条长江

人类都是死爱面子，活受罪
野兽从不顾面子和羞涩

——2020 年 8 月 1 日

地球墓

天空那些星球都是光亮的骨头
地球也是一块圆圆的脑球，尘埃
这宽广无边的大地，水土
山脉骨肉相连，山水血肉相连

我的坑，你的坑，他的坑
世界上所有人的坑都是一个地球
所有人的坑都是我的坑我的墓穴

我的坟，你的坟，他的坟
地界上所有人的坟都是一个地球
所有人的坟都是我的坟我的墓穴

地球上的牛羊马群在哭泣啥
请不要争了，不要闹了，不要吵了
争啥子嘛？同一个地球墓
地球星球是庞大的墓园花园

风用我的骨头弹月光曲
太阳花月亮花在我的坟墓上开花
我披着晨光霞光，与天地长眠
醒来听风的喜报，听惊雷的敲鼓

流　星

我爸妈翻天倒海的爱
爱出一颗流星，一不留神
来到黑暗与深渊的人间地狱

让风来宣传

每一场风雪被肢解后
天空飘下白骨，此时此刻
乌云变成白云和白雪的身份
只是不愿栽到人间，回归大地

即使风肢解得看不见了
风依然在痛苦地宣传
但世界上没有人，敢顶替风
只有乌云，才敢啃太阳月亮的肉身
但乌云与闪电，也被天光肢解了
雷鸣的声音像是问候

当暴风雨来敲坟墓的门
故乡被肢解成七零八落的碎片
狗头、日头，不得不露外头
那些不出风头的风
依然用声音默默地向世界宣传

每一场冰雹过后
天上的星星也越来越少了
天上下一颗颗冰雹

如下一粒粒星星

白花花的银子化为水后
又结成无数枚银子像流星雨
但不知有没有风的功劳
砸破大地的房屋后
无论风怎么宣传
也没有风一生的苦劳功劳

在那无数场狂风暴雨中
闪电在黑暗中行动
风——依然有拥抱青春的权利
绽放永恒的烟火气味

——2006 年

挑剔与挑刺

星月无需挑剔都是光亮的
天地万物无需挑剔也是美好的
可是风暴的想法就不一样
也没人敢去挑剔风暴

你挑你的刺，流血
我挑我的水刺眼，璀璨夺目
因为一桶水里有一枚金太阳
一桶水里有一枚银月亮

挑剔啊！谁在一尘不染地挑剔生活
狂风卷土重来把墓园掏了个空
风尘里有没有一粒尘埃？
生活里有没有灰尘的健康？
请问：胆结石从何而来？

挑剔啊！谁在一尘不染地挑剔生活
那神权从鸡蛋里头挑骨头
我从太阳的眼睛里挑出一颗刺
因把他的眼睛刺痛了

最后从黑暗里找到一盏明灯

——2007 年 3 月 3 日

遇见生命

无论天上的日月星宿
还是天空的云朵与鸟虫
还是大地的群山走兽
或是海洋里的鱼虾
以及花草树木和石头
它们都遇见它们了

风不仅是每个人的衣裳
风雨和霜雪也是每个人的化妆品
天光更是温暖每个人的铺盖
无论一生一世遇见什么
日月，烟火灯火
才是永恒的生活知己

在寂静的夜光下过日子吧
影子才是离不开我们的幸福
影子始终纠缠每个人一辈子
最终遇见的是大地与尘埃
自己遇见自己就行了

——1990 年 6 月 22 日于北京

诗姑娘

牛牛舍不得诗姑娘去打工
牛牛知道诗姑娘的苦衷
牛牛目送诗姑娘到天涯
星月在夜晚陪伴孤独的牛牛
牛牛肚里的草原，是最美的菜系
而流浪天涯的诗姑娘哟
她依然在思念远方的牛郎

——2020 年 9 月 13 日

慈善家

蓝天收养了一群日月星辰，云朵
草原收养了一群羔羊
森林收养了一群走兽
大地收养了万物
天空空着，是留的一块余地

——2005 年 11 月 1 日于成都

苦　盼

一只蝉
一只鸟
一朵花
一条狗
还有一个人
以及所有生物万物
我喜欢乌云
不喜欢白云
乌云给我们水喝
白云只是白花的仪式
哦！白云也是乌云
乌云也是白云……

——1993 年 7 月 20 日于广州

日 记

今天，下了一整天的雨
狂风暴雨，雷电交加
风的脾气很大
风的态度很鲜明
谁也拦不住风雨呵
谁也拦不住雷声闪电呵
天一下子暗下来了
白天像黑夜一样
这是自然现象
天好像流泪水了……

——2020年8月11日于成都

锅庄舞

天好像一口庞大的锅
群星在锅里跳舞
火红的太阳在燃烧
她们在沸腾的火锅里呻吟……

——2020年8月10日

鉴日月

鉴日月，明天地
为天下苍生铺开阳光大道
翻天地，泣鬼神
魑魅魍魉向诗人投降

鉴风雨，润大地
为天下苍生生育一代代种子
揽明月，赏清风
日月星辰乖乖地入诗篇

最　好

一个人的一生，到底是怎样的一生
当然，没法知道他的生死
人人都是从黑暗的肚子里生长出来的
人人都挨过月亮般的第一刀，剪刀剪裁
人人都是一条，一带一路上的脐带
人人都留下一条血路，人人都有过疼痛
不知一条河流是否能复活

下地来，当我们处于天各一方
天神、地神、众神长大后
在无法见面无法交流的情况下
唯一能见面的，就是读神的诗文
唯一能交流的，就是与溪流讨论方向
与纵横交错的沟壑，沟通脑血管流通
唯一能心心相印的，人间的，烟火的
就是读他们苦难辉煌的一生
读一个时代的光景、恶境、环境、情景
读人生的光阴岁月，煎日月成长
去留，一切尽在其中，回味无穷

——2016 年 1 月 1 日于成都深夜

一　鸣

无论看见风的人
和没看见风的人
风给世界上每一个人都上了色
每个人也给风上了色

——1990 年 1 月 22 日于北京门头沟

钢铁，钢铁

我们的汗水，是世界的铁水
我们和炉火里的钢铁，是混血体
血液在炉火里，沸腾奔腾
世界在炉火里，咸鱼翻身
梦在炉火里，燃烧疼痛

一个个兄弟，把青春交给了世界
火光刺瞎一片片瓦的眼睛，烫伤生活
星星之火，把黑天烫出一颗颗亮泡
大窟窿是明亮的月亮咬破了乌云
周围敷上夜色天色的黑皮膏药
月亮只不过是一块白石头，或白骨头
我磨亮铁骨，高挂天空夜空
高挂世界上一座座摩天大楼

轧钢机，油压机，气压机，都是钢铁的兄弟
炼钢炉如天炉，是装天火星火的熔器
世界从炉火里，喷出愤怒的声音开花
切割钢铁的伤口，是骨头骨枝声音的伤口
一根根钢筋乌筋，切断了钢筋的血管
寻找五指山飞跑的五指，断指断骨

却含在切割机的牙里，铁锯的嘴里
铁氧化，铁灰锈灰，要求不是铁的元素
我怀疑铁不是铁，削铁如泥
莫非铁是大地的土壤，大地的硬骨头
深埋，大火小火文火的秘密

钢铁要求我还原火光的颜色，坚强坚硬
石灰白灰要求我还原铁石的原型
炊烟在远方的高空，欢聚又分散
叫风扶贫乡愁，风扶不起空空的风
风缝合不拢，伤天害理的伤疤，天疤

上帝用神水做的一个个天人
身体天体被烫出无数个明亮的小泡泡、小星星
钢铁的用途极广，航空，兵工，石油，轮船
全世界都是钢铁的血液
你们用汗水墨水，冶炼古今的生活
月亮从黑夜的炉火里飞到天上

喂！别把熔器、瓶子，囚禁在酒里
让我给钢火铁火饮酒，比水香
钢铁在水里冷却、发气、不服气
钢骨从水里吐出不服气的烟云生活
钢铁与机器在世界上不停地和炼钢工人握手
手把机器咬出血，时间晕倒在地

脚手磨亮刑具，反光的火
我与火握手，握住火红的太阳

而时间在逼迫主义下
你寻找远方的留守老童
把时间还给时间炼狱，炼钢
你把身体嫁给机器，暴君爆发脾气
机器的声音撞伤各种方言艺术

切割钢铁，切割东南西北
切天切地，切烂天，切烂地
那不是白云乌云彩云红云
那是天上的五花肉天肉
手触摸风口的声音，风骨铁骨在响
铁碰铁的声音，不是铁的声音
钢碰钢的声音，飞进脑壳的远方

来吧！再剥脱高楼林立的皮和外衣
内心的铁，不是铁，不是钢
是一根根生锈的肋骨支撑天地
太阳在火里继续炼生

——2018 年 5 月 27 日于成都

烟尘，阳尘，风尘

你写阳光不是你的阳光
看呀！烟尘、阳尘、风尘在飘扬
你写黑暗不是你的黑暗
看呀！蛇卷握了森林的政权
煤光挤压地层，天塌地崩，煤尘飞

人民需要你写人民的烟尘、烟火
世界需要你写世界的风尘、阳尘
你一写，就是人民需要的事物
我一写，就是世界需要的东西

你写励志不是你的励志
看呀！蛇卷握了诗歌的旗帜
魂灵与骨头在风尘和大地的手上
风啃石头，风啃干瘪的乡村
天地万物与世界上的东西
啥都不是世界上的东西，烟尘在飞翔

魔说不是文学艺术魔术美术
是魔性兽性人民性风尘性意术性
和长远的短暂思维，在人品，在天地
烟尘烟花媲美树花，升高太阳花

孔子说天地灵物归于品德、道德、善恶
风的品德，牵着天地万物的鼻子
风的品德，牵着烟尘在天空飘舞
无性不是人性的本性，生性，尘性

魔说人是乱世风尘的墓园花园
墓说回来吧！阳光，大地
只有天空和太阳墓归于我们

——2019 年 3 月 1 日于成都

风的摇篮

世界上每只竹篮装不住风
世界上每只竹篮装不住水
山村孵化出一只只燕雀
世界上每一只鸟儿在空中长大
树枝树丫是你们一生的摇篮
你们的摇篮悬在空中
鸟儿的摇篮是电线
日月星辰的摇篮是蓝天大海
囚徒的摇篮是牢狱
婴儿的摇篮是竹子向上长的理想

蜘蛛是自己的摇篮，自己摇自己
花儿的摇篮在葳蕤的树上
死亡的摇篮在天空
树的摇篮是火树银花
牛羊马群的摇篮在草原和风中
牧童的摇篮在牛背上
鱼儿的摇篮是波澜壮阔的大海
我的摇篮是风，风的摇篮在风中
鸟儿用空中的摇篮，摇醒风
太阳伸出翅膀摇着我睡了

——1996 年 12 月 19 日于深圳

烛 光

山村油灯熄灭了
山村烟火熄灭了
吹火筒吹风、烟火升
口中生风，木炭有光
你吹木炭，吹亮人生余生
你吹木炭，隐隐约约
我吹我，吹岁月
半盏烛光，照亮暗夜
风吹不灭永恒的炭火

呀！仰望人间满目干瘪
我缩短夜晚，触摸太阳的梦想
我缩在缝隙仰望星光
我是大地最忠诚的魂灵
我是天空最忠诚的尘埃细胞
我是人间最忠诚的烟火
我是天地最忠诚的风尘
我是宇宙最忠诚的日月星辰
我是人间最忠诚的黑夜
我是最忠诚的萤火虫
我是烈焰最忠诚的铁骨
卷起弯曲的身形
在火光中拥抱理想
用欢乐的声音拥抱天地

——1989 年 7 月 26 日于北京

反对票

我把票投给风，风把我吹得天高
我把票投给烟花，来世不是烟花
我把票投给乌云，大地得一口水喝
我把票投给雷电，雷电干响不下雨
我把票投给太阳，黄昏落了

我把票投给月亮，明月不出来
我把票投给星星，星星挤眉弄眼
我把票投给天地万物，不在其中
我把票投给雪花，阳光把它化了
我把票投给飞鸟，用外语鸟语唱歌
我把票投给大海，淹没了生命
我把票投给狗狗，向我摇头摆尾
我把票投给树，树叶便落到我身上
我把票投给水，依然是水
我把票投给火，欢笑欢笑
我把票投给大地，投给了自己

风骂世界

世界啊！世界
谁不是大地的骨肉
谁不是大地忠诚的儿子
谁不是白天黑夜的儿子
谁不是吃大地的奶长大
谁不是大地上的生命
谁不是大地上行走的光影
谁不是墙壁上同颜色的影子
谁不是同颜色的血液
谁不是风吹大的人

风骂天地万物
谁不是阳光抚养大的树木
谁不是月光下的门户
谁不是呼吸空气长大的人
谁不是霜雪抚养大的人
谁不是烟火抚养大的人
谁不是和大地一样大的完人
鸟儿在树上骂世界
谁不是鸟人
谁不吃一粒五谷
谁不吃一滴雨水
谁生下来就会说鸟话
谁生下来就会飞向天空
谁生下来就会四条腿走路
谁没长五官器官
谁不是眼睛看远近
谁的口里不长月牙
谁生下来没有脐带
没有生命就没有世界

——2016 年 3 月 19 日

月亮的胎记

风寻找多年的孩儿
找呀！找遍天地
翻天覆地地找
晚上从月亮身上找到胎记

我寻找走失的狗狗
找呀！找遍村庄
从汪汪身上找到记忆

那年夏天，你的儿子石头
去河里游泳，石头淹死了
但不知哪块石头是自己的儿子
她每天去河边找呀！认呀
找遍天地，举头一看
噢！就是那块太阳石

——1998 年 7 月 26 日

太阳石

那年夏天一个周末
父亲叫我去河边捡太阳石
我弯腰捡呀！捡半天
捡到贝壳，捡到鹅卵石
捡到星星石，捡到天石
捡呀！捡到黄昏的落日
我捡一天，捡到自己

——1999 年 7 月 6 日于南充

挤响风

当你生育胎儿的时候
当你补轮胎的时候
从胎中挤出风，挤响风
然后补胎、补气、补风、补营养

风的营养价值很高
夏天需要加点风才凉快
开水烫人，需要加风的营养

一面面旗帜，需要加风飘扬

当你唱歌的时候
从口中唱出有颜色的声音
从口中挤出有颜色的风
从口中挤出有营养的风吹开水
从口中挤出响亮的风声歌声
从口中生产一口一口风

瞧吧！火车站人山人海
人挤人，挤出风，挤响风
他挤疮脓包，挤响风的声音

喂！春风的价格是多少
喂！秋风的价格是多少
我把风装起来拿去卖
世界上买不到风，噢

——1989 年 1 月 26 日于重庆

炼 狱

你们看，那不是监狱
那是火炉，那是太阳炉
监狱里不是犯人
监狱里是一坨坨铁骨
监狱里是英雄们燃烧的火焰
炉火里不是炼的钢铁
炉火里炼的是铁人
炉火里炼的是太阳的骨头
炉火里炼的是坚强的誓言
来吧！用炉火炼誓言
炼出一声声惊雷
铿锵地爆一声：拥护祖国
来吧！在烈火里宣誓

——1987 年 7 月 6 日于武汉

无 论

无论世界有多大
都是烟火的颜色本色

骨头知道与世界同颜色
风知道尘埃轻微卑微
光知道自己的身影是黑影
无论白天，无论黑夜
日月星辰都在自导自演
太阳是永恒不灭的天火炉火
月亮是黑夜最黑暗的贴心伴侣
风雨雷鸣是一时的零工
无论闹市，无论街边唱什么戏
川剧、粤剧、京剧、黄梅戏
还是一场打斗、拘押、人生苦短
都是唱的一场样板戏、鬼把戏
揭开乌云的面纱
天底下的东西一目了然
无非是吃人血馒头的表演
无非是自导自演的恐怖片
表演者心底最明白
无论人类怎样，善与恶
今天已为明天挖好坑
风沙风尘将洗得干干净净
人类和大地同货色

——2016 年 7 月 19 日

嫁给太阳

美女，人生苦短
找个人嫁了
白天嫁给太阳
晚上嫁给月亮
闲时嫁给阿弥陀佛
忙时嫁给三分田地
早栽秧，早打谷
早生娃儿好享福
我没求得着落
看得老鼠哭

——2020 年 3 月 3 日于成都

请问……

请问花草树木规不规范
请问云朵规不规范
有胖有瘦，有大有小
有高有矮，均匀不一
还有不同的各种颜色
请问江河规不规范

有长有短，有宽有窄
请问风规不规范
风的形状是什么
风的长度、宽度、高度是多少
风的体重是多少
风的性别是什么
风的颜色是什么
请问月亮规不规范
有圆就有缺，有缺就有圆
阴晴圆缺的矛盾
请问人物动物规不规范
有高有矮，有轻有重
把手指脚趾拉一样齐吧
把江河拉一样齐吧
把群山和草木拉一样齐吧
请问神兽规不规范
请问鸟类虫类规不规范
请问牛羊马群规不规范
请问全世界的语言规不规范
我想用诗歌规范永恒的生活
我想用《矛盾万岁》规范永远的矛盾
我想用风规范天地万物，永远的天机
……

——2020 年 7 月 26 日草

2020 年 7 月 28 日更正

找

人世间的一切一切
从哪里来，到哪里去
生死是天地安排好了的
落叶花果归泥又归树，日落归土又归天
退还大地后，虫儿们一口一口分配了
退还天空就是烟云和星斗了

一只蚂蚁在大地寻找了一辈子
一只飞鸟在空中寻找了一辈子
一颗流星流浪寻找了一辈子
诗歌在找工作，找生活
找知己，找知音，找爱情

我问过山河鱼蛇，问过花草树木
问过石头，问过世间万物
问过风云，问过日月星辰
问过乡村的牛羊马群，也问过走兽
还问过日落，问神，神也问人间
最后问到我自己了

找呀！找遍天涯海角

找到星星，不知是公的还是母的
不知太阳月亮是公的还是母的
最后找到我自己了

找呀！找过小草，找过大树小树
找过世间万物，最后找到蚂蚁一群兄弟
看见它们在暴风雨中抬着大象的尸体
默默无闻没有仪式，饕餮美食后
就把死神抬上山顶的太阳了

找呀！不用找了
一切命运皆明白空白
答案是永恒的烟火永恒的风尘

——1991 年 4 月 28 日于北京原稿
2007 年 6 月 5 日于成都改稿

退　让

大树不懂给风让路
风的套路大树又不懂
苞谷稻谷和房子的腰断了

一座座山，在那里坐着不动

坐吃山空后，吃了自己

风善于行动，也善于退让
风还懂得帮忙，摇曳每一棵草长大
水懂得进退，永远朝低处方向流

虽然在世间我不敢言论
天道、地道、人道、世道
而人人都是烟火的味道
永远拒之不了生活

——1990 年 4 月 7 日于北京周口店

神　明

夜游神提一盏灯打更
走向平原无尽头的远方
一瞧，神的手上提一盏月亮

——1996 年 7 月 3 日于内蒙古

仪式

在这个花花的世界上
疯子和乞丐的仪式不同
由于神经性官能症无法抗拒
他们光叉叉光屁股见天

无论自私也罢不自私也罢
为何垂帘听政的睾丸不敢见天
为何垂帘听政的秘密花园不敢见天
为何造物主的遮羞布不敢拉开帷幕

哦！开幕式也是闭幕式
闭幕式也是开幕式
所有仪式都是一座墓园花园

但还没结束、雷声、闪电、风雨
和雪山崩塌是永恒的仪式

——2015年10月9日

青山赋

群山昂首挺胸，傲立于天地
当春叶葳蕤，闻鸟语花香
明月夜来挂树冠，品青果甜果
秋月皎洁，谁来话沧桑
草木不得风雨，青山不青
人不得日月，苍白无光
万里江山一毛不拔
无鸟群鸟影归巢，谁来栖居
水土本是草木心，寸土吐芽
若是苍天泪枯无雨，无水无命
一片沧桑，一片空白
待风云变幻，雷神传大地
朝朝日日，获喜报，传福音
风神吹我泪，浇灌沧桑，浇灌大地
青草重生新生，草木染色
五彩缤纷，光华大地
阳雀声声歌唱，禾苗壮青山
有风雨阳光培养小草，生机勃勃
再看牛羊马群追赶，收获喜悦
而江河抬不起头，血脉连接雪山冰山
连接田野，森林，草原，春夏秋冬

川号子一吼，唤醒沉睡的天地
河水的声音，唤醒沉睡的群山
而干枯的苍天无泪水浇灌
风雨一下子收养草木，收养虫鸟
还有农人勤耕耘，心血来潮染江山
炊烟青烟万古长青，染青云白云
我以泪水赋大地，永载篇章
世世代代春水流，暖心田

——1987 年 8 月 5 日于遵义

如果……

如果虫鸟不歌唱
大自然就成了哑巴
如果虫鸟不歌唱
就成了哑巴
唱吧！杜鹃啼血都在唱
雷声掌声为我鼓掌，振飞云天
如果柴火点燃不噼里啪啦欢唱
生活就成了哑巴……

——2020 年 9 月 27 日

向风鞠躬

吹风了，吹风了
小草深深地向风鞠躬
小树大树也向风敬礼
野火烧不尽，春风吹又生
风把太阳吹熟了
月亮还是半成品
风把大地吹绿了
风把稻子和苞谷吹倒又扶起来了
风把我一天一天吹大了
我从小就是喝西北风长大的
感谢风的精心培养
从风中跌倒，从风中爬起
风把一株小苗培养成一棵参天大树
风给万物送来无限春光
东倒西歪的房子也在向风敬礼
世界都在向风敬礼
风没有把人间的生活吹掉
一首诗歌捡起地上的乌纱帽

——1989年8月2日于北京

三字经 · 烟酒茶

生活在世俗中燃烧，火焰跳跃
从我们眼睛里绽放烟花烟云的灵魂
绽放花开富贵轮回落地，有响声
世界用诗意酝酿永恒的美酒
用沧桑酿造的苦酒
醉古，醉今，醉未来，醉世俗
哦！历史为何把时间永远浸泡在苦水茶水中
把水永远装在肉体里沸腾
世界上有水烟，旱烟，还有氤氲的雾气
当然还有烧烤美人鱼的尸烟是云烟
花草树木，火树银花轮回燃烧
灵魂依然撑起天地
世界上每个人都是一根香烟
烟酒茶三个字建立了伟大的祖国
一根烟架起茶马古道，商道
一对喜鹊架起桥梁
我在风雨中点一根烟，点燃雷电闪电
一杯酒决定未来
一杯酒一杯茶，是历史的长河
一杯酒决定成败
一杯酒是大小车祸的根源

一杯酒懂《鸿门宴》
一杯美酒解决不了楚汉争霸
一杯美酒，沉迷于美色
一杯苦酒，壮胆英雄，壮丽江山
我的身体是一壶酒，一壶茶
喝下了五千年的华夏大地
一杯茶一杯酒，是大地的资源
一杯茶一杯酒，有国王的灵魂
一轮明月常在我的眼汪里喝酒喝茶
看吧！我这天海的泪水是酒水茶水
月影常在我的杯中洗澡
月亮常在我的一潭泪水里沐浴
哦！这一杯茶，是五千年解酒的良方
一根烟，一杯酒，一杯茶
它们不在国际主义的血液里流通，交易
却永远解密不了商道政道不灭的秘方

——2014 年 7 月 26 日

纪念诗祖屈原

屈子无法承包未来的江山，江山自尽
那一扑兮，扑倒了战国的江山
雄伟的群山又站立于江水的血脉之上

那一跳兮，月亮的白骨浮于水面上的天空
灵魂穿越无数时空，穿越大地的血肉
孕育了无数诗爷、诗爸、诗儿、诗孙、重孙万代

重孙万代兮，年轮相约于五月五
龙舟月牙兮，群星们把你划到天上了
湘水汨水兮，排山倒海把你排挤于外了
魂归大地兮，风与山河长啼

万古先民兮，以五谷粽香飘飞纪念
以箬竹叶、芦苇叶、箸叶包下屈子的肉体
大地承包了诗歌承包了祖国的未来
用各种叶子书页，承包了我们的诗歌
包下屈子的灵魂和骨肉

鸭公鸭母兮，每年相约于汨罗江
用嘎嘎嘎的声音
在水里朗诵亿万年

——1989 年端阳草于北京周口店
2020 年于成都改稿

男　神

月亮每晚进去和她睡觉
月亮的火气很重
月亮本身就带火
悲欢离合后，血液流通
石头怀上月亮的骨肉
由于工具忙于工作
月亮只从窗户送礼物
月亮是个夜游神
在水里的天空迎视天地

当我醒来时，太阳也醒了
太阳每天喊醒我上山坡下山坡
我的血液是太阳的血液
下沉上浮的永恒规律
周而复始，日月循环，天地循环

永恒的太阳火，燃烧永恒的白天
永恒的月亮火，燃烧永恒的黑铁黑夜
武钢把我从炉火中取出，千锤百炼
炼成兵器，炼成锤子，斧头

借给盘古开天地后
我的锤子顶天立地，梦遗江山
雄风只有一把斧头，一把锤子
雄狮，雄鸡，雄兔，雄起
伏羲，女娲，酿造雄壮的历史
黄帝尧舜禹，炎帝蚩尤，一路走来
秦始皇储存亿万精兵的兵马俑
火箭发射卫星不退火，男神不退火
配合工具酿造子孙万代的江山
雄伟，雄壮的钢铁长城屹立天地

即便生活熄火，神火永恒，钢铁永恒
太阳火燃烧永不退火的日月
永恒的水，流淌在我美丽的身体里
我获得太阳月亮的礼物是精光，或金光

当烈风推倒我爬站起来的时候
烈风赞美我真棒
孙悟空一根金箍棒
大闹天宫

——2004 年 7 月 19 日

光棍汉的日子

美好的时代，充满阳光的时代
黑暗把一株株树培养成光杆司令
感谢黑暗赋予时代的美好生活
一口酒，一口风，醉风亿万年
一口茶，一口烟，喝下自己
墙对墙无语，石对石无话
村对村无影，树对树无奈，
春天有花朵嘲笑，春风培养
夏天有蚊子抽文血，苍蝇歌唱
秋天看自己，还是自己
冬天有雪花盖枝头，盖树身
春节看自己，还是自己
石头看我，我看石头
墙看我，我看墙
树看我，我看树
光杆杆对光杆杆哑口无言
每一棵花草树木都是大地培养出来的
每一棵花草树木都是风培养大的
每一棵花草树木轮回在烟火中培养
好不容易把他们培养成光棍君
我手握一根刨火棍握到自己
岁月给单身狗认证了身份

谁说熄火了

天空飘下的雨水发霉
但阳光没有发霉
人没有发霉

吹火筒一吹
柴火一下熄灭
黄昏的太阳一下熄火
但黎明的太阳又燃起来了

世界上谁也吹不灭火葬场的矛盾
永远吹不灭烟火的矛盾
永远吹不灭生活的矛盾
风一吹，火反而大了

花草树木懂礼貌
向风敬礼，向烟火鞠躬
风懂礼貌，向天地万物打招呼

美人鱼轮回地走了，又复活
花草树木一代一代地复活
风尘的血液永远流淌在人间
烟火的血液永恒存在

永恒的葬礼

父亲入土那天，天空一只阳雀飞过
树上一群蝉蜕在哭泣，歌唱
同志们，世界上的死神都是同等待遇的星球
风一样地接待招待，手续齐全，合同齐全
棺木一合，天地一合，天人合一

在这无尽头的大地上，生有生的秘密
死亡有死亡的优良传统，优良配方
烟酒茶永远祝贺，火祸永远温暖身体
还有风雨雷神，保驾护航，阳光铺路，蚂蚁抬山
长长一支队伍，向春天送礼
把月亮的尸体抬上了山顶之上的苍穹
金戈铁马，前后左右护送欢送

唢呐、鞭炮，与江河在歌唱
众神向山神弹响古筝，琵琶，琴声
风那哭泣的声音
是死神最喜欢的音乐
地球是父亲隆重的厚礼葬礼
来吧！喝一碗孟婆汤，不是鸡汤是鱼汤
美人鱼虽然完美地死了，鱼汤能养生

父亲躺在天海，众星捧月，众神举杯

在这无尽头的大地上，生有生的仪式
死亡有死亡的仪式，优良配方，配套齐全
把世俗埋藏在秃鹫秃鹰的肚中
托起太阳的翅膀飞翔
让暴风雨把花朵埋在书籍中
用阳光和雪花覆盖江山
再高举火焰烈焰燃烧青春万岁

哟！落日是无数英雄的葬礼
棺木撞地的声音，撞响铿锵的雷鸣
死神一下铺开一道道闪电光
世界收获了同等待遇的星球复活
还有天长地久的时空，辅左辅右
更有永恒的风，在侍候尘埃的灵魂

——2015 年 11 月 1 日

风雷的出场费

只要风一声啸，只要风一出场
海浪一声声地拍响了巴掌

天地万物不仅享受了风嘹亮的歌声
忧伤的世界还给风付了无数出场费
无数故乡得到风，疼痛地款待
无数故乡得到风，热情地接待招待
风的出入，风的安排，风的指挥
日月星辰不得不服从风的口令
世界上的尘埃永远向风鞠躬
只要风一声啸，只要风一出场
风一样的摇滚声，滚出乌云
滚出轰隆隆的雷声，滚出闪电光
向大地哗啦啦地施舍了雨水般的泪水

——1997 年 7 月 2 日于深圳

最美的烟火

资源来自于广阔的天地和沧桑
源远流长于永恒的人间
资本来自于最古老的原始森林
风箱，竹筒，吹火筒懂人生
土灶生活的资格最老

天然气，液化气，沼气，与烟火同血缘
草木，煤块，煤气与大地同祖宗

烟酒茶，水果，蔬菜，是一母所生
草纸草稿和清明相亲相认后
向上天奉献了一圈圈烟花
永远绽放最美的烟云

炉火，钢铁，煤块也贡献了他一口气
气是烟，烟是气，氤氲天气不断气
岩石是火，岩石是烟，岩石是灰
贡献了他的石头，不是骨头
烟草贡献了国际交易
蜡烛贡献了永恒的烛光
寺庙贡献了永恒的香火
高烟囱贡献了永恒的工业
肉体贡献了鱼尸的资格和身份

当矿山爆破声隆后
当鞭炮齐鸣喜庆哀乐后
那是云，不是烟
那是烟，不是云

哦！鱼与世界上最美的火锅相认了
炉火在烧烤一条条鱼尸
烹饪最美的美食肉食
那善恶的，美好的，都是土包子
庄稼汉把诗歌种在土里，包给了地球

世界上每个人都是地球星球的骨肉

还有风对我生活的理解
风帮我吹黑夜的油灯，油烟
风知道油灯油烟的成本高
风还懂得燃油的价格浪费在天空
月亮帮黑夜绽放身体的光芒

大地收获了燃烧和没燃烧的石头
工匠把石头剁成肉泥
即便再把一条条鱼尸扔进火炉
依然向苍穹献上美丽的炊烟

——2011年3月3日

笔名诗

我童年的岁月
饿了光爱哭
蚊子苍蝇饿了
一口一口叮咬我也爱哭
母亲说我总是把脸望向天哭
夏天被蚊子苍蝇欺负也爱哭

冬天被虱子叮咬也爱哭
虫儿们都喜欢我的文血饿血哟
大院子说我天天哭，讨厌我哭
邻居说我是哭大的
所以，我的笔名叫天哭
天空奇迹地落下雨
不知是巧合，还是天意
那我的笔名叫巧合，或天意
或一巧、一合、一意、一天
上午哭，下午哭，晚上哭
父亲说我不喜欢上午下午和晚上
他说我这个人倒可以
就是喜欢上午下午和晚上都哭
那我的笔名叫可以
或可上、可下、上下
童时光上学放学一路哭，每回都哭
那我的笔名叫一路、叫每回，或上回
为何风也在哭述这个荒谬的世界
为何雷声也在狂嘶怒吼这个荒谬的天地
那我的笔名叫为何，或何风
而我的笔名无数
真名在初中班上有两名
世界上同名同姓居多，莫数
连姓名都跟我抢，莫法
十八位数字，十八位身份

才子莫子，莫家，莫话，莫说，莫问
老师把我的名字倒转改
我藏倒哭，悄悄哭，回家哭
所以，我的笔名叫莫哭
何字当头是我的姓氏
平与品同音
玉石永远是玉石
石头身上长了两个蛋
那我的笔名叫品玉，或一品
一玉，一石，一头
或石蛋，天蛋
我的字谱家谱在阎王那里存档发光
莫光，莫谱，莫忘
我的身体是一支钢笔
永远流不完的泪水是墨水
何字为首的诗词艺术是我的笔名
何年，何月，何日
何时，何地，何种
何上何下，何去何从
何苦，何曰
何看，何卖，何买
何谓，何大，何不
何求，何以，何在
何其，何干，何由
何故，何尝，何况

何鸟，何啻，何遽
何翅，何范，何留
何伺，何繇，何烦
何戡，何庸，何讵，何读
何水曹，何尝行，何为
何曾，何许，何说
何用，何足，何处
何堪，何妨，何那
何但，何勿，何首乌
何仙姑，何谁，何人
何我，何你，何他
何止世界，何止一国
何氏三高，何德堪之
何足为奇，何足道哉
何足介意，何见之晚
何患无辞，何往不利
何其衰也，何其毒也
何其相似乃，何苦乃尔
何必当初，何至于此
何郎传粉，何足挂齿
何因，何须，何河，几何
何多，何问，何答，何来
何乐不为，何所不在，因何
何不惹事生非，何罪之有？莫罪
莫畏黑暗、莫黑、莫白、莫黄

黄狗、白狗、黑狗、都有姓名
何必生疏，何生畏，何生情
何乃其大，何又生，何再生
人口丁，人丁兴旺，一人一口一丁
那我的笔名叫一丁、一口、一旺
莫旺，莫求，莫有，有何贵干
何升天？何出名？莫天，莫名
何乐而不为，为何？如何
何玉品，何玉美，何玉贵
何玉玺，何玉一，一无所有
一生一世收获一个一
最后收获大地的灵魂
鲁郭茅巴和莫言
等人类的种子
同源于大地的血缘
绽放花朵
我收获了我

——1989 年 7 月 13 日于北京原稿
2020 年 3 月 19 日于成都改稿

风的喜欢

风喜欢我家乡美丽的炊烟
炊烟采访过苍穹之顶
风喜欢天地万物
风更喜欢点赞世界上一座座坟墓
狂风暴雨喜欢世界上一座座土包子
飓风喜欢刨土堆里面的东西
洪水猛兽喜欢冲击土堆
龙卷风喜欢卷土而来，卷土出去
台风喜欢天地这个平台
清风一直在扶持花草树木，扶持尘埃飞舞
风从不伤心伤肺，不伤石头树木的筋骨
即便风把故乡的瓦屋推敲倒了
我依然要赞美风
只有风才有这个权力
没有风，就没有雨水，更没有生物
还有雷鸣共鸣的掌声喜欢我的诗歌
闪电在黑暗中也为我铺开一条明路

——1988 年 7 月 2 日于北京周口店

生活的身份

世界上每个人都是烟火的身份
世界上每个人都是烟火的血缘
世界上每个人都是大地的身份
世界上每个人都是大地的血缘
世界上每个人都是地球的身份
水的身份，风尘的身份
尘埃的身份，生活的身份
交给烟火验证后
退给大地认证
风尘把尘埃转正
我们每个人都在天空相认了

——2020 年 10 月 3 日

驴

是驴非驴，马的脸，马的身
有时干犁田的活路，冤枉一头驴

白天与黑夜拉石磨转乾坤
转古今，转未来，转动天地，斗转星移

是驴非驴，马的脸，马的身
有时干驮人的蠢活路，冤枉一头驴
驴啊！在人与马之间，干阴差阳错的好事

驴一声歌唱，为石磨石碾代言
马一嘶长鸣，为英雄本色豪言壮志

驴一声歌唱，群山万山在倾听
马一嘶长鸣，江河长流
哟！驴的新闻比马的新闻震撼天地

我得找驴子和马合作诗歌

——1990 年 3 月 26 日于北京

共　鸣

上天赏赐我孤独
就赏赐笔墨纸
笔尖落在纸上
发出唰唰唰的声音
吐出团团乌云进入白天
唰唰唰的声音
是笔声不是纸声
是纸声不是笔声
但还是同床共鸣的声音
摩擦声
缺一不可
缺我更不可

共　识

光着脚丫走路
没有不沾尘土的脚
穿着鞋子走路
没有不沾尘土的鞋

孤　鸟

太阳爸爸，早出晚归
奔赴在山间，田野

月亮妈妈，夜以继日操劳
给太阳和星星织补衣裳

星星兄弟姐妹，披上亮装
分散东西南北，布满天堂

太阳，你是我亲爱的爸爸
你为何把鸟儿从天堂
扔下万丈深渊
而你照耀万物

温暖野兽，人鬼，人妖

月亮，你是我亲爱的妈妈
我是你肉光中的一粒细胞
为何繁殖我，把我带入昏暗的黑夜
被毒蛇，野狼，鹰，吞噬撕咬
而你嚎哭，阴晴圆缺，悲欢离合
江河的水，是你的眼泪

星星，你是我情同手脚的兄弟姐妹
为何分散东西南北

爸爸，你在哪？仰望天空
妈妈，你在哪？仰望星空
树上一只孤鸟

——2014 年 9 月 7 日于成都

耳朵说话

黑线长在头上
白线长在头上
黑夜长在眼睛里
白天长在眼睛里

黑夜长在我的血液里
白天长在我的血液里
我的身体喂养白天黑夜长大了
黑线钻进耳朵说话
白线钻进耳朵说话
经营美丽的孤独
装备美好的生活

孤独的时光

我在嘉陵江游泳
月亮跟随游泳
我在嘉陵江洗澡
月亮在水里给我搓背推背
银白色的江面
似乎是月亮流出的体液
天脸上贴着月亮一片膏药
中草药把时光熬成黑夜
苦涩的月水是嘉陵江的墨水

条条波浪，千手观音
前浪拥后浪，推拿按摩
后浪拥前浪，按摩推拿

月亮腹背受敌，雷电干戈
四面楚歌，被星星囚禁
乌云围剿，难脱其就
风开天日，月下人界

和鱼儿人儿循环生活在水里
灯光月光雕刻嘉陵江的笑容
波纹是乡愁脸上的纵纹
波光在水花中坐水牢

我问月亮怎么不在天上
他说天上没水洗澡
没水喝残酷无情
仿佛循环天牢水牢

我问月亮为什么给我搓背推背
他说相辅相成的天地万物
反复推动嘉陵江的血液循环

我再问月亮为什么亲吻窗户
它说让光明舔亮黑夜的眼睛

——2016 年 2 月 13 日于成都

补墙眼

墙上的眼睛，坏了
墙的皮肤，烂了
你每天给墙，喂药吃药
眼睛是天地万物的仓库
天地万物，住烂你的眼睛
眼睛是万物万影的家
泪雨流下，装不下

——2017 年 10 月 6 日

酒醉后

我喝酒喝醉了
日月星辰也醉了
天地醉了天地转
山转，东南西北转
太阳东方落，西方出
我喝酒喝醉了天地转
脑壳是地，脚是天

虱　光

岁月的烂天衣
小小的虱蛋，璀璨发光
小小的一点点白，爬上了天
虱蛋的白，是星星的白，牙齿的白
我用牙齿咬虱蛋，咬到星星，吞进了肚里
虱多账多，虱子下锅
用虱子熬药，熬骨，熬时光
用六六粉和敌敌畏养活我
无济于事的时光与生活
孵化出新的生命，繁洐新的诗歌
跳蚤长出翅膀飞上了天
虱多不愁，账多不愁
你用牙咬虱子的血，是你自己的血
虱子把你咬不死，你把你咬不死
以牙还牙，依然还不清血债
我在忙碌中掐一坨坨虱子
时间不许掐虱子
要想速度快，用受力面积大的一口牙咬
咬不死一串串虱蛋，当你咬到老后
掉进裤裆的牙不见牙，不翼而飞了
咬不死的虱虫，咬不死的虱蛋
虱虫繁洐满天的小星星

一串串星星，一串串虱蛋
穿梭来往，布置有序，摆出了天门阵
万里长城像一串串虱子
钻进了地球的心脏
牛大，却压不死牛身上的小不点
缝补天衣，串起一颗颗天星
咬破天衣，开水烫衣
咬破内裤，开水烫裤

跳蚤虱子坐着火车去打工
鱼龙混杂，万里行
钻进了仙人洞

五　谷

用无数黑暗酝酿的液体
兵马壮不壮，看粮草，看五谷
粮草行不行，看泥土肥不肥
碗里好不好，知锅里、田里、山里
默默无闻在世界的肚子里
撑起一条条生命的江山

——2013 年 4 月 16 日

水弯弯

弯弯的水
流不出弯弯的河流
流不出弯弯的山脉
弯弯的血管
流不出弯弯的肢体
在体内燃烧沸腾
弯弯的牛角
顶撞弯弯的田坎
骨头是月亮

——2014 年 3 月 3 日

天　酒

喂！蓝天大海是一壶天酒
我用白云乌云和日月星辰酝酿美酒
风，饮下天兵天将，饮下天神
不会失去天空的江山吧

呀！风云马云横刀立马

立天山，立万里群山，饮下万里长城
与万里群山江山同醉，日月同拼

铁蹄声远，踢天门，踢天牢
入万里云霄，惊星辰，破风尘
从乌云里挤出天水酝酿江山

天空仿佛下起一场酒雨
向树木花草和飞鸟致以庆贺
向火红的太阳致以感恩
向云花天花万花致以道歉
英雄酝酿美丽的江山

——2018 年 1 月 5 日于成都

星星就像汤圆

夜黑天，像一块巨大的天锅
在天锅里煮着一锅汤圆，是煮星星
那夜，我和你们饮下一口口浊酒
然后咽下一坨坨小汤圆
似乎咽下一颗颗小星星
烛光照亮暗黑的肠道
我们倒在山路上

山醉了，树木醉了，房子也醉了
星星在天空翻转旋转
汤圆在天空翻转旋转
满天星星在天上沸腾打滚
满天汤圆在天上沸腾打滚
脑海里的词语在沸腾翻滚
眼眶里的天地在翻滚
胃肠里的海浪在翻滚
然后我们吐出一条条浑浊的江河
吐出满天的星星像汤圆
我的空肚，只剩下空空的天空

让……

让拐杖不是拐杖
让拐杖撑起天地
让盲人左眼装太阳
右眼装月亮
让犬只发表语言权
让雄鸡和犬只唱响国歌
让牛儿不再耕织江山
让羊群布满蓝天草原
让云花天花开满天地
让时光不孤寂

让风讲风的故事
让江山退到一边
让河流退到远方
让群山万山退远一点
让一句话不死江山
让鲜花开满一座座墓园
让骨头不生锈发芽

——2018年1月16日

更年期

大水牛的更年期到了
狗狗的更年期还没到
雄鸡的更年期更加雄伟
猫儿猪儿的更年期延长了
驴子与马的更年期提前了
老虎的更年期老了
花草树木在永恒的更年期里开花
太阳的更年期无数年
月亮没有更年期，月老不老
诗歌没有更年期，更年轻
星星在青年期萌芽

风的更年期数亿万年
飞鸟没有更年期飞向天空高空

——2017 年 11 月 6 日

天　脸

一对夫妇，天生麻子
生两个闺女，美如天仙天女
天脸上没有一点云
那天，两个天女带着心仪的男星
举行不大不小的露天婚宴

春天，一拜天，二拜地
三拜高堂，拜爹拜娘
夫妻对拜，天地对拜

一阵烟花爆竹，满天飞扬
一阵暴风雨雷鸣，喜庆欢天
此刻，一群懵懂的童星
玩火，玩鞭炮，没有点燃鞭炮
点燃了雷声，点燃了天脸

然后在一桌吃酒，他们没有言语
突然大女婿说，麻麻麻
岳父大人说，花椒多了麻
丈母娘说，公共场合闭上嘴
扫天的脸，闪电退场

工匠支撑天地

我们瓦匠，穿瓦衣，做天瓦
和女娲娘娘炼石补天
炉火燃烧胸膛，燃烧青天青瓦铺天盖地
来吧！把太阳从炉火里拖出来，别烧化了
把钢铁拖出来切断脖子，焊接脖子
把火箭拖出来，飞入宇宙，飞入海洋
把老虎机，老虎钳，摩擦光亮，反哺
把弯刀打成月亮，再炼金石

你们铁匠的锤子，木匠尺
尺子、斧头、墨斗、锤子，开凿天地
石匠的基石基因，垫起一座座楼宇
工匠的智慧支撑天地的空壳

来吧！把镰刀和锤子插在风的翅膀上飘扬

把所有刀具器具归还铁匠
把镰刀和锤子回归炉火燃烧
匠心铁心更加坚毅，灵魂更加坚强刚强
来吧！把钢骨铁骨从楼宇里拖出来燃烧
若没有工匠支撑万丈高楼
没有鲁班的骨魂，世界将会倒塌
而永恒的天地，永恒的火光不会熄灭

呀！你们用血丝编织钢筋网、天网、地网
你们用生活编织天空的梦想
你们用眼睛焊接钢板天板开花
花朵在树上如一盅盅酒杯
来吧！向工匠大匠敬一杯浊酒，千杯不少

我看见树木，便看见木匠
我看见泥巴，便看见瓦的模样
伟大的匠心铸造伟大的祖国
鲁班一个人的血液流了一万年
他用血液凝固城市，凝固天，凝固地
我用诗歌的灵魂把鲁班医活了
来吧！高举工匠精神的旗帜摇醒风

——2012年10月2日于成都

祈　祷

人们向上帝祈祷
饮水从天空下
大海，原本属于蓝天
江河，原本属于天河银河

你怀揣虔诚向石佛祈祷
你供香，供果，功德无量
石头笑眯眯，向你祈祷
裂开一条石逢暗逢
光线曲线进入石头的嘴角

向大地祈祷，生命永恒
一粒粒生命，在天空生长
一粒粒五谷五星，众星审月
财神，死神，轮回天地

向春天祈祷，生育花果
花儿、果儿，却是夏天的孩儿
夏天把孩儿抱给秋天收养，收割
呀！风不分季节收获灵魂

向秋天祈祷五谷丰登
你把五谷五星上交天库，喂胖天
你挥舞镰刀割开一道道闪电
我高举铁锤锤响雷

向树木小草祈祷
掉下碎片叶片的生命，及草籽
翻天覆地生长在蓝天草原

向上帝祈祷生贵子
太阳月亮从故乡出生

——2005 年 9 月 7 日于成都

壮志凌云

你用太阳炉燃烧一根根铁骨
即使你切断钢铁的脖子
切不断永恒的风火
切不断永恒的云水
切不断永恒的阳光月光
你切风，意气风发
你切云，红云飘飞
切开大地，切开铜墙铁壁

切不开你我的影子
影中有你，影中有我

呼一路风云，填我丹田之气
吐一口扬眉吐气，气开天地
割一个秋天，割不断烟云
割一把阳光，割空时空天空
呀！天空裂开一条条裂缝
从夹缝中喷出血花
晕染大地，溅飞月亮

——1987 年 7 月 6 日于武汉

你是……

你是光撒下的瀑布，释放时空的天空
你是倒塌的河流，矗立的山峰乳峰
你是大地的继母，抚养祖国遗弃的江山
你是永恒的太阳炉，守着月亮的寡妇
你是上帝的天空，翻天覆地的子宫轮回天宫
你是满天星星的酒杯，碰响一夜的雷声
你是风无形的翅膀，划破天的闪电
你是虚词的云雾烟云，虚实相生的天地灵物

——2015 年 7 月 27 日

孝

脐带做腰带
胎盘配酒菜
天下母子体
孝心问自己

——1998年7月9日

疝　气

疝气生来是天生，在半空悬崖
医生在手术台上割了半天
割古今，割未来，疝气在世界无数
他自言自语：星星是小睾丸，割不尽
太阳月亮是两个大睾丸，不敢割

——1999年10月2日于南充

美　女

内急，像拉出一座山
又拉出一条长江
谁先来，谁后来
请问天下两道门户

为　何

为何月亮选择黑夜
为何星星选择黑夜
为何太阳选择白天
问黑问白，问到我自己
世界上每个人都在为何

立场英雄

风的立场很坚定
风英雄永恒存在
世界上只有风能赴汤蹈火
上刀山，下火海
永恒的火烧不死永恒的风
风永远吹不灭永恒的火
吹不灭永恒的生活
天地间没有能动摇风的人
风的态度也很鲜明
对天地万物永不变色
对花草树木永不变色

——2020 年 9 月 8 日

无　题

生是死亡的仪式
死亡是生的仪式

阳光白天入住墓穴

月光夜晚入住墓穴
风每天亲吻墓碑

鉴定风

人们吹了一辈子风
接触一辈子风
不知风是男的，还是女的

今夜，风又亲吻我的两片嘴唇
不知是雄风，还是雌风

当我去江边洗完被褥后
拧弯嘉陵江的身子
拧弯风，拧弯水

风对花草树木的态度十分温柔
风对坟墓却张牙舞爪

天空的尘埃有没有性别之分
风也不知道

——1985年10月7日于南充

无　题

农人低头插秧忙
倒退前进都相同
水中天有水中道
青蛙饿得呱呱叫

踢　球

脚球健儿参加国际比赛
踢脚球，踢地球
踢天踢地，踢暴眼球
左脚踢飞太阳，右脚踢飞月亮

竹　骨

一刀一刀剐
一刀一刀刮
一刀一刀削
一刀一刀剃
一刀一刀刻

一刀一刀吞入
一刀一刀吐出
竹骨永不褪色
空心空骨屹立天地

蜗牛的客厅

蜗牛的客厅在小小的壳里
日月星辰的客厅在蓝天大海
风的客厅在空大大的天空
蚂蚁的客厅在辽阔的大地
老祖宗的客厅在千年的古墓
飞鸟的客厅在树枝上
鱼儿的客厅在水里
白云乌云的客厅在天空
野兽的客厅在森林
牛羊马群的客厅在黑暗
我的客厅在我身体里
树木的客厅在大地
花朵的客厅在悬崖的天空

涅槃万岁

天上每天一个残阳涅槃于黄昏
每天一个残阳，就是亿万个残阳
从每天每晚的暗黑中重生
太阳沉睡于大地，一夜飞天

天上每个月的圆月、圆寂、涅槃
无数星星和云花在天空祭拜月老
又从暗黑中重生月牙发芽
天空是日月星辰和云花的会客厅

你养不活的美人鱼涅槃了
小鱼尸是天上躺着的小星星
大鱼尸是一条大月亮
它是你的媳妇啊

我养不活老牛养不活自己涅槃了
弯弯的牛角钩住天，称量天的体重
又称量大地的体重，天地相等

——2019 年 10 月 2 日于成都

收　养

太阳月亮流浪天地
在天上讨不到一口食
讨不到一口水

四肢残缺没身子的太阳月亮
只剩下脸和脑球
脑球遍地滚，滚到天上
乌云白云收养太阳月亮
而风多管闲事
不让乌云给太阳月亮喂水喂食
不让白云给太阳月亮喂乳汁

黄昏，大地收养了落日
黑夜收养了月亮
和我一起旋转星球宇宙
早起摸黑在水里

秧苗插入天空

白银银的水是天空
白银银的水是白纸
我弯着九十度的身躯在田里
只许倒退，不许前进

倒退前进
前进倒退
从田头到田尾一条龙
行距，窝距，字距，数万年

我左手握秧苗，令箭盾牌
右手握秧苗，毛笔刀剑
左右开弓，大刀阔斧
长剑出鞘，直插云霄
微风吹
云在水里飘
浮云飘
飘向田尾，飘向西山

强风吹
秧苗浮起，牵着云跑

我又插，再插
深深地插，边退边插

插入蓝天，插入白云
插入白天，插入乌云
插入五指山，插入地球，头破血流
血染白云，变红云彩云
我面向蓝天，面向深渊
头晕眼花，摇摇晃晃坠落天底
落到田里，弯在水里
踩在软绵绵的云团里
天人合一

——2003 年 5 月 25 日

吹火筒

我们把竹筒含在嘴里
吹乌烟熏屋烧饭
一口一口吹潮湿的雨季
发霉的稻草人
发霉的祖先
发霉的房子
故乡满屋的乌云

吹火筒吹柴火的岁月
吹一口，歇一口
乌云钻进肚里
比香烟还香
和吹箫吹笛一样
吹灭祖宗，吹灭声韵
科技从口里吐出一口天然气

你吹吹火筒时间的声音
只有音韵押韵和节奏，没有眼泪
乌烟黑烟吹上天，高过世界上的旗帜
高过科尔沁左翼后旗
高过乌云白云
风要升高国旗
却被地球拉住

你吹吹火筒时间的声音
和吹箫吹笛一样
我想把火吹灭
火始终吹不灭
乌云从远方赶来，到远方去
柴在火中烬
火在火中灭
乌云怀抱白云怀抱山

怀抱三块石头一口锅一个人
人在云中立云中飘
看云不是云，看雾不是雾
雾霾看人不是人是树木

——2014 年 10 月 6 日

称量命

太阳的命媲美月亮的命
足斤足两，是火的体重
月亮的命向太阳借了九斤九两阳光
又向黑夜借星光，慢慢圆满
风云的命，轻飘飘，为零
你我的命，是风尘的命
轻如风云，重于大地

树木的命媲美人类的命
它一出生，为天地撑腰弯腰
你一出生，爬向光的深渊
花一出生，被雷电，飓风，时光蹂躏媲美
树木的命生来就是火树银花，花开富贵在火光中开花
人的命，生来是时空天空、空壳
你我的命好不好，问光影，同色同影

称量光影，称量泥，称量烟尘
世界上的命都是地球的命

罂粟花的命媲美白云花的命
没有乌云雷电给雨水，凤求凰，有球的命
它们邂逅阳光、飓风、惊雷、闪电
瞬间的命，被魑魅魍魉蹂躏媲美
你的命好不好，问天命

星星虽小媲美明月
月光强、光多，不如一粒粒明星
每个夜晚，被时光蹂躏暗夜
时光一天一天摧残人们的岁月
彷徨在天路上
火光蹂躏灵魂，蹂躏生命
树木在大自然不想做人的命

——2011 年 6 月 7 日于成都

牙 祭

世界上没有完美无缺的牙
也没有完美无缺的天星天月
一颗颗流星从天上掉落

掉下一颗颗天牙

人间没有完美无缺的事物
我中秋节啃骨头，牙掉进肚里
内急的时候，我排出我自己
于是乎，我捡起自己找医生安牙
医生回答：以牙还牙还给大地
于是乎，我把牙埋藏泥土
于是乎，我给牙作祭文

新春佳节，人们品赏美人鱼
牙逢塞满鱼尸、鱼骨、鱼刺
嚼着嚼着，鱼骨咬掉我牙腔的肉
反思灵魂，鱼打人的牙祭
嚼着嚼着，掉下一颗天牙天星
用天星打牙祭，品尝天星天味

邋遢人

世界上那脏兮兮的牛儿
它没有孤独生活在牛棚一辈子
饕餮青草稻草上的日月星光
花花草草在它肚里开花

用余下的食物和暗黑的时光垫草铺
用自生的大便小便和月光当枕头
用熏气臭气，呼吸空气氧气

世界上的牛儿在牛棚里读书
他用四条腿每天与太阳爬进爬出
驮着阳光在光秃秃的山顶上，啃日月，啃破天
月光初一十五，亲吻夜黑的牛棚
蚊子和苍蝇，是垃圾人的文朋文友
蚊子用嗡嗡嗡的声音，与我文血交流

世界上的牛儿在牛棚里
吃喝拉撒一生一世，咀嚼岁月
白天有阳光侍候，夜晚有月光侍候
还有风尘和霜雪洗脸，洗暗黑
垃圾人一身灰巴拢耸，一身乌云

牛儿说人儿，是人类的疯子
从牛棚爬进窑洞生活
又从窑洞爬进墓洞与鬼生活
时光从墓洞里长出长长的草辫子
披头散发，散开风云，一头魔鬼
一书难尽哟！煤洞那暗黑的时光

牛儿说人儿，你是女疯子

人儿说牛儿，你是男疯子
树木脱离不了光影月影的纠缠
世界上每个人都与墙上的黑血黑影相认

——2015年7月19日回忆

天　人

用太阳洗手
太烧，太烫
不见天人的原因
天人被烧死了

星星是天人
用月亮洗手
用白云白雪洗脚
越洗越白
脚也是手
手也是脚
血脉相连

有的用闪电洗手
断了两条胳膊
不见天人的原因

天埋藏了天人

我用清风洗手最干净

——2006 年 7 月 9 日初稿

2007 年 3 月 5 日改稿

我吃我

记得小时候，懵懂无知
我把鼻孔里沉淀的文化抠了吃了
指甲长了，我咬自己的指甲吃

记得婆比公去世得早
我吃到公的饭，没吃到婆的饭
长大后就吃自己种的粮食

那些生病的人，才有趣
没有生病的人，就没有趣
孤独的人，吃自己熬的汤药
吃自己碗里的影子
一辈子吃自己煮的饭菜

削红苕，我吃到苕皮

削甘蔗，我吃到甘蔗皮
削土豆，我吃到土豆皮
风把书吹在锅里，我吃到纸皮
来吧！都来吃吧

砍柴烧柴，我吃到树皮
剥橘子，我吃到果皮
包抄手，我吃到面皮如脸皮
来吧！都来吃吧
老鼠滚在火锅里，我吃到鼠皮

你们走了就没有药吃了
我走了吃我的人皮
我走了吃我的地皮
我剥削我一辈子呀

——2017 年 12 月 19 日

允 许

允许秧苗举手发言
允许麦子举手发言
允许苞谷举手发言
允许竹子举手发言

允许灿烂的房子举手发言
允许灿烂的生活举手发言
允许每一棵小草举手发言
允许每一棵树举手发言
允许每一块石头举手发言
允许每一座山举手发言

噢，上苍回复了，雷声回复了
闪电回复了，风也回复了
星星和月亮都会认出你我的名字

——2003年7月19日于南充工地

无　题

天，是一块庞大的玻璃
闪电在一刀一刀割天
割痛雷神惊叫唤
哗啦啦地下起了泪雨

——2007年

只 要

只要是白骨和白雪
完全有资格入选大地
上升天堂的地位

只要是白骨和雪花
完全是月亮和星星的资格及地位

只要是风的骨头
不论什么石头都是合格的
风是永远标准的风
或不标准的风

——2003 年

离 合

牛羊马群也有悲欢离合
我与毒蛇亲过嘴
我像风一样，活够成了风
风儿邂逅月儿

月儿也有悲欢离合
这里的“我”，指千千万万读者
千千万万读者也指“我”
千千万万脐带的伤口，在痛苦中离合
千千万万乡愁，是干瘪的苍穹
与人世分离，与大地重合
与命运契合，与烟火同命
与世界同影同色，光合作用

——2006 年 12 月 3 日

风　趣

无论白天和晚上
风都和人们开玩笑
月光也和我们开玩笑
甚至开了一辈子的玩笑
风和光有时出来
有时不出来

记得在童年时光的岁月里
风把油灯的时间反反复复吹熄
风好像不准我熬夜读书
而我反反复复把油灯的时间点亮

风有时给故乡的饭锅加香料
有尘土，竹叶和渣渣的美味

风是有身份的人
风也和贫女开起国际玩笑
风把花朵的裙子撩起看了一下
走错门，悄悄咪咪地走了

当我看报纸
风也来翻了两下
风也来抢报纸读报纸

当我玩石头
风把石头玩飞了
月亮把我玩了一生

——1986 年 7 月 7 日
于遵义牛蹄公社砖瓦厂原稿
1999 年除夕夜于南充改稿

无　题

飞鸟走兽与风，毫无门
地狱的门太黑太暗
人类的门太挤
最干净的门是没有门

——2006 年 12 月 9 日

无　题

农忙季刚过
父亲在田埂上检阅
一行行秧苗绿军

——2007 年 6 月 9 日

好

今天的太阳，好大呀
今天的天气，好热呀
今天的时间过得好快呀
一会儿，到了漆黑的夜晚
一壶酒，翻天覆地
一觉醒来，天亮了
一个人的天，又黑了，又亮了

——2020 年 5 月 17 日

吹　吧

我从不出风头
因是一粒尘埃飘浮不定
看破烟尘，步入云天
我不参加风的活动
风也要把我吹得万丈之高

——2020 年 6 月 3 日

活神（组诗）

篇一：树走路

天黑了，我走到哪里
树也跟着我走到哪里
我站着，树也站着
我就是那一棵不倒的树
我看树，树也看我
然后一个人向前方走
感觉有活鬼在追我
或神兽在等待

篇二：第一

飓风不认你我第一
台风不认你我第一
雷电不认你我第一
死神不认你我第一
火神不认你我第一
大地不认你我第一
风暴不认你我第一
自然法则不认你我第一

每个人都是烟火第一
每个人都是风尘第一
每个人都考了个 0 分

——2020 年 4 月 1 日于成都

墓志铭

我的身份养不活一个字
最后，是同一个星球的血缘
我也获得了星球奖

阿 谀

当我赞美狗狗的时候
再扔一块骨头在地上
于是，向我摇头摆尾
当我横眉冷对的样子
甚至拿棍子恶狠狠的样子
狗狗的态度就变了
人世间连汪汪都喜欢阿谀

我是一个喜欢阿谀的人
整个世界都喜欢阿谀
光面子永远是一块遮羞布
阳光与黑暗同肉体，同胞兄弟
大地在展览美丽的棺材

蜜蜂甜言蜜语飞上天
葡萄藤喜迎阿谀
往上爬，结出我口里的果实
而石头堂堂正正做人
却永远埋下了基石

想起老师赞美我
想起瓦匠师傅赞美我
想起武钢的班长赞美我
想起煤井里的班长赞美我
还有风赞美我几十年
平时我听惯了阿谀奉承
而阿谀害了我的终生啊

看，天地万物迎合阿谀
太阳上升了，大地上升了
我的灵魂也上升了
但我不喜欢狂风，飓风，台风
粗暴地伤小草小树

哟！小树断了一条胳膊也长大了

——2019 年 10 月 27 日

生存法则

两只公鸡干起来了
吵架打架是传统
夫妻干架是传统文化

天地万物的矛盾纠纷很多
世界上每天都在诞生矛盾
风与万物的纠纷，风说不清

乌云和日月星辰的矛盾缺一不可
没有乌云，就没有雨水，没有生命

他们为一口田水的纷争
时光进了黑暗的牢狱
黑暗进了地球墓
其实牢狱也是地球墓

水说水是天下万物的魂灵
地球说，回家吧

生死法则规自然

虽然一个个死神都走了
但地球依然活着
人类从同一个地球墓绽放东西

——2010 年 12 月 3 日

在天上洗澡

蓝天草原没有树
牛羊马群在天上吃草
白云乌云在天上吃草
蓝天大海没有鱼
日月星星就是鱼
日月星星在天上洗澡
白云乌云在天上洗澡
石头在天上游泳

打谷子

传统打谷子的工具
人是天生的工具
天人合一衍生人
伴桶有四只耳朵，为木质
镰刀弯弯是月牙弯弯
挡席是竹子编织的篾席，不可缺席

这个秋天又熟了，黄了
收割梦想，收回黄金般的黄谷
故乡牵着伴桶的四只耳朵，在田里
举起一把把稻穗，谷穗，阳光
一年的梦想，从梦里的天空落空

仿佛一粒粒星星种在天上、云里
除了满天的黄谷，金谷，收获脑壳
收获“稻草人”喂牛
剩下半生半熟的阳光，在云里壳里
然而秋风永恒的飘香米酒
一粒粒文字孵化出谷种与人生

嫁给自己

嫁给贫穷，不如嫁给风光
嫁给幸福，不如嫁给阿弥陀佛
小山嫁给大山，还是小山
小树嫁给大树，在大自然和森林
水嫁给水，在大海和江河
云朵嫁给云朵，在天空
尘埃嫁给尘埃，漂泊飞舞
尘埃嫁给风，和风流浪
老鼠嫁给老鼠，地下拖儿带母
白天嫁给阳光，还是白天
夜晚嫁给月光，还是夜晚
闪电嫁给雷电，击中脑壳开花
风嫁给风，自由自在风中行
古树开花，鲜花嫁给老时光
夕阳嫁给黄昏，落日嫁给大地

——2010 年 11 月 2 日于成都

神 犬

生命都有灵性，通人性
无论猪牛羊马，还是家禽家畜
父亲半边脑中风，躺于床上
狗儿用嘴撩开父亲的被子
又用牙齿拽他的手袖
硬生生把父亲拉下床后，
又拉出门外，莫名其妙的
当狗儿把父亲拉到院坝一瞬间
顿时，天摇地动，地动山摇
房子摇摇晃晃，左摆右摆
鸡飞鼠跃，蛙跳猫跳
瞬间，天空飘下一摞瓦片
砸在大地的背脊上了

——2008 年 5 月 12 日

心　灯

在白天
盲人的拐杖是一柱灯
拐杖照亮一条路
在夜晚
我的眼睛是一盏灯
我的心是一盏心灯
亮了心中一条路
路边的花朵是一盏路灯
亮了夜晚的眼睛
亮开我的心，亮开我的路
路边的石头是一盏灯
摸着石头过河
摸着心路走夜路
江边的水，是水银灯
月光的反光铺亮我梦中的路
哦！蜗牛在夜晚不要灯
蜗牛是天上的星星
哟！今夜没灯草了
萤火虫点亮一苗小草

——2003 年 12 月 9 日

根

树根草根，牙根竹根，墙根
风没有根在寻找根源
世界上每个人的根都在大地
世界上每个人的根都是影子
太阳月亮的根在大地
我头皮上生长不计其数的白草
你满头花白银发染白月亮
阳光每天浇灌头发，浇灌汗毛
血液连接倒影连接江河溪流
大地上每一粒细胞繁洐无数须发
我每根神经抖动每条江河奔流
我的心脏在跳动，抖擞天心地心
哟！路死路埋，沟死沟埋
阳光月光给我施足肥料
发根紧紧抓住领土，在我身上

光　浪

在阳光中流浪，在阳光中游泳
不知浪到何方，远方无尽头
烈日炎炎下，人们在海里游泳
阳光月光也在海里游泳
你说你在翻天倒海的天上游泳
我说我在一浪浪阳光中游泳
你看见我的身子荡漾波光
我看见你绽放一浪浪阳光
烈日炎炎下的阳光，何处不炎热
水里炎热，岸上炎热，夜里炎热
柴在火光中游泳，淹没在火里
我在阳光月光中游泳一辈子
收获一生的共鸣同鸣

竹　编

编织古今编织未来，你还是竹子
编织思想，编织灵魂，编织自己
记得编织扇子的时候
蚊子嗡嗡嗡为我歌唱

蚊子催我要凉风
风催我要凉扇
阳光跑来欣赏竹编艺术
我用竹骨、竹皮人皮，编织理想
我用月光编织人间的篾巴巴扇
当萤火虫点不亮油灯的时候
明月来到身前帮我照亮
当我编织花篮竹篮的时候
蜜蜂与蝴蝶围在身边学技艺
我在编织篾席竹席的岁月里
编出一朵月亮花太阳花

蛙

傍晚，青蛙在原野唱歌
青蛙为我的村庄代言
当一只青蛙独鸣
便有万只青蛙在田原歌唱
有的青蛙可能是哑巴
有的青蛙随声附和、不掺和
有的青蛙是婴儿的啼哭声
有的青蛙在哇哇哇呻吟
有的青蛙的声音唱破嗓子吐血
满田野青蛙在我梦里叫唤

不知谁是男声，谁是女声
还有老弱病残的悲歌在荡漾
一会儿哟！青蛙唱出月亮
一会儿哟！青蛙唱出太阳
谁也听不出谁的声音

——1986 年 4 月 9 日于南充

大是大非

浓雾天的山是雾霾
浓雾天的江水是烟云
山村的烟火是云火云烟
大气层的风尘是尸体的魂灵
白天是太阳白白的骨头
夜黑是人们黑色的眼睛
月亮是光钩子
乌云是一群群狼
白云是一群群羔羊
星星是一颗颗白牙天牙
蓝天是一片汪洋大海
大海是大气层的宇宙
飞机是飞鸟在我眼睛里游泳

——2007 年 10 月 19 日于成都

你

你拿不出风
嫁给风喝西北风
只要你比风过得幸福
孤鸟心满意足
嫁给风，无牵无挂
吃四季风，在空中
居无定所，来去自由

——2017 年 3 月 2 日

心　尺

每个人的心，是一把尺子
可以丈量天地，收缩天地及宇宙
人心，将心比心，比天心，比地心
比万物事物之心，比风尘之心
我的目光是一把无尽头的量尺
我的身高可以丈量天高
我的脚是大地的一把量尺
我肚里的羊肠小道是一把卷尺

每个人的心是一把直尺、卷尺、心尺
卷尺长，长江长，万里长城长
没有我的心尺长、心宽，装天地万物事物
诗歌的理想：将长江长城收回卷尺
诗歌的理想：将长江黄河卷起来
诗歌的理想：把群山万山装入口袋
诗歌的理想：把江山社稷延长
我的心是一把无尽头的尺子，丈量事物
大国工匠是祖国一把心尺

——1998 年 1 月 2 日于深圳

翻天覆地

当翻天覆地的时候
飓风撕扯天地万物的魂灵
小草哭泣像婴儿哭泣
一株株树发出呻吟的声音
即使你倒下
也是一把尺子丈量天地

还有雷声敲响锣鼓天鼓
敲响天国天都
还有闪电拉开一幕幕序幕

只有日月星辰不敢出场表演
出场的是风云和雨水
哗啦啦地歌唱古老的天国

夜晚，月亮撒谎的时候
便有太阳迎接黎明的曙光
当月亮在天空不敢露面的时候
黎明的阳光依然在门口迎接我

那江河与大海，在翻滚奔流
天都看不惯大地留不住水源
一条条美人鱼漂浮天空

——2016 年 7 月 8 日深夜

雪　月

月亮是没有化完的雪花，或冰块
星星在冷飕飕地打抖
黎明看天上张开一只只蓝色的眼睛
我从飞机上瞅见白皑皑的大地是天
我捧着一捧雪，是洁白的月亮

——1990 年 1 月 3 日于北京

诗 经

从半边天的身体
流出一朵朵旗帜
血液举起风采
生活飘动蓝天大海
生活染红东方的笑脸

——2019 年 2 月 1 日于成都

火凤凰

鸟不在山林飞
鸟从炉火里飞到天上
鸟是一条条火红的钢铁
炉火把鸟炼成钢火
炉火把鸟炼成飞机
炉火把鸟炼成太阳
炉火把鸟炼成一只只火凤凰

——1987 年 6 月 20 日于武钢

苦　蝉

蝉蜕叫了，谁是公蝉？谁是母蝉
蝉不歌唱春天的风光，花朵
蝉不歌唱秋天丰满的果实
蝉不歌唱冬天的残酷，冰雪割喉
蝉生来只唱火热的夏天，三伏天
也许它喜欢烈日和火炉的温暖
也许是上帝的安排、恩赐
当我看见一只苦蝉，我便是苦蝉
当我在火树银花的树上独鸣
便有千只苦蝉齐鸣，万只苦蝉共鸣
苦蝉大合唱的声音是念经的声音
苦蝉在烈火中念经、焚烧、涅槃
我们蝉中也有哑口无言的苦蝉
还有的苦蝉是左嗓子右嗓子的左右派
还有的苦蝉是随声附和的中间派
还有的苦蝉是聋哑蝉，盲蝉
我从骄阳似火中蜕变，脱下季节的壳
我便是世界的药材，药引子

——1986 年 7 月 22 日于南充

丰富的乡愁

原始的稻草人
挤在热闹的田埂上，与风对话
而今，收获了生活的马路
啃走故乡的词语，不见鸟影
孤空的山村，失去嘎嘎嘎的欢笑声
失去一苗汉字的书写

一只鹰爪，天上一爪，地上一爪
掏空天，掏烂地球，掏空眼睛
咬铁的石头，咬铁的骨头
零碎的骨片、铁片，牛眼睛不敢下田
布谷鸟说：等生锈的骨头风化
石头风化，铁片氧化，种下诗种

横穿天空的两条天线电线
一正一负，能量争夺
百姓的门与地府的门
叫盲人、哑巴、文盲去识别荒唐
山村皮面光，空墓，空壳主义

是非天地的鬼地方

一正一负火线天线绞一起
瞎灯瞎火的黑夜，鬼哭嚎叫，鬼火冒
天灾地灾、水灾火灾、乡村不要悲哀
那淹死吊死的山鬼、冤鬼、水鬼，四面楚歌的黑夜
瓦屋抱着瓦屋流泪光，废墟开花流泪花
四合院的猪牛羊和犬只，也伤心得流泪光
魔与鬼呀！弹丸之地请不要争夺

我捡起伤心的词语，拾起记忆的碎片
从梦里拼凑不拢一个残缺的故乡
那吼破风的声音也缝合不起来
你们和风，漂泊异乡他乡
地府的权力不许农田抽一口秧苗水
为一口水的生活，掉下故乡山头的命
田不准田过水，水与水打水战
水做的人，漂泊远方生活
逼迫主义逼迫打工

活神捡来死神的天衣，在异地舍不得穿
世界上有失必有得，有得必有失
风水先生相传，地脉龙神，风水转化
文星，流星，斗转星移，天上掉落一颗骨牙
耳闻陨落乃天家常事，天朝更替的历史规律

我的草木花乡，魔与鬼墓地邂逅

瓦屋与风吵架，越吵越破
风调整天地万物后，房屋却东倒西歪
兽物与兽物，疑心重重
兽物进了牢狱，进了墓碑
稻草人，家破畜亡，妻散，鸟散

我的草木花乡，春天在黑暗中开花
老的老归老，走的走归走
没有饿死上辈光棍，魂灵和日月星辰在飘舞
他们托梦给下辈，我们漂流异乡

原来的猴儿庙，没有吊死一棵大树
猴儿没有吊死一棵小树
只剩下一尊孤独的世佛，我启蒙的圣地
猴儿立地成佛于空空的山顶，骨头顶天
雷电闪电那魔爪，击倒菩提树的生命
世界上照远不照近的菩萨哟！
只剩下没有猪关，我儿时的学堂

再看张海清母子与侯伦国
两公鸡，一老母鸡
没有淹死老母鸡的贾三文，聋三文
空守一个光光村度日

来吧！用阳光脱光山村的皮

用秋风缝补破屋的生活，缝补风
再用风兮兮脱去我穷诗的外衣
哟！乡村一下子披上太阳的袈裟了
日光月光东串门西串门访问
那老鼠依然在守望乡愁

——2017 年 8 月 9 日

喜欢

我喜欢蚊子那根坚硬的针管
每天给墙体打针输液
蚊子在我肉体上篆刻雕刻
蚊子把希望插入黑和暗的墙体里
抽出黑血后，就飞走了
留下一点文血红血在我肉体里
虽然我没有长瘦，但它也没有长胖
蚊子和你一样骨瘦如柴啃墙
影子在墙上流下黑泪

——1992 年 7 月 16 日于广州工地

每个人都是月亮

我看月亮的时候，我就是月亮
因月亮的影子关在眼睛里了
酒杯里的月亮也咽下肚子里了
当人们看月亮的时候
世界上每个人都是月亮

——2017 年 11 月 26 日

芦　苇

芦苇哟！
你好像有扫帚的身份
你把理想伸向天空
让自己有一席之地
而你扫不去日月星辰
扫不去乌云白云
扫不去雾霾
扫不去风尘
因那是永恒存在的生命
就像你我的存在

我知道你想把天地扫干净
扫呀！扫出月光阳光
扫呀！扫亮天地
扫呀！扫下一片片雪花
而你依然是一苗芦苇
筋骨生长在大地

——1990 年 11 月 6 日

山　情

我站在山头上
山把我举在天上
从故乡那座山，到异乡那座山
异乡那座山也是故乡那座山
山脉相连，与世界的血脉相连
那些残缺的山口，缺口，洞口
张开口喊我补缺
当我走进山口，山从不咬我
我住在山洞里
我就是一座山

——1998 年 7 月 6 日

乌云也有生命

没有乌云，就没有雨水
没有雷电，也没有雨水
没有风，也没有雨水
没有阳光，就没有生命
乌云的命很薄，在空中飘浮
乌云在蓝天草原流浪
雷电，有时敲破乌云的脑壳
时光，有时穿破乌云的胸膛
一次次死亡又复活
是的，乌云伤心得流下雨水
大地，便得到一口饮水
乌云用自己的生命
滋养天下所有生命
是谁，吃白云的奶长大
是谁，喝乌云的水长大
啊！不懂事的世界，日月
生命相辅相成在天地

——1994 年 7 月 21 日于广州

彷 徨

一条条鱼彷徨在水里
它们迷失方向找不到方向
游来游去始终游不出水外
永恒的鱼水，不可分离
当厨师分切鱼尸的时候
当医生手忙脚乱的时候
彷徨在美人鱼身上

一条条蚯蚓彷徨在泥土里
爬来爬去，始终爬不出泥土
爬不出自己的身体

人们彷徨在日日夜夜
不知是黑夜，还是白天
不知是白天，还是黑夜

红月亮

呀！霸王别姬的血液，染红月亮
他自刎乌江的时候，魂归故里江东
英雄的血液，流入江河、大海
染红月亮在水里的倒影
滔滔江水，滚滚翻浪，翻天倒海

呀！海子的血液渗透太阳月亮
当诗人穷困潦倒站不住江山
三毛，许立志，海子，顾城，屈原……
这些诗人的血液，便是太阳月亮的血液
而月亮没有诗人的血液患白血病
当诗人在水里的魂魄渗透太阳月亮
红太阳红月亮的血光，温暖天地

风　门

我走不出我自生的门
也走不出死亡的门
人的门太多
耳门，鼻门，牙门，嘴门

还有内急两道门
鬼门关太多，天门地门
东门，南门，西门，北门
风没门，光没门
每分每秒向我开门
与风和光同眠
夜黑没有向世界关门
黑暗向黎明开门
人类给人类无数界限
我下辈子依然做一只天鸟
天空无界无门，任我飞行
我下辈子是一粒风尘的翅膀
灵魂飞入阳光的身体

——2014 年 7 月 19 日

牧风歌

风儿呀！飘向东西南北
你牵着没爹娘的风儿，四季牧风
天空呀！飘下一粒粒雪花
老天呀！掉下一颗颗天牙
风儿呀！飘向东西南北

你吆喝羊群，羊一路歌唱风儿
我吆喝风儿，风一路歌唱东西南北
你赶一群羊，赶出日月星辰
我赶一群羊，赶落一只太阳
风儿呀！飘向东西南北
你一生牧风，风牧我在草原

——1995 年 9 月 15 日于内蒙古

天 面

我不喜欢天面上的东西
我喜欢看不见的东西
太阳月亮是面子上的东西
越看不见的星星，星星越高
星星的诗学文学越高
大海越深，大海的文学越深
浮在海面水面的东西
比不上沉在海底水底的古城
浮在水面上的油珠珠
比不上锅底的肉质和骨油
路越远，我脚下的诗意越长
面前的石头是你的绊脚石

远方的石头越远，视野越大
越看不见的星星越高
我老祖宗在天上的天位越高

一叶知痛

风吹呀！叶落呀
你摔下深渊没有呻吟声

工催呀！交房呀
你摔下深渊没有呻吟声

只要明天的太阳不死
死神从晨曦复活

风吹呀！叶落呀
一叶便知大地的痛

风吹呀！叶落呀
大地便知一叶的痛

——2006年12月9日

雌　风

请问：风的性别是什么
天地生育无数孩子
有长大的太阳
有长大的月亮
还有没长大的星星
谁能辨别日月星辰的性别

请问：风的性别是什么
天地生育无数孩子
有一座座高山
有一株株大树小树
还有没长大的小草，虫鸟
谁能辨别天地万物的性别

请问：风是男性，还是女性
我们常说“雄风”一词
难道还有“雌风”吗
她从石头身上认识胎记
我从风身上认识雄风

——1998 年 5 月 16 日于深圳

留

牛羊马群有后代
就留给后代
我孤品一人没后代
就留给自然法则
留给烟火
留给大地
最后移交风尘的翅膀
与天空的阳光飞翔

——2020年3月30日

关风门

我要关闭耳门
不听这个荒谬的世界
我要关闭眼门
不看这个荒谬的天地
我要关闭鼻门
不闻非言非语的世界
我要关闭嘴门上锁

因病从口入
祸从口出
我要关闭风门缝风
不许半山腰漏气

——2020 年 1 月 1 日

庙中村

古老的下院山——庙中村
村中庙、水中庙、庙中水
没有和尚的庙子，撞不死钟
没有尼姑的庙子，淹不死寡妇
院子、庙子，隐埋了风流的前世

庙中村，你和我童年一起玩耍时光
摸水田的螺丝，摸贝壳，摸到太阳的身影
我把水里的月亮玩大、玩小、又玩大
一群飞鸟认识弹弓和石头的声音
一群燕子迷途知返，但忘不了乡村

哦！董鸡的歌声不在稻田敲响锣鼓了
风车雀不在稻田摇转风车吹响空壳了
但风车雀一歌唱，预言未来的生活不是空生活

古老的下院山——庙中村
竹林围护院子，竹林围护破庙子
竹笋毛喂进那时月的空肚子
呀！从水里打捞的鱼尸不是人尸
春风拨开乌云白云的皮后
阳光露出白白的骨头了
院子里那个邋遢的杨红飞疯子
没有砍断隔壁的鸭脖子

古老的下院山——庙中村
风断不了永恒的烟火
虚无的猴儿庙，没有猴儿吊死树的生命
原始的小青瓦庙子，是漏太阳的学校
月光坐过石凳子，阳光坐过石桌子
一个个学子有了儿子孙子
一个个学子不孤独终老一辈子

每一块田与每一块田的纠纷
每一口水与每一口水的纠纷
静水与流水的纷争
除草的锄头，没有除掉生命的脑壳
太阳月亮在高高的天上不知民情水情

乡村种上一条条没马的大马路了

乡村种上没乌龟车的水泥路、空路
但乡村被风乾坤大挪移后变样了
而风挪不动一条永恒的嘉陵江
风永远扶不起嘉陵江站立

古老的下院山村呀
我为你种下一行行诗行了
我为你种下一粒粒文字庄稼了
但玉米没有种在大地，种在天上了
水稻没有种在水田，种在天上了
天上一颗颗星星是我们交的公粮
永远储存在灿烂的天空

——2019 年 10 月 31 日于成都

煤之韵

一分钟不生产煤
全世界就没有工业
全世界不饿死都会冻死

一分钟不生产煤
全世界的光就会变成黑暗
全世界就没有美好生活

一分钟不生产煤
火车的轮子就跑不动
时间就会拖祖国前进的后腿

一分钟不生产煤
太阳炉就炼不出铁骨
工业就炼不出石油

一分钟不生产煤
工业的高烟囱就不会冒烟
祖国就要瘫痪

煤——需要人去生产，开采
人——需要人生产人

——1991 年 2 月 6 日于北京

血　路

这是英雄洒下的血路
断断续续的残疾路
弯弯曲曲的残疾路
拄着拐棍的残疾路
世界上有无数条残疾路
这条腿走到哪里
这条路就走到哪里
这条腿是一条路
这条路是一条腿
这条路上只有一条腿
这条腿上有无数条路
血路连血路
向前走吧
你跌倒了
路就站起来了

——1990 年 8 月 5 日于北京深夜

春天的眼睛

春天拄着拐棍，拐棍拄着春天
树木牵着树木修行修道
流浪狗牵着主人向石佛乞讨
瞎石向行人默默乞讨
拐棍和树在世界同命运，同身份
不知拐棍啊！摔了多少筋斗啊
那桃树李树，依然带着伤口开花
盲人的眼睛里，没有无尽头的目光
盲人的眼睛里，没有无尽头的远方
她们与拐棍一次次跌倒，又爬起
看哟！瞎子的春天瞎天瞎地

——1991 年 3 月 20 日北京

我喜欢你们的辛勤劳动（组诗）

篇一：秃鹰秃鹫

烧烤美人鱼是世界的通俗习俗
是城市寺庙，生意人发明的专利
而一种忧伤，西域不藏的土俗方俗
秃鹰用嘴去野外，一嘴一嘴参加劳动
无论那冻死高原的虎狼，鸟虫，鱼蛇
还是抛尸野外的牛羊马群
秃鹫秃鹰的精神，以劳动致富
免得饿死天空划不来，肥了大地
秃鹰用口劳动的美德如啄木鸟啄树
啄食自然，咀嚼自然，饕餮自然
飞机的翅膀，方能飞上天

篇二：雪虎雪豹

零下 40 摄氏度，草原还在奔波
不捕捉山羊，冰雪也会自然融化
白虎一身白，披着白月亮的兽衣
雪豹一身白，披着白云的兽衣
那是诸葛亮吊孝，披着不死的寿衣
那是花猫哭老鼠？还是老鼠哭花猫

不像群山不动，不劳而获的花草树木
不像大海躺着不动，等江河溪流送水
不像天躺着不动，坐收日月星辰的渔利
不像梅花鹿躺着不动，而有伤口
那森林太辛苦了，咀嚼词语的骨头
那虎豹，太阳月亮也切割了子宫癌
那大漠沙漠，骆驼喝自己的体液
一看，饿鬼在天上变成胖云了
一看，风瘦得看不见了
那是奉献生命的高贵精神
无论如何，天地都是同颜色的水
同颜色的血色，同颜色的黑色影子
而猎人收获自己，两手空空
大地终于等到自然送来
大地储存了亿万个残阳的骨头

篇三：狼狗

是狼非狼，是狗非狗
狼亦狗，狗亦狼
一对双胞胎遗弃森林，草原
不知是谁捡到后，取名狗的名字
不知是谁取名，狼的名字
走兽也有代言诗歌的权力
长大后捕食自然是猎人的天职

而东郭先生和狼的寓言故事
天说天有理，地说地有理
各说各有理，风说风有理
我说我有理，你说你有理
它说它也有生理经期和经血
风说生命有没有发言权
当狼遇见狗的时候
看见天狗食日，天狗食月
而兄弟俩饿了相互厮杀词语
相互劳作，自由恋爱产生爱情
谈恋爱也是劳动，诞生永恒的生命
当猛虎神兽遇见熊熊山火，风暴
还有那拉去火化的石头，尸体
生命瞬间变成升上天的烟云
一陈狂风后，疮痍满目的春天

篇四：那条蟒蛇

如果有来生，我愿做一条巨蟒
做一只秃鹫秃鹰
做一只老虎，狮子，野狼
神兽与鸟群从不写作，生存于自然
那牙齿，利爪，也很辛苦
我们没日没夜写作，看见自己
蟒蛇舌头一伸，便有食物

而我们舌头一伸，舔到无味的空气
无味的风，无味的阳光
如果蟒蛇把我吞了，那是它的付出
我将进化成一条蟒蛇
无论如何，我喜欢辛勤的付出
那条蟒蛇对汉朝有功劳
与刘邦相遇，把生命献给《鸿门宴》
那条蟒蛇，建立了汉室江山

篇五：苍蝇与蚊子

我喜欢苍蝇和蚊子的辛劳
蚊子吸我身上的文血也不容易
不是遭扇子拍打，打不亡，打不绝
就是遭灭蚊药，灭不亡，灭不绝
盘旋于天空，吞噬空气，阳光
蚊子带着我的文血嗡嗡嗡唱歌
蚊子叮咬后，蚊子体内有我的文血
苍蝇也有诗歌的翅膀
飞过爬过太阳月亮的肉体
佛祖说：生命到尽头归于自然
生命在无尽头的生死轮回里
每个夜晚从黎明轮回醒来
我把文血和忧伤交给自然飞

——2013 年 10 月 19 日于成都

代　言

烟火是世界的代言人
风沙是世界的代言人
鸟儿是花草树木的代言人
尘埃是翅膀的代言人
天地万物是风的代言人
青蛙哭歌是春天的代言人
苦蝉哭歌是夏天的代言人
阳光是白天的代言人
月光是夜黑的代言人
黑暗是地狱的代言人
诗歌是天地万物的代言人
诗歌是万事万物的代言人
诗歌是生命的代言人
水是人的代言人
盐是海的代言人
日月星辰是诗歌的代言人
狗狗哭泣是乡愁的代言人
拐棍是瞎子的代言人
我是我的代言人

——2016 年 3 月 19 日

工夫茶

人一生，喝什么最好
除了铁观音，龙井，茉莉花
还煮太阳花月亮花的肉体
还煮乌云白云花的肉体
还煮天星天石的筋脉文脉
还煮风雪雨水的血液
还煮花花草草的身体香体
还用忧愁忧伤泡苦茶
还用唐诗宋词元曲泡浓茶
还用日月星辰泡浓茶
还用方言方语泡浓茶
还用一汪泪水泡苦茶
再敲响古寺的钟声
荡起杯中一片涟漪
品一口古诗，味美千年
千年功夫才孕育新诗
茶亦酒，酒亦茶，茶也醉
我用我泡茶，用时间泡茶
我把我喝了，时间把我喝了
时间把我骗了，陷在时间里
而他用孤灯独影泡茶

掐不死影子，掐不死光阴

——1998 年 11 月 20 日于深圳

初心（组诗）

篇一：天漏

儿时的故乡，风屋不漏
那烟子熏肉体，邻里飘香
暴雨后，屋里可以划船
那淹死饿死的老鼠
半个月时光后
不是风散出一股尸味
就是天漏下的阳光发臭
不是柴草发出霉菌味
就是烟雨发出一阵阵臭味
臭也是香，香也是臭
当我从霉味中醒来
看见老鼠穿一只鞋子
拖着尾巴，大摇大摆
老鼠穿我的鞋子
我便是老鼠了

篇二：推磨子

石头记住了萤火虫
石头记住了乡愁
石头记住了灯草灯油
那时月，你推你的皮包骨头
那时月，我推我的旧思想
那时月，推臭豆腐，推红海椒
从石头的身体里流出血浆呀
推呀！推日月，推三倒四
磨呀！磨上磨下，磨天地
转呀！转天转地，转乾坤
天昏地昏，天晕地晕
再推荐诗歌给石头咀嚼

篇三：舂对窝

一切从那里进去不同
一切从那里出来不同
舂五谷，舂人生，舂岁月
那石对窝和石磨石佛，同骨肉
和石头同身份，同成分，同命运

那对窝棒有两个脑壳

一头是铁脑壳，一头是木脑壳
用脑壳舂石对窝，舂糍粑
故乡舂了五千年的生活
血液流通在树木里

舂呀！舂自己劳动得来的东西
从我们眼睛里舂
把自己舂得粉身碎骨
磨呀！磨太阳，磨月亮
磨上下牙，磨掉一颗颗流星
从时光里，磨不走老时光
从年轮里，磨不走春夏秋冬

数呀！磨呀！舂呀
千舂万舂，千磨万磨
只剩下一颗颗口粮
数呀！数到口里一颗颗黄牙
再数，数到天上一颗颗星星

对窝呀！你只记住了风儿的对
没记住风儿的错，从回忆里
风儿给对窝拉稀摆带
蒸一坨坨包子给对窝吃
一唤，忠犬舔净我的初心

篇四：娃篮篮

当我看见婴儿哭的时候
便看见自己哭的模样
那娃篮篮坐过我的哭声
那娃篮篮坐过你的哭声
那娃篮篮坐过他的哭声
那娃篮篮坐过鸟儿的哭声
那娃篮篮坐过太阳的时光
那娃篮篮坐过月亮的明亮
那娃篮篮坐过祖父母的哭声
那娃篮篮坐过儿时的故乡
哟！风伸手摇过娃篮篮
哟！风把娃篮篮摇倒了
落日下山，收工回家
呀！闷死一个小棉袄复活

篇五：坛坛罐罐

这东西千家万户都用来装东西
那坟山坟地，也是文山文海
古人的心血早已成碎片了
房前房后，工匠的艺术早被糟蹋
听说他用碎片割死了自己
当我从泥地捡起一片陶瓷片

便捡起了古人们的灵魂
那花纹显示古人们的心血
而童孩看见碎片，追我满院子跑
于是我搬倒坛子，躲进文坛里不出来
而文坛的坛子里有许多老鼠

篇六：子弹头

请不要忘记子弹头的痛
当我看见子弹头，便听见枪声
请不要忘记枪声带来的悲伤
声音夺走无数先烈的生命

记忆捡到两颗子弹头
一下便知，掉了两颗人头
听说那是打靶场
听说那是坚贞不屈的刑场
听说那是硝烟弥漫的战场
那英雄的鲜血，滴在我心里

一颗子弹头，便是一颗人头
一个子弹壳，便是一个脑壳
串在钥匙扣上，相互碰撞
也能听见轻微的响声
仿佛那远方的枪声

篇七：拉风箱

故乡拉风箱，是拉家常
我拉风箱，是拉二胡
那是用鸡毛加木质加艺术
一针一针缝风箱，缝生活
那是人造风，生产风的年代
希望风箱早点煮熟生活
那风箱是一套完整的音乐体系
那是口含吹火筒，吹响童年时光
那是口含风，吹烟火的系统
如果风箱呛坏了，吹火筒破了
便是人口吹，人力吹，吹的年代
如果人吹坏了，那是风箱的年代
风箱与土灶是一套军用系统
红军扛风箱，长征路上煎日月
先人们用智慧，自给自足生产风
我与破风箱唱歌，唱响岁月
月亮从柴门，进进出出来倾听
耗子进风箱，两头受气啊
满屋浓烟熏得老鼠咳嗽
风也呛得，断气不断风

篇八：家谱

麻雀有自己的家谱
燕鸟认识自己的家谱
家谱是墓园花园那老祖宗吧
太阳和月亮有没有家谱
鱼儿的家谱从水里找
野兽的家谱从森林找
鸟儿在天空飞来飞去找家谱
石头的家谱从何处找
风的家谱从何处找
诗歌的家谱从天地万物找
英雄与先烈的家谱在旗帜上
蚂蚁的家谱在缝隙里
先人把家谱写在风的骨头上了
而寂寞的石碑与树木
无鸟问津

篇九：风车

小时候，我问母亲
为什么风车长了四条腿
她说：风车是牛羊马出生的
我又问：风车的腿怎么是木质的
她说：每个人都是树子

当她吹稻子与糠壳的时候
母亲叫我转动风车叶子
一会儿，母亲说我转飞太阳了
一会儿，母亲说我转落东方的太阳
一会儿，转出皎洁的明月
一会儿，剩下的都是一堆秕壳
最后，剩下风的文化遗产

篇十：水车

在那天空的架上
从那高空的高板凳上
岁月从我的眼睛里抽水
从我的记忆里抽水
从我的梦里抽水
一脚一脚踩着木叶子木轮子
一脚一脚转动故乡的风水
木叶子一叶一叶翻水是翻书
从下田翻到上田，翻年轮
从下田抽水的血液，输给上田
把我一汪泪水抽干抽尽了
那是木架子，木质结构年代
那是接骨木，接龙骨
那是一串串树骨的骨骼，排骨
那是一串串穿梭时空的骨头

那是抽风的血液的时代
那是古人们用艺术配套生活
那是鲁班工匠精神的秘密
那是传统的秘密在天空
当我们从梦中旅行醒来
进化成机器电器抽水的血液了
山河在，水流淌的声音在
记忆的时空在，初心在
我水里的影子与月亮重叠了

——2006 年 8 月 17 日

祝　福

他在我的祝福中走了
送给烟火红红火火
退给大地还没有退休
生育群山万山江山
花果、蔬菜、粮食、草木的血液

回　收

天黑回收了这孤独的壳
从黎明孵化出了太阳
黄昏回收了落日和月亮的毛
炉火回收了铁骨，燃烧钢铁
诗歌回收了天地万物的灵魂回收江山
乞丐回收了大唐的宫殿
时光却回收不了我永恒的影子
生活回收不了灵魂的痕迹
回锅肉回收不了肠胃，醉美酒
炉火回收了太阳，回收了日月星辰
上帝回收了天下苍生
自然法则回收了所有灵魂
她们的眼睛回收了天上的泪水
她们的血管回收了一条条江河溪流
我们的大脑回收了书籍
笔管回收了嘉陵江水
夜壶回收了黑夜的夜水如天水
手机回收不了流失的流量与话费
电脑回收了大脑的骨件零件
博物馆回收了古老的东西
废品站回收了再生资源的生活

天空回收了尘埃飘舞，寺庙回收尘世
风回收不了尘埃的自由
火回收不了烟尘、灵魂、骨魂
风水回收不了大火小火文火的权力
水火回收不了逆风的特权，相生相克
大地回收了前世、今生、未来
感谢大地回收了诗歌的肉体
生老病死的矛盾向死而生

——2011 年 3 月 1 日于成都

侠 客

月光下，刀光剑影
风云变幻一瞬间
闪电光劈断树枝一条胳膊
痛得风尘呜呜呜地叫唤
捅破了黑暗的尘世
然而，风流淌的血光
一下子亮了一条路

乡村赋

永恒的炊烟，升高乡村的云朵
永恒的风，吹不灭永恒的萤火虫
吹火筒一口，吹灭了唐宋元明清
雄鸡一唱天下黑，夜深深
又灯火通明，缝补沧桑
星光，月光，阳光侍候邋遢人
土灶不来气，黑锅黑脸五千年
油灯不争气，风争气
风箱古风一乐曲，奏响乡村
乡村在蓝天下看日出日落，观赏星月
氤氲，雾霾，烟云，浑染山谷峡谷
乡村用阳光收养虱子跳蚤，收养蚕桑
刨火棍的岁月，火里来，火里去
长长的历史，浓浓的炊烟浑染乡村
风车转流年，自产风，风流五千年
一草一木的老少爷们，忙于收割
一山一水的风风光光，忙于浇灌
一田一地的农人牛人，忙于耕种
一村一户的蚕娘，忙于织丝绸
斯文人忙争茅斯，笑狗天有雨
田园风光，随我拉稀摆带
牛羊马群大合唱，唱响天地

鸡犬啼鸣，唐诗宋词元曲普光明
子孙万代立志传，受命于大地
血脉连连，承载永恒的青山绿水
而沧桑躺于夹缝，露不出日头
小草躺于脚底下，发不出呻吟声
风来时运转，云开雾散，草木缝生
旖旎壮阔的风景入眼帘，大好形式
电灯胜过灯草，胜过日光月光
乡村在我优质的文血里复活
万古流芳百世，山水美好，源远流长

——1999 年 5 月 6 日于南充

徘徊不定的风

风生来就是犹豫不决的
风有太多的无奈
都是生活逼迫风浪迹天涯
风东转转，西转转
风好像站不住脚根
风东讨口，西讨口
再饿也在巡视天地
风好像不好意思去给世界要饭
只要往天海一走，海浪笑靥如花

风儿在贫瘠的大地上奉献了一辈子
风尘却在天空徘徊不定
他穿梭于天地都是为了苍生

——1997 年 3 月 1 日于深圳

土里土气（组诗）

篇一：灯草

生于斯，长于斯
白草长于你我的头上
白草长于他的头上
一根根白草长在每个人的头上
从古老的太阳那里萌芽更年轻的光
从盖棺定论到烤龙背
都离不开一盏盏灯火的光明
让死神和大地的子孙万代接香火
让造物主物归原主于心上
归烟火，归大地生长白花白草
向世界吐露永恒的光舌
让灯草点燃每一个黑暗的夜晚
让故乡掐断一截一截生活
又点燃一茬一茬乡愁

篇二：土碗

老王衔一根土烟杆在嘴里
口若悬河地流口水
眼角有两坨白点点的苍蝇屎
岁月已把脸篆刻成一条条沟壑
苔藓和污泥布满石头的脸
可能他从来没洗过脸
不可能用水洗脸
或许没水洗脸，哦！
他捧起地上那口土碗粗碗
夹着碗里零星稀少的颗粒
当我问及老王时
他说这口土碗是从坟山捡回的
这时，天空下起了雨
于是，他仰面朝天
雨给他洗了一次脸
雨把碗也洗刷了

篇三：哟哟哟

布谷鸟哟！不要催哟
你的声音累不累哟
把声音留到明年叫唤哟

布谷鸟哟！烦不烦哟
怪怪阳哟！也在炒作哟
生怕人间听不到声音哟
人们忙不过来哟
春蚕春娘都老了哟
忙抬上山安葬哟
秧苗也在催哟
麦黄也在催哟
娃声也在催哟
布谷啼血哟
太阳都哭肿脸了哟
繁忙的季节哟
麦草在月光和刀光上过日子哟
麦子是五粮酒的身份哟
布谷鸟哟！不要催哟
日月星辰闲得没事哟
太阳哟！不要晒光头哟
晒脱皮了哟！火辣辣的哟
草帽哟！顶在头顶上哟
赶快抢成熟的季节哟
风暴哟！不认大地哟
抢风雨之前的白日昼夜哟
抢冰雹之前的月光哟
收割金黄灿烂的麦子哟
蒸出白白胖胖的小子哟

编织一朵朵白云的草帽哟
天才是大地的乌纱帽哟！

篇四：土鸡

杀这只土鸡，那群土鸡哭泣
没二话，两腿一蹬，土鸡认命

一会儿，鸡老板过来说：莫法
做一点土生意，还要找土狗财狗代言

烫掉鸡毛后，南方的土俗
不许柴火烟火烧土鸡身上那些弱小细毛
以免敬财神爷时，得罪先人板板

傍晚，残阳回大地，废品团年
土鸡吐一句乡音：干杯
哟！还有一些牛羊的面孔
土鸡从桌上饕餮梦想，认识了世界

篇五：土话

声音无国界、地界、天界
声音有咸味、甜味、苦味
我的乡音无论走到哪里不褪色

明星唱歌的声音为何值钱

毛主席把湖南话带到国际绽放
邓小平把四川话带到国际绽放

我的理想
把风卖了
然后给父亲治半边风，治半边瘫
等清明把拐棍寄给天堂的父亲

而母亲说：正月记头，腊月记尾
她说我的木脑壳硬是不得行
她说我不管做啥子都不得行
说我对窝棒做钉锤，欠锤
说我半空中挂口袋，装光装风
疯儿洞的脑洞装不进话

真是个咬卵将、犟怪怪、犟牛筋
声音总是大声武气的
悬吊吊的蜘蛛活甩甩的
说空话都是空中钓鱼

——1997年春节于深圳初稿
2016年1月9日于成都改稿

工具万岁

每个人都是工具
是创造人类的工具
是繁衍江山的工具
是推动历史前进的工具
是劳动的工具
是建设祖国的工具
造物主，造世主
都离不开人的工具
钢笔和钢枪是双胞胎
写字写诗是开天辟地
一笔一笔开辟江山
一笔一笔随风飘舞
写字写诗是劳动
劳动万岁，工具万岁

风神的态度

我们的态度，是风神的态度
风神的态度，是我们的态度
风对待花草树木的态度，永远不变

风对待石头的态度，永远不变
风对待巨浪的态度，永远不变
风的态度有时有百度、千度、万度、亿度

酒鬼调侃杯中的月影，和酒醉的风
酒醉的树影，都是轻飘飘的
来吧！像风云一样对待日月星辰
那乌云对待日月星辰的态度永远无改

然而，我晒在阳光下的衣物
也许风看不惯我的习惯
才吹跑了红色的内衣
但人们都是这样对待风的
面对天光的，风也是这样对待人间的

记得我晾在黎明的东西
被黑暗的态度接收了，不翼而飞了
当我问暴风雨、问惊雷、问闪电
风的脾气越问越大，越暴躁
风的态度就是风的脾气
最后，我找到了我

全世界都接受了生活的态度
也授受了瘟疫的态度
还接受了烟火的态度

人们不得不接受风的态度
天地万物不得不接受风的态度

让世界把最好的态度交给烟火
把最好的态度交给大地，绽放矛盾
把最好的态度交给尘埃落定
牵着风享受生活万岁

——2020 年 8 月 8 日

纪念海子

虽然不认识
但你断断续续的
纠缠我的笔墨纸 30 年了

当年遗憾没见到你
今日祝你在天堂与星辰共枕
再次欢迎你永恒的太阳
重返黎明灿烂的人间

可是大海的儿子啊
与山河长眠了

当我从网络看到你的照片时
情不自禁掉下泪珠里的太阳

你走了，我给你写过诗
清明给大地烧过草纸
向烟火投过草稿
我寄给烟火了，寄给风了
寄给华夏大地了
让青烟送上了青天
太阳月亮也闻到我的诗味

当年你走后，我就看破尘世
把心血抛进太阳炉里焚烧了
阳光收获了烟火的气味

啊！你走了 30 年了
今日是你的祭日
我要告诉你一个神的秘密
太阳是大地忠诚的儿子
每天黄昏都回家

——2019 年 3 月 26 日

验 光

修修补补多少年了
我要给老花眼配一副眼镜
用形式主义给虚弱的乡村添光
抹上一层青天白日的颜色
他们与她们用白石灰做面膜
抹亮一个伟大的乡愁
穷时光获得白云般外衣的奖赏
无论真善美也好，无论真善美也罢
里面的黑和暗永远看不见
虚弱的乡村总是向往肥胖的城市
而小麻雀不稀罕大雁的翅膀
也能飞入高高的云天和远方
我不敢看白天的太阳光，刺痛眼睛
我喜欢天黑戴墨眼镜，观星斗
和柔软的毛边月亮。看着，看着
乌云碰响雷电，风雨交加
哦！天漏了，瓦的眼睛漏水了
用诗歌给世界验光吧

——2019 年 6 月 7 日

老人与山

在遥远的山里不仅有青春
还有绿春、红春、黑春、白春
还有一棵千年的老树
它的四周萌发很多树子树孙

在那座山里，也住着一位老人
他葳蕤的人生繁衍的子孙已开花结果
却移花接木到远方，生育新的生态
而这位老人收养一座山一群羊
山里不知有没有蟒蛇、猛兽、苍鹰

老人每天和羊群，日出暮归
黎明，他把羊和太阳赶上山
黄昏，他把羊和太阳赶下山
日复一日的光阴，年复一年的岁月
最后只剩下一只羊，一个老人

他的心血喂养了一座山
他的心血也是那些人劳动的结果
他把心血奉献给一座山的生命

啊！老人躺下了，他是一座山
那座山有一位老人，变成了老树
树的后代在柳暗花明中绽放

——1996 年 8 月 10 日于内蒙古科尔沁
左翼后旗工地工棚

生活从不放弃我

你放弃了人生
又回到忧伤的人间

拐棍从不拒绝我
我收获了一根伟大的拐棍
敲响星球，敲响雷声……

——1996 年于深圳

火人志

我是烟火灯火永恒的血液
钢铁的血液，煤的血液
钢铁燃烧亿万年，依然是钢铁
钢铁碰钢铁，碰出火流血
火锅煮天海，煮熟天海的日月星辰
煤燃烧亿万年，依然是煤
红红火火的血色，永不褪色
太阳月亮燃烧亿万年，志燃烧亿万年
青春的血液，灯火的血液
烟火的血液，风尘的血液
尘埃的血液，生活的血液
大地的血液，永不褪色
天火永远把太阳的身体储存活期
永恒的火太阳，给人间永恒的生活
草木下酒，醉得火焰翩翩起舞

生　产

有一天，产房里热火朝天的
产房外的公公婆婆争论不休的
公公一直喜欢公的
婆婆一直喜欢婆婆妈妈的
而接生婆不喜欢婆婆妈妈的
风婆雷神争论不休的
瞬间一道闪电光剪断了一条脐带
风雨交加的仪式，一会儿
雷公打个响屁公布了答案

——1997 年 6 月 25 日于深圳

无　题

不知风扇了月亮多少耳光
不知乌云扇了月亮多少巴掌
可能风看不惯天地万物的习惯
可能乌云看不惯日月星辰的习惯
经历生死离别后，依然重圆

——1986 年 5 月 1 日草于贵州遵义牛蹄公社

浪迹天涯的风

杜甫的茅屋为秋风所破歌
我的石屋有风篆刻的阴文阳文
之前之后，无非是唐朝前后的风
之前之后，我问风有没有资格证书
之前之后，我问风有没有认证
风笑兮兮地说
我是白云乌云天地万物的领袖
天地万物都有风亲吻的口印
风给太阳月亮洗过脸美过容
风给天地万物抓过痒
风摸过天上每一颗星星
风给天地万物点过赞
风永远赞美烧烤美人鱼的烟火
烟花烟火都认证我了
大地和风尘也认证我了
我也给大地和风尘认证了
天地万物都是风的铁杆粉丝
风获得天地万物的赞扬
天地万物也获得风的大奖
感恩天涯的天光时光吧
感恩大地收回石头吧

同时我要感恩黑暗的培训培养
因为风从黄昏哭泣黑暗哭出光明
光明获得台风，飓风，狂风的赞助
和各种自然灾害残酷的侍候

——2005 年 5 月 2 日

草木与烟火相认

从大地生育的花草树木
是我们的兄弟姐妹
是人类反复的轮回
我与花草树木同骨肉同血缘
我与大地同根同生同血缘
每一棵小草驮着阳光月光毫无压力
每一棵树上的胎记是诗歌的胎记
当草木在烟火中噼里啪啦拍巴掌
当清明收到我邮寄的草纸草稿
还有灯草，青灯，火柴，那些兄弟
哦！烟火与世界相认了
世界与火树银花相认了
烤酒煮茶与烟火相认了
烟酒茶与火同血缘
我与大地和江山同血脉

我是人间永恒的烟火
我是人间永恒的烟酒茶
火焰烈焰在绽放自由的烟云

——2003年清明

无　题

秧苗用根须握住地球
经风雨的培养，经上天的提拔
经黑暗的培养，阳光的培养
和风的辅左辅右
结出颗状的星粒酝酿世界的生活

——2001年6月25日

柴门，土门

我是一根吹火筒
从灶门，柴门，伸进伸出
空筒骨吹响，我自产的风
吹烟火，吹岁月，吹湿柴

故乡咽下一口口烟云

你是一根吹火筒
从土门进进出出一辈子
吹柴门，吹灶门，吹季节
你回吞了一口口烟云
呛得故乡流泪光
只要你咳一声响嗽
惹起左右邻居都咳嗽了

他是一根吹火筒
从柴门，灶门，伸头缩脑
与烟云进进出出一辈子
吹火筒吹人生，吹烟云
一口气一口气吹风
气和风都是同样的命运

他是一根刨火棒骨棒
从灶门，火门，伸进伸出
一把一把挽柴，砍柴砍出血
横柴拿不进灶孔，横人不入棺材
火光燃烧烟云上了西天

——1999 年 10 月 27 日于南充

残　荷

每一个黎明到来
忧伤和痛苦在光明中
每一个黄昏到来
黑暗会告诉夜的幸福

——1995 年 11 月 23 日于辽宁新民工地

田园赋

牛羊马群，壮哉我中华大地
亿亩国土蓬勃生机，葳蕤生辉
农耕起源，谷物化石，源远流长
民风民俗之厚德，龙的传人根系地坤
田园里种宗教信仰，国富民强
物华天宝，历千秋万载再弥新
农人牛人不负皇天后土，生生不息
自强不息，强我华夏子孙，中华泱泱
耿耿忠义种薄田，热血沸腾农家子弟
担当历史重任，万古流芳
山高水长，瀑布飞流挂前川

鸟语花香水中月，民歌山歌千古传
科技收割金秋月，机声隆，雷电闪
神风吹，滚滚金黄麦浪，催蚕娘
滴滴汗水，酝酿丝绸大国
泥土气息烟火种，烟花四季染天地
哞哞哞之唤，嘎嘎嘎之啼
毛驴声嘶力竭，石碾石磨碾麦田
牛博士种泥田，田园犬守护家园
荷花水仙，山花漫山遍野，无限风光好
燕子幼鸟展翅，麦田麦穗成熟
阳雀报喜，田园风光无限美
蝌蚪游泳，蜻蜓点水，蝴蝶飞舞
伴沟壑溪流，游览山川，穿梭田园
蚯蚓翻滚知风雨，我先辈知天气
兵马未动兮，粮草先行
千犁万犁兮，永无难蹄
惟愿人蹄、牛蹄、马蹄，为忠义之铁蹄
犁古犁今扶犁江山，永不分犁
蓑衣斗笠，为我华夏之衣冠
云追水中月，月追水中云
杜鹃喋血，染红高粱，古往今来
布谷知鸟，灵魂知时节
蛙声鸣啼兮，泪雨滂沱无干涸
春寒秋冬雪花衣，风牛人马人群早
自古先民水中立，驾驭日月水中影

牛郎一饮浑浊水，涟漪激起千层浪
千里万里，田园扶江山，万山红遍
风牛人马，转轮回，转天地乾坤
月儿一弯，收割风云，血月淋
神农尝百草，口苦良方寻秘方
农商途中险，陡峭崎岖，逶迤前行
道辙送单骑，八千里外风口浪尖
一马平川行天下，行云流水
茶马古道，灯火运输，鱼龙飞跃
长忆千年岁月兮，满是沧桑
世代种良田，祖辈洐生炎黄子孙
鉴天地，自古水中煮星辰，煮米酒
稻香美酒兮，专醉风云
男耕女织，根系民族魂灵
水亦天，天亦水，天人合一
泥亦云，云亦泥，云水同血缘
水天一色，天地骨肉相连
氤氲烟气兮，又笼罩峡谷山谷
巴掌薄田兮，变沧海桑田
蒙蒙细雨，牵手蒙蒙烟云
愿风雨横扫雾霾，明朗蓝天草原
云里雾里，天亦地，地亦天
谁主沉浮兮，人亦牛，牛亦人
蹄血染残阳兮，阳光沐浴大地
看风雨洗尽尘烟，蓝天草原无尽头

放远田野兮，再收眼前兮
蜗牛、蜗牛，爬不出田园
田螺、田螺，一田清汤
稻草人、稻草人、并非稻草
惟有烟火知人间悲欢离合
惟有风火知苗草之疾苦
骄阳烤大地，鱼水情，田园苍生
水草无水，良田有油，董鸡欢
问苍穹，泪水涸，旱涝保收
农家兄弟田园话沧桑
再迎来年之辉煌，五谷丰登酿美酒
书写盛世华章，呕心沥血
鱼群鸡鸭群，撒遍我中华大地
赋以长言祝福祖国，热血壮丽山河
粮草满屯又满仓，风调雨顺
再吟龙凤胎，钢笔钢枪手中握
伟哉太平盛世，中华泱泱，地久天长

——1986 年 10 月 3 日

于贵州遵义牛蹄公社砖瓦厂

距离感

距离自己越近的人
是自己
久而久之
会对自己生厌

距离越远的人
是那星月
拉开天地的距离
才有亲密感，神秘感

——2006 年

是谁承包了未来

谁也承包不了自然灾害不发生
谁也承包不了地震不发生
谁也承包不了海啸不发生
谁也承包不了洪水不爆发
谁也承包不了风暴不爆发
谁也承包不了战争不爆发

谁也承包不了地球不出轨
谁也承包不了天不漏雨
谁也承包不了人类的生死
谁也承包不了动物的生死
谁也承包不了动物植物的生命
谁也承包不了瘟疫不蔓延大地
哦！自然把人类的生死承包了
自然把鸟类兽类的生死承包了
自然把所有生命都承包了
自然把飞禽走兽的生命承包了
自然把太阳月亮的生命承包了
自然把乌云白云的生命承包了
自然把风尘的生命承包了
自然把太空和宇宙承包了
花猫把老鼠的财运承包了
风把乌云白云的官运承包了
自然把金木水火土承包了
天把日月星宿承包了
风把花草树木的方向承包了
白天黑夜把阳光月光承包了
自然把风调雨顺承包了
自然把天地万物承包了
诗歌把万事万物承包了
地狱把黑暗承包了
阳光把我们的乡愁承包了

火光把世界的忧伤承包了
雄鸡把未来的歌声承包了
毛驴把未来的呻吟声承包了
狗狗把未来的啼哭声承包了
青蛙把未来的哭泣声承包了
苦蝉把未来的哭泣声承包了
烟火把未来的生活承包了
阳光把未来的温暖承包了
词语把花开富贵承包了
长江黄河把祖国承包了
万事万物把诗歌承包了
青春把未来承包了
我把白天黑夜承包了
生我养我的大地把我承包了
但汨罗江没有自尽
王羲之也没有承包
唐、宋、元、明、清不灭的次序
未来有没有次序问未来

——2020年1月16日

唤醒山海关

山海关啊！断送了大明朝的江山
瞧吧！大海之子，以大的姿势
面朝天花云花，横卧边关，诗守江山

山海关海子事件，是国悲，国耻
上天、森林、万物，不懂逼迫主义

他用光速拦住了逆光，风尘
不许越轨，不许碾碎大地的铁骨
他用风速挡住了逆风、尘埃、沙粒
不许尘埃遮天蔽日，浑天浑地
让阳光一尘不染，亲吻江山，墓碑

瞧吧！风笑落一颗天牙了，流星陨星陨落
风情情空，心空万空，流下泪花雪花
情水风水，流入大海的灵魂
大海万古，永葆边关，生命的江山
海水托起太阳在天上游泳
亿万颗红心像太阳，温暖蓝天大海

来吧！让我们用墨水唤醒海子的魂魄

唤醒大地的骨头垫起山海关的基石
唤醒诗人重生，唤出天上的星辰
唤醒天地万物，唤来春光，唤来风雨
唤醒千千万万海子的生命，延续生命

再用生命、灵魂、海水天水、树木花鸟
和虫只犬只与雄鸡的声音延续诗歌
延续祖国的生命，大地上的万物
再用诗歌的声音串起天心地心，串起风云
串起一串串星星烧烤，咀嚼鱼尸饮酒
串起太阳月亮的心肝心肺，烟熏火熏
不许用哭泣的声音翻天倒海，天流泪

让泪花泪珠，滚动火车的车轮打工
从大海里生育无数个海子的生命
孵化每天一个太阳，每天一个月亮
让日光月光扶立雄伟的墓碑天碑，镇守边疆

——2012 年 3 月 1 日于成都

养　神

石头在黑暗中失眠了
石头闭了亿万年的眼睛养神

它在它的影子里养活了我
养活了全世界都是同黑色的影子
全世界都是同黑血的万物动物

星星石从不在天空打坐
与大地闭目到天光亮

——2020 年 7 月 16 日

忠　犬

我养了一条忠实的狗
我感觉是忠犬在养我
与养人对比
它不穿衣，不穿袜，不穿鞋
狗儿从不问我要零花钱
也不叫我给它买奢侈品，化妆品

更不说房子，车子
忠犬每天吃剩物和排泄物
白日昼夜守护无数乡愁
汪汪汪几声保住了家园和耕牛

——1999 年 7 月 12 日草
2006 年 3 月 1 日改

北平风云（组诗）

篇一：明末

世界拖不住一条河流
也拖不住上吊的风云
大地就把一条河流拴在腰上
上天赏赐国王一条领带后
他却用来系在树的脖子上
北平的风云、风雪、奴才、牲口
以及昆虫、花鸟、野兽、山水
都长有一双明亮的黑眼睛
目睹崇祯在逼迫主义下
猪一下子上树了

篇二：闯王

闯王误打误撞，撞入月亮的怀里
瓜兮兮的月亮落入黑夜后，无声无息
但他帮历史树立了大清的江山
铁蹄声也消失在风云中
群龙无首，一夜之间风云变幻
龙争虎斗，从山海关争夺群山江山
风云把豺狼与日冠，扫出了国门……

篇三：记忆

岁月如风，风过留痕，记忆永恒
打工仔东飞西飞、误打误撞打工、打江山
披上绿皮火车的梦想，腾飞于大地
我们东漂西漂，漂到北京周口店水泥厂了
水泥日吐量，承包一座座黑暗的城市
那些硅酸盐铁矿粉凝固钢铁，凝固眼睛
那些白粉般的白面书生与造物主造反
一群鸟儿生死不明于大地
那些不知天高地厚的白痴被天高地厚埋藏了
一群蚂蚁，永远不知雷声有多大
更不知闪电的爪子有多么厉害
还不知一堆石头，静坐打坐，石头绝食
拦截风雨，拦截阳光的狼子野心

啊！他们毁了自己的青春少华
我，抱一包包水泥，如抱一本本诗书

篇四：日月神

日月在风云中挣扎
风云在日月中挣扎
鸟群在枪林弹雨中牺牲
鸟群在枪林弹雨中复活
英雄的血液凝固了万古江山
大地凝固了他们的身体
英烈用灵魂坚固了卢沟桥和永定桥
永定河流淌着太阳的血液
历史与苍穹，沉睡于大地
萤火虫驮着天黑的月亮
零星漂浮于天上，迷途于天空
飞机翻滚风云，在云海中游泳
一场翻天覆地后，进化成新天地了

篇五：堵天路

乌云堵不了日月星宿的天路
日月星宿堵不了乌云的天路
羊群却堵了水泥车的路
和水泥车堵了羊群的路

当一条天路被堵得水泄不通的时候
狂风就把铁矿粉如面粉般的水泥，沙尘
吹得满天飞，云和羊群凝聚成一团了
而他们身上的窟窿，被吹进的铁矿粉堵塞了
我呼吸北国，呼吸一座万里长城
万里江山凝固我的血脉
那水泥疙瘩像堵塞管道的生活
她们的血，被水泥凝固了颜色
而旗帜依然支撑永恒的半边天
那水泥疙瘩堵在管道里
拉不出羊子疙瘩
羊子疙瘩堵在肚子里
咩咩咩唱山歌
水泥车堵在马路上
嘟嘟嘟放响屁
瞬间引来一阵响雷……

篇六：一条血路

啊！水泥车与火车相撞了
车与车亲嘴，咬断车的脖子
她们的声音没拖住奔驰的火车
火车在大地上拖出一条血路
流下的血液变成了冰块
一名车主和三名装卸工的生命啊

留下孤儿寡母
不知金银耳环安进历史的天宫没有
不知堵塞《道德经》的子孙万代没有

篇七：跟车跟风

在北平的岁月里，我们全副武装跟车押车
戴着风帽日本帽和牛嘴笼般的口罩
押水泥不是押钞，押钞不是押水泥
而水泥也是一车钞票，在风雪雨水中包装卸
装卸工在车上一路诗、一路风、一路歌
歌声驮着风雨在北国奔跑
装卸工每天抱水泥像抱乌云般的爱情
穿越北国大大小小工地，腹地
雨水和汗水凝固水泥，混泥
血液坚固一座座机场，坚固祖国的立场
水泥给钢铁城市穿上底裤与光亮的外衣
双脚给八达岭长城盖上无数脚印的印章
一串串深深的脚印温暖了大地的雪花
北国收获了我们的青春，影子磨亮了大街小巷

篇八：卢沟桥七七事变

半个小时的神速，风云速战速胜卢沟桥
装卸工的神速，解决一车车水泥的战斗

风沙千里，刀风冰雪割我们的眼睛
野狼封锁华北平原与东北大地
铁蹄声神速般地踢出狼嚎的声音
英雄儿女豪情壮志，用凯旋归来的雄风
酝酿胜利的丰碑、果实、生活、美酒
英雄于烈火重生后，以神速风速，速战速胜
迎来雷一声喝彩，迎来风的笑声和巴掌
迎来闪电的鼓舞，迎来雨水的祝贺
鼓舞吧！让英雄摘下天上的雷
摘下日月星辰燃烧，一声声坚硬的锤炼
等太阳脱胎换骨后，又是新的日月神
布阵风云和星辰后，天地便安宁
让神巩固神的统治中心吧

篇九：家

北方风沙的声音，是狼群哀嚎的声音
沙尘暴遮天，昏暗蔽日
我闭着眼睛也能从黑暗中摸到周口店
一抬头，抬高了太阳的脑壳
一低头，天空暗下脸色
诶！水泥车就是装卸工的家
装卸工的床铺在一辆辆车板上
装卸工和一包包水泥睡觉
和水泥一起做梦

装卸工就是一包包水泥
严寒天抱水泥像抱媳妇一样温暖
暑热天抱水泥，烫破肚皮
哦！风雪天吐出的口水和拉出的神尿
瞬间变成坚硬的冰条
当我装卸完一车车水泥后
热汗水，冷汗水，湿透内衣
被自己的体温袄干后，从梦中惊醒后
不是到了周口店，就是到了北国某个工地
兵马俑的精兵遗失消失在梦里了
生活没押韵，生活没规律格律

篇十：北京周口店猿人遗址

那些风化的骨头和古化石，认识我
一具具头骨颅骨，认识我
拼凑起来的龙骨架，认识我
那些骨件和我身体的骨件，一模一样
当我看见他们，他们也看见我了
穿越无数时空，穿越原始社会
这时，寒风割肉，割神经，割骨髓，割天
哦！分割了 70 万年的山顶洞人
和现代人告别了，但属于同一个天
那些煤矿工与古人，住在山顶的天空天洞
那些滚动的化石，是滚动的石头，人头

滚行在龙骨山与龙骨架之间
猿人遗址，世界名址
认祖归宗穿越历史，穿越风云

篇十一：穿越无数时空

北方的风沙，会钻煤洞，山洞
当我手握钻杆，一寸一寸钻入黑暗中心
哦！前苏联都没钻通的地球
我仿佛钻到月球的骨头
钻到丰富营养的诗歌，再钻
岩石、矸石、地石飞向他们的头颅
如子弹头钻入石头，头破血流
再钻，地球的胸腔储存大量的诗歌
然后装上炸药火药
点燃雷电，轰的一声巨响
啊！埋下哥们了，他们变成煤了
穿越无数时空，进化成一个个活化石
那时的房山没房子，燕山没燕子
周口店和门头沟的煤矿没门
他们来回于地层深处爬
却爬不出自己一米六七的身体
爬不出永恒的地球
地心是一块强大的磁力磁场
当我们脱下便衣

全副武装套上煤衣黑衣
一层层蛇皮，一条条皮带
悬挂于山顶洞，煤窑的洞口
和坚硬雪白的骨枝上
风与阳光给冰雪一点温暖
坚硬的蛇皮流泪水
风和沙子刺入眼里肉里
左耳洞进，右耳洞出
右耳洞进，左耳洞出
风云，绕北极南极球一个圈

篇十二：活化石

北方的风云通世界
北平的地下，埋藏了无数活化石
天价的化石随风，流失于天外海外
像永定河的水，流向天边的蓝天草原了
像长沟的煤矿，流向世界的银行了
纸币穿越无数黑暗垫起了东方
啊！爆破工给地球喂药后
炸开脑球变成活化石
煤井里不知埋藏了多少石头的生命
这时，风进入洞子，变成黑风
他们在黑洞里寻找光明
诶！除了黑对黑，还是煤对煤

除了石对石，还是黑对黑
哦！几根木头和石头救下了
死在半路上的生命，缺氧气没氧
煤生活在阴阳两地

篇十三：方言方味

北方的风，也是南方的风
南方的风，也是北方的风
世界上没有五颜六色的风
没有黑风、黄风、红风、紫风
只有轻风、微风、强风、暴风
狂风、通风、飓风、台风，墙头风
还有自由的风和逆风，叫清风
我没吃过北京烤鸭
北京烤鸭也没吃过我
但我吃过烙饼，翻天覆地地烙
太阳月亮和星星都在排队
北平的苍蝇喜欢吃面食饺子
云包月亮，咽二锅头苦酒
南方的蚊子爱吃米饭炒菜
水煮星辰，咽古老的米酒
北方的方言，炒死马
南方的方言，丢里老母个嗨
方言艺术铺天盖地

方言万岁，艺术万岁
再清蒸王八蛋的八个蛋
品味诗意人生与东南西北风

——1997 年 11 月 8 日于深圳原稿
2009 年 9 月 6 日于成都改稿

请把漆黑的煤，还给漆黑的地心

无论上天入地，还是下海下水入牢狱
请把悲伤的血泪，还给悲伤的时光
请把悲伤的月光，还给悲伤的黑夜
请把漆黑的煤，还给漆黑的地心
请把我退给大地生出太阳花
请把他们身上的子弹，还给黑洞洞的枪口
请把旗帜上的鲜血，还给英雄和先烈
请把白骨，还给树的肉体，树的生命
请把黑发白发，还给人头的石头
请把人类，还给大地的子宫
请把黑油漆，还给世界漆家具
请把黑夜，还给一双双黑色的眼睛
请把黑夜，还给永恒的自然规律
请把黑牛、黑马、黑羊、黑熊，还给自然黑
请把黑狗、黑猪、黑鸡、黑鸭，还给自然黑

一个“黑”字，一个“暗”字，也是仓颉造的字
无论什么词语，无论什么字，都是祖国的字
请让每个字每个词语都活起来
请把彩色电视，还给黑白电视
请把黑，还给黑，请把白，还给白
再把白，还给黑，再把黑，还给白
这样形成周而复始，日月轮回
请不要厌恶黑暗，请不要讨厌黑暗
没有黑暗，就没有黎明的光明
既然都不喜欢黑和暗
为何把灯关了在黑暗中入眠
都在黑和暗中成长，且不是矛盾万岁吗
挖煤工人从黑暗中挖出一块块黑煤
黑暗为世界贡献无限光亮，无限幸福生活
歌颂吧！我要永远歌颂黑暗绽放光芒
看吧！星星和月亮也喜欢黑暗，来到黑夜生活
看吧！棺材也是用黑油漆漆黑眼睛的
书法的每个字，也是白纸黑字
墓碑也是白纸黑字雕刻的艺术
黑豆、黑米、黑炭、黑发，是物质的本色
是的，谁也抗拒不了自然生活的底色
谁也抹不掉墙壁上黑色的影子
感恩吧！感恩漆黑的煤照亮全世界

——2017 年 12 月 10 日

X 光

X 光之前，医院的程序
仪器检查专家的生老病痛
单位要求你体检，透视墙的心脏
你的心脏是混泥，钢铁，铁渣，铁锈等杂物
你的肺叶，悬挂在树上，干枯
你的两对半，一半是白天，一半是黑夜
一半是生，一半是死去活来

X 光之前的程序，抽树的饿血
查江河和溪流的肠道肛道
太阳是你的肝功能在左，命悬黄昏
月亮是你的肺在右，左右不得
点点星星是你的白血病细胞
你站着是树，倒下是江河船只工具万岁

X 光激光强力辐射，辐员墙体
以及高压变压器，是一道闪电抓心
将心比心，可以换兽类之心
世界上长生不老的专利是大地

——2006 年 1 月 1 日于成都

我是一块黑煤

我是一块漆黑的煤炭
坐井观天观星象的煤炭
煤炭点燃天星天火，点燃石头
煤井埋藏你们的青春生命
你们用一腔热血点燃炉火与钢铁
从我暗黑的身体里燃放光芒
太阳燃烧你青春万岁，亿万年
你就是太阳，升不起西方落东方
铁骨燃烧煤炭，铁骨绑架高楼大厦
灵魂静谧在地心，世界挖出煤光的心脏
血迹凝固太阳，凝固骨头，暗处深处
煤炭绽放阳光月光，闪电爆花
燃放噼里啪啦的风雷为你歌唱
烟花爆竹绽放祖国开花，万山红
萤火虫点燃一盏盏油灯天灯
黑暗和风点亮世界，点亮雪花
你收获光影慰藉寂寞的墙壁

——1989 年 12 月 1 日于北京

秃 鹫

一群秃鹫饕餮美食，美人鱼
西域将美人鱼，抛尸野外
秃鹫秃鹰飞向阳光月光的尸体
啄叼阳光月光的肉体灵魂
你被一只只秃鹫秃鹰吞噬了
灵魂驮着我的灵魂飞上云天
星星在宇宙空间天生天养

端　午

长颈脖子伸进水里捞屈原
连翻跟斗扎进深水捞诗人

浮出水面，嘎嘎嘎，告告告
汨罗江淹没一大冤枉一个朝代
似乎在向天地呐喊

天生的飞鸭
翅膀冲破夜色的暗光
黎明在水里打捞日月的身影
身影生下一个白色的天蛋

五月五是鸭公子的新生日
鸭公子啄破蒙冤的天壳
孵化出一代代新的诗人

——2016 年 4 月 6 日于成都

飞越时空

天鸟和人们飞越时空天空
岁月在天的脸上印下一道道辙
当阳光将羽毛剥落大地后
生长新鲜事物，草发须发及灵魂

蝴蝶，蜜蜂，等虫只飞越时空
默默无声，默默无歌，内心呻吟
给大自然留下美好记忆和恩爱
它们追求生活追求幸福之光
寻找虫类知己，虫类知音
虫类在天空繁洐永恒的生命
星星是萤火虫的子孙万代

夕阳飞过时空
落日反复恋爱大地
残阳流阳回流天空的子宫
翻天霞地，复活乌云下雨
生育日月星辰的生命
轮回在上帝的眼光里

当烟尘无声无息飘过时空
尸烟无声无息升起太阳

人们翻书翻开天地
我在翻天覆地的词语中寻找
白月亮好像是白血国王的白骨
穿越天地，穿越古今
小星星躺在云土里依然放光芒
无数尘灵跨过时空天空

——2016 年 7 月 13 日于成都

美人鱼

美人鱼不在大海游泳
水煮鱼在锅里游泳
烧烤太阳鱼，烹饪月亮鱼
不是刀叉分解鱼尸鱼骨
就是秃鹫叼上天天藏
美人鱼不在大海游泳
常在桌子上摆龙门阵
和餐盆共话东西南北
不是月牙咀嚼僵尸饮酒
就是秃鹫叼上天天藏
天空躺着的星星是美人鱼

——2019 年 9 月 26 日

孔明灯

成都每逢中秋佳节夜晚
一盏盏孔明灯点燃星星
一盏盏油灯点燃水
倒映在锦江，印红两岸
花圆饼圆月圆，欢庆人们
红红水光，荡漾红红霓裳
一杯孔明酒，醉三国
一杯月亮酒，醉天地
诸葛亮不亮，照亮古今
秋夜你放飞诗歌的灵魂
一盏盏天星从天上飘落人间

——2005 年中秋夜

英　灵

英雄是天生，天命在天之灵
星星围着月亮开追悼会
云泪浇灌天地灵物，及诗文诗意
请生者反思灵魂，风尘显灵

如果把细节，细尘，写细，写长
那就是长篇长江，散文天文
当人们涅槃后不埋藏大地
秃鹫叼飞，灵魂在天空飞翔
星座是一座座墓碑，墓园花园
你含着月牙在口里，星光点亮灵魂
月亮是有头无身的尸体
地球是气球，在天空飘浮不定
云花天花万花永恒在墓园
词语翻天覆地，转换天地
日月星辰在口里斗转星移，转换牙
从天上掉下一颗白牙，是流星
从大海奔腾复回，轮回天地
呀！海浪呻吟，也在向世界复述荒唐
树木花草反复循环，岁月雕刻风
风水风光，天灵灵，地灵灵
残阳流出霸王的血液，流入江河
天边躺着一具金色的阳光

——1987年6月3日于武汉

我是小小的小草

我是小小的小草，任凭世界践踏
风需要我摇晃舞姿身姿
阳光需要我发芽，雨声需要我发声
夜黑需要小草做梦，向上的理想

我是小小的小草，任凭世界践踏
人类深埋在草下
我依然吸收大地下数以万计的灵魂
营养、成分、养分、身份，都在大地下
还有千年的王国，富贵，也在小草脚下
还有唐诗宋词元曲，也在小草的根下

我是小小的小草，任凭世界践踏
神农尝百草，尝到我独领风骚
在《本草纲目》中存活亿万年
在墓园花园中开花，为你子孙万代发言发芽

我是小小的小草，任凭世界践踏
我选择远离人间、江河、大海、霓虹灯光
却离不开自己的光影
离不开生我养我的泥土本色

天拉我，向上长，地下魂灵握住我的手
千言万语在空中飘扬

我是小小的小草，任凭世界践踏
小草在风雨中流浪也歌唱风雨
任凭刀风霜雪斩断小草的脖子也歌唱阳光
即使小草踩在万人的脚下，马蹄下，道辙下
阳光依然升起小草的腰，抬起小草的头
吐出扬眉吐气的言语草语

——1989 年 11 月 2 日于北京

铁线草

我是一苗铁线草
在世界的脚下死去活来
被马车粉身碎骨，从不呻吟
和地心心连心，为地下魂灵代言

我是一苗铁线草
与地下魂灵联手、连网、铺网
连接无尽头的大地、边疆
小草紧紧握住地下魂灵的秘密

当我仰头，大树和太阳向我低头

我是一苗铁线草
草下有千年古国的营养、智慧
草上有上帝施舍的雨露阳光
以及蝴蝶蜜蜂向我飞吻

我是一苗铁线草呀
能知大地下无数英烈的名字
以及他们的户籍永恒在大地
还有地下文物连接小草的心脏

我是一苗铁线草呀
不向上长的理由，不炫耀
那是在紧紧抓住祖国的领土

——1989 年 11 月 3 日于北京

云花，天花，万花

我看桃花的时候
桃花也在看我

我看李花的时候
李花也在看我

人们在地里摘棉花，摘着摘着
摘到天空的白云花

故乡纺棉花，纺白天，纺夜晚
纺着，织着，握住太阳花，月亮花

弹花匠，弹棉花，弹棉絮
弹着弹着，弹飞一团团白云飘飞

云花天花万花不分季节开在我脑壳里

无 题

一群蚂蚁抬江山
一群蚂蚁抬蜻蜓过河
一群蚂蚁抬蚯蚓坐轿子
一群蚂蚁抬大象到永恒的天空
一群蚂蚁抬神兽永恒的尸体
神权的权力在死神手上
死神领到相同的待遇
相同的仪式
秃鹫收到相同的礼物

柴是烟火，柴是烟花
花草树木是烟花
火树银花是烟花
花开富贵是烟花

——2005 年 7 月 7 日

感谢黑暗

我理解的黑暗与世界相同，或不相同
因为这个世界都把灯光像月光关了睡觉
说明在黑暗中睡觉，才睡得香
因为黑暗给了世界，舒适永恒的睡眠
就像风总是喜欢吹熄油灯，在黑暗中睡觉
至于那些喜欢阳光的，光芒的
也没哪个敢把眼睛对准太阳光睡觉的
请问这个世界，谁睁开眼睛对着光芒睡觉的
睁大眼睛对准太阳光睡觉的
除非他是瞎子，或被光芒四射射死人了
盲人摸象，盲人摸字，其实是摸黑
所以，这个世界谁也取消不了黑的元素
谁也取消不了黑夜，我想取消白天，昏睡百年
所以，这个世界谁也拒绝不了黑暗的生活
拒绝不了风吹灭灯光在黑暗中睡觉
因为黑暗的东西才是好东西
金矿银矿在地心地层深处……

——1989 年春节

精美图画

雨夜
我在床板上擀面条
翻身次数擀不熟
醒来后
梦口水湿透内衣
呈现一幅精美地图
像西洋油画
像传统山水画

月夜
我在床板上擀面条
翻身次数擀不熟
醒来后
梦口水白液
是月色的白夜

虫的儿子淹死在脚盆里……

——1993年6月7日于北京

枕上书·当代文人情怀

中国书

ZHONG GUO SHU

何晓李 著

华龄出版社
HUALING PRESS

图书在版编目（CIP）数据

中国书 / 何晓李著 . -- 北京 : 华龄出版社，
2022.1
（枕上书 · 当代文人情怀）
ISBN 978-7-5169-2180-7

Ⅰ . ①中… Ⅱ . ①何… Ⅲ . ①诗集－中国－当代
Ⅳ . ① I227

中国版本图书馆 CIP 数据核字 (2022) 第 028376 号

策划编辑 冯　雪　　**责任印制** 李未圻
责任编辑 高志红　　**装帧设计** 张　佳

书　　名	中国书	**作　者**	何晓李
出版发行	华龄出版社 HUALING PRESS		
社　　址	北京市东城区安定门外大街甲 57 号	**邮　编**	100011
发　　行	（010）58122255	**传　真**	（010）84049572
承　　印	三河市龙大印装有限公司		
版　　次	2023 年 1 月第 1 版	**印　次**	2023 年 1 月第 1 次印刷
规　　格	880mm × 1230mm	**开　本**	1/32
印　　张	6.5	**字　数**	125 千字
书　　号	ISBN 978-7-5169-2180-7		
定　　价	498.00 元（全十册）		

作者简介

ZHONG GUO SHU

何晓李，笔名沙洲，1977 年 9 月生，李白故里四川江油人，汉族，大学文化，中国诗歌学会会员，习诗 3000 余首。1997 年开始文学创作，有散文、小说、诗发表于《当代小说》《参花》《牡丹》《剑南文学》《北方作家》《荷花》《阅读》《作家报》等。曾获第二十五届“东丽杯”鲁藜诗歌奖优秀奖等奖项。代表作诗《生命的壮歌》《石梦记》；散文《感激一个女人》《一种崇高的生命本能》《从李白石像下经过》等。著有诗集《远方之惑》、散文集《散落的阳光》等。

内容简介

ZHONG GUO SHU

诗集《中国书》，源自我的一首诗《中国书》。所有内容集中表现我的中国情怀的作品，精选之后，汇集于此。关于龙的传人，关于对祖国的热爱，关于对新时代的讴歌，关于对时代变迁的感受，纷呈于此。我用这些诗歌，正气且阳光地感动了自己，一些文友也给予好评。那么，有大家的鼓励，我将这些爱国情怀集中盛放一次……

瑰丽中国抒——诗集《中国书》自序

ZHONG GUO SHU

在2022年春天来临之际，展开我酝酿已久的诗歌集《中国书》，感慨良多。这不是一本星光璀璨的诗歌合集，我或许也是不怎么优秀的诗人。但我是中国人，这是确定的。身在优美的国度，有着深厚的文化积淀的土壤将我孕育，是为炎黄子孙，龙的传人，大神一样的先祖留下河流与血脉，这都是让我想要发声的缘由。

刻骨柔肠，或诗情画意，或信笔涂鸦，怎么样都好。与诗结缘，用诗来表达，都是一件让人格外舒心爽快的事情。而在这之前还必须承受岁月苍茫，经受住各种磨难，甚至遭遇生离死别的击打。

说起诗集《中国书》的命名，其实就是源自我的一首诗《中国书》。而这首诗《中国书》也是我的母亲在2018年中秋节弥留人间之际，最后一次欣赏我的诗歌。那是被诗友枫舞灵动声情并茂的朗诵诗：

一团热烈的火焰熄灭
美丽的凤凰梦沉东方
在靠近太阳升起的海边
将庞大的身躯无限延伸
我也在它的内部觉醒
我也在荡尽苍茫之后
目光在它的骨骼上游走
充满想象力的时光交错
它的骨骼在地平线崛起
大气磅礴，巍峨雄壮

这是一种奇妙的复苏，中国情结让人热情澎湃，以大山为脊梁，在困顿中毅然崛起：

唐古拉山、喜马拉雅山
昆仑山、天山、长白山
一众山脉展开粗犷脉络
山的温情携茫茫白雪
抽出数条曲折的江河
长江、黄河最是煽情
让龙的子孙横渡沧桑
在各种鲜花的梦里寻找
凤凰的羽毛及美丽传说

在神奇的土地上搭建
一个个傲视天下的王朝
书写史诗，描画图腾

构建自己的神圣殿堂，顶礼膜拜，虔诚与勤奋，身后有大神一样的先祖和英雄辈出的长河，中国的未来值得期待：

搭设神坛——琼楼玉宇
而后，一路顶礼膜拜
从嫘祖手心散落出来
一卷美妙绝伦的彩虹
巨大的桑青展开春天
无边无际，无穷无尽
我猛然发现我也是只蚕
在充满活力的春天驰骋
什么三皇五帝、夏商周
什么秦汉唐宋元明清
我跟随火热的汗血宝马
踏过盖世英雄的春天
我也是无比自豪的旅者
我被一朵桃花迷醉了

而恍然如梦的时光切换，给予人的也是发自灵魂的昭示和指引：

梦里遇见卫青、霍去病
梦里遇见轩辕、神农
梦里遇见孔子、孟子
梦里遇见庄子、老子
岳飞、郑成功纵马而过
李白、杜甫浅唱低吟
我也徜徉于丰富的情怀
拂去风雨的疼痛与悲伤
跳过血腥杀伐的场面
再从屈辱的近代站起来
向世界自豪地呼喊着
我是中国人——中国人
五千年文明积淀的土地
是我土生土长的故乡
日月星辰在我的怀中
纷纷点亮我心中的荣耀

向平凡的岁月回归，带上中国给予我的荣誉感，做一个感恩的人，积极的人，阳光的人，书写有意义的人生。母亲没念过书，上学是她未完成的梦想。病入膏肓的母亲为我的诗点赞，用尽她最后的力气竖起了大拇指。母亲在给我人生的鼓舞，而这鼓舞也是对于中国的鼓舞。于是，我确信中国梦是建立在所有中国人内心深处的诗和远方。

2021 年牛年春，似乎也有着特别的意义，经历了抗疫的全民阻击战，迎来胜利的时刻，再重新开始畅想春天，心中自然生出否极泰来的豪迈。2021 年也是伟大的中国共产党建党 100 周年。在这历史悠久又无比神奇的土地上，伟大的中国共产党带领中国人民走出近代史的屈辱年代，开启民族复兴的卓越长征，不断开创文明新时代，每一个中国人都不能缺席。

而今，努力完成这样一本诗集《中国书》的出版，对于我来说就是一件很棒的成就。这本诗集里的作品集中表现了我的中国情怀，精选之后，汇集于此，也有如释重负的快感。关于龙的传人，关于对祖国的热爱，关于对新时代的讴歌，关于对时代变迁的感受，纷呈于此。我用这些诗歌，正气且阳光地感动了自己，一些文友也给予好评。那么，有大家的鼓励，我将这些爱国情怀集中盛放一次……

崛起悲情岁月！

胜利的交响！

行板如歌！

祖国万岁！

江山如此多娇！

这是诗集《中国书》里面的小辑标签，是感叹，也是宣言。满怀着期望，立足于现在，背负着既往父辈和先祖们的梦想，续写属于我们自己的传奇。或许，多年以后，我们也被后来人点评甚至仰望。

悄然成为被赞美的人群中的一部分，悄然成为被人追寻的风景，诗歌是不可磨灭的光华。以汉字成诗，足以让人如痴如醉。穿过诗人林立的乡土，手中的青莲花像极了不可磨灭的灯火。

2021 年 4 月，为自己的诗集作序！

一并为像我一样的所有中国人，献上特别的祝福。也为世界的美献上诚挚的问候，在格桑花盛开的季节，在一条大江的臂弯里，展开一条阳光的道路……

目录

ZHONG GUO SHU

第五辑 江山如此多娇

第一辑

ZHONG GUO SHU

崛起悲情岁月

祭　天

否极泰来
我仰望天空
光阴荏苒
从夜的尽头
重新开始

一寸一寸
丈量着韶华
岁月悠悠
一天天增长
褪下苍茫

巍巍泰山
秦皇汉武们
纷至沓来
恭迎着朝阳
华丽登场

旭日东升

腾起的阳光
照耀长城
照耀古神州
照耀着我

跪在远方
我许下宏愿
放飞白鸽
祈祷大中华
万世安康

嫘 祖

纷纷扬扬的雨
被缓缓收藏起来
藏进一个人心里
她的名字叫嫘祖
她是绝美的仙子

彩虹飘落凡尘
落在晚晴的山间
一个个美貌佳丽
紧随嫘祖的脚步
驭乘清风来采桑

酬蚕

畅享日月精华
蚕宝宝们的心头
也藏着唯美爱情
也祈愿羽衣霓裳
也渴慕风光嫁衣

好凉爽的秋云
将一片霜叶捧起
再斟满玉液琼浆
将蚕宝宝们灌醉
许它们满腹锦绣

红鞋子

红鞋子走过乡村
芬芳的秋风在哼唱
是谁丢失了光环
被秋阳捧在怀里
像捡到宝一样兴奋

遗落满地珠玉
被一张桑叶抱起
蚕宝宝如愿以偿
也穿上了红鞋子
也做了唯美新娘

过重阳

峥嵘的岁月呀
意想不到的浓
霜华与夕阳相遇
一碗酒便醉了风月
所有人也都醉了

甚至，满山的叶子
也都胀得满脸红光
仰望高处，奇峰俊秀
一些黄黄的野菊花
被世俗人顶礼膜拜

回 家

蚕捧起一段锦绣
禅唱起一曲天籁
蚕和禅其实是姊妹
她们跟圣母嫘祖一起
信步走向万家灯火

步下神坛的秋风
舞着水龙，唱着大戏
将恩泽一一反哺
将幸福回馈万民
跟随他们一起回家

源　脉

没有天，哪有地
没有国，哪有家
没有藤，哪有瓜
歌声一遍一遍唱响
每一次都激荡心窝

在五千年岁月里
找寻着自己的根
从黄河一角出发
沿着崎岖山路回溯
翻阅斑驳厚重的书

一些英雄又活了
他们也向我致意
有个孩子叫岳飞
他赤裸的背上刻字
与骨肉连在了一起

黄香温席的典故

孝感动天的传说
卖身葬父的佳话
一个个从书中复活
每一个都催人泪下

感慨百善孝为先
老天也情不自禁
从他们之间穿过
满天星辉洒落下来
照亮一颗颗赤子心

百家姓或其他的述说

张王李赵，周吴郑王
我在书中寻找自己的姓氏
目光指向一条悠远的河流
看一座座丰碑在岸上屹立
一个个似曾相识的面孔
从城堡和村庄里纷纷涌现

泱泱中华，如此奇妙
我在明镜一样的湖水里
找见自己过去的样子
我为我是中国人而骄傲
我有很多优秀的祖先
所以，幸运地传承下来

每一个遗传下来的姓氏
在或远或近的源流中闪耀
灿若星辰的姓氏彪炳史册
我取其中卓越的几个汉字
组成了我今生平凡的姓名

强大的渊源或者基因使然
纵有历史的断层或模糊的记忆
也掩盖不了辉煌的曾经，甚至
某些当前痛苦挣扎的没落
会在未来某一天悄然崛起
这其中也许还包括我的子孙

七　七

过去多少年了
可这一天仍能听见
鬼子的枪炮声
从卢沟桥呼啸而至

回望苍茫岁月
沉睡了千年的清梦
在这一天被惊醒
鲜血顷刻染红大地

这天叫做七七
这天真的不叫七夕
诗意的浪漫碎了
黄河壶口战马长嘶

滚滚烟尘弥漫
我们纷纷攥紧拳头
重整破碎的山河

衣袖如旗帜般高举

七十九年之后
我们抚慰深邃的痛
重经烽火卢沟桥
神智瞬间格外清晰

七十九年之后
我们种下万千繁花
向抗战英雄致敬
将他们的壮歌唱起

七十九年之后
我们又迈过了七七
激昂热烈的青春
共写一部华夏盛史

九一八断想

今晨，你从睡梦中
被长鸣的警钟惊醒
而你，是否很诧异
警笛为何突然拉响
而后，又茫然四顾

今晨，你想起什么
也许，什么都没有
因为这又是平凡一天
昨晚，你也许喝醉了
昨晚，你也许睡晚了

顽皮的晨风翻开日历
并停止在九月十八日
而你，从台历前经过
日历上燃起滚滚狼烟
而后，东瀛野兽来了

你被拉回一九三一年

拉回到了九月十八日
东瀛野兽正肆掠而来
一路践踏着你的庄稼
一路毁灭着你的村庄

你的心突然之间很疼
那是撕心裂肺的痛楚
父老乡亲被残忍屠杀
就在东北某一个山村
而后，在更多的地方

明媚的阳光爬上窗台
你却陷入良久的悲伤
还有一腔愤怒的呐喊
突然从胸口崩裂出来
而你无心再观花赏景

凝固的血迹染红天边
靖国神社里阴魂不散
而你，目光穿过海岸
东瀛野兽正张牙舞爪
那是一个真实的魅影

而后，你是否放下了
一向沉迷玩耍的游戏
而后，你是否厌倦了
一向歌舞升平的日子
而后，重新振奋起来

噩　梦

半梦半醒间
遥见一幅残卷
在萧瑟秋风里
徐徐地开启

黑黑的土地
狰狞的东瀛兽
突然闯进来
踏破我的家门

我们的庄稼
我们的村庄
随着滚滚狼烟
一起被焚灭

东瀛兽肆掠
一路张牙舞爪
我们的乡亲
每天都在流血

一九三一年
时间被定格在
九月十八日
噩梦从此开始

铁血兄弟们
怒吼着站起来
我也站起来
修筑新的长城

向苍天呐喊
我要用铁拳头
将所有噩梦
尽都敲个粉碎

血红的朝阳
洗亮我的眼睛
收拾旧河山
我也斗志昂扬

龙的传人

端午，如火的阳光
照耀热血沸腾的江湖
龙舟上赤膊划桨的人
汗珠闪烁出龙鳞光华
呐喊，声声响彻云霄

或是艾草治愈悲伤
或是诗歌赐予了远方
或是美粽注入了力量
那些肌肉发达的人们
浑身有无限的力与美

泱泱水路分开两面
似有无穷无尽的力量
赐予那些粗犷的汉子
龙的传人，光荣与梦
在此奏响一组最强音

不需要任何的解释

看看龙舟之上就懂了
龙的传人，龙的传人
所有人的爱国情绪
都被快速地引向高峰

崛起悲情岁月

一

圆明园的悲情燃烧
鸦片烟的流毒祸害
八国联军的铁蹄践踏
日寇豺狼的残暴肆虐
那被烧焦了的乡村
那血染红了的街景
就像一场场的噩梦
锥心刺骨疼了多少年

充满着自豪的人们
真不敢相信如此屈辱
竟强加于泱泱大国
这一片神圣的土地
曾经拥有锦绣的河山
曾经到处是人间仙境
曾经流行过唐诗宋词
曾经接受过万国朝贡

二

愤怒、呐喊、咆哮
从嘉兴南湖一角骤响
并在一九二一年七月
掀起一场革命大风暴
巨镰和巨斧紧紧握手
一群历史的伟人相聚
更多的精英纷至沓来
巨人的拳头凌空高举

伟大的民族向心力
凝聚起散沙般的蚁民
迸发更伟大的创造力
闪闪红星，举火燎原
红色政党，用血与火
执意打造出神兵利器
发誓要荡尽妖魔鬼怪
决心要澄清华夏天地

三

十四年后到达陕北
二十八年后到达北京
新民主主义革命完成
中国人民从此站起来了
毛泽东主席的浓厚湘音
从北京天安门城楼响起
迅速传遍七大洲四大洋
开天辟地的巨大变迁
竟发生在懦弱的大中华

养活数万万黎民百姓
引导他们重建美好家园
只是人民幸福的第一步
一九七八年的改革浪潮
引领大中华走向复兴
重现风景如画的山河
将一幢幢高楼大厦建成
将一颗颗璀璨明珠安放

四

绚丽的图腾被捧起来
万里长城如苍龙复苏
唐古拉山顶壮歌高唱
五十六朵民族之花盛开
日新月异的新兴时代
史无前例的人类奇迹
在饱经沧桑的文明古国
竟被一个个变成了现实

从容迈进二十一世纪
四通八达的高速高铁
加快了中华大地的脉动
一带一路的新丝绸通道
正成为世界人民的福音
更深邃的目光指向太空
探索以及追梦的脚步
被卫星和宇宙飞船引擎

星火燎原

水深火热，淬炼精钢
两柄神器，横空出世
一柄镰刀，一柄斧头
它们在一九二七年八月
碰出熠熠火花照耀南昌

星星点点的火光四射
干燥的风更肆无忌惮
它们要燃尽一切腐朽
包括杂乱的野草与碎片
包括灰色的云朵与天空

晴天霹雳，势如破竹
高举红旗的炎黄子孙
执意用鲜血燃成火焰
英雄壮歌响彻神州大地
高贵头颅擎起一片青天

魔鬼和豺狼闻声哭嚎

千万华光闪耀的红星
以龙的气场蜿蜒行进
长征，从南昌辗转瑞金
远足，从延安奔赴北京

越过了雪山草地荒滩
葱茏的绿色日新月异
二万五千里漫漫征程
原来只是革命的一小步
原来还有更长的路要走

星星之火，迅速燎原
熊熊烈焰，振奋华夏
谁也不能阻止那场火
地主、恶霸、官僚不能
日寇、蒋匪、美帝不能

一柄犀利的长剑在手
坚定地捍卫美好家园
太阳神为英雄们加冕
东风、红旗、神鹰在天
四海汹涌波涛闻讯而退

巍峨群山，蓬勃崛起
铿锵龙吟，激荡环宇
冉冉红日，霞光万丈
世界瞩目卓越的新中国
在苍茫的神州伟大复兴

巨　变

风雨飘摇的神州大地上
水深火热的炎黄子孙们
在一九二一年看到了曙光
那是镰刀与斧头的碰撞
电光石火一般穿透黑夜
嘉兴南湖一条龙重聚神魂
星火燎原的气势一发不收
将一切腐朽之物燃成灰烬

二万五千里的卓越长征
只是梦想跨出的第一步
三座大山扛不住蓬勃伟力
在一九四九年秋土崩瓦解
鲜艳的五星红旗飘扬起来
一轮新鲜的朝阳腾起东方
一艘巨型的龙舟重装起航

最边缘的农奴解开锁链
饱受欺压的草民翻身解放

几千年来苦苦抗争的百姓
此前，从不敢奢望历史
会迎来翻天覆地的巨变
此后，更加辉煌的史诗
将由睿智的中国人民书写
远方，还有更炫的梦崛起

数万万优秀儿女的觉醒
数万万英雄子孙的振奋
在英明的共产党的领导下
纷纷迈过了贫困温饱线
纷纷建起了美丽新家园
唐古拉山下的长江与黄河
是大中华气势磅礴的伴奏

天安门城楼放飞的白鸽
见证了举世瞩目的阅兵
见证了抗战胜利七十年后
人民子弟兵的威武雄壮
瞩目金戈铁马、钢铁洪流
帝国主义列强深受震撼
气壮山河的呐喊响彻天宇
犯我中华者，虽远必诛

伟大中华民族复兴的梦
被举世瞩目的成就支撑
若西气东输、南水北调
若神舟飞天、嫦娥奔月
若三峡大坝、北斗导航
若动车高铁、一带一路
众多的民族自豪数之不尽
更多的民族希望指向极致

引领世界人民一起腾飞
一部牵动亚欧的鸿篇巨制
从共产党人的脑海开始
从社会主义的大中国开始
画出一条崭新的丝绸之路
在二十一世纪的信息时代
鼓舞世界人民一起奋斗
共同开创溢彩流光的未来

向十月奔跑

向十月奔跑
我是如火流光
我是轻快的风
从某个山野
意气风发而来

从烽烟岁月
从暴风骤雨里
从疼痛呻吟中
我被抽出来
翻越着春夏秋

有多少惆怅
有多少沧桑泪
向我身后奔跑
有多少希望
执意接踵而来

拈一瓣春香

我在慢慢成长
以蓬勃的气势
捧起一朵莲
直向十月驰骋

想泥沙俱下
想一切的腐朽
都在暗夜崩塌
想黎明来了
一切重新开始

向十月奔去
青纱帐高粱红
稻田里金光亮
高高的山头
柿树张灯结彩

普天同庆时
就在十月某天
奢想在天安门
以满怀豪情
高唱华夏壮歌

浓厚的湘音
犹在耳畔激荡
荡开四海苍茫
荡开新天地
荡开盛世繁华

在天安门前
我也华丽变身
成漂亮的白鸽
将羽翼展开
将龙图腾展开

看茶马古道
看新兴丝绸路
看一颗颗明珠
看三峡大坝
都在我的眼眸

金色的秋阳
炫亮我的十月
鱼的鳞甲
被幸运照耀
龙门随即隐现

第二辑

ZHONG GUO SHU

胜利的交响

回望“五四”

一只勇敢的鸟
高唱青春壮歌
穿透峥嵘岁月
跨越万水千山
一路奋力往回飞
飞去一九一九年
飞去北京天安门

一场疾风骤雨
竟在暮春爆发
掀起惊涛骇浪
激荡中华大地
卓越的青春热血
将苍茫天宇染红
击碎了漫长黑夜

一群铁胆青年
纷纷高昂头颅
撞得石破天惊

凤凰从此涅槃
他们用生命播种
奇异的文明之花
重整颓废的山河

星星之火燎原
烧红五月四日
烧红一九一九
一路高歌猛进
以摧枯拉朽之势
将百年屈辱熔尽
将乱草燃化成灰

呐喊响彻云霄
我从“五四”觉醒
走在人群当中
走过满目疮痍
走向崭新的世纪
也用青春去播种
种下华夏文明花

种出浩然正气
种出盛世繁华

种出国富民强
种出灿烂辉煌
我为大中华自豪
即便我仅仅只是
黄河岸一花一草

始于南昌

穷人，受苦受难的老百姓
泥腿子，破补丁，像乞丐
不入那些土豪劣绅和军阀眼
可他们是旧中国的真实写照
孰料，食不果腹的穷人们
竟然敢于在南昌城头放枪

南昌，星星之火可以燎原
南昌，只是一个革命的起点
南昌，凤凰涅槃的传奇重生
滚滚烟尘中新诞了无数赤子
他们都穿着草绿色的外衣
他们都戴着一颗闪闪的红星

星火，从一开始燃烧起来
就注定了在干柴烈火的中华
必然要轰轰烈烈地改天换地
那些从南昌走出来的穷人
以卓越的意志翻越雪山草地

长征，二万五千里一路向北

向北，手心里犀利的剑气
在迂回中像游龙般灵巧
迅速穿过日本鬼子的胸膛
迅速击碎蒋匪官僚的春梦
迅速打掉驴子和大象的妄想
幸福，交还饱受苦难的奴隶

从峥嵘岁月走出来的铁军
向前昂首行进的步伐在延伸
史学家将南昌延安北京等地
用一根红线美妙地连接起来
我们在许多年以后分明看见
神龙留下了无数闪光的足迹

未来，还有更漫长的道路
需要英勇无畏的战士们护航
崛起，泱泱华夏文明大国梦
或许，还将经历许多风吹雨打
然而，追求光荣与梦想的路上
意气风发的我们还将举火前进

笔向延安

一

从南昌燃起的一簇火焰
被井冈山的一根翠竹紧握
并以一支笔的方式游走
低下头去，伸入泱泱赤水
它便是一条苍龙劲舞若风
抬起头来，指向浩淼苍穹
它便是一面红旗猎猎招展

引壮怀激烈的仁人志士
穿越茂密的荆棘和丛林
一路向陕北，昂首挺进
徒步去延安，寻诗意远方
黄土高原将英雄深情昭示
崎岖的征程，在足下蜿蜒
英雄血写下人类历史之最

二

从斑驳的教科书里抄写
杨家岭、土窑洞、南泥湾
举世瞩目的字眼跃然于纸
并在苍茫的黄河边安放
激情的歌声一遍遍响起
一轮红艳的朝阳破土而出
满目新奇地注视延安一隅

回眸一九三五年的秋天
柿子高粱渲染丰收的喜悦
想下一年春天充满希望
延安，敞开她柔软的胸怀
拥抱那些风尘仆仆的孩子
史诗，在黄土地上晾晒
一朵朵向阳花仰起了笑脸

三

抑或是黄河磅礴的涛声
激荡着不屈不挠的民族魂

越来越多的人笔直了腰
执意要向陕北延安远足
寻找凤凰华丽涅槃的舞台
在大无畏的赤子情怀里
隐现泱泱华夏复兴的图腾

每个人都是杰出的画家
每个人都是卓越的诗者
每个人手中都有一支狼毫
像铁戟一样坚硬的触角
也有像水一样柔软的身姿
一条曲曲折折的救赎之路
原来也是艺术含蓄的表达

四

延安，引人神往的圣地
从延安起落的点点星光
一次次将伟人的眼眸吸引
从滚滚烽烟里纵身而过
百炼成钢的人民子弟兵
带去了井岗翠竹的葱茏
带去了格桑花的奇异芬芳

二万五千里漫漫长征路
被描成一幅长卷指向延安
峥嵘岁月被一步步征服
跨越巍巍雪山、茫茫草地
飞夺泸定索桥、横渡大河
每一次卓绝的人生体验
都成俗世望而兴叹的话题

重走长征路

从瑞金到延安
几万里漫漫征程
脚步迂回向北
历史，有些沉重
未来，靓丽如新

一颗颗夜明珠
被一条小路串联
从延安到瑞金
一端是土窑洞
另一端是井冈山

从瑞金到延安
腥风血雨每一步
红旗格外地鲜艳
草鞋丈量着曲折
树根支撑起信仰

一路走将过来

雪山成为了背影
草地成为了背影
嘉陵江和大渡河
都成了潇洒背影

善良的老百姓
被铁蹄践踏蹂躏
他们被红军救赎
他们格桑花样美
点亮漫漫长征路

感动的泪水啊
来不及一一擦干
瑞丽阳光就来了
它们将大地洗亮
凤凰在晨曦涅槃

建军九十周年感怀

公元二零一七年七月三十日
火热的夏阳冲破云烟俯首神州
全世界的眼眸被深深地吸引
滚滚尘埃中但见金戈铁马驰骋
从峥嵘岁月中奔袭而来的流光
展开泱泱华夏威武雄壮的国风

又一年秋天就要来了，沙场
成为英雄壮歌的舞台，点兵
接受亿万炎黄子孙的隆重检阅
英姿飒爽的人民子弟兵队列
被气壮山河的呐喊牵引驱动
一队队神鹰从高天上呼啸而过

蔚蓝的海面上激起阵阵波涛
一艘巨型战舰缓缓荡开苍茫
回眸，红色星火自南昌城燃起
焚毁一切黑暗腐朽的反动势力
九十年之后的红色七月某天

英勇无畏的子弟兵们重装起航

高举鲜艳的红旗向远方挺进
摆开整齐的方阵、整齐的队列
奏响震撼环宇的一组最强音
威武的人民子弟兵高举长剑
捍卫祖国的陆地、海江、领空
捍卫人民的和平、安康、尊严

亮　剑

原本，我们只想
在美丽的神州大地
过与世无争的日子
一手琴棋书画
一手锦绣江山
或者，谈天说地
或者，听曲品茶

后来，野兽铁蹄
残暴地闯进了家门
我们的幸福生活
被残忍地毁灭
而且越陷越深
哭泣，百无一用
忍让，穷途末路

神庙，再难保佑
我们唯有奋发图强
从血泪的教训里

重振万里山河
重树一面大旗
呐喊，响彻天宇
亮剑，光芒四射

崛起，像山一样
觉醒了英雄的人们
将一切丑恶击碎
还天下以太平
还大地以新生
此情，荡气回肠
此歌，激情澎湃

恶魔，作鸟兽散
享受幸福的好日子
我们渐忘了悲伤
在温馨的氛围
我们放松警惕
然而，豺狼虎豹
它们，贼心未死

假以自由的名义
它们用坚船和利炮

妄图再一次霸占
我们蔚蓝的海
我们蔚蓝的天
此刻，风起云涌
此刻，再难安枕

亮剑，山呼海啸
如虹的剑气向天冲
腹地，金戈铁马
东风起，红旗展
神鹰腾，鲲鱼跃
雄哉！气壮山河
壮哉！泱泱华夏

决心，坚如磐石
筑起一道钢铁长城
捍卫我们的家园
看人民子弟兵
个个英姿飒爽
大爱，矢志不渝
信心，决胜千里

十月，胜利的交响

一

一九四九年十月，翘首望北方
势不可挡的光明冲破漫漫长夜
镰刀和斧头激越的交响碰出火星
点燃朝阳蓬勃蒸腾的万丈豪情
巨人红艳艳的脸庞射下万道金光
刹那间，击穿迷雾重重的噩梦
瑞丽的阳光像潮水一般汹涌澎湃
从北京天安门城楼荡起的中国风
吹过沉甸甸的稻穗们占据的河滩
吹过玉米们林立刀枪剑戟的山坡
吹过一片片热情飞扬的高粱地
吹过万里长城，吹过广阔草原
吹过黄河长江，吹过彩云之南
吹过青藏高原，吹过珠穆朗玛
携阳光摊开五千年华夏文明史
一同以崭新的姿态向全世界讲述

一九四九年十月，昂扬看东方
饱受沧桑的巨人威武地站起来
沉重的脚步踏响一眼无边的秋水
泥沼里，成千上万玉荷脱颖而出
白的花朵如明月一样圣洁无瑕
红的花朵如仙子一样粉面含羞
茶香氤氲的神州大地张灯结彩
千家万户欣然高奏胜利的凯歌
破落的神州大地刷亮了锦绣河山
惺忪的神龙从深渊里腾空而起
惊醒的雄鹰从地平线展开翅膀
羽挟惊雷，惊艳了全世界的眼睛
开天辟地的英雄们站在历史前沿
引领全世界一起迎来文明新纪元
智慧的华夏儿女在废墟上书写
一个又一个不可思议的人类奇迹

二

二〇一七年十月，浓墨与重彩
涂抹着一派喜气洋洋的节日氛围
丰收的愉悦在中秋时节欲说还休
鲜艳的红旗在神州大地迎风飘扬

金色的镰刀和金色的斧头交响
它们合奏出天地间最美的乐章
英明伟大的中国共产党迎来盛典
第十九次全国代表大会隆重召开
走过二万五千里长征路的共产党
带领勤劳的中国人民披荆斩棘
一步一个脚印，五年一个台阶
短短九十六年，完成十九次飞跃
创下一个个史无前例的辉煌成就
谱写一部部荡气回肠的生命壮歌
胜利的脚步从雪山草地跋涉而来
胜利的脚步向茫茫宇宙锐意精进

二〇一七年十月，光荣与梦想
迎着一轮绚丽的朝阳重装起航
十四亿中华儿女听见青春的号角
在秋意浓烈的人民大会堂吹响
撩动阵阵悠远的玉荷、金菊香
满怀豪情地走在社会主义大道上
我们从深长的陶醉中振作起来
展开干净新鲜的稿纸奋笔疾书
中国速度、中国力量、中国深度
新兴“丝绸之路”通向全世界

追求卓越的脚步向深海长足而去
追求胜利的脚步向宇宙长足而去
强劲的中国风引领时代新潮流
七十亿不同肤色的人心血和鸣
共建美丽大中国，共创盛世繁荣
共建和谐大世界，共举宏图伟业

公元二〇一七年十月十八日

公元二〇一七年十月十八日
当绚丽的秋阳冉冉升起的时候
炎黄子孙不约而同地聚焦北京
世界各国人民纷纷驻足聆听
习近平总书记铿锵有力的话音
在中华古老神圣的土地上激荡
茫茫天地间美妙的回声律动
漂亮的和平鸽随之翩翩起舞
亿万华夏赤子心随之热闹欢腾

公元二〇一七年十月十八日
丰收的喜悦荟萃于中国北京
圣洁的红莲从沧桑里伸长脖子
高雅的黄菊从晨雾里挺直腰身
向卓越智慧的中国人民致意
向英明伟大的中国共产党致敬
一部波澜壮阔的史诗成为焦点
金色的阳光欣然洗亮锦绣河山
万灵花在世界东方华丽地盛开

公元二〇一七年十月十八日
历史将一直铭记这隆重的一天
中国共产党第十九次代表大会
在北京人民大会堂胜利启幕
东方巨轮高奏凯歌驶出苍茫
浓墨重彩的一页正徐徐展开
胜利的脚步正从辉煌走向辉煌
中华人民共和国伟大复兴梦
由此翻开了光辉灿烂的新篇章

不忘初心

路漫漫兮，其修远
走在自强不息的道路上
我们是龙的子孙和传人
蓦然回首，依稀能看见
革命先烈用热血和青春
挥舞着金色的巨斧巨镰
碰撞出燎原的星火电光

昂首向前，风和雨
锤炼着我们纯洁的初心
星星的光华照亮了灵魂
我们高举着热烈的火焰
无畏前方多少艰难险阻
无畏前方多少曲折坎坷
无畏前方多少惊涛骇浪

高唱壮歌，壮行色
踩着伟人们光辉的足迹
从烽烟并起的年代穿过

我们背负起人民的嘱托
走过二万五千里长征路
翻越巍巍雪山跨过草地
追求卓越的心历劫弥坚

民族自豪，明如灯
照亮了我们足下的道路
一步一个脚印励志远征
五年迈上一个新的台阶
五年交上一份辉煌答卷
五年完成一部壮丽史诗
五年建起一座历史丰碑

鞠躬尽瘁，为人民
鲜红的党旗指引着我们
历尽九十六年风风雨雨
为人民翻身解放而流血
为人民幸福安康而献身
为祖国繁荣富强而拼搏
为伟大梦想而前赴后继

砥砺奋进

六十八年前的十月一日
毛泽东主席向世界宣告
中国人民从此站起来了
革命先烈们站在天安门上
目睹五十六朵民族花盛开
目睹翻身解放的人民群众
在秋意浓浓的伟大新中国
用锣鼓和歌舞表达着心声

二零一七年十月十八日
又是一个充满喜悦的秋天
习近平主席在人民大会堂
诵读催人砥砺奋进的诗
好一句千磨万击还坚劲
好一句任尔东西南北风
在充满祥瑞的金秋时节
像鼓点像号角长久地回旋

八千万共产党员在聆听
十四亿中国人民在聆听

七大洲和四大洋都在聆听
聆听一九四九到二零一七
聆听翻越雪山草地的脚步
聆听枪炮声正渐渐地远去
聆听令人热血沸腾的呐喊
聆听社会主义时代主旋律

一代代英雄的中华儿女
在中国共产党的领导下
用心血智慧缔造人类奇迹
跨越温饱线、重构小康梦
一个东方古国正走向富强
两弹一星以及神舟飞天
向全世界宣告大国的实力
嫦娥奔月也不仅仅是神话

越来越多的奇迹被创造
站在二零一七年十月回望
一座座美丽的城市在崛起
站在璀璨的星光下数家珍
说着三峡大坝、南水北调
谈及青藏铁路、西气东输
畅想胜利的脚步加快节奏
引领世界随中华一起律动

巨人的脚步

从贫弱破碎中站起来
从莽莽草丛中站起来
万里长城像一条巨龙
从苍凉的内心深处穿过
阳光浮出苍茫的大海
照亮一条崭新的道路
强烈的心跳激荡着神州
从酣梦中复苏的巨人
用他的脚步震撼着世界

从水深火热中穿过去
从浓浓硝烟中穿过去
带着一声声愤怒的呐喊
穿过强敌环视的丛林
滚滚长江、滔滔黄河
为东方巨人注入活力
横跨五千多年沧海桑田
世界在深沉的震荡中
迎来开天辟地般的巨变

翻越了大雪山的脚步
经历了二万五千里长征
昂首走在康庄大道上
世界不得不刮目相看
那双脚一步一个脚印
那双脚五年一个台阶
那双脚在九十六年后
深藏长途跋涉的苦与痛
意气风发地向远方疾行

那双锐意进取的巨足
欣然跨过十九个台阶
那双踩踏流星的巨足
正带领着亿万中华儿女
向海洋深处长足而去
向太空深处长足而去
向大地深处长足而去
不断进军科技新领域
不断登上人类文明高峰

崭新的诗篇

二零一七年十月十八日
党的十九大胜利召开了
崭新的时刻正像一叠稿纸
等待着我们用生命来书写
等待着我们交上一份答卷
等待着我们开创新的奇迹

二零一七年十月十八日
党的十九大胜利召开了
我们是时候忘却花的芬芳
我们是时候忘却酒的陶醉
我们是时候忘却歌舞升平
擦亮那颗初心，砥砺奋进

二零一七年十月十八日
党的十九大胜利召开了
我们需要忘却丰收的喜悦
我们需要忘却荣誉的牵绊
我们需要忘却爱情的甜蜜

为我们的梦想而奔走四方

二零一七年十月十八日
党的十九大胜利召开了
我们要在崭新的稿纸上面
浓墨重彩地书写新的诗篇
甚至用我们的青春和热血
写下一个个分量很重的字

二零一七年十月十八日
党的十九大胜利召开了
我们要在崭新的稿纸上面
倾情写出更加辉煌的图文
画出壮丽山河，画出龙图腾
画出雄鹰的翅膀，画出凤凰

二零一七年十月十八日
党的十九大胜利召开了
我们要在崭新的稿纸上面
充满自豪地续写中国深度
充满激情地续写中国高度
充满荣耀地续写中国速度

新兴中国梦

没有共产党就没有新中国
当这首让人热血沸腾的歌
在五湖四海唱响的那一刻
大清王朝的黄龙旗缓缓落下
风雨飘摇的日子还在延续
水深火热的煎熬还在延续
可是，一面鲜艳如血的红旗
从嘉兴南湖的画舫上升起
若一轮格外蓬勃的朝阳腾空
万丈华光刺向神州苍茫大地

没有共产党就没有新中国
一首经典的歌引万众欢呼
向伟大巨人行崇高的膜拜礼
目光从镰刀斧头的交响中
犀利如箭矢般穿过峥嵘岁月
火石电光如流星闪烁华彩
引领受苦受难的蚁民崛起
刺向敌人胸膛的投枪匕首

穿越军阀混战列强环视之林
击碎魔鬼和幽灵共同的梦魇

从来没有一个政党能如此
无私无畏地肩负起民族大义
从来没有一个政党能如此
激发黎民百姓内心深处的爱
情不自禁一声声高呼万岁
无数英雄儿女为之前赴后继
头顶一颗闪闪的红星前进
走出一条前无古人的长征路
翻过雪山、跨越草地和激流
二万五千里荡气回肠的歌鸣

没有共产党就没有新中国
如此一首赞歌在混沌中振奋
沉睡已久的东方巨龙醒了
将张牙舞爪的日寇赶出中华
将野心勃勃的蒋匪彻底打倒
将一切帝国主义的痴心妄想
用钢铁拳头敲打得灰飞烟灭
回眸一九二一到一九四九
二十八年的烽火烟尘散去

伟大的新中国由此崛起东方

伟大领袖毛主席在天安门
用他浓厚的湘音向世界宣告
中国人民从此站起来了
中华人民共和国从此成立了
开天辟地的民族复兴纪元
崛起世界东方的伟大巨人
从一九四九年十月一日启程
重振百废待兴的万里河山
雄赳赳气昂昂地跨过鸭绿江
将一个新兴大国的雄风舒展

时间见证着无数奇迹诞生
在不可思议的积贫积弱之地
亿万贫苦百姓翻身得解放
跨越温饱线、重构小康梦
一个东方古国正走向富强
两弹一星、神舟飞天的成功
向全世界宣告大国的实力
嫦娥奔月的梦想也从古书里
被共产党领导的中国人民
逐渐变成越来越美妙的画风

越来越多的人类奇迹涌现
站在二零一七年八月里回望
在嘹亮的歌声里满怀自豪
回首中国共产党走过的历程
引领中国人民不断创造奇迹
宏伟的三峡大坝、南水北调
卓越的青藏铁路、西气东输
一座座欣欣向荣的城在崛起
一条条四通八达的路在延伸
一首首威武雄壮的歌在高唱

紫气东来

一

一九七八年十二月十八日
党的十一届三中全会隆重召开
那一刻，紫气东来，苦寒梅香
改革开放的春潮，汹涌澎湃
给苍茫的中华大地注入强劲活力
翻越千山万水的春风锐意穿行
莅临沙洲，漫渡白龙江、刘家河
吸引我睁开一双新奇的眼睛
迎来一派万象更新的宏大境界
一曲胜利的凯歌在乡间奏响
我眼中的世界豁然亮堂起来
而后，包产到户新政，遍地开花
饥肠辘辘的人们一路热情高涨
种地，纳粮，盖新房，争先恐后
深情的土地也不辜负辛勤的血汗
五谷丰登的好年景接踵而至
解决了温饱问题的人们杀猪过年

幸福的日子越来越让人心驰神往
鸡犬相闻的乡村焕发出勃勃生机
从困顿中清醒过来的父老乡亲
兴致勃勃地在乡土上耕耘和收获

二

一九七九年春意盎然时候
岁月迈出风风火火的时代步伐
惺忪朦胧的旧时光急速退去
朝气蓬勃的新事物纷至沓来
煤油灯微弱的光焰缓缓地熄灭
电灯的华光在乡野间引群情昂奋
从漫漫长夜穿过的人昂首向前
迎接着新时代浪潮的震撼和冲击
很快，电影下乡，电器下乡
马拉石磨退下了历史的舞台
粉碎机、打米机、榨油机下乡了
压面机、磨面机、脱粒机下乡了
打麦机、打谷机、拖拉机下乡了
手表、收音机、电视、冰箱
自行车、摩托、汽车、飞机
越来越多的神奇充斥崭新的生活

我眼中的场镇变得琳琅满目
现代文明一次次从课本里跳出来
让人无不感慨生活真的在巨变
日新月异的时代变迁，精彩纷呈
一条东方巨龙正缓缓地昂起头颅

三

山中，如我一般平凡的百姓
进入一个越来越精彩的新世界
眺望着春潮不断高涨的世界东方
看“改革开放”四个字充满神力
深入人心的“改革开放”四个字
在最偏远的乡村被春风不断传颂
向曾经贫穷落后的乡野展开图腾
我确信我也是无比幸运的孩子
我贫穷落后的家在一九八八年春
奇迹一般地买起了黑白电视机
我家在已有彩电进村的背景下
终于也被强烈的渴望驱动而努力
追赶着时代文明进步的欢快节奏
自行车、手表、录音机、洗衣机
越来越多地涌入我深爱的故乡

我看见我的故乡正被不断地刷新
而我的父老乡亲也由衷地感慨
未来不知还会发生多少人间奇景
热情不断高涨的人们在拼命创造
用血汗缔结日益丰富的文明果实
如是，日积月累，光荣与梦携行

四

十年一个台阶，十年一大步
在改革开放的潮流中奋勇拼搏
红红火火的日子被不断叠加
山外的世界对我展现无尽的春色
理想的翅膀迎着瑞丽之光而展开
一九九四年春天，我侧目东南
改革开放的春风继续深情地吹荡
徜徉于改革开放新时代的画卷里
不断求知——构造五彩的人生
数代人不闻读书声的农家小院
供养出有抱负的小学生、中学生
而后，继续向省会成都方向去
土墙、茅草屋、石磨、水碾
一众陈旧的景象在我脑海里消退

崭新的砖瓦房——亮堂的玻窗们
睁大一双双明亮的眼睛将我推送
岁月之神继续精心打磨着年轮
大气磅礴、灿烂辉煌的光彩闪烁
指引从乡间小路奔跑出来的我
经过白水街的柏油路抵达昭化
然后，乘坐一列南下的火车远去

五

一九九八年七月，炎炎酷暑
恍然又经历了一个卓越的十年
而这一年的我在成都一角遥望
长江三峡和小浪底大坝截流成功
如此旷世工程在新中国落成
而从象牙塔踌躇满志出来的我
目睹脚下的道路变得越来越宽广
眼中的大千世界越来越不可思议
一座座繁华热闹的城市兴起
东南沿海一带，群星悄然升腾
深圳、珠海、厦门、汕头等新城
浓墨重彩地书写着：繁荣富强
高楼林立——堪比琼楼玉宇

车水马龙——堪比似水流光
光影交错间迎来新千年、新世纪
绚丽多彩的智能手机、互联网
风驰电掣的地铁、高铁、动车
四通八达的高速公路交通枢纽
跨江大桥、跨海大桥、城市立交
蛟龙探海、神舟飞船、嫦娥奔月
越来越多的奇思妙想，美梦成真

六

令人目不暇接之美层出不穷
无尽的辉煌成就尽情地铺陈
我其实平凡的视野因而充满喜悦
找不到足够的形容词来赞美
岁月便在峥嵘中迎来崭新的华章
抗御一起困难和灾难的雄心壮志
彰显强大的民族自信心和凝聚力
二零零八年五月十二日的大地震
悲伤与团结瞬间达到一种极致
强震将亿万颗中国心深深地刺痛
共抗惨烈的大灾难——重整家园
残破的巴山蜀水间五星红旗飘扬

更加美丽的小康新家园重建起来
而后，穿越如火如荼的炎夏八月
奥林匹克的火焰燃起于首都北京
泱泱大中华再次成为世界的焦点
中国崛起——改革开放的成果
引领新世纪世界发展的时尚潮流
中国实力、中国制造、中国红
为世界留下一部荡气回肠的歌鸣
世界人民一同为中国欢呼和喝彩

七

四十年后，再度踏雪寻梅
一条新兴丝路从萌萌芳心穿过
而后，我被带到二零一八年春天
改革开放的春风继续吹荡
改革开放的脚步迎着瑞丽的阳光
迈出了伟大征程更坚实的一大步
以党的十九大精神为动力和引擎
以建设美丽中国为蓝图和愿景
以为世界人民谋福祉为追求
极致演绎中国力量、中国气魄
开伟大中国繁荣昌盛之长河

创伟大中华民族崛起之盛世
向大世界展现美轮美奂的中国红
黄河、长江、万里长城、泰岳
为越来越繁荣富强的大中国作证
一个伟大的民族在世界东方复兴
改革开放的春风继续向世界吹荡
而我也隆重地捧起一颗中国心
为祖国、为人民、为世界欢呼
并在万千喜悦中勇攀生命的高峰
巍立青藏高原，盛开惊艳的格桑

华夏盛世之阅

——记抗战胜利七十周年天安门大检阅

滚滚狼烟已远去
苍凉岁月已远去
狼藉村庄已远去
三千万同胞用血肉
铸成了不朽的丰碑
屹立在华夏大地
屹立在世界的东方

太阳升起的东方
五星红旗迎风飘扬
我们高唱着歌曲
回望那七十年前
血与火的艰苦记忆
柔和的阳光抚慰
我们内心深处的痛

七十年，七十年
我们胜利七十年了

眼含着晶莹的泪
我们高举胜利旗帜
向抗战烈士们致敬
向民族英雄们致敬
向伟大的人民致敬

七十年后的北京
秋阳灿烂的天安门
金戈铁马驰骋来
银色战鹰呼啸过
绚丽彩虹贯长天
浩然正气响环宇
我们放飞万千白鸽

一个蔚蓝的心愿
从天安门前起航
飞向了珠穆朗玛峰
飞向了云贵高原
飞向了美丽新疆
飞向了万里长城
飞向了滚滚黄浦江

一个洪亮的声音

传遍了神州大地
传向太平洋印度洋
传向北冰洋大西洋
传遍了亚洲和非洲
传向了欧洲和美洲
传向大洋洲南北极

第三辑

ZHONG GUO SHU

行板如歌

回眸一九二一

回眸一九二一，我手中的老黄历
被犀利的风激情豪迈地翻阅着
时间又回到如火如荼的七月一日
回到嘉兴南湖的一艘画舫之上
从船舱里传出巨人蓬勃的心跳
一把巨镰和一把巨斧在苍茫云天
碰撞出阵阵足可燎原的熠熠火光

回眸一九二一，我站在二零一七
那一轮照耀过嘉兴南湖的太阳
也在炎夏七月这天真实地照耀我
那份无私无畏的热情让我也振奋
心中的热血紧跟巨人的脚步偾张
一起放声歌唱，一起昂扬沸腾
愤怒、咆哮与呐喊响彻古老神州

回眸一九二一，我也高举起拳头
仰望着镰刀与斧头的精彩合体
一面格外红艳的大旗被高高举起

如虹的气势将亿万百姓浩然昭示
一个伟大的红色政党婴儿般诞生
数万万同胞看到了民族的希望
追求梦想的渴望被共产党人点燃

回眸一九二一，我站在二零一七
重温他们向天发出如山的誓言
他们的壮举让我也想到伟大祖国
他们的豪情让我也想到黎民百姓
而今，早没有了血雨腥风的磨难
而今，我生活得也算幸福安康
可我的内心也有一些莫名的忐忑

背负九十六年光阴走在二零一七
党——伟大母亲的千叮万嘱犹在
祖国和人民的期望以及厚爱犹在
它们能否也将我的顽强意志唤醒
穿越高楼林立、车水马龙的城市
追逐梦想的脚步向边疆长足延伸
或许，我在追逐那些卓越的背影

唱响七月

当歌曲响起的那一刻
我正走在慷慨激昂的七月
镰刀与斧头的经典二重唱
唱响五千年文明的泱泱华夏
直唱得人情不自禁热泪盈眶

回眸二万五千里漫漫长征
从雪山、草地放飞的歌唱
鼓舞着饥寒交迫的红军战士
向陕北、向北京、向远方
我看见英雄的脚步一直向前

推翻三座大山的巨人英雄
也从一九二一年华丽登场
砸碎所有残酷的手铐和脚镣
万千农奴一起翻身得解放
我从他们中寻找着爷爷奶奶

嘉兴南湖的画舫长成巨轮

穿越了九十六年风雨苍茫
卓越的中华儿女高扬中国梦
龙的传人书写精彩的乐章
我心中的热血也如波涛汹涌

七月，我也高唱一首歌
向更绚丽的诗和远方奔跑
七月，我在卓越的人群之中
欲乘快铁、动车、宇宙飞船
将中华腾飞的梦想无限延伸

七月，如歌的行板

七月，无常的风雨在行进
不知道什么时候就要穿过我
七月，火热的骄阳在行进
不知道什么时候就要燃烧我

七月，仅仅是炎夏的一段
变化莫测的情绪将我也考验
七月，要轻快如鱼般穿过
奢求仿佛几无一星半点可能

七月，如我的少年穿过夜
一路步履蹒跚却执意要前行
七月，也有一朵红红的焰
在碧油油的莲叶上傲视沧海

七月，百炼成钢的时段里
锤子和镰刀碰出了石火电光
七月，刻骨铭心的信仰里
我也是个无比虔诚的膜拜者

七月，我为自己高唱赞歌
手握住一颗四叶草追梦远方
七月，我为母亲高唱赞歌
手捧着一颗夜明珠梦回家乡

重新打开春夏

七月，翻动一部万年历
重新打开一九二一年
重新找到立春、雨水
重新打开惊蛰、龙抬头
重新破解春分的一把锁
重新迎来清明、谷雨
重新面对立夏、小满
重新审视芒种、夏至
岁月或不再将青春辜负

渐从悲情的烟尘里挣脱
剥去义和团壮士的无奈
拧灭圆明园的罪孽之火
荡去罂粟花弥漫的毒烟
打磨出明镜一般的风月
照耀中华，神魂重聚
复兴之梦，重新播种
历经百转千回的折腾
火与光治愈历史的屈辱

黄河与长江，愤然弹奏
泰山在浓浓硝烟中颤抖
精英的炎黄子孙站起来
向火热的七月奋勇迈进
向嘉兴南湖昂首而去
一条红船迎着朝阳起航
缓慢划动峥嵘与沧桑
密集的云烟作鸟兽散
一朵瑰丽的莲脱颖而出

粉红色的画笔指向天空
画出一条绚丽的七彩虹
而后，一个伟大的政党
高举鲜艳的镰刀斧头旗
带领水深火热中的华夏
迎着帝国主义的炮火
一路劈开荆棘和坎坷
觉醒、振奋、开天辟地
追逐、求索、义无反顾

七　月

炎夏七月，锐意行进
高举莲朵的炎黄子孙
向波澜壮阔的大海奔跑
我透过熙熙攘攘的人群
悠悠地望见苍茫中的年份
1921、1919、1911
1900、1856、1840
然后是明、元、宋、唐
然后是汉武秦皇的盛世
然后是更激越的文明交响

从康乾盛世华丽转身
带着五千年光荣与梦远足
沿途犀利的风雨阳光
刻下不计其数的伤痕
雷鸣与龙吟虎啸激荡九天
一场苦难的幽梦深深
有过盖世英雄的泱泱华夏
穿透帝国主义列强的封锁

从坚船利炮的威胁中清醒
崭新一页从一九二一起航

辛亥革命的浪潮汹涌
五四青年的激情呐喊
为一九二一的春天铺陈
我抛开甲午海战的失落
重新站起来——站成高山
欣然打开立春、雨水
重新认识惊蛰、龙抬头
重新巡礼春分清明谷雨
再重新迎来立夏小满芒种
再重新书写出华丽的篇章

峭立一九二一

峭立，一九二一，七月
高高举起一团热烈的火焰
回头向悠悠岁月的上游走去
跨过一个个悲壮的时刻
跨过一九一九、一九一一
跨过一九零零、一八九四
跨过一八五六、一八四零
向明、元、宋、唐远足
向汉武秦皇们的空前盛世去
虔诚的心并不想将荣耀错过

康乾盛世，永乐、贞观等
一众繁华的巅峰神采奕奕
从一抹瑞丽的光华里转身
携五千年荣耀，继续远行
沿途，犀利的风雨、阳光
刻下数之不尽的疼痛与疤痕
雷鸣与龙吟在九天呼啸和鸣
一场苦难的幽梦深深沉沉
有过盖世英雄的泱泱华夏

在屈辱中苦苦地跋涉与求索

重新擦亮龙的尊严与身躯
穿透帝国主义列强的封锁
从它们的坚船利炮中挣脱
崭新的历史又从春天开始
辛亥革命的浪潮汹涌澎湃
五四青年的激情呐喊与流血
作为一九二一年春天的铺垫
我抛开甲午海战的失落
看巍巍唐古拉山的悄然崛起
看她放下大气的长江、黄河

滚滚怒涛在天地间轰鸣
一面鲜艳的红旗被高高举起
镰刀斧头发出铿锵的和弦
巨人聚首，嘉兴——南湖
一条红船缓缓划开风雨苍茫
华丽转身，凤凰涅槃，或许
不仅仅一个书面的修辞
开天辟地的时刻终于到来
精英的炎黄子孙高举起右手
青春的誓言在东方激昂如歌

伟大的新生

黄河、长江悲愤而歌
泰山在硝烟弥漫中颤抖
向火热的七月奋勇迈进
向嘉兴南湖昂首而去
一条红船迎着朝阳起航
缓慢地划动岁月沧桑
画出一条绚丽的彩虹
而后，一个伟大的政党
高举着鲜艳的红旗发声
带着水深火热的黎民百姓
一同开天辟地，缔造辉煌

一轮格外新鲜的小行星
从嘉兴南湖的画舫中升腾
重新点燃民族的新希望
燃情七月，凤凰华丽涅槃
种地的庄稼人群起响应
一无所有的工人热烈拥护
一面鲜艳的镰刀斧头旗

亮出大中华最漂亮的红色
萌萌初心，勇敢、无畏
向梦想的远方砥砺奋进
方刚锐气，注定势不可挡

镰刀斧头，风云际会

镰刀，明晃晃的新月
握在我的曾祖们手里
准备一如既往地收割
洪荒土地上顽强生长的
麦子、稻谷、玉米、野草
收割其实并不富丽的梦想

斧头，清幽幽的铁锤
开了刃并有劈山之力
大批的失地农民入城
在那些叫做工厂的地方
举起锤炼钢铁意志的器物
铿锵地敲打出火石与电光

斧头镰刀，风云聚会
众人的目光聚焦一九二一
七月，嘉兴，南湖，红船
巨人们握手——他们
或手持镰刀，或手持斧子

热血染红的大旗迎风飘扬

顷刻，阳光箭如雨下
穿破层层乌云倾泻人间
一场革命大风暴席卷中华
灾难深重的人民当家作主
镰刀与斧头发出激越交响
炎夏七月，情绪慷慨高昂

红　船

百年沧桑谁渡？时间
在一九二一年七月打开
亮出嘉兴南湖一条画舫
百年屈辱的炎黄子孙
就要从这里开始新的征程
迎接开天辟地的新纪元
一条画舫载不动太多悲情

那一刻，红色成主题
在画舫之上悠然回望
红色——中华民族的挚爱
或若故乡三月的桃花
或如故乡二月的春梅
或是门楼高挂的灯笼
或是中国结或是七月莲心

热血以及新鲜的朝阳
也是红色的美妙载体
也在七月里扬帆远航

嘉兴——南湖——红船
引得一路汹涌澎湃的欢呼
壮怀激烈，惊天动地
这一刻大中华亮出龙图腾

永生不忘

永生不忘，悠悠岁月
悄然打下的一个结——
一九二一年七月二十三日
多年以后，重新打开
嘉兴——南湖——画舫
从深重的沧桑里抽出
一串串卓越如星辰的名字
火炬耀动中华大地上空
电光石火刻下不朽的丰碑
一个伟大的民族于此觉醒
从百年屈辱中站立起来
我们不再是东亚病夫
我们有我们的尊严和荣誉
我们有我们的梦想和方向
鲜血染红的旗帜迎风飘举
镰刀铁锤的铿锵和鸣
敲打着困顿的灵魂前进
坚韧、顽强、百转千回
民族复兴扛在肩膀上

我们一手镰刀一手斧头
一手铲平坎坷的道路
一手收获着季节的辉煌

忆周总理

跟农民握手
跟工人握手
跟学生握手
跟全世界握手
您总笑盈盈

世界在痴望
望穿了荧屏
望穿了岁月
多想再看看您
伟岸的背影

世界在追寻
寻您的声音
寻您的慈祥
泪洒十里长街
苍天又哭了

在那个冬天

您化作了雨
您化作了雪
您化作了阳光
将世界滋润

您走过的路
处处开满花
处处树成荫
处处生机勃勃
繁花织成锦

致意一种崇高

——致敬爱的周恩来总理

仰望您一脸慈祥
我再找不到还有谁
堪与您比肩偕行
除了，寂寥的星辰

此刻，您在遥望
中华万里锦绣河山
您宽大的手掌心
诗情画意徐徐展开

我还记得您说过
为中华崛起而读书
那会儿我才知道
何谓有志不在年高

您博大的心胸里
也一定不会有雾霾
人民不会做房奴

大米更加不会造假

您是如此真实
可惜光辉的您走了
您无法融尽人间
依然层出不穷的苦

您油尽灯枯之时
我以为您真的走了
可是当我想起您
您的爱又无处不在

忍不住泪影婆娑
我多希望更多的人
听您的谆谆教诲
并且，也付诸行动

崇高的道德墙上
该有更多光荣的人
用殷红的血书写
同一个宏伟的理想

第四辑

ZHONG GUO SHU

祖国万岁

大中华，我的祖国

大中华，我的祖国
我神圣古老的母亲
我深情眷恋的热土
五千年或更久的文明
积淀下深厚的底蕴
孕育我从茫茫雪地里
睁开明亮如水的眼睛
于是，我满怀自豪
于是，我倍感骄傲
于是，我气宇轩昂
缓步踏过悠久的河流
抚平岁月的风风雨雨
抚平战争的千疮百孔
抚平历史的疼痛苦难
三皇五帝向我走来
秦皇汉武向我走来
伟大领袖毛主席展开
江山如此多娇的画卷
我跟随阳光的潮涌

一路向远方长途跋涉
穿越诗意鼎盛的唐朝
穿越李白的浪漫飘逸
穿越嫘祖青青的桑园

雄鸡报晓的黎明口
我站在巍巍唐古拉山
俯瞰凤凰的骨骼隐现
一万只飞鸟欢歌而来
一万条河流如梦初醒
一万道华光浴尽苍茫
一万只蝴蝶翩跹起舞
一万艘大船重装起航
熊熊燃烧的火焰如花
盛开成五十六个民族
热情奔放的灿烂笑脸
千万里延绵的线条
勾画出凤凰的形状
我在一只凤凰的内部
寻找万里长城的踪迹
寻找一条巨龙的脉络
寻找滔滔黄河的歌鸣
寻找浩浩长江的高唱

我也是荣耀的一部分
我是一条神奇的鲟鱼
我是一朵漂亮的腊梅
我是一枚晶莹的瑞雪
我是一棵挺拔的银杏
我是一只灵动的春蚕

阳光照耀我的龙鳞
春风传播我的花香
我在草原纵横驰骋
我在山间尽情撒欢
我在九天空灵炫舞
我的祖国蓬勃崛起
我在蔚蓝色的天空中
升华如丝如缕的彩虹
我在母亲慈祥的眼眸
狂饮日月星辰的精华
我要为我深爱的祖国
我要为我崇敬的母亲
高唱一部生命的壮歌
我要为我卓越的梦想
浓墨重彩地描画一番
心血挥洒绚丽的图腾

壮哉，我伟大的中华
全世界与我一同讴歌
壮哉，我伟大的祖国
我要用我的奇思妙想
献上一首瑰丽的新诗
昂扬抒写伟大中国梦
汇合亿万同胞的心声
一同踏响欢快的行板

祖国万岁

祖国万岁，祖国万岁
威武的子弟兵一身新绿
他们气壮山河的呐喊
激起无比亢奋的浪涛
响彻于三沙群岛之间
响彻于蔚蔚南海之上
泱泱华夏一同深深震撼

每一片树叶，每一朵鲜花
每一只海鸟，每一条鱼虾
都振奋起来，活跃于水云间
每一粒沙子，每一滴露水
每一颗贝壳，每一块礁石
都丰富起来，欢腾于南海边
一幅幅美丽的画卷旖旎延绵

祖国万岁，祖国万岁
朱雀与火焰共续华章
一个等待不觉逾越千年

气势如虹的中华情结
在如诗如画的妙境里
被浓墨重彩地涂抹出来
全世界禁不住刮目相看

碧空万里，九天龙腾
在遥远的三沙群岛之上
只是其中精彩的一部分
更深的牵挂向未来疯长
更远的回声响过五千年
更热的愿望被无限延续
更炫的舞姿被捧上神坛

散落在南海的念珠儿
镀满金灿灿的太阳光
它们在沙地上尽情打滚
它们都是祖国的孩子
被海风一遍一遍讴歌
它们也都是星星的梦想
被苍茫海浪一遍一遍舒展

祖国万岁，祖国万岁
那是无比自豪的歌鸣

所有的树都高举红旗
所有的人都睁大眼眸
每一双眼睛都是明镜
将五千年荣耀一一铭记
将五千年风华自豪奉献

万　岁

共产党万岁！这吼声
从一个十六岁少女口中
自然而然地迸发出来
就在屠刀落下来的瞬间
那是发自肺腑的呐喊
那一刻，她没有求饶
那一刻，她气壮山河

共产党万岁！这吼声
从渣滓洞从白公馆等处
被一些英勇无畏的人
以比枪声更响的分贝
射入一切反动派的胸膛
英雄们疲惫地倒下去
更多的英雄又站立起来

一九四九年金秋十月
全中国人民站起来了
他们也情不自禁地高呼

伟大的共产主义万岁
伟大领袖毛主席也高呼
中华人民共和国万岁
伟大的中国人民万万岁

现在或许很难再听见
来自人民的山呼海啸
可是我们伟大的共产党
仍一如既往地奉献着
他们的热血他们的青春
因为期盼复兴的人民
还用热切的目光在等待

抚摸三沙

抚摸过银杏和橄榄的手掌
穿越五千多年悲怆的岁月
拨开漫无边际的烽烟云幔
在南海的纯净里将铅华沐尽
然后，微微颤抖着触摸三沙

温情的海风从手指间划过
母亲慈祥的笑颜逐渐舒展
我在明媚的阳光下聆听着
海鸥欢乐的歌和浪花的重奏
空阔安宁的世界竟如此美妙

沙滩上有无数漂亮的贝壳
珍珠以及舍利竟不计其数
我在沙滩上野小子般撒欢
我仿佛也是缪斯呵护的宠儿
在人间仙境忘却了世俗烦忧

三沙之上的任何一处滩地

三沙之上的任何一片树林
三沙之上的任何一个物件
都是我心中无与伦比的美景
都在我诗意的维度难舍难分

多情的海风轻荡万千流云
我猛然望见有个绝色女子
她有个响亮的名字叫三沙
她的芳名在全世界悄然流行
引得华夏儿女纷纷热泪盈眶

不绝的回声

——致铁榔头及女排精神……

题记：2016年8月21日上午，里约奥运会中国女排在郎平的带领下夺冠。有感于这个夺冠过程，让人不禁联想到我们的人生以及我们的中国梦，被这样一种坚韧精神鼓舞着。在路上，无论我们的手臂多么有力，但成功的途中注定会有高低起落，也会有更多的挫折和挑战。而我们一定要坚持下去，因为希望从不曾破灭；努力下去，我们总会迎来灿烂辉煌的时刻，上天也会为我们的拼劲加冕……

铁榔头在半空中
高低错落击打苍茫
你牵动着中国心
随你一起起伏跌宕

铿锵有力的回声
在天地间久久回荡
而你温情的笑颜
在八月的里约傲放

多少沉重的记忆
纷纷滑下你的肩膀
可你留下的回声
将金色的秋天荡漾

我们每个人都在
将你美丽的脸仰望
此刻，你捧出了
世间最迷人的花香

十二朵美丽小花
紧紧环绕在你身旁
你在芳华的中心
满脸洋溢荣誉之光

三十年或者更久
我们也都不曾遗忘
卓越的冠军之路
历经多少灿烂辉煌

一种精神被高举
你用榔头奏响华章

多少艰辛与期待
共同写下史诗绝唱

大中华被你鼓舞
我们忘却一路痛痒
如火如荼的季节
我们也将百炼成钢

风云变幻的未来
我们更加执迷梦想
上天也定在未来
给予我们繁荣富强

南海，不灭的航灯

风和日丽的南海
被一层阴影笼罩
白天仿佛要成夜晚
然而，航灯未灭

大魔头和群小鬼
扮出了各种丑态
刮起一阵癫狂的风
想要将航灯吹熄

一声声晴天霹雳
将暗流奋力劈开
九天龙吟响彻云霄
鬼哭狼嚎落成灰

倔强的航灯如剑
刺破纸糊的阴谋
莲花举着华彩重开
开出蔚蓝新天地

那盏不灭的航灯
亮出柔和的星辉
一群群美丽的海鸥
天使般自由飞翔

立在人民心中的墓碑

十里长街，泪洒长天
送别敬爱的周总理
每一个人都很想很想
为他立下一块墓碑
可他真的并不需要
他无儿女，他无存款
他与万里山河同在
他与伟大的人民同在

优秀党员的墓碑在哪
孔繁森、焦裕禄等人
或许也没有一座墓碑
占据神州大地某一处
他们的墓碑在人民心中
他们把一切都奉献出来
奉献给淳朴善良的人民
奉献给百废待兴的祖国

他们耗尽最后的心血
蚕一样吐出最后的芳华

然后，化作一场甘雨
默默滋润深爱着的土地
然后，等待一缕阳光
重新照亮一派欣欣向荣
然后，等到国泰民安
然后，盼来人民的幸福

不用一块石头的墓碑
不用任何的庄严气派
不用任何的雕刻装饰
但那却是更长久的存在
也许再过很多年都有人
将他们的名字油然想起
那些漂亮的鲜花野草
或许换成了诗意的文字

书写他们的文字里面
一定有刻骨铭心的爱
一定有刻骨铭心的悲伤
一定有缠缠绵绵的泪水
一定有荡气回肠的呼喊
石头上的铭刻终将磨灭

可全心全意为人民服务
伟大的情操或早已永生

那些打铁的人

那些打铁的人，一生
主要打造两样东西
一样是农民用的镰刀
一样是工人用的斧头
从一九二一年七月
到现在，到遥远未来

他们用自己的鲜血
在苍茫的天地之间
高地错落，铿锵有力
他们的吆喝响彻人间
他们或是农民的孩子
他们或是工人的孩子

他们从羸弱到强壮
他们也一同诞出
更加卓越的子子孙孙
从事打铁这一事业
不知不觉九十多年了

铁血丹心，依然如故

他们留下一条祖训
打铁——还需本身硬
更何况是精益求精
他们不限于百炼成钢
他们一直都志存高远
他们要将铁冶炼成金

在红旗上高高飘扬
除了他们殷红的心血
还有两样东西很耀眼
一样是金色的镰刀
一样是金色的锤子
而人民或有更高期待

大庆，青春的气场

北大荒，松辽平原腹心
发现石油的热烈欢呼声
激越地震撼着一九五九年秋天
震撼着百废待兴的中华大地
为伟大新中国增光添彩
世界东方，青春昂扬崛起
一轮冉冉升起的朝阳破尽苍茫
瑞丽华光，深情照耀黑龙江
一群石油工人黝黑黝黑的脸庞
透过黑白灰的胶片重新放出来

自北而南，苦苦求索着
喇嘛甸、萨尔图、杏树岗
中生代陆相白垩纪砂岩
给出了一个响亮的答案
油！黏稠的石蜡基出现在眼前
背斜构造油藏——松基三井
成为里程碑的第一个标杆
一九五九年九月二十六日

泱泱中华告别“洋油”时代
自强不息的中国心，热血沸腾

铁人们的呐喊，铿锵嘹亮
铁人们的脚步，奋勇开拓
在那片黑黑的土地上活跃着
很多个石油英雄——王进喜
其中，一个王进喜挺起了脊梁
带动千万个王进喜热烈响应
而冰冷的季节也被热情炫动
零下四十度，幽蓝的火焰
在冰面上闪动着熠熠星光
冷漠的岁月啊，从此含情脉脉

凝眸处，深沉的黑土地里
喷涌出热辣滚烫的“血液”
那些大地母亲的深情馈赠哦
长情告慰百废待兴的古老神州
撑起风驰电掣的工业引擎
向飞机、轮船、汽车的身体
注入新鲜的河流——源源不断
海、陆、空三位一体展开蓝图
现代文明的渴望迎着华光远足
浓墨重彩地书写一路灿烂辉煌

铁　魂

钢铁是怎样炼成的
丢开那部苏联名著
从对小说人物的感动中
抽身出来，去黑龙江
去一九六零的大庆油田
看看王进喜们
你能找到更准确的答案
零下四十度，忍饥挨饿
在北大荒书写
青春昂扬的励志赞歌
化一切不可能为可能
发掘新中国工业的源泉
多少苦难艰辛都做了背影

风霜雪雨，冰寒凝冻
磨砺出非凡的人格意志
火热阳光，扑面而来
锻造出刚强的身体素质
洪泛区不再是悲情宣泄口

在此的人生是战斗的人生
在此的花儿为什么那样红
因为嫣红的是壮士的血
在黑土地上华丽地盛开
铮铮铁骨撑起万种柔情
怒放做北方的寒梅朵朵
火焰，热血——倾情而歌
为自己也为伟大的新中国

深度700米，井喷……

萨55井，4月19日胜利完钻
进尺1200米，5天零4小时
一口中深井的完成纪录诞生
4月29日，继续繁重的搬迁
去下一口井继续创造新纪录
铁人的右腿砸伤——杵拐而行
向第二口井展开奋战的脚步
钻进深度700米，井喷突如其来
这一次井喷来得真不是时候
可是地层压力并不照顾人的情绪

玉门来的铁人到达了萨尔图
随负重而行的石油1205钻井队
转战于茫茫荒原之上——困难
除了人拉肩扛，除了缺衣少食
除了身体疲惫，除了恶劣气候
还有各种意想不到的变故
比如那一次井喷以前砸伤了腿
比如那一次井喷带来的危机考验

扔掉拐杖跳下去——用身体堵漏
用身体搅拌泥浆的人名叫王进喜

那个名叫王进喜的人用勇敢
带领千万人也勇敢成王进喜
他的身体是铁，他的灵魂是钢
在最危险的时刻挺身而出
他的热爱——他的英勇无畏
在骨质里也发生了一次井喷
在众人肉眼看不见的角度里
瞬间化成了迎难而上的纵身一跳
他的心中有着炙热崇高的信念
为祖国，为人民，义无反顾……

中国红

中国红，中国红
我如痴如醉地高呼着
在冬去春来的临界点
在张灯结彩的年关
在一片圣洁的白雪上
随红色主题一起
情不自禁地血脉偾张

我深沉地爱恋着
我伟大的中国版图
那些高挂的大红灯笼
那些精巧的中国结
那些红高粱的倒影
那些迎春怒放的梅朵
那些笑傲乡土的桃花

身着红色的长裙
从我平凡的视野里
雍容华贵地走远

凯旋或是远征，放任
一些文字信马由缰
而我用于书写的稿纸
也被红色肆意地渲染

在红色的意境里
我尽情地自由发挥
每一次铺开诗情画意
每一次都热火朝天
此刻，我发现朝阳
也是一片可爱的红色
升腾一如蓬勃中国心

中国书

一团热烈的火焰熄灭
美丽的凤凰梦沉东方
在靠近太阳升起的海边
将庞大的身躯无限延伸
我也在它的内部觉醒
我也在荡尽苍茫之后
目光在它的骨骼上游走
充满想象力的时光交错
它的骨骼在地平线崛起
大气磅礴，巍峨雄壮
唐古拉山、喜马拉雅山
昆仑山、天山、长白山
一众山脉展开粗犷脉络
山的温情携茫茫白雪
抽出数条曲折的江河
长江、黄河最是煽情
让龙的子孙横渡沧桑
在各种鲜花的梦里寻找
凤凰的羽毛及美丽传说

在神奇的土地上搭建
一个个傲视天下的王朝
书写史诗，描画图腾
搭设神坛——琼楼玉宇
而后，一路顶礼膜拜
从嫘祖手心散落出来
一卷美妙绝伦的彩虹
巨大的桑青展开春天
无边无际，无穷无尽
我猛然发现我也是只蚕
在充满活力的春天驰骋
什么三皇五帝、夏商周
什么秦汉唐宋元明清
我跟随火热的汗血宝马
踏过盖世英雄的春天
我也是无比自豪的旅者
我被一朵桃花迷醉了
梦里遇见卫青、霍去病
梦里遇见轩辕、神农
梦里遇见孔子、孟子
梦里遇见庄子、老子
岳飞、郑成功纵马而过
李白、杜甫浅唱低吟

我也徜徉于丰富的情怀
拂去风雨的疼痛与悲伤
跳过血腥杀伐的场面
再从屈辱的近代站起来
向世界自豪地呼喊着
我是中国人——中国人
五千年文明积淀的土地
是我土生土长的故乡
日月星辰在我的怀中
纷纷点亮我心中的荣耀

展读五千年文明

嫘祖赐下五彩霞衣，赐下文明梦
伏羲、女娲、轩辕、神农、尧舜禹
长在曾经刀耕火种的悠久岁月里
从苍茫的地面站起来，神气活现
每一个中华赤子都格外光鲜漂亮
带着神奇的使命书写出文明的华章
众多优秀的民族、众多卓越的姓氏
从电光石火的场景里勇敢地跳出来
成为不朽的诗书和碑铭讴歌的对象
我也满怀崇高的荣誉感将它们铭记

三皇五帝、秦皇汉武、唐宗宋祖
成吉思汗、永乐盛典、康熙乾隆
王者之气注入一个伟大民族的胸怀
在凤凰的骨骼内部崛起的巍巍群山
在群山的灵魂深处喷发的大江大河
纷纷以龙的蜿蜒曲折以及磅礴气势
呼啸于茫茫云海之间——是为唱歌
五千年长盛不衰地奔腾和流淌下来

我想那些富丽的王朝在世界版图上
定然是人类文明史尤其辉煌的部分

超然于痛苦和血腥的杀伐与呐喊
长在一棵铁梅身上的花朵热情洋溢
为更多的人们津津乐道和由衷赞叹
在幸福甜蜜的畅想中忽略掉悲哀
如此，我想我也有足够的勇气奋进
如此，我想我也有足够的力量昂扬
如此，我想我也能像一座山峭立
如此，我想我也能像春燕展开翅膀
如此，我想我也有足够的理由憧憬
一条新兴的丝绸之路指向诗意未来

第五辑

ZHONG GUO SHU

江山如此多娇

某一卷丝绸

一条彩虹飘下来
龙的画影，凤的图形
都在一片桑绿中展开
一条欢快舞动的蚕
跑出骏马的潇洒
跑出苍龙的精神
而后，我看母亲笑了
她身披彩衣的样子
黄道婆的基因在里面
嫘祖的基因也在里面
当然，万种柔情铺垫
只为我的一次崛起
刚强如山地挺直脊梁

以山为背景

热情簇拥花草树木
就是对我自己的礼赞
仰望一只翱翔的雄鹰
就是仰望我幽蓝的梦想
带着奇异的宝光闪烁
俯首一粒狂沙就是瞩目
我曾卑微平凡的过去
一个叫玄奘的苦行僧
经我的内心，执意向西
悟空做了他的大弟子
我则做了他孤单的背影
同样以山为人生的参照
我的心追随日出月落
蓬勃欢快地律动，歌唱
弹起天地最动人的琴弦
茶马古道是其中一部分
怎么扯也扯不断的情缘

填补空虚寂寞

五千年或更久的时间
风雨浸泡淡去酒香茶香
空旷的内心急需填充
文字、沙粒、尘埃、水
我内心的一粒诗的草种
一定要经过一段缝隙
钻出来，且满怀喜悦
顽强地生长，华丽盛开
我深情拥抱岁月的赐予
屈原、李白、杜甫等人
撑起一片片诗意的天空
从战火纷飞的战国时代
走向诗歌鼎盛的唐朝
再沿着一条江和一条河
迈开卓越的双腿寻觅
此后，我的人生有意义

过　滤

时光过滤，我也过滤
一些文字的结晶被铭记
大多数的姓名成了沙漏
被我以幸福的名义撒了
从神圣的碑铭上走下
一众王侯将相相继排开
伏羲、女娲、神农氏
姬昌、姜尚、介子推
嬴政、项羽、汉高祖
刘彻、卫青、霍去病
张飞、关羽、赵子龙
张良、孔明、刘伯温
狄仁杰、包拯、海瑞
杨业、杨延昭、穆桂英
岳飞、韩世忠、梁红玉
文天祥、郑和、袁崇焕
一众佳丽如云纷至沓来
西施、王昭君、貂蝉
文成公主、上官婉儿

我的思绪在悠悠时空里
自由穿插，四处巡回
我的精神世界逐渐丰富

华丽转身

在一只凤凰的骨骼里
一条鲤鱼的眼神亮了
如炬的目光拂去愁和苦
我念出了离骚、出师表
我诵出了上邪、满江红
华丽转身跳开近代耻辱
我看见北京天安门城楼
一位诗人向世界宣告
中华民族复兴由此开始
重新站起来，气宇轩昂
民族脊梁由此挺起来了
背对五千年灿烂辉煌
展开春暖花开的新篇章
我的骨子里充满了力量

穿破长夜的黎明

漫漫长夜里，捧起一只流萤
以星星之力行走于苍茫之间
昊天明月应声而起——洗亮天下
一朵圣洁的白莲花悄然盛开
莲台上分明还坐着我慈祥的祖母
信笔涂鸦——笔走龙蛇于某个春天
茫茫白雪铺开一张格外柔软的稿纸
此刻，风舞轻扬，万花萌动
一具坚硬如铁的骨骼悄然崛起
巍巍群山也在中华大地悄然崛起

在早春晨曦不多的温情里欢呼
喊出那些威武不屈的象形者的名字
太行山、唐古拉山、祁连山、泰山
昆仑山、喜马拉雅山、天山、华山
一曲壮歌唱响心中无穷的汹涌澎湃
热烈的阳光在我身后缓缓地潮动
我是龙马精神的中华赤子！我是
一条鱼——一条河流灵动的神魂

一条蚕——一座青山活跃的精灵
一只燕——一个乡村放飞的诗与梦

母亲引领我辨识众多的江河湖泊
长江、松花江、岷江、乌江、珠江
雅鲁藏布江、青衣江、白龙江
黄河、淮河、海河、浏阳河、刘家河
鄱阳湖、洞庭湖、仙女湖、青海湖
我只信口说出众多的江河湖泊里
一些冥冥中格外响亮清脆的名字
一条万里长城巨龙般在山野蛰伏
它是众多龙的子孙用血脉垒砌而成
众多的江河也是我生命丰富的源泉

数家珍

擅画者吴道子、唐伯虎、张大千
擅诗者屈原、陶渊明、李白、杜甫
擅书者王羲之、赵孟頫、颜真卿
擅舞者杨玉环——重现于华清池
飞天盛举在三藏西行路上，在敦煌
玉皇顶——南天门离琼楼玉宇很近
我夹杂在翻阅四书五经的人群中
翻阅着老子、庄子、孔子、孟子
猛然间，岳阳楼、太白楼、黄鹤楼
仙乐齐鸣——共襄华夏复兴的盛世

悠悠然，回望我优秀的祖辈先人
廉吏狄仁杰、包拯、海瑞、于成龙
大将军孙武、卫青、霍去病、班超
英雄杨业、岳飞、袁崇焕、郑成功
智者姜尚、张良、孔明、刘伯温
武圣关羽——将忠义二字捧得很高
一部古老的春秋从此作为神的参照
西施、王昭君、貂蝉、文成公主

蔡文姬、穆桂英、梁红玉、秋瑾
璨若流星的名字在我的脑海里闪耀

我的寂寞空虚被纷呈的精彩填充
我也从西游、三国、水浒、红楼梦
毅然决然地走出来——从此确信
孙悟空并非真正英雄——真正英雄
生长在平凡的岁月里——炎黄子孙
将一个伟大的复兴梦想高高举起
所有头颅高昂的炎黄子孙都是英雄
空悠悠的岁月必将迎来更多的神奇
填充或者告慰——用心血和智慧
而我也有足够理由挺起自己的脊梁

江山如画

我从高原走向你
走向你的诗情画意
走向你的山水旖旎
像一阵山风般顽皮
像一抹花香般奇异

我从春天走向你
穿过白茫茫的雪地
穿过红彤彤的花事
穿过火辣辣的烈日
穿过疯癫癫的暴雨

在七月与你相识
在你瑰丽的境界里
我怀抱诗意的籽粒
将格桑的倔强种植
也渴望着盛开一次

在你广袤的土地

我生长成妙龄女子
带着万千芳华崛起
由小到大再到神奇
新星一样骇俗惊世

在你蔚蓝的天宇
我也以如虹的气势
高唱生命壮歌一曲
唱出更多豪情壮志
唱得芸芸众生痴迷

我也如你般华丽
从头到脚再到发丝
从皮到肉再到骨质
一样成为一部传奇
在山顶上星光熠熠

你鉴证我的崛起
我也增添你的魅力
就在你坚硬的石壁
我们錾火写下彼此
从此，被缪斯铭记

秋意渲染黄河口

东营，垦利，入海口
被芸芸众生铭记于心
一条大河在此放慢脚步
海盐机挥汗如雨地劳动
将风风雨雨的岁月离析
一些晶莹的白浮出苍茫

曾经多愁善感的春天
曾经艳阳如火的夏天
被一条荡气回肠的大河
远远地甩在了苍茫身后
一轮秋阳在入海口陶醉
它让芸芸众生神采奕奕

内心曾经的汹涌澎湃
梦里曾经的豪情壮怀
曾经泥沙俱下的苦与痛
被母亲温情的手掌融合
让放荡不笃的狂躁野性

终于在入海口宁静安详

持续不断淤积的泥沙
耐人寻味的古往今来
一只丹顶鹤从云端降落
并在金黄的芦苇丛漫步
黄河鲤也找到龙门
唐古拉山的梦重装启程

越来越多的水鸟聚集
入海口有人唱起欢歌
秋意的天空也分外清明
秋意的阳光也分外热情
一场场久违的视觉盛宴
恭候着四面八方的来客

疆　愿

大风，请你退去
离开城市和村庄
退回到你的故乡
从此，温驯下来
从此，不再张扬

沙暴，请你退去
离开花园和村庄
退回到你的故乡
从此，安顿下来
从此，不再疯狂

在宁静的天空下
给塔克拉玛干穿上
一件绿色的新衣裳
给所有的荒滩戈壁
穿上绿色的新衣裳

天使，请你降临

走下神圣的天山
从昌吉走向喀什
从北疆走向南疆
带去丰沛的雨量

下一个春天来临
多情的雨露甘霖
沁润所有干涸的心
让野草们尽都疯长
然后，欢呼高唱

漂亮的红柳来了
俊朗的胡杨来了
走进了新生的绿洲
从此，改写洪荒
从此，满怀希望

阳光，你也安静
请用你的柔情爱护
荒漠上生存的万物
给我们清新的气场
给我们安逸的梦乡

天使，许我们自由
用博斯腾将美酒盛装
然后，许我们神奇
将圣洁的云朵都变成
一群群欢乐的牛羊

请让我们张开双臂
迎接天使和八方贵宾
捧出香甜的哈密瓜
摘下晶莹的葡萄果
并将热腾腾的抓饭盛上

请天上的明月作证
请满天的星星鉴赏
一起看我们的舞蹈
一一品味十二木卡姆
许一个美满的愿望

邀约清风作为信使
带走我们的烤肉香
带走我们的满腔热情
带到祖国四面八方
传遍七大洲四大洋

东海之滨，一条鱼的仰望

聆听九霄铿锵龙吟
仰望巍巍唐古拉山
长江之水磅礴而来
圣洁的雪策马狂奔
灰色的沙被朝阳炫亮
梅朵露出灿烂的笑脸

仰望五千余年文明
连同更古老的期待
一同穿过鱼的眼眸
一同穿过鱼的内心
华丽的风，缤纷的雨
一起穿过苍凉的胸怀

穿过鱼的寂寞空虚
鱼的悲伤被喜悦抚平
鱼的内心被诗意充盈
荡气回肠的生命壮歌
将千万条河流吸引

从四面八方欢呼而来

一支画笔指点江山
跟随长江蜿蜒的脚步
从西向东追梦而去
一条巨龙如梦初醒
沿江两岸的城和村落
纷纷亮起温情的灯火

东海之滨，夜明珠
从霞光腾起的港湾里
引领一座城蓬勃崛起
神在上海滩画龙点睛
鱼是神诗意的一部分
鹰是一只断线的风筝

黄河壶口瀑布

气壮山河的涛声
从云中奔腾而来
闪动的快门凝固下
心潮澎湃的时刻

九天龙吟在回旋
引我将四山仰望
黄河壶口难道就是
我们血脉的源头

回应我们的声响
仿佛只有这瀑布
它们唱起一曲壮歌
唱响五千年文明

热血与火光争锋
我们有太多悲喜
可在黄河壶口瀑布
我们又一一放下

在黄河壶口瀑布
我们也情不自禁
跟随一个声音高唱
穿越苍茫与峥嵘

我们从壶口出发
驾驭万千匹骏马
追随一条巨龙东进
劈开崭新的华章

向西湖

一只美丽的蝴蝶
怀揣一朵花的梦
从钱塘江边起飞
执意飞向西子湖畔
撩动五月的潮汐

滚滚而来的潮汐
在靠近西湖之际
突然将所有激情
悄无声息地歇下来
像仙子一般优美

靓丽如花的身影
在西子湖畔徘徊
雷峰塔顶的钟声
悠然叩响千年幽梦
喧闹了似水年华

今不见白蛇素珍

也不见神医许仙
唯有小小的香囊
将蝴蝶的香韵珍藏
晃动于我的眼眸

我也是匆匆过客
像一只美丽的蝶
带一抹花香远去
我却不知我的魅影
会萌动谁的痴念

期待，诗意的春天

头枕一帘幽梦
脚踏朵朵流星
横越千古苍茫
连同盛世唐朝
一并纵马翻越
远远地甩在身后

阴沉可怖的冬日
怀想下一个春天
定然诗意盎然
我已期待很久
可春天真要来了
我竟有些怯懦

二零一六年冬
我从一首诗里醒来
满怀激情的字句
其实，不够卓越
我甚至无比得惶恐

甚至，有些害怕

我仰望你的所在
那光荣的圣殿之下
我藏不住自己的小
更不知该奉献什么
捉襟见肘的局促
一遍一遍将我折磨

青莲葱茏的季节
即将在下个春天里
从从容容地展开
我奢想拿一首诗
讴歌绵阳江油之美
抒写涪江缱绻柔情

最终，我坐下来
端起一杯氤氲的茶
以品酒的姿态出现
在一个阳光明媚的午后
背依李白读书台
撇尽杯中疲惫的叶绿

我只剩下一杯水
一杯温存曼妙的水
我用它照见丹顶鹤
照见逍遥的侠影仙踪
照见诗城新的繁荣
照见自己不再颓废

我还照见一只春蚕
一缕一缕抽动华光
漫过悠悠的青莲古镇
轻拨阵阵涟漪过南湖
而温情脉脉的女子
也乘高铁追梦四方

永定河抒怀

千年古都的悲喜
被一个人娓娓讲述
悠远的河流
将巍巍太行山牵引
身姿挺拔的树木
将一个个传说安放

那条蜿蜒的河流
不知是谁的柔肠
从门头沟延伸出去
一路汰尽血与泪
高唱着古老的民谣
向遥远的海边行进

太阳从海边升起
在这之前，星星们
将爱情的种子撒下
一些长在百花山
一些长在妙峰山

花的样式并不重要

狂躁的心被抚平
沿河而居的人们
从此，安下了营盘
烽火狼烟一并散去
京城繁华重现街头
无数诗者低吟浅唱

鱼跃出河滩
自西向东奔跑着
它亮出闪光的龙鳞
它长成蜿蜒的城墙
此刻，大漠深处
一个头陀寻根而来

南山

南山，在哪儿
发黄的书签里
我看见一个人
放下了乌纱帽
走进一方菜园

京城，在哪儿
残阳古道之上
我看见很多人
走在漫漫风尘
同去远方赶考

从京城到南山
路漫漫，锁云烟
水茫茫，江湖远
从南山到京城
庙堂高，九重天

经东篱到南山

看起来也很远
可一丛菊花开了
大雁采菊南飞
天涯近成咫尺

一朵菊黄飘落
在粗糙的水碗里
消去心中浮躁
看淡荣华富贵
悠然于天地间

周庄，美的形容词

一

江南，这样美
若一匹柔软的锦绣
写满温婉婀娜的词
每一个都珠圆玉润

水乡，这样美
像无数圣洁的莲花
汰尽陈腐笑傲苍茫
每一朵都圣洁无瑕

惊艳的画面迭起
周庄绝对是其中
一个极神奇的尤物
绝对，且没有之一

二

若说天外有仙

那么人间也有
且，在周庄古镇

若说瑶台有梦
那么地上也有
且，在周庄古镇

你是不是相信
庄周可是信了
且，没一点疑问

三

彼此常梦见
互为参照物
从此，惺惺相惜

小桥、流水
青藤、黄花
从此，常在梦中

琴音、茶韵
乌篷船的桨
拨弄着曼妙时光

四

好一个人间天上
好一个天上人间
一棵巨型柳的感慨
情动数万只花蝴蝶
缠缠绵绵不肯远走

众人的目光向南
众鸟的头颅向南
向南、向南、向南
神点起热烈的火焰
华光照出绝妙周庄

凡心的浮躁落定
灵魂去江南安放
做一棵丰盈的小草
做一朵美貌的小花
每一种都极致美好

五

周庄，周庄
一只鸟喊醒稻种

千条鱼如梦初醒

千江水复苏
从一幅水墨画里
重现温婉与婀娜

太多的言辞
至于心驰神往间
一次回眸已足够

六

柔情，缱绻
谁的多愁善感
远胜三月桃红

重新来安放
温情脉脉相思
刺一条乌篷船

才一朵水莲
红尘便已哗然
诗者高举华盖

七

诗意周庄
诗意铺开
绝妙的年华

缱绻锦绣
柔软的河
在周庄徘徊

一切一切
美不胜收
境界无极限

八

放一只蚕
展开三月桑
展开一条路

与丝有关
与虹有关
且与水有关

与鱼有关
与莲有关
且不离不弃

九

放进去的
抽出来的
都是瑞丽华光

伸出手去
激情挥舞
龙在身下蠕动

一个修辞
刻意夸大
人的伟大发明

脊梁上的湖光山色

一

沧海退下，天山崛起
一泓清水被山神高捧
向神圣的九天玄女致意
静海的名字不胫而走
远方的白天鹅纷至沓来

桀骜不驯的天山脊梁
背负着的是一湖清水
当然，那也是一面镜子
它照耀出蔚蓝的天空
也照耀出鲜花绿树野草

那些日月星辰的语言
在曾经荒芜的大漠中
长成了葱茏丰盛的湿地
编织一片绿洲的美梦
吸引一群鱼仔追梦远足

二

天有多蓝，湖就多蓝
天与湖如此心心相印
莫非是那坚守千年的冰
以一个弱女子的姿态
要将一段誓言尽情舒展

用爱源源不断地滋养
养育那些美丽的山花
赛里木、赛里木三个字
被南来北往的风传颂
诗情画意随之自由发挥

一座古老的城堡覆灭
火红的花仍倾情盛开
百鸟的鸣唱引凤凰涅槃
或有一座庄严的圣殿
被翠绿的元素悄然覆盖

三

那些有名或无名的花
每一年都会情不自禁
那些有名或无名的飞鸟
每一年都会情不自禁
或许赛里木是别样瑶池

有人说，她是天鹅湖
有人说，她是五花海
还有人走下了琼楼玉宇
一路高唱迈向赛里木
曼妙的涟漪被歌声激荡

清凉的山风掠过湖面
鬼斧神工的湖光山色
被天空无数的眼睛注视
健壮的牧民驱赶云朵
追逐着太阳金色的光环

四

在梦想与现实间徘徊
鱼在云中翱翔很真实
鸟在水中游弋也很真实
光影交错正恰到好处
旖旎时空让人想入非非

或许那是另一种真实
就像一首诗歌的表达
在赛里木湖的山水之间
寻找唯美的视角收藏
冰川草绿花红飞鸟鱼群

忘却生命中曾有的痛
向天神奉献一部情诗
就站立在巍巍天山一角
放下曾有的烟雨惆怅
以无忧无虑的童声轻唱

五

天神垂下仁慈的眼眸
那些柔软的雨或者雪
从苍茫的云海深处落下
飘向悠悠的赛里木湖
撩醒沉睡的牛羊和鱼群

天山情不自禁的涌泉
从不同角度荟萃精华
美妙音乐打开阳春三月
众生奔向一个大戏台
去看天鹅在湖面上炫舞

五彩斑斓的珍珠律动
在赛里木湖的草叶间
以鲜花的姿态一起跳舞
那些雨点、那些柔雪
幻化出无比奇妙的世界

王屋山下

一

狐狸、蛤蟆、蛇
幽冥、藤精树怪
与山神为伍，作恶
以阴暗山洞为家
千百年的勤修苦练
修成了人模人样
修成了广大法术
却免不了骄奢淫逸
走下神坛深入地狱
它们都参悟了什么
毒蛇有了爱和良知
通天的神一意孤行
祸害一方的百姓
所有虔诚的祭祀
牛羊、香火、美女
换不来丝毫的同情
地动山摇说来就来

瘟疫疾病说来就来
死亡杀戮说来就来
夹缝中人的愤怒
需要一个人来表达
用愚蠢的方式抗争
移山填海，愚公
首先展开了大智慧

二

向罪恶的神说不
向挡道的山说不
从夹缝中杀出血路
只有这样才能看见
一丝幸福的希望
上百年的逆来顺受
痛苦的人们受够了
在世间的阴暗角落
需要有一个人牵头
唤醒愚昧的良知
唤醒热烈的怒火
向山上坚硬的石头
发出铿锵的锤击

直打得恶神恐慌
直打得妖魔惊悚
一个叫愚公的人
以滴水穿石的决心
向山中顽石开战
肢解命运的围墙
填沟、造田、开路
从惺忪的睡梦醒来
至高无上的天帝
九五之尊的人王
一同被深深地感动

三

山神，罪恶累累
罄竹难书的孽障
人没有能力去收拾
移走大山这个障碍
成了最后的希望
蚍蜉撼树何其荒唐
蚂蚁搬山何其可笑
这些成语或寓言
为芸芸众生所熟知

可是，人倔强起来
他便有卓越的毅力
连神也难以置信
一个凡人的决定
他的名字叫愚公
正直、坦荡、英勇
放下高官厚禄不要
只愿搬走两座巨峰
太行、王屋二山
一点点放下坚强
一天天放下高傲
它们向一个人低头
它们向一群人低头
尘世越来越多的人
成了愚公的追随者

四

投机取巧的智者
风光一时的马屁精
恩将仇报的大夫
祸害乡邻的老爷
穿一身高贵的人皮

内心比妖魔更狠辣
在背地里幸灾乐祸
钻营一生的结局
还是回到了故乡
回到穷山恶水之间
回到压抑的夹缝村
回眸往事，一生
没留下半点功绩
满身的邪恶与罪行
虽百死也难赎清
智者不智，一生
没什么值得骄傲的
愚者不愚，一生
让多少人顶礼膜拜
丰功伟业越来越近
不为赢得一首赞歌
只求造福后世子孙
用铁的锄头挖下去
直挖出一片新天地